索伦铁骑

一代名将海兰察

【上】

涂志勇　涂君平——

著

内蒙古出版集团

内蒙古文化出版社

图书在版编目（CIP）数据

索伦铁骑——一代名将海兰察 / 涂志勇，涂君平著.
— 呼伦贝尔：内蒙古文化出版社，2016.7
ISBN 978-7-5521-1138-5

Ⅰ.①索… Ⅱ.①涂… ②涂… Ⅲ.①长篇历史小说—
中国—当代 Ⅳ.① I247.5

中国版本图书馆 CIP 数据核字（2016）第 183105 号

索伦铁骑—— 一代名将海兰察
SUOLUN TIEQI — YIDAI MINGJIANG HAILANCHA
涂志勇　涂君平　著

责任编辑	丁永才
封面设计	鸿儒文轩

出版发行	内蒙古文化出版社
地　　址	呼伦贝尔市海拉尔区河东新春街4－3号
直销热线	0470－8241422　　邮编　021008

排版制作	鸿儒文轩
印刷装订	三河市华东印刷有限公司
开　　本	710×1000毫米　1/16
字　　数	721千
印　　张	45.75
版　　次	2016年10月第1版
印　　次	2024年1月第2次印刷
书　　号	ISBN 978-7-5521-1138-5
定　　价	98.00元

目 录

目 录

目 录

目录

目 录

目录

引 篇

公元十七世纪末，沙俄侵略军不断越过马拉尔山脉，向东扩张，频频挑起中俄边境事端。清政府忙于平定三藩，兵力南调，无暇北顾，对沙俄一再退让。经过两次自卫性的雅克萨之战，于康熙二十八年，公元一六八九年签订了《尼布楚条约》，中俄边界之争在沙俄无理蛮横和清政府日渐强硬的态度下，终于暂时落下了帷幕。

然而，沙俄的扩张野心昭然若揭，成为收复台湾、平定三藩而以盛世自居的清王朝的心腹大患。

晚霞灿烂，穹宇高洁。

夕阳余晖照射下的紫禁城，巍峨的宫墙，肃穆森严的殿角上的黄瓦，五彩缤纷、千姿百态的画栋飞檐，在夕阳的辉映下，金碧辉煌。

御书房内，雍正皇帝疲惫不堪地坐在案卷边，愣愣地瞅着黑龙江将军珠尔海的奏折出神。

伫立在旁的领班太监见皇上面色阴沉憔悴，吓得大气也不敢喘一下。

许久，雍正皇帝才深深叹了口气，喝了口茶，问道："他们来了么？"

领班太监忙不迭地答："回皇上，内大臣贵福、理藩院侍郎德清、兵部史部尚书在殿外恭候。

雍正皇帝："传。"

领班太监："喳。"

暮色渐浓，华灯初上。

御书房外传来轻微的窸窣声。

几位大臣鱼贯而入。

众臣："臣等叩请圣安。"

雍正皇帝不耐烦地挥了挥手："起来吧。"

众臣垂手肃立，习惯地窥探皇上的脸色，揣测皇上的心思。

内大臣贵福眨了眨昏花的老眼，望着日渐消瘦的皇上，忧心忡忡地说："皇上日理万机，劳神过度，臣以为皇上当以国家社稷为重，龙体欠安绝非社稷之福啊。"

"不错。"理藩院侍郎德清接过话语，说，"贵大人所言极是，臣也有同感。皇上不必事必躬亲，终日为国事操劳，为臣者不能为皇上分忧，实在是汗颜……"

几位大臣纷纷称是，各个自责。

雍正皇帝叹了口气，缓缓说："算了算了。你们能体察朕的苦心和难处，也算难得啦。唉……虽说先皇开创盛世以来百姓安居乐业，商贾安居于市，一片繁荣景象。可这内忧外患却屡屡不绝，从来就没有断过。哼！内而廷臣，外而督抚，大多只知盛世繁华，沉溺于歌舞升平之中。哪儿知防微杜渐、未雨绸缪的道理。昏聩呀昏聩！"

御书房内一片沉寂，几位大臣极少见皇上如此伤感，与在乾清宫庭议面见百官时简直是判若两人。不由得各个忐忑不安，相互窥视，各自揣摩起来。

雍正皇帝俯视着唯唯诺诺的几位大臣，心情沉重地继续说："今日庭议的情景各位爱卿都见到了，众说纷纭，莫衷一是。其实都是废话，倒是贵福与德清敢于直言不讳，并不乏真知灼见，甚慰朕心。"

贵福浑身一颤，佝偻着瘦骨嶙峋的身躯，忙不迭地说："臣世受皇恩，敢不鞠躬尽瘁？"

德清紧接着说："食君俸禄，替君分忧，何况皇上一向礼贤下士，博采忠言，为臣者岂能不知无不言，言无不尽呢？"

雍正皇帝眼望窗外，若有所思地说："据奏报，沙俄在黑龙江不断滋事寻衅，过境采伐，偷挖沙金，实在是欲壑难填。签订《尼布楚条约》时我朝已经做出了很大的退让，——有失国体啊！可他们得陇望蜀。朕斟酌再三，打算下旨准黑龙江将军珠尔海所奏，派兵驻守呼伦贝尔，卿等以为如何？"

几位大臣对视一会儿，还是由贵福开口道："皇上，今日庭议对派兵一事争议不小。皇上难道忘了在西北用兵耗空国库的教训了么？"

兵部尚书史部躬身说道："臣也这样认为。呼伦贝尔莽原数千里，与喀尔喀蒙古连成一片。兴安岭山高林密，严冬风雪载途，夏日泥泞不堪，重兵驻守，寒来暑往，且不说其他，就是粮秣一项就难以为继。"

御书房刚刚活跃了一会儿的气氛顿时又冷却下来。德清犹豫了一阵儿，开口道："皇上，臣还是主张按珠尔海将军的主意办。派兵驻守，势在必行。此外——臣再附加一议，叫兵民同进。"

雍正皇帝精神一振，两眼放光，饶有兴趣地一挥手："讲，何谓兵民同进？"

德清咂了咂嘴，加快了话语："呼伦贝尔水草丰美，物华天宝，是天然的牧场和猎场。派兵驻守不如干脆移民戍边，朝廷岂不是省去巨额费用支出了么？"

雍正皇帝点了点头，道："卿所言甚合朕意，我朝子民遍布天朝疆界繁衍生息，当然是最好不过。嗯，不错，先入为主，不给沙俄一点空隙。只是这边民届时何以立马成兵呢？"

德清咽了口唾液，说："呼伦贝尔兴安岭以南雅鲁河一带的蒙古、索伦部，自古能骑善射，凶勇剽悍。千百年来游牧狩猎，爬冰卧雪习以为常。朝廷不妨叠加恩宠，男丁给予俸禄，赏赐牛马驼羊，弓箭刀枪。令其携带家眷，举部翻越兴安岭，驻守呼伦贝尔，按八旗建制设置。另外，可从喀尔喀蒙古调入数千兵丁一并到呼伦湖、乌尔逊河一带。如此一来，无战事时为民，有战事则立马成兵。"

夜幕降临。

宫闱大内灯火阑珊。

领班太监与执事太监站在御书房外，翘起鼻子闻着从御花园随风飘来的花香。

御书房内，琉璃灯雪亮，君臣议事渐入高潮。贵福显然重弹廷议时的老调："德大人可曾想过，几千兵丁加上家眷合数万之众，会使呼伦贝尔徒增数旗，势必建城移民，届时内地和关外的商贾流民蜂拥而至。我朝……历来对塞外蒙

旗有禁制一说呀！"

贵福的话说到了朝臣争议的焦点，几人都不吭声了。

雍正皇帝一看众人噤若寒蝉，不由眉头一皱，愤愤地说："糊涂！"

众人一愣，又不知所措。只有德清少有地抬头直望皇上。

雍正皇帝以开导的口气说："连日来，不少朝臣、外官上折议论呼伦贝尔乃至黑龙江边陲的防务。大多是权宜之计，就事论事，从根子上妥善处置的办法没有一个。朕不明白，为什么众人都只以边陲防务的眼光对待此事呢？为什么就不能从富国利民的方面想一想呢？"

德清听了心中猛然一动，双目发光，忙问："皇上的意思是——"

雍正皇帝斜睨着几人，语重心长地说："我朝入主中原以来，平内忧，解外患，连年用兵。且不说国库空虚，仅为战祸天灾就使许多鱼米之乡田园荒芜，屋宇残破。前几日晋陕总督奏报：兵乱之后，瘟疫又至，田园满荒草，庄则徒有其壁，人烟几断。山西各地饥民逃兵，啸聚为乱，不止一处。大量流民迫于生计，不惜长途跋涉之苦，云集长城出口，意欲候机涌向口外寻找生机。民以食为天啊，食不果腹，何以安生？民不安生，国从何来？"

贵福惊愕地问："那……么，皇上是想向塞外移民了么？这……可是有违祖制啊。白山黑水乃我朝龙脉所在，大漠南北蒙旗之地历来禁止汉民进入的啊！"

德清瞅了瞅沉吟不语的皇上，打断了贵福的话："贵大人所言差矣。"

贵福："——哦，乞道其故？"

德清："常言道，流水不腐，户枢不蠹。祖制之说也是因人因时而定。事无常律，天无常规。当因天时所需而谋动也是顺应天理，既然是为了国家社稷着想，对祖制略加改动自然无可厚非。只要与国与民有利，何惧他人的口舌之利呢？敝人以为还是以足兵食、尽地利、省运输、固边围才是上上之策。诸位大人以为如何？"

贵福顿时张口结舌："这……"

雍正皇帝用赞许的目光瞅着德清，鼓励道："讲，讲下去。"

德清继续说："我朝平定中原以来，人丁猛增，户部记载康熙八年我朝子民八千万，而今增加到一万万三千有余，而耕地却只增加一成。塞外的沃野千里终年闲置，岂不是暴殄天物？"

雍正皇帝接过话题说："其实汉民出关劳作经商早有范例，卿等可记得康熙三十年，先皇召集蒙古四十九旗王公和喀尔喀蒙古三部在多伦诺尔的会盟么？"

雍正皇帝的话把几位大臣的思绪带到以往的回忆之中。

康熙三十年仲夏，多伦诺尔草原。

艳阳高照，和风习习。

波光粼粼的闪电河畔，八旗兵丁遍布绿草茵茵的百花丛中。

一座金黄大帐内端坐着康熙皇帝，两侧站列着金黄服饰、四团龙补褂、领顶辉煌的蒙古各旗的王公大臣。

右侧是内蒙古四十九旗王公贵族，左侧是喀尔喀蒙古三部的王公贵族，分别前后几排就座。

鼓乐鸣奏，琴声悠悠。王公大臣们兴高采烈，频频相互举杯酬酢。

桌案上精美的银制器皿里，摆放着全羊、各式奶制品和茶酒果类。

康熙皇帝神采奕奕，面含盛世国君的微笑，居高临下俯视着两侧的群臣。

鼓乐骤停，场面顿时肃静下来。王公大臣们知道皇上要议事了，个个抖起精神。

康熙："诸位爱卿，想当年蒙古各部随先皇征战数载，横刀立马，逐鹿中原，为大清立下汗马功劳。朝廷自当赏赐分明，对蒙古各部有求必应，备加体恤。朕在数月内，接连收到各旗王公的奏折，恳请蒙旗与内地通商一事。看来迫于生计所需，适时放宽禁制是势在必行啦。"

察哈尔王高声大呼："皇上圣明。蒙旗地域辽阔，人口寥寥，与内地通商路途遥远，极为不便。季节时令一过，牧人损失惨重。难怪有人云，六月驼毛飘满地，深疑春尽落扬花。"

科尔沁王："臣以为通商之举刻不容缓，如有祖制上的不便，可否略加放松一些。如让一部分商贾和有技艺的工匠在朝廷规定的时限出入口外？"

喀尔喀蒙古土谢图汗："皇上，臣以为喀尔喀更急于通商。在抗沙俄平准噶尔中，我喀尔喀三部蒙受很大损失，眼下市井萧条，百业待兴。"

……

各旗王公七嘴八舌，议论得异常热烈。

康熙皇帝颇有兴趣地听了半天，轻轻咳嗽了一声。所有的王公贵族立刻鸦雀无声，无数对充满希冀的眸子望着皇上。

康熙："多少年来，虽有禁制之说，但小商小贩、工匠艺人一直出没于塞外，接济了蒙旗边民所需的米面、茶酒、布帛绸缎，修筑寺院兵营等等。中原的许多劳作技能也传到了塞外大漠南北，平心而论，汉民的功绩不小。朕在巡视途中眼见蒙民垦田耕种的情景，感触颇深，还即兴赋诗一首。"

众王公大臣轰然说道："皇上文功武略无所不通，臣等斗胆请聆听玉音。"

康熙微微一笑，说："难得君臣同乐，朕就不推辞啦。"沉吟片刻，开口吟道，"禾黍近来耕家满，烟锄云插遍新畲。试看属国欢娱日，大漠墟烟处处生。"

"好！皇上圣明！"

皇上如此高瞻远瞩，乃社稷之幸！苍生之福！"

御书房一片静寂，直到雍正皇帝咳嗽了一声，几人才从回忆中回过神来。

雍正皇帝轻轻叹了口气，说："先皇不愧一代明君，对塞外之事早已运筹帷幄。朕自知朝野对朕诽议颇多，但为江山社稷着想，也顾不了许多。好吧。德清听旨。"

德清："喳。"

雍正皇帝："着令军机处会同兵部、理藩院速定派往呼伦贝尔的兵马官员。晋、直隶、京城一带的商贾持以龙票随军进驻。"

德清："喳。臣等一定尽心办差，不负皇恩。"

初秋的兴安岭，白桦林随山风摇曳，就似粉黄色的波浪；青山弯下腰身向峡谷俯视；垂柳老气横秋，拍打着河水，仿佛诉说着什么。

一阵阵马蹄声震荡着山谷，角号在峡谷密林中长鸣。千乘万骑扬起黄色烟尘缠绕树梢，像蟒蛇般游荡在山林。獐狍野鹿惊悸地望着大队突如其来的兵丁，飞快向密林深处逃窜。

兴安岭下，长长的车队拉着妇孺老弱，人们驱赶着一群群牛马驼羊，缓缓翻上高高的兴安岭。

遥远的长城口外，大漠横陈。

商队长长的驼队车马在莽原中踽踽独行。

草莽葱茏之中，不同汉商店铺的幡子在草海中向遥远的天际蜿蜒而去。

星移斗转，岁月蹉跎。

兴安岭上的古栈道越拓越宽，沿途驿站有如雨后的蘑菇群，越来越密。

第 一 章

　　乾隆十六年。

　　秋高马肥的季节。

　　塞外。呼伦贝尔草原索伦部，芳草萋萋，坦荡无垠。

　　索伦河水钻出茂密的白桦和松木林，在初秋的艳阳下泛着白光逶迤而下，在一片平坦开阔的草场上宛如腰带一般萦绕几圈，向北汩汩流去。

　　河岸不远的敖包山下，旌旗招展，人潮涌动。每年一度庆贺索伦部迁移呼伦贝尔戍边的敖包盛会正在进行。

　　远在卜奎、盛京和北京的商贾早在两个月前便率领车队浩浩荡荡而来。

　　喀尔喀蒙古的商队更是不远数千里从大库伦赶来参加盛会。

　　甘珠尔庙的喇嘛席地而坐，操持各种法器诵读经文，为盛会和草原风调雨顺、人畜兴旺而祈祷。

　　易货商贸区更是热闹非凡。

　　各式各样的毡房、帐篷纵横交错，鳞次栉比，各大商号和众多的小店铺云集于此，地摊货架上摆满布匹、食盐、铁锅、斧子和马镫等物品。索伦部的猎人和牧人纷纷以各自的牛羊、兽皮或是桦树皮制的物品同商贩交换。各种叫卖声，讨价还价的吆喝声，夹杂着时时爆发的嬉笑怒骂声，使这一商业区沸反盈天。

　　河岸不远的一片山丁稠李子树边的绿荫下，扎着一排整齐华丽宽敞的大帐，在周围许多破旧的毡房和帐篷中鹤立鸡群。两侧各有一排手持刀枪，身着簇新军服的八旗兵丁肃然伫立，八色军旗在微风中猎猎作响。

一座大帐中，居中端坐着呼伦贝尔总管图海，他因为戍边有功刚刚被擢升为副都统而兴奋不已。那蓝宝石顶戴，九蟒五凤的蟒袍和孔雀补服，在索伦部众多八蟒五凤以下官员中赫然醒目。在众星捧月的阿谀奉承中，他与各地来的索伦八旗官员不时频频举杯，相互酬酢。

帐前的空地上，鼓乐齐鸣，索伦部的姑娘身着绚丽多彩的民族服饰，翩然起舞。

帐篷内，索伦部佐领哈木起身，举杯向图海道："大人，数十年来，我索伦部为大清王朝戍边御敌，南征北讨，着实立下汗马功劳。上不负浩荡皇恩，下不愧对庶民百姓，大人得以擢升副都统，可谓当之无愧。卑职恭贺大人，敬大人一杯。"

"哈佐领所言极是，我等也敬大人一杯。"众官员纷纷应和。顿时，帐篷中笑语喧哗，热闹非凡。

良久。图海放下酒杯，眉头微微一皱，众人见状立时肃静下来。图海沉思了片刻，缓缓开口："敝人有一事担忧，望各位小心行事。"

众人一愣，七嘴八舌地问："值此欢庆之日，大人有何顾虑，还望明示。"

"我等向来以大人马首是瞻，大人的话我等照办就是。"

图海睐着已见混浊的老眼，扫过众人，宽慰地微微一笑，说："倒也没有什么大事，只是今年的盛会不比往年。"

哈木眨了眨机灵的双眼问："大人的意思是——"他两眼向帐外远处一排华丽的大帐扫去。众人也随他的目光向外张望。

图海点了点头道："不错，今年宾客不同以往。黑龙江将军府参将巴兰珠、察哈尔王和科尔沁王率众前来，这是从来没有过的事。更奇怪的是西域准噶尔部的台吉巴雅尔居然到此，并扬言拿下赛马、摔跤的桂冠，一副势在必得的样子。"

"大人多虑了，我索伦健儿名动长城内外，岂能轻易让他人——"

一名佐领不以为然地说。

"胡说！"图海打断了他的话，又道，"其实名利之说都是身外之物，我索伦几十年来血染疆场，换取一些功名。但要记住，我索伦毕竟是众多部族的一个小部族，犹如汪洋中的一叶小舟，犯不着与其他部族结怨。"

场面沉闷起来，众人都在琢磨图海的意思。

第 二 章

　　赛马场上，二十几名十三四岁的少年，个个身强体健，神采飞扬，服饰娇红嫩绿，骄骑在脖系红绸的骏马上。

　　远处，一个挂着福生利商铺幡子的帐篷旁，站着两个五十几岁的老者。

　　一个身着丝绸马褂的老者显然是富家老板掌柜，另一名衣着破旧的老者，像是杂役似的边搬运货物，边向赛马场频频打探。

　　"喂，乔老弟，咱们货栈的那孩子能行吗？"老板孙浩叼着烟袋问。

　　"放心。"乔玉扔下麻袋，擦了擦汗水，又说，"海兰察这孩子的骑术精湛，脑瓜机灵，加上博尔奔察的黄膘马，我看没错。"同雍容华贵的老板孙浩相比，乔玉显得污浊不堪。

　　孙浩似信非信地点了点头，自语道："乔老弟不会走眼，但愿这个小羊倌没选错。"两人慢步向赛场走去，孙浩脑海中闪现出一个健壮机灵又憨态可掬的索伦少年的影子。

　　此时赛场内，负责维持赛马秩序的外旗佐领准备宣布比赛开始。

　　突然，四周许多猎民和牧人一阵呼啸，一匹长鬃黄膘马，驮着一个十四五岁的少年驰进场内，旁若无人地挤进刨蹄嘶鸣、急不可耐的赛马队中。

　　马上少年皮肤黝黑，一件光板狍皮衣紧裹着粗壮的骨骼，头戴一顶遮阳挡雨的桦树皮帽。淳朴简陋的服饰同其他二十几名红缨扎头，娇红嫩绿的少年相比，实在是大煞风景。唯独一对神采奕奕的大眼若无其事地左顾右盼，向四周对自己呼叫、吹桦皮口哨的牧人猎手招手微笑，根本没把自己来晚后的冲撞所引起赛马队伍的一阵骚动放在心上。

场内维护秩序的佐领哪里认识眼前这少年是何许人，为这少年擅闯赛场，扰乱秩序而勃然大怒，喝道："左右，与我拿下。"

立时，几名兵丁在吆喝声中冲进赛场，如狼似虎，向那少年扑去。

"住手！"

"哪个敢动？！"

"……"

赛场吆喝声四起，没等冲上来的兵丁到跟前，早有十几名壮年猎手牧人跳到马前拦阻。其中一个身材魁梧的猎手双掌一分，竟然把冲到前面的两名兵丁打翻在地。

乔玉见状不由一怔，喃喃自语："想不到在这塞北边陲之地，竟有夷人使出太极起式'分花拂柳'。"

"你嘟哝什么呢？"孙浩眯着眼问。

"哦，没什么，敝人是说海兰察的那匹黄骠马果然是良驹。那是博尔奔察随大军平定甘肃战乱立功后朝廷赏赐的。"

正在大帐中与黑龙江将军府参将巴兰珠及一干蒙古王公饮酒的图海见场中混乱，眉头微微一皱，两眼迅疾向客座官员一瞟，慢吞吞道："哈佐领。"

"卑职在。"哈木早已心领神会，躬身说道，"今日参赛者奇多，属下安排恐有不周，请诸位大人宽宥，卑职速去查来。"

"慢！"图海略略沉吟片刻，意味深长地盯着哈木，一字一句地说，"比赛开始。"

"喳！卑职明白。"哈木转身出帐，接过兵丁递上的缰绳，跃上马背，一溜烟跑去。他深知图海的秉性，这位索伦将领——封疆大吏个性执拗，当着各旗官员和远道而来的尊贵客人，表面上虽然是四平八稳，但心中一定是十分恼怒。在这种场合旗民滋事，自然是官吏政绩低微的表现，况且，今日在座的还有代替黑龙江将军巡边的副将军巴兰珠。所谓的比赛开始，无非暗示自己尽可能息事宁人，避免事端。

"让开，让开！"

见指挥佐领哈木到，所有兵民都闪开，一名兵丁抢先几步，禀报道："禀

大人，旗民博尔奔察聚众闹事，请大人发落。"

　　哈木眉头紧皱跳下坐骑，只见博尔奔察向自己躬身一辑，愤愤说道："海兰察年幼无知又参赛心切，以致误时闯阵，请大人体察。"

　　"胡说，如此乱闯，秩序何在？滋事之后又花言巧语，定是刁民无疑。左右，还不与我拿下！"现场维持秩序的佐领大觉面上无光，恼羞成怒。

　　"且慢。"哈木止住了兵丁，斜睨了那个外旗佐领一眼。他素知博尔奔察是索伦部山林草原上最有名气的猎手和牧人，作战骁勇，弓马功夫和他那胆量一样为人称道。如果撇去官帽的优势，此人在部众中的威望恐怕还在副都统图海之上。

　　同在索伦部治下，又是同胞兄弟，在这旌旗遍野、宾客涌至的盛会上，如何体面地处置此事，他心底一时踌躇起来。他眼望固执倔强没有一点退让意思的博尔奔察，还有那十几名流露出乞求神色的猎手和牧人。又偷偷瞥了瞥满腹狐疑注视着自己的那位佐领，眼睛转动之下，问下马跪在自己面前的黝黑少年："叫什么，归属哪佐？"

　　"回大人，旗民海兰察，归十四佐。"海兰察中气十足，震人耳鼓。

　　"你阿爸是谁？"哈木又问。

　　海兰察神情委顿，黯然不答。

　　"懂不懂规矩，回大人的话！"

　　几名兵丁连声叱斥。

　　"回大人，海兰察自幼失去双亲。其父在征讨准噶尔时阵亡。"博尔奔察抢答。

　　"啊——是这样！"哈木一听顿时心下一阵酸楚，联想到自己父辈远征葛尔丹、抛尸西域的经历，一种同是天涯沦落人的悲怜情愫油然而生。他抬起头大声叫道："天朝子民当为天朝效力，战死疆场、马革裹尸又何所惧？去吧！我索伦的荣辱全在马上。"

　　言毕，暗地里丹田叫力，气灌右臂，随着手臂一扬，海兰察的身体腾空而起，空中旋转一圈，悠悠落在了黄膘马上。

第 三 章

在旗民的喝彩声中，福生利老板孙浩身边的乔玉只是闷哼一声。孙浩的三角眼一眯，问："看这样子乔老弟不服哟？"

乔玉蓦然一惊，回过神来像是自言自语："海兰察骨骼清奇，倒是块好材料。那个佐领么……一股蛮力，平常得很。"

"唵？"孙浩暗自吃惊，眼望着这个在自己商号呆了三十年的役工，实在是猜不透此人来历和能耐……

赛马开始了。

二十几匹骏马代表大漠南北、雪域高原的所有良驹，开始了百年不遇的龙争虎斗，无论人与畜都揣着老鹰般的雄心展开殊死的拼斗。五十多对马蹄争相狂奔，马蹄扬起的杂草和尘土遮空蔽日，空气中弥漫着肃杀之气，阳光被烟尘笼罩，为之惨淡。

一匹高大雪白的科尔沁蒙古马立时领先，引来人们的众目睽睽。那是科尔沁蒙古正红旗副都统阿日泰的坐骑。

遥望白马领先，阿日泰所部官兵乐得手舞足蹈，声嘶力竭地叫喊着，打着手势。阿日泰为矜持起见，不动声色慢慢呷酒，脸上的笑纹和那目空一切的神态，使图海如坐针毡。他一面和颜悦色地向众人频频劝酒，极尽地主之谊；一面用严厉的目光扫了哈木一眼。哈木知趣地退出帐外，探首眺望。

马队驰远，但居高临下依稀可见，图海的坐骑枣红马始终落后于白马十丈开外。一匹西域大个宛马犹如黑色鬼魅紧随其后，它的右侧是一匹黄膘马。他

不由呀的一声，是海兰察。

此时，他才意识到，博尔奔察把自己的宝马让给海兰察，又拼命让海兰察挤进赛场的真正目的。在强敌压境、高手林立的今天，想保住索伦部的荣誉是顶顶重要的事情。考虑到了这一点，他又喜忧参半。喜的是即使枣红马一旦败北，科尔沁的赛马也未必夺魁！那也算是为索伦部争足了面子。忧的是黄骠马一旦获胜，人们又该怎样议论图海那匹早已闻名遐迩的宝驹呢？在千里呼伦贝尔草原，有谁不知图海那争强斗胜、热衷荣誉的虚荣心呢？明眼人一下就能看出，在他那苍老干瘪的胸膛中，跳动的却是与之年龄不相符的一颗老鹰般的心。几十年官场的磨砺使他不乏达官政客的真知灼见，然而却一点没有影响他追求荣誉的执着，反而使他越来越不怕困难！哈木怀着惴惴不安的心情返回帐内，见图海神情沮丧，看也不看绝尘远去的马队，一副听天由命的样子。

场面开始肃静下来，人们仿佛要休息一会儿，积蓄力量，等马队返回场内时，拼尽余力为头马喝彩。

大帐内，阿日泰趾高气扬，瞅了瞅闷闷不乐、衔杯不语的图海，问："图大人，素闻呼伦贝尔索伦部多良马宝驹，今日何故……想必是大人不肯叫敝人与众宾客一饱眼福吧！这……嘿嘿嘿。"他素来不服小小的索伦部也有铁骑之称，草原部族的狂悖秉性在美酒的怂恿下迅速膨胀起来，想尽情地奚落图海一顿。何况自己的坐骑看来已经稳操胜券，此时不借题发挥一下，更待何时呢？"倘若将蒙古与索伦比作骏马，那么，索伦这匹骏马与我蒙古相比如何呢？"说着两眼向众人一扫，目光最终落在了黑龙江参将巴兰珠身上。之后，嘿嘿干笑个不停。

他的话无疑是当众将了图海一军，言外之意是讥笑索伦部和蒙古相比，不过是徒有虚名而已。图海哪里受过如此的奚落，这些年来，不管是他个人，或是索伦部都是吉星高照、气运正盛的时候。听了这般恶意的揶揄，他脸色陡变，额上青筋暴露，怒火填膺。但他毕竟是身为东道主的地方官，如何肯在众多宾客，特别是巡边参将面前发作，做出有失体统的事情。

第四章

有如一锅鲜美的羊肉汤中掉进一块牛粪，阿日泰挑衅般的话语实在是不合时宜，令所有的官员为之一怔。在这种场面和气氛中居然说出这样的话，叫人手足无措，场面顿时紧张尴尬。

在座的索伦部官员个个怒容满面，只是见图海一言不发，都不敢僭越。唯独哈木眨了眨眼，笑容可掬，执壶斟酒，举箸让菜。然后不慌不忙，若无其事般地向阿日泰一揖，朗朗开口道："大人在上，卑职想讨教一二，不知大人可否赐教？"

"哦？"阿日泰先是微微一愣，随后细细打量了一下哈木，摆出一副不以为然、莫测高深的架势，说，"讲。"

"卑职以为，智者，不争一日之高低。以一日一时之所得而妄议天下之事，恐有失偏颇。索伦部虽弱小于蒙古，但普天之下，莫非王土；率土之滨，莫非王臣。古人云：蚁负粒米，象负千斤。我等皆为大清朝外拒强敌，巩固边围，内解忧患，国泰民安。曾几何时，我们还共同横刀立马，逐鹿中原。几十年来，索伦将士与蒙古将士一样，金戈铁马，尸填沟壑。试问，如大人所说，将我索伦与蒙古比作骏马，那么索伦不是骏马便是宝驹。大人以为如何？"

哈木语气柔软，面含笑容，神态谦恭，一张俊秀的团团脸，憨厚中透着机灵。一番话语说得柔中有刚，不卑不亢，把众人听得眉开眼笑，就连巴兰珠也不住地啧啧称羡。

"足下好一副利齿，却只得了个四品顶戴，可惜了你的豆蔻年华，要不要

本都为你专折保荐一下？"阿日泰遭到哈木抢白，又无言以对，冷笑几声，恶语相讥。弦外之音是指哈木乃索伦人只配吃嗟来之食。

阿日泰的话一出口，场内刚刚缓和的气氛骤然又紧张起来，几名喀尔喀蒙古部的官员唏嘘不已。

大家都屏息静气地聆听哈木怎样回答。

哈木思索片刻，凛然说道："大人言重，卑职辞谢大人提拔之恩。一将功成万骨枯。我索伦之所以叠遇浩荡皇恩，那是用血肉和忠贞换取的，古人云，可怜无定河边骨，犹是青闺梦里人。索伦人何尝不爱安详的田园牧歌式的光景，为社稷百姓四下征战也是无奈之举，蒙古不是一样么？至于卑职个人才微德寡，不堪重任，能以微薄之力，为朝廷尽犬马之劳，报效国家社稷，内不疚于神明，外不愧对清逸则足矣。此外，别无奢望。"哈木毫不让步，针锋相对，言外之意，昭然若揭。隐喻自己乃至索伦部，不像对方那样是沽名钓誉之辈。

"罢了罢了。"巴兰珠见阿日泰越来越出格，只好出面调停，无奈双方都是朝廷劲旅，不能褒贬一方。他本人又不善言辞，正张口结舌之时，欢呼声骤起。远方，一条浓浓的烟龙在马蹄的叩击声中，滚滚而来。

在千百人的吼叫声中，急剧的马蹄声越来越近。马蹄蹶起的尘土在阳光下一片昏黄，宛如一条黄浊的烟龙，紧紧衔着马尾逶迤而来。

科尔沁白马和海兰察的黄骠马齐头并进。这两匹久经沙场和赛场的马与人一样精，在最后的冲刺中，也察觉到自己与对方势均力敌？开始相互挤撞，争相占据哪怕是一小步的距离。图海的枣红马也紧紧相随，只差一箭之地。

赛马固然要有一匹好马，但必须有好的技艺，尤其是在关键的时刻，在胜败的毫厘之间，骑手的技艺高低能在一刹那间决定胜负。

海兰察的黄骠马虽然算得上顶级的好马，但平心而论，和科尔沁的大白马比，还是稍逊一筹。这一点有点经验的牧人一眼就立判高下，但他是在马背上长大的，从生存的本能出发，必然要仔细入微地观察马的习性。这一点上和那王公贵族的纨绔子弟大不一样，只知即兴玩耍。海兰察驭着黄骠马跑遍千里索伦草原和山林，人马之间，可谓心领神会，配合默契。起跑一开始，他立刻察觉大白马是劲敌，它身高力大、体力强健、并且凶猛异常，对凡是贴近它的马匹非咬即撞，好像它也是副都统。闹得其他赛马不敢直接与其并肩争雄，纷纷向外靠去。这样，在旗鼓相当之间，不知不觉之间，大白马占了便宜。

　　海兰察待终点快到的时候，猛然身体前移，伏在马背上，两腿用力一夹。黄骠马立刻明白了主人的意思，玩命似的蹶起没有了重量的后蹄，把头一低，箭一般冲了上去。

　　赛马，风驰电掣，像股旋风刮进场内。海兰察前身几乎贴在了黄骠马背上，耳边呼呼的风声中还隐隐听到人们嘈杂的叫喊声。

　　右侧的大白马情急之下，突然侧头向黄骠马咬了一口。黄骠马全然不顾，仍然拼命冲刺，两马一斜一冲，黄骠马终于撇开白马一臂之距。

　　一见白马要败北，场内科尔沁官兵气得哇哇大叫，捶胸顿足。阿日泰脸色铁青，胡须一撅一撅。左右官吏见状，心中暗笑他妄自尊大，眼看就要落得个咎由自取的下场。

　　将到终点之时，白马少年绝望中，身体向前探出，手臂一挥，竟然在众目睽睽之下，将马鞭朝黄骠马头扔去。旗民大哗，呵斥声、叫骂声集成一片。

　　海兰察大吼一声，双手在马背一按，身体腾空而起，脚尖在马背上一点，如同凌空而下的兀鹰一样，扑向白马少年。

　　两人同时翻滚落下马。

　　枣红马乘虚而入，冲到了终点。

第 五 章

　　勒勒车轱辘压住了西边天际的最后一抹晚霞，草原被夜幕笼罩。就在暮霭爬到山冈，飘浮在树梢的时候，空旷的原野燃起一堆堆篝火。

　　人们围在堆堆篝火旁，在皮鼓和桦皮哨的伴奏下，在粗犷豪放的牧歌和细腻悠扬的民歌声中，男女老少尽情地舞着。络绎不绝的欢笑声与歌声融合在一起，荡漾在烟波浩荡的索伦湖上，飘溢在繁星闪烁的夜空……

　　博尔奔察坐在一群牧人之中，不停地大口喝酒。海兰察用腰刀从火堆中挑出鹿肉条，洒上少许盐递给博尔奔察。火光映在他还带有稚气的脸上，浓眉虎目透出一丝忧郁的神情。

　　"怎么，还在为比赛的事生气么？"博尔奔察伸出大轮车轴般粗壮的胳膊，拍在海兰察的肩上，又说，"不管咋说，第一名还是我们索伦，啊，索伦！"

　　见海兰察仍然沉默不语，叹了一口气又说："大叔白天喝多了，不该揍你，你恨我吗？"

　　"骏马是鞭子调教出来的。大叔，我自己不争气，哪能怪你呢？"海兰察心悦诚服地说。

　　博尔奔察瞪着被酒烧红的眼睛吼道："孩子，如果你气闷的话，大叔替你宰了那个骑白马的小子。二十多年来大叔参战十几次，不知宰了多少人，还差他一个么？"

　　一见博尔奔察凶性大发，大伙知道此人说得出就做得出，急忙你一言他一语地劝阻。

海兰察若有所思地说："其实，我……要是有足够的力气和技艺的话，根本不必跃过去。只要看准时机，猛力撩起白马后蹄腾空时的尾巴，完全可以掀翻白马。唉，可惜……"

博尔奔察惊疑地目视着沉思中的海兰察，没想到他小小年纪，竟然急欲做到多少高超的骑手都难做到的事情。这孩子心里到底都想着什么呢？顽强和勇敢是索伦人赖以生存的基础，然而，这孩子如此下去，总不会思量着同熊摔跤吧？！他迷惑地仰望幽深的苍穹，陷入沉思。

乔玉转了七八个火堆，终于找到了醉眼朦胧的博尔奔察。

"博尔奔察老弟。"乔玉叫了一声，坐在博尔奔察身旁。

"哦，是你？"博尔奔察意外地愣了一下，又不失礼节地递上酒壶，把手扒肉放在乔玉面前，"乔玉兄，在下最近可没与贵号打交道，贵号孙掌柜实在令在下害怕了。"

乔玉微微一笑，道："老弟还在为那个熊胆的事发牢骚么？"

博尔奔察怒道："我这是键牛卖了个羊价钱。要不是等着银子用，我……恨不得骗了那个瘸腿狼。"博尔奔察一提起这件事又气得呼呼喘气，转念一想，此事又不关乔玉的事，乔玉给孙浩干了三十年的活，到现在还不是牛尾巴一根——光是骨头没肉吗？

"乔兄是找在下有事？"博尔奔察正色问。

"不错，请到那边说话。"乔玉喝了口酒，撕下一块肉，指着河边灌木丛。

两人默默向河边走去，海兰察悄悄爬起身，尾随而去。

走到一片柳条林中，博尔奔察停下脚步，调侃般地问："如果我猜得不错的话，乔兄是在想入冬后加入我的猎队，即使是不图獐狍野鹿，也能闹个细狗还家。——没问题！乔兄已过天命之年，毡房中空空荡荡，就像栓马桩一样——光棍一根。兄弟知道你的难处，这样吧，等头场雪一下——。"

乔玉不耐烦地一挥手，打断博尔奔察的话，神色庄严地说："老弟盛情，愚兄领过。不瞒你说，愚兄是想收海兰察为徒，老弟是这孩子最亲的人，所以此事必然得到你的点头。"

望着郑重其事的乔玉，博尔奔察惊讶不已，他像从来不认识似的从头打量起眼前这个向来才不出众、貌不惊人的老头。和他学什么呢？放牧打猎是索伦

人的本行，除了做买卖。那可不行，索伦人是依仗弓马立世生存的，决不能干那种闲游乱荡、坑蒙拐骗的行当。这老头是不是喝醉了？想到这里，他咧了咧大嘴，打算痛痛快快地和乔玉耍笑一番，"阁下准备教海兰察什么功夫呢？"

"在下自幼习练武功，虽说功力平平，但绝不致误人子弟。"乔玉没介意博尔奔察的揶揄，仍然一本正经。

"嘿嘿，这么说阁下竟然还是一位高手呢。不过，既然有此身手，为何屈身至此，为人驱遣呢？"

"既然老弟这么说……"乔玉见博尔奔察不信，只得走上前，闪电般将右手搭在博尔奔察的肩上，食指点在他的肩井穴上，说了声，"在下得罪了。"

博尔奔察也是久经沙场的人，一见掌影挥到，本能侧身躲闪。忽然间肩井穴位一痛，半身立麻，心中一凛，方知来者不善。运力稳住身形，哪知力道全失，此时才如梦方醒，知道遇上高人。他二十年征战边疆内地，结识了不少拳师剑客，也练了几年外家功夫。听说内功是武林正宗功夫，高深莫测，博大精深。万万没有料到在这人烟寥寥的边陲之地，就在自己的身边竟然出现如此高手，不由惊喜交加。

乔玉见达到了目的，收掌撤力。博尔奔察长吁一口气，躬身一揖，神态谦恭道："在下愚顽如井底之蛙，请大师恕罪，如蒙不弃，甘拜为师，在下愿为大师提缰携镫，侍奉大师。"

"阁下言重。"乔玉沉吟一会儿，缓缓说道，"敝人实有许多难言之隐，今日不及细谈。你我二人有兄弟之情，日后朝夕相处，还怕没有切磋的工夫么？还请阁下叫来海兰察。"

博尔奔察大喜，说："大师稍候，在下片刻就来。"

话音刚落，树丛中钻出海兰察，径直走到乔玉面前跪拜在地，朗声说道："大叔平日丑时练功，我看过不止一次，只是没有说破。早有拜师之心，又怕唐突，今日得以所愿。师父在上，受徒儿一拜。"

乔玉听了海兰察的话，暗暗一惊。他深怕泄露了身份，长年小心谨慎，只在夜深人静的子、丑时分练功。不想百密一疏，还是让海兰察察觉，这孩子机灵不说，而且口风很严。他越发喜欢这个观察很久的索伦少年，只是不露声色。

三人在河边林中商议了很久。

　　乔玉站起身，语气严厉地对海兰察说："入我师门，恪守门规。此外，为师要你不许对人说起拜师之事，不许轻易使出本门武功。如违师训，就像这样。"话音刚落，只见右掌拍击，"咔嚓"一声，一棵碗口粗的树干拦腰折断，飞出老远。

　　博尔奔察和海兰察悚然一惊，相对咋舌。

第 六 章

入夜。篝火熄灭。

除了巡夜的兵丁,人们都已在帐篷或毡房中安歇。空旷的原野,一片静谧,只有偶尔传来几声犬叫和此起彼伏的鼾声。

乔玉静静躺在一辆卸了货的大轱辘车上,头枕双臂,仰望着凄清寥廓的夜空,心潮涌动。收到了一个天资聪颖的徒弟,延续光大师门绝学自然是件喜事,却又勾起了他尘封多年的心病。那曾经忘却了的辛酸往事有如雾霭一般,重新浮现在脑海中……

那是三十年前,在四川峨眉山的一个夜黑风高的晚上,他得到师兄——川北总兵官的飞骑传书,平西大将军年羹尧已被皇上赐死。树倒猢狲散,为防止株连,师兄先行弃官隐遁,吩咐他速逃。

得此急信,他慌忙处理手头事情后,连夜出走,躲开官道拐进崎岖的山路上。穿过一片树林,在一处阴森岑寂、怪石嶙峋之处,他略略放慢了脚步。借着惨淡月光,双目似流星一般,扫视一下四周。猛然,路西旁的萋萋蔓草中和岩石后纵出几条人影,形同鬼魅,向他扑来。与此同时,他察觉前后左右气流迟滞,显然布满敌手。一阵微弱的利器破空声传来,他哪敢怠慢,飞身而起,一柄宝剑护住要害,击落几枚暗器。

"哪位高人,请现身形!"他身形一稳,厉声喝问,语气中不无讥讽。

一阵怪笑过后,七八条人影将他围定,为首的老者惺惺作态,有意叹了口气,道:"是条汉子,如此落魄之时,竟然豪气不减。乔总兵,老夫绝非是乘人之危来寻你的晦气。你我之间虽然没有什么过节，可你师兄在任川北总兵官时，没少找我们青龙帮的麻烦，如今你们都弃官而去，与我们毫不相干，只是有些恩怨需要了结。"

"如何了结？"他边问边观察对方的位置，心里一沉。只见对方封住八卦阵型的生位，留下的都是死门，显然遇到了劲敌。

老者又阴森森一笑，道："老夫自报一下山门，青龙帮帮主荆石达。你师兄早已溜走，没办法，你自认倒霉吧。两条路任选一条，要么横尸荒野，要么交出你师门武功秘籍，然后咱们大路朝天，各走一边。怎么样？"

他此时才明白青龙帮是为秘籍而来，既然大师兄已脱身，他没有了顾虑，大喝一声："鼠辈猖狂，秘籍在此，有本事就来拿吧！"

一名大汉疾言厉色地大喊："乔总兵，顾不得规矩了，你去阴曹地府讨公道吧！"言毕，同其他几人挥刀而上。

顿时，兵刃相交的叮当声，响彻寂寥的夜空。

齐玉左掌右剑，游斗于众人之中，没有丝毫惧色。他深知不宜久战，急于尽快脱身，因此一交手便使出杀招。掌法之凌厉，剑术之精妙，身形之快捷，在众寡悬殊之下，只用三分招数防守，七分招数竟然是凌厉无比的杀手。

二十几招一过，在旁观战的荆帮主眼见本帮弟子瞬间便毙伤几人，气得怒火填膺，吼道："都退下！"

见荆帮主要出手，乔玉心中一凛，虽然从没交过手，但他深知荆帮主几十年功力非同寻常。中原武林各派人士可以瞧不起青龙帮，但唯独对这位不入流的第五代帮主刮目相看。都知道他的内外功夫俱已登峰造极，一对空冥掌和泼风刀法出神入化，罕逢对手。他暗中凝神聚气，一面思谋对策。

"哈哈，总兵大人，或许昨日以前，你手持兵权，帐下不乏能征惯战之士，老夫确实对你奈何不得，眼下——你有何话可讲？"荆帮主捋着胡须，声若洪钟。

"荆帮主，在下没想到你身为一派掌门，竟会做这等蝇营狗苟之事，往后还想在江湖立足么？"乔玉口中侃侃而言，一对炯炯有神的眸子却不停地四下打探。

荆帮主窥破他的心思，板起脸，冷冷一笑，道："何谓蝇营狗苟？武林中人哪个不知，'迷幻'剑法中有几个招式还是从敝派武功中窃取的，既然'迷

幻'剑法是由各派武功的精华淬砺而成，岂能由清风道长和贵派一家占有？好吧，老夫今日陪你过几招，倘若赢得一招半式，就委屈尊下交出秘籍，如何？"

乔玉一见荆帮主决意动手，知道多说无益，把心一横，长剑一举，沉肩坠肘，目视对方，丝毫不敢怠慢。他料定荆帮主以长辈自居，自然不肯先出手，于是抢步上前，一招"古洞阴风"，剑尖舞出三朵剑花，疾攻对方下盘。没等招数用老，剑光如电，又是一招"风掠水面"，长剑罩住对方上身的三个重穴。

"迷幻"剑法是武学奇才清风道长穷尽一生之力，精研武林各派剑术之精华后所创，乔玉又是在情急之下竭尽全力使出，两招六式一气呵成。不但招式怪异，并且出手快速绝伦，招招致命。迫使荆帮主这样的高手，一时也只有招架之功，没有还手之力。情急之处只好施展轻功，躲过剑锋。乔玉一招得手哪敢松懈，紧追紧逼，没等对方清醒，又是一招"秋叶飘零"，舞出漫天剑花，白光铮铮，寒气飒飒。一套"迷幻"剑法，虚虚实实，真真假假，动如蛟龙，快似闪电，把荆帮主忙得手忙脚乱，左支右绌。

此时，荆帮主方知"迷幻"剑法名不虚传，果然厉害。同时又为自己身为一派掌门，当着弟子的面，被一晚辈逼迫得狼狈不堪，真是惊怒交加、面色铁青。他大吼一声，纵身扑上，劈击两掌。他毕竟久经沙场，经验老到。试出乔玉内力还差火候，只是仰仗剑法诡秘和变幻莫测，又是先发制人取巧而已。神思一定，右手持刀施展泼风刀法，以快攻快，左掌却暗凝内力，将空冥掌法使得凌厉之极。刹那间，优劣突变，乔玉在荆帮主雄浑的掌力下，顿觉气息微滞，整个上身处在对方掌风笼罩之下，不仅攻势受挫，反而处处受制，险象环生。

荆帮主一见乔玉迫于守势，"迷幻"剑法无法施展，顿时狂妄起来。有意显示内力，刀掌毫不见缓，口中却朗朗叫道："尊下剑法精妙，可惜内力不济，此时不交秘籍，更待何时。想陈尸荒野么？"

乔玉一声不响，一柄长剑攻少守多。又斗过七八十招，已知照此下去，自己必然落败无疑。心中一急决定采用两败俱伤的打法，他纵身跃出一丈开外，变换招式，使出师门另一绝技——"迷幻掌法"。

荆帮主只当他是强弩之末，到了油尽灯枯的地步，所以击出一掌只用七成力道。哪知双掌一合，顿觉胸闷气滞，气血翻涌，向后踉跄数步才稳住身形。他大惊失色，就连旁观的青龙帮弟子，也尽皆骇然。无论如何也没想到乔玉久战之后，在力不能支的情况下，还有这么强的内力。好在乔玉也被震退数步，步履艰难，哇的一声，吐出一大口鲜血。尽管如此，看到一旁调息的荆帮主，他知道机会转瞬即逝，强撑起身体向外冲去。青龙帮众按照八卦方位，不断调整阵势，无论怎么冲，生门立即被封，死门洞开。重伤之余的乔玉不能力战，顿时万念俱灰。荆帮主调息之后，正向他一步步逼来，忽觉身后疾风骤起，知道有人偷袭，急斜身跃上石壁。定睛一看，只见一条人影偷袭自己不成，可转眼之间，连出四掌，轻而易举拍倒四名上前拦阻的本帮弟子。手法之快，招数之怪异，简直不可思议。

眼见那人挽起重伤的乔玉，意欲遁去，荆帮主大怒。使出十二分的气力，拼力击出一掌，掌力方吐立时又大惊失色。只感到击在一堵石壁上一样，力道反弹回来，几尺之外，劲风似刀。慌乱中，身体被震得腾空而起，摔向石壁。那人显然不恋战，挟着乔玉，施展轻功，倏然逝去。

清晨，在一片荒郊野岭中，乔玉徐徐醒来。地上用剑尖刻出十二个大字，赫然跃入眼帘："速速北上，潜心修炼，莫负师望。"

是大师兄的手迹。

犹如拂尘一甩，缥缈溟濛的云雾隐隐遁去。乔玉醒过神来，他坐起身环顾四周草原，自言自语道："丑时已到，该找海兰察练功了。"

第 七 章

　　隆冬。

　　白雪皑皑的雪原上，两匹骏骑蹶雪飞驰，追逐着几只狼狈逃窜的饿狼。一只瘦骨嶙峋的老狼，气喘吁吁，耷拉着血红的长舌，不断回头仇视着逼近的人马，眼露绝望的凶光。

　　它几次试图冲上高岗或蹿进长满灌木丛的河谷，逃脱猎手的追杀。无奈两个猎手总是占尽先机，每每封死路口，逼它在没膝的积雪中吃力逃命。

　　当马蹄将要踏到它的股骨时，它突然反转身一跃，凌空转体九十度，利爪探出，向马背上的乔玉扑来，乔玉冷斥一声："好畜生！"一侧身形，右掌迅疾一挥，只听一声惨嗥，老狼腰骨被拦腰斩断。像根折断的树干，飞出数丈，扎进雪壳，眼、鼻、嘴同时冒出血沫。乔玉瞅都不瞅，飞马盯住另一只大狼追去。眼见刚才的那一幕惨景，另一只狼吓得一溜歪斜，顾头不顾腚地逃跑。

　　"师父，看我的。"海兰察斜刺里冲来，放下弓箭，撩起袍襟。斜身弓腰，左手探出，当黄骠马奋力蹿出几步，与狼平行的一刹那，他手臂电疾一挥，一掌拍在狼头盖骨上。一声闷响，狼顿时栽倒在地，一动不动。

　　"好，海兰察。"乔玉勒住马缰，朗朗大笑，又说，"狼有铜头铁背之称，为师那一掌是打在背上，与你这拍在头上的一掌相比，倒是占了便宜。"

　　"师父又取笑徒儿啦。"海兰察面色发窘，翻身下马，拔出短刀准备剥狼皮。

　　远处，驰来几匹骏马，马上人拖着套马杆，几只死狼的尸体划出道道雪沟。

　　"大师神技，在下望尘莫及。"博尔奔察见这师徒俩一不用刀枪，二不使用套杆，就用双掌打狼，由衷地赞叹。

"雕虫小技，何足为道。"乔玉谦和应酬，在这些朝夕相处的猎手面前，无所顾忌，"各位为何在这个时候下山？"乔玉知道大雪封山季节，正是狩猎的黄金时刻，对他们突然下山感到十分惊讶。

"不瞒大师，我们也是恋恋不舍，无奈总管急召我等。据说岭南近来匪盗猖獗，商号、畜群屡屡被劫。怕波及此地，副都统衙门严令各旗抽兵协助岭南卜奎都统衙门围剿。"博尔奔察满腹怨气。

"这个冬天没了收获，开春就不好过喽。"

"我等不去不行啊！食君俸禄，为君分忧。军令如山，没法！"

猎手们七嘴八舌。

博尔奔察取出皮口袋递给海兰察，对乔玉说："顺便给大师带些熊胆鹿茸，此物去毒御寒，还望大师笑纳。"

"有劳各位，敝人无功受禄，实在是受之有愧。"乔玉一脸真诚。

博尔奔察恳切地说："大师何必自谦，海兰察视你如父，教养之恩无以为报。好，我等告辞。"

望着众人消失在雪原深处，乔玉才同海兰察缓缓向自家牧包走去。

海兰察瞅了瞅沉默不语的乔玉，忍不住问："师父，徒儿的入门功夫是不是差不多啦，该可以练习正宗武功了吧？"

"嗯，是不错。"乔玉眯眼望着远方的山林，若有所思地说，"是该加紧的时候喽。你的根基不错，又能吃苦，只是习武之人，当以稳扎稳打，循序渐进才是。如果急功近利、投机取巧，最后定然后患无穷。特别是内功的练习尤为凶险，稍有不慎便有性命之忧。"

"是，徒儿谨记。"海兰察点了点头，又问，"反正闲来无事，师傅，江湖自有江湖的规矩。青龙帮为什么不精研自家武功，偏偏处心积虑抢咱们的武功秘籍？"

看着海兰察稚嫩的神情，乔玉觉得有必要尽快让他成熟起来，开口道："自古中原武林延续一种陋习，那就是门派观念太强，又喜好争强斗胜。因此，都养成了睥睨别派武功，自负本门功夫，不外授又不汲取的劣习。久而久之，本派武功只能故步自封，加上失传，落得日益衰败的下场。我师清风道长摈弃世

俗拙见，独辟蹊径，在精研各派武功精髓之后，自创出'迷幻'剑法、掌法、内功心法这武林三绝。这本是一件功德无量的事，原以为可以惩恶扬善，造福苍生……"

"当然，这确实是一件善事。"海兰察随口赞叹。

乔玉摇了摇头，叹道："此事哪有那么简单？我师宅心仁厚，自以为给武林做了件好事。没想到这套武功一出世便惊世骇俗，震惊了整个武林，纷争也接踵而至。武林中黑白两道都视其为瑰宝，都以剑法中有自己门派的招数为由，索要剑谱。我师自知武林人士良莠不齐，一旦绝技落到宵小手中，贻害无穷，自己反倒成了罪人。恼怒之下，击伤四大门派强行索要剑谱的高手，隐遁山林。"

海兰察一听，急问："那么师祖从此再没出现在江湖么？"

"没有，就连我们师兄弟四人也没见过。记住，从你师祖的教训中可悟出一个道理：藏匿锋芒，豪气内敛，高处不胜寒啊！"乔玉怕海兰察涉世不深，有意让他了解江湖的凶险。

"师傅，他们逼迫我师祖，待徒儿练成武功，把这些人一并收拾掉。"海兰察信誓旦旦。

乔玉听了脸色大变，喝道："胡说！记住，山外有山，天外有天！就像刀走白，剑走黑那样，天下武功强者多着呢。佛门武功博大精深，高深莫测；而道家武学柔中有刚，刚柔相济，不但妙趣横生，而且启迪愚顽。比如说无招胜有招，就是开封心智，提高悟性的方法。学无止境，达者为师。我师门讲究的是扬长避短，不断以别派的长处完善自己，日后不论成就如何，切不可夸耀，更不许恃强凌弱，懂了么？"

"是，徒儿谨记师父教诲。"

过了春寒料峭的季节。四月里，冰雪融化，草莽复苏。

乔玉见天气渐暖，粮油将尽，便有心带海兰察到镇上走一趟。一来备些粮油菜蔬，向掌柜孙浩禀报畜情，二来顺便让徒弟多见见世面。——还有件心事则深埋心底。

把畜群托付给邻近的牧人之后，师徒便驱车上路。

师徒说说笑笑，不知不觉过了五个山头，三个时辰后，呼伦贝尔城遥遥在望了。

"师父，讲讲两个师伯和一个师叔呗？"海兰察对师门的事情有独钟。

"你大师伯和师傅一样，当年我们都在年羹尧帐下效力。西北战事了结以后，我们分别在川北、川西任总兵官。"乔玉停了停又说，"你二师伯原是读书人，却不愿走仕途，自称是化外方士，痴迷武学。在功夫方面，我们四人之中，当属他的功力为最。至于你那个小师叔么……"

"怎样，小师叔怎样？"海兰察紧追不舍。

"哼，别看她身为一个女子，川陕一带名气大着呢。日后你倘若有机会去川陕，就知道她的名头有多响！"

"看样子师父对小师叔颇有成见呢？"

"倒也不是什么成见。同门学艺，朝夕相处，即便情谊不深，也并无多大隔阂。师妹脾气暴躁，行为乖张，虽然也嫉恶如仇，但由于过于执拗，往往给人一种刁蛮的感觉。在师父老人家的溺爱之下，我们也不与其计较。"乔玉说着摇了摇头。

海兰察似懂非懂，但不住地点头。

乔玉爱怜地看了看爱徒，正色道："原本为师也不着急，可现在改变了主意，过几日开始给你传授内功心法。"

呼伦贝尔城建城才几十年，是北部边陲重镇，南接卜奎城，西北直通喀尔喀蒙古大库伦。二道街宽敞的青石路两旁，清一色是晋商，河北、山东一带的商人由于晚来一步，被挤在边缘地带。

福生利商号就是吃了这个亏，位于街尽头，也许因为靠边把头的好处，倒是圈起了个大院。

乔玉赶车进了后院，早有伙计迎上来。

孙浩嘴含玛瑙烟嘴，听完乔玉的讲述，又细又小的三角眼仔细打量了一会儿缄默不语的海兰察，似乎马贩子看马那样，挑剔般地看完头又瞅胳膊和腿。

"唵，这小子长个喽，也壮了不少。"孙浩转动着灰黄色的眼珠，等海兰察被支出去后，低头琢磨了一会儿，问，"冬场完事了，现在匪盗闹到咱们这啦。我看……趁春天，附近的草场马上返青，还是把畜群赶到这里妥当些。你说呢？"

乔玉一听，知道孙浩担心在草原深处畜群被抢，想利用近处的官府的势力。

"好吧，就照掌柜的意思办。"乔玉答。

"哦……你说，这小伙子——还行？"孙浩欲言又止。

"当然啦。怎么，掌柜的意思是？"

乔玉心头一紧，猜到孙浩对海兰察不放心，于是抢先说："我说掌柜的，我放的这群牲畜总得有个帮手，海兰察吃苦是没得说，我很喜欢他。除了他，什么人我都不要！"

一看乔玉把话说死，孙浩愣了一下，随即干笑两声，尖声细语说："乔兄弟想哪儿去啦，我不是那个意思。索伦人能吃苦、人实在。我的意思是说这小子乍一看是虎头虎脑，细看不得了……你看他天庭饱满，剑眉鹰鼻；两耳不说垂肩吧，可也像骆驼嘴唇似的——又肥又大。不是……池中之物！倒像……"说到这里，他抬头向厅堂墙上的一幅褪了色的老画斜睨了一眼，那是一幅年深月久、不伦不类的玩意儿。深秋皓月，古墓苍松下，嶙峋怪石间，一只瘦虎缓缓立起，呲牙鼓须，愤然长啸。画中左侧，居然有一行谈不上高雅，却也雄浑苍劲的行书：虎瘦雄心在。此作出自何处无人知晓，若在书香门第之家，自然不屑一顾，可在孙浩眼里绝不亚于郑板桥的真迹。这是当初他寒酸之极，决意创业之际，叫人按照自己的意思画的。不但字画含义相同，更酷似他当年穷困潦倒境遇中，仍怀雄韬伟略的写照。因此，他对这幅画特别珍爱，百看不厌。一帆风顺的时候，更令他信心备增，恨不能将天下的银两全都赚来；碰到挫折之后，每日仰视着它，则有卧薪尝胆的味道。

乔玉看透他的心思，心中暗笑，表面却郑重其事地说："其实，海兰察日后真的发迹，第一受益当属掌柜的你啊。"

第八章

盛夏。

绿浪滚滚，蝉鸣花香。

索伦河边聚集着成群的牛马羊群，红白黄黑，点缀着腰带似的索伦河旁两岸坦荡无垠的草原。

中午，酷热的太阳犹如熊熊燃烧的火盆，烤得人倦马乏。羊群各自寻觅阴坡的地方纳凉，牛马纷纷站在齐腰身的河水里，让清凉的河水尽情地贴肚皮而过，悠闲地甩着尾巴，驱赶蚊虻。

孙浩骑马颠颠地小跑在草原上。

最近草原上狼害很厉害，据说由于冬季雪太大，狼群没能储存多少食物，春天闹了饥荒，所以，开始大肆袭击畜群。

穷困的牧户牲畜少，人手多，还能看得过来。苦就苦了富牧大户和商贾人家。牲畜多、人手少，顾东不顾西，狼群一旦得手便频频偷袭，尽情地享受那现成的美味佳肴。

我那是马哟，都是每年卖许多银子的战马啊！孙浩心痛地想。

他顾不上酷热和颠簸的艰辛，带上一个家人，不远二百里路程，决定亲自去畜群看一看。再有，叫他一直心里犯嘀咕的是乔玉从此没了音讯，这明摆着不太正常。同样的一片草场，一条河边，别人家的畜群都遭了殃，唯独自己家的安然无恙？开始他高兴得抽筋，不大一会儿又觉着不对，开始忐忑不安。狼难道还挑着吃？

第二天中午，他和家人终于颠到了畜群附近。两人都气喘吁吁，臭汗淋漓。马群零散着站在河水中，小马驹们顽皮地在河水与岸边草丛中嬉戏。几匹雄壮的儿马子或是前后左右游走，或是不时打着响鼻，守护着自己的家族。

四周一片安谧的气氛。

孙浩和家人下了马，并没有向远处的破旧的毡房走去，而是悄悄地顺着河边窥探，寻找是否擅离职守、可能在哪玩耍和喝酒的海兰察及乔玉。

蓦地，家人用颤抖的声音低低叫起来："掌……柜的，你……看那坡上。"

孙浩定睛一看，脸色大变，忙用手揉了揉双眼，再次看去。他大嘴一张，两腿一软，瘫在了地上。家人吃力拖起瘫软的主人，惊恐万状，结结巴巴地说："熊！是只大黑熊呀，他在睡觉。掌柜的，咱……咱还是跑吧。"

一阵轻风送来响亮的鼾声，远处的半坡阴凉处，分明是一只大黑熊侧卧在草丛中酣睡。鼾声越来越大，越来越粗。孙浩吓得魂飞魄散，哪里还管什么畜群，连滚带爬，大气都不敢喘一声，向栓在灌木丛中的坐骑靠去。坐在灌木丛中，看不到了黑熊，他们仍然心有余悸，孙浩这才感到下身湿漉漉、热乎乎的，用手一摸，才知道刚才尿了一裤子。幸好有长袍遮挡，家人看不到，他才松了口气。

"没事，掌柜的。"他们上了马，绕过山坡，家人劝解，"熊不吃牲口，就是连人……也不吃，它是吃树叶蚂蚁什么的。"

"那用你说？"孙浩白了家人一眼，接过了话头说，"见了熊不能怕，你别惹它，它也不会招你。山林草原有的是它喜欢吃的，吃……人干吗，可就是……不知道它跑得快不快。"说到这儿，孙浩瞅了瞅坡那边，又低头看了看自己的马，狠狠在马屁股上抽了一鞭子。

到了毡房外，孙浩神气俱复，粗声粗气喊了声："乔老弟。"

"——哟！是掌柜的，这大热天的你怎么跑来啦？"正在煮茶的乔玉一脸惊讶。

"海兰察呢？"孙浩瞪眼问。

"他？他不是在看着马群呢吗，怎么，掌柜的来时没见到他？"乔玉反问。

看到乔玉一副认真的样子，孙浩惶惑了半天，一对昏黄的小眼珠滴溜溜地转了转，嘀咕着："看马群？是么？咋没见呢？"

"掌柜的放心，这孩子干活很尽心，要不，我带你们瞧瞧去？"

"不不不，免了免了。"孙浩急忙摆了摆手，咧咧嘴，讪笑了声说，"哦，天太热，我们也累够呛，在这歇歇，干脆，你把海兰察找来吧。"

"那——掌柜的稍候，在下去去就来。"乔玉说完，跨出门，跳上马背扬鞭而去。

孙浩在疑窦重重中见到了海兰察。一对惊恐未定的眼睛，恨不得刺进海兰察的骨头里。

"你一直在马群旁边看着吗？"孙浩问。

"对呀。"海兰察睡眼惺忪地答。

"在哪儿看着了？"

"半坡上。天热的时候阴坡凉快，看着看着就困啦，就……睡了会儿。"海兰察忸怩地答。

"哦？！那……你没看见什么？"孙浩心里暗暗吃惊，与家人对视了一眼。

"没，没有啊，哦，掌柜的是担心狼吧？放心，狼没来咱这里，真要是来了，乔大叔的酒壶就不会空着了。"海兰察轻松地笑了笑，全然没当回事儿。

孙浩愕然不已，瞪圆了比芝麻大不了多少的眼睛，目瞪口呆地愣在那里。一个叫人难以置信的念头闪电般出现在脑子里：这小子没说假话，对，应该是真的。那……么睡觉的熊——就是他！难怪狼不敢靠边。可，可这是怎么回事呢？就算我老眼昏花，不还有年轻的家人吗？不会两个人同时看错吧。熊虎之形都是大贵之相，对了，当朝武官的补服上不是都绣着熊虎图案么，那可都是三四品大员那！——啊呀呀，苍天有眼，让我孙氏门下出贵人，提前警示于我，不就是让我款以待之，以便日后……

想到这里，心情豁然开朗，笑纹绽放，几乎用令人发痒的音调说："好孩子，好好干，日后必成大器。想不想跟我回铺子里去，找一个体面点的差事？"

"掌柜的，这畜群可是不能缺人手，——再说，海兰察惯于草原的活计，到铺子里怕不合适吧？"见孙浩突然惺惺作态，乔玉也觉好笑，一听让海兰察走，急忙阻拦。

"谢掌柜的。我看我还是留在这里吧，这马群一个人根本看不了，一旦遭到狼害就麻烦啦。"海兰察委婉推辞。

一句话提醒了孙浩，他明白海兰察在畜群的作用，想了想开口道："乔老弟呀，海兰察毕竟是孩子嘛，得空让他玩耍玩耍。有些活你就多干点——啊！"回头又亲昵地摸了摸海兰察的头，说，"有事可以直接到铺子里找我——唵？"

家人莫名其妙地看着孙浩，暗自咬了咬发麻的舌尖。

第九章

夜，深了。

海兰察奉命随军剿匪未归，乔玉独自一人在毡包里辗转反侧，心事重重。十七岁的海兰察按照朝廷的律令，到了马甲的年龄，征召令一到，必须随时出征。早在几日前，他瞒过海兰察和附近的牧人，曾夜探官兵与匪盗激战的场地。他的顾虑得到了证实。一年前，远在四川的大师兄传书告警，时过三十年后，川陕的武林人士仍然在追寻"迷幻"秘籍的下落，迫使两个师兄隐遁佛门。青龙帮认定秘籍在乔玉身上，他们分批走遍大漠南北，就连西域雪山都没放过。二十几年中一无所获，便认定除了漠北荒蛮之地，乔玉无处可去。所以，他对这伙行踪和目的不同于其他匪盗的人产生疑惑。从地上的脚印和树木上的痕迹、死者的伤口看，他已经断定来者是一伙功力高强的江湖人士，偷抢行为不过是掩人耳目。看那深入桦木数寸的暗器，可以断定，是暗器的大行家。

以此推断，脉络逐渐清晰。

当年在科尔沁草原落脚几年，谁能想到冤家路窄，偏偏又碰到了青龙帮，一场大战，毙伤几人后，自己也中了剧毒暗器。好歹保住性命，继续北逃，来到了索伦草原。而青龙帮众在科尔沁草原失手后，肯定含辛茹苦追寻自己，渐渐向北移来。他们频频出手作案，却又不愿正面与官府作对，目的就是激怒自己出手，达到他们的目的。

今日傍晚时分，温都尔山附近又发现盗匪踪迹，哈木急率几十名官兵奔袭。严令所有各处青壮年猎手，携带兵器搜剿助战。

　　乔玉左思右想，猛然爬起身，黑暗中装束完毕，身着夜行衣，用黑绸掩面，跨上坐骑，向温都尔山方向驰去。

　　浓云遮月，星光迷蒙。

　　在温都尔山林外三十里的几棵松林中，他发觉几堆马的粪便，下马一摸，尚有温觉。就是这里，他心中暗说。

　　拴好马匹，施展轻功，悄无声息地向前疾奔。二十几里一过，隐约听到兵器交击和人的叫骂声，他精神一振，提气急纵，几个起落来到打斗场地。

　　箭羽破空，惨叫连连。

　　乔玉闪在一块巨石后，定睛一瞧，只见一片林间空地上，一堆篝火的残灰丝丝冒烟，几十人正在混战。哈木站在一旁时时呼叫号令，训练有素的索伦兵频频变换阵型，分清敌手的强弱，以长短兵器与敌鏖战。圈外十丈处，围立二十几名弓箭手，由一名骁骑校指挥，羽箭搭弓，做好开弓欲射的准备。无论阵内自己人如何死伤和惨厉呼叫，竟然一动不动，无动于衷。好个索伦兵将。乔玉心里暗暗赞叹。

　　当他细看对方时，不由大吃一惊。对方虽然只有十几人，但个个皆非庸手，闪展腾挪，举足挥掌间，身形相当矫健。如果不是畏惧弓箭，这些人冲出去也并不是难事。其中一位身形矮小的老者掌法尤为凌厉，掌风卷起满地的松树球和枯枝败叶。看得出，他不想多伤人，只是想脱身而已，又像是等待着什么。当他击倒几名官兵后，已无人能与其正面交锋。哈木见状，招呼海兰察一声，两人一左一右，合战老者。

　　"来得好！索伦兵果然名不虚传，只是单打独斗就差多啦。"老者边打边说。闪身让过哈木劈来的一刀，翻掌一击，哈木粗壮的身躯顿时被震飞。海兰察长剑一撩刺向老者腋下，想趁他没有回力之时偷袭得手。哪知老者丝毫不惧，不躲不闪，小臂一低一转，一指弹在海兰察长剑上。海兰察仗着天生神力和功力的长进，虽然握剑的手被震得发麻，失去准头，但总算没有弃剑。尽管如此，心里仍然骇然不止，这是他平生第一次遇到如此劲敌。

　　见到对手仍然手握长剑，老者也颇感意外，他轻描淡写地化解了哈木的几刀攻势，眼睛在黑暗中盯着海兰察。

　　海兰察僵木了一会儿，突然舒展猿臂，剑身平举。老者愣怔了一下，仿佛突然间明白了什么，立稳身形，十指如钩，蓄势待发。

"老家伙，看看索伦人的单打独斗。"海兰察冷冷说道，言毕，一剑刺向老者前胸。与此同时，愤怒已极的哈木也一刀砍来。

老者侧身先躲过哈木的刀锋，准备全力一掌，先结果了这个指挥有方的佐领。他万万没有想到海兰察的长剑看似平常，到了胸前数寸之后，忽地变成一招"倒转乾坤"疾挑自己下身两处大穴。他惊恐中"唵？"了一声，只好全身拔地而起，在空中舒腰探臂，变掌为爪，恶狠狠朝海兰察头上抓来。更让他没想到的是海兰察人剑相随，又一招"以逸待劳"一道寒气逼到胸口，吓得他毛发倒竖，百忙之中，只能硬生生使出铁板桥功夫，一仰身，吐气收腹，剑刃刺破棉衣，贴肉而过。一阵剧痛，他大吼一声，纵身退后两丈，抽出一柄宝剑。

海兰察情急之下，又听到老者的讥讽，使出了师门"迷幻"剑法，救了命在旦夕的哈木。老者此时心里又惊又怕，他做梦也没料到眼前这个索伦小子何以有如此精妙的剑法，他一时有想不起来哪门哪派，只是感到似曾相识。迷茫中倚仗功力深厚，经验老到，周旋游斗。

又过了三十招，老者发现这个索伦青年的招式不连贯，内力与自己更是相差甚远。甚至恶战之中为海兰察白白糟蹋了精妙的剑法频频咂嘴惋惜，也为这层出不穷的怪招而心惊肉跳。打到这个程度，他竟然好奇之心突起，为了看个究竟，尽力拖延时间。猛地，他大喊一声："迷幻剑法！"话音没落，便使出浑身招数，疾风骤雨般向海兰察功来。

海兰察起初凭着怪异的剑招与老者打成平手。时间一长，便相形见绌。一急之下，剑法紊乱起来，被对方抓住破绽唰唰几剑，迫使他顾此失彼。就在对方当胸一剑，他又回救不及之时，一粒力道奇大的石子飞来，硬生生震偏老者剑尖。老者猝不及防，眼见得手之际，持剑的右手骤然一麻，宝剑几乎脱手。大惊之下急退数步，凝眸四下张望，眼见一条黑影从岩山后凌空落下，双脚还没有着地，掌风已经照面，快得叫人难以置信。几招一过，他就认定这前后二人武功同出一辙，只是这后者使得快速绝伦，娴熟无比，配之以浑厚的内力，简直势不可挡。慌乱之中，前后各中一掌，顿时气血翻涌，喉头发腥，哇的一声，喷出一大口鲜血。其他同伙一见不妙，急忙分出几人挡住，且战且走。

由于双方一直处于混战状态，外围撩战的弓箭手不敢贸然放箭，眼睁睁瞅着众匪冲进阴森的树林，消失在黑暗中。

第十章

清晨，河边军营大帐内，哈木安排好死伤将士的后事，急匆匆赶到乔玉的帐内。

"在下不知尊下乃是隐居在此的武林前辈，平日怠慢之处还望大师见谅。"哈木恭敬异常，进门便躬身一揖，神态至诚。

"哪里哪里，哈佐领言重。乔某的事情累及索伦旗民，实在是心中有愧。"乔玉神色惨然，毅然决然地说，"为避免祸及无辜，在下会做一个妥善的了断。"

"大师所言差矣，我索伦人岂会如此怕事？大师在此忍辱负重，为我索伦培育英才，我等当然要护佑大师。敌人已向副都统大人禀报，要求加派高手协助大师剿灭此股匪盗。"哈木不知乔玉的苦衷，还当乔玉是为人手不够而发愁。

海兰察已知由于自己一时冲动，暴露了师父行踪而惹来的麻烦，心里一直惴惴不安。抬头望着突然间苍老憔悴许多的师父，欲言又止。乔玉看透了他的心思，惨然一笑，说："既然咱们已经暴露了行踪，就没什么可怕的了。为师主要担心的是你过早地承受这种压力，你的功力尚浅，而青龙帮是约了帮手有备而来，咱们今后……"

乔玉表面平静，神态安然，心底里却是波涛汹涌。隐匿了二十几年，这一天终于来了，他向牧人们坦率亮明了身份以及与青龙帮的恩怨，但隐去了官场仕途的一段经历。为自己省去一道麻烦，同时又不使索伦部的官兵为难。

听了众人苦口婆心劝自己留在索伦部，他是感动不已，多年的同甘共苦，生死与共，使他早已决定与这些淳朴无华的索伦人共度余生。没料到事与愿违，终归到了这依依惜别的境地。如果继续逗留此地，不仅使旗民卷入杀戮，而且有可能引起官府的猜疑。自己当年弃官出走，朝廷下令四处缉拿，虽说时隔多年，年羹尧一案早已风平浪静，可自己毕竟是当年朝廷的钦犯，倘若一旦败露，恐怕要累及索伦部。

经过一番深思熟虑，他想到了一个不拖累庇护自己多年的索伦人，又能在极短的时间内，加快传授海兰察武功秘诀的办法。

入夜，万籁俱静。

乔玉独自立于敖包山顶。

前几日激战青龙帮，不得已动了真气，致使体内的积毒发作，内力不仅受阻，而且就像他以往担心的那样，觉得毒素正在向心脉扩展。他情知不妙，年纪不饶人，假如不乱动真气，身体暂无大碍。可生死之刻哪还管得了那许多？

听到身后左右疾风掠过，他知道自己已被人三面围住。他抽出青钢剑低声喝道："都到了么？"

几条人影倏忽而至，身法之快，有如狸猫。

"好，乔玉。离别三十年，想不到你豪气未衰，威风不减。"随着话语，一个须眉皆白的老者飘然而至，正是当年的荆帮主。另有两人借助星光，乔玉认出是当年协助青龙帮，在科尔沁草原追杀自己的川陕怪侠。青龙帮中除了荆帮主，无人有此上乘轻功。

"荆帮主垂暮之年，竟然还时时惦记在下，不辞数千里前来，而且滥杀无辜。哼，英雄得很呢！"乔玉冷言讥讽。

"没办法。老夫料你是狭义之士，不可能熟视无睹，故而引蛇出洞。苍天不负苦心人。怎么样？今非昔比，在这漠北荒野，还有何高人为你助拳？"荆帮主话音一落，三人一阵大笑。

"你们是想倚多为胜还是单打独斗？"乔玉冷眼扫视场内形势，不动声色地问。

"怕是讲不得江湖规矩了，老夫年事已高，功力自然日渐衰退。乔总兵这些年定是功力大增，怕是已炉火纯青，我们几人就是一齐上，恐怕也讨不到什么便宜。"荆帮主大言不惭，拿话激乔玉。

两人搭话之间，川陕两怪相互呼啸一声，同时出手，疾身向乔玉扑去。乔

玉大怒，挥剑与二人战成一团。

三人各施平生绝技，咬牙怒骂声中，招招都毒辣无比。斗了三十回合，双方势均力敌，川陕怪侠见合二人之力制服不了乔玉，厉声呵斥在一旁掠战的荆帮主赶紧援手，同心协力除掉这个平生罕见的敌手。

荆帮主看了几十招，看出乔玉今非昔比，生死攸关的拼斗中，仍然游刃有余，举手投足间潇洒无比。他吸了口冷气，知道今天如不除去这个劲敌，以后怕是没有机会了。意识到这点，立即拔刀冲上，以三敌一，形势对乔玉不利。又斗了几十回合，一直在几丈外观战的十几名青龙帮弟子一齐加入战团。

乔玉体内的余毒开始发作，渐觉神倦力疲，内力不继。他最担心的状况发生了，并且时间越长越不利。于是他不得不采取两败俱伤的打法。提起十二分的精神，暴喝一声，在荆帮主一掌击中自己后背的同时，剑尖挑开川陕怪侠的环跳穴，废了一个劲敌。

荆帮主的一掌是以平生功力击出的，何止千斤之力。乔玉体内毒素作怪，真气受阻，中掌后踉跄数步，喷出一大口鲜血，内伤不轻。就在他气竭神迷，垂死拼斗时，一阵急剧的马蹄声传来，哈木和海兰察从疾驰的马背上一跃数丈，如大鹏展翅，落在乔玉身前。转瞬间，大批索伦官兵涌到，弓箭手列开队伍，绊马索横飞。

荆帮主一看不妙，长啸一声，率众向林中逃去。

第十一章

呼伦贝尔城副都统衙门。

图海近日心情格外地舒畅，闲暇之机，总是把几天前卜奎副都统满迪来拜会自己时的情景细细回味一番，有时竟然笑出声来。

一年多以来，根据朝廷律令和黑龙江将军的指令，兴安岭南北一旦有兵匪之乱，双方必需互助兵马，限期剿灭。

岭南闹匪患的时候，他曾派兵去协助，同样，十天前卜奎副都统满迪亲自率领一千骑兵前来助战。

按常理讲，南北两处的同级官吏，都是大清后院的封疆大吏，应该是和睦相处才对。但满迪自恃是皇亲嫡系，又有战功依仗，十分跋扈嚣张。一向不把同级官吏放在眼里，尤其是对索伦部这样的小部族，时时摆出一副居高临下的姿态。

满迪带兵赶到的当天，图海按礼节为这位十分得宠的满洲宿将接风。寒暄之中，半认真半讥讽地奉迎几句，谈到匪情时，故意用只言片语搪塞过去，任满迪海阔天空，吹得天花乱坠，他只是一笑了之。

"图大人宽心，区区几个毛贼，不足为患，待敝人改日率军与大人合力围剿，即日奏功。"满迪微撇胡须，傲气十足地说。

"呵呵，有劳满大人费心，有满洲八旗铁骑相助，敝人心中自然宽慰。哦——这样，今日鞍马劳顿，敝人先为大人洗尘，待来日再将匪情向大人详诉。"图海心中暗笑，打定了主意借此机会好好奚落一下这个骄傲的家伙。至于会不

会与他结怨就顾不得了，两人官职相同，都是二品大员，自己的战功还在满迪之上，怕什么？先出一口气再说。

次日，二人谈到剿匪一事时，图海笑吟吟道："匪盗一事么，不瞒大人，敝人——"

"图大人，"满迪粗鲁地打断图海的话，盛气凌人地说，"不妨直言。其实，敝人在岭南追剿时也曾疲奔数日，自然能体会大人此刻焦虑心情。此股盗匪确是不同寻常的鼠辈，不仅武功精湛，行事也乖谬、机警。尽管如此，在我部铁骑的日夜追剿下，大部被歼，小部潜逃于索伦。当然，我满洲铁骑岂能坐视索伦草原遭受匪盗的蹂躏，大人不必过虑，剿平毛贼指日可待。"

看到满迪那副旁若无人的样子，刚刚升为参领的哈木实在是忍耐不住，略略斟酌了一下，开口问："满大人，这股盗匪不知来自何处？究竟何许人也？大人追剿半载，围歼大半，可喜可贺，不知可曾生俘几人？"

"这……"满迪窘迫不已，支吾了一会儿，白了哈木一眼，讪讪一笑，从容说道，"毛贼自然来自刁顽之徒，至于生俘么……还不曾俘获，都已击毙。"寥寥数语，哈木就看得出满迪是一派胡言，不觉微微冷笑，正欲开口，听到图海轻轻咳嗽了一声，赶紧把话咽了下去。

图海不想让满迪过分难堪，激怒对方，把关系搞僵，所以忙制止了哈木。

他不想把这戏谑性的玩笑继续下去，恰到好处地结束，能使对方领会，又不用撕破脸皮，是最明智不过的。瞅着不尴不尬的满迪，他和颜悦色地开口说："托天朝洪福，先祖眷佑，也是仰仗满大人的威名，所剩无几的匪类，在我索伦健儿的追剿下，不堪一击。现已如鸟兽散，逃出索伦草原。老夫恭贺大人兵不血刃，即日便可班师回朝。"语气虽然柔若柳絮，但在满迪听来却犹如当头一棒，真有隐隐作痛的感觉。这……不是戏弄人么？他真是哑巴吃黄连，有苦说不出，嗓子眼里如同卡了根骨头，欲咽不下，欲吐不能。心里又气又恨，气的是自己糊涂透顶，不该不问明情形就贸然开口许诺，更不应该信口胡诌匪盗的来历，弄得漏洞百出，不可收拾。更为失策的是，一开口就把匪盗说得十分厉害，原本想以此炫耀满洲八旗兵的强悍，隐喻索伦八旗的无能，哪料到弄巧成拙，完全颠倒了过来。

他气的是图海老奸巨猾，刁钻无比。竟然设下圈套，引自己上钩，尽情地戏弄自己；恨自己过分吹嘘，以致破绽百出，丢尽颜面！气恨交加，喉头作梗，真想拍案而起。转念一想，又强按怒火，竭力让自己镇静下来，冷静思考一下闹翻以后的得失。他意识到自己一不占理，二是有过在先，为此闹翻不仅说不出口，而且传出去反倒叫别人抓住笑柄。

怎样下台呢？他真为难了，一个二品大员的脸面还是很重要的。就在这个时候，图海又开口说："满大人，俗语说远亲不如近邻。如蒙不弃，可否屈驾暂住几日，观赏敝处一年一度的敖包盛会呢？去年盛会上，准噶尔部台吉巴雅尔跤艺勇冠三军，得以头魁。为此察哈尔和科尔沁王都不服气，今年怕是又有一场龙争虎斗。"

满迪一听惊喜过望。这一邀请一来给足了自己面子，二来也想趁此风云际会，让自己麾下的武士一展风采，打击一下图海的锐气。这是难得的机会，因为朝廷律法规定，在职官员不得擅离职守，动一兵一卒都需兵部批准，官员出巡公办则需吏部批准。

有了索伦部的邀请，就可以堂而皇之地向黑龙江将军府行文例假。

"承蒙图大人抬爱，本官早想一睹索伦健儿的雄姿。届时一定带领我满洲八旗勇士，领教索伦绝技，想必图大人不会拒绝吧？！"满迪软中带硬地问。

图海听了先是一愣，随即哈哈大笑，连声说道："此次盛会，能有大人帐下勇士赐教，可谓是锦上添花。求之不得，求之不得……"

哈木若有所思地看了看图海，又瞅了瞅趾高气扬的满迪，眉头紧皱。

第十二章

星光闪烁，月色朦胧。

苍莽的林海在晚风的吹拂下，传出阵阵涛声。惨淡的月光透过树木的枝梢，斑驳地洒在林间空隙中一座低矮的桦皮棚上。

乔玉面色苍白盘膝坐在草地上打坐，额头不时流下串串汗珠，热气顺着白如霜雪的鬓发冉冉升腾。

海兰察静静地守候在师父身旁，小心翼翼地观察着师父的之色，面含忧虑。他随师父隐居数日，见师父体内毒素频频发作，面容日渐憔悴，心知不妙。良久，看到乔玉面孔微现红润之色，又不由得喜形于色，只是不敢惊扰，偷偷启唇露齿，笑靥绽开，暗自欢喜。

"海兰察。"乔玉微睁两眼，叫道。

"师父，徒儿在。"海兰察急忙应道，"师父有何吩咐？"

乔玉长吁一口气，缓缓说："为师早知身体复原无望，与青龙帮约定十日后决斗，不过是拖延时日，把本派武功心法口诀传授给你。老天有眼，总算了却老夫的心愿。你都记下了么？"

"师父放心，徒儿已背熟，只是不得要领，似是而非。"

"不错，为师只是急于传授，没有机会一招一式地讲解。但你务必记住，这些上乘武学只能日后慢慢领悟，性急不得，习武之人要循序渐进，切不可操之过急，浮光掠影。常言道：春华秋实，瓜熟蒂落。只要你诚心磨炼，假以时日，定能学得本门上乘武功。"

"徒儿定会听从师父您老人家的话。"海兰察听到师父讲了这些不合时宜的话，心里暗暗吃惊，又不愿究其根底，从师父悲凄的语气中，油然产生惶惶不安的感觉。

前方黑暗中，一群夜鸟突然受惊飞起。乔玉跃身而起，睁圆双目，喝道："何必躲躲闪闪？现身吧！"

"哈……乔总兵果然是信人，老夫与乔总兵比起来看来是气量窄了些，还以为乔总兵开溜了呢。"荆帮主从远处一棵大树下闪出，眨眼来到近处，身法之快极尽轻功之能事。

"哼，荆帮主也是一诺千金，没有为难索伦部众。乔某自然也要信守承诺，今天就做一了断如何？"

"如此最好，我们之间的恩怨，何必累及他人。"荆帮主说着，双目精光暴射，向四周打量。

"一对么？"乔玉察觉青龙帮众已从四面围了上来。

"这……个么，老夫不敢托大。乔总兵的功力已至武学的极高境界，虽然我看你此时毒发体弱，但仍然不可小视。这样吧，今日你我二人及门下弟子，无论人数多寡，一齐出手，拼死一战了却我们这段恩怨。"荆帮主说完此话，老脸不由发烫，只是黑暗中无人看见而已。他早已察觉乔玉病骨支离，只是硬撑着，对方只有一个徒弟，自己则有十几个帮手，可以说稳操胜券。至于什么江湖规矩及脸面，反正在这蛮荒之地，也没有人看见，也不怕传出去贻笑江湖。

"荆帮主。"乔玉猝然打断荆帮主的话，他经过上次一战，知道荆帮主和川陕怪侠的功力都远逊于自己，只是因为自己体内残存毒素致使内力虚浮才占上风。所以，今天即使是落败，但与徒弟逃走应该不是难事。如果可能除去这个劲敌，对海兰察的以后更能减去许多麻烦。所以，不想徒费口舌，断然说道："无需多言，动手吧！"话音方落，只听"嗖嗖"两声弓箭破空之声，从林木黑暗中蹿出的人影中，有两人惨叫着扑倒在地，大声哀嚎。

原来海兰察在师父同荆帮主对话时，就知道今日众寡悬殊，哈木一行至今没到，师父又有伤在身，便悄悄持弓在手。一见有人偷袭，立即连珠炮般射出两箭。他的臂力奇大，又是黑夜，所以，劲道凶猛的箭羽叫人无法闪避。

荆帮主大喝一声，四条人影围上乔玉，其余几条人影向海兰察扑来。

　　一交上手，乔玉知道对方又增添了新的高手，而且功力不低于荆帮主，不觉倒抽一口冷气。生死攸关之际，哪还顾得了许多，连连催动内力，招招是拼命的架势。三十回合已过，荆帮主四人竟然讨不到半点儿便宜，自己徒弟却被海兰察连伤四五人。他急忙喊："四弟，你过去帮几个师侄。"

　　其中一人应了一声，意欲撤身离去，却被乔玉横剑挡住。他欺乔玉不敢催动内力，偏偏一掌击到，乔玉暴喝一声："来得好！"以十二分的力道迎上去，只听砰的一声，震得那人身躯像断了线的风筝，飞了出去。与此同时，荆帮主趁机欺身上来，一掌重重拍在乔玉的背上，乔玉口一张，喷出一口鲜血。手中长剑不乱，挡住另两人的杀招。

　　海兰察百忙之中偷眼一看，师父尽管拼力支撑，但败相已露，岌岌可危。一急之下，剑法稍乱，被左侧的一个青龙帮弟子一掌击翻。他干脆顺势滚到师父旁边，乔玉一见忙向右侧的敌人连攻两招，迫使对方闪开一道豁口，让爱徒到了自己身边。

　　此时，在短暂的停顿片刻，乔玉看着阴笑的荆帮主以及合围上来的青龙帮众，心知突围无望，自己身中一刀一剑，气力不济。自己虽死无憾，可是想到唯一的传人也难逃劫数，心下惨然。

　　"乔玉，此时交出秘籍，一切还好商量。"荆帮主看透了乔玉的心思。

　　"白日做梦！"乔玉中气不足。

　　荆帮主一看劝说无望，正要招呼众人动手，忽听到林间树叶唰唰响动，急剧的马蹄声传来。他脸色大变，口中骂道："索伦部是要与咱们为敌到底了。"

　　两条人影一闪，出现在空地上，哈木与博尔奔察站在荆帮主面前。

　　"老不死的，与你为敌怎么了？给个说法，怎么打？！"博尔奔察手握鬼头刀问。几十兵丁又出现在空地上。

　　荆帮主早已萌生退意，一看又来这么多官兵，大喊一声："撤！"一干人运起轻功，消失在林中。功力浅的被箭雨射中，号叫声震荡夜空。

第十三章

夜，已深了。

乳白色的雾霭在暗淡的月辉下，宛若青灰色的巨龙，缠绕着群山，绑住了林海。

风，不知什么时候悄然无息地遁去，留给林间一片近似死寂般的静谧。远处，时而传来令人毛骨悚然的猫头鹰的叫声，伴随着一阵阵凄厉的狼嚎，给空旷寥寂的山林和阴森的幽谷，蒙上了一道神秘恐怖的帷幔。

乔玉安然躺在地上，身体下面是一层长年积储的厚厚的落叶，柔软似毯。淡淡的月光洒在他苍白的脸上，干枯的嘴唇不住地嚅动，贪婪地吮吸着充满松木馨香的空气，仿佛是临别之时的恋恋不舍。

海兰察不断地抹去两颊上的泪水，与神色悲怆的哈木、博尔奔察守候在师父身边。二十米外，一百多名索伦官兵和猎人悄无声息地伫立。

多年的共同生活和患难与共，哈木觉得乔玉的为人就像是清澈的索伦河水一样，一眼看到底儿。在乔玉执意上山、谢绝索伦兵营的庇护时，哈木就意识到，乔玉为了旗民不受骚扰，已做了最坏的准备。至于叫自己今日上山接应完全是为了海兰察，一旦他自己力不能敌，也可保海兰察安然无恙。这恐怕也是这位大侠瞑目之前唯一的心事了。他想再劝乔玉随自己回到兵营慢慢调治，安心静养，但是，见他面色呈黑，气若游丝，时时作梗，已知他不久于人世。况且，乔玉既已决定独自解决此事，又怎肯让他人庇护？因此，话几次到嘴边，又咽了回去。

海兰察听到师父呼吸不对，脸上被一团黑气笼罩。这是自己最亲的人，一急之下，叫人扶起乔玉，自己盘膝端坐良久，手掌抵住乔玉灵台穴上，运气输去。反复催动内力，但对方一丝不受，反倒硬生生顶了回来。他自知功力尚浅，但不可能一点输不进去，急得满头大汗。

"住手！"一声斥责，乔玉转身怒视海兰察。他在闭目之时，想了许多，最重要的当然是海兰察今后的去向。自己不久于人世，以这小子的倔强性格，宁可豁出性命也会寻青龙帮复仇，那是他最为担心的。青龙帮之所以倾巢而出，穷尽几十年的心力紧追不舍，那是志在"迷幻"剑谱，海兰察一旦出没江湖，正是他们求之不得的事！

"海兰察，你……过来。"乔玉斜身倚住一棵小树干，招呼海兰察。

"师父。"海兰察靠到近前，扶住乔玉摇摇欲坠的身体。哈木和博尔奔察相互使了个眼色，退后二十几步。

"孩子，为师已经油尽灯枯，只是有许多事情还放心不下。"想到与相濡以沫多年的徒儿即将永诀，一股父子般的脉脉柔肠令乔玉肝肠寸断。他以残存的气力理清混乱繁杂的思绪，做着最后的叮嘱。他断断续续地说："听着，你是我唯一的弟子，是我们门派的正宗传人。但你一生不许涉足江湖，要远离江湖是非。眼下你正值豆蔻年华，该当为国家效力，振兴部族，寻个锦绣前程。"

"可……师父不是一向要徒儿远离仕途么？"海兰察怀疑自己听错，忙问。他哪里知道，乔玉经过了一场宦海风波以后，饱尝了世态炎凉、人心叵测的苦头。每当回首起辛酸的往事时，不仅自己对仕途的希望已如枯木死灰，而且不断叮嘱自己的弟子不要涉足仕途、贪图荣华富贵。可到了决离之际，他又感到以自己一生的坎坷经历去束缚徒儿的一生，又大为不妥。海兰察小小年纪，一无官场的纠葛；二无江湖的恩怨，实在不该让他自甘寂寞，庸庸碌碌地度过一生，应当顺其自然。况且，自己死后，青龙帮众绝不会放过海兰察，势必步步追杀。海兰察武功未成，还不能自保，除了军营，实在没有安身之地。

考虑到这些，乔玉决意让海兰察随哈木去，日后立下战功也不枉自己所费的一番心血。主意一定，他拍了拍爱徒的肩，叹了口气，说："当年为师也是一时官场受挫，变得一朝被蛇……咳，十年怕井绳。人也有一叶障目、处事偏颇的时候。好男儿志在四方，应有扶持明主、抚慰百姓、建功立业、光宗耀祖的大志。据为师看来，当今皇上勤勉发奋、励精图治、广施德政，是一代有为天子……"

"师父之命，徒儿敢不遵从，只是……待我武功一成，一定先灭青龙帮！"海兰察满脸杀气，令在场众人都大为吃惊。

"混账！"乔玉勃然大怒，勉强支撑身体挥手打去。海兰察跪着受责，拒不认错。

哈木和博尔奔察气急败坏地催促海兰察收回刚才的话，海兰察拗性勃起，硬不吭气。

乔玉无奈地招手让徒儿靠后，开始悄声向哈木、博尔奔察交代后事。

海兰察远远望着师父，心里打定主意，一旦师父伤重不愈，和青龙帮的仇算是结下了，穷尽一生也要杀尽青龙帮！

"海兰察。"哈木惊叫一声，海兰察提气纵身而来，只见乔玉面如金纸，又昏迷过去。他一摸师父脉搏，脉象已散，心知救治无望，泪水无声流下。

片刻，乔玉缓缓醒来，弥留之际，将一本册子塞给海兰察。瞪着失神的眼睛，嘴唇翕动着，吃力地说："孩子，把秘籍藏好，日后……勤奋练习。"说到这儿，嘴一张，又喷出一口鲜血。喘息半天，又挣扎着叮嘱："为师不放心的，你……天性淳朴，耿直，年小涉世，可要当心。记住，世事沧桑，凶吉莫测，如果仕途不顺，不要太贪恋。候机归隐，精研武学，择优收徒，对你自己及师门，都是件好事。此外，你大师伯和二师伯都已遁入佛门，分别在四川峨眉和杭州修行，日后相见可向他们讨教。只是你三师叔——'川中侠女'，不……要招惹……"乔玉说到这，双目一闭，头一垂，溘然长逝。

凄凉的月光，洒在乔玉苍白的脸上。

海兰察一顿疯狂地拳打掌劈，转眼间，周围碗口粗的树木倒下一片。

一阵清风，卷起地上的枯叶，飘然而飞，消失在夜空。阴风阵阵，林木肃然，仿佛都在静哀一代英豪的亡灵。

第十四章

　　七月流火。在索伦河两岸坦荡的草原上，数不清的黄白的毡房帐篷纵横交错，酷似天上的云朵贴附在绿色的草地上。大轱辘车横七竖八，搭桩立在官府规定的远离赛场的地方，车上用白桦树皮围起的椭圆形的车棚子，从远处看，活像簇簇蘑菇群。

　　从闲散在草丛中吃草的许多奶牛，哈木就猜测到，今年参加那达慕盛会的牧人最多。那是远道举家而来的牧人，为了喝茶方便，连奶牛也赶来了。可见终年生活在寂寞山林和空旷草原上的人，对每年一度的盛会是期盼已久。看那牵牛赶马的牧人，满载各种兽皮山货驾车而来的猎手，大有喝干商贩带来的所有美酒的决心。

　　按照老规矩，离场地最近、依山傍水的荫凉之地，扎着许多华丽整洁的大帐篷和毡房，这理所当然是专为外来宾客、朝廷官员及王公贵族安排的宿地。环境幽雅，秩序井然，浓荫遮日，河风习习。四周都有兵丁把守，出入之人，服饰华贵，仪表雍容，仆役成群。不像旗民商贾居住之地，凌乱嘈杂，人畜不分，怪味熏天。

　　明日盛会开始，哈木奉图海之命，布置场地，分配营地，安排好赛事程序等，忙得他一身臭汗，疲惫不堪。当他刚刚坐下，想喝口奶茶，润一润要冒烟的嗓子时，又一件更重要的事让他心绪不宁，那就是图海严令，今年的摔跤冠军必须由索伦部拿到，并予以重赏。此事让他颇费心思。他十分清楚，各官吏之间、各部族之间，对荣誉的重视程度，似乎这是衡量官员政绩、部族强弱的分水岭！

几天前，他下令索伦部的所有摔跤手云集河边营地，进行残酷地训练。

尽管如此，他还是小心翼翼，如履薄冰，没有十足的把握。这主要是因为科尔沁副都统阿日泰领来的几名高手，更要命的是随行来的竟然还有准噶尔部的台吉巴雅尔。据说这个西域跤王进京朝贡之后，直接去了科尔沁，显然是约好前来夺冠。

前门要拒虎，偏偏后门又来了狼！卜奎副都统满迪又招来几名虎背熊腰的满洲汉子。桂冠只有一个，大家都红着眼盯着它，这难免使人隐约感到超出一般竞技的范围，简直是在斗气、争面子。

哈木在这里胡乱揣摩，另一座大帐中，满迪也玩弄着心思。昨日，随身的一名骁骑校向他禀报，在窥探索伦力士摔跤时，见一名叫海兰察的跤手，连续摔倒八名对手后，还一掌击倒一头闯进跤场的三岁牤牛。满迪听了不觉目瞪口呆，他是练功的人，知道单靠蛮力是根本做不到这点的，此人内功十分了得。自己的手下怕是无人能比，儿子瓦力格虽说功夫不弱，可充其量只是条蛮牛，与绝顶高手对垒，实无胜算。所以听到这个消息，恰似给他发热的头上浇了一盆冷水，夺魁之心凉了半截。

他神情沮丧，自斟自酌起来。

酒至半酣，心情逐渐平静下来。想想科尔沁的几个高手，还有夺魁呼声最高的准噶尔跤王巴雅尔，心中一动，直起肥壮的上身，两眼发直。良久，一丝笑纹展现在那满是疙瘩肉的脸上，就像草丛中的喇叭花越张越大那样，不一会儿，他便变得笑逐颜开，眼泪鼻涕竟然也流了下来。

他想起了比夺魁斗气更重要的事。他和黑龙江将军萨尔胡进京朝见皇上后，萨尔胡神情神秘地说："黑龙江边陲重地，自从索伦部进驻以后，朝廷免去一大笔支出，又为大清开辟出新的富庶之地。这都得益于索伦部啊！同属边围部落，可准噶尔就不同了，时时让皇上忧心。"

是啊，平心而论，大清朝稳如泰山、坚如磐石，除去当今天子之德、满洲八旗雄猛剽悍之外，朝野皆知，蒙古和索伦铁骑名震四海，被誉为"长胜之师"。乾隆皇帝亦承认他们是大清的左膀右臂，数次传谕务必善待蒙古和索伦各部，而且官员们发生争执之时，朝廷明显袒护索伦部官员。遇到有功绩者，必有赏

赐，其良苦用心，当然无需赘言。

稍有心计的官员都不难看出，二十几年来，满洲八旗官兵大都驻守各省和京师要地，养尊处优。蒙古和索伦官兵却终年东征西讨，忠心耿耿地为江山社稷风餐露宿，尸横遍野。大清朝的疆土有多远，蒙古和索伦的马蹄就踏多远。然而，皇上也多次向臣下暗示，可用并不都是可信，用有尺度，信有分寸。另外，索伦与蒙古人生性狂悖，勇猛善战，也不可不防。除了恩威并施以外，最稳妥的办法就是让他们相互猜疑，在维护大清王朝江山永固方面争功邀宠，死命效力，才是一举数得的好办法。

想到这里，满迪一腔忧闷之气烟消云散，气爽神怡。开始分析目前蒙古和索伦双方的实力，琢磨着如何在看热闹的过程中，恰如其分地趁着双方两败俱伤之机，让儿子瓦力格出其不意，乘虚而入。

时值正午，烈日当空，草丛中蝉倦花萎，人人都昏昏入睡，只有他精神飒爽，狂喝烂饮。

入夜时分，哈木领着海兰察走进一座大帐。

"卑职叩见都统大人。"海兰察目光炯炯，望着坐立不安的图海。

"唵。"图海少有地打量着索伦部的这位后起之秀，好一会儿，才沉重地说，"满洲和蒙古武士纷至沓来，看样子执意要与我索伦勇士一决雌雄。按常理说，那达慕盛会上比赛技艺，胜与负是平常不过的事情，可如今则不同。我索伦身为东道，不能示弱，另外，蒙古和满洲勇士分明视我索伦无人，欺人太甚！所以，你务必仔细，倘若失手，便是我索伦部的罪人。"

图海言毕，双目威严地盯着海兰察，三分是激励，七分是恐吓。

"回禀大人，为我索伦部的荣辱，卑职不惜肝脑涂地，只是面临众多高手，实无稳操胜券的把握。"海兰察犹豫再三，还是表露了自己的担忧。图海脸上立时流露出不悦的神色，他正要发作，抬头见哈木不住地使眼色，又恢复了常态。他的圆滑、思考问题的周密，在索伦人中是无人可比的。多年官场的磨炼，不仅造就了他善于在权贵之间貌合神离地周旋，懂得了不能因小失大所必需的忍气吞声。狡黠使他拓展了视野；坎坷为他的练达扫平了不少障碍；索伦血统的气质保持着他顽强的毅力和果断；世事的凶险和变化又让他养成了遇事三思而后行的好习惯。

这些特点使他在多半生的戎马生涯及仕途的角逐中，屡次逢凶化吉，虽然升迁不算最快，但也顺利。迄今为止，他袍加九蟒，官拜二品，头戴双眼花翎。平心而论，这可不单单是全靠战功才能得到的。——这不，关键时刻，他那超常的智慧又闪起耀眼的火花。

"不错，年轻人。近几日来，大批高手涌入，虽然说何人都可以参赛，但本官不是没有一点办法。为使我索伦不丢颜面，本官可以寻找些借口，阻止他们参赛！"图海装出一副无可奈何的样子。

"大人，此举不妥。"果然，海兰察急了，愤然说道，"历来草原盛会，断无此理。我索伦勇士功名素著，是靠生命换来的，如何能低附与人？恳请大人万万不可有此念头，让人耻笑！卑职愿与所有索伦勇士竭力抗争，不辱使命！"

图海听了海兰察的一番慷慨陈词，脸上顿时绽现出如其所望的笑容，得意地斜睨了哈木一眼，神情亢奋地说："好，果然是英雄出少年。本官险些为一念之差而坠了索伦的威名，想我索伦多少年来纵横南北，金戈铁马，何时畏惧过？别看今日强敌临近，有此忠勇之士，何所惧哉！哈……酒来！"

星空万里，气爽人宜。

索伦河两岸，近万人的官兵和旗民都已安歇。唯独河边偏僻之处的几座大帐里灯火辉煌，人影匆匆。

清晨，当晨曦微露的时候，灌木丛中，草原深处，到处炊烟袅袅。

橘红色的朝霞布满东方天幕时，百灵欢叫，布谷声声。一群群牛马驼羊踏着晨露，走到河边饮水，整个草原人欢马叫，开始了喧腾鼎沸的一天。

风调雨顺，人畜两旺，参加盛会的人倍增，场面之大，是索伦部绝无仅有的。大小店铺的摊子连绵一片，几乎占据所有的空地，这些商贩对服饰各异的姑娘和妇女摆出琳琅满目、玲珑剔透的装饰品；对于粗壮剽悍的汉子们，则用精致锋利的刀具和醇香四溢的美酒加以诱惑，先馋得他们垂涎欲滴，以便像秋风扫落叶那样，掏光他们怀里的银子。

附近的小号店铺，在这么强大的阵容挤压下，只能躲在一边的角落里，等着余下的残羹剩饭。有的悄声咒骂，更多的是自怨福浅，啼饥号寒。

赛场中央，扎着一排宽敞的大帐。毡布从底掀起一尺，以便清风送爽，使

人不觉燥热。依照官职大小、主宾之分，各地来的王公贵族官员分坐在不同的帐中，正在交头接耳，相互探寻。

今天已经到了摔跤和射箭的决赛关头。经过几天的角逐，满迪已经看出，索伦部毕竟人少将寡，进入决赛的索伦人加上海兰察才三人。科尔沁、准噶尔、卜奎的选手十几人，特别是科尔沁的哈日呼一直没有败绩，夺魁还是有望的。他十分艳羡哈日呼那粗如车辕般的胳膊，酷似骏马胸肌般的块块疙瘩肉，他甚至和察哈尔的一个参领打赌，哈日呼那宽肥的屁股后完全可以藏住一头二岁小牛。

他也察觉到哈日呼的弱点，力大体笨，凶猛有余却智慧不足。仅以匹夫之勇想力挫众人谈何容易？就拿昨天他费了九牛二虎之力，好不容易才摔倒年纪已大的博尔奔察来说，简直叫人担心。博尔奔察虽然最终倒地，他也累得像喝醉了酒的五岁牤牛，摇晃着身躯找不到东南西北了。这要是碰到灵巧的海兰察，非得累吐血不可。他把这个担忧透露给阿日泰，当然是充满希冀蒙古勇士获胜的口气，谁知阿日泰不以为然地冷冷一笑，一副高枕无忧的模样，相比之下，倒显得自己气量狭小，庸人自扰了。他百思不解，难道……

图海喜气洋洋地坐在大帐中与众官员谈笑风生。昨天赛马场上传来索伦部的铁青马领先的喜讯，他心花怒放，喜眉笑眼望着场内欢呼的旗民。

各旗王公失望的叹息声变得格外悦耳，阿日泰的暴躁与满迪阴沉的脸，此时在他眼中似乎和那彩虹一般，变得绚丽多彩起来。

哈木悄悄俯在图海耳边说："大人，我索伦快马和健儿一样，不辱使命。据卑职看，靶场片刻就会有佳音传来。"

"哼，卧榻之侧，岂容他人酣睡！"图海点了点头，又问，"海兰察的箭法究竟如何？"

"大人放心，卑职对他的箭法有十二分的把握。"哈木说得言之凿凿。

"——唵？那跤场上……"图海听了微微愣了一下，哈木的口气似乎对跤场的决赛缺乏信心。

"大人放心，我跤场勇士也是蓄力以待，海兰察不同凡响，有望夺魁！"哈木没把话说满，并且避开了图海狐疑的目光。

图海想了想，喃喃说道："海兰察小小年纪力斗群雄，着实不易。别难为他了，骏马用不着鞭子。"

阿日泰沉不住气了，在左右的簇拥下，冷眼注视着四名弓箭手。射手一见他气色不好，都低头垂手，心惊胆战。

"赛马场失利，骑手如何被处置，各位都已目睹。"一个随行骁骑校厉声大喝，"倘若再次失利，严惩不贷！有功者，都统大人定有重赏。"

"喳！"射手齐声应承。

即使这样，阿日泰仍然心神不宁。两年前他带人前来参赛，无功而返，十分不服气。这次带来的高手是优中选优，还特地邀了准噶尔的巴雅尔，其目的就是自己的人可以输给巴雅尔，不能输给索伦人。赛马失利，骑手被抽得皮开肉绽，后一想又怪不得骑手。索伦部的铁青马实属罕见的宝马，跑起来几乎看不到四蹄着地，跟飞差不多！也罢，倚仗牲畜之力不行，那就指望人力吧。

哈日呼连在场上摔倒六名摔跤手，气焰十分高涨。另几个组里，巴雅尔、瓦力格和海兰察都进入决赛。

靶场之上，他又看到了海兰察的惊人技艺，心中哀叹自己流年不利，老是碰上倒霉事。

第十五章

　　赛马场上的人潮开始向靶场涌来。就连那些满脑袋只想赚钱的商贩也不肯放过这精彩的决赛，顶着烈日，流着臭汗，朝衣着鲜亮的姑娘堆里挤。

　　满迪看看自己的人夺魁无望，干脆就挤在图海和阿日泰中间胡搅。

　　"图大人，以敝人看，索伦箭手似乎略胜一筹。"满迪面对图海，眼角却瞟向阿日泰。

　　"何以见得？"阿日泰哼了一声。

　　图海默不作声，疑惑地瞅了瞅满迪。

　　"哦——阿大人不必性急。"满迪嘿嘿一笑，讪讪说道，"这赛马场已见分晓，靶场上嘛……也是不分轩轾，方才察哈尔王爷预言，海兰察十有八九要独占鳌头。诸位以为如何？"言毕，故意扭头向众官员询问。

　　"满大人所言不差，敝人颇有同感。"

　　"正是，海兰察勇力惊人，日后定可成为栋梁之才。"

　　"不错，索伦出此奇士，真乃如虎添翼，可喜可贺。"

　　"……"

　　众人随言附和，阿日泰面色铁青。

　　羽箭嗖嗖作响，博得围观者阵阵喝彩。当住持比赛的官员宣布最后三箭定输赢的时候，人群反倒安静了下来，等待着最激动人心的一刻。

　　两名参赛者站在百步之外，等候指令。

　　海兰察向人群中朝自己挥舞拳头的博尔奔察点点头。

科尔沁的弓箭手怯生生地朝大帐望了望。

迎着刺眼的太阳，海兰察三箭连中靶心。场内外一片喝彩声。

科尔沁弓箭手的手微微发抖，第三只箭偏离了靶心。场内一阵骚动。

阿日泰面色苍白，正不知所措的时候，满迪站起身向众人说："各位大人，虽说赛场如战场，但毕竟属于竞技。人的目力在阳光迎面照射下，难免叫人出现误差。依敝人看，当背离日光重新试过，这样是否妥当些？"

大帐中的空气凝固了。

这是谁也没听到过的说法，近似荒唐，甚至是捣蛋！可细细一琢磨又难以驳斥。

图海当然十分恼怒，满迪分明在胡搅蛮缠！可自己是东道主，又不好发作，一时怔怔坐在那里。阿日泰脸红一阵白一阵，他明知不符常规但又不甘心，低头不语。

察哈尔王爷一看场面冷落，咳嗽几声，慢吞吞说道："诸位大人，草原盛会向来以较技娱乐为目的，既然同为草原部族，何必为区区小事计较呢？依本王看不妨再比一次，本王不论谁胜谁负，都赏赐元宝。"话音一落，立刻引来一片赞扬声。

赛场指挥垂头丧气地跑出大帐，向全场宣布移靶重赛。

狂热的旗民立时吼叫怒骂起来，就连小商贩们也尖声细气地叫嚷。

面对如此尴尬的场面，图海也不知如何是好，明知处置不公，又不好出口。旗民的喧嚣，有其道理，即使无法袒护，更不能指责部众。哈木见状忙对众人说："诸位大人少安毋躁，待卑职去去就来。"他知道事情到了这个程度，最终还要索伦本部官员解决，防止事态恶化。

海兰察一听移靶重赛，颇感意外，听到博尔奔察领人大叫不公，才知道大帐之中发生的微妙变化。他对科尔沁赛手的能力也了如指掌，当全场平静下来，箭靶重新固定好之后，他安然瞧着对手。

科尔沁的弓箭手起初是惧怕阿日泰的压力，确实影响了技艺的正常发挥，加上羽箭尾部用铁皮包裹，在阳光下十分刺眼。现在情况有了转机，当然胆量和气焰都大了起来，气定神闲。三箭连珠似的射出，全中靶心，全场寂然，千万只眼睛都盯在海兰察身上。

海兰察站起身，向人群中的博尔奔察走去。博尔奔察递过一副硕大的硬弓，海兰察抓住硬弓。这是师父的遗物，他神情悲凄，雄心徒然勃起，决定羞辱对方一番。

他持弓问指挥佐领："大人，请将箭靶移后五十步，如能三箭连中靶心，敢问孰胜孰负？"

今日当值的指挥佐领恰好是满迪带来的卜奎八旗的军官，听了海兰察的话，勃然变色。他是武将，哪能不知一般弓的劲力和射程。听到海兰察的要求一时愣住了，心想，在一百五十步的距离，一般的羽箭即便是射到，也已经是劲力全失，飘摇不定。箭头根本扎不进坚硬的靶心！他怀疑这小子不是赌气就是气昏了头，他将信将疑地打量着眼前这黑得像老鸹、结实得像生个子马似的索伦小子，好奇般地伸手抓过海兰察手里的硬弓，一过手，便心中一凛，觉得异常沉重。仔细一看，才知道是用专门在石头上生长的、极罕见稀少的石木制作。这种树木质地坚硬如石，沉重如铁，韧力极佳。他用了五成力试着拉了下弓弦，不想弓弦纹丝不动，更是倒吸了口冷气，惊愕不已。他明知满迪偏袒科尔沁，自己只能随帮唱影，万万不能和顶头上司唱反调。可此时此刻，一种惺惺相惜的感觉油然而生，他哪敢擅作主张，返身向大帐禀报去了。

听了指挥佐领的禀报，所有的官员都吃了一惊。阿日泰不住地冷笑，图海不住地叹息。只有哈木窃喜，心神坦然。

在和青龙帮和川陕怪侠的争斗中，他早已领略了海兰察的真实本领，在不及搭弓的凶险状况下，他亲眼看到海兰察以羽箭做暗器，频频掷出，力道奇猛，十丈开外，仍然刺刺作响。肘腕之力尚且如此，双臂之力那还了得。

所有的嘈杂声戛然而止。所有的目光全部集中在海兰察身上，或一眨不眨，死死盯着箭靶。

满迪立起身，伸着脖子望着箭靶冷笑。

阿日泰有了三中靶心的成绩，狂妄之态又回复到脸上，对海兰察视如敝履。

众官员目似铜铃，僵如槁木。

远处，另一排大帐里的随行家眷，却大惊小怪地叽叽喳喳，时而尖声尖气，时而娇滴婉转。惹得近处守卫的年轻兵丁魂不守舍，频频偷眼顾盼。

随着令下，海兰察早已运气完毕，无所顾忌地抬弓搭箭，不见怎么用力，便拉得弓如满月。略略一瞄，"嗖"的破空声中，射向靶身。立时，旗民大哗，暴喝声不断。报靶官兵见箭头深入靶木数寸，靶身摇颤不已，都瞠目结舌。

待三箭全中靶心后，场内外混乱不堪，连众多官员和维持秩序的兵丁，也都忘乎所以，卷入了混乱之中。

中午，风停叶静，燥热无比。

牲畜纷纷躲在树荫下或站立在河水中，牧羊狗也颓然神疲，卧在帐包旁的阴凉处，耷拉着鲜红滴涎的舌头，半睁半闭着两眼，昏昏欲睡。

王公贵族在饱食了草原特有的美味珍馐以后，躺在舒适凉爽的帐篷里，鼾声大作，此起彼伏。

远处，大轱辘车上的牧人，不堪忍受桦皮棚在太阳炙烤下散发的难耐的闷热，干脆爬出蒸笼般的棚子，钻进阴凉的车底，光着臂膀，酣然入睡。

索伦河边，不少牧人和顽皮的孩子，入水纳凉或嬉戏。妇人和少女则躲进茂密的柳条林中的背静之处，有恃无恐地尽情调笑。

海兰察独自一人远离人声熙攘的地方，在一僻静之处洗澡。这里河水清澈，流势缓慢，水面清风激荡，飘溢着野花的芳香。畅游了一阵，他渐觉燥热消去，清爽无比，兴致大发，在这无人之处，放心地练习起迷幻掌法。掌风飒然中，附近的草木花朵狂飞乱舞，数棵小树被掌力震断，飞落河水中顺流而下。他暗自窃喜自己功力大有长进，一时振奋，有心试试轻功。于是，提气纵身跃向空中，如大鹏一样飞落河心，向水中的断木落去。脚尖在断木上一弹，又借力跃上空中。接连几次，跃出很远。

当他兴致未尽跃上下游的岸边时，不觉大吃一惊。只见眼前河湾回水处，一位少女袒胸露背站在浅水处，云鬈松散，肌肤似雪，瞪着惊恐的妙目怒视自己。

海兰察顿时慌乱不已，想到自己赤身露体，贸然闯进一个少女的水域，双颊燥热，面红耳赤，无言以对。急忙纵身而起，在空中说道："无意冒犯，得罪了！"眼角又忍不住斜视下去，只见一条白影恍惚间倏然入到水中，快得惊人。他回到入水处，边穿戴边回想刚才的少女，暗暗称奇。这少女在突兀的变故中，不惊不叫，那一手入水的功夫，不懂轻功的人是万万做不到的。此女子见识不小，绝非一般女子。

想到那雪白细嫩、酷似蘑菇般的酥胸，他不由得一阵心跳，匆匆穿戴好，

打算离开。一抬头，又万分惊讶地呆立在草丛中。眼前伫立一位亭亭玉立的旗装少女，仔细一瞧，正是刚才水中的那位女子。只见她低鬟敛袖，柳眉杏靥，乌黑的眸子流露出似曾相识的神情，无半点羞涩。华丽的旗袍下，一双金绣红绫的小脚立在茵茵绿草中。不知是洗浴或是什么原因，她并不同豪门巨贾家小姐那样，鬟插珠钗，臂套金玉之钏。但从其举止文雅、气度雍容的仪态上看，不是官宦就是钟鼎人家之女。

海兰察平生没接触过女子，蓦然之间，仿佛天降一个貌似天仙的少女，在这鸟语花香，溪水淙淙的河边对自己美目流盼，一时神魂颠倒，呆若木鸡。

"尊下是海兰察，对么？"旗装少女绽开红唇，莺莺说道。

"在……下海兰察。哦——小姐有何见教？"海兰察低头回应，面红耳赤。

"小女子有一言奉告，不知尊下肯听否？"

"哦，小姐既有佳言相赠，在下一定洗耳恭听。"海兰察俯身一揖，自然了很多。

"跤场之上，还望尊下留神。尊下雄姿震撼满蒙各营，已成众矢之的，他们很可能串通一气，让你跤场败北。"少女樱唇微动，语音有如珠玉落盘。

"小姐的装束像是满人，不知府第何处，何以……"海兰察奇怪地瞟了一眼面前的少女，心中十分奇怪，她怎么会认识自己，并且对赛事这么清楚。

旗装少女玉齿微露，嫣然一笑，又说："竞技公平，旗人就不应如此吗？倘若日后有缘自会相识。"

"承蒙小姐不吝赐教，在下没齿不忘。不过——"海兰察说着，一对亮晶晶的眸子疑惑地打量着她。

"嘻嘻，不过什么，讲啊？"她见海兰察憨态可掬的模样儿，不觉莞尔一笑，面色微红，半是认真半是开玩笑似的催促。

"小姐身为旗人，当以旗人得胜为荣啊？"海兰察盼望她多在此逗留一会儿，一不留神竟然说出这样的话来。

少女一听脸色大变，略有红晕的鹅蛋脸立时变得苍白，樱桃小口痉挛不止，一泓池水般的杏眼满含震怒，流溢出一丝无以名状的哀怨。她扭身而去，步履极快，不见袍角飘动，已身处萋萋蔓草中。飞身一跃，落在一匹金鞍银蹬的马上。回头娇斥一声："海兰察，小心你的五脏。"

第十六章

阿日泰暴怒异常，正在自己的大帐发火，摔碎了许多器皿，帐下的人胆战心惊，躲在一旁。

赛马和射箭的接连失利，使他肝火大旺，当初胜券在握的神态，众多王公贵族的奉承和祝贺，现在都成了让他无地自容的讽刺！仿佛心口上叫人扎了一刀，他的心阵阵剧痛。怎么办？他请来准噶尔辉特部的台吉巴雅尔，这个壮年的准噶尔跤王，是他最后的王牌！

在草原部族的人眼里，摔跤是人力和智慧相辅相成的艺术，凭借不了丝毫的外力，是竞技项目中最叫人信服的技巧。比赛马更惊心，比射箭更激烈。

"依台吉大人看，这摔跤的彩头会是何人所得？"阿日泰捋捋稀疏的胡须，试探着问。

巴雅尔咽了一口酒，沉思片刻，开口道："跤场上瞬息万变，胜负没有定数。技艺虽然重要，但也因人而异，运气有时也捉弄人。"

听了巴雅尔这没头没脑、模糊不清的话，阿日泰眨了眨眼，有些急了。问："难道说……台吉这样的名家也产生了怯意？"

"那倒不是。"巴雅尔摆了摆那熊掌般的大手，诡秘地笑了笑说，"敝人的意思是说两强相遇，功夫都相差无几，伯仲之间，还要看时运。敝人前年拿了头彩，可绝不敢说今年就能夺魁。"

"哈日呼和瓦力格相比如何？"

"哈日呼略胜一筹。"

"当真？"阿日泰两眼一亮。

"敝人不会说谎。浪迹跤场三十几年，相信不会走眼。"海兰察不悦道。

"那么与海兰察相比，又怎样呢？"

巴雅尔慢慢在地上走了一圈，说："海兰察是草原上的一名好手，依敝人看么……好像此人在娘胎里就练过摔跤。较力者，巧也。哈日呼气力有余，计谋不足，一身的蛮力在顶尖高手面前，全为他人所用。与海兰察相比，不可同日而语……"巴雅尔摇了摇头，面含忧虑之色向帐外望去。

阿日泰刚刚发亮的眼睛又黯淡下去，咂了咂苦涩的嘴，颇不甘心地又问："那么台吉大人与海兰察对阵，又当如何？"

巴雅尔双目精芒四射，他猜透了阿日泰的心思，淡淡地说："一场龙争虎斗，胜算怕是各占一半。"

"啊——"阿日泰一脸沮丧。

另一座大帐中，图海也在向哈木、海兰察交代明日比赛事宜。

"巴雅尔在西域闻名遐迩，跤艺超群，是一大劲敌。而哈日呼几日来也力挫八名高手，亦不可小视。那个……瓦力格么，看来不足惧。"图海十分兴奋，分析着海兰察将面临的对手。

哈木并没有图海那么乐观，他看到哈日呼像扔羔羊似的把满迪带来的几名高手扔出场外，简直就是一头不知疲倦的牤牛。而巴雅尔更令他担心，此人数次参加赛事，沉稳练达，技艺精湛。这种锋芒内敛、含而不露的对手更是可怕。海兰察天生神力，又有相当火候的内功，跤艺也大进。但毕竟初次参赛，没有经验，这是最要命的。而都统大人在胜利的喜悦中，那股爱慕虚荣的劲头又浮现出来，如果海兰察胜了，那自然一好百好，骁骑校的官服穿上了。可一旦失利，那……

"海兰察。"哈木趁图海的高兴劲儿，一语双关地说，"你初战告捷，小小年纪，着实不易。明日对阵三人都是沙场宿将，即使是败下阵来也是虽败犹荣。——当然，大丈夫不轻易言败！争斗之时，稳字当先，不求有功，但求无过。一旦察觉对方弱点，就该当机立断，全力施为……"

图海看出了哈木的用意，频频点头，心底里暗叹一声：沉舟侧畔千帆过，病树前头万木春。

决赛场地，彩旗飘，人如潮。

海兰察坐在场中，注视着对面的哈日呼。几天里，他眼见哈日呼像阵旋风，连扔带甩，下手狠辣，七八名二三流的摔跤手几乎全是鼻青脸肿，狼狈不堪地败下阵。

那个瓦力格更是凶残，他好像不是在较量技艺，而是在同熊搏斗。每当对手倒下去的时候，他笨拙的庞大身躯立时变得灵巧无比，像泰山般压向倒地的对手，快乐地谛听失败者的惨叫声。

最后，他目光落在了正在换跤服的巴雅尔身上。从步伐和鼓起的太阳穴上，他知道此人武功不错，既然是西域跤王，技艺一定超群。

他又想到中午河边的那个旗装少女，忍不住环视一下远处，那贵妇满座、淑女拥簇的帐篷。

在他眺望的同时，那红绸绿缎、钗钏耀眼的女眷大帐里，也有对含情脉脉的大眼，喜忧参半地注视着赛场。她就是卜奎副都统满迪的独生女儿敏日娜。

中午与海兰察河边一别，她也不知海兰察是否听进了自己的忠告，一着急，偷偷溜出大帐，换了一身平民装束，挤进人潮。她听说父亲和哥哥瓦力格说参加索伦盛会，便匆匆带了家丁赶来，满迪对爱女无奈，却并不担忧。她和哥哥从小能骑善射，后又经武师点拨，也练就了一身不弱的功夫。

比赛开始。

海兰察对上了瓦力格。

一交手，海兰察出人意料，立即展开疾风暴雨般的攻势。右脚直插瓦力格裆内，扫勾挑一气呵成，双手一上一下，抓住对方右臂，探到腋下，借对方猛扑的力道，侧身竟欲一个大背手，扔翻瓦力格。所有招法奇快，让人眼花缭乱，力道之凶猛，配合之默契，令人匪夷所思。

瓦力格也不示弱，左膝顶住对方腰部，左臂紧扣住对手跤衣腰带，倚仗身高体重的优势，化解了这一危机。虽然海兰察趁他侧重防守下盘之际，一拉一带，使他发滞的身体趔趄几步，还是稳住了阵脚。他自恃是老将，起初并未把这个索伦小子当劲敌。哪料到一交手就让对方弄得手脚忙乱，不由大吃一惊，心中暗骂活见鬼了！赶紧凝神聚气，屈膝弯腰，谨慎移步，与海兰察对峙。

海兰察快攻见效，探明虚实，发现对手反应太慢，顷刻间就顾此失彼。心

里有了底儿，打定主意，不和这小子浪费时间和力气，尽快打发他。

满迪见儿子一上场便露出败相，心里又惊又气。他与属下专门研究过对付海兰察的办法，这个傻儿子咋不用啊？那个肥大的脑袋平日就知道往里灌酒，咋就没装点智慧呀？！他心里咒骂着。

遗憾的是场内的形式与他的愿望相反。瓦力格拼尽全力，还是抵御不住海兰察的进攻，累得汗流浃背，气喘如牛，收腿缩手，一副不求有功、但求无过的可怜相。起初那种夺魁的雄心，早已和头上屡屡汗气蒸发殆尽，剩下的只是一具东摇西晃、竭力支撑的身体。他已经方寸大乱，精神开始崩溃。他心里明白，一个摔跤手一旦根本摸不清对手的路数，那是十分被动的事，只能是任人宰割。即将失败的羞辱感强烈地啃噬着他那颗虚荣的心，想到被这个初出茅庐的索伦小子摔倒后，人们嗤之以鼻的冷笑和白眼，威风扫地后的难堪，他是肝胆欲裂。此时此刻，他才后悔平日学艺不精沉溺于酒色，淘虚了身体。

"把这只野猪扔出去！"博尔奔察大声催促。

"摔死他，这小子只会浪费牛羊！"

"……"人群传出各种谩骂，看着瓦力格左支右拙的狼狈相，人们对这个凶残的家伙厌恶透顶，借此机会将愤懑的情绪尽情地宣泄。

气恨交加，恶从胆边生。瓦力格把满腔怒火全都撒在海兰察的身上。发红的眼珠一转，一个不及细想的念头在硕大的牛头般的脑袋中一闪，一咬牙，双臂用力一拉，身体向对手贴去。就在此同时，双方身体接触的一刹那，猛抬起的右膝在上面双手的掩护下，向对方的下身狠命捣去。海兰察做梦也想不到瓦力格会使出如此下流的手段，此时全身都在对方的攻击范围中，根本来不及躲闪，无奈之下，只能提气护身。即使这样，仓促之间，又是久战之后，护身功力是有限的。一阵剧痛弥漫全身，疼得他冷汗沁出。他怒不可遏，像疯了一样，强忍疼痛，双臂抓住瓦力格的腰带，暴喝一声，把二百三四十斤的瓦力格举过头顶，扔出两丈开外。

第十七章

　　巴雅尔因为是摔跤手，一直坐在场内，看得最清楚不过。瓦力格的动作当然逃不过他的眼睛，让他又惊又气，这是从未发生过的事。所以，当海兰察愤怒之下用重手法，扔出肥大的瓦力格时，他哑然失笑，瞅瞅摔得晕头转向的瓦力格，竟然带头鼓起掌来。

　　大帐之中，满迪在一片喧嚣中，声嘶力竭地怒喝："来人，将海兰察拿下！"

　　"放肆！"图海勃然大怒，胡须一撇，厉声道，"满大人，此地是本都统治下，一切有本都统做主。即便大人是宾客，也不该越俎代庖，按照律令，试问大人，何故抓人？"

　　满迪自知理亏，方才也不过是一时气极而为，被图海一问，顿时哑口无言。他张大嘴巴，两眼滴溜溜向周围的官员扫来扫去，指望有人助词。谁知所有的人似乎像什么也没听见那样，避开他的目光，向远处张望。就连阿日泰也只是哼了一声，无动于衷地坐在那里，满迪的心凉了大半，软绵绵倒在椅子上。

　　巴雅尔双手叉在胸前，轻蔑地直视对面的哈日呼。哈日呼神色庄重，虎目圆瞪，一点都不敢怠慢。

　　对峙了一会儿，谁也不肯先出招，似乎是在等待什么。人群中开始发出焦急的唏嘘声。巴雅尔伸出右手，二指向里勾了勾，又咧嘴笑了笑，好像在撩逗自己家的牧羊犬似的。哈日呼浓浓的连鬓胡子抽搐了一下，喉咙里发出狗熊被激怒时的沉闷动静。他终于受不了了！士可杀不可辱。什么西域跤王，弄不好你们那的男人都被骗了吧。老子今天就撕碎了你。他心里骂着，手脚一动扑上

前去。十指如钩,探向巴雅尔腰间,右腿又疾又猛,一个漂亮的扫盘腿,逼迫巴雅尔退后两步。

一招得手,他也存心挑逗对方,居然也像巴雅尔那样,伸出右手,双指回勾,嘴里居然发出啧啧的动静。仿佛随便一个牧人,拿了一根骨头,召唤自家的牧羊犬!全场一片爆笑,有几个小贩子笑得前仰后合,鼻涕眼泪一齐流。

巴雅尔怒极反笑,琢磨着如何耍弄一下这个又凶猛又无城府的笨熊。

哈日呼故伎重演,又使出摔倒八名高手的那招,只见他右手猛抓巴雅尔的左胸,右脚随后跟进,插入对方两脚之间,想用里勾的腿法迫使对方较力。然后凭借自己力大体重的优势,一决胜负。

巴雅尔看熟了他的这一招,哪肯和他费这个牛劲儿,一见对方右手探入,就猜到了对方的意图。赶紧伸左手扣住哈日呼的腕部,食指悄悄按在对方合谷穴上,一发力,哈日呼顿时觉得右掌酸麻、疼痛。不等哈日呼弄清是怎么回事,巴雅尔右肘闪电般垫入对方右胸腋下,与此同时转体一百八十度。腰腿手同时发力,大喝一声,哈日呼庞大的躯体在空中一闪,大头向下重重摔了下来。松软的草地被砸出个大坑。

海兰察很清楚地看到巴雅尔点中对方穴道,使对方失去劲道的过程。这样取巧是不是合乎规则,他困惑了。不过,他仍旧抚掌微笑,以回报巴雅尔。

最后的决战开始了。

巴雅尔出手不凡,不愧西域名将,招式迅速有力,快如旋风,手脚肩肘并用,潇洒飘逸,一派名将风度。

海兰察知道他功夫极深,见识又广,心中不免七上八下,一接手便后退数步。

几招下来,海兰察试出对方脚下扎实,上盘似乎无懈可击。只好暗运内力,气游全身,先与对方僵持一阵儿,一是寻找其弱点,二是消耗对方的气力。他自恃内功深厚,虽说还没到取之不尽、用之不竭的程度,但和对方比自然有天壤之别。

巴雅尔知道海兰察是生手,故而一出手就是全攻不守,试探对方的根底。无奈海兰察时而身轻如燕,时而重如泰山,动似猿猴,进如闪电,尽管攻己不足,守起来却是绰绰有余。他攻了半天,通身出汗,却无功而返,心里惊讶不已。他在西域罕逢敌手，少年拜师学艺，武功方面也小有名气。知道内功有根底者，能够运气周身，意到气到，收发自如。内力极强者，能以气伤人。眼下的这位索伦小伙子，让他大大顾忌起来，海兰察莫非就有这种功夫？小小年纪何以学到这门功夫，如果不是这样，又作何解释呢？！真论起跤艺，这小子差得远着呢，如果真的与自己在伯仲之间，还不知道怎么收拾自己呢。为了证实自己的疑虑，他又使出绝招扫盘腿，这是他平日与木桩、活牛对练的杀手招数。自信就是一头牛也抵挡不住这一铁腿的攻击。

海兰察顶住了，只是眉头一皱，他感到一只铁棒在撞击两腿。敏感察觉上身部位才是对方的实招，所以没等对方手掌攻到，双掌平伸，吐气开声，封住对方的进攻路数。

巴雅尔哼了一声，闪身退后两步，眉头紧锁。他斗出了好奇心，遇到了平生没遇到的怪事。在他的脑海里，取胜夺魁仿佛退到了次要地位，而一探究竟，瞧个水落石出才是顶顶重要的事儿！

心情一变，脑瓜也灵活起来。他琢磨出另一个办法，心想不如一试，顶多也就是个贻笑大方。主意一定，突然俯身向海兰察腰身抓去，海兰察也顾忌巴雅尔刁钻古怪的技巧、比熊不小的力气，不敢牵手挟腰、耳鬓厮磨地近战，急忙出手拦截。双臂相交的瞬间，巴雅尔右腕一翻，搭上海兰察的左腕，手指点在他"阳谷"和"养老"两穴上。海兰察有护体真气，可小臂和腕部也是一阵酸麻，力道全失。他一惊之下，本能地探出右手，快速绝伦地在巴雅尔的"灵台"重穴上点了一下。

巴雅尔的点穴功夫不仅笨拙，也没有内功根底，无论在速度和力道、准确程度上与海兰察相比，不过是秋萤凝月、俗僧见佛而已。海兰察只是小臂酸麻片刻，巴雅尔却是整个上身僵木，呼气不畅，行动不得。此时，海兰察只要轻轻一推，巴雅尔就会倒在地上。

海兰察迟疑了一下，心想，虽然巴雅尔失礼在先，但毕竟是自己平生仅遇到的高手，为人又比哈日呼、瓦力格强十倍。一股英雄相惜的激情占了上风，他不动声色地对巴雅尔轻声问："罢斗如何？"

巴雅尔感激地点了点头。海兰察就像拍老朋友似的，解开了穴道。

决斗的场面没有精彩起来，人们兴趣索然。

巴雅尔缓过劲，笑嘻嘻拉着海兰察向大帐走去，边走边问："敢问阁下师承？"

"这个……"海兰察支吾了半天。

"敝人冒昧。"巴雅尔见海兰察有难言之隐，忙把话岔开，说，"改日再与阁下切磋，如何？"

"正要向大人讨教。"

两人在千万人的注目下走到大帐前，巴雅尔抢先一步，向众官员宣布："诸位大人都看见了，海兰察技艺超群，敝人实在是奈何不得，甘居下风。"

海兰察大声推让，众官员也莫衷一是。考虑到巴雅尔是贵宾，又是准噶尔的台吉，最后以并列第一名了事。

图海含笑点头。

阿日泰也没争议。

满迪呆若木鸡。

黑云沉沉，遮星吞月。

冷风袭人。一队人马急促从远方奔来，十几条人影飘然落下马背，站在一片残骨灰烬的草地上，面面相觑。

"大师兄，盛会方散，我们迟了一步。"其中一人向为首的五十多岁的老者说。

老者是青龙帮主的大弟子齐天啸，他四下看了看，悻悻说道："即便是提前赶到，那么多的官兵人众，我们也不敢动海兰察。"

"大师兄，师父临终的遗愿就是要夺得迷幻剑谱，他老人家可是穷尽半生的心血啊。我们不如趁夜袭击军营，劫持那小子，如何？"

"哼，痴人说梦。"齐天啸冷笑一声，说，"袭击军营就是与官府作对，这是我们江湖人士的大忌，夺取秘籍是为我帮在江湖上扬名立万。如果触怒官军，惹来围剿，有了灭门之险，还要秘籍做什么？糊涂！"

一阵沉寂。又有人问："师兄说得不错，可我们此行总要有所作为啊？还请师兄示下。"

"耐心等待时机，师父等了三十年，我们急什么。智者千虑，必有一失，有了机会就下手。"齐天啸狠狠地说。

"谨遵师兄吩咐。"众人异口同声。

呼伦贝尔城副都统府。

树影婆娑，灯光闪烁，副都统府中的庆功宴进入了高潮。

图海红光满面，精神抖擞。他刚刚宣布擢升海兰察为六品武官——骁骑校。

宴会是黄昏时开始的，来的都是索伦部的官员，图海有意借庆祝盛会为由，进一步抚慰和笼络一下属下的官吏。因为他发现黑龙江将军府的官员如满迪等人，时常与本部一些官员私下里嘀嘀咕咕，或是聚众会宴，或是秉烛长谈。这个现象引起他的注意，蝼蚁之穴，可溃千里之堤。所以，他与哈木商议之后决定趁机召集所属官员，一方面表示亲昵，另一方面也是敲山震虎，警告一下和外官打得火热的属下。防止索伦内部出现同床异梦、离心离德的。

"诸位，"图海看火候差不多了，开口道，"天公作美，皇恩浩荡。这些年来，我索伦部戍边安宁，草原风调雨顺，百姓安居乐业，商贾安心于市。千里的索伦草原，可说是清平乐世、歌舞升平的景象。"

"是啊，大人说得不错，这一来么，是仰仗大清王朝洪福齐天；二来么，是都统大人治理有方。"一名参领不失时机地奉承。

"正是，有大人在此勤奋执事，朝廷自然高枕无忧。"

"……"

众人七嘴八舌，有人故作媚态，说得声泪俱下，令海兰察阵阵作呕。

"然而，并非全无纠葛！"图海突然脸一沉，森然说道，"敝人深知时时有人作祟，乱我人心。且不说外鬼，就我索伦内部，也不乏心居异志者，倘若真的有人同他人串通一气，做出有损索伦的事情，休怪敝人不念旧情！"说完，两眼威严一扫，弄得几名与满迪交杯畅饮者心惊肉跳，头皮发炸，低头不语。

图海见达到预想的效果，就向哈木扫了一眼。哈木立刻开口道："诸位，图大人并无他意。我索伦乃一小部族，如不同心同德，或受外人挑唆而四分五裂，何谈振兴索伦，留下宏业与子孙呢？"

"哈参领所言极是，敝人颇有同感。"一个副总管点头赞同，见图海投来赞许的目光，赶紧咽了口唾沫，又说，"在华夏众多部族中，我索伦人少力薄，有如夹在巨轮中的一叶小舟，不仅要巧妙穿行，内部更要趋于一致，坚如磐石才是。"

第十八章

海兰察年少得志，刚刚十八岁便蟒袍加身，令许多索伦人大喜过望，还有一个也窃喜，这就是福生利的掌柜——孙浩。攀结官府，以便日后财运亨通，是他长久以来的愿望。

呼伦贝尔城中的八大商号，那都是远近闻名的富商。他们中间有的是靠来的时间早，依靠天时地利加上多年辛苦经营起家的，也有的是靠与当地官吏扶持、占尽投机取巧的便利，聚沙成塔发展起来的。有官吏的支持和保护真是通往财富之塔的快捷之路。

踏破铁鞋无觅处，得来全不费工夫。机会终于来了。

海兰察获得功名，虽然说眼下只是个六品顶戴，可日后的前程不可限量。这些年他是亲眼目睹，许多蒙古索伦人因为征战有功，升官封侯、光耀门庭的人还少么。就连副都统图海，原来不就是拖着套马杆，跟着马群屁股的马倌吗？

因此说，当官也和做生意差不多，得慢慢来。关键就是看准目标，耐心等待，对海兰察这样的年轻人，尤其要这样。

他习惯地抱着算盘，叼着烟袋坐在柜台里琢磨。算起来，他自认为这些年对海兰察还不赖，比起其他下人不知好多少倍，也可以说对海兰察有那么一点知遇之恩嘛。前几天，海兰察在街上遇到自己还是很客气的，得尽快趁热打铁。

公然攀附，抹不开面子不说，会遭致反感。一般来说，当官的都喜欢银子，这没说的，可海兰察无家室，对聚财之道一定是孤陋寡闻，是个吃饱了以后不知道存银子有什么用的主。没有兴趣自然就不会领情，不领情不就白送了吗？

那么送点什么才能使他高兴，又不叫自己破费……他苦思冥想，猛地，小三角眼的余光死死盯在了货架上的马鞍。对呀！一个绝妙的好办法出现在脑子里，这个法子简直无可挑剔，既让本地官吏高看自己，同时又可以堵住同行的臭嘴，掩饰自己攀龙附凤的真实目的。

武将爱马，草原上的武将更视好马如命。对！就送一匹好马，全鞍马。

索伦人视马如命，远近皆知，能有一匹好马，是每个索伦人从娘胎里一生下来就有的想法。海兰察原来就是给自己放马的，虽说也拿点工钱，但以从军为由，送他一匹战马是情理之中的事情。

"嘿嘿，海……大人，"孙浩找到了海兰察，很不习惯地干笑两声，讪讪道："大人身为朝廷命官，日后率部驰骋疆场，跨下不能没有一匹良驹。俺——大人知道，敝人的马群中尚有几匹劣马，如蒙不弃，就请大人屈用一匹，权做敝人预祝大人疆场凯旋的一点心意。其实，这也是大人从前辛勤劳作所应得的，非敝人……嘿嘿。"

"孙掌柜，"博尔奔察不耐烦客套，指着远处的马群问，"是随意挑选么？"

"当然当然。"孙浩堆下笑脸，无可奈何地赔笑，对这个平日不屑一顾的猎手低声下气。

"那好，本来无功受禄，愧不敢当。可孙老板拳拳盛意，却之不恭，那么就恭敬不如从命，我等不客气了。"博尔奔察说着提杆上马，冲进马群，替海兰察挑选。

"掌柜的，如此馈赠，不知何以为报？"海兰察到底年轻，涉世不深，还真的为孙浩的慷慨所感动，流露出真情实意的表情。

"哪里哪里，"孙浩一听这话，心花怒放，这正是他所盼望的，"区区薄礼，不成敬意，不敢图报……"

哈木站在旁边冷眼看着孙浩。他明白了孙浩的用意，拍了拍孙浩的肩，幽幽说道："孙掌柜的可真是精明过人啊，这未雨绸缪的眼光着实叫本官佩服。放心，俗话说得好，滴水之恩当以涌泉相报。海兰察为人坦诚、忠厚，日后定能关照一二。"

"这个自然。"海兰察点了点头，向远处追逐马群的博尔奔察望去。说老实话，他不喜欢这个雁过拔毛的掌柜，但在对方公然示弱的情况下，他那天性

善良的的秉性，尤其是那种事过境迁的云烟往事——甚至是仇恨，向来不在记忆中长存。而对眼下——哪怕明知并不是真情实意的一点点恩惠，却铭记在心，不知所措。昔日孙浩的刻薄冷酷，奸诈阴森的面孔，在他此刻从内心弥漫起来的不咎既往的柔雾中模糊起来，甚至还萌生日后好好知恩图报的心思。只是不善言表。

时值高秋，正是牲畜上膘的季节。几百匹膘肥体壮的烈马在博尔奔察的冲击下，就像决堤的洪水，四散奔驰。放了三十年马的博尔奔察，一眼选中了一匹刚刚四岁的生个子马。它身材高大，浑身黑如木炭，性情十分暴躁，它刚刚连踢带咬，赶跑了一匹与其争雄的高头花马，在骒马面前昂首嘶叫。猛一见高悬的套马杆，立即撒开四蹄狂奔。它不仅速度快，跑的路线也十分刁钻，不时在套杆逼近时，一头扎进马群之中。数次都在博尔奔察的杆下溜掉，骗过杆子马后，居然站在那里嘶叫几声，分明是在挑逗。博尔奔察大怒，一时性起，扒下长袍，敞胸露背，大喝一声向它冲去。老练的坐骑明白主人的意图，利箭一样，死死追随在黑马尾后，在方圆十几里的草场上兜起圈子。尘土形成的烟龙化成一个巨大的圈子，受到惊扰的马群也推波助澜，不时跟着瞎跑一阵儿。

周围的人都被这蔚为壮观的场面吸引，聚拢过来看着素有"神杆"之称的博尔奔察怎样制服黑马。这匹黑褐马确实机灵透顶，当它实在无法躲开凌空而下的皮套时，突然在疾驰中斜身来了个一百八十度大转体，意想不到地迎着博尔奔察跑来。现在如果撒手扔掉套马杆，黑褐马带杆逃脱，可这是博尔奔察最大的耻辱，他将名誉扫地。如果不撒手，套杆就会折断，结果都是一样。看热闹的人都紧张到了极点，孙浩竟然大喊："扔下杆子吧！"

博尔奔察一咬牙，双掌顺杆滑到杆的中部，打算等坐骑转过身后再用力搋住黑褐马。然而，黑褐马仿佛看透了他的心思，来势太快，角度太奇，只听"咔嚓"一声，博尔奔察那杆得心应手、不知制服多少匹烈马的套杆，猝然折断。它在博尔奔察羞怒交加的吼声中，前蹄腾空而起，引颈长嘶，扬起长鬃，向马群跑去。

海兰察一看博尔奔察失手，立即催马迎去，忙乱中也来不及找套马杆，索性空手疾驰，直奔黑褐马。

黑褐马虽然激烈地奔跑半天，浑身汗气，一见有人追来，顿时又抖擞起精神，绕着马群奔跑。大概是半天不见套马杆盘旋，胆子大了起来，在一下坡处，当它畅欢扬起后蹄时，忽觉尾巴部位一阵剧痛，一股大力托起后臀，向前滚滚而来，势不可挡。它还没弄清怎么回事，就身不由己，猛地向前翻滚过去。

海兰察是使用巧力，在黑褐马后蹄扬起时，利用它本身的惯性，抓住马尾向上提甩得手。接着忙收缰勒马，打算下马抓住已经蒙头转向、正在瑟瑟抖动的黑褐马。可他又想错了，不仅是他，在场的所有人都没有想到，翻滚几下的黑褐马，起初站起身时，惊恐地瞪着眼睛，"咳咳"地嘶叫几声。抖动身上的尘土和草屑，当它发现四肢无恙、脖颈空空时，恐惧的神情一扫而去。仰脖又大声嘶叫几声，仿佛是在叫：不过尔尔，重新撒蹄向马群跑去。

海兰察张大嘴巴，两眼放出艳羡的目光，精神大振，拍马追去。经验告诉他，这是匹罕见的好马。

两匹马一前一后，风驰电掣地追逐在草原上。远处前方，蹿出一匹雪白的花脚马，好像是从天边一闪即至，从正前方逼近黑褐马，马上的青衣少年眉清目秀，手中挥舞着环绳索。黑褐马显然是猝不及防，愣怔一下，转身斜刺里冲去。海兰察趁机迫近，只是因为手中没有套杆，一时无可奈何。白马少年手中绳索凌空罩下，恰好套住黑褐马的脖子，随后，将手中绳索快捷缠在自己的鞍鞯上。一连串动作快捷无比，干净利落，海兰察大叫一声"好！"场内所有人纷纷拍手称奇。

黑褐马一见自己受制，暴怒无比，凭着超常的体力，硬生生拖着白马继续向前奔驰，但是它的速度大减。白马的鞍子被拉到了白马的脖颈上，显然是马肚带松弛，马上少年的身体开始左右摇晃，随时有坠马的可能。

海兰察清楚眼下的状况，猛加一鞭，当坐骑和白马并行的一瞬间，舒展猿臂，右手揽住白马少年的腰，拉到自己的马背上。与此同时，身体凌空跃起，脚尖在马背一点，像兀鹰一样飞向黑褐马背。

黑褐马此时拉下白马的马鞍，脱离了白马的羁绊，突然背上一重，又急又怒，前蹄腾空而起，企图摔下上面的人。海兰察立知其意，俯身贴在马背上，两手抓住鬃毛。黑褐马前蹄刚一落地，身体一斜，滚倒在地翻了两下身体，海兰察早已跳在一旁，等它重新站起身时，轻轻一跃，又稳稳骑在了它的背上。黑褐马哪里肯服输，后蹄又猛烈刨起，又急又快。海兰察在剧烈的颠簸中，差

点被甩下去，危机中灵机一动，仰在马的后背上，一把抓住马尾，瞬间拉到胸前。平衡住了身体，黑褐马痛得停止了跳跃，又撒欢似的在草原上狂驰。

风，吹得海兰察睁不开眼睛。

索伦河变成了一条白线。

黑褐马的肚皮几乎贴在草叶上。

黑褐马好像是累了。步伐缓慢下来，脑袋左右摇摆，两眼偷窥背上的海兰察。

远处，一个废旧的圈栏出现在它的视野，它不知想到了什么，突然又狂奔起来，低头直向那仅能它通过的横栏冲去。当冲到粗木横栏几丈远的时候，海兰察明白了它的用意，在一片惊叫的呼喊声中，他再次借用冲力的惯性，身体向前拔起，跃上空中。等黑褐马钻过横栏后，又落在它的背上。只见他飞身下马，抓住它的两耳，一条腿伸到它的前腿部位，侧身一扭一背，不知所措的黑褐马被狠狠地摔在了地上。

它彻底害怕了。

好半天，它才战栗着站起身，两眼胆怯地盯着海兰察，似乎打量着这个日后带它驰骋战场、叱咤风云的名将。

"海兰察。"一声娇嫩悦耳的声音叫得海兰察浑身一震。白马上的少年越过众人，向他走来。青衣小帽一摘，一头云鬓尽泄下来。他呆了，是那旗装少女。

哈木意味深长地瞅着海兰察，博尔奔察自顾将笼头、铰口给黑褐马带上。

孙浩伸着舌头，啧啧叹道："海大人与这马可是天搭地配呀……"

晚霞绚烂，牧歌唱晚。

在孙浩的极力邀请下，一行人来到不远处的毡房。熬茶杀羊，忙得不亦乐乎。

第十九章

暮色中，蒙古包外草地上，大家席地而坐，手扒肉、奶茶、奶食品摆放在中间。博尔奔察和哈木已经喝得半醉，孙浩也涎水直流。

海兰察问白马少女："既然盛会结束，宾客已归，小姐何故逗留？"

"都说索伦草原好客，难道你是在逐客么？"少女盯着刚刚燃起的篝火反问。

"在下不是那个意思，在下是……"海兰察支吾起来，心跳加剧，自己也察觉到有种异样的感觉，"敢问小姐府上是——"

"卜奎城副都统府。"

"那满迪副都统是——"

"是我阿玛，你们叫家父或是阿爸。"少女说到这哧哧一笑。最后一抹晚霞映在她秀丽的粉腮上，更加妩媚动人。

海兰察为之一荡，转念一想是满迪之女，心里又黯淡下来。

"来吧，旗女敏日娜恭贺海大人擢升骁骑校。"敏日娜笑靥如花，一口喝干杯中酒，一副无拘无束的样子。

"多谢。"海兰察喝过酒，又好奇地问，"赛场之上，承蒙小姐提示，在下铭感五内。只是瓦参领……"

敏日娜一听海兰察提起哥哥瓦力格，竟然吃吃笑个不停，好一阵后才说："你那一摔让他痛得一夜没睡，活该！平日不好好练功，临场又心术不正，又怪得了谁呢？"

海兰察又惊又奇，她的哥哥丑态百出，她不恼不怒，反倒笑得花枝乱颤，更加迷惑不解。

夜来临。哈木起身向孙浩告辞，转身对敏日娜说："小姐乃满大人之女，本官有保护之责，请随同一起回都统府。"

回到商号，正是掌灯十分。孙浩带着酒意，坐在厅里品茶。想到今日里办的顺心事，心中很得意，哼起小曲准备安歇。

屋门无息洞开，一阵窸窣之声传来，定睛一看，不由眼前一黑，几乎晕了过去。

几名身着夜行衣的大汉，面带黑罩，不知何时站在自己身旁，好在并没有加害的意思。他呆痴了片刻，镇静了下来。

"诸位好汉深夜……光临寒舍，不知有何见教？"他结结巴巴地询问，故意把富甲一方的店铺说成是寒舍，以便讨价还价。

他猜想这些人可能是过路的江洋大盗，到这里无非是索取些银两一走了之。破财是注定了的，性命无妨，因此，胆子大了许多，硬着头皮等对方开个价码。

"老掌柜的不必惊慌，深夜打扰，也是出于无奈。"为首的汉子低低说道，"我等并非为图财害命而来，金银财宝在我们手中有如粪土。"

"那么好汉的意思是……"孙浩用手擦了擦沁满汗水的额头，他长吁一口气，彻底放下心来。

"在下有一事需掌柜的相助，倘若掌柜的肯帮忙，事成之后，必当重谢。到那时，掌柜的何必守在这凄苦之地，大可到江南的风光绮丽之地，或是繁华无比的京城购置产业，过妻妾满堂、奴婢成群的日子。如何？"另一人插话。

"唵？"孙浩困惑地眨了眨眼，被这些没有来头的话弄糊涂了。

"哦，掌柜的。从即日起，能否将海兰察的行踪告诉我等？只此一次就行，之后，我们一拍两散。"为首的汉子说到正题。

"海兰察？"

"不错，我等与海兰察有段恩怨尚未了结。"

"这……"孙浩恍然大悟，闹了半天，这些人是冲着海兰察来的，到底为什么，他无从猜测，更不敢打听。可对此事的利弊，一瞬间在脑子里衡量了半天，有如打算盘那样。所谓的江湖恩怨，既不图财，无非就是仇杀。这海兰察现在可是朝廷命官，如果和这些人沆瀣一气，害了海兰察的事情一旦泄露，那就是死罪，弄不好会祸及九族，绝非儿戏。不答应吧，满门老小和这家业危在旦夕，这些江湖绿林中人来无影去无踪，杀人不眨眼，防不胜防，杀自己一家老小，还不是探囊取物？

得罪官府不敢，冒犯这些人更不行，他急得龇牙咧嘴，不住地唉声叹气。

"诸位，实不相瞒，敝人只是个生意人，和官府并无来往，怎知——"

"掌柜的不必敷衍推脱，在下也不是盲人摸象，贸然打扰。"为首的汉子冷笑一声，又说，"莫非掌柜的信不过我等？"说完一挥手，另一人把一个包袱放在孙浩面前的桌子上，打开给孙浩看。

"区区薄礼，不成敬意。这一千两纹银，暂且收下，日后再重谢。在下保证不拖累掌柜的，海兰察身为官府中人，自有官府护卫，就算有了事儿，与你何干？"

孙浩一见一堆雪花银，垂涎欲滴。直到那些人冷笑着离去，才颓然落座，呆痴地盯着那似福非福、似祸非祸的银子出神。

高秋八月，塞北暑意已退，京师北京却依然酷暑难耐。

乾隆皇帝紧锁眉头翻阅御案上的奏折，其中一个是军机处刚刚转来的六百里加急奏折，是伊犁将军素日布上奏的紧急军情禀报。

看完了折子，乾隆皇帝并没有立刻召见在殿外候旨的军机大臣温福、内大臣阿桂等人，而是独自静静地思索了很久。左右太监见皇上龙颜不悦，知道折子里的消息不好，都格外小心伺候。

奏折上说的是西域准噶尔亲王阿睦尔萨纳终于和朝廷撕破脸，起兵作乱。素日布兵微将寡，力战一月有余，终抵不住十万叛军的攻击，伊犁失守。素日布退守科布多和乌里雅苏台一带与叛军对峙，等待朝廷援兵。

乾隆皇帝即位二十年来，虽然说边围时而不定，中原也小有动乱，但总的来说，天下还是安宁的。先皇生前说过，西域各部虽说臣服，可没有从根本上解决问题，什么问题呢？先皇并没有说明。

准噶尔部几十年间先后两次大规模反叛，尽管都以失败告终，并不说明从此相安无事，天下太平。就其内部来说，分成几个派系，相互争权夺利，残杀

不断。各部藩王争夺汗位的斗争从来就没有消停过，并且都想借用朝廷之力，击败对方。所以，处理准噶尔的事可不是打完仗就拉倒的事，这里还有个防范沙俄插手，借以支持某一部族或支持阿睦尔萨纳，达到侵吞大清朝疆土的野心！另外，西域常年动荡不安的另外一个原因是厄鲁特人并不甘心臣服朝廷。其内部产生纷争，相互残杀，争夺汗位时，朝廷要操心调解，一旦平息了纷争，各部统一之后，又不甘心臣服朝廷，萌生叛逆之心。葛尔丹、阿拉坦撤妄不都是这样么？还有沙俄在黑龙江一带扩张的野心被遏制以后，一直没老实呆着，这些年一直盯着西域。据密报，沙俄的信使不断在西域穿梭，诱惑和挑唆阿睦尔萨纳自立为国，什么意思？不就是想割裂大清的国土么！

一想到这些令人烦恼的事，一股不祥的预感，犹如暮鼓晨钟那样，使乾隆皇帝心里不时笼罩一层层阴影。

这时，他才想起理藩院有个叫福胜的侍郎，几次上折子提到如何善理西域政事的建议。是啊，西域远离中原，地处偏僻，厄鲁特人既骁勇又桀骜不驯，但生性耿直、心胸坦荡，有重义不重礼之称。像这样的部族，易受蛊惑，也易于笼络，微施雨露足以使他们难以忘怀。因此，叛军易灭，民心却难得。而收拢了民心，才是根本的、长治久安的办法。

夕阳隐遁，彩霞满天。乾隆皇帝端坐良久，愁云散去，心绪逐渐开朗，传谕下去召温福和内大臣阿桂上殿。心里再次告诫自己：天下稳定，四海升平，安邦治国之道当以广施德政为主，兼以武力弹压为辅才是明君所为。一味穷兵黩武、不计恩威的下策，反而会使民怨沸腾，国运日下，只有昏聩无能的国君才会重蹈隋元的覆辙。

"臣温福、阿桂恭请圣安！"温福和阿桂鱼贯而入，跪在地上请安。

"起来吧。"乾隆皇帝声色不露地说，温福和阿桂起身，垂手肃立。

"准噶尔作乱，你们对此事怎么看？"乾隆皇帝直接说到正题。温福与阿桂面面相觑，不知皇上是何想法，一时不敢妄言。半天，温福才嗫嚅道："臣以为阿睦尔萨纳对朝廷早有不恭，被封双亲王、定边左副将军，却不思回报浩荡皇恩，心怀叵测。准噶尔各部皆助纣为虐，不惜私通外夷与朝廷对抗，如不痛加围剿，只怕西域不久便非我大清所属。依臣之见，可速派我大清满洲八旗劲旅，星夜围剿。"

"唵。"乾隆皇帝淡淡一笑，沉思片刻，又问阿桂，"卿有何言？"

阿桂仔细地听了温福的话，观察着皇上的反映。一见皇上问到自己，不慌不忙道："依臣之见，平叛之事刻不容缓，不过，平叛之事当以内外并行为好。"

"哦，何谓内外并行？"乾隆皇帝两眼放光。

"准噶尔臣服我大清后，两次大动乱，朝廷耗费了巨额财力人力。但至今骚动频繁，什么原因呢？依臣看来，一是路途遥远，官吏也好，民间贸易也好，来往甚少。和中原各省相比，有如世外桃源，所属各部臣民对中原的风土民情，浩荡皇恩所知无几，似是而非。因此，奸佞之徒便趁机妖言惑众，危言耸听，激起部众对朝廷不满，挑起事端。二是西域平定之后，我朝派出的官吏设置不妥，各部百姓只知汗王，不知朝臣与法度，加上某些官吏劣迹斑斑，也是致使民变的原因之一。

阿桂讲到这里，一看皇上听得认真，劲头更足，又滔滔不绝道："平叛固然重要，但取民心亦不可忽视，此乃关系一劳永逸地解决西域问题，关系到我大清江山千年永固的大计。阿睦尔萨纳以外夷之力与朝廷抗争，必然不得人心，如果私通外夷之事败露，必然众叛亲离。我平叛大军需分轻重缓急，击其亲信精锐，对其他各部，均以安抚招降为主，并且言明既往不咎，善以待之。如此一来，平叛才有事半功倍的效果。"

"阿桂所言甚合朕意。"乾隆皇帝听了阿桂的话，非常高兴，提高了嗓音说，"我朝在准噶尔两次用兵，虽然说出师必胜，令准噶尔各部望而生畏，但是，每次用兵耗费巨大，也使准噶尔生灵涂炭，人畜凋零，朕实在是于心不忍。况且，依此下去，终非上策。得一地不难，得民心则不易。想当年，我朝仅以二十多万铁骑击溃大明百万雄师，绝非只是仰仗武力，取得民心是至关重要的一步。"

"皇上圣明，臣愚昧。"温福惶恐说道。

"皇上欲调何处兵马，以何人督师？"阿桂问。

乾隆皇帝收敛笑容，低头沉思一会儿，说："平叛大军当以蒙古八旗与索伦八旗为主。"

"皇上，这——"温福大吃一惊，怯生生地望着皇上。

"皇上的意思是征调绿营兵和蒙古八旗么？"阿桂顾虑重重地说，"蒙古

虽说分众多部落，但毕竟出自一脉，且不说有节外生枝的危险，就是阵前不肯用力，岂不……"

"皇上，绿营兵大都是步军，不适合草原上作战。"温福也提醒着皇上。

"令察哈尔、科尔沁蒙古八旗主力万人进攻左路，索伦部与卜奎满洲八旗四千铁骑进攻右路。京师锐健营和火炮营会同大同、山西的绿营兵居中路。"乾隆皇帝冷冷一笑，胸有成竹地说。

阿桂和温福才恍然大悟，明白了皇上的用意，不由连声赞叹。正欲奉承几句，却又见皇上面色阴沉，满腹心事的样子，立刻安静下来。果然乾隆皇帝郁郁寡欢道："唉，我满洲八旗居中策应最好，蒙古八旗只能削弱准噶尔各部的抵抗。索伦八旗向来勇猛，就让科尔沁蒙古八旗与其比一比吧，——唵？"

"皇上天资过人，恕臣愚蒙。"

"皇上日理万机，还要垂问西陲军务，高瞻远瞩，运筹帷幄，实在令臣汗颜。"

温福和阿桂二人一个引咎自责，一个褒扬赞颂，一唱一和，把乾隆皇帝说得飘飘然。

"阿桂。"乾隆皇帝正色叫道。

"臣在。"

"朕意由你督军，务必尽力。"

"臣遵旨。臣不敢有负皇上厚恩。"

乾隆皇帝瞅着跪在地上的阿桂，笑了。

第二十章

八月的兴安岭,艳阳当空,百灵婉转,万木翠绿,轻风送爽。

一队驼车和二十几名兵丁行驶在驿道上。

海兰察和敏日娜并排走在车队后。丛木中不时跳出只野兔或飞出只山鸡,敏日娜搭弓射箭,不一会儿,就射到了几只野物。

"错过了驿站,傍晚只能在山下的小河边宿营了。"海兰察口中似乎在埋怨敏日娜,其实他也愿意在山林中宿营,两天来,他觉得自己越来越喜欢和她在一起。

"驿站有什么好?本小姐就是喜欢无拘无束的。"敏日娜嘻嘻笑着,望着家人拎来的猎物,又说,"晚上小妹就为大哥弄个烤野味,再喝上几杯。听着流水,望着星空,不好么?"

敏日娜咻咻笑了半天,她十分得意,记起副都统见自己时的情景。

"给大人请安。"一见到图海,她拜了拜,又说,"小女子生性顽劣,贪玩忘了归程。想必大人念及同僚之谊,不会不管小女子吧。对么?"

"哪里哪里,本官只是奇怪你何以独自留在这里?"图海狐疑地看了看哈木,心想满迪是否气糊涂了,丢下爱女都不知道。这离卜奎城千里之遥,他难道就不担心吗?

趁敏日娜饮茶的片刻,哈木在图海耳朵边嘀咕了几句。图海惊讶地点了点头。

"大人在上,小侄玩耍了几天,准备返回卜奎,听说大人要送山蔬野味给

卜奎衙门。正好，小侄顺便一路，也好有个照应。"敏日娜连珠炮般地说。

图海又是一愣，这小丫头什么都知道。——啊，对了，满迪走前，自己曾应承过近日送几车野味皮张。同为朝廷命官，对其子女家眷当然要关照，尤其是在自己的管辖之内，更不能让满迪的千金出错。想到这，他呵呵笑道："也好，贤侄女不妨在城内再玩耍两日，两日后随车队返回。"

"谢大人。"

敏日娜想到这里，抬头瞅瞅海兰察，只见海兰察也恰好偷眼望着自己，四目相对，不免尴尬起来。

山林下的河边，兵丁们搭好帐篷，点燃了火堆。林中一片静寂，只有马儿吃草的声音。海兰察指派好巡夜的兵丁，坐到火堆旁，敏日娜的两名家丁忙递上烤肉和酒壶，然后躲得很远吃喝。

"真的一个亲人都没有了？"敏日娜听了海兰察身世，不相信地问。

"没了。"海兰察颓唐地摇了摇头，又说，"记得么？那个叫博尔奔察的猎手，我从六岁起就跟他生活在一起，后来十二岁到福生利做羊倌……"

敏日娜默不作声，为他倒了碗茶，轻轻叹了口气，望向四周黑压压的山林。

"不会有熊吧？"她突然问了一句。

"最好是有。"海兰察看敏日娜瞪大眼睛，故意说，"老年人讲，猎队和商队中不能有女子。"

"为——什么？"

"熊的鼻子很灵，一嗅到女人的气味，就……"

"你，你胡说。"敏日娜下意识地向火堆靠了靠。

松林中传来一阵轻微的响动，几只沙鸡扑扑飞出。海兰察警觉起来，竖耳谛听了一会儿，面色大变。他内功已有火候，听力远超常人，他已听出至少有七八人正悄悄靠近这里。他示意敏日娜别动，自己跃身跳出一丈开外，对林子说道："现身吧。"

林子里走出十几人，呈三角形围了上来。齐天啸笑吟吟道："到底是乔玉的传人，耳力不弱。"

所有的兵丁也手握兵器迎了上来。海兰察恨恨说道："青龙帮真是阴魂不散，老东西死了，你们居然还不放手！"

"废话少说,是划出道来还是群殴?"齐天啸胜算在握,拔出刀问。

没等海兰察开口,青龙帮中一人挥刀冲上,大叫:"师兄何必赘言,拿下这小子再说。"

海兰察一听又气又笑,喝了声:"鼠辈尔敢出此狂言?"正要挥剑冲上,早有一人挥掌冲上,大叫:"海大人,待属下替大人接过这一阵。"定睛一看,是敏日娜的一个家丁,不由一愣。更叫他吃惊的是此人只凭一双肉掌,同那人战成一团。只见他双掌翻飞,呼呼生风,掌力一吐,竟然有风雷之声。几个回合,掌风压住对方兵刃,有如大人打孩子般轻松自如。

此时,海兰察才如梦方醒,敏日娜的家丁哪里是什么仆役,分明是功力高深的武林人士。

"好,没想到在这碰到北派风雷掌法的高人。敝人倒要领教一下。"齐天啸一看师弟二十几招已落下风,刀刃被对方掌力震得东斜西晃,顿时急了,持刀跳进圈子里,想替下师弟。忽听脑后生风,百忙中一躲,一个兔子的腿骨带着劲风飞过,打在一名弟子脸上,只听"啊哟"一声。

海兰察甩出骨头,在齐天啸躲闪之际,飞身而至,长剑一挥,直刺齐天啸前胸三处大穴。刀剑相碰,火星四溅,双掌相对,震人耳鼓。齐天啸学艺四十余年,正是如日中天的时候,又得师父真传,泼风刀法和空冥掌早已青出于蓝而胜于蓝。

海兰察虽然得到师门绝学,但毕竟时日尚短,没有多少临阵经验,只靠剑法的精妙,和齐天啸斗了个旗鼓相当。

齐天啸的师弟早已不支,如果不是另一名师兄加入战团,恐怕早已伤在风雷掌下。二十几名索伦兵分在左右两侧布好阵,弓箭手已经搭箭欲射。

青龙帮众不敢乱动。他们知道在这个距离内,很难躲开箭矢,尤其是伤到大师兄和二师兄,因此,只能对峙着。

敏日娜看出海兰察招数还生疏,渐渐受制,娇叱一声,挥刀而上。齐天啸刚刚封住海兰察的一个怪招"古洞阴风",心中暗暗称奇,猛见敏日娜一刀砍来,忙探出左掌,让过兵刃,在刀背上弹出一指。

敏日娜顿时感到一股大力传来,手腕一震,兵器几乎脱手。她才意识到这个老家伙的功力,只好配合海兰察和齐天啸游斗,不敢再以硬碰硬。尽管如此,

　　有了她的帮助，分散齐天啸的攻势，海兰察开始游刃有余。迷幻剑法中层出不穷的诡异怪招连连使出，倒让齐天啸应接不暇，颇觉吃力。百忙之中，他偷眼望去，又吸了口冷气。十几名师弟和弟子被索伦兵用弓箭逼住，两个师弟均已中掌带伤，那个家丁模样的风雷掌高手，仍旧气力不减，内息悠长。他知道这样打下去必败无疑，心中一急，大吼一声，一掌劈去，迫使敏日娜闪身向后跃去。又一掌用足功力，拍向海兰察，海兰察本可以跃身躲开这一硬碰硬的打法，但自己一闪，敏日娜就要吃这一掌之力。紧要关头顾不了许多，一咬牙，左掌一挥迎了上去，右手宝剑闪电般刺向齐天啸。"砰砰！"只听巨响之后，齐天啸左肋中剑，鲜血流出。海兰察被震出一丈开外，重重摔倒在地上。

　　双方各自护住受伤的同伴，主将负伤，无心再斗。

　　夜深了，青龙帮众遁去。四周恢复了宁静。

第二十一章

　　兵部平叛的行文到了黑龙江将军府，几天后，卜奎副都统满迪和呼伦贝尔副都统图海，先后收到了领兵进入准噶尔作战的命令。

　　阿桂在京城早已和军机处、兵部酝酿好了用兵方案。按照皇上的旨意，以索伦部和卜奎四千铁骑从东侧奇袭，他们的任务是进攻准噶尔最剽悍雄猛的辉特部。辉特部虽然说只有三千骑兵，但其战斗力之强，是阿睦尔萨纳叛军中的主力，当属佼佼者。和其他临战前纠集起来的乌合之众相比，简直不可同日而语。能否先击溃或歼灭这支劲旅，对整个叛军的心理影响、平叛战役的往下进行，都有十分重要的意义。

　　按照路程的距离，科尔沁蒙古八旗离辉特部要比索伦部近得多，照理说，让阿日泰率兵攻打也行。但阿桂有自己的打算，换句话说，玩弄点花招。科尔沁蒙古八旗的万余精骑向来居功自傲，阿日泰更是以御林军自居，占着皇亲的关系，不把任何人放在眼里。所以，不能一开战就给这个狂傲的家伙机会，一旦让他得了头功，恐怕只有皇上下旨才能命令得动他！

　　那么阿日泰这把牛刀用在哪里呢？准噶尔南部是平坦的草原和沙漠，无险可守，阿睦尔萨纳必然派重兵把守，以期拖延时间，一旦战之不胜，他也有同朝廷谈判的资格。因此，这个最硬的骨头就需要阿日泰的御林军去啃了。这样，当阿日泰得知索伦兵击溃辉特部叛军，抢了头功以后，一定会红了眼，不遗余力地率部和阿睦尔萨纳的主力决战，以求大功。等他与叛军斗得筋疲力尽、两败俱伤，索伦兵又堵住叛军的后路时，自己便可以率中路主力出击，和伤痕累

累的蒙古索伦八旗平分秋色。

对图海和阿日泰，阿桂早已了如指掌。平定甘肃暴乱，他们曾共事一年。在他的印象中，图海忠诚有余、为人圆滑、谨小慎微、恪尽职守，又时时不忘索伦部的利益。小部族的头嘛，要点小心眼，多考虑了点部族的利益，也不算什么毛病，人之常情，不足为怪。至于阿日泰嘛，骄横跋扈是不假，打仗真的是卖命。在战场上像驱赶羊群似的催促蒙古勇士攻城掠地，就是许多满族官员见了，都自愧不如，感动不已。无论什么地方战事危机，人们总是先想到他，想到他麾下那从来不把命当回事的士兵！仗一打完就没有人想他了，那犟牛般的倔强脾气和狂妄自大的性格，也许在硝烟迷漫的战场没有人和他计较。可胜利的曙光出现之后，他便立刻遭到群起而攻之，那用多少鲜血得来的战功，在接连不断的弹劾奏折中，渐渐化为乌有。这一点与温文尔雅的图海相比，差得实在太远。图海不居功自傲，作战时战功显赫，平日里政绩也卓越。

此次准噶尔大战在即，身为统帅的阿桂拿准了一点，那就是虎将当然要用，但必须加以掣肘，好马要上硬铰口，既让他撒欢地跑，又不能让它撩蹶子。

图海对朝廷的用兵方略自然清楚，何况，阿桂的六百里加急密函中讲得更明白。所以，他在短时间内，集合起索伦部精骑三千名，准备星夜向准噶尔出发。

但是他心里也在犯嘀咕，阿桂令他悄悄借道喀尔喀蒙古，抄近道直袭五千里外的西域的阿勒泰山口。争取在敌方没有提防的情况下，攻占这个进入西域的东大门，相机吃掉——至少是击溃辉特部精锐，最后，会同中路主力会战伊犁城。计划当然是好，可让他犯愁的是卜奎的一千五百精骑属满洲正黄旗，满迪能听自己的么？没有满迪的一千五百名精骑，单靠三千名索伦兵与辉特部的三千精锐作战，胜算不是太大。自己这些将士毕竟是长途奔袭，而对方则是以逸待劳啊！

他把自己的忧虑告诉了哈木和海兰察。

"满大人心胸狭窄，与我索伦积怨日深，此次兵部又委我为主将，恐怕满都统未必肯鼎力相助。敌人怕就怕当两军对峙不下，满都统会阵前不出力，那就空损我索伦健儿，贻误战机呀……"图海忧心忡忡地说。

"大人何必烦恼，既然是奇袭，有我索伦铁骑就够了，卑职愿打头阵。"海兰察初次征战，满脸豪气。

图海望着海兰察稚嫩的样子，苦笑一下。哈木接过话题，说："事非如此，厄鲁特各部的习性与我索伦相似，能骑善射，前朝西域的瓦剌便是他们的前人。这许多年来，他们内外征战不断，临阵经验丰富，与我索伦相比，有过之无不及。这次又是以逸待劳，不同寻常。辉特部台吉巴雅尔骁勇善战，有虎将之称，就是素日布将军对此人也格外推崇。"

海兰察回想起同自己摔跤的那个台吉，问："卑职看那巴雅尔深明理义，如何会背叛朝廷呢？是否另有苦衷？！"

"这……尚无法说清，敌人也是莫名其妙。"哈木摇了摇头。

"海兰察。"图海盯着眼前这个青年骁骑校，森森说道，"不管什么隐情，背叛朝廷就是大逆不道，天下共诛之。两军阵前，绝不容许徇私，不然，杀无赦！"

索伦铁骑疾驰向前，沿途旌旗展动。全体将士全部配备双骑，六千匹战马扬起的尘土，连绵三千里。

"都统大人有令，连夜西进，违令者，斩！"

一名骁骑校飞马各营传令，各领队参领闻令急催前进。旋风般的马蹄把夕阳踢落山谷，在夜幕中继续奔驰。

越过道道小溪河流，翻越座座崇山峻岭。

八月的准噶尔，燥热难耐。古尔班通古特沙漠的热风，仿佛要吸干玛纳斯河，恶狠狠地要泯灭一切企图在燥热下苟延残喘的植物，把沙漠的死寂推向那一片片绿洲。整日里，毒日悬空，热风肆虐。

然而，在天山山脉间隙中的伊犁河谷，却是清风习习，令人身爽目怡。

伊犁将军府内，今天是召开准噶尔各部台吉和参领以上将领的军事会议。

阿睦尔萨纳得到快报，乾隆皇帝已经下旨征讨准噶尔，和他预料的那样，这一仗是避免不了的。按照时间计算，清军的主力至少一个月后才能到达，他原打算集中兵力，先歼灭科布多的清军，然后再对付征剿大军。然而，却遭到众人的反对。

"大汗，科布多的清军可围不可歼。"和硕特台吉达兰台站起身来反对，这位六十几岁的台吉在准噶尔各部威望很高，为人老练持重。

阿睦尔萨纳眉头一皱，满脸不高兴地问："老台吉此话何意？朝廷大军即

将到来，此时不拿下科布多，我们势必两面受敌。"

达兰台更倔强，毫不让步，据理力争："大汗此言差矣。当初起兵之时，我们三部已经商定，对朝廷只能以战逼和，只要整肃吏治、善待准噶尔便可以了。如今大动干戈，拿下科布多，素日布将军必定死战。逼朝廷议和岂不无望了么？"

"老台吉有所不知，朝廷大军既然开到，不战是不行的，战之不胜更不行。倘若不痛不痒，不让朝廷晓以利害，如何能让朝廷议和呢？"

会议开得不顺，各部分歧很大，半天的时间过去了，只好等待下午再议。

中午，阿睦尔萨纳又和几位亲信细细商议，决定采取一些果断的措施，对那些对自己做法有异议，抱有观望或抵触情绪的部将，各部台吉、贵族予以强硬的态度。

这位年仅三十几岁就得到双亲王和定边左副将军官职的准噶尔人，严格说来，早就萌生了做准噶尔、西域总汗的愿望。他万分艳羡那种独处一方，不受任何束缚，没有一点羁绊的自由自在的汗王生活。为此，他曾呕心沥血，惨淡经营了多年，颇费心思，经过了多少废寝忘食、苦熬心血和惊心动魄的刀光剑影的搏斗后，依仗天赋的聪颖，不择手段地巧取豪夺，在朝廷的帮助下，终于打败了一切对手，如愿以偿地坐上了准噶尔王汗的宝座。

然而，他并不满足受制于朝廷、寄人篱下的汗王地位。他的希望和目的至少是做一位与朝廷并驾齐驱的西域总汗，不是对大清朝俯首称臣的、处处受挟制、有名无实的汗王！

"凡天下，人人可得，人人可坐。何谓君臣之礼，天子之道？我准噶尔三部自古以来便在此繁衍子孙，与世无争，从不受制于人，也不强制于人。与大清天各一方，各守疆土，互不冒犯，本来是情理中事，有何不好？但清兵入境以后，飞扬跋扈，骚扰各部臣民，屡屡挑起事端，招致民情激愤。朝廷委派的官吏，待我准噶尔百姓苦薄，赋税徭役日渐沉重，如此盘剥下去，土地贫瘠，人畜凋零。因此，本王决意率领准噶尔军民摆脱清庭的虐政……"

这就是他不厌其烦地向各部陈述之词。

在举事前，他和亲信幕僚详细地分析了局势。看到了眼下大清盛世时期的力量，天下一统的局面，估计朝廷会全力加以围剿。另一方面，准噶尔远离中原，大兵所至，将有无穷无尽的后顾之忧。在茫茫戈壁，没有农作物的草原，大军的给养是很困难的。久战不利，速战不决，只要把守住各关隘要地，相持数月，朝廷大军将面临严冬和缺粮的困境，进退维谷。那时，谈判议和的时机就到了，准噶尔谈判的资格也得到提高。还有一点是他对谁也不能言明的，俄国总督彼得洛数次派信使传话，如果他和朝廷开战，俄方可以考虑承认他为西域总汗。假如在一些问题能和俄方趋于一致，俄方甚至可以考虑动用捷列茨胡一带的哥萨克骑兵，挟制入境的清军。所谓的意见趋于一致，他心里明白，或是彻底与朝廷决裂，独立一国；或是臣服沙俄，最起码也得亲近沙俄。如果是那样，就等于是任沙俄蚕食准噶尔，最后……

沙俄对准噶尔乃至整个西域虎视眈眈，是由来已久，人人皆知的。许多年来，双方纠葛不断，宿怨很深。凡准噶尔人对沙俄都深恶痛绝，公开和沙俄来往，会丧尽人心，激怒朝廷。再说，沙俄窥视准噶尔的野心早已昭然若揭，哪会真心扶他当总汗。所以，在怎样对付朝廷的压力，又利用沙俄的力量，同时也不受沙俄左右，从中保全准噶尔，独立于朝廷，才是他苦苦思索的问题。

狂妄的野心、贪婪的憧憬，实在是让他心驰神往。而实现野心的艰险又使他产生身临万丈深渊、如履薄冰的恐惧。

举旗造反，朝廷不容，大军压境，声势夺人。借沙俄势力牵制清军，丧失民心，弄得不好将会众叛亲离。何况沙俄欲壑难填，前门拒虎，后门引狼，这与他做一名不受任何管束的汗王的初衷又背道而驰！

何去何从，他最后的决定是敷衍俄方，留一条退路。纠集精锐，背水一战，只要相持到十月，天寒地冻，朝廷大军粮草一尽，对自己也就望洋兴叹了。

"启禀大汗，依属下之见，仅以我准噶尔几万人马与朝廷大军对阵，恐不能持久。莫不如坚守各险关隘道，以逸待劳，僵持到冬天议和，定能获利于我准噶尔各部。"下午的会议上，达兰台仍旧老调重弹。

"大汗，达兰台说的有理，单以准噶尔部的力量无法和朝廷抗衡，但我们集中兵力打几个胜仗，然后采取守势，逼朝廷议和。"辉特部名将巴雅尔开口道。

"不错，不能让朝廷小视我准噶尔的战力。这样议和之时我们也好提出善待准噶尔的条件。"

几名将领都赞成巴雅尔的提议。

"是啊，准噶尔历年干戈不止，耗损人力财力，最宜休养生息。"

"沙俄一直对我准噶尔垂涎三尺，有如帐门卧狼，还需着力提防才是。"

"……"

阿睦尔萨纳耐着性子听着，狡黠的目光一闪一闪，似乎在思索着什么。

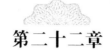

第二十二章

准噶尔草原上，各个部落又开始混乱起来。所有的青壮年牧人奉命到军营效力，妇孺老弱赶着牛车和畜群向荒凉的旷野、偏僻的牧场躲避战祸。

刚刚平静了几日的草原，由于清兵即将到来，空气骤然又紧张起来。

伊犁将军府里，会议第三天的时候，经过了激烈的争论，细致的酝酿，到了结束的时候。

阿睦尔萨那见风使舵，左右逢源的秉性再一次取得了效果。会议正朝着他预定的轨道进行。

当初，他是利用准噶尔各部对朝廷官吏的骄横无理，八旗兵时时骚扰百姓而抓住素日布将军的短处，毅然起兵造反。用的是民心，如何能继续把部众对朝廷官吏的义愤引导到自己的大业上来，保持充足的后劲儿，是最重要的大事，是成败的关键所在，这点上他动了不少脑筋。眼看大功告成之际，当然不容许任何人破坏，只要挡住了朝廷的兵马，就等于拒清朝皇帝于几千里之外，就到了行将立国、大功告成的边缘。此时此刻，绝不容许有人中途偃旗息鼓，半途而废。正因为如此，几天以来，他一直是因势利导，把不一致的纷争渐渐统一到了自己的意图之下。短短的三天之间，他真有点殚精竭虑、疲惫不堪的感觉，只是那颗不同常人的成就帝业的雄心支撑着他，先天下之忧而忧，后天下之乐而乐。

他耳听众人的议论，目光却在巴雅尔、达兰台的身上转。他考虑到时机差不多成熟了，便轻轻咳嗽了一声，庄重地开了口："诸位，朝廷兵马即将兵临

城下，局势危机。本王就是不说，大家也都明白，倾巢之下，岂有完卵？准噶尔想得到朝廷的厚待，这一仗必须打胜，倘若一战即溃，全盘皆输。战败之师，何颜谈和？到了那时，不仅无法同朝廷议和，也累及整个准噶尔尸骨遍野，生灵涂炭。因此，奋力一战，击溃清军一部，才可顾及其他，士气可鼓不可泄。"

"大汗，属下虽老朽无能，但为我部众不再受欺凌，愿率本部人马听大汗差遣。"达兰台耸动胡须，慷慨请战。

"属下三千精骑已向阿勒泰山口进发，静待远程奔袭而来的清兵，大汗放心，有我辉特部健儿在，东路的清军休想进入准噶尔。"巴雅尔对清兵和朝吏的为非作歹恨之入骨，最先起兵杀死附近台站和哨所的清军。现在看到阿睦尔萨那费尽心血，十分感动，欣然请战。

"唵，海兰察，据探骑信报，从东而来的是索伦和卜奎八旗军。兵力大约五千，你能聚歼么？"阿睦尔萨那神态肃穆地问，"开战之后，中路的清军主力带有京师的火器营，锐健营又是满洲镶黄旗的主力，号称京师御林军，战力一定很强。因此，本王率准噶尔部主力只能固守相持，不能力战。能给清军重创的只能是你的东路。索伦铁骑，据说是所向披靡，剽悍异常，中原和边围，哪里有动乱，他们就出现在哪里。别看人数不多，却是一支劲旅，如能聚歼，震动朝野，和谈就有希望了。"

"这个……"海兰察沉吟了一会儿，说，"准噶尔同朝廷历次作战，将士们都说绿营兵不足惧，只是这索伦兵不知死活，弓马娴熟，属下兵力只有三千，非……"

"喔，这个本王自然明白。"阿睦尔萨那宽容一笑，又说，"和硕特部的两千五百精骑与你合兵一处，另外，本王再派一部精锐，由副将都古尔率领，协助你们二部。这样，你们以八千五百对五千，总该打胜了吧？"

当各部台吉和将领回驻地调集兵马时，巴雅尔叫住了达兰台，问："大人的兵马几时可以赶到阿勒泰山口？"

"敝人回去便立即安排人马，不过总得让将士们和家人告别吧。怎么，你有什么打算么？"达兰台注视着巴雅尔问。

"哦，倒没什么。敝人连夜赶回大营，战场上的情景瞬息万变，敝人……只是希望大人的人马尽早到达。"巴雅尔好像意犹未尽，却又戛然而止。

"巴雅尔，"达兰台没注意巴雅尔的神情，自顾自地说，"对战事，你有何看法？"

"看法？"巴雅尔一愣，不知达兰台是什么意思。

"敝人担心经过这次大战，准噶尔又会像以前那样，一蹶不振，大伤元气。朝廷待准噶尔不公，叫人气愤，可这……沙俄对我准噶尔一向有吞并之心，只是畏惧朝廷的威力，忌惮我三部几万能征惯战的将士。不得不忍耐，等候时机。一旦我们和朝廷斗得筋疲力尽，就无法对付沙俄，弄得不好，怕是前门拒虎，后门进狼啊！"达兰台神色不安地说。

"这些大汗应该想到啊？"巴雅尔听了心情也沉重起来，喃喃自语。

"大汗虽然年纪不大，但为人精明，不然怎么会三十多岁便做了大汗，封为定边左副将军。这些事情他当然会考虑到，奇怪的是他不仅不提，反倒是胸有成竹，似乎是一点儿不担心。越是这样，敝人就越是担心，他没有吐露实情。再不就是强敌压境，他神思已乱，只注意到怎样对付朝廷大军。"达兰台说到这里，犹豫了一下，又说，"巴雅尔，你现在正处于风口浪尖，举动要谨慎小心，为我部众的生存荣辱着想啊！"

"大人此话何意，还望明示。"巴雅尔察觉到达兰台此话的分量，浑身一机灵，大战临近，他必须问个清楚。否则，他无法指挥作战，对这场作战的意义，他没有什么考虑，只想到打胜这一仗，改善准噶尔各部的境遇。望着憨厚得可爱，又淳朴得叫人叹息的巴雅尔，达兰台苦苦一笑，不免踌躇起来。直说出担心的事么？不行，猜疑中的事情不好启齿，不说吧，一旦事实真的那样，又悔之不及。阿睦尔萨那一旦与沙俄有勾结，就有葬送准噶尔的可能。以巴雅尔的性格，宁折不弯的秉性，一旦开战，势必以死相拼，乃至打光整个辉特部。想到这里，他顾忌不了许多，长叹了一声，说："战事一旦不利，大汗可以漂流异国他乡，可十几万的部众和大片的草场退到哪里去？准噶尔自古以来便与中原连为一体，有着千丝万缕的关系，臣服朝廷是天经地义的事。眼下只是不能忍受贪官污吏的盘剥、奸佞之人的歧视和侮辱，不得已所采取的权宜之计。此次如果能迫使朝廷善待准噶尔，自然和好如初，那才是我们的目的。就算是开战不利，你也不能孤注一掷，打得玉石俱焚，成为千古罪人。"

"可大汗说的要全力一战，我当如何呢？"巴雅尔听达兰台的话十分有理，

却又不免怀疑这个老台吉的胆量越来越小，多少有些怯阵，只是不好说出口。

浓云低敛，夜幕四合。

阿勒泰山口，云杉林下，四千名索伦铁骑悄无声息地到来。

图海和哈木正站在一处高坡，向黑魁魁的阿勒泰山腰眺望。同时也在等待后队的满迪，信骑传报，天亮时分，一千五百名卜奎骑兵才能赶到。

在刚刚搭好的大帐中，图海又得到前方侦骑的禀报。辉特部的大队人马是在傍晚时赶到山口，现已驻扎到山腰的营寨中，看样子没料到索伦兵这么快到来。图海听了禀报，思索了一阵儿，命令道："令全军下马休息，不搭帐篷不卸鞍，不许点火，各队参领到大帐议事。"

四千名索伦兵，虽然经过二十几天马不停蹄的长途跋涉，累得昏昏欲睡。但听到命令后，人不敢脱衣，马不敢解鞍，或蹲或站，抓紧时间嚼着肉干，喝着小溪的冷水待命。一名身材单薄的青年猝然倒在溪边睡去，立即被一名巡视的佐领用马鞭抽醒。剧痛之下，他没敢哼一声，默默肃立，整个军营，除了战马咀嚼草料声和喷鼻声外，偶有几声将士们轻轻的咳嗽声。

大帐中，各领队参领转眼间到齐。图海扫了众将一眼，简单明了地说明了侦骑的报告，用眼睛征询大家的意见。

"都统大人，将士们奔波二十九日，现在人困马乏，天色又暗，依卑职看暂且好好休息一晚。待明天满都统的人马一到，再同巴雅尔一战。"一名满脸尘土和疲惫之色的参领说。

"有道理，卑职赞同。叛军以逸待劳，又扎营在山腰，易守难攻。不如——"另一名参领没说完，一见图海皱起眉头，赶紧把后面的话咽了回去。

图海看了看天色，断然说："众将的心思本都统都明白，战马消瘦，将士疲惫。可侦骑探明，巴雅尔的大队人马也是刚刚到山口大营，准噶尔又派和硕特部两千多人马，携带火炮明日赶到。明日一早，即便是满都统的人马赶到，我军不过是五千多人马。叛军占有地利、人数、火炮等诸多优势，孰胜孰负就很难预料了。与其这样，不如趁敌援军未到，夜晚守备松弛，我军连夜袭击，危中取巧，拿下山口大营。明日待满都统人马一到，再和准噶尔援军决战。"

"都统大人言之不差，古人云：用兵者，诡道也。敌我两军都疲乏，黑夜之中，又猝不及防，山口大营的地利又化为乌有。我军可稍作歇息，半夜一过突袭大营。告诉将士们，勿同叛军纠缠，夺下山口大营便是头功。"哈木不愧追随图海多年，最快理解了统帅的意图，并且不失时机地补充了几句。

众将见主将主意已定，都精神一振，各自领受任务后，出帐去做准备。

月光如水，雾霭漫漫。

容纳着四千人、八千匹战马的林间溪地，犹如空旷幽深的原野，没有响动，鸦雀无声。给人一种错觉，一种人如泥、马打晃的疲惫之师，早已酣然入梦的感觉。

辉特部台吉，巴雅尔就是被这种错觉迷惑，造成了阿勒泰山口的失守，准噶尔侧翼的大门洞开，索伦铁骑长驱直入，动摇了准噶尔各部的军心。

黄昏时，他也接到游骑的探报，索伦兵即将到阿勒泰山口。傍晚天黑以后，侦骑又报，索伦兵分两路，一部已经抵达山口密林中，另一部按脚程要明天才能到达。不知是下属夸大其词还是没有看清，说索伦兵军容不整，军旗零乱，显示丧失战斗力的疲惫之师之相。对此，他深信不疑。几千里的风餐露宿，鞍马劳顿是任何一个精锐之师都难以承受的。人马委顿，就是成了一堆烂泥，也是可以理解的。

他斟酌再三，一个大胆的想法闪现在脑子里。不能给这虎狼之师以喘息的机会，不能让他们养足精神后，嗷嗷喊叫着和自己的部队厮杀。不如集中力量，趁夜色掩护，突然发起攻击，把这只孤军深入的疲劳之师一举歼灭——至少也是击溃。明日援军一到，再歼灭索伦兵的援军，尽快结束东路的战斗，集中力量，打击朝廷正面主力。

他举兵夜战是有其道理的，不过，他犯了两个不应当犯的错误：一是太低估了索伦兵的战斗力和忍耐力！没料到应当行将倒毙的索伦兵竟然做好厮杀的准备；二是不该不留余地倾巢出动，只留下寥寥老弱守着山腰坚固的大营，结果被对方钻了空子，弄得失去了唯一的回旋余地。午夜一过，阴云浮动游移，不时露出像是被谁砍了一刀似的月牙。

正当索伦兵得令要整装待发的时候。巴雅尔亲自率领辉特部骑兵冲进索伦兵营地。因为战马全部裹蹄奔袭，所以前队先锋冲到咫尺之间才被游哨发觉。突如其来的呐喊声震颤夜空，转眼间，辉特部骑兵像潮水般，从四面涌来，冲进还来不及上马的索伦兵队中，刀枪在凄凄冷月中泛着寒光，暴雨般砍下。虽

然索伦兵有准备，但唐突之间，十几名抢上马背的索伦兵，还没有抽出兵器便被砍下马背。惊叫声、惨呼声、愈来愈急剧的兵器相撞声充满旷野，"嗖嗖"的箭雨不时在空中疾射而过。慌乱中的索伦兵，不愧是训练有素之师，猝然遭袭，仍列队而立，丝毫不乱。在没有接到命令前，只对贸然冲阵的敌人抵抗，不贸然出击。一阵箭雨，辉特部的骑兵被迫退后，只有巴雅尔带领的一队人马凶猛异常，居然杀入阵内。索伦兵怕误伤自己人，不敢放箭，倒使巴雅尔如鱼得水，转眼间，剑刺掌劈，对抗的索伦兵不是中剑坠马，就是被震向空中。两名武功较强的参领联手，才勉强抵挡住他。图海立马在坡上，仔细观察了一下整个战场，对本部将士的阵阵惨叫声置之不理，无动于衷。等到看清辉特部人马几乎全部云集在此后，才冷冷笑了笑，喝令左右："传哈参领和海兰察。"

哈木拉着海兰察匆匆赶来。

"哈参领，"图海急切道，"天助我索伦。巴雅尔不善用兵，辉特部九成人马在此，其大营必定空虚，你与海兰察速带小股人马，务必拿下大营。"

"卑职遵命。"哈木知道大功即成，点了一对人马，带着海兰察消失在夜幕中。

"传令，各营将士可求自保，不必贪功！"图海望着远去的哈木，松了口气，开始心疼起疲劳过度的将士。他既要立功扬威，又要保护自己将士的生命，那种豁出老本的事他是不干的。再说，索伦兵的任务是拿下山口要隘，抄叛军的后路，那穷凶极恶的厮杀，还是留给镶黄旗和蒙古八旗吧。一路上，他反复告诫属下，抢关夺隘要不遗余力，捕捉钦犯巴雅尔和各部台吉务须尽力，但不宜与叛军力战。

第二十三章

　　达兰台总觉得阿睦尔萨那阴森的笑容后隐藏着什么东西，他宁肯听猫头鹰叫也不愿听那笑声。凭阿睦尔萨那的狡诈和精明，怎么会认不清楚形势，对这场实力悬殊的战事这么盲目乐观？疑虑之下，担心起阿勒泰山口的战斗。这是第一场战斗，巴雅尔的兵力也不足，心中一急，带领本部人马连夜赶来。又派信骑催都古尔，尽快率军赶往阿勒泰山口。

　　一路上，他盘算着先劝巴雅尔不急于和索伦兵决战，只要守住山口就等于胜了一半。急什么呢？远道奔袭的索伦兵才会着急，他们想速战速决，不然，十天八天的粮食一吃完，还打什么仗，只能打猎去了。反过来说，一旦守不住山口要隘，也等于败了一半，失掉了议和的基础。

　　午夜已过，前队人马鼓噪起来。达兰台抬头一看，惊得瞠目结舌。远处林木的上空被火烧红了一片，正是阿勒泰山口的辉特部大营。他感到大事不妙，战事危机，火光告诉他大营难保。他气急败坏地命令儿子莫里黑率轻骑五百驰援，自己督促后队人马拼命赶去。

　　辉特部大营和图海估计的一点不差，仅仅留下一百多老弱兵丁守营，恍惚中见山道驰来二百多骑兵，还当是本部兵马得胜而归，不加提防。等到了眼前，在月光下看清是索伦兵时，海兰察的长剑已经刺倒几人，索伦兵齐声呐喊，像一阵旋风冲进来。刀枪挥洒，尽情地砍杀。不到片刻，几十名守营的兵丁死伤殆尽。哈木一见得手，立即命人点火报信儿，也是慰藉翘首以盼的图海，鼓舞拼死鏖战的索伦兵。

海兰察一刻不停，调转马头又冲下山，单骑挥剑向辉特部人马最多的方向杀去。

混战中的巴雅尔猛然发现大营起火，脑袋轰地一下，几乎昏厥过去。疏忽中没来得及躲闪，左臂中了一箭，他急令属下一部回援。气怒之下，一把拔出箭头，哪管血流如注，反手甩出，击中冲来的一个索伦兵。

辉特部兵马开始边打边退，他们的意图就是先制止索伦大队人马，等前队夺回大营。吃了偷袭亏的索伦兵哪里肯罢休，现在缓过手来，嗷嗷呼啸着扑上来报复。刀枪劈入肉体的可怕声音不绝于耳，就像熟透了的葡萄落地一样，辉特部的将士接连坠马落地，他们体验到了索伦铁骑的厉害。巴雅尔担心后路被堵，带领几名亲信，不顾死活，红着眼抢上山坡。

索伦兵欢声雷动，群情激奋，也跟着辉特部人马的后面，开始抢山。

接近大营的辉特部前锋人马，一见营内全是索伦兵，那原本拒敌用的镞石射向自己，大部心慌意乱，知道大势已去。趁着夜色的掩护，纷纷蹿向山根的沼泽地，逃遁而去。

大营的正面，道路又陡又窄，不易大队人马涌入，哈木在不断冲入的索伦兵的协助下，稳稳守住。而大营的后面，地势开阔，坡度也小，海兰察领着一百多索伦兵，正与达兰台派来的前队轻骑苦苦鏖战。莫里黑的五百名轻骑，都是和硕特部能征惯战之士。山口大营的修筑，只顾抵御前面的敌人，后面除了寨门根本没有什么阻碍物。莫里黑得到达兰台严令，几个冲锋，硬逼着为数不多的索伦兵短兵相接，在人数悬殊的厮杀中，尽管海兰察异常凶猛，可索伦兵已损失了一半。

和硕特部兵马急于消灭这小股清军，夺下大营，派了十几个功夫不弱的好手围定海兰察，死伤一人补一人。其余大部人开始像围猎那样，要猎杀剩下的几十名苟延残喘的索伦兵。

几十名索伦兵几乎都带伤，他们不呼不叫，只是默默地凶狠抵抗，其实是连喊的力气也吝啬起来，抱着必死的信心，做着困兽犹斗。海兰察见状，心痛欲裂，大吼一声从黑褐马上腾空跃起，一剑刺翻对面马上的敌手，脚尖在其马背上一点，身体有如大鸟斜飞两三丈开外。双掌一分，两名正在剿杀一个索伦兵的和硕特兵，被震出几丈。长剑同时又飞向狂叫着指挥作战的莫里黑。他想先杀了这个头目，最起码也能吸引一些敌军，减轻残余索伦兵的压力。

哈木稳住了正面之后，立即想到了后面，像海兰察这样喜欢厮杀的人，居然听着前面如此热闹而无动于衷，不合常理。莫非是后面也遭到了什么不测？他突然想到虽然图海计算和硕特援军天明前到达，难道援军的前锋已经……他打了个机灵，大喊："塔尔干。"一名佐领应声而来。

"塔佐领，后面有变，你立刻率所部人马驰援海兰察。快去！"哈木催促，他越想越心急。

塔尔干翻身上马，领着一队人马驰向大营后面。岌岌可危的索伦兵得到了增援，战场上胜负的天平稳定下来。莫里黑一看索伦兵援军不断，自己人马损失惨重，只好退了下去，固守山脚下，派快骑向达兰台禀报。

激烈战斗后的阿勒泰山口，又暂时宁静下来。索伦兵在山坡或云杉林中，枕刀而躺，搂枪而卧，战马松了肚带，摘了铰口，在人头或腿后，，啃一会儿青草。很久没有上战场，不太习惯空气中的血腥气味，许多战马不时地打着响鼻。

图海红着老眼，听完各参领、佐领的禀报，少有地赞扬了几句。一夜之间，他原本苍老的脸像干涸的皮子，又平添了几道皱纹，虽然精神强装矍铄，但掩饰不住终年心力交瘁后的衰竭。此时，他外表很平静，心里却忧心如焚、心急火燎。派了几拨信骑探看满迪的兵马到了什么位置，并催促他用最快的速度向山口大营靠拢。

他心里比谁都明白，夺取山口大营是暂时的胜利，而且还带有侥幸的原因。自己的索伦兵不仅累得爬不上马背，而且混战之中也有不小的伤亡。天快亮了，巴雅尔这员猛将初战失手，可精锐还在，现在肯定在聚拢人马，在增援部队的帮助下，随时发起进攻。现在的情况是除了夺得了一座空营以外，无论从人员数量还是战力上，索伦兵都占劣势。如果顶不住准噶尔两部人马的进攻，山口大营得而复失，那不但前功尽弃，几千名摇摇晃晃的索伦兵，将被赶到没有一点屏障的荒野中聚歼。就算满迪的兵马赶到，也是疲惫之师，失去了索伦兵的倚托，无非是一群羔羊，成为对手的盘中肉。

"都统大人，军情紧急，卑职跑一趟吧？"哈木意识到事情的严重性，想亲自去劝说满迪。

"哈参领，世人大多以成败论英雄，皇上何尝不是如此。以眼下情形看，

我索伦铁骑之称能否保得住，就看这一仗。满都统的兵马照理说应该到了，敝人怀疑他是在观望。"图海沉思着，欲言又止。

"何故观望？"哈木不解地问。

"抢占山口大营的头功，满都统没得到，心绪自然不好。他又非常清楚，单靠我们自己的力量，偷袭成功只是小胜，想歼灭巴雅尔是不可能的，必须加上卜奎的兵力才行。所以，想让我部与巴雅尔死拼，消耗我们的力量。等我们两败俱伤得差不多时，他的铁骑便所向披靡了。"

"不错，大人所言鞭辟入里，那么依大人之见——"

"哈参领去不得。"图海诡秘一笑，接着又说，"满迪以为我们抢了头功之后，正遭致巴雅尔的攻击。急盼他来增援，否则，索伦兵一定陷入危机！哼，敝人偏不提速速增援的事，只让他到达山口之后接管大营。"

"接管大营？"哈木一愣。

"对，是接管大营。我索伦铁骑去追歼巴雅尔部残敌。"

"满都统是久经沙场之人，会信么？"哈木有些不放心。

"会，一定会！"图海一口咬定，说，"此人争功心切，另外，阿勒泰山口大战，如果他和叛军连面都没照，阿桂将军能饶他么？！"

图海匆匆挥笔写了封信，对信使说："如果满大人问到我部的动向，你就说休息两个时辰后，全军追击辉特部残兵。"

送走信使，图海命哈木让将士抓紧时间休息吃饭，准备再战。

坐在帐中，饥饿、疲乏和困倦一起袭来，这才想起一天一夜，水米未进。

他哪里睡得着，闭目养神之际，谋划着以后的战斗，说心里话，和满迪一起带兵打仗，他觉得十分别扭。他没指望满迪会尽心竭力地配合自己，这次战斗就是个例子。如果卜奎的兵马能及时赶到，那就不是仅仅夺得山口大营的事，而是围歼辉特部，然后屯兵山口大营，养精蓄锐，寻机和准噶尔的增援人马决战。可现在，在这无险可守的大营后面，只好眼睁睁瞅着巴雅尔整顿人马，联合和硕特部的援兵进攻自己。他心里那个恨，恨不能撕了满迪！

天亮了。和硕特部的兵马在山下扎下营地，巴雅尔的人马也在和硕特部旁边集合。他自己沮丧着脸，走进了达兰台的大帐。莫里黑铁青着脸，嘴角露出一丝冷笑，似乎想说什么，但一看父亲达兰台愁眉苦脸的样子，咽了咽嘴，没有吭声。

"敝人不慎，连……累了大人。"巴雅尔咬了咬牙，忍受了莫里黑的白眼。

"唉——说这些何益，说说你的打算！"达兰台见事已至此，自知埋怨无益，叹了口气，说。

"敝人贪功冒进，后悔不已。不过，夜间交战时，发现索伦兵勇猛有余，战力不佳，想必是十分疲惫，而且没有后援。辉特部人马收拢了七成多，如果大人助我，趁敌人人困马乏，立即进攻，夺回山口大营仍然有望。"巴雅尔信誓旦旦。

"要不要等大汗派来的援军和火炮？"达兰台提醒巴雅尔。

"不必，我两部的兵马远超索伦兵，干脆就在索伦兵援军未到时拿下大营。"巴雅尔果断地说。

"也好，兵贵神速。"达兰台觉得巴雅尔说的有理。

"好，我带一队人马为台吉压阵。保证后路不被包抄！"莫里黑讪笑着说。

满迪终于赶到了。

听到图海攻下阿勒泰山口大营时，他真有点不相信，弄不明白这样的险关要隘，索伦兵是如何拿下的。长途奔波了二十几天，难道是睡着觉攻进大营的？当第二道信报又传来相同的消息时，他又怀疑是不是准噶尔叛军诱敌深入？这个可笑的推测立即被推翻，哪里有让狼进羊圈的诱敌方法！把那么重要的隘口做诱饵，除非是疯子。

他想到整个准噶尔战场，按日程来说，朝廷大军还没到，正面的大战场还处在沉寂状态。阿睦尔萨那的那根神经还没有被触动，应该有足够的兵力来对付东路，也就是说，辉特部只能得到加强，不可能被消弱力量。那么，索伦兵的战绩又怎么解释？作为一方统帅，阿睦尔萨那肯定是会用兵的，他难道不知道集中兵力歼灭清军一部，进而取得先声夺人，创造讨价还价的余地么？那么，思来想去，只有一种可能，就是巴雅尔没有得到足够的兵力。仅以一部的力量与索伦兵对抗，失利也是正常的。这种分析一产生，他立即想起了阿日泰，那个蒙古都统是最大胆的科尔沁草原狼。喜欢战功和荣誉有如喜欢美酒和女人一样，麾下八千铁骑，有什么他不敢干的事？他的西路并不是主战场，可他一定在努力把西路变为主战场，说不定此时他正指挥蒙古兵，策马弯刀，从西面杀

进准噶尔，弄得准噶尔震动，阿睦尔萨那正手忙脚乱，调兵遣将，应付那只草原狼。

有了这个判断，满迪心里有了数。巴雅尔所部是准噶尔最善战的一部，阿勒泰山口一战一定是异常惨烈的战斗，巴雅尔注定竭力抵抗不支后丢掉了大营。

他不紧不慢领军前进，派出几支侦骑察看战场形势，是的，不能只听图海的话。图海是主将，就让他先打着，和辉特部消耗着。时局一有利，自己可以跃马扬鞭，跟着趁势追杀，战事不利，自己可以候机而动。不求有功，但求无过就行，即便朝廷追究战败的责任，找图海好了。

就在他悠游而行时，自己派出去的侦骑回来了。一名佐领气喘吁吁报告："禀报大人，索伦兵正整装待战，辉特部得到和硕特部的增援，也在准备攻山。"

"有多少人马？"满迪急问。

"回大人，卑职不敢太靠近，远远望去，帐篷连成一片，好像还有火炮。"

听了侦骑的禀报，满迪犹豫了。攻占山口大营，自己已经慢了一步，现在如果不立即顶上去，于情于理，都说不过去。从准噶尔援兵的数量和火炮看，相当重视这场战斗，巴雅尔不是诈败而是实在打不过索伦兵。

索伦兵孤军血战，图海一定死战不退。因为一旦失掉大营的地利，索伦兵只能回到草原平川地带，兵败如山倒，惊弓之鸟还不任人宰割？就是自己这一千五百人马，弄不好也叫准噶尔人的宛马弯刀捎带上。

眼前的选择一是撤走，这样做会使索伦兵全军覆没，自己的脑袋恐怕也保不住！索伦部圣眷正盛，这是朝野皆知的；二是全力增援，与图海合兵一处，利用巴雅尔大营的箭羽、镪石。守住大营是轻而易举的，然后……

满迪选择了后者。

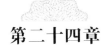

第二十四章

在望穿秋水的焦急中，图海终于看到一千五百名卜奎骑兵驰进大营。索伦兵一见生力军赶到，顿时欢呼起来，信心大增。

"图大人恕罪，敝人延误战机，虽说情有可原，但……还望大人原宥。"满迪自知理亏，面带愧色。

"满大人也不必过于自责，平叛之战刚刚打响，大战恶战尚未开始，你我为朝廷立功的机会多着呢。眼下，我们务必齐心协力，不负阿桂将军的重托，皇上的恩泽，击溃辉特和和硕特两部，为平叛胜利首开先河。大人以为如何？"图海不动声色，故作轻松，不让对方看出自己的忧虑，似乎是让满迪参加盛宴，并不是来厮杀的。

"如何拒敌，想必图大人已经有了筹划，请大人吩咐好了。"满迪心虚，又不了解战况，只能依靠图海，听从指挥。

"满大人过谦，不过，战机稍纵即逝，敝人就不客气了。"图海客气了一下，正色说，"昨夜激战，辉特部人马损失三成，主力仍在。和硕特部兵马倾巢而来，阿睦尔萨那军中的火炮在此，想来还有他亲自前来助战。我两部人马与敌相差无几，这一战必定异常艰难。但进则生，退则亡！哈木参领率领主力正面迎敌，瓦力格参领和海兰察各率本部五百人马从侧翼袭击敌军。记住，不惜一切摧毁敌方火炮。"

最后，图海严令各部必须生俘或击毙巴雅尔、达兰台。

准噶尔兵开始进攻。

由于地势不同，步骑混杂，巴雅尔不知道索伦兵的援军已到，抱着抢回大营的目的，完全采用了孤注一掷的念头，令辉特部和达兰台的兵马全力抢攻上来。三千多步骑满山遍野，嗷嗷喊叫着杀上山来。哈木为了掩护海兰察和瓦力格偷袭敌军侧翼，领兵杀出大营，双方混战在山冈、平原和沟壑中。

太阳爬上了高大笔直的云杉林上空，林中的鸟兽停止了以往的喧嚣和追逐，都屏气息声地、惊恐地瞪眼望着眼前这场大厮杀。

瓦力格按照父亲满迪的叮嘱，带领五百多士兵溜到了战场侧翼，越过了一片行走艰难的沼泽地后，不等海兰察的后队赶到，就贸然向准噶尔军背后的许多大帐冲去。他知道这一定是敌军的后营，是辉特部或是和硕特部的指挥部，说不定能擒获敌主将，顺便摧毁火炮。

冲到近前一看，几十座大帐外，只有少数的准噶尔兵正惊慌失措地备马持枪。他大喜过望，挥刀高呼："活擒达兰台！"五百多名满洲八旗兵催动战马冲去，人人奋勇，个个争先。守营的和硕特部人马少，又是猝不及防，仓促应战。在急风暴雨般的冲击下，转眼间纷纷落马，哪里抵挡得住这么猛烈的冲击。刚刚钻出帐篷的士兵，立即被旋风般冲来的战马撞翻，闪着寒光的刀枪在太阳光下，越来越红。惊叫声、怒吼声夹带惨呼声不绝于耳。

突然，随着一阵急剧的鼓声和凄厉的号角，从三面背坡和林子中，冲出一千多名准噶尔部骑兵。莫里黑横刀立马，连连狂笑，震荡山谷，显示其内力之强。达兰台在数骑的簇拥下，立马坡上，高叫："前面的索伦部将士听着，贵部与我准噶尔各部一样，同是生息在草原上的部族，何必自相残杀，为他人所用呢？"

"放屁！老家伙也听着，准噶尔三番五次作乱，屡屡冒犯天颜。如今大军至此，还不下马受缚？！"瓦力格生若洪钟，炫耀内力。

"阁下好大的口气，如能在敝人的鞭下走过三十招，敝人自缚请罪。"莫里黑冷笑数声，从腰间解下七节鞭。

"且慢！"达兰台怒目瞪了儿子一眼，心中暗骂儿子不识时务，只知道匹夫之勇。此时此刻，生死攸关之际，还有心切磋武功。

"前面的将军，如果贵军退出阿勒泰山口大营，我准噶尔兵马绝不追击。我等并非有意背叛朝廷，这期间实在是有——"达兰台的话没说完，莫里黑一挥手，手下的兵马挥刀杀向前去。达兰台大怒，欲呵斥莫里黑，无奈连自己的亲兵也蜂拥而上。他只好策马高坡上，俯视战场。

瓦力格没料到对方早有准备，可现在是箭在弦上，不得不发，把牙一咬，带队迎战。刚刚还是耀武扬威的卜奎兵马，此时立时遭到优势敌人的围攻。在众寡悬殊的情况下，竭力抵抗，也盼望后队的索伦兵尽快赶到。瓦力格心里懊悔，作战还不愧是满洲的一员骁将，武功不错，举手投足之间，凡是近前的准噶尔兵非死即伤。莫里黑一见众将士惧怕瓦力格，拍马迎来，举手一扬，一枚飞刀脱手而出。他手法特别，这支飞刀竟然途中旋转，避开所有人。单单射向瓦力格。正挥臂砍杀的瓦力格发现暗器近身，百忙之中拔身而起，在马上跃入空中，躲过了要害部位，但大腿中刀，竟然摔下马来。莫里黑哪肯放过这个一气斩杀了自己十几名部众的强敌，也跟着飞身下马，狞笑着挥出七节鞭。瓦力格挣扎着站起身，持刀相迎，气势不减。两人一个是西域七节鞭高手，一个是北派寒涛刀法的佼佼者，一来一往，在坡上坡下步斗起来。

瓦力格腿上带伤，闪展腾挪自然迟滞许多，莫里黑的鞭法又是受西域一位异人传授，与中原武林大不相同，瓦力格渐觉吃力。三十招一过，腿上伤痛加剧，又耳听自己的人马惨呼声，不由怯起阵来，顿时只有招架之功，无还手之力。

就在这危急关头，海兰察的黑褐马闪电般赶到，青钢剑一绕一挑，竟然把莫里黑的七节鞭甩向空中。

一阵躁动，索伦兵如狼似虎扑杀过来。

五百名卜奎将士死伤过半，剩下的只是在做困兽犹斗。现在一见援军赶到，士气大增，野性大发，要为死去的弟兄报仇。战场上的情形又发生了戏剧性的逆转，刚刚还狂叫着追杀满洲八旗兵的和硕特部兵马，现在又成了八旗兵杀戮的对象。

莫里黑找回七节鞭，咬牙切齿地向海兰察杀来。他差点气晕过去，仅仅一招之下，就被海兰察挑飞铁鞭，而且是在三军将士的众目睽睽之下，丢尽了脸面。此恨不消，晚上睡觉都会抽筋。

海兰察开始也不熟悉他鞭法，几个回合之后，才知道莫里黑的功力不过尔尔。他急于击溃这里的叛军，回头支持正面吃力的哈木，所以，急切之下，连下杀手。随着一招中流飞渡，剑刺莫里黑前胸三处大穴，迫敌自救。不等对方

回鞭护身，又是疾快一招古树盘根，顺着对方的鞭身，剑尖直奔对方的环跳穴。莫里黑哪里见过这么刁钻古怪的剑法，忙侧身闪过，勉强躲过这一凶险的杀招。还没来得及暗暗庆幸，迎面一股大力涌来，他庞大的身体被震向空中……天旋地转，五脏六腑几乎都涌上喉头，哇的一声，狂喷鲜血。

和硕特部兵马到底敌不住训练有素的索伦兵，混战不到半个时辰，便尸横遍野，一看主将负伤，向后退去。

海兰察吼住追赶残敌的将士，回头向进攻大营的巴雅尔大队人马扑去。巴雅尔一人独战哈木和塔尔干，不仅毫无惧色，反倒是功多守少，哈木和塔尔干在索伦兵中是少有的好手，可在巴雅尔的疯狂打法下，气喘吁吁，不住地退去。

两千多名索伦兵和卜奎的满洲八旗兵也是如此，在人数占优势的敌军攻击下，勉力支撑，不论图海和满迪如何声嘶力竭地吼叫、怒骂，还是一步步地退却。一名垂死的索伦老兵，挣扎着把一根长矛扔进一个敌手的胸膛，回应的是四五根长矛一起扎入他的身体。他瞪圆双目，大吼一声，气绝身亡。

绝望中，图海拔剑策马，准备加入战团，被左右几名亲兵死死拽住。狂怒之下，他扬起马鞭抽打，亲兵满脸血流不止，但抓住缰绳的手却死死不放。

满迪早已像赶羊似的，把能动的人全部赶入战场，脸色死灰地盯着准备死拼的图海，后悔不该叫瓦力格带走五百精锐，致使现在陷入绝境。

巴雅尔见胜利在望，呼叫部众们不要追杀四散的敌军，直奔大营。蓦然，一阵呐喊声起，他向后一看，不由得面色苍白。不知从哪又钻出一队索伦兵，从自己的背后杀来。

海兰察率领人马赶到了。

阿勒泰山口大战又一次发生了戏剧性变化。幸运之神又在冥冥之中眷佑了索伦铁骑。

达兰台自知这一战的意义，早已将生死置于度外，也带来残兵接应巴雅尔，等待准噶尔副将都古尔的兵马到来。

山上山下，沟壑草丛和林中，双方的人马分不清阵容，一锅粥似的混战在一起。刀枪纵横，旌旗展动，呼喊喘息声，掺杂着马嘶兵器叮当相撞声，比比皆是。

天地昏暗，日光无色。

瓦力格见达兰台立马在一片林子旁，想抓住这条大鱼，哪管受伤的腿，拍马冲了上去。受了内伤的莫里黑一看手下败将，忍着伤痛，截住瓦力格战作一团。

"巴雅尔，败局已定，再战无益。快随我带人退下。"达兰台向巴雅尔喊道。

"我辉特部决意死战，不退！"巴雅尔大呼，他领兵作战以来，从来没有这样的惨败，败得如此窝囊。一赌气，又冲入战团。

"巴雅尔，你想毁掉准噶尔子孙么？！"达兰台怒不可遏地大喝。

听了这话，巴雅尔浑身一震，明白了这位老台吉的良苦用心。不错，这样打下去，毫无意义了，只会激怒朝廷和平叛清军，招致屠戮。失去了山口大营，继续死拼就不明智了，部众全部战死，那么战斗又是为了什么呢？总不能为的是每个死者有一块石碑吧？想到了这，他有所醒悟，抽身向达兰台靠去。

阿睦尔萨那的副将都古尔率队赶到，正巧听到了达兰台的话，一面向亲信递了个眼色，一面在马上大呼："全体将士，大汗有令，不许后退。后退者杀无赦！"

海兰察一见都古尔在煽动军心，一跃而至，拔剑就刺，都古尔忙退下几步。他的几名侍卫挡住海兰察，杀在了一起。

都古尔闪身在一棵树后，眼见达兰台仍旧召唤巴雅尔，向身边的护卫下令："射死他，老东西在打退堂鼓。"那名护卫搭箭开弓，向左侧的达兰台射去，箭羽深深射入达兰台的心房，他猝然掉下马，痛苦地痉挛了几下，气绝身亡。

莫里黑发现箭羽射向父亲时，已来不及救助，抬头顺着箭羽方向一看，都古尔的护卫刚好收起弓箭。他号叫着丢下众人，飞身扑去。附近的几名和硕特部士兵也都目睹了刚才的情景，跟着扔掉眼前拼杀的索伦兵，向都古尔扑去。

"莫里黑，敌人为老台吉报仇，你速带人撤走。敌人杀了都古尔，然后为你断后。"巴雅尔惨然说。话音没落，人已蹿出几丈，几个起落，挡在了都古尔前面。

"巴雅尔，老台吉被流矢射中，非……"都古尔知道事情败露，但仍然想用混战中来往不断的流矢掩饰。

巴雅尔满脸血污，头巾散落，长发遮住半张脸。充满了杀气的眼睛盯着都古尔，恨恨说："副将大人说得好，那么这还有一支流矢。"言毕，一扬手，

一支利箭飞出，直插进两丈开外的都古尔的护卫喉咙中。都古尔身后的亲兵立时扑向巴雅尔，巴雅尔手持双刀，疯了似的砍杀，片刻，七八名护卫横尸在地。他的心里悲愤不已，是山口大营的失守导致了这场辉特部与和硕特部损失惨重的战斗，枉送了达兰台的性命，使准噶尔战事恶化。自己是两部的罪人，那么阿睦尔萨那呢？都古尔敢于刺杀老台吉，和汗王没有一点关系么？

失去指挥的辉特部的兵马，漫无边际地乱跑，占了上风的索伦兵开始了尽情地斩杀。海兰察单骑横冲直撞，奉图海之命寻找巴雅尔。

巴雅尔独自一人抵挡十几名索伦兵的围攻，他已经筋疲力尽，战马被乱箭射死。当他奋起神威又砍倒一名索伦兵后，夺过长矛向近前的索伦兵掷去，在那个索伦兵坠马的一瞬间，纵身跳上马背，向远处驰去。

瓦力格拍马追了上去，他看出巴雅尔已经油尽灯枯，虽然自己腿上有伤，可立功的诱惑怂恿着他。抓住巴雅尔的好处太大了，何况巴雅尔已经不堪一击。

第二十五章

　　海兰察在激战中得到图海命令，要他必须抢在满迪之前抓获或杀死巴雅尔。他清楚都统大人的深意，胜利在望的时候，都统大人不想与满迪平分秋色。

　　其实，在混战中，他和巴雅尔照过几次面。两军阵前，刀光剑影，可他却提不起精神来。而巴雅尔似乎也有意回避自己，两人即将碰头时，都不约而同地向相反方向杀去。好在乱军之中，生死关头无人注意，况且两人又都是令人生畏的虎将，冲到哪里，哪里的士兵都闪出一条通道。现在有了将令，他顾不了许多，看准了巴雅尔的背影追去。

　　巴雅尔没把瓦力格放在眼里，漫无边际地边打边走，看到自己的部众撤出了战场，总算松了口气。眼见四处旷野无人，只有瓦力格一人单骑紧追不舍，他勒住了战马，回过头来准备宰了这个不知死活的满洲骁将。

　　瓦力格的大青马脚力相当好，转眼间到眼前。

　　"阁下好兴致！"巴雅尔跳下马，弯刀横胸，斜睨着瓦力格，也打量着气宇轩昂的大青马。

　　"哼，败军之将，也敢言勇？"瓦力格大咧咧地下马，抽出腰刀，道，"你是就缚呢，还是让爷爷动手？"

　　"好说，你先胜了我的弯刀。"巴雅尔边说边纵身扑来，刀光一闪，一招横扫星河。大开大磕，劲力刚猛，左手随着一掌，带着劲风向瓦力格伤腿拍来。

　　瓦力格猛然一愣，没想到这小子体力恢复得这么快。匆忙中横刀架住对方的攻势，不相信对方此时还有攻击的气力，左掌硬碰硬地迎了上去。双掌一对，

砰的一声，各自震退三步，半斤对八两。

日光渐烈，却有山风送爽，绿茵茵的草丛中，两人一来一往，斗成一团。

瓦力格吃亏在腿上有伤，限制了功力的发挥，眼见得手，无奈步伐跟不上。

巴雅尔更窝囊，恶战一天一夜，加上着急上火，心力交瘁。他其实已经完全脱力，刚刚在马上恢复的一点气力，在争胜斗勇的豪气中使用殆尽。现在握刀的手已经软绵绵，可以说是无缚鸡之力了。他身体躲闪着，眼角却盯着那大青马。瓦力格这时才看出，巴雅尔确实到了油尽灯枯的地步，心中大喜过望，龇牙咧嘴地瘸着腿攻上去。

巴雅尔示弱似的躲闪着，看看离大青马只有一丈开外，猛然劈出几刀。瓦力格没料到巴雅尔使出拼命的招数，认定这是垂死之人的回光返照，沉着应战，连退三步。哪料到巴雅尔突转身体，一跃而起，落在吃草的大青马上，狠狠一鞭，向草原深处跑去。

瓦力格跺脚大骂。

疾风飒然，一匹黑褐马在他眼前一闪而过，他定睛一看，竟是海兰察。他慌忙抓过巴雅尔留下的坐骑，骂骂咧咧跨了上去。

巴雅尔回头想嘲笑瓦力格一番，一见黑褐马如箭似的逼近，雄心勃起，又狠狠一鞭，大青马长嘶一声，撒开四蹄狂奔。

山梁上，一朵青云由下而上，冉冉升腾，一朵黑云紧随其后，蔚为壮观。

遥远的后面，瓦力格也拼命催打坐骑，慢腾腾而来。

翻过了几道山梁，巴雅尔回头看了看渐渐迫近的海兰察，伸手摘下弓箭，弯腰转身，搭弓上箭，拉满一箭射出。劲力极强的羽箭破空呼啸而来，海兰察没敢硬接，只好用宝剑打掉。巴雅尔又取出一支箭，但没有急于射出，而是略略放慢了速度，等海兰察靠近。他看海兰察没有回射，知道对方没有羽箭，顿时放下心来。

海兰察一见对方放慢了速度，立刻明白了其用心，伏身挺剑，仍然猛进，只是暗暗运气周身。巴雅尔估计距离差不多了，弓如满月，比刚才的力道还大。羽箭吱吱响着破空而至，海兰察舒展猿臂，让过箭头，夹住箭尾，拿捏得十分精确，顺势旋转几圈，卸去许多力道。尽管如此，仍然是指木掌酸，鲜血沁出。

巴雅尔一见海兰察出手硬接，并且稳稳抓在手中，心知不妙，立刻加鞭快跑。在索伦草原的盛会上，他领教过海兰察的箭法，觉出今日怕是在劫难逃。

海兰察看出大青马脚力极强，自己的黑褐马奔波十九日，体力大大下降。如果这样追下去，不是让巴雅尔跑掉，就得累死黑褐马。箭囊中已经没有羽箭，追又追不上，只能靠硬接对方箭羽这个办法，所以，箭一到手，立刻搭弓射去。大青马大腿骨中箭，痛得摔滚在地，巴雅尔人已跃入空中，在前面三丈开外落地。

海兰察也在数丈开外飘然身起，旋转落地，两人相隔丈余，互相打量。

相隔一年，双方变化都不小，海兰察不仅长高许多，比起一年前还粗壮不少，原来透着稚气的娃娃脸，在风吹日晒下，变得黝黑庄重。同从前比，少了一些天真幼稚，多了一些深沉持重和执拗的坚毅，日渐成熟起来。

巴雅尔和以前一样结实，只是额头上多了几道细细的皱纹，犹如内心里对准噶尔的将来划了数个无法解释的问号一样。或许是由于战败自责，抑或是受到达兰台之死打击的缘故，浓眉黑眸中流露出明显的失意和伤感的颓唐神情，与他在准噶尔的雄名相比，此刻完全是一副英雄气短的模样。

"久违，台吉大人，别来无恙？"海兰察先开了口。

"海兰察，唵，出落得不错。自古英雄出少年，此话一点不错。"巴雅尔的目光温和下来，语气不冷不热，一点没有失去台吉的那种威严仪态，"世事难料，昨日座上宾，今日可能就是阶下囚喽！"

"台吉大人言重。只是……不知何故与朝廷为敌？"海兰察语气真诚，敌意大减。他不相信巴雅尔贵为台吉，锦衣玉食，无缘无故会造反。更见他刚才以台吉身份，却自愿断后掩护部众撤退，更多了几分敬佩。

"此事……说来话长，不是你我能判明的。"巴雅尔摇了摇头。

"依在下看，台吉大人定是受了阿睦尔萨那的蛊惑，或是受人挟持，不得已所为。"

"败军之将，多说无益。日后到理藩院或刑部大堂自有分晓，眼下两军对阵，各为其主，刚才弓箭上敝人已输了一招，就请在兵刃上赐教一二。"巴雅尔气势不减，横刀在胸，立好门户。

"也好，既然这样，各凭天命吧。大人多多见谅，在下得罪了。"海兰察知道除此一战，别无它途，军令不可违。拔出宝剑，猛身疾进，剑走轻灵，一

招偷星摘月，洒下几朵剑花，向对方攻去。巴雅尔不敢怠慢，一招昆仑望月，以静制动，轻描淡写地化解了海兰察这一招。他知道这是一个虚招，侧身退步，防范森严。果然，海兰察持剑的手腕一翻，变招为拔草寻蛇，内力贯通剑身，竟然嗡嗡作响，冷气飒然。不仅疾刺自己周身三大穴，而且剑身产生一种粘力，使自己的弯刀发滞，不能挥洒自如，完全受制于对方。此时，巴雅尔如梦方醒，迷幻剑法竟然如此厉害，他那一争高下的雄心一落千丈。惊诧之余，他只好采取豁出一切的打法，凭借天生神力，以硬碰硬，运掌如风，频频攻向海兰察。

　　海兰察激战之中，察觉远处瓦力格正向这里赶来，顿时想起了图海的命令。

　　不能让瓦力格染指，必须立即结束战斗。心急之下，攻势骤然猛烈起来，一招风卷狂沙，舞出漫天剑花，左掌暗凝内力，骨节嘎嘎作响。当巴雅尔连退两步才化解这招时，又一招暗度陈仓，直取对方华盖穴。巴雅尔此时黔驴技穷，勉强封住这一招，只见海兰察左掌拍来，几尺开外，劲风扑面。躲闪不及，只好挥掌迎上，一声巨响，砰的一声，巴雅尔的身体被震出丈外，重重倒在地上。

　　就在这时，瓦力格已经赶到，拖着一条瘸腿，竟然还飞快赶上，一掌向倒在地上的巴雅尔天灵盖拍下。

　　海兰察大怒，纵身赶到，就在瓦力格手掌迫近巴雅尔头时，伸掌垫在巴雅尔头顶，硬接了瓦力格一掌。瓦力格掌力居高临下击出，自然占了很大的便宜，但还是被震退两步，他"咦"了一声，尴尬起来。瓦力格又羞又怒，又不敢继续出手，刚才的对掌，证明自己远不是海兰察的对手。

　　巴雅尔委顿在地，口角都是鲜血，双目无神。他自然清楚刚才的那一幕，瓦力格争功，不惜杀了自己。堂堂的满洲勇士，大清八旗的参领，朝廷三品大员，心胸之狭窄、行为之恶劣、手段之卑鄙实在令人不齿。缓了缓气，讥讽道："瓦参领好手段，敌人的性命定能染红你的顶子，放马过来，何必偷鸡摸狗。"

　　瓦力格反唇相讥，骂道："乱臣贼子，此时还在张狂，倘若落在本参领手中，要你五马分尸。"

　　"哼，即便是乱臣贼子，又奈我何。本台吉是朝廷钦犯，不要说你一个小小的参领，就是你们督师大人也不敢擅断！"巴雅尔有意激怒瓦力格。

　　瓦力格正要回骂，一看海兰察已拉过大青马，扶巴雅尔上马。毫无疑问，这是要回去请功啊！他无奈之中，爬上了马背，无精打采地跟在后面。

他越琢磨越不服气，一个小小的索伦骁骑校，初次上战场的毛头小子，居然一战立奇功，生擒准噶尔要犯。自己堂堂的参领就这么无功而返？此事传了出去自己还有何面目示人。当巴雅尔不敌海兰察的时候，他原想出其不意地补上一掌，击毙巴雅尔，算是和海兰察联手。平分功绩总比没有强，就像卜奎兵马和索伦兵马合击辉特部一样，海兰察本人也无法否认自己出过手。就算不服气，也只能憋在肚子里。抱着这个目的，他才偷袭下手。心里暗叫惭愧，手下却毫不留情。没料到海兰察鬼精，一掌隔开，非但没达到目的，倒惹了他人耻笑！

旺盛的怒火，搅拌着无名的妒火，烧得他忍无可忍，狠狠道："海兰察，你……竟敢袒护叛贼！"

"瓦参领，巴雅尔束手就擒，又是朝廷重犯，你却要置他于死地，居心何在？"海兰察冷言回敬。忽觉自己战袍怀中的衣襟里，不知什么时候被人塞进一块色泽艳丽的袍角。他没有吭气，抬头看了看并排马上的巴雅尔，见对方有意无意地瞟了自己一下。他心中怦然一动，忙斜目望向巴雅尔那随风抖动的华丽披袍，恰好少了一块袍角。他立刻醒悟，当自己扶巴雅尔上马时，巴雅尔是感激救命之恩，又鄙视瓦力格阴险用心，撕袍相赠。除此之外，没有别的解释。

时值正午，一阵热风吹来，人倦马乏。瓦力格腿上的伤口阵阵疼痛，哼哼着坐在马上。

巴雅尔面目憔悴，冷眼望着远山出神。海兰察不时偷眼看何目不斜视的巴雅尔，一种放他逃生的念头油然而生。他不相信一个如此爱惜自己部众，不惜牺牲自己生命的人，会是那种勾结外夷，为自己过上骄奢淫逸的生活，出卖部族利益、背叛朝廷的小人！他甚至有些后悔，不该苦苦相逼，捉住巴雅尔，使辉特部群龙无首。

但瓦力格跟在后面，公开放是不行的，自己吃罪不算，也会累及索伦部。

只能制造个机会，让巴雅尔逃跑，瓦力格没有自己相伴，量他也不敢一个人追。

拐过一道山梁，右侧出现一片云杉林，海兰察悄悄撕下一块袍角，用嘴嚼了嚼，捏成一团，运力一弹，弹在巴雅尔的坐骑脑袋上，劲力极强，巴雅尔的坐骑陡地一惊，突然撒蹄蹿出。巴雅尔用力扯住缰绳，制止住战马。与此同时，

瓦力格趁势纵马冲上，忙乱之中来不及抽刀，举手一掌拍向巴雅尔。这一掌倾注全力，准备趁机打死巴雅尔，当手掌即将击中巴雅尔头部时，蓦地看见一把剑刃横在巴雅尔头上。他大惊失色，撤掌不及，只好中途变换方向，硬生生击向自己坐骑的头上。

海兰察的宝剑横在巴雅尔的头上，眼看着瓦力格的掌力击倒自己的坐骑，笑道："瓦参领好掌力，此时此刻还忘不了练功。"

第二十六章

夕阳，映照在高大笔直的红松林带，给呈伞形的云杉林镀上一层金黄的色彩，雾霭酷似一条条巨蟒，缠住山腰，环绕着林海，延伸到峡谷中浮游。

阿勒泰山口大营内外，山坡河边，扎满了营帐，近万匹战马在河边、山坡和林间贪婪地啃食牧草。

奔波和激战了二十多天的清军，在击溃了辉特部、和硕特部后，几乎累得吐血。除了担任巡营警戒的兵马以外，全部瘫倒在野地里，横七竖八，或躺或卧，只是没有将令，不敢入睡，强忍着腰酸腿痛以及阵阵袭来的瞌睡，强打精神待命。

当得到就地宿营、埋锅造饭的命令时，欢呼声雷动，有如那达慕盛会那么高兴！按照惯例，大战得胜，少不了庆祝一番。可遗憾的是行军旅途中，特别是在异域他乡，没有年轻姑娘们伴舞，实在是美中不足。尽管这样，将士们还是鲸吞豪饮，对月高歌，围着团团篝火狂舞不止。牧野中传出此起彼伏的歌声，连绵不断。曲调高昂，旋律欢快的都是十八九岁的小伙子唱出，仿佛以歌声向远隔千山万水的姑娘传递自己战功卓越的喜讯，倾吐对情人怀念的脉脉柔情。而那些节奏较慢，悠扬婉转中略含忧郁的歌曲，则是中年将士们唱的，充满对家乡和妻儿老小的思念之情，十分凄婉苍凉，在夜色凄迷的旷野中飘溢……

图海坐在大帐中，出师两战的胜利，让他内心里一阵阵窃喜，他相信整个平叛大军中，中路和西路还没有开战，自己这一路首开胜利之先河。消息一传到平叛大军中，那一定是军心大振，阿桂将军的那张老脸，注定要笑得像核桃

皮似的。这且不说，六百里加急快报，至多十天就传到京师。兵部欢呼，军机处大慰，皇上肯定龙颜大悦……

兴奋之余，扫兴的消息接踵而至。哈木禀报，索伦兵战死八百多人，也就是说一次恶斗中，索伦铁骑失去了十分之二的健儿。他的老脸瞬间又罩上了愁苦的阴霾，照此下去，在合围伊犁的途中，如果再打几个硬仗，自己所统帅的索伦兵怕是所剩无几。这是他征战三十年中少有的事。

满迪损失了二百人还抱怨不止，自己又向谁诉苦呢？他独自愣坐在大帐中沉思，愁肠百结，又无限惆怅。朝廷之命不可违，必须身体力行，但自己那区区几万部众在长年征战中死伤惨重。每战之后，只有十之三四返回家乡，几十年来，索伦草原就这样男丁锐减，孤儿寡母增多，人畜凋零。他时常扪心自问：浩荡的皇恩难道就这样使索伦部兴旺么？

另外，还有一件叫人头痛的事情，那就是到底是谁俘获了巴雅尔。海兰察和瓦力格争执不下，瓦力格一口咬定是两人力战合擒，说得有声有色，甚至对天发誓句句是实。海兰察不善言辞，憋得满脸通红，翻来复去就一句话，是自己独擒巴雅尔。

"谎报军功当以重罪，你们明白么？"图海尽量装作不偏不倚，威严地恐吓。他明知瓦力格的武功，根本不是巴雅尔的对手，如果这个傻小子说是自己独自擒获，那就好办了。现在一口咬定与海兰察合战擒获，倒是让人信了几分。谁给这小子出的高招呢？他扭头瞅了瞅身边默不作声的满迪。

"满大人，依你看呢？"图海老谋深算，把这只难踢的球传给满迪，一探虚实。

"这……瓦力格为敝人犬子，照理说敝人自当回避，不好妄加评断。既然图大人问起，敝人不妨姑妄言之。"满迪干咳两声说。

"那么敝人也不妨姑妄听之。"图海点点头道。

"两军阵前，刀枪相向，只认敌军。倘若敌将尸身中数箭，难道还要弄清楚是谁射中第一支箭么？"满迪奸笑着又说，"就以这阿勒泰山口之战来说，谁又能说是索伦兵独战得来的呢？"

"大人之说是指鹿为马，卑职实在是不敢苟同——"哈木见满迪胡搅，脸色大变，正要说下去，见图海手一挥，只好悻悻退下。

"罢了罢了。战事如此紧急，不要为了区区小事争论不休。好在巴雅尔押在军中，日后定能分辨清楚。"图海出面打圆场。他可不想现在就和满迪闹僵，海兰察暂时委屈一下，待战事结束之后，再和满迪算账。他的打算是明智的，继续挺进准噶尔，前程吉凶未卜，说不准还有多少大仗恶仗要打，目前最要紧的是两军同心协力的配合。满迪的劲头只能鼓，不可泄，等到收复伊犁，让阿桂将军明断吧。

各参领和佐领虽然心中疑团莫释，但都统大人的意思很明白，所以尽管心里都为海兰察不平，也不好再说什么。

满迪回到自己的大帐，对儿子瓦力格说："图海是只老狐狸，口上不说，心里一定袒护海兰察。此事还没有完，在进军伊犁中，你一定要择机勇耀全军，平息众怒。等见了阿桂将军，我再为你力争。"

在图海的大帐中，图海详细听了海兰察俘获巴雅尔的经过后，陷入久久的沉思，郁郁不欢地说："满迪父子决意冒功，见了阿桂将军肯定百般狡辩，谗言罔上，而阿桂念及满迪在朝中的千丝万缕的关系，怕是……"

"大人，"海兰察猛地想起巴雅尔的袍角，忙掏出给图海，说，"巴雅尔塞给卑职一块袍角，不知何意。"

"哦？"图海眼睛一亮，拿过丝绸袍角看了看，欣然道，"唵，海兰察，此功非你莫属。这个台吉怪得很，何以不计怨恨，赠你信物，这是把大功让给了你。"

阿勒泰山林的夜晚，阴冷奇寒，一弯冷月斜悬夜空，树影婆娑，月色斑斑。

饱食了酒肉的将士，仍然围在火堆旁，余兴未衰地欢歌起舞，摔跤作乐。醉倒的将士蒙蒙呓语，在刀光血影的空隙中，唱起家乡的民歌：

> 得呼勒，得呼勒，
> 哲边哲魁勒，
> 克图克图多索林，
> 哲边哲魁勒。
> ……

歌声有些走调，却由衷真诚。

阿勒泰山口的战斗，完全出乎阿睦尔萨那的意料，索伦铁骑如此神速，简直叫人不敢相信。巴雅尔战败，和硕特部与阿睦尔萨那反目，竟然投降了朝廷。其他各部的王公贵族听到都古尔刺杀了达兰台的消息，不觉心寒起来，况且又传出阿睦尔萨那同沙俄暗中来往，不惜出卖准噶尔的利益，乞求沙俄出兵抗拒朝廷的丑闻。先后与平叛大军罢兵言和，有的甚至倒戈，和朝廷大军一齐杀来。

伊犁会战，阿睦尔萨那的三万多精锐尽数被歼，阿睦尔萨那率少数亲信逃进沙漠和荒野。

战事完毕，各路大军开始返回。

阿桂心情格外舒畅，出征时虽然也踌躇满志，可真没想到如此顺利，这在他的征战历程中，也是前所未有的。索伦部初战告捷，他算了下日程，五千余里的路程二十二天赶到，几乎是不吃不喝！到了当天就投入战斗，并且又打了一天一夜，就是一头牛，怕是也没这样的劲头！等到听传报说阿睦尔萨那又向东线派了援兵后，他自知此时派兵援助也来不及了，焦急之中，他认定索伦这支疲惫之师的战力到了极限，就算是败下阵来，那也是情理之中的事。已经做好听坏消息的准备，考虑着怎样敷衍皇上的责问，如何加紧西线和中路的作战，以功补过的具体细节问题。哪里料到索伦兵又一次出奇制胜，以少胜多，不仅打败了辉特部、和硕特部，生俘巴雅尔台吉，又激反了和硕特部，分化了准噶尔叛军内部。从而使各部相互猜疑，不战而乱，上了阵的只是虚张声势，不肯用力，使原本就是乌合之众的人马，完全丧失了战斗力，哈密一战就奠定了败局。

功劳之最当属索伦。有人说阿日泰的蒙古八旗对击溃叛军主力功劳最大，他不以为然，他认为阿日泰打的是惊弓之鸟，不是巴雅尔率领的准噶尔精骑！另外，朝廷采取的剿抚并用的策略起了很大作用，有不战而屈人之兵的效果。这，还是自己的主张。

欢欣之余，满迪父子争功的事又让他不愉快起来。这父子俩弄巧成拙，在各路将领的聚宴上出尽了洋相，简直是满洲八旗的奇耻大辱！现在想起来，仍然叫他又气又恨。

那是伊犁会战的第三天，各路将领会集在将军府，阿桂宴请参领以上的官员，立下军功的佐领和骁骑校也参加了会宴。

酒过三巡，众官员祝贺索伦部将士再次建功边陲时，阿桂惺惺作态，说："生俘巴雅尔着实不易，本将军所闻，巴雅尔是西域武林高手，少有的悍将，不想一战被我索伦勇士擒获——哦，对了，还有卜奎参领瓦力格嘛，奇功一件，奇功一件啊！"

阿桂话音一落，所有的官员一齐吆喝，奇功一件，震耳欲聋。远处听去似乎是骡马市上，马贩子们讨价还价声。

"大人，属下有一事如鲠在喉，实在是不吐不快，恰好众位将领也都在此，也好品评一番。"图海立身站起，毕恭毕敬地询问上座的阿桂。

"请讲。"阿桂笑吟吟地看着图海。

"按我大清律令，欺上瞒下，冒功罔上之人该如何处置？"图海言之凿凿。此话一出，举座皆惊，全部官员都盯向图海。满迪勃然变色，瓦力格脸色苍白。

阿桂也愣了一下，见图海满脸怒容，赶紧问："此话何意？请明示。"

"大人，巴雅尔是属下骁骑校海兰察一人俘获，绝非和瓦参领合擒，请大人明察。"

"哦？是这样。"阿桂皱皱眉头。

"属下据实禀报，如有差错，愿受重处。"

"将军大人，属下倒想向图大人讨教。"满迪冷笑数声，一副有恃无恐的模样。

"讲。"阿桂迷惑地望着两人。

"图大人，"满迪故作轻松地问，"海兰察一人擒获巴雅尔，可有人证？"

"无人。"

"哼，既无人证，又何必证明不是他们二人合擒的呢？"满迪顿了顿，又阴恻恻道，"如果敌人不是带有一千五百将士的话，图大人怕是也会说阿勒泰山口之仗，都是索伦兵打的吧——啊？"满迪用意险恶地揶揄，真有一些将领和官员用疑惑的目光瞅着图海，暗自揣摩东路主将与副将之间到底是怎么回事。

阿桂低头沉思。

满迪神态傲然。

瓦力格乐得几乎抽筋。

"大人，巴雅尔为何人所擒，他自己心中有数。"图海见众人半信半疑，

开口说，"如果巴雅尔战死，那就是死无对证，好在他还在军中，不妨一问。"

"不错，一问便知。"

"是啊，何必争执不休？"

将领官员纷纷插言，七嘴八舌。

"不可！"满迪又高声说，"败军之将，又是叛逆魁首，怎么当证，传了出去岂不贻笑大方？"

哈木觉得时机已到，开口道："诸位大人，武学一道假冒不得，海兰察以师门绝学迷幻掌法击倒巴雅尔，使其五脏移位，内伤严重。这掌法瓦参领会么，不妨走上几回，以助雅兴？"

瓦力格在众人企盼的目光中，面红耳赤，尴尬至极，满迪一时也张口结舌。

"此外，海兰察在争斗之中，撕下巴雅尔的角袍，请诸位大人验看。"哈木得理不让人，越说越尖刻。

看了看头上沁出汗水的满迪、身体微微战栗的瓦力格，老练的阿桂早已看出端倪。心里厌倦这父子的卑劣行径，为其无能又愚蠢而叹息。表面上又不能让满迪父子太难堪，在满洲八旗的雄风日渐消失的今天，冒功之事也不稀奇。不管怎么样，同是白山黑水之间的族人，难免有敝帚自珍的情感。

对图海更不能贬斥，虽然这个索伦都统手法老辣、用心良苦也好，只能一褒一保，得过且过。自己是来打仗的，不是判案来的，图海和满迪都是封疆大吏，让皇上去管这闲事去吧。

"此次出征，平定西土，皆赖众将士戮力同心所致，蒙古与索伦出力为最，战功显赫，本将军自会向皇上禀奏，加官进爵。至于小有纠葛，也是在所难免，今日暂不追究。诸位当以社稷为重……"

阿桂威严地宣布班师。

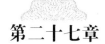

第二十七章

　　九月的京师，燥热消失，凉爽怡人。紫禁城的御花园中，百花争奇，溪水淙淙，亭台掩映，鸟声呜呜。

　　乾隆皇帝的心情十分好，就和凉爽的天气一样，春华秋实。正值金秋时节，准噶尔战事结束，民事安宁，他想这是一个好兆头。他看了一会儿阿桂的折子，特别是该奖赏的功臣名单，传谕下去，召见阿桂和温福几位大臣，自己陪着几名妃子在园中游乐一会儿，便向乾清宫而来。

　　即位二十年来，虽然过了知天命的年纪，却仍然节制不了嗜好女色的习性，并由此引起朝野的非议，但他也始终保持着勤理朝政、事必躬亲的样子。以一副兢兢业业、殚精竭虑的表象，去抵消在风花雪月场上的愧德。

　　在殿外侯旨的阿桂和温福等人，此时也在等候的闲暇中，口若悬河般地闲聊。

　　"阿大人，平定西域如此之快，出乎意料，如蒙圣眷，还望照拂一二啊。"一名大臣媚笑着奉承。

　　"不敢不敢。平定西域皆赖皇上圣明，将士用力，敝人不过是尽了点微薄之力，何足道哉？"阿桂笑眯眯地说，心里十分受用。

　　"阿大人出征前便对平叛之事持有真知灼见，可谓对朝政事体尽心竭力，披肝沥胆，先天下之忧而忧，后天下之乐而乐，佩服，佩服。"

　　"哪里哪里，诸位大人言重，阿桂何德何能，敢以功臣自居，实在是愧不敢当。"

"……"

进了大殿，众人就变得和哑巴一样，请过圣安，低眉垂眼，肃立一旁。

"阿桂。"乾隆皇帝眼盯着奏折，开了口，"览奏已悉，平定西域，你能尽心尽力，谨慎行事，忠心可嘉。"

"皇上圣明，臣不过是奉旨行事。"阿桂偷眼瞟了垂目瞅着奏折的乾隆皇帝，把胜利的彩球抛了过去。

"唔。"乾隆皇帝果然龙颜大悦，岔开话题又问，"安抚边民一事，进行得如何？"

"回皇上，依臣看来，边民并非刁顽，以前驻西域官吏不体察民风民情，肆意胡为，有损天朝清誉，以致引起激变。"

"朕也是这样想，理藩院对此已有定议，明日可以廷议。"

乾隆皇帝呷了口茶，又问："卜奎副都统满迪冒功一事是否属实？"

"这……此事怕是有误解，臣不敢擅自处置，这才……"阿桂最感到棘手的事情就是满迪父子冒功的这件事，他原本打算悄悄压住，力荐海兰察，平息图海的怒火就拉倒。不料众怒难平，许多蒙古索伦的将领不肯罢休，一定要治满迪父子谎报军功、枉诬他人的罪名，并且扬言上书皇上。这样一来，自己知情不报，那是欺君大罪。没办法，只能改动奏折，含糊其辞地点到此事，假如皇上问起来，也好如此搪塞，既谈不上欺君，又可以探听皇上的意思，哪头都能顾得上。他心里太清楚了，皇上哪有不袒护族人官员的道理，只不过是巧妙点而已。何况，满迪家族与后宫的微妙关系，那是人人皆知的。

刚才在殿外候旨时，他就和几位同僚讲了此事，说明了自己的难处，几位大臣都表示在皇上面前为之周旋。此时一看阿桂发窘，兵部侍郎尚阿力开了口："皇上，历次战事中屡有此类事情发生，莫不如交与臣等处置，皇上不必为此等琐碎之事烦恼。"

"爱卿所言差异。"乾隆皇帝放下茶杯，神色肃穆起来，说，"此事如在绿营兵内，朕不会在意。偏偏发生在我满洲八旗与索伦部之间，朕不能不过问。卿等不要忘了，索伦部连着北方各部族，大漠南北的各部怕是都会关注此事的处置！"

众官员这才恍然大悟，不由得连连赞叹。

"阿桂。"乾隆皇帝正色道。

"臣在。"阿桂见皇上不为尚阿力的话所动,心里又忐忑不安起来,甚至怀疑是否自己也遭到了弹劾。

"据实禀报,满迪父子一事可曾查清,有无真凭实据?"

"回皇上的话,满迪父子确有冒功一事。"阿桂见事态严重,更听出了皇上的弦外之音,不再替满迪遮掩。

"为何不据实奏闻?"乾隆皇帝板起脸,吓得几个大臣不敢替阿桂开脱。

"臣,臣有罪。"

"知而不报,自是徇庇。"乾隆皇帝加重了语气。

"臣罪该万死。"阿桂已经冷汗淋漓,肥壮的身体开始打颤。他神思已乱,不知皇上何以对这区区小事如此关注,似乎有点小题大做,但自己确有欺君之罪,皇上真的较起劲儿,那就坏了。

"起来吧。"乾隆皇帝低头看着瑟瑟发抖的阿桂,心底偷笑,十分惬意。眼前这位精明强干的军机大臣,立了功之后还没得到什么奖赏,自己的几句话便使他俯首帖耳,感恩戴德,实在是难得。和那些居功自傲、飞扬跋扈的官员相比,算是少有的人才。怎样让他心服口服,不存杂念,乾隆皇帝稍稍思索了一下,用和缓的口吻说:"朕不会听信谗言,怪功臣之咎。只是索伦部与我满洲官员之间,不可有半点隔阂,即便是索伦人略有狂悖,也应有所宽让。我朝入关百年来,横尸疆场,填满沟壑的蒙古索伦人还少么?"乾隆皇帝语重心长地开导阿桂,更是说给几位大臣听。

"皇上圣明,启臣愚蒙。索伦备受恩宠,必然感激涕零,保护圣躬。此次准噶尔平叛,足以证明。"阿桂由衷地赞叹皇上,紧张的心情轻松下来。

尚阿力刚才碰了钉子,暗骂自己鲁莽行事,有违圣意而惴惴不安。现在一见机会来了,忙说:"皇上一番教诲,有如醍醐灌顶,也叫微臣茅塞顿开。臣也以为凡是有功的蒙古索伦将士,均可封官进爵,委以要任,以此感召天下才子为我朝效力。"

另几名大臣一听,都不甘落后,你一言我一语,曲意奉承起来。

只有内大臣温福默不作声,冷眼观之。

乾隆皇帝一抬手,所有人立即安静下来,"索伦部的海兰察是个骁骑校?"

乾隆皇帝指着折子问阿桂。

"回皇上，海兰察虽说年纪轻轻，官职低微，但其作战勇猛，武功高强。准噶尔之战后名满西域，日后定可成为我朝一名骁将。臣已详查，其父早年在准噶尔阵亡。"

"温福，京师健锐营也是为两名青年将领报功，朕觉得有意思，准噶尔之乱，倒为朕送来三个将才。"乾隆皇帝兴致勃勃。

"皇上，健锐营骁骑校奎林、额森特会战哈密时，居功至伟，也是名动全军。况且，奎林是济尔哈朗王爷的嫡侄，额森特是……"温福正要介绍下去，恰好见兵部侍郎尚阿力向自己使眼色，赶忙打住，偷眼看皇上。

乾隆皇帝用责怪的目光瞟了温福一眼，对这个向来不合时宜，乱说实话的近臣也是奈何不得。

"好了。"乾隆皇帝正色道，"代朕拟旨，赐索伦部副都统三眼花翎，四团补褂，封一等忠勇侯，图形紫光阁；参领哈木擢升京师大营右翼尉，从二品，封三等超勇侯。海兰察擢升一等侍卫，从三品，图形紫光阁，赐予骑都尉兼云骑尉世职。奎林擢升一等侍卫……"

在处置满迪的问题上，乾隆皇帝颇费心思地犹豫了一阵儿，狠了狠心，终于说："卜奎副都统满迪停俸一年，降为三等公。"

几个大臣心如明镜，满迪先委屈一阵儿，等避过了风头，皇上消了气，自然就没事了。

凡是异地擢升官员，兵部和领侍卫内大臣准假一月。所有人都欢天喜地地返乡告喜，唯独海兰察无家可返，逗留京师，等待赴任。

从小浪迹草原和山林，他哪里见到过这热闹繁华之地，好奇之心催促他游遍京城各个角落。征战日短，闲暇日长。

天桥是热闹场地，海兰察爱看各种杂耍，喜欢听围观人群发出的阵阵暴喝声。虽说卖艺的舞枪弄棒，大多是不入流的花拳绣腿，但观众的喝彩声可是真诚的，这让他又想到了家乡的那达慕盛会。

"大人，属下觉得有人这几天一直跟踪咱们。"一直陪他游逛的步军骁骑校，斜睨着坐在远处茶馆装作喝茶的几人，悄悄说。

"不要看，敌人早已察觉，只是偌大的京城，敌人可是一个熟人知己也没有。"海兰察低头喝着大碗茶，思索着。远处茶馆的长凳上，散坐着四五人，除了一个连鬓胡子的中年大汉，其余几人都以草帽遮面。不过，这几人不时从草帽的空隙中，频频向海兰察这边打量。

"大人，京师虽说是天子脚下，可又是鱼目混珠之地，以卑职看，怕是几个江湖人物。"骁骑校说。

"那个连鬓胡子的汉子，好像似曾相识，在哪里呢？——对了，是准噶尔。"海兰察琢磨了好久，终于想到了伊犁大战，阿睦尔萨那卫队中的那个武师。此人功力相当了得，如果不是败军溃退，此人也急于脱身，鹿死谁手还真难说。

"准噶尔？"骁骑校瞪大了眼睛，喃喃道，"那就是反贼喽，大胆，他也敢混入京师之地。"

"不要动，静观其变。敝人在想这几人怕是来找什么人，跟了咱们三天，那就一定是要会会敝人。"海兰察不动声色，他估计此人在那几人中，只是个小角色。

时值正午，围观的人群渐渐散去，几个耍猴、卖艺的也开始收摊，准备找地方吃饭。只见连鬓胡子大汉立身而起，朝一处舞枪弄棒的人群走去，那几人也跟随而去。

"跟上。"海兰察掏出一枚铜钱放在茶桌上，招呼骁骑校。

连鬓胡子大汉走入场中，在卖艺班的班主耳边嘀咕几句，塞给他一锭大银，班主顿时欣喜若狂，点头哈腰，忙不迭腾出场子。双拳一抱，向众人高声说："各位老少，在下的朋友有意为各位施展几手真功夫。"话音没落，几人纷纷摘下草帽，一束束云鬓散落下来，竟然是几名俏丽的女子。

骁骑校再次目瞪口呆，这一切来得云谲波诡，披斗戴笠江湖人，转眼又变成窈窕淑女，个个美目流盼，光彩照人。

其中一人拔剑舒腰，长剑缓缓伸出，不见神速，没有叱喝，泛着寒光的剑身却隐隐发出嗡嗡声响。正是迷幻剑起式"空谷剑啸"。海兰察大惊失色，这女子怎么会师门剑法，并且如此老到。这一招就是自己使出，内力也没有这女子来得快。

他抬头目视那女子，见对方也是秀眉紧蹙，望着自己。四目相对，倒是令海兰察颇觉尴尬，可眼下也顾不得了。

　　"尊下不想过几招么？"女子秀眉一扬，落落大方，显出江湖儿女的坦荡。

　　"哦……在下也想讨教几招，请姑娘指教。"海兰察尽管忸怩，但究根问底的欲望越来越强烈，他必须弄清楚，这女子何以会师门绝学。他情不自禁地走入场中，双掌一分，一招白鹤亮翅，有意使出师门掌法中的起式。

　　那女子见了一愣，嫣然一笑，说："海大人不着官服，也不带兵刃么？"

　　"恕在下轻狂，就用这对肉掌接姑娘的剑招吧。"海兰察不想露得太多。

　　"不对，本姑娘向来不捡他人的便宜。"那女子说完，向另几人一招手，一把宝剑从空中飞来。海兰察只好接住，说声："在下承谢了。"

　　两人一交手，顿时冷电精芒，白光铮铮，招招精妙，凌厉无比，惹得围观的百姓发出阵阵叫好声。

　　那女子身法飘逸，快捷无比，口中不时传出娇滴滴的笑语，手中宝剑却丝毫不让，招招诡异无比，不离对方周身要害。海兰察身法沉稳，以快攻快，三十招一过，一见对方招招下杀手，心头火起，运气周身，手中剑开始缓慢下来。

　　那女子渐觉手中剑蓦然沉重凝滞，知道对手内力浑厚，顿时气色凝重起来。又过了五十招，她额头鼻尖都沁出汗水，呼吸不均，气息微喘。那几名女子做好准备，看样子一等那女子不敌，便一拥而上。

　　斗到百招，海兰察断定这女子剑法正宗，是师门中人。只是不知是哪位师伯的弟子，又何以在偌大的京城中找到自己？目光游离之间，突然看到一旁观战的连鬓胡大汉，一下豁然开朗。没错，在西域曾经与其大战，迷幻剑法一露，便传出江湖。

　　念及同门情谊，海兰察斗志锐减，收回三成内力，那女子顿时轻松不少。

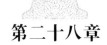

第二十八章

　　那连鬓胡大汉一看女子不支，早已蓄劲待发，此时一见海兰察攻势减弱，只当他耗力过多，飞身跃入场中，挥出一掌，向海兰察后背击去。

　　"鼠辈敢尔，本官接你几掌。"随着一声大喝，场内飞进一个浓眉大眼的青年，一照面便接了连鬓胡大汉的一掌，两人各退三步。

　　"好一招风雷掌法，长白山幽谷老人的绝学，果然不同凡响。"海兰察一眼就分辨出青年武功路数，忍不住喝彩。

　　连鬓胡大汉偷袭不成，勃然大怒，双掌一搓一分，竟然使出空冥掌法，恶狠狠和青年打成一团。两人都是外家功夫的好手，以硬碰硬，掌掌带风，呼呼作响。围观的百姓哪里见过这样拼命的打法，不由得连声叫好，人越聚越多。

　　"姑娘是我师门中人？"海兰察一面拆招，一面问。那女子此时大汗淋漓，赌气似的默不作声，剑法更为老辣，一招镜里藏花，引对方剑取中路，而后猛下杀手。可她忙乱之中又忘了对手是谁，哪肯上当。海兰察长剑一低一压，不走空门，反向她的下三路，一双秀足扫去，这是师门剑法中的倒悬星河。原本是应向下腹出剑，但他觉得对一女子太过猥亵，中途变为向对方双脚扫去。女子显然羞愤至极，娇叱一声，竟然不顾章法，拼命攻来。那几个掠阵的女子也挥剑杀来，场中形势立变，虽然都是同门剑法，但海兰察独斗几人立刻吃力起来。那几名女子比起头一个女子相差很多，但在江湖上也算得上二流高手。不过十几招，海兰察已只有招架之功，无还手之力了。

　　人群骤然散开，远处，一队官军策马而来。随着一声呼哨，连鬓胡子大汉

和几名女子施展轻功遁去。

　　"何人在此聚众闹事，堂堂天子脚下——唵？贝勒爷，小的给您老请安了。"带队的是九门提督下的一名佐领，正趾高气扬地吆喝，一见那与连鬓胡子汉子对掌的青年，立时笑容满面，请安问好。

　　海兰察没料到为自己助拳的竟然是位贝勒爷，一时不知如何是好。那青年洒脱地哈哈大笑，望着海兰察道："海大人好健忘啊，西域大战才一月有余，大人就把敝人忘掉了么？"

　　海兰察眨了眨眼，猛然记起此人就是京师健锐营骁骑校奎林，伊犁大战中，击毙阿睦尔萨那卫队长、红衣番僧的高手。没等海兰察开口，奎林厉声呵斥巡城佐领："不长眼的东西，你知道这位是谁吗？"巡城佐领唯唯诺诺，嗫嚅道："卑职不……知。"

　　"好吧，本贝勒爷告诉你，这就是名震西域，生俘辉特部台吉巴雅尔的索伦名将海兰察大人。哦，对了，几日后便是大内一等侍卫，正三品大员。"奎林大咧咧介绍，一副古道热肠的憨相。

　　巡城佐领一听立时拜了下来，叫道："不知是大人，大人恕罪，卑职给大人请安。"

　　"恪尽职守，何罪之有？敝人不敢当。"海兰察客气地扶起佐领。

　　奎林一身儒士装束，不知情的人哪会相信他是贝勒爷。"海大人好兴致，这几日在哪儿安身？"奎林打发走佐领后，问。

　　"敝人在此无亲无故，暂寄身步军营。"

　　"这下好了，海兄与小弟回府吧，步军营吵闹不停，哪是安歇之处？"奎林热情似火，三言两语打发走随海兰察同来的骁骑校，拉着海兰察进了一家酒楼。

　　"海兄可能不知，你我和额森特都分在乾清门，日后就是朝夕相处，同殿为臣了。"两人攀谈起来。

　　"不瞒奎兄，敝人原本打算回到草原，这京城实在是……"

　　"海兄此言差矣。"奎林继续说："大丈夫理当成就一番大业，那就要闯荡天下，倘若没有准噶尔平叛，哪有你我兄弟的今天？好男儿志在四方。大清朝原来还不是屈居北方一隅，而今坐鼎中原，雄踞天下么？"

海兰察想想也对，不由想起了图海临别时说的一句话。那是临行前的傍晚，图海恋恋不舍地瞅着哈木和海兰察，说："想我小小索伦能出两员猛将留京供职，也算荣耀了。苍天有眼，眷佑索伦，皇恩浩荡，福泽万民。你们定要尽心供职，不可疏忽，处处当以为朝廷效命为己任，振兴索伦为大业。本官最不放心的是海兰察。"图海说到这里，停了停，又缓缓说道，"你年少短练，天性耿直，为人憨厚。日后在宫中更要小心从事，一旦不慎，不仅害了自己，也会祸及索伦。倘若日后有了前程……"

海兰察想到这，对奎林说："愚弟不才，这些年一直在索伦草原，实在是有如井底之蛙，孤陋寡闻得很。奎兄久居京师，见多识广，又是宗亲，日后还请多多赐教啊。"

"海兄客套了，如有愚弟效力之处，愚弟当全力为之。这样，回府之后，见过叔父大人，保你安下心来。"奎林豪爽之极。

夕阳下，两人以步代车，悠闲走在街上，俨然一对亲兄弟。看到海兰察不住地左顾右盼，奎林笑道："海兄是在担心那伙子人么？就凭海兄的武功，那几人不足为俱，何况还有愚弟在此。"

"奎兄有所不知，这几个女子的武功和师门一模一样。"

"——哦，不错。愚弟想起来了，难道你们从不相识？"

"当然，好像是敝人师叔的弟子，可又没来得及相认。"

两人正说之间，一辆绿棚马车飞驰而过，海兰察耳力极好，听到车内有人喘息声。紧接着五六名家将模样的人持刀边退边和追来的几个壮汉拼打，已经渐渐不支。奎林望着跑去的马车，嘴里咦了一声，转眼看打斗的家将时，大吼一声，腾身拔地而起。飞向一名壮汉，身在空中，五指如钩，凌空向壮汉头上抓去。那壮汉正要对一个身着华丽服饰的青年下杀手，一见奎林扑来，急忙侧身闪过，长剑斜挑，欲断奎林的鹰爪。

这下海兰察又惊疑地咦了一声，这招正是师门剑法中的暗度陈仓，是从昆仑剑法中演化而来的招式。他糊涂了，一天之内，竟然碰到两伙使用师门武功的人，这京师重地真是卧虎藏龙。

"贝勒爷，宰了这小子，他差点伤了色普大贝勒。"几个家将一看奎林出现，大喜过望，边打边喊。那个衣着华丽的叫色普的青年，朝着激战中的奎林

大叫："二弟，杀了他。"

打斗的呼喊声吓跑了行人，却招来兵丁，那伙人相互呼哨了一下，消失在暮色中。

拜见过王爷济尔哈朗后，奎林领着海兰察在花园中赏花。只见月色下，亭台水榭，雕梁画廊，更有潺潺流水，鸟语花香。尽管不是草原的那种自然景色，可也别有洞天，他看着心下黯淡下来。自幼父母双亡，做梦也不曾想过这样的生活，同为人子，竟如此境遇不同，心里暗暗叹息。

"海兄，"奎林在亭台与海兰察坐下，吩咐家人上了酒菜，开口道"一天之内，你师门中人两次造访，是何故？"

"这个……"海兰察支吾起来，师门之事不好外传。

"喔，恕小弟冒昧。"奎林自知不该问及他人师门内的事情，何况海兰察对此只字不提，毫无疑问，一定是有难言之隐。

庭园甬道传来轻轻脚步声，色普来到亭中。奎林厌恶地斜睨了一眼，坐在那里不动，海兰察忙起让座。

"表兄，白日又做了什么见不得人的勾当，被人追得像丧家犬？"奎林语气刻薄尖酸，令海兰察十分惊疑。他细细打量了色普，只见这位贝勒爷一脸横肉，獐头鼠目，不是善相。

"嘻嘻……"色普毫不在意奎林的讥讽，自斟一杯酒，对海兰察说，"满朝文武官员都在讲索伦又出一员猛将，不想今日在此相见，可否同饮一杯？"

"大贝勒谬赞，在下不敢当。"海兰察眼见白天的那一幕，听那几人不断叫骂淫贼，所以对这个贝勒没有好感，只是虚与委蛇。

"又抢了哪家女子？"奎林怒目圆睁，口气严厉道，"早知这样，今天就不该出手。你如果不罢手，不但性命难保，也累及王府清誉。那班人的功夫了得，你今日也看到了……"

海兰察这才明白，这个大贝勒是个拈花惹草、抢男霸女的花花公子。平日里寻常百姓奈何不得，今日不知怎么惹到了这些江湖人士，怕是有场劫难。

色普哭丧着脸悻悻离去。奎林深深叹了口气，对海兰察道："让海兄见笑了，不瞒海兄，家叔对此逆子也是一点办法没有。唉，常言说得好：自古英雄多磨难，从来纨绔少伟男。侯门出逆子，寒门出壮士啊……

　　王府大街黑暗处，两个夜行人一闪，穿过一条小巷，走到一家客栈。

　　一间素雅洁净的房间，几名白天斗剑的女子坐在屋里，像是在等待什么人。

　　"慧瑛师姐，师兄一定会来么？"一个女子问默默不语、低头想心事的慧瑛。

　　慧瑛抬起头惨然一笑说："大师兄和我一样，出道以来还是第一次受挫，他能咽下这口气么？棱梅，再出去看看。"

　　没等棱梅起身，慧瑛又说："来了。"

　　门悄然洞开，两名男子出现在屋里。那连鬓胡大汉开口说："看清了，他们就住在王府，凡靖老弟的意思要夜闯王府，在下以为不妥。慧瑛女侠的意思呢？"

　　慧瑛瞥了凡靖一眼，开口说："师兄，我们千里迢迢来京，为的是师门秘籍，是光耀我迷幻剑派。不是为了抱打不平，师兄不会因救那一民间女子，耽误师父的大事吧？"

　　凡靖面含愠色道："路见不平，拔刀相助，也是我侠义辈中应当做的事。师父之命不可违，师妹说海兰察武功了得，不如你我二人联手。"

　　"可眼下又多了个奎林，师兄今日也领教了，你和他单打独斗有几成胜算？"

　　"难说，胜他也要在百招之后。"

　　慧瑛一听，冷冷一笑，说："王府里不行，那不是武场。"

　　连鬓胡大汉一听，自告奋勇道："帮人帮到底，送佛上西天。如蒙二位不弃，在下可以助拳。"

　　慧瑛一听，柳眉一竖，说："这位兄台，你能从西域带消息给家母，又在京师助我们查访到海兰察，已是大功一件。照约定，你可以回川北向家母讨要万两白银了。剩下的事是我师门内的事，不须外人插手。道上的规矩你比我们清楚，如果我派寻找秘籍一事传出去，'川中侠女'的手段无人不晓。你们青龙帮也饶不了你。"

　　"师妹，你给师父修书一封，打发他走吧。"凡靖转过头，向连鬓胡大汉说，"放心，我师'川中侠女'一诺千金，兄台只要按规矩办，咱们日后相安无事。兄台能将消息送给敝派，足见不失江湖侠义之举，珍重。"

　　眼望连鬓胡大汉消失在黑夜中，凡靖转过头对慧瑛说道："师妹打算如何？"

　　"不急，既然海兰察身在京城，那么我们就不差这几日。家母等了这么多年，也不差这几日。"慧瑛手一摆，指着窗外又说，"京师之地，不比川陕，在那里，不论黑白两道，无人奈何得了我们。在这里我们是虎落平阳，小心才是。"

　　夜深了。京城的夜晚，华灯掩映，人来熙往，商贩的叫卖声，仍旧络绎不绝。

　　慧瑛独自依偎在窗外，望着外面的夜景沉思，许久，轻轻叹息了一声，喃喃道："侯门一入深似海，从此萧郎是路人哪！……"

第二十九章

　　有如一匹骏马，从广阔的草原上，一下被圈进了窄小的栏圈之中，海兰察开始了他在皇宫中死寂般的生活。

　　乾清宫侍卫，在紫禁城的侍卫中，算得上是个肥得流油的差事。当然，和外放的同级官吏没法比。可在这戒备森严的大内，由于经常见到皇上和朝廷显贵，容易引起人们的注意，随时有被重用或外放的机会而令人垂涎三尺。不过，危险和机遇相伴，这也是叫人提心吊胆的差事。哈木一再叮嘱海兰察小心谨慎，皇宫也是龙潭虎穴，万万莽撞不得。

　　哈木虽然是卫戍京城的健锐营右翼尉，堂堂正三品大员，但也极少有机会进宫。

　　海兰察在拘谨、好奇中，小心翼翼地在这殿角森严、阴沉寂寥的皇宫中生活。处处低首垂目，唯命是从，恪守凛遵，从不敢僭越一步。似乎在等待着什么，期待着命运多舛的风雷变幻。

　　和海兰察一样寂寞无聊的宫内侍卫听说来了个二十岁的一等侍卫，便三三两两地凑在一起嘀咕。怀疑这个一下擢升为一等侍卫的海兰察，到底是凭显赫的战功和超群武功得以升迁，还是有什么裙带关系而跃入宫门。尤其是那些以绝世武功被选入皇宫的大内高手，对此更是满腹狐疑，议论纷纷，莫衷一是。

　　由于官职的限制和束缚，海兰察别看年纪轻轻，总归是三品武官，二三等侍卫自然不可以僭越，纵然心中不服，表面上也得装出毕恭毕敬的样子。所以，他们只得找一个武功高强的一等侍卫，候机以切磋功夫为名，试探一下虚实。

假如海兰察真的徒有虚名，借机羞辱他一下，叫他知道知道，这深宫禁地可不是混饭吃的地方！

　　海兰察涉世不久，但从小聆听师父教诲，对武林轶事、门派之间的争强斗狠一点不陌生。他从别人的言谈举止中看出了苗头，尽力忍让和克制，在这陌生的地方，不想招惹是非，引起不必要的麻烦。除了每日当值以外，利用这里优雅宁静的环境，细细品味师门内功心法，精研武功。半月光景，颇有心得，心中不由窃喜，暗道如此进境，可谓事半功倍。得意之余却忽视了师父的话，不顾根基的浮浅，急躁冒进。一日深夜子丑时分，他端坐功房，默运玄功，按照内功心法口诀进入境界。不到一炷香的功夫，丹田之气沿任督二脉徐徐流动，只觉命门下一股大力托起，顿时有飘飘欲仙之感。正自得意之时。蓦然一阵针刺般的剧烈疼痛从命门向四肢百骸扩散，大惊之下，他忙敛气收功。尽管这样，也是大汗淋漓，周身隐隐作痛，他沉思许久，想起师父叮嘱自己循序渐进的话，追悔莫及。

　　"海兄少安毋躁，在下看你是出了偏差。各派武学在招式上大同小异，只是这内功心法区别甚大，不是急于求成的。"殿角处人影一闪，同班侍卫辛元龙缓缓走来。

　　"辛兄还没安歇么？"海兰察惊问。他一直觉得几天来有人偷窥自己练功，没想到是此人，听了他的话，戒备之心消去许多。

　　"不好意思，在下瞅你气色不对，所以特别注意，并非有意偷窥你练功。"辛元龙说着坐在海兰察身边，双目注视着海兰察。在几班侍卫之中，两人交往较多，相处得不错。

　　"多谢辛兄，闲来无聊，你我兄弟叙谈一番如何？"海兰察岔开话题。他知道辛元龙来自川陕总督帐下，武功也位于一流境界，试探能否从他这了解川陕武林之事，也许涉及到本门的一些事情。

　　"海兄之意与在下不谋而合，在下还真想知道些草原的奇闻轶事，正没机会向海兄讨教。"

　　"辛兄对'川中侠女'可是熟悉？"

　　"在川陕地界，提起'川中侠女'无人不知，是迷幻剑派的掌门。"

　　"辛兄不妨坦言相告，她为人如何？"海兰察问到了要害，两眼直勾勾地盯着辛元龙。

辛元龙诡秘地看了看海兰察，说："亦正亦邪。你与迷幻剑派有什么渊源在下不知，可要追溯到迷幻剑派开山鼻祖清风道长，你们就分不开了。'川中侠女'是清风道长的关门弟子，性情孤僻暴戾，和她的三个师兄不同，一向鄙视官府，就是和两个曾任总兵官的师兄也无来往。对江湖黑白两道也不屑往来，对武学一道很是痴迷，功力深湛。只是此人心胸狭窄，过于高傲自负，自从清风道长隐遁山林之后，便以迷幻派掌门自居，门下弟子众多，川陕的黑道对他们也退避三舍。"

"辛兄是川中人士，日后关系到川陕一带的奇闻趣事，敝人还要讨教。"海兰察暗暗记下辛元龙的话，心想有了这个同伴，不愁查不清"川中侠女"的情况。他乡逢知己的感觉油然而生，两人谈得很投机。

"老弟，"辛元龙自认比海兰察年长几岁，谈得如此投机，语气也亲热起来，"为兄见你武功与八大门派都不同，似乎又有很多瓜葛，杂而不乱，奇而不新，精妙灵巧。招招令人似曾相识，平中见奇，就说那一招'金针渡叶'吧，是敝派中的一个招式，怎么就……可否说出师承门派？"

海兰察苦笑一下，说："辛兄是取笑在下了，以辛兄的武功见识，难道还不知道？"辛元龙哈哈一笑，坦然说："其实，敝人没见过'川中侠女'用剑，但听武林道上的朋友说起，几日来看老弟习剑，猜到老弟的师承。见笑见笑。"

"辛兄，既然你已猜到，小弟也不瞒你。师门内的往事，小弟也是一知半解，日后麻烦少不了，辛兄就不必外传了。"

"那是当然，这一点不需老弟吩咐。这大内侍卫中，当属你我二人如无根浮萍，日后就要相互关照才行。依为兄看来，准噶尔最好再叛乱一次。"

"再叛乱？"海兰察惊问。

"对，不乱的话，要你我这些人做什么？在这皇宫内院，何时才有出头之日。我们习武之人，前程都在战场上，立了功就能外放。"

"外放？"海兰察大惑不解。

"不错，就以老弟为例，外放到索伦草原就等于是一路诸侯，岂不自在？"辛元龙说着愣愣打量海兰察，发现这个武功精绝的索伦人，竟然对仕途一窍不通。

　　乾隆皇帝在清朝君主中，算是一个兴趣广泛、多才多艺的皇帝，吟诗作画，弓马技艺等，多少都明白一些。虽然不伦不类，浮光掠影，却也算是颇具才华的君主，当然，他自己就以满清少有的才子自居。

　　玩腻了亭台楼阁、风花雪月之后，每每心血来潮，琢磨出点新鲜乐子。既然大清以武功征服了中原，那就玩点武的，一可以取悦于那些百般无聊的受宠妃嫔，二是借以炫耀自己不只是爱美人，更爱江山。

　　"来人，传领侍卫内大臣博尔古顿。"

　　乾隆皇帝推开一摞奏折，从御案旁站起。心想既无大事，就让军机处和内大臣们处理去吧，高秋季节，正是滋阴补阳的时令，尽量少操劳，静养为好。

　　"臣博尔古顿叩见圣安。"领侍卫内大臣博尔古顿跪在御案前。

　　"博尔古顿。"

　　"臣在。"

　　"朕听说新近来的几名侍卫，武功都不错，和原来的侍卫比如何？"

　　"哦……这个，回皇上的话，他们各身怀绝技，至于高低如何，没有较量过。"博尔古顿奇怪地偷瞟了皇上一眼，琢磨皇上的意思。

　　"唉，生在帝王家，此身不由己啊。其实，朕自幼喜爱武功，这也是爱新觉罗氏的遗风。无奈身为君王，空有遗憾哪。"乾隆皇帝叹息着。

　　博尔古顿听了，低头咬了咬发麻的舌尖，他是满洲少有的高手，武学方面造诣很深。听了皇上的这番话，真有点哭笑不得，强用内力克制住几乎迸发出喉的笑声，低声问："皇上的意思是……"

　　"这样吧，傍晚在御花园的草坪上，朕和几位王公大臣，几个妃嫔看看他们的武功。一切由你安排。"

　　"喳！"

　　博尔古顿这才明白了皇上的用意，暗暗佩服皇上独具匠心，竟然想出这么新鲜的玩法。他开始认真挑选人，严令侍卫们务必仔细，既能让皇上开心，又能让各位妃嫔们高兴。

　　海兰察和辛元龙都入选，奎林和额森特虽然在后宫当值，也被博尔古顿调来。

　　"老弟，要仔细。"辛元龙提醒海兰察，"这是个机会，是大内所有侍卫们盼望的，观战的除了皇上，都是位高权重的王公大臣。"

奎林拉着额森特来到海兰察面前，笑道："这次比武我等四人对宫内四名老侍卫，几位努力，或许我等四人的前程在此一举。"

"奎兄说得不错，各位兄台务必全力。"辛元龙大加赞成。

傍晚，观看比武的王公大臣陆续赶到御花园，在一片平坦草坪的两侧，几处白玉围栏的亭子中落座。十名一二等侍卫分东西两侧伫立，一色紧身武服，雄姿勃勃，纷纷准备一显身手，得到皇上和各位王公的青睐。倘若一旦被哪个王公看中，那飞黄腾达便指日可待，哪怕是外放当个总兵或副将，也比这宫中枯燥无味的生活强百倍。

不一会儿，乾隆皇帝在一大群妃嫔宫女和太监的簇拥下，姗姗而来。

"比武开始。"等皇上一落座，领侍卫内大臣博尔古顿大声宣布，话音一落，王公大臣们停止了交头接耳，妃嫔们叽叽喳喳声也戛然而止。

"南派洪拳高手，二等侍卫陈天刚，螳螂拳高手，二等侍卫邢铁新，北派寒涛掌高手二等侍卫额森特，伏魔掌高手二等侍卫辛元龙出场。"博尔古顿有意让场面热闹一些，取悦于皇上，四人两对，增加打斗的气氛，"各位可施展平生绝技，不必客气，但历来比武切磋，都是点到为止，不可蓄意伤人。武德技艺俱佳者，皇上自有赏赐。"

"喳！"四位侍卫同时洪钟般地应了一声，为了显示功力，不约而同地暗暗使出内力，震得全场人双耳嗡嗡作响，几个大臣咂嘴惊叹。

几人相对而立，各自默运玄功，做好了全力一搏的准备。他们听博尔古顿的话，精神十分振奋，皇上赏赐什么，不就是官么？这样的机会简直是千载难逢，习武之人在这里靠巴结，何时能出头，别看说的是切磋，打个半死才好呢！

四人中，辛元龙对阵陈天刚，额森特对邢铁新。一交手，四人显然使出浑身本领，哪里是什么比武切磋，招招是杀手，拳掌不离要害。额森特是满洲正黄旗人，自幼在长白山学艺，一套寒涛掌法凌厉凶猛，举手投足之间，又不失儒雅，身形飘逸潇洒，一派名门风度。乾隆皇帝看得眉开眼笑，赞不绝口，博尔古顿一见皇上高兴，悄悄松了口气。

辛元龙此时把对手陈天刚死死罩在掌风之下，他对陈天刚的刁钻的大洪拳颇为忌惮，当察觉对方内力不济自己时，决定以内力相拼，痛下杀手，结束争斗。

　　陈天刚迫于对方浑厚的内力，招式无法施展，牙一咬，接住对方凌厉的一掌，双方进入凶险无比的内力相持阶段。

　　这一边，邢铁新比起额森特相差甚远，百招一过，腹背连中两掌，口喷鲜血倒地。王公大臣愕然，妃嫔们惊叫。

　　唯有辛元龙和陈天刚二人，都已大汗淋漓，陈天刚面如金纸。

第三十章

比武一开始，海兰察就发现侍卫们全都是以性命相拼，和战场上的情形一模一样，不由得又惊又奇。辛元龙更是运掌如风，占了上风之后得势不饶人，明知陈天刚练的是外家功夫，却偏偏以内力相逼，这在敌我拼杀时当然是毙敌之妙法，可在同殿当值的伙伴身上使用这法子，未免太过阴损。

乾隆皇帝饶有兴致地见过额森特和邢铁新的胜负之后，对辛元龙和陈天刚的斗法开始不满意起来，开口道："博尔古顿，这高手过招，有的反倒不如平常武师斗得好看，怎么乏味得很呢？"乾隆皇帝懂得点皮毛功夫，再往深处就看不明白了。

"回禀皇上，凡高手相对，都谨慎异常。一招一式，看去平常，实际上却是变幻莫测，暗藏杀机。有的看上去越斗越慢，往往是以真气相逼，凶险无比，稍有疏忽，便有性命之忧。"博尔古顿是武将出身，有一身不弱的功夫，当然看得出好坏，所以就在众人面前卖弄了一番。

乾隆皇帝听了面色突变，眉头蹙起。他一向以博学多才、一代文武双全的国君自居，让王公大臣们前来观看比武，也是有心炫耀自己并非沉溺酒色，颇通武学的意思。无意当中露出几句外行话，博尔古顿应该曲意逢迎，体面地遮挡过去才是。谁料到这一介武夫竟然借题发挥，讲了这许多让自己难堪的话。王公大臣们听了这些，只能认为皇上是不懂装懂，不学无术，是个金玉其外、败絮其中的蠢才！

"哦？难道是朕没看清楚么？"乾隆皇帝口气温和，脸上却呈出怒容。

"臣……臣也是信口胡诌。"博尔古顿吓出冷汗，立时惶惶不安，好在王公大臣们都在注意场内。

陈天刚已经油尽灯枯，看样子这一战之后，不死也要大病一场。辛元龙却运足全力，奋力一击，千钧掌力之下，陈天刚身体摔出两丈开外，昏晕过去。

博尔古顿站在草坪中叫道："各位王爷，下一场将由名震西域的索伦勇士海兰察一人独斗两大高手。"

"好，本王今日就是要看一看索伦勇士的风采。"济尔哈朗王爷大声喝彩。

"不然不然，"老态龙钟的镇国公萨木腾反对，"海兰察以一对二，有失公平，老夫以为不妥，不妥。"

"镇国公不必担忧，海兰察的功力高强，如果不是下官眼拙的话，这两人合斗也未必胜得了海兰察。"博尔古顿见皇上一言不发，自顾与妃嫔说笑，知道皇上不反对。决意让场面更热闹一点，让皇上高兴一下，以弥补刚才的过失。

"少林金刚掌高手，一等侍卫刘鹏；西域罗汉拳高手，二等侍卫吐白木阿出场。"

刘鹏一出场，一招苍鹰缚兔，凌空扑向海兰察。吐白木阿在一丈开外，双腿一分，站稳马步，呼地一拳打出，拳风中夹带着一股怪异的力道。海兰察哪敢怠慢，以迷幻掌法中的一招犀牛望月迎上刘鹏，试探此人的功力。又以一招蟒蛇缠树化解了吐白木阿的一拳，刘鹏手掌与海兰察手掌相抵的一刹那，立刻觉得不妙，千钧之力竟然滑向右侧，似乎有一股强大的引力，引偏自己的掌力。失去反震之力的身体，从空中直向海兰察落下，周身要穴全暴露在敌手面前。一惊之下，人在落地一瞬间，顾不上体面，一招懒驴脱磨，打着滚闪开。其实，海兰察没有临阵经验，只顾注意吐白木阿，否则，此时随便轻轻一点，就可制服刘鹏。所有的王公大臣见海兰察轻描淡写地化解了两大高手的攻势，不由得齐声叫好，济尔哈朗叫得最响，就连乾隆皇帝也频频点头。

斗过二十几招，海兰察察觉出刘鹏的下盘不稳，金刚掌力虽猛，无奈根基不牢，越是攻势凶猛，露出的破绽就越多。而吐白木阿是只攻不守，大概是急于求胜，招招是拼命的打法。两人都是死缠乱打，海兰察对本门的掌法还不纯熟，临阵经验不足，一时被两人弄得左支右拙，竟然腾不出手反击。正恼火的时候，冥冥中有一个苍老的声音传到耳边，虽如蚊蚁之声，却是字字清晰："傻徒孙，迷幻内功乃是天地间阳刚之气也，从百会引入丹田，化为自身内力，这世间有什么力量敢与天地之气相抗？"海兰察蓦然醒悟，这正是师门迷幻内功心法的精髓啊。他避开刘鹏三花聚顶的杀招，跃身向后退了两丈，长吸了一口气，默运玄功。片刻，只听浑身骨骼咔咔作响，丹田处喷涌出热力传至四肢百骸。

刘鹏和吐白木阿起初一见海兰察退后，都愣了一下，几十招里，海兰察虽然手脚忙乱，自顾不暇，但没有一点败相。转眼听他周身骨骼的响声，更是大吃一惊，哪想到这小子年纪轻轻，内功如此深湛，凝聚如此之快。两人都是行家，知道此时越慢危险越大，相互对视一眼，同时大吼一声，从不同方向，使出全身功力，挥掌攻击。海兰察双掌一分，和两人同时对掌，只听嘭嘭巨响，地上的草叶横飞。王公大臣定睛一看，海兰察安然立在那里，刘鹏被震出三丈开外，昏迷过去。吐白木阿不见了踪影，众人惊疑不定，老眼昏花的镇国公，指着右侧凉亭大叫。大家顺着他的手望去，只见吐白木阿躺在脊瓦上，口鼻流血不止，人已昏迷。

伤者被抬走，观战者却情趣未减。

众王公大臣议论纷纷，有人主张不要比了，免得再有人受伤。另一些还是坚持要看究竟谁是大内第一高手。

乾隆皇帝望了望站在远处的海兰察，对博尔古顿说："难怪巴雅尔被擒，这个海兰察年纪尚小，日后必成大器。唵——他那是什么功法？"

"这……臣也说不准。"博尔古顿有些尴尬。

"这样吧，让海兰察和刚才得胜的两个侍卫过几招。不过，还是点到为止的好。"乾隆皇帝叮嘱博尔古顿。

博尔古顿走近海兰察，辛元龙和奎林身边，一字一句地说道："比武过招么，难免会有伤者，三位不要认为只是应付场面。现今是什么人在看，你等心里都清楚，俗话说，内行看门道，外行看热闹。只要打斗得好看且煞有介事，让皇上和各位王公高兴，你们的机会就来了，本官自然会保荐。"

辛元龙眉头一扬，忙说："大人放心，我三人心中有数，决不使大人为难。"他立即领会了博尔古顿的意思，向海兰察和额森特使了使眼色。海兰察会意地点了点头，心中却不由一阵酸楚，出人头地的愿望谁都有，可以这种方式实在是令人心寒。

　　草坪上，大内三大高手对面伫立，六目对视了一下，同时大喝一声，三个身影倏忽搅在一起，随拳掌的嘭嘭作响又倏然分开。奎林一招苍鹰探爪，直点海兰察的玉堂穴，海兰察右脚倒勾，用狡兔蹬鹰化解了奎林的招数。辛元龙趁机扑上，叫声"小心"，一招佛光普照，径直向海兰察的天灵盖拍下。海兰察全身罩在辛元龙掌下，躲闪不及，只好出掌硬接，心念一动，丹田气息滚滚而来。双掌一对，又是一声巨响，辛元龙借反震之力，身体凌空而起，连翻转几下身体，卸去大半力道，才飘然落地，哇的吐出大口鲜血。海兰察一愣神的功夫，只听奎林从侧后轻轻一声"来了"，劲风已然扑面，又是仓促之间，他顿时明白了奎林的用意，出掌相抵，却故意不用内力。奎林知道海兰察的内力深厚，不敢小视，所以这一掌使足十成功夫，双掌一对的刹那间，他大惊失色，硬生生收回了五成功力。这样做是犯了武学大忌，收回的五成功力反将他自己震退七八步，只感到眼冒金星，五脏六腑都涌上喉头，也哇的一声，几口血水喷出老远。海兰察在没用内力的情况下，承受了奎林的五成掌力，身体向后倒飞，气血翻涌，喉头发甜，虽然也吐出血水，但身体借着掌力，在空中旋转数圈，卸去许多劲力，受的内伤却是轻的。

　　三人招式奇诡，争斗激烈而精彩，都口吐鲜血，萎靡不振。争斗一结束，王公大臣和妃嫔们的大呼小叫也停了下来。博尔古顿是大行家，他深知这三人哪里是真打，只是不约而同、装模作样地应付，唬弄这些人有什么难的？但一见海兰察和辛元龙三人甘愿受伤也不用内功，不由喟然长叹，想起自己当年血染沙场的伙伴，一丝怜悯之情稍稍温暖了他那颗在宦海中早已冰冷的心。

　　"你三人回去好好养伤，放心，倘若有了好差事，本官自会为三位美言。"博尔古顿破天荒地讲出如此体恤属下的话。

　　"谢大人。"三人大喜过望。

　　"皇上，三人都有内伤，不宜再斗，臣的意思是……"博尔古顿看着皇上的脸色说。

　　"皇上，依臣之见，三人武功不凡，即使有伤，就算是半斤八两吧。"济尔哈朗站起身，走到乾隆皇帝身边说，他是皇上最看重的王爷。

　　"也罢，让三人好好调养，朕也累了。"乾隆皇帝一见天色已暗，顿时意兴阑珊，在一群妃嫔、太监的簇拥下走了。

济尔哈朗满脸喜色，回到了王府。傍晚，到皇宫去看比武的时候，他的心情还是阴沉郁闷的。等看到几个侍卫的精湛武功之后，他灵机一动，几天来笼罩心底的阴霾一扫而光。此事还要从几天来府邸出现的怪事说起。

那是三日前一个漆黑的夜里，后花园中突然传来丫环侍女的惊叫声，凄厉可怖。府内护卫赶到，只见两名侍女晕倒在地，灯笼熄灭，撒在地上。有一名眼快的护卫见院墙脊瓦上人影一闪，飞纵而去，从身形上看，来人轻功了得，寻常的护卫和武师奈何不得。奇怪的是来人一不伤命，二不图财，显然不是一般的盗贼。济尔哈朗贵为亲王，是朝廷重臣，领衔军机处，也是京师巨贾。王府一向戒备森严，护卫林立，即使寻常的盗贼明知府中金银珠宝无数，也无人敢打王府的主意。事情发生之后，济尔哈朗听总管说府内没有丢失什么，两个侍女不过是受惊过度，昏厥而已，倒也没太在意，只是吩咐总管和护卫着意提防，又见儿子色普请来几个据说是江湖高手护院，心想可以高枕无忧了。哪知当天夜里，盗贼又潜入府中，东溜西窜，像是在寻找什么，几个江湖高手高声吆喝着领着护院家丁围上。结果比不堪一击的护院家丁好不了多少，交手不到一会儿，三名盗贼击飞几个高手的兵刃，打得几名高手杀猪般地哀号，越墙而去。

到了此时，济尔哈朗才明白过来，事情可不像自己想象得那么简单。从种种迹象来看，来人不图钱财，武功极高却不伤府中人，只是伤了几个请来的高手，显然是不愿将事态扩大。不是那些嗜杀成性、草菅人命的江洋大盗，那么来人意欲何为呢？他百思不得其解。

第三十一章

　　俗话说：知子莫如父。济尔哈朗猜疑的目光，最终落在儿子色普的身上。

　　"管家。"他叫来了王府总管，狐疑的目光在神色不安的管家身上游动，"此事颇有古怪，你是否有什么隐情瞒着本王？"

　　"王爷，奴才不敢。"管家顿时慌了神，忙不迭说道，"是……"一副欲言又止的神态。

　　"哼，你不说本王也能猜想到，是不是色普这个孽障又惹出了什么事端？！"济尔哈朗怒气上冲，动了真气。他深知逆子终日纵酒行乐、寻花问柳的恶习，这不仅为自己带来许多麻烦，王府声名狼藉，自己也落了个纵子骄横的名声。

　　"王爷息怒，不是奴才不说，贝勒爷究竟做了什么，奴才真的是不知道。只是前几日他向奴才要去了后院厢房的钥匙，不知做什么用。"管家一看济尔哈朗发怒，哪还顾得了许多，一股脑儿说出知道的一切。

　　"这逆子自幼不是个省油的灯，十六七岁便学会吃喝嫖赌，与一班纨绔子弟整日无所事事，诗书学业一塌糊涂，扰乱地方、聚众滋事倒是一样不少。唉，本王一向忙于政务，疏于管教，今日就是想管也木已成舟，顽性难驯。平心而论，这逆子怕是早已恶名昭彰，若不是官府处处袒护，不知会给本王添多少麻烦！"济尔哈朗痛心疾首，陷入自责的愧疚之中。他已经意识到，儿子在后院一定是又做出什么荒唐事，并且和金银财宝无关。那么……一定又与抢男霸女有关，这事他又不是没干过。对，一定是这样，要不然也不会惹魁星上门。这样一来，更不宜外传，不能报官，家丑当然不能外传，想法子私了吧。

"色普。"济尔哈朗叫来了儿子，让家人都退下，两眼眯缝着望着这个唯一的儿子，色厉内荏地开了口。

"儿子在。"色普一见气氛不对，恭谨异常，活脱脱地像只羔羊，这正是济尔哈朗最喜欢的地方。

"连日来，盗贼数次出入府中，一不图财，二不害命，似乎别有图谋。"他边说边注意儿子的表情。

"这个……儿子不知何故。"色普躲闪着济尔哈朗咄咄逼人的目光，怯生生地又说，"何不报于官府，必是刁民作祟无疑。"

"如果是你在外面惹下什么祸事，还是从实讲出，以便布置。"说了这话，济尔哈朗已流露出儿女之情，暗示要为儿子化灾解难。

"儿子奉公守法，并无越轨之事。"色普略一迟疑，还是一口咬定并无苟且之事。

"唵，那就好，如果真的有什么事，还是及早说出为好，以便妥善处置。"济尔哈朗的话更露骨地表现出父子骨肉情深，原本是为儿子担忧，盼望其独善其身。可是色普听后，坚定地认为阿玛是在保护自己，反倒怂恿了他的决心。

"儿子明白。"色普斩钉截铁地说。

济尔哈朗见儿子面无愧色，一颗吊着的心稍稍放松了一些，只是对儿子的话并非是深信不疑，也许儿子有意瞒着自己，或者是有什么难言的苦衷。他只好吩咐家人代为探听，自己考虑如何对付那些深夜来客。他就是怀着这种闷闷不乐的心情奉旨进宫，陪同皇上观看比武。等到看见一班侍卫龙腾虎跃，各自施展惊人绝技时，顿时愁绪散去，喜上眉梢。是啊，他心里暗想：天下绝顶高手云集大内，找几个武功好的那是俯拾即是，自己却为几个毛贼提心吊胆，真是庸人自扰，杞人忧天！自己在皇上面前向来格外蒙受恩宠，凡有奏请无不得到恩准，恨得许多朝臣、王公们牙疼。眼下在天颜欢悦之时提出借几个侍卫，不过是小事一桩。正因为如此，观看比斗时，他是眉舒目展，看得格外仔细，叫喊的嗓门最高，仿佛对武功颇有兴趣，吵得周围王公大臣们十分诧异，不时侧目顾盼。

得到了皇上的恩准后，他又和领侍卫内大臣博尔古顿商议了半天。

索伦铁骑
　　一代名将海兰察

　　"王爷，海兰察当之无愧，奎林亦不弱啊。"博古尔顿有意讨好济尔哈朗，不失时机地点到了这位王爷的内亲。

　　"博大人统领侍卫，又是武林名宿，自然慧眼独具，广识英才。只是除此二人，本王还想……"

　　"这个自然，那些江湖匪类都是聚帮成伙儿，海兰察和奎林两人怕是势单力薄，很难一举擒获。敝人不妨向王爷再举荐两人。"博尔古顿明白济尔哈朗的心思，很乐意做个顺水人情。

　　"这自然是好，不知博大人举荐何人？"济尔哈朗十分高兴。

　　"辛元龙和额森特不仅功力超绝，而且又是海兰察和奎林的知己，这几人心意相通，联起手来，就是当今世上任何高手也奈何不得。王爷，这可都是大内的宝贝呀！"博尔古顿故意咂嘴叹息，仿佛是给了这位王爷什么稀世珍宝，一副心痛不已的样子。

　　"本王不胜感激，日后当以厚报！"济尔哈朗连连称谢，两人相视半天，同时抚掌偷笑起来。

　　不打不相识，一场两败俱伤的决斗，辛元龙和奎林对海兰察的为人佩服得五体投地。海兰察不惜受伤吐血，假戏真做才成全了他们二人的脸面，难分伯仲的比斗使三人同上榜首，从而被济尔哈朗和博尔古顿选中，有了出宫剿贼的机会。这样的机遇对于他们四人意味着什么，他们心里当然清楚，一旦顺利除掉了盗匪，这个位高权重的王爷一高兴，说不定会向皇上保荐，外放升官，逍遥自在的日子就算到了。回头想来，他们由衷地庆幸御花园中的比武，更感激海兰察的菩萨心肠和侠风义骨。正因为如此，他们商量好，到王府剿贼，全力协助海兰察，以海兰察的功夫，加上他们三人的帮助，天下还有什么厉害的毛贼能逃脱呢？当然，头功是海兰察的，也应该是他的。他们三人近水楼台，沾上光就行。命运把他们绑在了一起，一荣俱荣，一损俱损！

　　秋高气爽，月色迷离。

　　海兰察几人徜徉在花团锦簇、流水淙淙的王府花园中。

　　夜晚的花园，别有一番景致。只见月色澄澈，花红柳绿，亭台掩映，和风传香。几人平日闷在深宫，宛如关在笼子里的小鸟，并且时时谨慎提防做错事，弄得整日里精神紧张，活像一把拉如满月的弓，一刻得不到松弛。此时来到了王府，在这幽静的月夜，飘逸着浓郁花香的园中，都感到了格外轻松，神清目爽。虽然园中的亭台楼阁、树木花草比不上皇宫的雄伟雅致，但在这豪华的京师之地，也算是屈指可数，寥若晨星了。

面对良辰美景，几人心境不同，却都有一番相同的感慨，要不是机缘巧合的一场决斗，也不会有此机遇，到这优雅之地闲游。想到此行，必然想起了济尔哈朗王爷的那番话。

"毛贼斗胆，竟敢夜入府邸窥探，图谋不轨。几位一定要仔细，务必拿下，一旦奏功，本王定会奏请皇上，提拔重用，日后自然少不了高官厚禄，香车宝马。"济尔哈朗何尝不知这些终年困居宫闱大内的侍卫们的心思，故而用外放重用做诱饵。

"谢王爷提拔之恩，王爷放心，毛贼不来则罢，来则无回！"辛元龙等的就是这句话，听过之后，喜上眉梢，信誓旦旦。

"卑职不才，区区几个毛贼不足为虑。"

"王爷尽管放心，请静候佳音！"

几人慷慨许诺。

"好。"济尔哈朗大喜，沉吟了一会儿又道，"此事不可外扬，以免徒乱人意，惊走毛贼。你们暗中戒备就是。"

"王爷，敢问这毛贼何故夜闯府邸，是否有——"海兰察心有疑惑，忍不住开口询问。

"唵——"济尔哈朗满脸不悦，两眼一瞪，颇感意外看了奎林一眼，似乎在说，你这个朋友是怎么回事，一个侍卫竟然过问王府家事。

还没等奎林开口，辛元龙一见不对，忙抢过话题，道："王爷息怒，海兰察年少，不懂规矩，并非有意僭越。请王爷宽恕。"

"哦，那么就请各位好自为之吧。"济尔哈朗气色缓和，简单说了几句，忙着去忠义公府赴宴去了。

三更时分，辛元龙躲在一阴暗处昏昏欲睡，猛然见院墙上人影一闪，一个人影飘然落地。他心中大喜，立功心切，迫不及待地叱喝一声，挥剑冲了上去，看对方身形自知不是敌手，大声疾呼起来。奎林和额森特领家丁赶到，却被另外两人截住，杀成一团。等海兰察赶到时，几名家丁已横尸倒地，更让他吃惊

的是奎林和额森特在七八名家丁的帮助下，仍然不敌两个黑衣人。他犹豫了一下，还是挥剑先替下了带伤的辛元龙。辛元龙左肩右腿各中一剑，踉跄着硬撑，一看海兰察接了上来，吼道："海兄，宰了这娘们儿！"

海兰察一交手，就是一招击其中流。刚才上来之时，黑暗中就发现这个最强敌手的空门。准备趁对方回剑自救的机会，挥出一记雄浑的掌力，震伤这个劲敌，然后回援奎林他们。面对几个劲敌，只能痛下杀手，尽快结束战斗。

那人眼见剑尖直奔自己胸前大穴刺来，竟然不理不睬，剑身一划，侧身一招倒卷星河，剑尖嗡嗡作响，刺向海兰察周身六大要穴。海兰察惊得冷汗沁出，对方使的是精纯的迷幻剑法，并且火候很足，他不得不撤招回防。十招一过，两人各退几步，都迟疑了片刻，海兰察更是又惊又奇。这女子分明是那天在天桥与自己斗剑的人，剑法和自己如出一辙，而且比自己使得还干净利落。如果不是内力远逊于自己，刚才就要伤在那招流云飞霞上。他见对方也是惊愕不已，平持长剑，似乎是候机待发，又像是顾忌什么而裹足不前。

辛元龙包扎住伤口，咬牙冲入战团，帮助渐渐不支的奎林和额森特。奎林和额森特在家丁的帮助下，仍然抵挡不住两个黑衣人的攻势，岌岌可危。辛元龙一加入战团，总算是稳住了形势，不过，仍然是守多攻少。

"这是什么剑法，好像在哪见过！"奎林气喘吁吁，还大骂着。

海兰察纵身跃上屋顶，站在脊瓦上回头一看，那女子身形一晃，也飘然落在脊瓦上，几个家丁赶紧搬来梯子，那屋顶上的两人边斗边向院外飘去，消失在夜色中。

海兰察原想跃上房顶无人之处，询问对方来意。他知道两次相遇绝非偶然，隐隐约约觉得这些同门似乎是冲着自己而来，心中不由戒备三分，谁知那女子长剑向东一指，身形几个起落，在屋宇墙垣上施展起轻功。他顿时明白了对方的意思，也跟着纵跃在屋脊墙围上，向前追去。两人全力施展轻功，在夜色中兔起鹘落，快似流星，倘若是白日当众人施展，一定是惊世骇俗。风在耳边呼呼直响，两侧的屋宇迅疾划过，海兰察情知对方是在试探自己的轻功，一时童心大起，暗自调理内息，着力冲去，心中赞叹对方的精湛轻功。

郊外，一片白杨树林中，那女子停下，一拉面罩，月光下露出那张妖媚的面容，竟是楚楚动人。

"你究竟是何人，夜入王府，意欲何为？"海兰察盯住对方问。

"阁下是三师伯的弟子，如何称呼？"女子反客为主，眼眸中仍含敌意。

"在下海兰察，请问姑娘芳名？"海兰察一听果然是同门，戒备之心去了大半，但仍不肯说出师承。

"哼，我师门中怎么出了你这样的败类，甘作清廷鹰犬。"女子冷笑一声，出言不逊。

"胡说，你夜入王府，非偷即抢，反倒出口伤人，在下为民除害，何谓鹰犬？"海兰察剑眉突竖，怒容满面。

"既入我师门，就该洁身自好，不该利欲熏心，为虎作伥。"女子说到这里，语气缓和许多，又问，"阁下还没有回答我，那就是说本姑娘说得没错，你是三师伯的弟子。"

"姑娘一定是三师叔的……弟子，'川中侠女'的高足轻功了得，只是沾染上梁上君子的恶习，怕是师门不幸吧？！"海兰察回剑入鞘，诙谐地说。

"你……信口雌黄！"女子气得语无伦次，但还是收了长剑。

"敢问姑娘如何称呼，'川中侠女'与你——。"

"本姑娘叫慧瑛，'川中侠女'是家母。"

两人在黑暗中相对而立，默不作声，相互好像都有千言万语，又不知从何说起。等心绪平静下来，各自为少男少女在这黑夜中，独处偏僻的荒郊野外而感到不自在起来。好在一个是草原大漠中的坦荡儿郎，一个是傲笑江湖的侠义少女，那一点刚刚泛起的羞涩和腼腆，倏然而逝。

海兰察在这举目无亲、地生人疏的异乡地域偶遇同门，真是倍感亲切。尽管男女有别，但草原人的淳朴豪放性格让他镇定下来，问："恕在下冒昧，你们深夜入王府——"

"先不说这个，唵——不知如何称呼？"慧瑛沉吟了一会儿，悄声问，一对大眼上下打量着海兰察。

"在下海兰察。"

"谁问你这个，我是说在师门内如何称呼。"慧瑛娇嗔地嘟哝。

"哦，在下虚度二十，姑娘贵庚？"

"唵，那就是师兄了。"慧瑛爽快地说，"师兄，三师伯现在何处，你如

何从军又来到京师，又是怎么会……"慧瑛一口气问了一串为什么，弄得海兰察不知如何回答才好。想到师父，心中惨然，一屁股坐在了地上。

"师兄，你……"慧瑛吃了一惊，俯身关切地问。

风，卷走了浓云，星光熠熠闪烁。

两人坐在林木中喁喁低语，不时传出几声啜泣和叹息，夹杂着互不相让的争执。

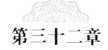

第三十二章

　　王府后花园里，海兰察几人彻夜没有入眠。当晨曦微露时分，几人对王府剿贼一事仍然没有一致的意见，争执的原因就是海兰察带来的出乎意料的消息。

　　王府中竟然藏着色普抢来的民女，这确实让他们大吃一惊，怪不得江湖人士频频造访，不惜兵刃相见，王府里有这等龌龊之事，难怪引起江湖人士的义愤！

　　如何对待此事，由于有了海兰察师门的瓜葛，变得复杂起来。依海兰察的意思，撒手不管此事，既然色普请来了神仙，就让他自己送走，这颗苦果自己吞下。辛元龙却坚决反对，奎林毕竟是济尔哈朗的嫡亲，虽然也厌恶表兄的胡作非为，可涉及到王叔的名声，也不赞成海兰察的意思。

　　"不行不行。海兰察，你万万不能为一女子的几句甜言蜜语而丢掉我们兄弟的前程！"辛元龙推开酒杯，愤然作声。

　　"海兄，王叔绝非纵子作恶，依小弟看，色普抢劫民女之事肯定瞒着王叔，莫不如将此事禀报，迫色普放掉那女子。"奎林左右为难。

　　"不妥。"额森特摇了摇头，说，"王爷是十分顾忌颜面的人，这等丑事叫外人知道，他心里一定极不舒服，对我等肯定忌惮几分，恐怕对我等的前程……"

　　海兰察听了额森特的话，点了点头，觉得很在理。从师妹慧瑛那知道几天前，色普在街上看到一名俏丽女子，趁着黄昏行人稀少之际，强抢入车内，正巧被慧瑛的师兄凡靖几人看到。凡靖哪管是不是京师之地，一怒之下率领几名

师弟动了手。在遇到奎林和海兰察助拳后，凡靖更加恼怒，发誓要救出那女子，杀掉色普。慧瑛对这侠义之举当然不能反对，只是不想在京师惹下大麻烦，这样，才有了几次夜探王府的事。海兰察听了觉得有些牵强，可又说不出什么，只能回王府和几人商议。

"巴老弟，你师门的人远在川陕，怎么会来到京师？"辛元龙突然冒出一句题外话，两眼尽是疑惑的神色。

"师妹说是办差。"海兰察懵懂道。

"办差？"辛元龙冷然一笑，若有所思地说，"江湖人士，进京办差，哼，老弟怕是有麻烦。好了，这是后话，看看眼下怎么办吧。"

甬道尽头的回廊柱子后，一个人影悄悄贴在柱子旁，谛听几人的谈话。这就是心怀鬼胎的色普。

夜里花园中的厮杀叫他心惊肉跳，哪里睡得着觉。几天前，他劫持来一名俏丽少女，令家人藏在花园中的一个地窖里，派人守在那里，准备等风声过后，再驯服这个拼死不从的美人。正和他担心的一样，这次的事办得不利落，王府几次深夜来客，伤了不少家丁和请来的镖师，可把他吓了个半死。因为害怕，他无心挂牵销魂之事，把淫荡之心暂时转移到守护府邸、剪除强敌的事情上。几个高手初来时，他真认为可以消灾去祸了，当他们被杀得屁滚尿流的时候，他才知道麻烦大了，来人不简单，大有不达目的不罢休的气势！不放出民女，这些人不会罢休，不但自己，就是家人也不得安宁，甚至有性命之忧。放了吧，更不行。不要说那民女俊俏无比，叫他全身酥麻，就是服侍她的那个侍女也是柳眉杏眼，别有一番风姿。如此尤物从嘴边溜走，岂不暴殄天物？

天无绝人之路，大内高手一到，他真是喜不自禁，决心硬撑到底。

"海兄，可否告诉你的同门，民女我等一定放出，但色普杀不得，而且让他们从此不来王府滋事。"额森特琢磨了半天，开口道。

"额兄的主意不错。"奎林一听乐了，这样一来，王府的脸面保住了，那个民女得以逃生，海兰察的同门也说不出什么。

"好是好，只是怕凡靖师兄不肯罢手，敝人的师妹也是性情如火，王爷不知情，色普是非杀不可。这一点敝人怕是爱莫能助啊。"海兰察说出了自己的忧虑，不论怎么说，慧瑛等人是侠义之举，硬是阻拦也师出无名，他确实为难。

"几大高手坐镇王府，眼见色普被杀，别说是立功，不获罪就是万幸了。假如王爷一见独子丧命，一定会翻颜动怒，上奏皇上……"辛元龙说出了利害关系，劝导海兰察。

"不错，辛兄说得对极了。"额森特看到奎林递来的眼色，不失时机地接上话茬，说，"我们兄弟几人已定生死之交，关系莫逆。人非草木，孰能无情，海兄要顾念我们兄弟之情，日后在疆场上，还要同生死、共患难。眼下让那个民女得以逃脱，我们兄弟可以说对得起天理良心，至于别的么，我们现在是位卑而言轻，顾不了许多。"

"也好，诸位兄弟，师门那面敕人再劝导一下。王爷既然不知此事，只求王府平安，那么我们明日夜里找到那女子送出，平息此事，如何？"海兰察下了决心。

"只是色普肯么？"额森特又问。

"放心，"辛元龙如释重负般地吐了口气，说，"色普干的这卑鄙勾当，哪里敢叫王爷知道，否则，王爷有天大的胆子，也不敢让大内侍卫进府保护他恶名昭著的儿子。传了出来，只一条欺君之罪，就叫他吃罪不起，何况旁观的政敌谗臣一旦抓住时机弹劾，就更糟了。所以，民女失去踪影，色普只能是哑巴吃黄连，有苦说不出。盗贼消失，我兄弟几人便是大功一件。"

"即是如此，敕人今日就去传讯给师妹，叫她们晚上接人。"海兰察兴奋地说。

"好，一言为定！"几人异口同声。

清晨，郊外的树林里，海兰察找到了慧瑛。

"师妹。"隔着很远，海兰察惊讶地打量着换上女儿装的慧瑛。只见她云淡疏眉，一对娇媚有神的大眼，秀颀挺直的鼻翼，两抹柔嫩的朱唇，一头乌丝般的秀发疏散在洁白如玉的肌肤上。只是两道笔直的剑眉中，隐隐透出杀气。微微撇动的嘴角，似笑非笑，流溢出执拗刁顽、自负任性的神情。

"师兄。"慧瑛朝海兰察嫣然一笑，亮晶晶的眸子电闪般地扫了海兰察一眼，故意望向远山。

"师妹，今日四更送出那女子，请师妹就此罢手，也好叫愚兄交差。"海兰察细细打量着慧瑛，不由得想起了身在卜奎城的敏日娜，心中怦然而跳。

慧瑛一看师兄如此关注自己，心中暗自欢喜，嘴上却说："师兄现在三品侍卫，来日保不住封公侯，锦衣玉食。小妹自当尽些微薄之力。"

"愚兄不是贪图荣华富贵、迷恋灯红酒绿的人，只是男儿有志，理当报效国家。难道不对么？"海兰察听出师妹的话有讥讽之意，自顾解释。

"侯门一入深似海，从此萧郎是路人。师兄迷恋仕途，忘了大师伯和三师伯的前车之鉴了吗？"

"师父临终时嘱咐在下，要报效国家社稷，在下正是按照师父的教诲做的。"

"好吧，人各有志，小妹四更领人去接人。"慧瑛叹了口气，心知一时半会儿是劝不住师兄的，道过别后，独自回去。她自幼随母亲学艺，子以母贵，加上迷幻剑法在武林中的威名，使她小小年纪，已经小有名气。在同代人中提起她，令人噤若寒蝉。母亲的娇纵，武林同道的奉承，使她养成了自负任性的秉性。和海兰察两次交手，手中长剑几乎被震飞，臂酸腕木，她才大吃一惊，领略到武学一道无止境，山外有山，人外有人，自己差得远了。见到三师伯的弟子，自己同门师兄，又是如此俊朗少年，心中大动。喜的是师兄英雄出少年，忧的是师兄误入仕途，如此下去，那种骄奢淫逸的官场生活，会毁掉这位不谙世事的武林奇才！

她人生的历程中，不知什么原因，第一次饶了一个自己想杀的人。

济尔哈朗兑现了自己的承诺。

最近，京师的步军营和健锐虎枪营有了空缺，正巧济尔哈朗力荐海兰察、奎林、辛元龙和额森特，新任兵部尚书阿桂一看是跟随自己平叛归来的骁将，极力支持，皇上一点头，他们便和吏部尚书和内大臣温福商量任职事宜。

"如此说来，海兰察无意在虎枪营供职，思蜀之心不退呀。"阿桂听了济尔哈朗的话后，瞅了瞅吏部尚书和内大臣温福，低头沉思。

俗话说，人往高处走，水往低处流。谁都知道京师五营是皇家御林军，和皇上近在咫尺，又与朝廷重臣朝夕相处。想走个门路不用绕弯，出了这道门就进了那个庙，这就是让外官最羡慕京官的地方。别看暂时油水比外官少了一点儿，但日后外放做了督抚将军、封疆大吏，简直就是个小朝廷，想不发财都不行！

辛元龙去了健锐营左翼尉，从三品，奎林和额森特去了虎枪营，分别都得到了个好差事。唯独海兰察恳请回到草原，回到索伦部就职。这叫阿桂很为难，因为按吏部任用官员的规定，显然不妥。除此之外，像海兰察这样不世出的青年将领，阿桂还有更深的打算。

"阿大人，海兰察想回索伦，依敝人看，又不是呼伦贝尔主官，就让他回去嘛。"内大臣温福觉得无所谓，一副不以为然的样子。

"是啊，索伦人怀念故土也是情理之中，"吏部尚书尚阿力摇了摇总像中了风似的脑袋，慢吞吞、老气横秋地说，"正好呼伦贝尔有个参领的空缺，就给了这个名动西域的小子吧。正三品，领从二品衔。"

"诸位大人，这并非是官品的事，难道你们看不出么？这个索伦将领对官职不是那么热衷。思乡心切，回归故里，如此说法欠周全。"阿桂晃了晃头，意味深长地对几人说，"海兰察不但是索伦部少有的将才，在我满蒙军中，也是难得的人才，皇上十分器重。人才么，都需要历练，依敝人之见，放回去……"

在朝中的重臣当中，阿桂算得上战功卓著、城府颇深的大臣。人尽皆知，他可不是单靠趋炎附势，巴结裙带或奸诈油滑才得以高升的，而确实是依靠自己精明的头脑，一步一个脚印地攀上高官重权的地位。他的聪明之处，就是在于往往能想到同僚们想不到的事情。这与他考虑问题的角度，不落俗套的思考方式大有关系。正因为这样，他那叫人意料不到的想法和建议，往往在执行中取得了巨大成功，为他平步青云、身价倍增的仕途道路奠定了坚实的基础。

现在也不例外，他不动声色地轻蔑地斜睨着昏庸的吏部尚书尚阿力、脑满肠肥的济尔哈朗，抽了抽永远不通气的鼻子，神色庄重地说："凡世人大都瑕瑜互见，海兰察心胸坦荡，目光却狭小，以井底之蛙的浅见纵观大千世界，自然会有悖谬。索伦弹丸之地，难得造就出大清国的栋梁之材。贪恋故土，时日一长就会畏惧跋涉，如此下去，岂不葬送了一名将才？朝廷将索伦部兵丁派到各处固守，不使其刀枪涂锈，留将领于京中，不使其倦怠，实在是美意啊。"阿桂说着又瞟了瞟呆头呆脑的济尔哈朗，一片至诚至切的模样。

温福默默听完阿桂的话，觉得很是不自在，那副居高临下的讲话姿态叫他感到格外不舒服。貌似和蔼，其实隐藏着无穷的狂妄和自信，尤其是那含沙射

影、别有用心的话语，分明就是唯我独尊、舍我其谁的自我炫耀。他心中愤然，可一时又找不出借口或漏洞，而且此人现在圣眷正盛，不宜与其争斗。只好按捺怒火，咂了咂嘴，悻悻问道："那么阿大人到底是什么意思呢？大人一会儿说海兰察是将才，一会儿又说他是井底之蛙，总得自圆其说一下吧？"

阿桂听出温福的弦外之音，不想与其争辩，淡淡说道："依敝人之见，还是请皇上圣断，如何？"

乾隆皇帝本无心干预这等侍卫外放的小事，但对海兰察印象颇深，外放何处的争议也引起了他的关注。

在召见海兰察的时候，他表示出君王对臣子的特殊关心。

"海兰察，朕听说你想回索伦，不愿在京当差，是这样么？"

"回皇上，臣想念家乡。"

"唔，思念故土家园，也无可厚非。这样吧，朕准你到卜奎就任，赐你记名副都统，领从二品衔，如何？"乾隆皇帝动容地说，一副体贴臣下的样子。

"皇上，臣……臣领旨谢恩。"

海兰察还想提出回索伦部的请求，一听到旁边阿桂轻轻咳嗽的声音，忙把到了嘴边的话咽了回去。

海兰察神情沮丧回到侍卫住处，向辛元龙等人辞别。神采奕奕的辛元龙见海兰察脸色不对，忙上前打听。

"也好，卜奎城与呼伦贝尔只是一岭之隔，不是和到家一样？"几人都为海兰察得到记名副都统而羡慕不已。当听到海兰察与卜奎副都统满迪的纠葛后，纷纷劝他小心从事，逢事忍耐为上策。

"依愚兄看，当忍则忍，我等新近提拔，万不可惹出事端。"辛元龙毕竟久历官场，考虑事情比较长远。

几人相处一场，共同经历了生死离别，眼见即将别离，依依不舍，大醉了一番。

第三十三章

　　九月的北京城，真正进入了秋高气爽的季节，而北疆的卜奎城，已经花草凋零，一片深秋的景致了。

　　记名副都统海兰察的府邸，送走了一批前来恭贺拜访的各级官员，又迎来了一位不速之客。

　　这是一位五十几岁的老者，身着丝绸衣巾，贵而不华，一派儒雅风范。两鬓霜染却步履稳健，在门房的指引下，笑吟吟走进大厅。

　　"老伯是——"海兰察一见是个素不相识的老者，不由微微一愣，彬彬有礼地问道。

　　"小民姓单，字鹏飞，祖籍河北，三代行医教书。今日特来感谢大人救命之恩。"单鹏飞侃侃说道。

　　"咦？不知老伯指的是——"海兰察莫名其妙地问。

　　"哈哈，也怪小民唐突冒昧，小女红艳若不是大人搭救，怕早已遭受凌辱而命丧九泉。小人膝下只此一女，当然视作命根，此恩自然是天高地厚，没齿难忘。"单鹏飞爽朗笑道。

　　海兰察此时才明白，在京师济尔哈朗府中救出的民女，原来是这位老者的女儿。人世间的事情真是造化无常，现在又在这卜奎城相遇，不由又热情三分。

　　"请问老伯，如何离开京师，举家迁到此处？"

　　"哦，小女得以逃出虎口，京师之地哪里还能久留。是慧瑛女侠指点我们离京避祸，老朽除此一女别无累赘，说走就走。恰巧一个嫡亲就在卜奎做生意，

因此连夜离京，来到了卜奎城。"

"老伯何以知道下官来此？"

"曾听慧瑛女侠提起大人的名号，前几日满城老幼皆知来了一位少年副都统，是皇宫侍卫出身。老朽就有所疑问，仔细一打听，果然是大人，这才唐突登门。"

"哦，是这样。那么，老伯在此何以为生？"

"老朽略有家资，再以行医、办私塾为业，日子还算过得去。"

"看来老伯还是一代学究，下官十分羡慕。"海兰察想到自己身世和境遇，不由心下酸楚。

"学究不敢，只是自信不误人子弟罢了。"单鹏飞呷了口茶，打量着海兰察这简陋的宅子。

疑窦消失，海兰察和单鹏飞无拘无束地交谈起来，大有一见如故的感觉。几日后，海兰察回访单鹏飞时，见到了红艳姑娘。白日与黑夜里当然不同，两人一见对方都是青春年少，难免尴尬一阵儿。

那天夜里，辛元龙、奎林和额森特三人点倒守护花园地窖的家将后，海兰察潜入地窖，为了防止红艳惊叫，他出手疾点红艳的哑穴，夹在胳膊上，穿廊走院。在辛元龙等人的掩护下，跃上高墙消失在黑暗之中，一直到郊外的慧瑛那里，根本就没注意到红艳的容貌。现在一见是个娇小玲珑、模样俊俏的少女，才有些不自在起来。红艳也是满脸红晕，明眸流星般一闪，贝齿微露，莺鸣凤唱般地问候几句就退下去了。

单鹏飞异常热情，奉茶之后，又要家人准备酒席，两人兴致极高，慢慢攀谈起来。

"大人可谓年少得志，前程不可限量，可不知为何不在京师中任职，以图大展，却到这僻静之处？"单鹏飞客套一阵儿，见海兰察气宇轩昂，没有一点猥琐的样子，随便了许多。话锋一转，问到令他疑惑不解的问题。

"这个——实不相瞒，在下原是想回索伦部，但天不从人愿，皇上下旨要在下到这里，君命不可违，也是无奈。"海兰察颓然长叹。

"唵。"单鹏飞目光一闪，想了想又说，"像大人这样年少且战功卓著的人，当今皇上一定是格外看重。到这里是有意历练大人一番，以便日后提拔。"

"在下倒是不计较这些，征战准噶尔，并立下小功，也算不负皇恩。按理说朝廷理当体恤，让在下回归故里……"

"是啊，大人以国家社稷大业为己任，戎马倥偬，是应该回乡与家人团聚，共享天伦。"单鹏飞也叹了口气，同情地说。

"多谢老伯的美意，"海兰察苦笑了一下，又说，"其实在下无一亲人可聚，到哪里还不是一人踽踽独行。"

单鹏飞听了，才知道触动了他的身世，自己心里也情不自禁地徒然一酸，凄凉地说："唐突得很，给大人徒加伤感。"

"哪里哪里，老伯但说无妨。老伯出自书香门第，学富五车，日后还要多多讨教，如蒙不弃，可否结为忘年之交，令在下时时能聆听赐教？"

"大人严重，赐教不敢当，有道是种瓜得瓜，种豆得豆。学识一说，各有所长，大人如此抬爱，那么日后不妨相互切磋。"

酒过三巡，谈意更浓。

"依老伯之见，何谓清官？"海兰察正色问。

"先天下之忧而忧，后天下之乐而乐，以治国安民，为万民谋福祉的自然是清官。"

"不错。那么臣为君设，为臣者奉君命行事也是天经地义，再以不谋私利而律己，自然就是清官喽？"

"不然，此一说老朽可不敢苟同。"单鹏飞摇了摇头。

"那么依老伯之见呢？"

"清官与忠臣不可同日而语。忠臣之中的愚忠于君王有利，于百姓无益。"

"在下倒是想听听高论。"海兰察神色庄重，肃然聆听。

"大人自幼可曾读过诗书史籍？"

"惭愧，不怕老伯见笑，自小双亲故去，哪里还有读书的福气，能够苟全性命就算不错了，对诗书一道实在是一窍不通。就是对世态人情也是浅薄之至。"海兰察直言不讳。

"是这样。"单鹏飞沉吟了片刻，开了口，"臣的职分应为民也，非为君也，为芸芸众生也，非为一姓也。"

"君为天子，自然代天行道，忠君就是为民，不是么？"海兰察奇怪地问。

"天子之尊，非天地大神也，皆人也。自古以来圣明天子不世出，而昏聩天子倒是比比皆是，奉天承运纯属无稽之谈。以隋元两朝为例，君主以天下之利尽归己有，以天下之害尽归于人，荼毒天下之肝脑，离散天下之子女，敲剥天下之骨髓，供一己之淫乐。这样的君主是行天意么？"单鹏飞朗朗说。

"如此说，那天意又是什么呢？"海兰察平生第一次听到这样的道理，觉得十分新鲜，又似是而非。

"天意即民意。天理正从人欲中见，人欲恰好处即天理也。向无人欲，则亦无天理之言矣。"

海兰察听了既震惊又欢喜。惊的是这一番道理从前闻所未闻，乍听起来简直是大逆不道，可细想之下又不无道理。喜的是有单鹏飞这么学识渊博，又肯以诚相待的忘年之交，只要自己不耻下问，日后一定受益不浅。

"可是在下身为朝廷命官，对朝廷之命不能不身体力行，一旦两者有了冲突，该如何呢？"

"桃李不言，下自成蹊。大人重任在肩，却又身不由己，只要洁身自好，鼎力而行，也就上不负苍天，下不负百姓了。既然上命违拗不得，回天乏术，不妨退避三舍。有道是：世人皆浊，唯我独清；世人皆醉，唯我独醒。"

"老伯这一番至理名言可谓振耳发聩，赛过灵丹妙药，使在下茅塞顿开，恳请日后还要不吝赐教。"海兰察语出肺腑，神态至诚。

"大人言重了。今日能屈驾寒舍，真是蓬荜生辉……"单鹏飞也是情真意切。

隔壁房间里，红艳和丫头小翠伏墙谛听。

就在海兰察忙于回拜各级官吏、结识名人义士、了解风土民情时，满迪闷在府中愁眉不展。在海兰察离京赴任的路上，吏部尚书尚阿力的信使，带着尚阿力的密函，来到了卜奎副都统府邸。

密函中先是说到皇上派海兰察到卜奎的目的，并非朝廷信不过满迪，这只是笼络海兰察的一个手段。叫他也注意海兰察，遇事多长个心眼儿，最有用的人往往是最需要提防的人。另一方面提醒他务必善待海兰察，闻名遐迩的勇将，也是皇上特荐的官员，来势不小，与其对立和冲突，只能有弊而无利。所以，和好为贵，抛弃成见，不要再惹出事端。最后特别强调注意官声，该收敛的地方一定要收敛，不要再像以前那么使劲儿地盘剥地方官吏，让他一定约束住瓦力格……

看完了密函，他犯了难，自己父子在本地的名声实在不佳。街头传诵着一句话：爹好财贪杯，儿好色不醉。这是大人小孩人人皆知的事儿，就和嫩江水一样，流多长就传多远。海兰察真的有心抓自己的把柄的话，那太容易了，什么搜刮民财呀，勒索官吏、巧取豪夺啦等等，太多了，有如绵羊似的，抓哪都是毛！

夜半客来茶当酒，不是冤家不聚头。怎么偏偏让这小子到这来了呢？他又生尚阿力的气，身为吏部尚书，怎么就老是受阿桂的摆布呢？还有温福，什么内大臣，军机处行走，走个屁！越走离皇上越远，两个加一块儿就顶不过一个阿桂？！他们不是明明知道自己与海兰察的纠葛吗，怎么就不拦一下呢？埋怨了一阵儿，还得静下心来，分析一下眼下的状况，找应付的办法。

他想到了皇上的脾性，又突然体谅起尚阿力和温福二人。是啊，光说他们无能软弱也不行，他们那差事也难着呢。伴着个笑面虎，那日子也是提心吊胆，皇上那阴晴不定、深藏不露的性格和先皇大不一样。事实上也是这样，人们都怕笑着杀人的人，而在震怒下受罚的情况，人们都已司空见惯，淡而无奇了。

那么，海兰察位低于自己，不过是记名副都统，除了操练兵马和巡境维护治安外，就不用麻烦他了。他又是初来乍到，羽翼还没有长出来，加上年幼无知，哪知官场的诡诈险恶。怕他何来，他分析到这里又振作起来，是呀，本都统怕个啥呢？海兰察能抓住什么短处呢？此地大小官吏名流都与自己交情甚厚，有谁会舍弃一个正二品副都统，去攀附一个乳臭未干的三品记名副都统呢。退一万步说，假如海兰察不尽释前嫌，执意作对的话，就是打到了朝中，兵部吏部和理藩院，都有人为自己撑腰。就是捅到皇上那里，皇上怎么也要顾及点后宫的面子……

他豁然开朗，越琢磨越高兴，对呀，他猜到了皇上的心思，自己是担负着监视海兰察的责任啊！要不，皇上也知道自己和海兰察的过节，却偏偏派海兰察来这里，那是放在别处不放心呀。皇上毕竟是皇上，深谋远虑啊，到底是族亲。自己呢，食君俸禄，为君分忧吧。唉，做一个忠臣，特别是一个能臣，就是要累点啊……

　　心绪一开朗，愁雾变成了祥云。他打算先采取两个步骤，一是约束儿子和属下注意检点，不惹是生非；二是对海兰察的礼义不妨逾越长度，观其所好，再定对策。哼，人非草木，孰能无情。难道海兰察就不食人间烟火，不懂怜香惜玉么？人非圣贤，孰能无过。抓住了一点把柄，一切就好办了，这样一个娃娃将军，还不任自己玩弄于股掌之中。他乐颠颠地想。

　　第二天，满迪在副都统府设宴为海兰察接风洗尘，请来卜奎城参领以上的官员，还有当地乡绅作陪。

　　瓦力格同一名叫成德的副参领坐在边席，斜眼望着主桌上的海兰察。

　　"诸位，蒙天眷佑，我大清国运昌盛，四海升平。海大人这次来卜奎就职，实在是百姓之福，也卸去了本官许多军务重负，本官深感宽慰……"满迪干巴巴笑了几声，啰嗦了一堆枯燥无味的套话，算是开场白。

　　"是呀，海大人年纪轻轻得以重任，日后的前程不可限量啊。"

　　"以大人的威名，卜奎至呼伦贝尔的驿道该会平静许多，商贾们该安下心，高枕无忧了。"

　　"……"

　　众人开始七嘴八舌，把那些阿谀奉承、胡吹乱捧的官场习气泼放出来。转眼间，几杯酒下肚，会宴上乌烟瘴气。不论官员还是商贾，勾肩搭背，挤眉弄眼，故作媚态。描绘出他们平日沆瀣一气、坑蒙拐骗、鱼肉百姓的群丑图。

　　"诸位，敝人初来此地，人地生疏，日后许多不周之处，还要请各位赐教。卜奎城是内地与呼伦贝尔、喀尔喀蒙古的通衢之地，敝人当恪尽职守，上不负皇恩，下不愧对百姓。"海兰察皱着眉环顾全场，讲了几句客套话。

　　"海大人不必过谦，大人在宫中伴随皇上，在繁华京师驱逐匪盗，声名远扬，我等亦有耳闻。相比之下，倒是我等身居这闭塞之地，孤陋寡闻得很。"

　　酒席没散，满迪兴致勃勃地对海兰察说："请到后面看茶，敝人还有话要与海大人商谈。"

　　"满大人客气，卑职年少不经世事，还望多多指教。"海兰察客气道。

　　两人走出门来，满迪手指后院又说："如果大人有兴致，不妨到后面花园一游，敝处虽然简陋，花园倒还雅致。"

　　"满大人如此盛情，卑职敢不承情，恭敬不如从命，请。"海兰察欣然向往。他不时闪动着炯炯有神的眼睛，四下顾盼，心中一阵惴惴不安，偷眼瞟了满迪一下，见对方丝毫没有注意自己，才放下心来。

走过长廊，出了一个圆形门，来到了花园。山石古松，溪池清澈，花卉不多，时令所致。他久居皇城，什么御花园、什刹海等见得多了，本来不会把这些放在眼里。可在这卜奎城中，还没有见过比这更优雅的地方，所以，也就平中见奇了。

两人亭中落座，侍女端上茶水瓜果，满迪将话转入正题。"海大人，你我同朝为臣，又一地为官，今后共事理当情同手足，肝胆相照啊！"他故作感慨，试探着这个初生的牛犊。

"满大人见外了，卑职既为大人的同僚，就有全力辅助之责。如有吩咐，卑职从命就是。"

"哪里哪里，海大人见怪了。"满迪心中暗笑，嘴上却说，"你的为人与才干，老夫心如明镜，只是……担心你年少稚嫩，易受蛊惑，倘若一时气盛鲁莽，可对前程不利呀。老夫将是已槁之苗，垂暮之人，何惧其他，只是为你着想啊。"

"大人金玉良言，卑职铭刻于心，今后尽心军务，秉公守法，大人放心。"海兰察铿锵有力地说。

"海兰察，接招！"随着一声娇喝，一枚飞镖流星般迅疾射来，破空声中可以看出劲力不小。海兰察不假思索，右手平起，两指夹住飞镖，两眼向假山后望去。

"敏日娜，不许胡闹！"满迪冲着石山后喝道。

"咯咯咯，嘻……"一阵悦耳的笑声，一个如花似玉的少女从石山后闪出，正是海兰察时常思念的敏日娜。

海兰察起身站起，愣愣地望着敏日娜。敏日娜收起镖，飞眼瞟了瞟不知所措的海兰察，扭身而去。

海兰察茫然目送敏日娜远去的身影，这才发现满迪用异样的目光盯着自己，顿时面红耳赤，尴尬之极。

"哦，老夫要告诉你一个消息，几日后，川北的大土司索诺木和僧桑格又要来了。"满迪开口打破了沉寂。

　　"敢问满大人，此二人远在四川，来此何事？"海兰察瞬间恢复了常态。

　　"这个你有所不知，自从呼伦贝尔甘珠尔建庙之后，朝廷赐一部《甘珠尔经》，由后藏扎布伦寺和塔尔寺的大喇嘛住持了开光仪式。这样，藏区的喇嘛、土司每年都要来甘珠尔庙参加法事大典。理藩院早有公文，要各地官吏、驿站妥善安排衣食住行和安全。"

　　"这有何难，大人着令下属办就是了。"

　　海兰察说得很轻松，不以为然。

　　"没那么简单，他们一路北来，路途遥远，每次都有百十名土兵和几个番僧护卫。去年在此逗留其间，执意要与满洲勇士比武，伤了不少兵丁，就是瓦力格也伤得不轻。"

　　"如此蛮横，那这次卑职倒是要领教领教。"

　　"异域的客人，虽然不宜得罪，可也不能让他们小看了我们。你来卜奎，让老夫了却一件难事。"满迪看着海兰察，惬意地笑了起来。

　　时值午后，草虫嘀鸣，蛙声阵阵。满迪笑吟吟地送走了海兰察，叫家丁去喊儿子瓦力格，为这个几天不惹事端就生病的混账敲敲警钟。

第三十四章

　　秋日的兴安岭，白桦林随风摇曳，犹如粉黄色的小舟，在松针叶墨绿色的波浪中漂游。几颗千年古松在陡峭的悬崖，佝偻着身体向峡谷中的驿道张望。

　　一队人马爬上了岭顶，几十名服饰各异的人下马，站在习习的山风中说话。

　　"塔参领，呼伦贝尔物华天宝，钟灵毓秀。本土司虽然说数次来此参加甘珠尔庙佛事大典，却一直取道喀尔喀，很少走这条路。"一位身材魁梧，身着藏服的中年大汉用马鞭指着岭下万山丛林说。一对牛眼的下角长着小小圆圆的一个肉瘤，随着说话和脑袋的摆动不停地颤动，酷似秋日中遥遥坠落的刺梅果，不知什么时候会掉下来。

　　"土司大人又不是初次来呼伦贝尔，何以有如此感慨？"索伦部副参领塔尔干奇怪地问。他奉副都统图海之命，率领一队索伦兵护送朝佛归来的川北大土司僧桑格，想想即将到卜奎城，与分别两年之久的海兰察见面，心中十分高兴。蓦然间听到这位骄横的大金川土司说出这样的话，很是意外。

　　"塔参领有所不知。"随同一齐来的小金川土司索诺木，接过话题说，"大小金川虽然也是山林草原，但和呼伦贝尔无法相比。此次之行，敝人同僧桑格大土司细细看过呼伦贝尔。这大兴安岭绵亘千里，宛如巨龙盘卧漠北，养护千里草原，使呼伦贝尔和喀尔喀数千里沃野得以风调雨顺，富甲一方，宝地呀。"

　　"这就叫敝人不明白了，大小金川方圆八百里，二位土司统领十几万部众，也算是雄踞一方的豪门巨贾了。"塔尔干疑惑不解。

　　"不然，大小金川万山沟壑，地理险要至极，而富庶方面就不能与呼伦贝

尔相提并论喽。"索诺木叹息一声，贪婪地眺望四周。

　　一个红衣番僧撒过一泡尿，顺手一掌，拍断一棵车辕粗的落叶松干，树干飘落谷底。几十名索伦兵一见脸色大变，塔尔干笑脸一收，拂然不悦，说道："大师何必？上天有好生之德，佛陀旨意也是庇佑苍生。"

　　僧桑格一见忙说："罢了，塔参领，上路吧。本土司急着要见识见识海兰察。"

　　马蹄声碎，几十匹骏骑从蜿蜒的山道奔驰而下。

　　"土司大人对海兰察很有兴趣？"塔尔干在颠簸的马上问。

　　"辉特部台吉巴雅尔是西域少有的一条硬汉，与本土司有一面之缘，说老实话，敝人很看重他。不想……竟然被……"僧桑格不相信似的摇着头，脸上那颗肉瘤又开始左右摇晃。

　　索诺木插话道："敝人也是这样认为，如果清军不是使诈，不会轻易俘获巴雅尔。"

　　"清军？！"塔尔干皱起眉头，惊异地望着索诺木那有一条刀疤的长脸。

　　僧桑格面色一沉，怒视索诺木。索诺木自知失口，忙不迭改口："朝廷，是朝廷兵马。"

　　傍晚，一行人马驰过诺敏河，到了卜奎地界。前面的哨卡冲出一队骑兵，为首的骁骑校挥手挡在路口，上前喊道："来者出示官凭路引！"

　　打头的一名番僧冲到骁骑校面前，哪管对方的询问，挥手一掌，打得那个骁骑校像断了线的风筝一样，从马上飞出老远。后面的兵马顿时大哗，七八人举枪持刀嗷嗷叫着冲向番僧，后面十几名兵丁拉开绊马索，弓箭手搭箭上弓，如临大敌。

　　红衣番僧徒手斗了几个回合，侧身从鞍后取过一柄禅杖，呼呼抢起。塔尔干飞马赶到，以刀架住禅杖，向众人喝道："川北大土司到此，还不住手！"塔尔干常来卜奎公干，许多兵士都认识，一看塔尔干的身影，纷纷跪下参拜。

　　僧桑格和索诺木也赶到了近前，以藏语说了那红衣番僧几句，红衣番僧悻悻退后。

　　望着怒目敌视的众多兵丁，僧桑格责怪了红衣番僧后，讪讪说道："塔参领，此误会全怪本土司的侍卫，惭愧惭愧。"

塔尔干气冲冲下了马，吩咐一位佐领几句，众兵丁抬走负伤的骁骑校。

信骑飞奔卜奎城，传报土司人马到。

卜奎副都统府。满迪召集海兰察和几名参领商议，他听了信骑的传报，又气又怒。气的是僧桑格和索诺木一点面子不给，每次来都要大小闹出点事。去年来的时候，酒席之间非得闹着要与满洲武士切磋武功，切磋也可以，都是战场上厮杀出来的武将，比比何妨。但友方比武下那么重的手干啥？连自己的儿子，堂堂的参领瓦力格也不顾忌，硬打成重伤！这些不开窍的蛮夷，简直是欺人太甚，他甚至怀疑，这些人臣服大清是不是真的。愁的是朝廷偏偏纵容他们，对那个不毛之地的金川土司如此恭敬溺爱。理藩院三番五次行文，要各地官吏以藩王礼节款待，尊重其习俗。什么习俗，不就是骄横打人吗？

"诸位，行馆都安排好了，本都统说过如何把这些邪神安全送走，是我等的大事。万万不可在卜奎境内弄出是非，一旦对方无礼，还是忍让为好。"满迪口气低调，像是无可奈何，眼角却瞟向海兰察。

"大人，哨报说番僧又出手伤人，卑职咽不下这口气。"一名参领愤愤说。

"我大清乃礼仪之邦，这蛮夷如此嚣张，我们一味退让也不是法子。朝廷不准我们失了礼仪，又没说让我们只挨揍吧？"又一个副参领插话。

"对呀，话可以这么说，但总不能同客人翻脸，更不能明火执仗。"旁边转出敏日娜，银铃般的声音吸引了众人的目光。

"敏日娜，别胡闹。这是众将议事，下去。"满迪一见是女儿，皱了皱眉，呵斥。

"不要打岔，待我把话说完。"敏日娜在满迪面前骄横惯了，自顾自地说，"方才鄂参领说的极是，我们不能只挨揍啊。照常理讲，比武切磋受了伤是在所难免的事儿，只能自怨学艺不精，自认倒霉。这就好办了，我卜奎八旗军中不乏武功高强之士，借以切磋的机会，教训他们一番，于理于义都说得过去，他们就是吃了亏，也是狗咬刺猬——无处下嘴。不失礼仪，又叫他们晓以利害，灰头土脸走人了事儿。"说着撇了默不作声的海兰察一眼，莲步轻移，径自走去。

一语惊醒梦中人。众人顿时恍然大悟，纷纷注视海兰察，瓦力格和另一名武功高强的佐领。

　　"海大人，两个番僧十分了得，卑职去年就是吃了他们一记须弥掌，至今琢磨不出破解之法。"瓦力格心有余悸地说。

　　"此掌法是佛门绝技之一，不过由于教派不同，内功路数各异，红衣和黄衣大多属密宗一派，与中原武林的禅宗大有不同。"海兰察沉思着说。

　　"那么哪个更厉害些呢？"有人问。

　　海兰察笑了笑，道："这如何说呢，就好像在问同门的两师兄弟，谁的功夫更高明一些一样。"

　　满迪游移不定的眸子在海兰察身上转动，心里慢慢踏实下来。

　　入夜，副都统府灯火辉煌。

　　四周兵丁林立，人影匆匆。

　　大厅内，高朋满座，嘉宾盈席。几张八仙桌上，摆满山野菜蔬、珍禽野味。

　　僧桑格和索诺木一见满迪如此盛情，既高兴又疑惑，回想起去年满迪一副冷冰冰的样子，不知今年何以这样热情。几杯酒一下肚，傲慢狂悖的秉性又显露出来。

　　"诸位，"僧桑格等满迪和众官员说得差不多了，推开酒杯，站起身说道，"从呼伦贝尔到卜奎，本土司看到的是牧野千里，牛肥马壮，农桑并茂，商贾兴旺。好一处宝地呀！"

　　众官员听此赞誉，心中都十分受用，竖起耳朵静听下文。僧桑格话锋一转，令大家吃惊的话冲口而出，"不过，本土司不明白的是满蒙索伦和我藏民一样，同属边塞草原部族，何以杀戮准噶尔子民，同室操戈呢？"

　　僧桑格语惊四座。

　　满迪勃然变色，众人也是满面愤激的表情。瓦力格大声喝道："土司狂言，准噶尔叛逆抗拒天朝，不该伏诛么？！"

　　"土司大人，我等既是一朝为臣，共事一主，岂可浪言罔上，这不是数典忘祖吗？"

　　"如此悖谬之言，你知罪么？"

　　众人一哄而上，斥责僧桑格。

　　谁知僧桑格微微一笑，道："怨本土司失言，方才讲的是有误谬。本土司要说的是朝廷兵马横扫准噶尔，杀了叛臣首恶也就罢了，却使准噶尔生灵涂炭，民不聊生。这难道不是实情么？"

此言一出，众人听出僧桑格是在狡辩，却也不是没有一点儿道理，于是不再说什么，都看着满迪。满迪扫了两个土司一眼，正色道："土司大人不要忘了，普天之下，莫非王土，率土之宾，莫非王臣。既然是失言，我等也就说不出什么了，只是朝廷如此厚待金川，看重诸位土司，望日后切记，不要乱吹法螺，招惹麻烦。"

僧桑格尴尬至极，扭头瞅了瞅索诺木。索诺木会意，站起身开口道："诸位，承蒙卜奎同僚抬爱，如此隆重款待，本土司深表谢意。诚邀诸位大人到金川一游，也让本土司一尽地主之谊。只是年迈体弱者最好不要去，金川地处高原，冰雪终年，空气稀薄，就是此地的马匹怕是也力不能支。不过，本土司会备上坐骑恭候各位。"

索诺木一席话哪里是邀请，分明是挑衅，满座官员骚动起来，刚刚平息了的气氛骤然又紧张起来。

僧桑格斟上酒，一招手对身后的红衣番僧说："措列大师，你替本土司敬满大人一杯。"

海兰察一看这红衣番僧的袍角无风自动，太阳穴骤然鼓起，知道此僧是内家高手，开始戒备。傍晚，塔尔干和海兰察一见面，谈起僧桑格一行，说到了红衣番僧在呼伦贝尔力挫群雄的事情，他就知道遇到了高手，师父在世时曾告诉自己，佛门武学在中原和藏区的分别，以及各自取得的成就。

红衣番僧面如僵尸，手捧酒杯，暗自用力。一瞬间，杯中的酒水变得灼热，有如沸水，竟然还冒出热气。满迪也是习武出身，虽然功力不是很高，可还是看得明白。接下这杯酒不在话下，但这杯近似开水般的滚烫的酒，他没把握喝下去，不喝又下不了台。这种场合是示弱不得的，他略略迟疑了一下，一咬牙，伸出手去。突然，中途伸过一只手，抢先握住递来的酒杯。满迪一看是儿子瓦力格，心中大慰，还是儿子啊，他想。

瓦力格知道番僧一定邪门，不肯让父亲涉险，立身而起的同时，提上一口气，抓向酒杯。一抓之下，仿佛抓住了滚烫的山石，纹丝不动。他也默不作声，将全身的功力提到极致，与红衣番僧争夺酒杯。在外人看来，敬酒与被敬之人静静地站在那里，似乎在推让。行家眼里，则是一场内力的争斗，转眼间，酒

杯推到瓦力格胸前，一副敬酒不吃的样子。瓦力格已满脸通红，窘态尽露。

"满大人年事已高，不胜酒力，还是敝人代劳吧。"话音没落，海兰察出手抢上，握住了酒杯，一指点中瓦力格手臂上的养老穴，瓦力格才撤回手。

海兰察说话间催动内力攻去，酒杯迅速移到红衣番僧胸前，红衣番僧大惊，斜睨了对手一眼，另一只手按在桌面上。海兰察低眉一看，紫檀木八仙桌凹下半指。他笑道："密宗大手印，大师果然好功夫，只是火候稍差了点儿。"言毕，另一只手也随他一样，在他按过的桌面上按了片刻。等他抬起手，众人都大吃一惊。红衣番僧留下的五个指印荡然无存，桌面上的那一块下凹一指深。

红衣番僧不再是昏昏欲睡的样子，瞪圆了两眼，上下打量海兰察。

"大师乃是远道而来的贵客，哪有让客人敬酒的道理，还是由敝人代满大人敬大师一杯吧。"话一说完，酒杯中的酒水变成一道水柱，自下而上射出。番僧猝不及防，满脸都是酒水，哇哇大叫。僧桑格和索诺木也吃惊不小，先是喝止住暴跳如雷的番僧，注视着海兰察点了点头道："久闻大名，今日得以相见，唵，不同凡响。看来传说不谬，阁下并不是浪得虚名。巴雅尔败给阁下，也算虽败犹荣。"

第三十五章

　　红衣番僧与另一个伙伴以藏语嘀咕了几句，双双走出大厅，立于大院之中。

　　索诺木起身说："各位，酒菜用过，不胜感激。这大小金川的大师有意要和海大人切磋兵刃上的功夫，依本土司看，诸位不妨都看上一眼，为今日的盛会增添些雅兴，如何？"

　　看到海兰察占尽上风，卜奎的官员们都松了口气，也想看一看这个年轻的副都统到底有多大的道行，所以轰然叫好，性子急一点的，已经向院中走去。

　　秋月凝空，万籁俱寂。

　　宽敞的大院中，兵丁们点着灯笼火把，官员们立身四周，兴致勃勃。

　　两名红衣番僧早已立好门户，刚才比拼内力的番僧手持一柄禅杖，另一瘦僧只是空手站着。

　　"两位前辈小心了。"海兰察知道两位番僧年长，自恃身份，不会先出手，所以说了声，举剑刺去。一招风卷残云，剑尖洒下漫天剑花，接着又是一招拨草寻蛇，快如闪电，分袭两人的上盘和下盘。一招三式，朝两人的要穴刺去。两个番僧一个禅杖飞舞，寒光霍霍，一路伏魔杖法展开，另一人大袖一展，一股劲风已然扑面。海兰察面颊在劲风中生疼，心里惊讶无比，原来这一直默不作声的瘦老头才是大敌。他抖起精神大喝一声："大师是真人不露相，铁袖功果然厉害。"他一剑逼退使禅杖的番僧，左手使出八成功力，一掌向瘦僧击去。两股劲力相接，轰的一声，海兰察退后两步，瘦僧原地晃了晃，仍然惊异地怪叫一声，惊愕地盯着海兰察。海兰察瞬间略感心胸闷涨，气息不顺，边化解禅

杖凶猛的攻势，边调理内息。此时他才明白，那瘦僧为什么怪叫，自己可能是在他铁袖功下很少没受伤的对手之一。

使禅杖的番僧太急于求胜，三四十斤重的禅杖抡得呼呼作响，倚杖重兵器的优势，恨不能将对手立毙于杖下。瘦僧则不急不躁，稳扎稳打，铁袖功的力道，任凭海兰察卓越的轻身功夫，亦步亦趋，不离左右，使海兰察一时顾左又顾右，身法受制，迷幻剑的精华施展不开。他急躁起来，有几次看准使禅杖番僧的空门，正欲痛下杀手，那瘦僧的铁袖功劲力悄然而至，使他不得不撤招自保。此时，他才彻底明白，两个番僧一阴一阳，一反一正，起到了互补互助的作用。这样打下去，最后得益的是那个瘦僧。

百十招一过，海兰察虽然自知玄功心法未成，轻易不敢强用，可眼下到了紧急关头，顾不了许多，纵身退后两丈，在极短的一刹那间，默运玄功，准备冒险一试。

两个番僧已占上风，哪里容他喘息时间，疾随而进，也准备施加杀招。

僧桑格眼见两个番僧占了上风，笑容绽开，对身边的满迪说道："满大人，如果此时海兰察弃剑还为时不晚，免得伤了和气。"满迪哼了一声，淡淡地说道："土司大人言之过早，鹿死谁手还很难说。"满迪看出海兰察虽然暂时受制，但还没使出全力，所以嘴上很硬，心里却没有底。观战的众人此时都退到了很远，特别是那些文官更承受不住凌厉的掌风，畏缩在边角旮旯，以袍袖遮面，直是欲看不能，欲罢不忍。

得胜的猫儿欢似虎。使禅杖的番僧似乎认定胜券在握，有意卖弄，一柄禅杖舞得漫天杖影。瘦僧依然不紧不慢，只是袍袖不挥则罢，一挥之中必凝千斤之力。

海兰察强运玄功，虽然在闪转腾挪中，真力难以凝聚，但此时已到了六成功力。一见使禅杖的番僧如此狂妄，心头火起，力透剑背，一柄宝剑竟然嗡嗡作响，泛着寒光，硬生生挡住劈头一杖。沉重的禅杖被宝剑削去一块，番僧大惊，没想到对方敢于用宝剑这样的轻兵刃硬接沉重的禅杖，并且削去了一块。他跃身后退，愣愣地察看自己的兵器。海兰察趁这空档，脚踏游龙步伐迎上了瘦僧。瘦僧一看伙伴受挫，有些着急，双袖一甩，鼓如圆筒的大袖发出更为强劲的力道。劲风所至，墙上的脊瓦纷纷破碎，靠墙站立的几个兵丁，也被击飞，重重摔在地上。海兰察不退反进，将内力凝聚于剑尖，只听"刺刺"一声，剑尖穿过袖风的劲力，将瘦僧的袍袖搅成碎片，随地上的尘土与落叶一齐漫天飘舞。

"大师留着双掌转动法轮吧！"海兰察大声喝道，刚才一招险棋让他头上沁满汗水。瘦僧内功被破，哇的喷出大口鲜血，颓然坐地。使禅杖的番僧怒吼着挥杖击来，海兰察轻轻用剑搭在禅杖上，番僧顿觉千斤之力压在杖上，竟然转动不得，他倒抽口冷气，像见了鬼似的望向海兰察。

"大师见笑了，真正的密宗玄功是这样的。"言毕，剑尖一扬，那把沉重的禅杖被挑入空中，番僧僵尸般站在那里，呆若木鸡。

日月如梭，又到了草长莺飞的日子。

海兰察在卜奎整日操练兵马，维护一方治安，兴安岭栈道的惯匪由于惧怕他的威名，或逃窜或藏匿，卜奎城方圆二三百里一片夜不闭户的景象。

官民相安无事，市井秩序井然，满迪也轻松起来。唯独瓦力格参领心情十分郁闷。当初海兰察来卜奎上任时，他心中就很矛盾，也很痛苦。准噶尔平叛，争功不成反受罚，真是颜面丢尽，虽说停俸一年微不足道，不靠那点可怜的年俸，照样可以花天酒地、挥霍无度。问题是心中的烙印是无法愈合的。如果说这个创伤在日后的岁月流逝中，日渐愈合的话，那么，一见到了海兰察，并一地为官、朝夕相处时，又开始流血了。

他有碍于父亲的严令，不得不伪装出一副笑脸，毕恭毕敬地与这位年轻的上司小心周旋。这半年多时间里，他还真是少有地办完公务后，闭门不出，和几个狐朋狗友喝酒消愁。

不久，他又发现事情并不是像父亲所说的那么严重。海兰察也算客客气气，悄无声息地履行公职，没有显现出半点骄横刁难的样子，甚至比自己还小心。他觉得自己和父亲小题大做，过分得胆小了。不错，卜奎城里，他们父子经营了多年，已经根深蒂固，哪有外人——尤其是这个初生牛犊卖弄的地方？他的胆量又大了起来，海兰察除了武功高强，立了少许战功以外，也没什么过人之处，不过是个平庸之辈嘛，自己太胆怯了。这样胆小岂不让属下认为自己懦弱无能，丧失了英雄气魄和胆识？

他准备办自己琢磨已久的一件事情。

前不久，一个偶然的机会，他看到了老学究单鹏飞的千金，也不过是瞬间

的一瞥，就犹如叫人掏走了五脏六腑一样，心里从此空空荡荡。一天到晚，魂不守舍，寝食不安。在自己的治下，卜奎城中，何时有这样一个绝色女子，自己却懵然无知。这么个尤物不拿到身边享用，岂不是暴殄天物？

叫家人打听之后，听说是老学究单鹏飞的千金，使他倒抽了一口冷气。那可是个毫无媚骨，拿着个树枝，金钗都不换的倔老头。那满腹叫佛像都腻歪的经论，给那瘦瘦的骨架镀了一层金，使许多文人墨客为之赞颂，名声不小呢！对这种人最难办，金银不行，权势更行不通，老家伙背诵大清律令如数家珍。要说人品呢，不要说自己妻妾俱在，就算是个童男，风传的那些花街柳巷的风流艳事，也叫人作呕三天。

明媒正娶，那简直是笑话。

前些天派去说和的人被老头怒斥而回，证明除强制手段以外，别无选择。可怎么强制呢？自己是堂堂三品命官，公然强娶民女成何体统，父亲也会坚决不许。弄不好的话，怕会波及其他，皇上也好，朝廷那些人也好，为了天下的安稳，往往在必要的时候喜欢借别人的脑袋，这又不是没有先例。不防着这一点是不行的，实在是令人不寒而栗。——再说，这里现在又多了个海兰察，不能不有所顾忌。谁敢保证他就没有四处寻觅自己父子的劣迹，参倒别人取而代之呢？

"大人，此事只可智取，不可强行。"心腹家人早已看出他的心思，殷勤献计。

"什么意思？"瓦力格歪头狞笑问。

"嘿嘿，大人忘了么，单鹏飞老眼昏花，红艳姑娘手无缚鸡之力，大人还不是手到擒来？"家人媚笑着提醒。

瓦力格牛眼一瞪，随后又眉头一皱，说："好倒是好，可以后怎么收场，这可是个大活人啊？"

"这有何妨？"家人又说，"这书香门第不比寻常百姓，名声比性命还要紧。红艳姑娘落在大人手里，就由不得她了，霸王硬上弓，生米做成熟饭，等姑娘点了头，就是告诉了倔老头，他也是无可奈何。"

"只是这一闹，这老头肯定报官。"瓦力格还是不放心，又想到了父亲那张严厉的脸。

"哼，报官还不是报到咱们这里，我们就查呀，假戏真做，保管叫那个只会吟风弄月、空有一腹笔墨的老糊涂信以为真……"

"对，好主意，就这么办。"色胆怂恿着瓦力格的勇气，淫荡之心终于压住了那点恐惧。

一个细雨霏霏的夜晚，海兰察应约来到单鹏飞宅中，两人独处一间书房，边饮酒边热烈攀谈。

"不错，老伯言之有理，在下也以为富贵不足道，只要适意耳。"海兰察呷了口酒，继续说，我索伦部百十年来为大清朝，为天下百姓终年征战在外，为的不是什么荣华富贵，不过就是以求天下安宁，万众安居乐业。到了那时，我索伦部众也好解甲归田，免去风餐露宿、鞍马劳顿之苦，共享清平之乐，岂不是皆大欢喜。届时敝人约老伯去索伦部居住，如何？"海兰察盛情邀请。

"老朽谢过。"单鹏飞笑了笑，又说，"海大人所说的老夫也颇有同感，凡天下有谁不思清平乐世，可叹的是四海总有不平，战乱时起。而朝廷每每催促只有万余的索伦兵出征，而让二十几万的满洲劲旅修身养性，老夫对此一直是念兹在兹。"

海兰察听了沉思良久，定了点头道："确实如此，不过……朝廷对我索伦部确有厚爱。"

"是么？愿闻其详。"单鹏飞问。

"康熙五十七年，索伦部山水突发，冲没人口牲畜及房屋地亩，朝廷拨库银数万两。雍正六年，索伦部地震，朝廷拨库米一万石接济。乾隆六年，索伦部水灾严重，朝廷又……"海兰察如数家珍，一件件说下去。

"那么，索伦将士毙倒荒野，马革裹尸，丧父失子的孤儿寡母比比皆是，又如何解释呢？"单鹏飞问。

"这个……"海兰察眨了眨眼，一时语塞，奇怪单鹏飞为何问起这些，只好说，"食君俸禄，为君分忧吧。"

"哈……"单鹏飞仰天大笑，海兰察困惑不解地瞅着他，正要问个明白。猛然听到外面西侧厢房传来一声惊叫，他倏然跳起身，纵出屋子。

第三十六章

海兰察出了门，几个起落，已到厢房门前，只见侍女倒伏在地，显然是被人点中了穴道。来人点穴功夫明显不到火候，竟然被侍女出口报了警。

海兰察知道是红艳出了事，腾身跃上屋脊，只见一人沿着树丛跑去，从身形上看是负重而行。他飞身扑去，身形在夜空中划出一道弧线，箭般泻去。身后传来单鹏飞呼天抢地的悲号，他更急了，厉声喝道："贼子还不受缚，本官要下手了！"说着，在奔跑中摸出一柄飞刀，正准备射出，黑暗中只觉几件利器破空而来。他手中没有兵刃，只好翻身避开，再举目张望时，四周空空如也，前面的人影无影无踪，投射暗器的方向也没有人影。雨淅淅沥沥地下着，春雨透出温暖的气息，但海兰察的心却冰冷，他恼怒异常，竟会有人在自己眼皮子底下抢人，并且有人半路接应，会是什么人呢？他带着满脑子的疑窦回到单鹏飞的宅居，他解开侍女的穴道，侍女战战兢兢地说："是……蒙面人抢走了小姐。"单鹏飞悲痛欲绝，愤然道："朗朗乾坤，竟然有这样的事，海大人……"

冷风一吹，海兰察脑子清醒了许多，他万分诧异，这种事是他来到卜奎城里第一次遇到的，不可思议不说，来人身手也不凡，又有同伙接应。到底是外来的游盗还是本地的活鬼，他决心查访清楚。

"老伯，你细细回想，近日中可有令人怀疑的事情发生？"

"大人说的是——"单鹏飞压制住悲愤，问。

"有关小姐的。"

"哦……对，是有一件蹊跷的事。"

"什么事？"

"那是数日前……"单鹏飞将瓦力格托人前来，要将红艳纳妾的事说了出来。

"老伯，此事先不宜声张，一切由在下查访。"海兰察仰望着漆黑的夜空，深思起来。细雨送来潮湿的气息，春雨贵如油，但这春雨似乎来得太早了些。

少女的心就像天上的云彩那样变幻莫测。敏日娜这些天来坐卧不宁，连侍女桂花也看了出来，小姐干什么都心不在焉，神思恍惚，肯定是有了什么心事。

从那年索伦草原盛会邂逅海兰察开始，到千里兴安岭路途中的恶战，他的影子就像彩虹那样，在她那少女心房中挥之不去了。闺房中难耐的寂寞，几乎就是在思念的遐想中度过的。母亲的早逝使她失去了唯一可以倾吐私房话语的人，伴随她的只剩下无可奈何的伤感和惆怅。准噶尔平叛后发生的事情，她也影影绰绰听说了一些，对哥哥瓦力格的人品和武功，她从小就了如指掌，所以听说瓦力格自称俘获巴雅尔，她感到害羞。虽然说都是一奶同胞，但她与生俱来的淳朴和良知，孕育出来的是善良和嫉恶如仇的秉性。在这一点上，不要说哥哥，就是和父亲相比，品行上也有天壤之别。在区分正义与邪恶的选择关头，往往和父兄截然对立，智慧的彩虹总是引导她向往美好的天籁之音，让她的身心乃至灵魂，时时都沐浴在美与善的天泉之中。

假冒争功，为人不耻。她暗恨父兄做事缺德，厚颜无耻。她已二十岁，在族人的少女中，已属大龄的姑娘。多少人家也想攀龙附凤，也有人想亲上加亲。说媒的人车水马龙，络绎不绝，有大户人家的纨绔子弟，有富贾商号的公子，也有世袭爵位的官宦人家。吏部尚书尚阿力就曾托人说媒，想迎娶敏日娜给自己一只眼的小儿子。满迪一听曾经怦然心动，虽然说那小子是个独眼龙，可其父毕竟是权倾朝野的吏部尚书，用处大着呢。然而，也许是念其女自幼丧母，他对她百依百顺，无有不从，加上敏日娜不仅天生丽质，自幼聪明伶俐，琴棋书画，弓马刀枪无所不好，并且悟性奇高，一点就通，比愚笨呆痴的瓦力格不知强多少倍。闲暇里，满迪不时叹息，如果瓦力格具备敏日娜的才能，那……

正因为如此，满迪不急于嫁出女儿，皇帝的女儿不愁嫁呀！他扬言必须由女儿相中才行，这一点上他一点不含糊，可见舐犊情深，视女为掌上明珠。

任性、执拗是敏日娜的头一个特点，这个特点在满迪多年的袒护下，就是

瓦力格也奈何不得，加上他自愧武功上也逊于妹妹，反倒畏惧妹妹三分。

海兰察留任京师，在皇宫当侍卫，敏日娜的思念之心罩上一层阴影。朦胧的爱慕之情，由于无处无人诉说而陷入不可自拔的痛苦之中。因为在她的内心里，从结识海兰察的那天起，冥冥之中便认定了自己的归宿。她桀骜不驯的性格让她鄙视那些暗怀缠绵之情，最终却悲悲戚戚，身不由己地嫁到异乡的软弱女子，与其那样，莫不如全力抗争，同命运抗争。她暗自揣摩了多少次，以自己的容貌和才华，更有一颗坚贞不渝的赤诚之心，相信可换取海兰察的爱。

置身皇宫在她看来和虎口差不多，且不说风险时时伴随，就是脱身之日也是遥遥无期，这怎么不让她愁肠百结呢？假如说准噶尔平叛的时候，她还祝愿海兰察战功显赫，得以高官厚禄的话，此刻，她宁愿海兰察舍弃高官，回归故里。每当这样想的时候，猛然间面颊发烧，慌忙四下顾盼，就像做了什么亏心事似的。是啊，一个情窦初开的少女，当不知心上人是否也钟情于自己，能否与自己结成伉俪，白头偕老之时，却背地里一厢情愿地做起儿女情长的打算来，真是羞死人！

皇天不负有心人，海兰察来卜奎了。

在卜奎副都统府，真是有人高兴有人愁。听到父亲和哥哥唉声叹气，时时一起嘀嘀咕咕，她并不以为然，甚至异想天开地想为他们调解，化干戈为玉帛。特别是那天在花园中见了海兰察那副痴情的样子，她是心花怒放，更是信心十足，有什么大不了的事情、解不开的疙瘩呢？

她跃跃欲试了。可是机会难得，一个少女怎么介入男人之间的争斗，况且，一方是自己的亲人，一方又是自己的心上人，这叫她彷徨起来。

夜里，她练功完毕，准备入睡的时候，听到院南角几声轻响，像是有人翻墙落地之声。她想或许是盗贼，提剑赶到了南院，凝眸细看，四处空无一人。一棵海棠树杈探出院墙外，随风唰唰作响。她飞身跃上墙头，定睛向外望去，也是空空荡荡。她不相信自己听错了，十分疑惑地又跳回院内，俯身往地下细看，只见细雨后蓬松的土地上，留着一双深深的靴印，还有两对较浅的印痕。她满腹狐疑地望着前面灯光闪烁的窗口，那是哥哥瓦力格的宅室，想去探问，又觉得夜已深多有不便，只好快快而回。

瓦力格指使心腹家丁藏好红艳，自己惊魂未定，擦着汗水回到自己的房间。

今晚的行动让他有两个意外，一是没有想到海兰察会在单鹏飞家；二是更没想到海兰察即将追上自己的时候，会有人暗中帮助自己。否则，那后果……想着想着，冷汗流了下来。到底是哪路的朋友截住了海兰察，想来想去，无从猜测，越是这样就越是让他惴惴不安，总觉得有人窥见了自己的秘密。

他懒洋洋地推开房门，抬头一看，惊得一个箭步闪在左侧，疾快抽刀在手。与此同时，两只长剑比他还快，早已逼到胸前。

圆桌旁，安然坐着一个五十几岁的老者，黑色的夜行衣，腋下一柄大刀在灯光下闪出诡异的寒光。

"阁下大可不必惊慌，老夫若有加害之意，何必在你受人追击时出手相助。"老者漫不经心，文绉绉地说。

"尊下是——"瓦力格到底还是条汉子，身处险境也不特别惊慌，听了对方的话，才知道是老者发出的暗器。

"老夫齐天啸，川陕青龙帮第九任帮主。"齐天啸说着把手一挥，横在瓦力格胸前的两把长剑立即收回。

"本官与贵帮素无来往又无渊源，各位深夜造访，不知有何见教？"瓦力格完全镇定下来，他听说过青龙帮和海兰察师门的过节，心里猜测着这些人的目的。

"见教不敢。"齐天啸略一拱手，又说，"在下接任帮主时，前任帮主留下遗愿，敝帮的武功秘籍失落江湖，经多年追踪查明，现落在海兰察手中。在京师重地，我们不便索取，查访到海兰察调任卜奎城，这才悄然来此。"

"那么帮主尽可找上门去讨要，到本官这里来做什么？"瓦力格底气更足了，他知道这些江湖帮派没有敢和官府公开作对的。海兰察现在身为记名副都统，又手握兵权，武功卓越，不论单打独斗还是群殴，青龙帮都不是对手，看来是有求于自己。考虑到这里，他又试探着问："这么说，贵帮来此也不是几天的事儿，对本官和海兰察的私怨也是了如指掌喽？"

"瓦参领聪明绝顶，敝帮也不想公开与海兰察争斗，以免闹得沸沸扬扬，仿佛我们和官府作对。"

"不知本官能帮你们什么忙？"瓦力格问。他自知今夜的把柄既然已落到了青龙帮手里，不出点力是不行的，假如青龙帮的要求不算过分，又能替自己

出口恶气，又何乐不为呢？

　　"谢大人。"齐天啸一听瓦力格有默许的意思，不觉喜出望外，忙说，"索取秘籍，海兰察势必不肯，难免要争斗厮杀。海兰察是朝廷命官，有众多兵将助他，力取不得。再说，敝帮讨的是秘籍，又不是要朝廷命官的命，所以，只可智取，这……可就要仰仗大人之力了。"

　　"唵——本官明白了。"瓦力格低头沉吟了一会儿，又说，"本官想想，此事不可操之过急。"

　　"当然当然，"齐天啸乐滋滋道，"一切由大人安排，事成之后，我帮留给大人黄金百两，从此天各一方，绝不累及大人。"

　　"那么就一言为定？"瓦力格咬了咬牙，下了决心。

　　"君子一言，驷马难追。青龙帮当信守承诺，绝不食言，告辞。"齐天啸一挥手，三人推门而出，身形一晃跃上墙头，消失在黑夜之中。

　　敏日娜回到房中，辗转反侧，怎么也无法入睡，总觉得院中的脚印十分蹊跷。对哥哥平日里的恶行劣迹，不仅是耳闻，还曾亲眼目睹。尽管是一奶同胞，多次的劝阻，甚至是吵闹，最后的结果却都是失望和怨恨。她不再相信哥哥的誓言，见不到做龌龊之事便罢了，只要见到了就必须制止！以此减轻他的罪孽。带着心中的疑惑，她又起身在黑暗中溜出门，向哥哥的房子走去。隔着很远，见窗口上人影一闪，忙闪身在黑暗中，凝力聆听。

　　"多有打扰，大人留步。"房门一开，她听清了这句话，口音十分陌生，显然来人不是此地人。三个人影走到院墙下，拔身而起，轻飘飘跃过墙去，她更是大吃一惊，这份轻身功夫不仅哥哥没有，就是自己也要全力施为才行。

　　深夜来人是谁呢？她想上前问个究竟，转念一想又改变了主意。从今晚的种种迹象上看，哥哥又在做什么不义的事情，不然为什么在夜里鬼鬼祟祟，连父亲都瞒着，还与不明不白的江湖人有了瓜葛。到底在干什么，还是悄悄打探清楚，哥哥赖账的本事她领教了多少次，没有真凭实据，说什么都白扯。

　　又过了一会儿，只见一个家人和瓦力格向一间久无人住的厢房走去，她心跳加剧，知道机会来了，蹑手蹑脚地尾随而去。过了一道尘土飞扬的长廊，到了一间油漆剥落的破旧的两扇门前，瓦力格和家人停住了，家人举起了灯笼，瓦力格借着亮光向屋子里望了一会儿。

"大人，要不要小人把她送到房里去？"家人媚笑着用嗓子眼儿挤出一句话。

"不必，一来夜深，二是这女子十分暴烈，药劲一过一定会大喊大叫，惊动家人不好。你们一定要看好，待以后……"瓦力格淫笑道。

"大人，方才那几人——"

"住嘴！"瓦力格低声呵斥，"不准提起此事！"

敏日娜听到这些，浑身无力地瘫靠在墙上，心乱如麻，又痛如刀绞。一切已经证实了，还用问么，这个平日里装得道貌岸然的哥哥，夜里竟然干着这样卑鄙无耻的勾当。她恨不得立刻冲上去砍翻那个为虎作伥的家丁，痛斥不知寡廉鲜耻的瓦力格……可她一点力气都没有，那满腔的怒火渐渐被另一种力量淹没。

不能否认，她们毕竟还是骨肉同胞，现在尤为重要的是如何救出那女子，怎样在无形中了结这件令家门不幸蒙羞的丑事，唤回瓦力格那尚未完全泯灭的良知。

家丑不可外扬啊！

初夏的晚风，仍然带凉意，吹在她松散的云鬓上，几束乌发犹如小蛇，拍打缠绕着脸颊和脖颈，她渐渐从茫然中清醒过来。漆黑中，重新整理着繁乱的思绪。禀告父亲？顶多是臭骂和毒打哥哥一顿，以后呢？还不是想办法替儿子遮丑。这些年来不就是这么庇护下来的吗？与其那样，告诉父亲也是无济于事。那个良家女子也脱逃不了厄运。再说，此事一旦张扬出去，不仅连累老父，哥哥在急怒之下，恐怕会伤害那女子，那样的话，一切就难以收拾了。

怎么办，最好的办法是抢先悄悄救下那女子，然后收拾那个只会出馊主意的家丁，剪除哥哥身边的帮凶。

第三十七章

雄鸡一唱天下白。敏日娜悄悄溜回房内，倒头便睡，准备夜间行动。

海兰察刚刚回到府邸，就收到了瓦力格派人送来的帖子，约他正午到江边翠微楼赴宴。翠微楼酒家是卜奎城最出名的酒楼，依江而建，游人到此可以一边饮酒一边隔窗眺望大江两岸的春色。每当春暖花开的季节，妇孺踏青，游人如织，是文人墨客饮酒赋诗的最佳场所。

海兰察不知瓦力格何故主动邀请自己，只当是借饮酒化解过节，自然不好推辞，安顿好单鹏飞，只身向江边赶来。

正是春夏交替之际，大江两岸白杨玉立，垂柳袅娜，绿草茵茵，雀声鸣鸣。今天恰好春雨方住，风和日丽，江边岸上，人流如梭，异常热闹。

登上翠微楼，海兰察举目四望，发现此处确实是卜奎城少有的好去处。也许是触景生情的原因，突然想起一望无际的索伦草原……

"海大人，大驾能屈尊于此，敝人不胜感激。自大人就任以来，公务繁忙，敝人与几位同僚虽然有心攀交大人，尽释前嫌，只是一直不得空闲。今日借各位的闲暇之机，备以水酒薄宴，与大人畅饮几杯，想必大人不会见怪吧？"瓦力格一改平日里阴沉的面孔，满脸堆笑，和海兰察寒暄。几位总管和参领也都唯唯诺诺。

"瓦参领，你我一地供职，即为同僚又何必客气。如此拳拳盛意，海某自然却之不恭，愧领愧领。"海兰察心中有事，淡淡地应酬了几句，向四周楼下看了看。窗外楼下之处，绿荫下的几张石桌，坐满了游人，靠近楼梯的两张桌子上，三名大汉正与一位鹤发童颜的老者对饮。另一张桌上却是两个衣冠华丽、眉清目秀的少年书生模样的人低头默饮。其中一人偶尔向自己这边瞟来一眼，他也忍不住偷偷看了看，心里暗自嘀咕，似乎觉得哪里有些不对劲。猛然，只见其中那个俊秀的书生喝下一杯酒，面向江岸的秀丽景色，朗声吟道："春眠不觉晓，处处闻啼鸟，夜来风雨声，花落知多少。"吟完又朝自己瞥了一眼，手中空杯向下一翻，动作极快又自然，旁人不易察觉。

海兰察心里一惊，书生的语音有些做作，根本不像有些即兴吟诗的那种穷酸秀才，更不像附庸风雅的老学究。像是在暗示着什么，尤其是那个动作，分明是处心积虑做出来的，他是在告诉自己什么。海兰察面对这突如其来的场面，不由得小心起来。

酒过三巡，菜上六道。当味道鲜美的开江鱼上桌时，瓦力格笑吟吟举杯道："诸位，金川的两个红衣番僧败在海大人手中，令我卜奎将士振奋，我等敬海大人一杯。"言毕，一名兵丁上前斟酒。

"海大人，"一个参领开口问，"藏传密宗的内功乃佛门至宝，卑职听说是天下内功心法之最，大人的师门内功心法似乎与其有异曲同工之妙，可否见教。"

此言一出，众人顿时来了兴趣，开始好奇地催促海兰察。

"不错，卑职眼拙，只能是胡乱猜测，海大人师门武功的路数确实扑朔迷离，高深莫测，卑职也想一探究竟。"参领成德更是兴趣盎然。

海兰察淡然一笑，说："比武较技，胜败只在毫厘之间，至于师门内的事，恕在下不便相告。"他顿了顿，正色道，"不瞒各位，昨夜治下城中，却发生一起强抢民女一案。敝人正为此事头痛，还望各位鼎力相助，侦破此案，尽速还卜奎城百姓一个清平乐世。"

此言一出，举座皆惊。

"瓦参领，卜奎城向来秩序井然，怎么会突然间出现这种事情？"海兰察扭头问瓦力格。

"这个，敝人也是弄不明白。"瓦力格避开海兰察咄咄逼人的目光，惶惶说到，"海大人说得不错，卜奎城可以说是路不拾遗、夜不闭户，怎么会发生这样的事情。依敝人看，定是有外贼潜入城中。"

　　说话间，座上的众人一起摇晃着头，或仰或伏，开始昏昏欲睡。海兰察一惊之下，暗运内力，竟然提不起真气，顿时大惊。他向瓦力格望去，只见瓦力格面色赤红，歪在桌上，嘴里仍旧喃喃自语："敝人从前与海大人小有隔阂，多有不恭之处，今日才知大人光明磊落，胸无旁物，敝人意欲与大人结为莫逆之交，如……何？"

　　外面石桌旁的三个大汉不时望望楼上窗口，又低头向独饮的老者说些什么。老者置之不理，自顾喝酒，一对冷电精芒的眸子却不时斜视那对面的少年。对面桌上的少年，也像老者那样，大喝大嚼，仿佛一点不在乎周围人的举动。

　　就在楼上众人昏迷、旁边侍候的兵丁发出惊叫声的一刹那，老者举起手一挥，附近桌上站起七八人，和这边桌上的三个大汉，拔出刀剑，纵身向楼上跃去。这边桌上的两个少年一见，也拔出随身长剑，准备上楼。

　　老者身形一动，挡在两人面前，阴森怪笑几声，说："小妮子刚才吟诗恐怕不在眷恋春意，而是在眷恋人吧，上楼不难，只是要过老夫这一关。"

　　"齐天啸，不要倚老卖老，别人怕你，本姑娘不买你的账。和我动手，你还差了点，棱梅，你先和他过几招。"少年甩开书生小帽，一头长发披肩而落，正是慧瑛。她冷笑一声，拔地而起，飘向楼上。

　　齐天啸见这女子一口说出自己的名讳，心中也是悚然一惊，没想到在这塞外偏僻之地会有人一语道破自己的来路。旋即又被这后生小辈的狂妄气得面色紫红，见她要飞身上楼，哪里肯放过，也飞身而起，一掌拍去。没成想对方在半空中一剑刺来，同时右脚一招无影腿，踢向自己。他只好半空中变招，轻而易举躲过腿影，却对刺来的一剑摸不清方位，忙乱之中身体横飞数尺，硬生生躲过这一杀招。正惊疑间，腰眼又被结结实实踢中，一阵剧痛之下，身体倏然落下地面，虽然仰仗内功深湛，仍然隐隐作痛。没等他醒悟过来，那个叫棱梅的少女逼近身前，一套凌厉的剑法施展开来，攻得他又是手脚忙乱半天。

　　刚刚因轻敌和疏忽大意挨了一脚，憋气又窝火，眼下又被这小丫头逼得团团乱转，应接不暇。这是他出道三十几年没遇到过的事，何况又是当着自己师弟和众弟子之面。他气得七窍生烟，大吼一声，抽出腰刀，施展出泼风刀法，恨不能一下劈了这小女子。

　　气归气，恨归恨。齐天啸毕竟久经沙场，无论是经验还是武功，都非常老到。

七八招一过，他知道对方是迷幻剑派的人，不由又喜又忧。喜的是川中的迷幻剑派门人来到这里，说明也是奔着秘籍来的，那么找海兰察算是找对了。忧的是这样和迷幻剑派的弟子开战，就等于与"川中侠女"撕破了脸，日后少不了血雨腥风的厮杀，那刁妇可不是好惹的，何况，她的身后还有两名功力深不可测的师兄。但是事情已经这样，退路已经没有，不如一鼓作气宰了这些人，夺得了秘籍，还怕什么女侠男侠的！

主意一定，他沉下心来，准备先毙了眼前这小女子。海兰察喝了药酒，两个时辰里失去了功力，有师弟和弟子们，那个女娃子也捡不到便宜。

海兰察仗着深厚的内力，强制自己不倒，危急时刻一运功力，喷出腹内的酒水。尽管这样，先前喝进的药酒仍然使他头晕目眩，手足乏力，望着倒地伏桌酣睡的众人和瓦力格，知道并不是剧毒药物，心略放宽了一些。直到几人从窗口飞进，才明白是这些人做了手脚，心头火起，虽然内力大损，但凭着剑法的精妙，也没把这几人放在眼里。一声大喝，拔剑冲上。在场的官兵早与来人打在一起，奇怪的是来人并不与官兵纠缠，所有的兵器纷纷向他招呼。转眼间，失去内力的剑法，对这些人的攻势便有些不支，在不大的斗室中，被逼到了角落中，岌岌可危。

正焦躁之中，慧瑛冲进二楼，海兰察又惊又喜，道了声："多谢师妹。"

慧瑛回眸一笑，那份媚态使几个和她厮杀中的汉子为之一愣，慧瑛银铃般的声音再次响起，一声"着"字后，又有一个大汉鲜血四溅，被开肠破肚，惨号着被她用重手法扔出窗外。另几人见她笑靥如花，剑法却如此残忍毒辣，吓得丢掉心猿意马，凝神聚气，围住她力战。海兰察趁机稍稍调理一会气息，见慧瑛于调笑之中从容周旋在几人围攻中，仍然是攻多守少，心中大大宽慰下来，又见楼下的那名女子在齐天啸凌厉猛攻下香汗淋漓，渐渐不支，急忙跃下楼来，恰到好处地挡下齐天啸的致命杀招。齐天啸见好事难成，不知中间怎么会杀出迷幻剑派的弟子，师弟受伤，弟子也死伤三个，愤怒已极。顾不得许多，只是一个心思，杀了这两个女子，劫走海兰察。看着即将得手，先把这个女子毙于刀下，然后和师弟及弟子们合击海兰察，谁想海兰察偏偏没药倒不算，反而加入战团。一腔怒火全向海兰察撒来，暗运内力，一刀向海兰察拦腰砍去。他成名多年，心计很深，临危而不乱。这一招古藤盘根使得异常诡秘，他猜到海兰

察喝了药酒，就算没倒下去，也必定内力全失。轻功一丧失，身法受阻，闪展腾挪发滞，这一刀又快捷无比，海兰察一定无法躲闪，只能用剑硬挡，手中的长剑注定被震飞。正如齐天啸估计的那样，海兰察被迫使剑硬架，长剑并没脱手，身体却摇晃了几下，面色苍白。齐天啸知道海兰察很难再支撑下去，复身又上，打算一鼓作气，生擒海兰察。海兰察在棱梅的帮助下，力战不退，又斗过十几回合，身边的兵丁又倒地几人。

"师兄，我来了。"慧瑛一见大批官兵拥上二楼，不再恋战，撇下青龙帮与官兵拼杀，自己一跃而下，站在齐天啸面前，冷笑道，"阁下好歹也算是一派掌门，如何一点规矩也不懂，使用江湖上为人不耻的鸡鸣狗盗之术，传了出去，不怕叫人笑掉大牙吗？"

"兵不厌诈。请问姑娘，老夫的手段似乎是邪门了些，好在青龙帮也从没以名门正派自居，为达到目的，不讲手段。可你们到塞外恐怕……也不是找海兰察诉说同门情谊的吧？"齐天啸反唇相讥，言外之意慧瑛一行也是居心叵测。

慧瑛一听脸色大变，银牙一咬，道："老东西，别不识相，我师门内的事情是你能管得了的吗？这样吧，姑娘陪你走几招，倘若赢得一招半式，就请滚回川陕道上打劫去吧，不要在此丢人现眼！"言毕，长剑平举，挥出几朵剑花，招式精妙，而且力透剑背，嗡嗡作响。

听了慧瑛尖酸刻薄的话语，齐天啸哪里受得住，正要发作，猛听到弟子们的惨叫之声，浑身一凛。他也觉得再斗无望，不仅是官兵赶到，就是慧瑛的狠辣劲儿，也令人心寒。如果硬拼下去，也是两败俱伤，有损自己的掌门的名声，另外，海兰察正默运玄功驱毒，一旦恢复了内力，想走也走不了啦。想到这，他抬手一挥，打算领人退走。

"齐帮主且慢，"慧瑛笑道，"扔下受伤的弟子，不怕日后被江湖朋友戳脊梁骨么？"说着抓过一名腿上中箭、哼哼呦呦的青龙帮弟子，唰唰两剑，割下他的两耳，一把扔给齐天啸。

"师妹手下留情，不宜伤害过多的人。"海兰察不忍慧瑛的做法，劝阻道。

"嘻嘻，什么情？武功秘诀哪里有个情字。师兄贵为三品大员，威名远扬的勇将，是靠情而得来的么？"慧瑛对海兰察妙目一闪，笑问。

看她那秀丽端庄的容貌，娇滴婉转的语音，海兰察简直不敢相信，这就是自己同门师妹。眉宇之间隐现出的戾气，和她的柔弱外貌是多么地格格不入。

海兰察简陋的府邸一下热闹起来。几名兵丁走马灯似的从酒店取回酒菜，海兰察命人接来单鹏飞，慧瑛一见之下，神色也黯然，众人只能以言慰之。

"师妹何时到此，怎么知道我在此地？"海兰察开始问起原因。

"说来话长，自从京师一别，后听说师兄官运亨通，得以高升。小妹当然窃喜，想来接下去怕是红鸾星动，又要有什么好事。"慧瑛开始一直是衔杯不语，听了海兰察的话，显然又是言不由衷当着单鹏飞的面，脶腆中含诡谲地向海兰察一笑，又说，"游荡江湖中，偶尔听说青龙帮欲到此地寻仇，小妹雅兴大发，也就暗中跟踪而来，凑巧又助师兄一臂之力。天意。"她故意轻描淡写，隐去了她历经千辛万苦，在劫杀了一个青龙帮中有头脸的人物后，得知齐天啸率众北上，便带手下数人赶来。

单鹏飞父女在京城时，就蒙慧瑛师兄妹搭救过一次，再次拜谢了救女之恩后，悲怆泣道："小女命苦，劫后逃生，原以为必有后福，不想在此又深陷囹圄，还烦海大人和侠女费心。唉——老朽迟暮之年总是流年不利……"

"老伯何出此言，敝人既然在此地为官，更是义不容辞，职责所在。容我等商议一下，找出头绪。"海兰察恨恨道。

"是呀，老伯放心，我师兄妹定会尽力。只是今日闹出人命，小女子不宜公开露面，徒增麻烦。我们暗中策应师兄便是。"顿了一顿，又斜睨了海兰察一眼，意味深长地叹了口气，喃喃道，"有道是红颜薄命啊。"

海兰察茫然无知，单鹏飞听了却心中一动，瞟了慧瑛一眼，低头不语。

第三十八章

　　白天发生的一切，前后一联系起来，海兰察开始怀疑起瓦力格，是瓦力格邀自己去翠微楼，并且从容下迷药。双方厮杀的时候，都是冲着自己，瓦力格和其他官员毫发无损，岂不怪哉?

　　瓦力格的人品有口皆碑，酒色财气样样俱全，抢男霸女的事也不是没发生过，只是无人追究罢了。利用青龙帮来铲除自己，又掩饰罪证，是很有可能的事! 另外，在卜奎城没人有这么大胆子抢劫民女，瓦力格的身份和条件，比京师济尔哈朗府中的色普要强多了。

　　他没有把自己的怀疑告诉师妹，一是没有确凿的证据;二是慧瑛那火爆脾气可不管那么多，什么龙潭虎穴都敢闯。瓦力格是从三品官员，是满迪的儿子，没有实实在在的把握，是声张不得的。他思索了很久，觉得瓦力格一定会将红艳藏匿在府内，当然，绝对不会让满迪知道。唯一的办法还是夜探满府，至少找到点蛛丝马迹……假如红艳真的在满府，最好是神不知鬼不觉地救出，瓦力格即使是丢了人，量他也不敢声张。

　　如果事情真的是这样，那么今天同青龙帮的大战，就有可能是瓦力格串通青龙帮联手对付自己。他喝下药酒，不过是掩人耳目的惺惺作态，现在自己是在明处，对手们却在暗处，明查不行，暗查的话，不能动一兵一卒，自己又成了孤家寡人。海兰察心中顿生一种顾影自怜的悲凄感，堂堂朝廷的三品大员，竟然如此忍气吞声，想想真令人心寒。

　　他想让师妹助自己一臂之力，瓦力格和青龙帮一联手，他感到孤掌难鸣。

犹豫了半天，又打消了这个念头，慧瑛是难得的好手，叫人担心的是嗜杀成性。自己这个朝廷命官，关键时刻却找江湖人士寻求庇护，名声不佳不算，还会遭到上面的猜忌和怪罪！到时候真的把满府闹了个天翻地覆，麻烦反而大了，害了师妹，也累及了自己。

"师妹，依师兄看，你们最好不要插手这事儿。"

"师兄是什么意思？"

"这事由副都统衙门来解决，你们就不必蹚这个浑水了。你们出来时日不短了，还是南归的好。"海兰察有点言不由衷，准确地说是不想让慧瑛出头，但话说得不得体，倒有催对方走的意思。

"师兄是在逐客么？"慧瑛立刻明白他的意思，心下惨然。她没料到自己领着人千里迢迢来到这里，真心实意地帮助师兄，却遭到了如此冷遇。海兰察这么不近人情，负了自己一片情意，觉得十分委屈、失望。她向来要强，不示弱于人，心中难过，表面一点不露。

"师妹不要误会，为兄确有难言之隐……"

"哼，是怕我们这些江湖人累及你的官声，还是有什么别的原因？"慧瑛盯着海兰察的目光十分复杂，女性细心多疑的毛病暴露无疑，口气执拗起来。

"师兄，师姐为了寻你，费了多少心血，你怎么能这样待她？你知道吗，为了你，师姐和师父——"一直默默无语的棱梅，实在气不过，责备着海兰察。

"棱梅，还不住嘴！"又羞又怒的慧瑛厉声呵斥，打断了棱梅的话。好胜和虚荣使她再也无法忍受这种冷漠，蹭地立起身，叫了声："我们走，棱梅。"扬长而去。

"姑娘，姑娘留步。"单鹏飞追出门，可慧瑛和棱梅已经远去。

"看来，你这位师妹……性情如火。"单鹏飞原想说你的这位师妹对你一往情深啊，但觉不合时宜，中途又改了口。

海兰察见慧瑛愤愤而去，心里很不是滋味，有内疚，有茫然，还有一丝宽慰。对单鹏飞的话似听非听，默默地想着心事，筹划下一步的行动。

这是他走入仕途、离京赴任不久遇到的挠头事，比战场上的打打杀杀、血雨腥风还叫人头痛。这使他对仕途和人生开始惶惑起来，明白到远不像自己想象得那么简单。不仅仅是瓦力格，许多各级官吏大都是庸庸碌碌、麻木不仁，

令人失望。朝廷有这样一批昏聩无能，不顾国家社稷，只知中饱私囊，为非作歹的奸臣，实在是可悲。

自己身为从二品正三品武官，却无法公正处置残害百姓、横行无忌的罪犯，尚且偷偷摸摸，冒着危险去自行解决，何谈黎民百姓呢？！

"老伯，今夜潜入满府，在下尽力而为。一旦找到红艳姑娘，拼死也要带回。"海兰察下了决心，不再考虑其他，满满饮下一杯酒，毅然决然地说。

"只怕大人孤掌难鸣，是不是让慧瑛……"单鹏飞忧虑地看着海兰察，怕伤了他的自尊心，支吾了过去。

"老伯放心，在下是悄悄潜入，满府的兵将，奈何不得我。"

初夏的风，宛若少女柔软温煦的手，轻轻抚摸着海兰察燥热的两颊，撩过耳边，酷似老态龙钟的慈母，贴着他耳边低声慢语，千叮万嘱。

夜，一阵小雨刚过，空气湿润清新，从房脊瓦片滴下的雨水，发出轻微有节奏的响声。

满府大院内一片静谧，敏日娜身着夜行衣，戴上了面罩，蹑手蹑脚向院西侧的西厢房走去，走走停停，小心翼翼。她十分奇怪，昨天夜里明明有家丁守在门口窗前，现在怎么不见了呢？莫不是躲在暗处或是藏匿在房子里，她停下脚步，贴在一棵大树后侧耳聆听。

片刻间，房门吱地悄然开启，一条人影闪出，轻如狸猫，左手夹带一人，行走极快而没有一点声响。此人也是一身夜行服，头戴面罩，轻功相当了得。她身形一闪，轻轻溜到了房门前，准备跟踪夜行人。蓦然脚下踩到软绵绵的什么东西，蹲下来一看，竟然是自家的两名家丁。伸手一摸，鼻息如常，只是身体动弹不得，心中不由赞叹来人的点穴功夫，以致两名家丁哼都没哼出一声，就如死猪一般倒地。

敏日娜前来就是为了悄悄放走这个女子，替哥哥勾去一笔孽账，积上一点德。现在一见有人捷足先登，救出这个女子，心中乐不可支，松了一口长气。如果不是黑夜，双方又都戴着面罩，不愿以真面示人，真有心结识一下这侠义之人。眼见那人将走近后院大墙，她转身打算回房，转念一想又停了下来。她记起昨夜蹿墙而去的几个武功不弱的人，如果这几人是哥哥请来的同伙，那么，来人未必能轻易走脱，院内树丛中很可能有埋伏或是暗哨。不能走，先看一看，一旦来人遇险，有必要时可以出手帮他一下。

还没等敏日娜想完，前面的树丛中，屋脊瓦檐上跳出七八人，悄无声息地围住了夜行人。双方一言不发，一照面就战成一团，仿佛事先约好，有什么默契似的。

看到这些人把夜行人围在这个角落里打，敏日娜立时明白了哥哥的良苦用心。在这远离内宅的僻静之处打斗，不会惊扰府中的人，可见，哥哥一方面不让府中人知道自己的丑行，又意欲除掉夜行人，可谓用意颇深。这大概就是众人不大呼小叫，只是恶狠狠拼杀的原因，可怜这夜行人，怕是要救人不成，反倒自身难保。

路见不平，当以拔刀相助。敏日娜暗中取出兵刃，准备出手相助，她仔细看去，又是惊讶不已。这夜行人在众人的围攻中，不见半点惧色，长剑一挥一扫，又削断两人兵器，左掌上下翻飞，劈扫拍击，劲风飒飒，不断有人中掌中剑扑倒，发出忍痛不住的闷哼声。

敏日娜暗暗叫好，对夜行人的武功似曾相识，正琢磨之间，猛见一人有如大鹏，凌空而至，落在夜行人面前。其余众人一见，纷纷向后退去，敏日娜定睛细看，借助寥寥星光，依稀可见来人是个须眉长发老者，瘦骨嶙峋，面目狰狞。另一个老者站在距他一丈远，低低说：“这个点子就是。”

须眉老者身形一稳，打量了夜行人一眼，低低道：“好，老夫看了一会儿，是不错，迷幻剑法的衣钵传人武功不坏！”须眉老者刺耳的怪声在夜风中，酷似山魈，阴森怪戾。

夜行人一见来人的身法，停下手中的剑，冷冷问：“前辈是——”

“老朽的俗名不提也罢，不过江湖上的朋友送给老朽一个绰号，铁指神丐。只是谬赞得很。”

夜行人听了一愣，躲在暗处的敏日娜也是浑身一震，知道来者是川陕四怪之一的侯云中。听自己的师父提到过，据说此人以点水驭风般的绝顶轻功、隔空点穴的指力震慑江湖，为人亦正亦邪，处世乖舛，但不管黑道白道，都给他点儿面子，尽可能不招惹这个难缠的煞星。看来，夜行人今晚是凶多吉少，不但救不了人，恐怕自己也难全身而退。铁指神丐的话又叫她困惑不解，夜行人怎么又成了迷幻剑法的传人了呢？当今世上，会使这种剑法的人可以说是凤毛

麟角，在此地只有海兰察——敏日娜的心猛地悬了起来，紧紧握着兵刃，观察场内情形的发展。

"请问前辈，"夜行人默认了自己的身份，低声说，"在下乃一武林末学，不知什么地方冒犯了前辈，也不知前辈何故不惜几十年的声名，竟然为虎缚翼，与晚辈为难？"夜行人从容镇定，语气不卑不亢，婉言相劝，有希望铁指神丐退出这场纷争的意思。

"嘿嘿嘿，小娃儿。"铁指神丐怪笑道，"想当年我川陕兄弟闯荡江湖，是何等威风，何等逍遥？不想两个弟兄全命丧你师父之手，听说有一个还被你暗箭所伤。哼，此仇能不报么？你师父去了，这旧账当然要你来还，你是晚辈，如何斗法，划出道来吧。"

"两位前辈的死，怪得了我们师徒么？前辈不妨想想，外人索逼你的点穴秘籍，前辈该当如何呢？"夜行人愤然驳斥，一把拉下面罩。敏日娜一见果然是海兰察，几乎喊了出来。

"候大侠，何必多费口舌。"站在铁指神丐身后的齐天啸一看急了起来，他急盼双方立刻动手，可又不敢太过催促。

铁指神丐一摆手，不客气地打断了齐天啸的话，说："齐帮主急什么，有老朽在这里，尽管放心好了。话总要说个明白——再说，你不是说还有两个会迷幻剑法的女娃儿么？今天一并拿下。"

铁指神丐大咧咧说，似乎是要取走什么东西一样随便。

"前辈是非蹚这道浑水喽？"海兰察抽出长剑，立好门户。

"老夫不管那么多，我的两个师兄弟死在你师父手上，只能与你了断。这不算以大欺小，以强凌弱吧？"

"既是这样，晚辈只好从命。不过，可否明日在郊外林中？"海兰察还是幻想先带红艳脱身，然后就无后顾之忧。

"呵呵，海兰察，你当老夫是三岁顽童么？你是三品大员，在军营内可以呼风唤雨，今日你一脱身，再找你怕就难喽！"铁指神丐一口回绝。

海兰察一看大战难免，忙回身向红艳使了个眼色，红艳向院墙旁靠去。几个满府家丁一看，立刻抢步上去，意欲抓回红艳。海兰察正要持剑迎上，又发现几个家丁呆立不动，姿态各异。他此时才认识了铁指神丐的功夫，几个家丁的举动显然是惹恼了铁指神丐，他见家丁们当着自己的面动手，十分恼火，指力在两丈开外隔空认穴，点中几人的穴道。

除了齐天啸和海兰察，所有的人都大惊失色，如此神功，前所未见。

铁指神丐一看以儆效尤的法子镇住了众人，心中十分得意，正想奚落满府的人，却神色大异地冲着远处院墙大喝："什么人？"左手微扬，一枝袖箭射去，击碎了瓦片咔咔裂响。众人不知所以，面面相觑，海兰察发现墙头人影一闪，心里惊讶，今夜到底都有哪些高手云集在此？

"动手吧。"铁指神丐向海兰察说。

"前辈不用兵刃么？"海兰察见铁指神丐空手，问道。

"就是见了阎王老子，老朽也是这样。"

交手十几招，海兰察领教了厉害。对方的点穴功夫非同小可，指力虚实不分，每一招都必须加意提防，说不定哪一指饱含内力，点到了要穴，那一切努力就付诸东流。他开始采取不求有功、但求无过的打法，闭住全身的穴位，将一套迷幻剑法使得神出鬼没。

铁指神丐没想到海兰察年纪轻轻就会闭穴法，心里一沉，那种二三十招内点倒海兰察的雄心顿时一落千丈。对那层出不穷、防不胜防的怪招颇忌惮三分，只好盼望斗过百十招后，等海兰察内力消耗差不多时，一举成功。有了这个打算，他开始施展绝顶轻功，飞走游斗，意在消耗海兰察的内力。

第三十九章

　　海兰察怎么也猜不出，昨天夜里帮助自己的人竟会是敏日娜。在战败铁指神丐后，没等自己拜谢，她已经悄然退走。依这种情形看来，她已经知道了瓦力格的丑事，只是为了保全家族的声誉，不得已想私下偷偷放走红艳。恰巧遇到自己与青龙帮激战不敌，才出手助阵。

　　是啊，她有自己的苦衷，更有一颗善良的心，生存在这样一个家族中，能做到这一点也实属不易喽。一想到这里，一个端庄秀丽，又落落大方的倩影便映现在脑海里。他隐隐约约感觉到，自从两年前在索伦河边的相识，到兴安岭共同拒敌，又经过昨天夜里性命攸关的恶战，似乎已经有一种冥冥之中的力量，把他们的命运绑在了一起。昨天夜里，倘若没有师妹和棱梅的及时赶到，他和敏日娜恐怕已成了刀下鬼。这不能不说敏日娜为了救自己，已经把她个人的生死置之度外了。这种情谊是用什么也替代不了的！

　　一想到师妹，他又觉得迷惑，在和铁指神丐动手前，有人影在墙头一闪，一定是慧瑛她们隐藏在那里，等看见自己山穷水尽的时候出手相救。毫无疑问，慧瑛和棱梅从京师时起，一直在跟踪自己，否则，不可能三番五次地在自己危难之机，恰好出现在自己面前。这一切仅仅用巧合来解释是解释不通的，不是巧合又是为什么呢？

　　虽然是一个门派，可相隔数千里，又从无来往，相互间十分生疏。京师一别后，慧瑛的影子在他的心目中已经逐渐淡漠下来，远不如敏日娜的影子那样频频出现。有时候想到自己与满迪父子格格不入的时候，敏日娜的出现又叫他无限地烦恼和惆怅，而慧瑛那妩媚笑脸又鬼使神差般地闯进脑海，与敏日娜娇羞含蓄的情影交相辉映。闲暇之中，或者是长夜难眠时，不可遏制的思春之情让他在心底里，偷偷翻出两张同样娇美艳丽的映象对比一番。敏日娜深沉含蓄，仪态雍容，华而不飘，娇而不蛮；慧瑛则是柔中有刚，情中含刁，江湖人放荡不羁的成分过多。相比之下，他觉得还是敏日娜顺眼得多。

面对今天的情形，只能先把那朦胧混沌的情感放下，专心致志地应付眼下的难题。第一件事立即修书给黑龙江将军府，京师吏部尚书尚阿力大人，详陈一切。第二件事是向呼伦贝尔副都统图海陈情，这也是很重要的，图海的后面是整个索伦部啊！

最后一件事就是保护好单鹏飞父女，这是本案最关键的人物，是弹劾满迪父子的一颗重要棋子。

"老伯，你们父女暂住敝人府中，这里有敝人和兵丁保护，以防不测，待日后此案了结后，再作打算。"

"谨遵大人吩咐。"单鹏飞松了一口气。

安置好单鹏飞父女，海兰察心里的石头算是落了地，送走了信使，他便到全城的客栈查访慧瑛和棱梅。

访遍全城没见慧瑛的影子，他怏怏而归，回到了府中，已到傍晚。他独自坐在院中借酒消愁，心神不宁，想到自己从军到立下战功，得以高官，却反不如从前，连家乡也回不去，在此处处受制憋气。领教了官场的污浊，仕途的风险，加上武林门派中的倾轧，他又一次怅然若失起来，仰望着浩淼无垠的苍穹，长长地叹了口气。

身后传来一阵窸窣声响，像是有人向自己这里走来。他本能地扣住竹筷，问："什么人？"

见没人回应，回头一看，是红艳局促不安地站在他面前。由于紧张和害羞，面色红润，呼吸急促，一对明媚的杏眼飞瞟了他一眼，又急忙避开，垂头不语。

"姑娘有事么？"海兰察看她从后院到这里，心想一定有什么要事，愣愣问。

"没有，大人。"红艳欲言又止，那犹犹豫豫、十分难为情的模样，弄得海兰察也窘迫起来。

"既然无事，早些安歇吧。"

"大人，"红艳见海兰察下了逐客令，忙鼓起勇气，说，"小女的性命多亏大人两次相救，家父和小女感激不尽，只是无以回报——"

"姑娘万万不可以这样说，敝人并不图回报。能在此相遇，碰巧又帮了你们一次，也是天缘巧合，命中注定了的缘分。"海兰察说完了这话，又觉得不妥，想纠正一下，又一时没有合适的措辞，不免尴尬万分，只好住嘴。

"大人说得不错。"红艳一听到海兰察讲到了缘分，面如红霞，低眉垂眼，娇羞无比，声音颤抖着又说，"大人不要见怪，小女绝非轻佻之辈，只因敬慕大人为人磊落，不畏权贵，如蒙大人不弃，小女……情愿终生侍奉大人。不知——"

"姑娘，这……"这一下海兰察慌了，面红耳赤，十分狼狈。

"大人不必为难，小女自知门第低下，自惭形秽，不敢奢望正室，能为大人做妾便心满意足。小女不才，自幼随父熟读四书五经，日后或许能为大人尽点微薄之力。"红艳开始时战战兢兢，前言不搭后语，到后来越说越麻利，妙语莺莺，神态至诚，令人感动。

"姑娘不要误会，敝人不是那个意思……"海兰察口吃起来，窘态万分，脑子乱成了一团，不知所云。

海兰察根本想不到红艳这样一个出自书香门第的少女，竟如此大胆坦率，居然会有这样的想法，同时也不知她是如何看待自己。照理说婚姻大事，当以父母之命、媒妁之言。她如此做是出自于报恩还是真心想和自己结成百年之好？看她容貌清秀，性情文雅，又饱读诗书，深知礼仪，却有这般胆识。他心襟一动，怦跳不止。眼前又浮现出敏日娜和慧瑛的影子，与红艳重叠在一起，交相辉映，让他眼花缭乱，无所适从。

夜幕渐浓，风停鸟栖。

海兰察察觉身后屋瓦有微微的响动，他使了个眼色，见红艳匆匆走回了后院，这才右手一挥，一只酒杯疾射过去，身形一动，飘然落在屋宇上。

"嘻嘻，师兄在这儿花前月下，与何人窃窃私语？"慧瑛坐在瓦脊上，明知故问。她偷听已久，红艳的大胆和坦率叫她这样的江湖儿女都感到吃惊，又见师兄尴尬不语，狼狈之极，心里既高兴又生气。高兴的是师兄无意于红艳，不是那种乘人之危的伪君子，生气的是他态度又暧昧，何不明朗回绝。转念一想，也同情师兄此刻的难处，对一个历经苦难波折的弱女子，一个情窦初开、含羞吐露爱慕之情的少女，如果一口回绝，会使红艳无地自容，伤心欲绝。所以，她有意弄出声响，惊走红艳，解了海兰察的困境。

穹宇澄蓝，明月高悬。

慧瑛含笑饮了杯酒，有意不吱声，等待着海兰察说话。

"师妹，我找了你半天。"海兰察说。

"是么，难得师兄惦念，不知师兄找我做什么？"慧瑛游移不定的眸子盯着海兰察，仿佛期待着什么。

"哦……我是说，师妹助我打败了青龙帮和铁指神丐，怎么又不辞而别呢？"

"不别又有什么可说的呢？"慧瑛反问，一对大眼睛流露出嗔怪的神情。

四目相对，又一齐闪开。沉默了许久，慧瑛毕竟性子急，忍不住问："师兄能否听小妹一言？"

"你说，愚兄洗耳恭听。"

"官场龌龊，仕途凶险，想必师兄已有所领教。想当年大师伯和三师伯也是位极人臣的朝廷大员，最后还不是知难而退、迷途知返了吗？不知师兄为何不思前车之鉴，迷恋骸骨呢？"

"此一时彼一时，如今皇上圣明，河清海晏，愚兄即为臣子，理当为君分忧，为民谋利，不枉大丈夫——"

"胡说！"慧瑛粗暴地打断了海兰察的话，恨恨地说，"朝纲混乱，官吏腐败，说什么为民谋利，好一派放浪之辞。师兄现在已经卷入纷争，怕是要大祸临头。"

"师妹久居江湖，怕是一叶蔽目，当今圣上是有为天子，体恤臣民，广施德政。眼下朝廷正欲整顿纲纪，裁抑宦官，定能剪除时弊，有所作为。"

"哼，师兄如此执迷不悟，是贪恋富贵，垂涎高官吧。"慧瑛冷冷一笑，讥讽海兰察。

"师妹何必挖苦愚兄？"海兰察看着固执的慧瑛，叹了口气，又说，"师兄不是那种刻意追逐利禄之人，只是想五尺男儿理当报效国家，成就一番伟业，

振兴我索伦部。师父在世时，也是这样教导愚兄的，难道错了么？"

"算了，不谈这些。告诉你，我这次到漠北负有使命。"慧瑛正色说。

"啊？师妹尽管说。"海兰察微微一愣，目光电闪般扫视了慧瑛一下。

"家母的意思是让你随我回去，三师伯既然故去，你是他唯一的传人，孤身一人在外，仇家众多。就算你小心谨慎，但终会有疏忽之时，所以，家母要你回到川西，也算是认祖归宗吧。"

"不行不行。"海兰察听了连连摇头，忙不迭说，"我即使辞官不做，也是回到索伦草原，也是故土难离，去川西干什么？"

"嗯，真的是与我想象的一样。"慧瑛嫣然一笑，说，"思乡之情，也在情理之中。这样吧，如果师兄回索伦，小妹情愿相陪。"此时，慧瑛的心迹已表露无疑，言外之意就是终生相随。海兰察当然听出了其中的含意，但事情来得这么突然，没有一点心理准备，另一方面对慧瑛又有所顾忌，心里并没有什么喜悦。他只能影影绰绰，似是而非地认为这是个不错的同门师妹，真的要成为眷属，还有颇多顾虑。这不是一下能说明白、理得清的事情。"这个么，待师兄仔细想一想，辞官怕不妥，朝廷也不……"海兰察支吾着。

慧瑛却异常兴奋，自顾自地继续说："无官一身轻，师兄，凭你我二人的武功，完全可以笑傲江湖，浪迹天涯。青龙帮不是害了三师伯吗？咱们把他们斩尽杀绝就是！"

听了这话，海兰察有点倒胃口，同时又感动不已，心中暗想，能有这样一个同生死、共患难的红颜知己，也是人生一大乐事。可一想到她刁钻的习性、嗜杀的狠辣手段，又觉得周身不自在，心中犹豫不决，不知说什么才好，黑暗中，默默无语。

见海兰察不声不语，慧瑛察觉出他对仕途藕断丝连，迟迟下不了决心的心思，也暗自咬着樱唇，盘算着什么。

"棱梅师妹呢？"海兰察转移话题。

"留在客栈。"慧瑛小声答，她故意不让棱梅来，有其深意，大概是以为海兰察猜到了自己的用意，蓦然忸怩起来。

"她的功夫不弱，也是师叔传授？"

"当然，我们从小亲如姐妹，形影不离。"慧瑛把亲字咬得很重。

海兰察突然悄悄一摆手，侧耳谛听。慧瑛却依然谈笑风生，一副毫无知觉的样子，右手却从腋下伸出，玉腕一抖，"嗖"的一声，一枚暗器破空飞去。只听"哎哟"一声，一人从墙上摔下。两人同时挥剑冲上，还没等摔倒的人爬起，慧瑛早已出手一剑刺去。那人忍痛向右侧一闪，避开了剑锋，抽刀退后几步对峙。

慧瑛一剑落空，不由咦了一声，这个身法正是海兰察昨天用过的，灵巧致极。她疾步向前，唰唰数剑，连连攻去。

"慢，先别动手。"那人一边躲闪招架，一边急叫停手。海兰察听出是一女子，愣怔了一下，随后拦住仍在连下杀手的慧瑛。

"慢着，师妹，此人就是那晚助我的那个人。"海兰察知道来人是敏日娜，并且今夜来此必定有要紧的事，所以，飞身挡在两人之间。

第四十章

　　三人呈三角伫立。冷月寒眸，相互凝视。那人上下打量着慧瑛，时而又瞥海兰察一眼，仿佛犹豫不决，手停在面罩上。

　　瞅着夜行衣裹着的那窈窕修长的身段，慧瑛虽然已经知道来人是个女子，仍然细细观察，嗔怪地看了看海兰察。令她不能忍受的是这两人竟然相互对视，一副旁若无人的模样，心中大为疑惑。女子特殊的敏感告诉她，这两人不但早已相识，而且渊源不浅，一定有着什么瓜葛。否则，海兰察怎么会一下就认出了对方，急切地阻止自己动手呢。眼见这两人面面相觑、欲言又止的样子，她断定其中必有隐情，难怪师兄不愿解甲归田，不肯随自己入川。闹了半天，除了对仕途的迷恋之外，还有这么个女子勾住了他的心，一股酸溜溜的感觉伴随着无名的嫉火，在她胸中熊熊燃烧起来。努力克制住自己，冷然说："姑娘为什么不肯摘下面罩，既然是朋友，难道还不肯让我们见一见尊容么？"

　　"不必了，小妹说了话就走。"那人赌气般地说，"海大人留意，铁指神丐与青龙帮……还有瓦力格合谋，意欲有所图谋，到底要做什么，可惜没有听清楚。"

　　"多谢小姐，敝人自会小心。"海兰察犹豫了一下，颇为激动地答。

　　"小姐？"慧瑛一听吃了一惊，才明白来人果然是个女子，而且早与海兰察相识。她又纳闷又惊奇，一气之下抢步上前，动作快得令人眼花缭乱，一把抓下对方的面罩。借着月光，仔细一看，不由自主地傻了眼。她还从没看见过这么秀美的满人女子，端庄持重，蹙眉傲视着自己，看来是为自己刚才的粗暴和失礼而恼怒，一副不卑不亢的架势。

"师妹，不要无礼。敏日娜，我师妹性急如火，实际是一副菩萨心肠，礼数不周之处，还请多多担待。"海兰察呵斥了慧瑛一句，又安慰了敏日娜，他自以为不偏不倚，十分得体。然而，慧瑛却误认为海兰察将自己差不多比作了粗野村妇，一下气坏了。又见敏日娜听了海兰察的话，朝自己莞尔一笑，更是忍耐不住，狠狠瞪了海兰察一眼，一言不发，拔身而起，蹿上院墙，径自而去。或许是隐示自己不是目不识丁的村野山妇，抑或发泄伤感愤懑的心绪，身形在暗夜中一泻而去，却留下一串脆亮的吟声在夜风中回荡："高阁客竟去，小园花乱飞，参差连曲陌，迢递送斜辉，肠断未忍归，眼穿仍欲归，芳心向青尽，所得是沾衣。"

语气凄凉委婉，海兰察心里不觉黯然。他不通文墨，只是从师妹的表情和凄凉的语气中感觉到了什么，而精通诗词的敏日娜，却对慧瑛的心迹了然无遗。她又不愿点破，给海兰察空添烦恼，只得装出懵然无知的样子，怀着仿佛若有所失又若有所得，不知如何是好的心情准备离去。

"站住，"海兰察突然想到了什么似的叫住了敏日娜，"伤口怎么样，感觉如何？"

"有点发痒，酸麻。"敏日娜背过身去，偷偷察看着自己右胸上的伤口。

"伤口是不是发黑？有头晕作呕的感觉么？"海兰察听师父说过"川中侠女"这个师叔喜欢在暗器上抹点东西，慧瑛身为其女，当然也少不了这一手。

"哎呀，是的，我……"敏日娜一经提醒，才觉出头晕目眩。她虽然没有经验，不知道江湖上的险恶，但也听说过暗器喂毒的事。现在猛地一想起，心慌意乱，惧怕万分，身体摇晃不定，看着就要摔倒。

海兰察此时也顾不了什么男女之嫌，伸手扶住敏日娜，摸出两粒药丸塞入她的口中，接着扶她坐在桌前，取出外用药粉，用酒水搅好，迟疑了一下，断然说："恕在下冒昧，顾不得了，得罪。"说完，撕开敏日娜右胸上方的衣衫，轻轻扯开里面的红袄，借着月光，依稀可见雪白的肌肤中的一块已经红肿，呈黑紫色，扩散一指左右。他知道无碍，才不慌不忙先以内力助其逼毒，然后把拇指和食指呈圆形贴在对方的细嫩肉皮上，一阵狂烈的心跳，让他一时心神不宁。偷瞥了敏日娜一眼，见她虽然红晕满面，却安然不慌，一副泰然处之、纯

真无邪的样子,他暗叫一声惭愧,心里稍宽,精神集中,不到片刻就做好了一切。

"多谢了。"敏日娜低眉含羞,款款而言。

"该是在下谢姑娘才对。"海兰察颇有感慨地说,百感交集,十分动情。敏日娜抬头望着海兰察似乎想说什么,可又咽了回去。

"姑娘三番五次助我,在下十分感激。"

"也许都是巧合。"敏日娜言含深意。

"就算是这样,可……"海兰察本想问她何以不顾父亲和哥哥的情义,反而相助自己,可又难以启齿,住口不说了。

"除了你我和你的师妹以外,无人知道今晚的事儿。"敏日娜猜出了海兰察的意思,巧妙地回答了他的询问,又避免提到自己的父兄。海兰察立刻心领神会,赞叹她的聪明伶俐,相比之下,倒是为自己的迂腐,腹中无点滴之墨而自卑。

"在下天资愚笨,生性懒散,也值得小姐屡次相救?"海兰察想想这段时间的境遇,心绪又郁闷起来。

"大人千万不能这样说,千军易得,一将难求。大将之才难道是天资愚蒙之人所能有的么?当今世上,心术不正的奸佞之徒比比皆是,而心地淳朴之人倒是寥若晨星。即使父母兄妹也并非一律坦诚相见,小女子仰慕大人的为人,能为大人做点事情,也是十分欣慰的事。"敏日娜的言语中流露出自己的苦闷,对父兄的不满,只是不好明言罢了。

夜渐渐深了,两人各怀心事,但又觉得不宜明言,拘谨中又都十分惆怅。明知在这夜深人静之时,一对青年男女在此喁喁私语有失体统,可心里又不愿离开。谈话由少到多,由浅到深,从拘束到随便,谈得越来越投机。似乎除了这良宵美景和他们二人之外,什么都不存在了。

海兰察此刻完全陶醉在明媚的月色和敏日娜俊秀的面颊、脉脉含情的眼眸中。他做梦也不会想到,幸福往往伴随着厄运产生。命运有时就像个天才的戏剧大师,它循规蹈矩又肆无忌惮地左右着事物的发展,孕育着人间的悲欢离合。

当他与敏日娜独处花前月下,情意缠绵的时候,双重的厄运在仇恨和嫉妒的煽惑中,正处于恶毒的筹划和精心的酝酿,一步一步地向他逼来,从而掀开了他一生充满坎坷经历的第一页,开始使他饱尝人生酸甜苦辣,经受宦海沉浮的痛苦磨砺。当然，也造就着他人生的巅峰！

在满府的一间厢房里，灯烛昏暗，鬼影憧憧。瓦力格和齐天啸，还有铁指神丐，正在举杯酬酢，弹冠相庆。

而一家客栈中，慧瑛正静静地躺在床上，银色的月辉斜映在她俏丽的脸上，两道剑眉竖起，一排洁白的皓齿紧咬着红嫩的薄唇，大眼一眨一眨，轻轻叹了口长气。目光变得和那冷清的月辉一样，变得清冽无情……

遥远的京师，吏部尚书尚阿力收到了满迪的密函，详细地了解到海兰察和满迪的矛盾。尚阿力经常接触各类各式的弹劾案子，各地的官员少不了相互抨击、告状等等，他有了丰富的经验，当然不会轻信满迪的一面之词。别看和满迪是亲属，在官场上还是要适当地避嫌。所以，他也找来了海兰察的折子，逐字逐句，非常认真地看了几遍，心里全明白了。

他凭着以往的经验，就觉得这可不是那种一方官吏争权夺利的小摩擦，不是由哪一位官员出面调停，重新洗把牌、利益均衡一下就能了却的事。

海兰察作为一个刚刚擢升不久的记名副都统，到任不久便弹劾自己的主官，满洲的正二品大员，不仅胆识不小，一定是抓住了什么真凭实据。不然，这小子再傻再愣，也不会这么肆无忌惮，僭越犯上，敢于以卵击石。看来满迪父子一定有非常难看的——也是非常重要的把柄被海兰察抓住，难怪满迪的措辞多于乞求自己从中周旋遮掩，而后才是数落海兰察的一堆不是，空洞无物，显然是荒诞不经的诬陷之词。

至于海兰察，这可是皇上特荐的官员，又是索伦名将，声名显赫，朝野皆知。他的身后可是数万索伦部众啊！当朝廷对索伦部倍加恩宠之际，满迪与海兰察这么闹，而且到了势不两立的地步，可真是不合时宜，何况还是理屈词穷呢。

但是，话又得说回来，毕竟是同族又沾亲，哪能对此置之不理，不尽力调节呢？如果是一般官吏之间的争执，完全可以私压下来，大事化小，小事化了。唯独这件事不行，这不是一般的争风吃醋的矛盾。他清楚地意识到这种矛盾牵涉复杂。不行，这种事可不能包揽，得找人商量一下，他立即想到了兵部尚书、协办大学士阿桂以及内大臣温福。这两个是朝中圣眷最盛的人，如果有他们帮着谋划，事情一定会圆满得多，即使是有了差错，他们也可以分担一些，比自己一个人独担好多了。

"海兰察断然不会谎言罔上，"阿桂听了尚阿力的话，又翻看了满迪的密函，脑袋摇得像个拨浪鼓似的，"敝人深知此人的秉性，他不会欺上瞒下，陷害人臣之事。而满迪父子在准噶尔平叛时，便有争功丑闻，轰动朝野，贻笑大方，就是皇上也无法为其开脱。如今又和海兰察闹将起来，怕不妥呀！"

阿桂心里对满迪父子相当不满，但在族人面前又不好多说什么。

"早有人弹劾满迪强取豪夺，搜刮民膏。"温福怒气冲冲，不管三七二十一，说，"瓦力格身为从三品官员，公然劫持民女，难免要民怨沸腾，如此下去，又要惹起事端。当年准噶尔动乱，难道能说和我们的一些官吏行为不轨毫无关联吗？依敝人看，此事不可等闲视之。"

"所以求助两位大人，谋求万全之策。说老实话，敝人也是深感棘手，满迪也是我朝的功臣，纵然有错，我等也不能袖手旁观呀。"尚阿力一看两人都惺惺作态，好像是要撒手不管的样子，着急起来。

"尚大人不必性急，你我一殿为臣，岂有不帮之理，只是此事务必慎重，皇上的心思你也清楚，对索伦部，我们是有所予而必有所取，所予越厚，所取愈重。然而，只取不予，何以笼络人心？况且，千里之行，始于足下。大清江山的千秋万代，不是一朝一夕的努力所能永固的。平日不加用心，那种一旦事危才见兔顾犬的做法就为时已晚。"阿桂摇晃着肥大的脑袋，说得抑扬顿挫。

"那么，阿大人的意思是……"温福越听越糊涂，阿桂讲得有道理，可到底怎么处理满迪和海兰察的这场纠纷，却没听出个所以然来，他是个性子急躁的人，呆头呆脑地问。

尚阿力到底脑瓜比温福转得快，听出阿桂有意为满迪圆和，而且不让皇上为难，无损索伦部对大清朝的感恩戴德，真是又感动又敬佩，对阿桂的深谋远虑佩服得五体投地。同时，也引起了他今后对阿桂的戒心，隐约感到有这样一个心计诡诈的人在身边，如同一支狼卧在羊圈旁一样，令人心惊胆战。为此，当日后阿桂领兵外出征战的时候，他是群臣中谗言抨击阿桂最起劲儿的一个。但此时他极力曲意奉承之能事，讪笑着说："阿大人才智果然过人，在处理琐碎事务的繁忙之中，念念不忘社稷江山，令人钦佩！"

温福被冷落在一旁，心里不高兴让阿桂又出尽了风头，自己连边都沾不上，脸上挂着不自然的僵笑，他越是这样，那尚阿力越是捧得起劲儿，喋喋不休，没完没了。

阿桂聪明绝顶，早就看透了温福的心思，笑吟吟地说："满迪的事到底如何处理为好，还烦请温大人细细筹措一下。"

"——哦，依敝人看，还是向皇上奏请一下。"温福气色稍缓，想了想说。

"那好，就有劳温大人详奏一下。"尚阿力立刻抓住了温福，温福哪知上了阿桂的当，欣然应诺。

"敝人的意思是，是否奏请皇上，以巡边为名，温大人可带上都察院的左副都御史，查询满迪与海兰察的纷争。一来避人耳目，息事宁人，二来遇有难处，也可迅速商议，酌情上奏。免得朝中蒙汉官员胡乱猜测，小题大做，骚扰圣躬。"阿桂在出言不出力，捞尽了面子却把苦差事推给别人的情况下，口若悬河，充分地估计了几种可能出现的情况，讲得温福心中虽然不悦，但也心服口服。

三人商议一定，即刻散去。

路上，尚阿力催促轿夫赶上了温福的大轿，忙叫停轿。

"咦，尚大人何事？"温福以为尚阿力忘掉了什么事。

"哦——温大人可否去敝宅一谈？"尚阿力自觉在大街上举止有些唐突，忙请温福到私地交谈。

尚阿力察觉到阿桂在要滑头，只是没有明着点破，见温福还蒙在鼓里，一副憨态可掬的模样，又好气又好笑。准备借温福之口，把阿桂也拉进这场旋涡之中，有什么耐叫他使在这里。至于借口么，那多极了，连温福也可以找出几个来，什么海兰察是索伦勇将，牵一发而动全身，朝廷理应重视，派重臣妥善处理为好。阿桂曾率领满迪和海兰察出征准噶尔，对两个的脾性为人都很了解，应该派他下去……

温福经尚阿力这么一提醒，才知道自己处事实在鲁莽，目光既短浅又狭窄，和牤牛的犄角那样，越长越细。

第四十一章

　　海兰察接受了铁指神丐的挑战。

　　那是中午时分，铁指神丐大咧咧到了海兰察的私邸。听到兵丁的通报，海兰察迎了出来。虽然怨恨填胸，他还是按照武林规矩迎接了铁指神丐。

　　"海兰察，我们的恩怨还是自己了结，凭着个人的本事如何？"铁指神丐的语气相当猖狂，对两侧手按刀鞘的兵丁瞅都不瞅一眼。

　　"随便怎样。"海兰察一听立即明白了对方的意思，这个江湖魔头的用意显然是单挑，"前辈没走，倒是很有胆量，好吧，你我师门中的恩怨自行了断。在下绝不会动用官兵。"

　　"好，老夫也绝不许青龙帮插手。"

　　"好，一言为定。今天夜里在下郊外恭候。对了，今日是我师父的忌日，在下正准备找一颗人头祭奠。"海兰察好像怕对方不去，故意用话刺激铁指神丐。

　　铁指神丐一听今夜决斗，正要慨然应诺，忽然又想起了什么，略略一踌躇间，猛听到海兰察这句话，气得脸都变了形。忘掉了一切，吼了一声，转身就走，也不从大门出去，一晃身，跃上了高墙。回头扔下一句话："把门看好，不要说老朽不讲信义。"

　　海兰察听了一愣，觉得奇怪，这老怪是什么意思，决斗之人怎么会叮嘱别人看好家门？转念又想到了敏日娜的提醒，心中忐忑不安起来。不错，瓦力格和青龙帮也在蠢蠢欲动，红艳父女在自己手中，满迪父子那是如鲠在喉，必然想尽一切办法欲除之而后快，说不定什么时候下手，特别是这几天，一定要保护好红艳父女，因为照时间算，京师方面应该有消息了。正因为这样，他始终让单鹏飞父女住在自己府中，增派兵丁守护，在他看来，还能有什么人敢到老虎嘴上拔毛！青龙帮图的是秘籍，没有那个东西的诱惑，他们理满迪父子何来？而满迪父子才是为了红艳，这个能让他们身败名裂，丧失高官厚禄锦衣玉食生活的女子啊！

铁指神丐这等江湖魔头，也算盗亦有道。他能警言示之，一是按江湖规矩，显示自己的光明磊落。二是或许知道点什么消息，提前说明一下，以便把自己从麻烦中摘出去。名声有时候比性命还重要，这就是江湖人。

考虑到这些，他意识到有必要加强一下府中的防范措施。铁指神丐要和自己决斗，青龙帮少了一个高手，这样一来，如果师妹慧瑛和棱梅能在府中，那就高枕无忧了。

他打发几名兵丁到全城各家客栈寻找师妹，两个时辰过去，仍然没有回信。想到自己堂堂一名武将，却要求助别人看护宅院，他心里有些啼笑皆非。

烦闷之极，百般无聊。他叫上单鹏飞，走进大街对面的一处酒楼，叫上几样小菜，边喝边攀谈起来。

"不瞒老伯，这折子和给阿桂大人的信函，传走已有时日，偏偏没有一点回音。在下实在是不明白——"海兰察忧心忡忡道。

"大人不必心焦，依老朽看，阁部大员们也颇感棘手啊！"单鹏飞慢悠悠道，"从以往看，这汉官一旦与满人官吏发生争执，一般来说胜诉的机会很少。满人相互偏袒，这是不争的事实，只要不是太过分，汉官只能吃哑巴亏。但大人就不同了，虽然说索伦部与满洲人不属同祖同宗，可也与左右臂膀差不多，大人又是战功卓著的将领，这就让他们为难喽。"

"倘若朝中重臣不分就里，难辨泾渭，那就太令人齿寒，在下莫不如解甲归里。"

"大人此言差矣。"单鹏飞一听海兰察说出这话，忙不迭摇了摇手，向四周看了看，小声道，"此言万万不可再说，大人的仕途不过是刚刚开始，小有波折也是一个历练。图大志者，心胸当以博大，谨言慎行，大人今后的荣辱不是一人的事，而是关系索伦部的兴衰啊。一事不顺便口出怨言，一旦让宵小之人听到，便会向上罔言，弄得不好可是要功亏一篑呀！"

红日偏西，酒楼上的客人稀少许多，也清静了许多。

"老伯，像你这样满腹经纶之人，何不谋求一官半职，为国家效力，施展大才。不是比现在这样四处漂泊，受人欺凌好得多么？"海兰察和单鹏飞已经熟得无话不谈，问起几次不好开口的话。

"哈……怕大人见笑，老朽毕竟不能脱俗，虽然粗通文墨，闻名乡里，也曾想获取功名，光宗耀祖。可惜落花有意，流水无情。这功名一事颇有波折，屡试不第，到了以后也就心灰意懒了。"

单鹏飞说到这里，情绪激动，颇为伤感，望着窗外的夕阳晚照，吟道："凄凉宝剑篇，羁泊欲穷年。共时仍风雨，青楼自管弦，新知遭薄俗，旧好隔良缘。心断新丰酒，销愁斗几千。"

"像老伯这样的才子，怎么会屡试不第呢？"海兰察不解地问。

"科场之事嘛，大人不知。"单鹏飞饮下一口酒，痛定思痛地说，"并非都是以文章取人，其中的门道多极了，像老朽这样落魄者何止千百呢？"正说着，西侧墙角桌上的一个书生打扮的男子带着七分醉意，向这里瞥了一眼，步履踉跄着向外走去，嘴里却吟道："灞原风雨定，晚见雁行频，落叶他乡树，寒灯独夜人，空园白露滴，孤壁野僧邻，寄卧郊扉久，何年致此身。"

不知那书生是同情单鹏飞的境遇，还是触景生情，抑或顾影自怜，这首诗来得及时，恰如其分。

"老伯，这首诗听来凄凉悲切，是何意？"

"哦，不过是不耐寂寞，自叹生不逢时，怀才不遇罢了。看来这书生和老朽差不多，科场不顺，坐在这里空悲切。算了，我们不谈这些。"单鹏飞要中止这沉重的话题。

海兰察倒是来了兴趣，在他看来，这考场不就是比武场吗，那可是靠真实本领的。他又问："朝廷难道不知有这许多志士仁人怀才不遇么？"

"或许吧。"单鹏飞自嘲般地笑了笑。

"在下只是听说朝廷十分珍惜人才，除了正科以外，还时常增加特科，如博学鸿儒科等，还是要人尽其才的。"

"科场之上，以势取人的弊端不除，再增科又有什么用？"

"科场上难道还能作弊？"海兰察觉得匪夷所思。

"何止是作弊，而是司空见惯，屡见不鲜。就如瓦力格与你争功一样，指鹿为马之事已经不奇怪喽。"单鹏飞说到痛处，恨恨不已。

一见天色不早，海兰察起身道："今夜在下要去了断一件师门的恩怨，老伯与红艳安心在府内歇息，不可外出。"

"大人小心。"单鹏飞忧心忡忡。

果然不出海兰察所料，慧瑛和棱梅不知去向，兵丁们找遍了全城每一个角落，没有查到她们的踪影。

海兰察此时的心情就和渐暗下来的天色一样，蒙上了一层阴影。关键时刻，慧瑛她们是指望不上了，而与铁指神丐之约，是耽搁不得的。江湖规矩不能破坏，言而有信才行，再说，师父的仇一定要报，平日里想找川陕四怪是难上加难，现在送上门来岂能放过。

他悄悄分派好人手，细细吩咐了府里的骁骑校后，穿上了夜行衣。静待天黑潜进满迪府邸，请敏日娜前来协助。有她在府中，就是青龙帮偷袭也不怕。

气是下山的猛虎，此话一点不假。

慧瑛从那天晚上赌气走了后，真的是想甩手南归，抛掉这些烦恼，回到那无牵无挂、随心所欲的江湖生活之中。在那里，她是如鱼得水，呼风唤雨，不但本派中人对她是视若神明，众星捧月，就是其他门派中人，或是退避三舍，或是曲意奉承。她的母亲——"川中侠女"的名头太响，慧瑛自己的武功与容貌也在佼佼之列，在川陕武林的一亩三分地里，可谓是在盲人的国度里，独眼龙就是国王了。

然而，怒气可消，情丝难断。

连她自己也奇怪，这个貌不出众的傻师兄，怎么就像蜘蛛网那样，粘住了她。如果自己是只蝴蝶，那么师兄就是花粉，吸引住了蝴蝶。不是么，那么师兄身上到底有什么让她如醉如痴般眷恋的呢？她想了好久，想不出个所以然来。那三品大员的顶带和蟒袍，在她眼里一文不值，反倒厌恶得嗤之以鼻。是那震动朝野的战功么？也不是，为昏庸的满清皇上卖命能是什么光彩的事情！再说，那点战功对武林人士来说，没什么值得炫耀的，不就是宰了几个或擒住几个只会三脚猫功夫的庸手吗？

那么到底是什么让自己留恋忘返，她扪心自问了多少次。在武林中，有多

少人钟情自己，不惜一切地追求自己，假如自己说要一颗人心，也会有人立马奉献上来。

世事变迁，人生无常。没想到京师一面，师兄的影子就印在了她的脑子里，简直到了梦牵魂绕的程度。不然，她怎会巧立名目，在母亲——"川中侠女"有所猜测的目光中，羞羞答答离开风光秀丽、气候宜人的江南，向漠北而来。她含辛茹苦地找到了师兄，满以为师兄在自己真诚的劝说下，在秀色可餐的娇媚诱惑中，会欣然随同她南下，结成百年之好，成就武林中的一段佳话。

如今这个地步，实在是令人心寒。她的倔强劲头又上来了，不能轻易罢休，争强好胜、习勇斗狠的秉性让她更为执拗起来。那激情之火遇到冷漠之后非但没有熄灭，反而更加旺盛，兴趣盎然。她甚至觉得这种男子远比那涎水直流、低声下气的男子强百倍，所以原本的爱慕之心不仅没减，反而平添了一些敬重的成分。

她认定师兄一方面是迷恋仕途，醉心宦海；另一方面是受那个敏日娜的纠缠，鬼迷心窍。男人么，在诱惑面前难免不动心，特别是像师兄这样的老实人。因此，只有扫除他的后顾之忧，斩断他对那满女的缕缕情丝，才能让他回转心意，迷途知返。

她必须行动起来。如何下手，她躲在一处偏僻之地，整整思谋了两天。棱梅小师妹说得在理，第一，要有一个适当的借口和机会，拆散师兄和敏日娜的关系，让敏日娜死心，师兄又无从察觉。第二，三师伯是死在川陕四怪手中，师兄当然急于报师仇，而铁指神丐竟然机缘巧合地来到这里，自己与师兄联手杀他是没问题的。青龙帮么，更没什么问题，干脆把他们灭门算了……

这两件事一处理好，师兄还有什么可留恋的呢？至于怎样让敏日娜和师兄反目，她犹豫了很久，杀是杀不得的，杀她太露骨。那么——就杀她哥哥，对，杀瓦力格，瓦力格正好是师兄的对头，瓦力格一死，师兄在官场上是混不下去了。敏日娜一旦发现哥哥死于海兰察之手，从感情上无法接受，她能会怎样呢？与海兰察的一切都将化为南柯一梦！

慧瑛领着棱梅定好计划，一面躲避海兰察的寻找，一面打探满府的动静，等候时机。

就在海兰察在夜色中潜进满府，寻找敏日娜时，慧瑛也身着夜行衣向这里赶来。

她身体一落地，谛听四周一会儿后，一股好奇心驱使她没去瓦力格的住处，竟然向敏日娜的闺房摸去，到底去干什么，自己也说不清楚。

房内一片漆黑，空无一人，她怕被人发现，正要抽身去杀瓦力格，忽听浓荫之处传来低低的话语。忙侧身一棵树后，侧耳谛听。

"敏日娜，敝宅的安全拜托了。"是海兰察的声音，她大吃一惊。

"其实，找到你师妹是再好不过的，以我的功力敌不过齐天啸。"是敏日娜的声音。听到她提到了自己，慧瑛屏息静气，听他们二人到底说什么。身体一动不敢动，她知道师兄功力高出自己许多，稍稍有点动静就会被发现。

"唉，"海兰察无可奈何地叹了口气，说，"找遍了全城，不知去了何处，也可能是回川西了。齐帮主现在不足为惧，他的内伤还好不了，不敢妄动真气，铁指神丐和我到郊外决斗，无人能胜过你，另外，我加派了一队人马。"

敏日娜半天没吭声，好久才说："大人小心，铁指神丐成名几十年，功夫了得，不可大意。"

慧瑛听了很不是滋味，一股无名的怒气开始升腾，尤其是对海兰察那句无人能胜过你的话，更是气不打一处来。哼，我倒要看看，是不是真的无人能胜过她，她想。

听到师兄他们的对话，她才明白师兄今夜要与铁指神丐有一场恶战，以师兄现在的功力，就是打不过铁指神丐，胜负也得在千招之外，从容退走更不成问题。倒是万一青龙帮偷袭师兄的府邸，那敏日娜能否挡住可是个大问题。如果铁指神丐邀师兄决斗，是满迪与齐天啸安排的，那红艳父女的处境就危险了，自己该怎么办，她琢磨了好一会儿，才悄悄潜出满府。

她放弃了刺杀瓦力格的打算，一个更大胆的、从未有过的想法瞬间在脑海中蹦出，让她兴奋异常。她悄悄回到了客栈，在棱梅的耳边嘀咕了一会儿。棱梅的眉头越来越紧，嘴巴越张越大……

午夜，慧瑛叫起棱梅，两人直奔海兰察府邸，蹿上了大树，隐身在茂密的枝叶当中。

巡夜的兵丁得到海兰察的严令，频繁地穿梭而行，一刻不敢怠慢。敏日娜戴着面罩，身着夜行衣，一声不响地坐在大厅中，整个大院后园戒备森严，一

派大敌当前、静待大战的气氛。

　　青龙帮真的来了，一队由齐天啸带领，扑向前院。另一队由瓦力格领着，悄然无息地冲向后院。瓦力格也头戴面罩，混在人群中。高高坐在树上的慧瑛和棱梅冷眼看着，没有急于动手。

　　齐天啸知道海兰察被铁指神丐约出去决斗，所以放心许多，跃向房下与巡夜的一名佐领杀在一起。他虽然内伤还没有好，不能动用内力，但对付一般的兵丁还是不费劲的，转眼间，打伤了两个兵丁。他很有节制地招呼弟子们在前院拖延时间，吸引府中的兵马，掩护偷袭后院的瓦力格。

　　敏日娜眼见众兵抵不住青龙帮的攻击，后院又是一片平静，终于忍耐不住，抽刀跃进人群中，一照面就用大碑手摔出一人，砍翻另一人。齐天啸突然见杀出一个高手，吓了一跳，只当是海兰察又回来了，咬牙挥刀迎了上去，两个回合后才知道不是。不仅招式不同，内力也相差甚远。又斗了几个回合，才认出是那天晚上帮助海兰察的黑衣人，他又气又恨，这个屡屡坏自己好事的混蛋太不识相，得罪青龙帮，不是注定一世都不得安宁了吗？以他的脾气恨不能立下杀手，宰了这个好事的杂种，无奈他内伤后功力大打折扣，虽然招架绰绰有余，可还手反击就困难了。他唯一盼望的就是瓦力格尽快在后院得手，然后过来帮自己除掉这个对手。

第四十二章

就在前院灯火通明、喊杀声一片的时候，瓦力格领着两名亲信，悄悄伏在屋檐上向下面几间厢房偷看。他不知道红艳父女会藏在哪一间，尽管知道海兰察不在府中，但他的那个师妹更吓人。他在心里不住地祈祷，那个女煞星千万别在这儿啊！

果然，听到前院杀声不断，一间厢房的窗口一亮，有人点上了灯。接着房门吱的一声打开，单鹏飞披衣而出，惊恐不安地向前院眺望。

"老伯不可擅自走动，海大人有令，今夜不管闹得天翻地覆，你们父女不要走出房门半步。"一名骁骑校对单鹏飞说。

"这位军爷，海大人是在前院么？"红艳的声音从屋子里传出。

伏在房上的瓦力格大喜，心中暗叫天赐良机。一挥手，和两名亲信嗖嗖跳了下去，他让两名亲兵截住那个骁骑校，自己抽刀赶上正要进屋的单鹏飞，将他一刀砍翻。正要冲进屋去，那名骁骑校见状，不顾死活地死缠乱打，他只好回身招架。瓦力格按照事先做好的打算，准备杀死红艳，没成想这个骁骑校竟然如此卖命，心头火起，打算砍翻这个不知死活的家伙再冲进屋去。

谁会想到螳螂捕蝉，黄雀在后。躲在大树上的慧瑛早就扣住一枚暗器，对准了瓦力格，思谋再三，并没有发出。她是有自己的打算，在她看来，海兰察不吃些大亏，遇上点磨难，地位受到威胁，甚至生命受到危险，是不会轻易丢掉对仕途的幻想，甘心情愿地和自己隐遁江湖的。如果把齐天啸杀死在这里，海兰察麻烦就大了，青龙帮尽管不是什么大帮派，但帮主一旦死在这里，一帮

亡命之徒就不会给海兰察片刻的安宁。海兰察毕竟势单力孤，从此便有无穷的烦恼。另外，也是她此行的目的，除了要保护住红艳父子外，一定要杀掉瓦力格。就在海兰察的府邸中杀，一个朝廷命官死在记名副都统府内，两人又有纠葛，这是让海兰察更难以说清的事！官场上的失意，江湖门派的仇杀，海兰察在这种双重打击下才可能投奔师门寻求庇护。除此之外，还有什么更好的出路呢？抱着这个态度，她希望今晚上的屠杀越厉害越好，死的人越多越妙。单鹏飞被瓦力格杀死时，她确实来不及出手阻止，想到在京师救了他们父女一场，不想终归命丧此地，不由黯然神伤。

见瓦力格提刀追杀红艳，她明知这是杀人灭口，并嫁祸于海兰察，如此卑鄙歹毒的蛇蝎心肠令人发指。她正准备发出暗器，然后飞身下树截杀他，可红艳傍晚时与海兰察的那些谈话又回旋于耳，红艳俏丽的容貌，大家闺秀识书达理的雍容仪表，映现在她的脑海中。无以言表的酸楚瞬间占据了她的心，顿时，她的情感遭受着平生第一次的剧烈折磨。繁乱无章的脑子里，出现了两个她，在激烈地唇枪舌剑。

一个竖眉瞪眼喝道："下去，犹豫什么，红艳姑娘的性命危在旦夕，你的侠义和武德到哪儿去了？"

另一个刁钻地说："此事与我何干？"

"狡辩，哼。你是醋意大发，想借刀杀人。"

前一个厉声斥责："胡说，我曾经救过他们父女二人，问……心无愧。"

后一个不服气，又说："此时见死不救，是真的问心无愧吗？"

两个她争执了一会儿，最后，慧瑛无可奈何地叹了口气，心里说：罢了，宁叫人负我，我不可负人。飞身跃向院中，脚刚落地，就听见红艳一声尖厉的惨叫，她浑身一震，长剑几乎落地。一阵悔恨和懊丧使她昏眩趔趄几步，那声惨叫有如万箭穿心，几乎痛得她悲愤欲绝，就好像是自己也参与了杀戮，一种千夫所指的羞愧感弥漫心头。

棱梅砍倒了瓦力格的两个亲信，和那名骁骑校杀上前院。瓦力格杀了红艳之后，一出门，正和呆呆发愣的慧瑛碰了个正着。

"小子，拿命来吧。姑娘要把你大卸八块！"慧瑛两眼释放出杀气，一字一句地说。

瓦力格一见是慧瑛，惊得毛发倒竖，听到前院杀声震天，他知道只要冲过去，就有强援助战。一咬牙，大吼一声，挥刀攻来。他一旦拼上命，也算十分了得，一柄大刀上下翻飞，把在长白山学的老底儿毫不吝啬地全都使了出来。加上他天生神力，一时间占了上风，攻得慧瑛连连退了几步，压制住了迷幻剑法的施展。然而，慧瑛到底是老辣，瞅准了一个空当，抢攻一剑，立刻扳回颓势，接着不给对方一点喘息的余地。一套迷幻剑法淋漓尽致地挥洒出来，刁钻古怪，招招致命，瓦力格此时方知在劫难逃。

齐天啸领着弟子们打了半天，仍不见瓦力格的动静，心里不安起来。按照他与满迪父子的约定，他们要的是那女子的命，自己要的是秘籍。现在瓦力格那边不得手，自己也就没法要秘籍，他一着急，领着弟子们向后院杀来。

海兰察府中的官兵本来就不多，哪里阻挡得住青龙帮众的奋力一冲，除了敏日娜力敌几人之外，其余的都被冲散。

慧瑛一见青龙帮的向这里冲来，急忙发出两支袖箭，趁瓦力格躲闪之际，一剑刺进他肥壮的前胸要害之处，然后，向跑来的棱梅一招手，两人身体拔地而起，向院外射去。

瓦力格痛苦地抽搐着身体，瞪圆牛眼，手指着院墙，已经说不出话。一名家丁束手无策地瞎忙活，鲜血咕嘟咕嘟地从胸口、嘴里涌出，夹着泡沫浸透衣襟。齐天啸急匆匆赶到他身边，蹲下身体把了把脉，气急败坏地朝满府的家将吼道："还不去禀报满都统，海兰察杀死红艳父女和瓦参领！"家将一听，如梦方醒，扭头跑去。

齐天啸对天冷笑数声，他没料到事情竟然是这么个结局，比原来预想的要好得多。瓦力格的死是谁都始料未及的。可死得太是时候了，更是死在了一个好地方。他知道海兰察此时正与铁指神丐做殊死的决斗，那么杀得了瓦力格的高手是谁呢？他想了半天，又看了看地上躺着的另两名满府的家将，脑子里映现出那天夜里出现的两个女子，不觉打了个寒战。不错，那是海兰察的同门，一定会协助海兰察，看来还是大意不得，要尽快拿住海兰察，得到了秘籍之后赶快走人。这官场上的浑水不好蹚啊，弄不好会招来灭顶之灾，他望着郊外的方向，萌生了怯意。

郊外。一片林子的空地上，海兰察与铁指神丐的争斗到了殊死的地步。

自从上次的恶战之后，双方对彼此的武功修为都有了解，所以打得都十分谨慎。海兰察不敢欺身太近，虽然闭住全身的穴道，但铁指神丐那鬼神莫测的指力，仍不断隔空点在周身大穴上，尽管无大碍，可也时时酸麻，隐隐作痛。他仰仗着剑法的精妙，内力浑厚挺过了千招，偷眼望去，只见铁指神丐头上热气蒸腾，鼻息见重，心中窃喜。心里知道自己占尽了年纪的优势，现在只要再拖上个三百招，不难找到一个空隙，破了对方的铁指神功。有了这个想法，他故意示弱，大口喘气，剑招略显零乱，似乎没了章法，装出一副油尽灯枯的狼狈相。他想让铁指神丐抓住自己故意露出的破绽，诱惑对方贪功冒进，以便抓住机会给对方致命的一击。

铁指神丐从海兰察沉重的呼吸中，听出对方似乎中气不足，那剑招也开始迟滞，有江郎才尽之相。他自己此时也手脚乏力，攻势锐减，无时不顾忌海兰察的那把锋利的长剑，提防那无从猜测的、近乎随心所欲的怪招。但几十年的经验告诉他，这年轻小子的打法有些做作，诡诈的背后一定有所图谋，看对方露出了破绽，他无动于衷，照样稳扎稳打。

铁指神丐心里暗暗冷笑：就算你小子功力浑厚，年轻气盛，但这闭穴时间一长，内力不继之时，还不是一只任老夫宰割的羔羊么？！

海兰察渐渐感觉不对，老东西不上当，听他气息悠长，这样打下去也不是个办法，府邸在夜间也不知道会不会发生什么事。他决意尽快结束决斗，不惜铤而走险。主意一定，放开全身的穴道，暗中运于左掌，右手剑却运出凌厉无比的杀招，全力向对方攻去。他的用意是以剑招吸引对方的注意力，而后以左掌给对方致命一击，就是比拼内力也好，要一举定乾坤。他自信战到此时，老怪物的内力无论如何也不及自己，就算不死也要吐血。

铁指神丐突然感觉海兰察的长剑加重了力道，心里提防起来，对方敢于不用内力护穴，说明必有石破天惊的致命一击。所以，他也不敢贸然出招，游斗之间，全力提防对方。

"哟——两位不必斗了，就让本姑娘了断如何？"慧瑛像幽灵般地从树林中闪出，细声细气道。

"海兰察，你不守信义吗？"铁指神丐一见慧瑛，大惊失色，忙退后两丈，打算拿话挟持住海兰察。斗到了这个份儿上，无论哪一方一旦得到一点帮助，另一方就必死无疑。

"前辈不必急，在下并无倚多取胜的意思，师妹不知我们在此，这是误打误撞。"海兰察赶忙分辩，同时奇怪地望着慧瑛，不知她怎么会知道自己在此与铁指神丐决斗。

"哼，好一个守信义。"慧瑛冷笑一声，说，"你们川陕四怪无故窥探我师门秘籍，是什么信义？你们助纣为虐，伙同青龙帮合斗我三师伯，又是守的什么信义？现在你害怕了，老不死的，不好好在川陕道上养老，跑到这里干什么来了？少废话，拿命来吧！"

说话间，慧瑛手中长剑一直没停着，她为了讨好师兄，一心要宰了铁指神丐。唰唰数剑，专拣狠辣的招数攻向铁指神丐，见海兰察站在那里发愣，怕他难堪，忙叫道："师兄快回去，府中闹翻了天，这里有我。一会儿小妹拎着这老不死的脑袋去找你，棱梅师妹已经去弄猪头，咱们正好用两颗脑袋……"

海兰察最惦记的就是私邸的安全，一听慧瑛的话，头皮顿时发炸。他隐约觉得今晚的决斗已经铸成大错，转身施展起绝顶轻功，往回奔去。

满迪听到了儿子被杀的噩耗，手足冰冷，几乎昏厥过去。他一面传令集合兵马，一面详细地听了家人的禀报。当听到是海兰察亲自杀了瓦力格的时候，牙齿咬得格格作响，在巨大的悲痛之中，不愧是武将出身，分寸未乱，依然作好了周密的准备。

"齐天啸现于何处？"他问家将。

"齐帮主带人仍在后院与海大人的人拼斗。"

"那民女——"满迪又问。

"回大人，那民女已被瓦参领——"家将一见满迪投来的凶恶目光，急忙改口，"那女子连同老父都被海大人杀死。"

满迪一听红艳已死，脸色好转许多，心里一宽，骂道："杀人灭口，何其歹毒！"

"禀报大人，兵马备齐。"一名佐领回报。

"上马，直奔海兰察府邸"。满迪杀气腾腾地命令。

这次不用偷偷摸摸，满迪率领几百名马步军，浩浩荡荡包围了海兰察府邸。

领队的参领拍马向前，在火光中向海兰察府邸大喊："都统大人有令，巴

府的兵将听着，海兰察伙同盗匪强抢民女，诛杀朝廷命官，本官奉命捉拿海兰察归案。你们不得违抗，放下刀抢，有犯上作乱者，杀无赦！"

内院里的青龙帮众一看大队人马围住了巴府，早已溜走。院内的兵丁听了指挥参领的话，不知究竟，纷纷扔掉了兵器，被冲进来的兵丁一一拿获。敏日娜起初一看哥哥已死，一时没有了主意，她不敢让任何人认出自己，只好跃上慧瑛和棱梅潜伏的树上，静观事态的发展。她刚才趁混乱之际，曾偷偷溜进屋中，见到红艳赤身露体，惨死在床上时，惊骇万分，不知如何是好，脑子乱成了一团。等看到父亲大队人马冲进巴府时，慌忙穿房越脊，向郊外而去，给海兰察报信。

谁料到海兰察脚程甚快，已经赶到了府邸。他一见府内外灯火通明，人马鼎沸，情知出了大事，顿时冷汗直流。

一见海兰察到，人马自动闪向两侧。

"海兰察，你好大的胆，竟然串通江湖匪类，劫持民女，奸污之后又杀人灭口。这还不算，又擅杀前来解救民女的朝廷命官，铁证如山，你还敢抵赖么？"满迪立于马上，抢先发制人，一口气数说了海兰察一堆罪状。

"满大人何必先声夺人，本官是皇上特荐官员，不可随意诬陷。说海某抢劫民女，诛杀朝廷命官，纯属空穴来风，总要有证据才是。"海兰察一听对方把瓦力格干的事一股脑儿推在自己头上，怒极反笑，一看情形不对，有意搬出了皇上。

"好，本都统料你也不肯承认，来人，抬上来！"满迪胸有成竹地冷笑一声，朝后大喊一声。立刻有六名兵丁用木板抬上三具尸体，除了红艳父女外，还有瓦力格。火光下，红艳裙衫破碎，肌肤裸露，一副遭凌辱后又被杀害的惨不忍睹的模样。众多军士见了都不觉哗然，海兰察一见惊得说不出一句话来，反而给人一种做贼心虚、惶恐不已的样子。他万万没想到事情闹到了这个地步，瓦力格怎么会死呢？又偏偏跑自己的府里死，除了自己以外，府中无人是他的对手。敏日娜的武功比瓦力格要高，但想杀他也不是件容易的事，何况，那是她亲哥哥呀！

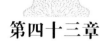

第四十三章

"来人，把海兰察拿下！"满迪不容分说，下令抓人。几名兵丁犹豫着上前，却不敢动手。

"谁敢拿我？"海兰察气愤之下，仰天惨笑几声，抽出长剑，一副豁出来的样子。此时，他才感觉到自己是那么无助，长剑划出一个长河落日的招式，大吼道："众将士听着，挡我者死！待我取了满迪的项上人头，再向朝廷请罪。"

这几句话用足了内力，有如雷鸣，在夜空中悠悠飘去，所有的将士骇然失色，纷纷后退。

"海兰察，你是要反叛朝廷么？倘若你无罪，不会上折自辩吗？"满迪一看海兰察要拼命，也心虚起来，他知道以海兰察的功力，想留住他是不可能的。真的较上了劲儿，自己还真的性命难保，右手一举，几十名弓箭手弯弓盘马，把海兰察围住。

"哼，无稽之谈。"海兰察讥笑道，"我索伦部世世代代恭谨本分，为大清朝屡立汗马功劳，从未有非分之想，今日敝人就自豁出性命，也要和你这个只会栽赃陷害、杀良冒功的小人一见高低。"

"一派胡言！"满迪知道在这众目睽睽之下，让海兰察这样说下去是不行的。他策马退后两步，心生一计，大喊："海兰察，三具尸首从你府中抬出，你要理论自有公堂，既然问心无愧何必怕三堂会审吗？你难道要以匹夫之勇坏了索伦的清名么？"他专门挑那些能够打动海兰察心的字眼儿，果然，海兰察听了这话，沉默一会儿，仰天长叹一声，说："也好，既然是这样，你我自有

公堂申辩之时。"说完，抛掉兵刃，束手就擒。

郊外。铁指神丐和慧瑛的决斗也到了胜负立见分晓的时候。

"姑娘胜……之不武，不过是乘人之危而已。"铁指神丐年纪已大，又和海兰察斗了一千多招，此时已筋疲力尽。慧瑛的功力虽然逊于海兰察，可那股刁钻狠辣的招数远远超过海兰察。两百招一过，他自知将力竭而亡，心里暗叹自己英雄一世，不想命丧于此。

"嘻嘻，老东西，什么胜之不武？杀了就是杀了。姑娘今天要用你的人头心肝祭我三师伯，你的脑袋总算是物有所值，该高兴才对呀。我看你还是自裁为好，免得人家说我杀了一个行将就木的人，坏了我的名声。你已经七老八十了，也就是个臭皮囊，本姑娘还小着呢，这碗江湖饭还得吃下去呀，对不对？"慧瑛嬉笑怒骂中，一把长剑忽左忽右，时上时下，三分厮杀，七分挑逗，口中冷言冷语，都是讽刺挖苦的话，尽情地戏弄这个曾经叱咤风云的怪侠。

铁指神丐哪里受过如此的窝囊气，牙咬得格格响，两眼几乎要喷出火来。却不再吭声，他知道对方见自己气力耗尽才敢如此放肆，眼下不是斗嘴的时候，还是寻找机会脱身。君子报仇，十年不晚，何必一定要在今天一争长短呢。

事赶凑巧，也是铁指神丐命不该绝。敏日娜火急火燎地赶到，一看决斗的并不是海兰察，而是慧瑛在与铁指神丐苦斗，急问："海兰察呢？"

"哟，这不是满府的千金么？"慧瑛一见敏日娜，酸溜溜的感觉又上来了，嘴里调侃着，手上却丝毫不见慢，趁铁指神丐一分神，一剑划破他的左臂。铁指神丐一惊之下，倒纵出一丈开外。

"别打了。"敏日娜心急如火，急欲探听海兰察的下落，所以抢前一步，用刀压住了慧瑛的长剑。

"嗬嗬，到底是一伙的呀，来吧，本姑娘以一对二，这下胜之有武了吧。"慧瑛哪里知道海兰察府中的实情，一看敏日娜出手，半恼半逗，唰唰几剑，分攻铁指神丐和敏日娜二人。精神头一足，剑气大盛，漫天的剑花罩住两人。她对敏日娜的功力心中有数，自知以一敌二也有胜算，索性半真半假，一块儿解决了他们，就是传了出去也是冠冕堂皇。

这目中无人的傲慢姿态，使敏日娜勃然大怒，她从小到大什么时候受过这样的奚落，手中刀立刻上下翻飞，三人战成一团。

不一会儿，敏日娜才醒悟到眼下的情形，心里又急又悔，自尊心又不肯让她罢手。直到棱梅气急败坏跑来报信，这稀里糊涂的争斗才停了下来。

铁指神丐在地上打坐。

慧瑛听了棱梅和敏日娜的话，才知道事情坏了。现在海兰察的性命都很难保，不要说满迪放不过他，就是齐天啸也不会闲着。他要的是秘籍，就会不择手段地折磨师兄，江湖上的人，那是什么手段都能使出来的啊。她的脑袋此时正在飞速转动，救出师兄一齐南逃，是劝他脱离仕途的最好机会，不过怕不容易。满迪现在一定是恨之入骨，肯定会严加看守，又有青龙帮的高手，硬来是不行。另外，师兄经此一难又会怎么想，凭他束手就擒的样子看，还是不死心，想在朝廷上讨个公道。这就等于说即使有人劫狱救他，他也未必肯走，榆木脑袋啊！想到这里，她茫然瞅了瞅六神无主的敏日娜，又看了看手足无措的棱梅。

"侯老前辈。"慧瑛一改刚才那种凶神恶煞的样子，换了一种口吻，对闭目打坐的铁指神丐说，"本姑娘想与前辈化敌为友，不知你是否愿意？"

"哼，老朽虽然功力不逮，但也不会俯仰与人。想做什么，划出道来吧。"铁指神丐微微睁眼，语气一点不示弱，他已凝聚了几分气力。

"前辈也是武林响当当的人物，一定是一言九鼎喽？"

"怎么说，不必拐弯抹角。"

"如果本姑娘今日放你一马，前辈会如何报答呢？"慧瑛试探着问，暗地里却蓄劲待发，打算话不投机就立下杀手。

铁指神丐早已知她的心思，借着恢复的三成真气，一跃而起，开口说道："不错，老朽今日承蒙姑娘手下留情，看来姑娘对老朽也是必有所求。这样吧，人世间只有这个情字难还，老朽可不愿欠姑娘的，说吧，要怎么还？"

"青龙帮主齐天啸受前辈节制，你的话他不敢不听，对么？"

"当然，老朽一句话，他们莫敢不从。"铁指神丐点了点头。

"我师兄落难，齐天啸必定趁机发难，此人功力高强，除了你以外，无人可以制服他。所以——"

"老朽明白了。姑娘是要老朽保护你师兄的安全。"

"不错。不过并不是没有限期，只要七天就行，七天之后，一切就与你没有关系了。"

　　"好，一言为定。"铁指神丐满口答应，他正需要七天时间疗伤，七天以后的事就又当别论了。

　　"前辈一诺千金，姑娘告辞。"慧瑛说定，招呼棱梅而去。

　　敏日娜怀着纷乱复杂的心情回到了府中，尽管心里痛恨哥哥平日里的所作所为，可总归是骨肉之情，陪着老父流了一会哀痛的泪水。然后，怒气冲冲抓住哥哥身边的家将，在一处僻静之处厉声喝问："你从实说，我哥哥被何人杀死，红艳父女又是怎么死的？"

　　"回小姐的话，瓦参领是……被海兰察所杀。"家将哆嗦着答。

　　"说实话，不然本小姐割下你的耳朵。"敏日娜恨这帮爪牙平日里为虎作伥，另一方面也是吓唬，拔出刀威胁。

　　"是实话，是瓦参领自己讲的。"

　　"你如何能确定是海兰察？"敏日娜明知海兰察在郊外与铁指神丐决斗，当然不信，把刀刃贴在家将耳边。

　　"小人说的都是实话，那是正宗的迷幻剑法。"家将信誓旦旦。

　　"那人始终没有露出真面目吗？"

　　"没有，小的们只是从娴熟的剑法中猜到一定是海兰察。"

　　"那么红艳呢？"敏日娜摸出一锭十两的银子塞给家将。

　　"谢小姐。"家将受宠若惊，装好了银子，向四下看了看，低低说道，"瓦参领杀了红艳父子，这笔账必然算在海兰察身上。嘿嘿，小姐是没见到，那红艳女子死得是惨不忍睹……"

　　敏日娜呆呆地愣在那里，她明白了，也惊呆了。瓦力格杀死红艳父女，目的是灭口栽赃，而慧瑛冒充海兰察杀死瓦力格是为了什么呢？从表面上看，她仿佛是在替师兄出口恶气，可实际上也是害了海兰察。刚才在郊外，她又与铁指神丐达成协议，要他保护海兰察，这个女杀手到底要干什么？这一切事情的发生扑朔迷离，令人不可思议，使她稚嫩的头脑无法承受。趁着曙色未动，嘈杂声渐息的空当，她跑去见父亲满迪。

　　是什么目的，该说什么，她还茫然不知。

　　"先休息吧，有什么事天明以后再说吧。"满迪看看面含泪相、神色恍惚的女儿，还当她是悲愤过度，无法安歇。

"女儿有几句话要问。"敏日娜忧郁地说，家人一听，不等吩咐就退了出去。

"哦？"满迪瞅着心事重重的女儿，颇感意外，静等下文。

"海兰察今夜根本不在府中，如何会杀死我哥哥的呢？"

"什么？！"满迪像听到了个炸雷似的，身体一震，仿佛见了个陌生人似的，打量着女儿，嘴唇哆嗦着，问，"你……是怎么知道的？"

"听铁指神丐说，他今夜在郊外与海兰察决斗。"

"你见了么，你晚上到哪里去了？"满迪两颊上的肉可怕地痉挛着，恶声恶气地问。

"女儿是……听人家说比武之事，一时好奇，赶去偷看的。"敏日娜一见父亲那从来没有过的凶狠目光，浑身不觉一颤，随口编出一套假话，瞒了过去。

"记住，敏日娜，你哥哥是带人去救那民女才遭了海兰察的毒手。这血海深仇可不能为……儿女私情所误。"满迪疑惑的目光在女儿脸上扫了半天，含沙射影地叮嘱道。

"眼见海兰察和铁指神丐比武的大有人在，纸里怕是包不住火。"敏日娜固执地说，也是暗示父亲放弃栽赃于海兰察的打算。

"还有谁？"满迪凶光毕露。

"除了青龙帮的人，好像还有海兰察师门中的好多人。"敏日娜故意将好多两字咬得很重。

"嗯，江湖中人，不足为信。"满迪的神色稍微一缓，低头沉思起来。

敏日娜知道说什么也没有用处，哥哥的死使父亲失去了理智，仇恨使他忘掉了一切，哪里还顾得上是非曲直。她叹了口气，只好姗姗离去，以免让父亲看出破绽。

眼望女儿离去，满迪无限惆怅地叹了口气，如此的结局是他万万没有想到的，这场争斗的代价太大，失去唯一的儿子是他无法承受的。事情到了这个地步，也只有豁出一切干下去了，总之不是鱼死便是网破。既然硬撑下去，就必须堵塞一切漏洞，敏日娜刚才说海兰察夜里不在府中，这可是个危险的信号，一旦这些江湖人传出去，那就露出了马脚。

对海兰察的处置，他大伤脑筋，海兰察是钦点记名副都统，看管得严点会落个虐待朝臣或擅作主张的罪名。定罪是朝廷的事儿，自己只不过暂时拘押，

究竟如何处置，那还要等重臣们的决定。看管得松点也不行，一旦跑掉要麻烦，在没有接到御旨或内阁大员来到之前，不能出一点差错。想了一会儿，他决定派人把海兰察关进地牢，那是关死囚的地方，严令守军严加看守，任何人不得探视。

城中一家客栈中，铁指神丐和齐天啸正在商议如何处置海兰察，时而低声细语，时而有激烈争执，面红耳赤。

"侯兄，瓦力格已死，这事肯定惊动了黑龙江将军，弄不好京师也知道了。一旦委派官员来审案，我们的下手机会就更少，这一点老兄不会不明白吧？"齐天啸十分焦急，苦口婆心劝铁指神丐。

"七天，就七天。"铁指神丐双手抱在胸前，半闭着眼，说，"帮主，咱们可是约定在先，你拿秘籍我要人，不然老夫能千里迢迢跟你到这来？"

"干掉海兰察，你我各取所需，不是挺好么？"

"七天后动手，早一天也不行！"铁指神丐有点不耐烦，说得斩钉截铁。

"到底为什么？"齐天啸大惑不解。

"这……"铁指神丐神色微变，支支吾吾。

"侯兄有什么难言之隐吧？"齐天啸猜到几分，但仍然试图说服铁指神丐，"侯兄，我们江湖中人犯不着守官府的规矩，满迪对付海兰察还可以，咱们不吃那一套。劫了狱走人，让他干着急去吧。"

铁指神丐面色难看，斜视着齐天啸说："齐帮主，明人不说暗话，你我二人内伤都没有好，就是劫狱也不一定能劫成。别忘了，海兰察的那两个师妹一定会暗中守护他，帮主别说是受了伤，就是没受伤恐怕也很难对付……"

齐天啸一听这话猛然醒悟，神色大变，低下了头。不错，慧瑛刁钻凶险的剑影又浮现在眼前。

天，已经亮了。

塞外，艳阳高照，空旷无垠。

一队旌旗齐整鲜明的兵马行驶在科尔沁草原。马队中间，阿桂头戴双眼花翎，身着四团龙补褂，白马紫缰，威风凛凛。

十日前，圣旨一下，命他为巡边大臣，与吏部尚书尚阿力，内大臣温福一同巡视北部边境。

　　阿桂没料到皇上点名要自己这个内阁大学士去巡阅，正在疑惑中，皇上召见了他，这才明白派自己出巡，是有一番深意的。

　　"前不久，朕看了索任部副都统图海的奏折，和海兰察一样，是弹劾卜奎副都统满迪的。历数的参款十几条之多，都是贪赃枉法、骄姿跋扈的事例。索伦部与卜奎近在咫尺，图海所奏言之凿凿，落地有声，与海兰察所奏大致略同，看来满迪的劣迹昭著，群情激愤啊。"乾隆皇帝紧锁眉头，怒容满面。阿桂知道皇上一定有密报，不然口气不会这样肯定，发这么大的火。"满迪有负朕意，旧过未补，又添新祸，屡屡招惹事非，有损天朝在边民中的德威。所以朕让你以巡边为名，代朕抚慰边陲军民，主要是详查满迪和海兰察之间的纠葛，妥善处理。——哦，可让都察院和理藩院派员随往。"

　　"臣遵旨。臣一定鼎力而行。"阿桂一听就知道是尚阿力和温福搞的鬼，把这得罪人的苦差事推给了自己，心里暗骂尚阿力是老狐狸，却无法抗旨。

　　"阿桂。"乾隆皇帝像是看破了他的心事，意味深长地又说，"朝臣之中，你是最知朕心思的，满迪和海兰察虽说不是什么重臣，可也是封疆大吏，边陲之地的两名二品大员，这样闹，难免让人议论纷纷。这二人都是武官，又曾是你的治下，所以你去才让朕放心。记住，对外，要做得不偏不倚，对内，要以安抚为主，妥善处理。哼，满迪太不争气！"

　　"倘若一时查不清，可否带回京中？"阿桂听出了分量，他知道了皇上的用意，吏部尚书掌管官员的政绩，内大臣温福是皇上的又一只耳目，都察院的左副都御史查案，理藩院侍郎掌管蒙旗事务，最后的决定权落到了自己手中。皇上是把大权交给了自己，责任重大，风险也大啊。他脑子一转，试探着问皇上，企图给自己留点余地。

　　"是待参还是带回京中么，可酌情办理。"乾隆皇帝见阿桂耍滑，没有生气，颇为体谅地说，"查明后是就地处置或是带回京中，可与其他几个大臣商议。"

　　"喳！"

第四十四章

　　阿桂见皇上如此重视此事，自然不敢怠慢，第二天召集齐各位大臣，让温福在京师健锐营点了两百兵马，又带上两名大内侍卫，离开京师，向北而来。

　　已进入科尔沁草原，领兵而来的奎林兴致勃勃地向左翼尉哈木问："时常听说索伦草原旷野千里，大兴安岭山高林密，旗民热情好客，此次到了大人家乡，想必热闹一番吧。"

　　"当然，那还用说。敝人保证大人不虚此行，只是海兰察……"哈木满腹心事，他知道奎林虽然嗜酒如命，但与朝中王公大臣关系密切，又是海兰察的好友。所以在京中听到了阿桂受命钦差，前往卜奎城的消息后，极力怂恿奎林一同带兵前来，也好暗中策应海兰察。阿桂自然明白这个索伦中年将领的一番苦心，慷慨应诺，这样，哈木和奎林左右两翼尉便率两百健锐营兵马当了钦差卫队。

　　奎林曾与海兰察同在皇宫当过侍卫，也得到海兰察的照顾，双方结成患难之交，经哈木的一番鼓励，嗷嗷叫着非来不可。他又是皇亲，别说步军统领，就是六部大员都要让他三分，因此，说来就来了。

　　这一行官员中，除了阿桂之外，可以说是或公或私，都和满迪和海兰察的事有点瓜葛。一路上，各有各的心思，作着各种各样的打算，唯独阿桂的心思让人无从猜测，也没人敢问。

　　其实，阿桂虽然遵从皇命，率众北上，可说心里话，他心里的那股别扭劲儿到现在还没有完全顺过来。首先，他对这次的差事就十分恼火。在朝臣眼里，有一个不言而喻的看法，那就是出使江南地区才是公认的美差。江南不仅风光旖旎，而且物产丰富，人口稠密，一句话，油水大。出使西北和漠北就惨了，人口稀少，路途遥远不算，风沙又大，更糟糕的是这里的民风民情与江南大不相同，都有山高皇帝远的感觉。沿途得到的好处和江南相比，实在是少得可怜，这些京官全指望搜刮地方官吏，敲诈各地督抚。

这种只有得罪人、没有多大收获的差事竟然落到他这样得宠的重臣身上，怎么不叫人恼火、义愤填膺呢？但是，阿桂就是阿桂，他的高明之处在于不就事论事，能够转出这个狭隘的圈子，换另外一个角度看待及分析问题。这就为他的见识往往有独到之处提供了前提，也就是说，他并不同于一般的朝臣，对事情的看法从不流于俗见。

在平和了愤懑不平的心态之后，摒弃所有世俗的成见的同时，他那超越常人的理性光辉又照亮了视野。是的，要说处理官吏之间的争执，查询劣迹，那是理藩院、都察院的事。但皇上并没有把这事情单纯地看成是官吏之间一般的冲突，所以对尚阿力和左副部御史不放心。这就意味着皇上不愿扩散东部边陲满洲官员和索伦官员不合的事情，不是么，后院怎么能起火？再说，在火边看热闹的人太多了，都是边陲各部族，细说起来都是满清的族亲哪！更可恶的是这件事情一传出，无论是京城还是南方各级各族官吏，有多少人冷眼观望。幸灾乐祸者有之，唯恐天下不乱者有之。为此，如何大事化小，小事化了，场面上又不有失偏颇，是自己此次北上的目的，什么巡边呀，安抚边民呀，扯淡！

他考虑到这些，原本失衡的心态又恢复过来，甚至比原来更高明了一层。暗自得意自己能够理解皇上的意图，这也是他春风得意的主要原因，当然，他时时提醒自己千万不能理解过头，要留下余地，留下让皇上表演的空间。任何君主，都不会喜欢无所不知，甚至要超过自己的人。功高震主，才高也震主啊。

对满迪的为人，从两年前准噶尔平叛中，他是太了解了。一个战功都敢冒领的人，还怕其他的什么困难吗？在自己的治下偷鸡摸狗算得了什么呢，这样干的人还少么？只是满迪倒霉，碰上了海兰察这样生个子马。他们之间的纠葛多半是满迪父子错得太离谱，海兰察年轻气盛、斗气所致。

"阿大人，如果满迪和海兰察互不原宥，继续相互抨击，不如分开算了。"尚阿力试探着问。

"海兰察是否太过狂悖，年纪轻轻，依仗战功，有几人敢这样？"温福愤愤说，讲出尚阿力不好说的话。

"两位不必性急，此事务必细细过问，从长计议。"阿桂思索了一会，尽力开导这两个只知依仗满洲权势，不管其他的庸庸之辈，"二位可记得，想当初我满洲只有铁骑二十余万，何以击败百万之众的明军，夺得万里山河，变大明为大清？"

"那是大明气数已尽，大清是顺应天理。"温福白了阿桂一眼，喃喃说道。心里特别反感阿桂那教训人的口气。

"天理当然是这样，但是人和亦是相当重要。"阿桂不以为然地摇了摇头，又说，"我满洲不要说与汉族相比，就是和其他大的部族相比，也算是一个较小的民族。可我们能够驾驭中原，制服西域，统辖青藏，把这些历代与中原抗衡的地区完整地划入大清版图，其中很重要的一点是我们善于驾驭外族的才子。试问，倘若外族都不肯臣服，决意与我朝为敌，那将是种什么局面呢？边围狼烟四起，中原战火连天，外夷再趁火打劫，就算我满洲二十万铁骑，再勇猛善战，也不可能力挽狂澜。所谓天理亦随人变，人亦左右天理，有人说得好，事在人为啊！我等身为朝廷重臣、大清的栋梁，出使理当从国家社稷的安危着想，万万不可感情用事啊……"

钦差的信使一到卜奎都统衙门，不出一日，人人皆知，成为街头巷尾、酒店茶坊的谈论话题。

"哎，听说朝廷派来了一个叫阿桂的一品大员，还是个加太子少保衔，看样子，海兰察这个记名副都统凶多吉少啊。"

"不见得，朝臣都知道海大人廉政耿直，连皇上也对他另眼看待，这一次怕是满都统过不去。"

"不错，满迪父子在此地臭名昭著，本地官吏一直偷偷上折弹劾，说不定这次是东窗事发。等着看好戏吧……"

"……"

慧瑛坐在一家酒楼上，静听人们交头接耳，心事重重。

"师姐，我们得抓紧时间动手。"棱梅听了这些传言，有点儿坐不住了。她刚从内地赶回，招来了在河北、山东一带办事的本派弟子，准备力量，在迫不得已的时候，用武力救出海兰察。

"不行！"慧瑛皱皱眉头，说，"现在人手是够了，可不到时候。"

"为什么？"

"师兄对朝廷抱着很大的希望，他指望的是讨回公道，所以，想让他心甘情愿地跟咱们走，就……必须斩断他对朝廷的幻想。这不是容易的事啊。"

"是啊，师兄本来就无罪啊。"棱梅叹道。

昨天夜里，她和慧瑛潜入地牢，点倒守卫，劝海兰察逃走，而海兰察却信心十足地期待朝廷的裁决。他是不到黄河不死心哪。

"棱梅，查清是何人随同前来？"慧瑛问。

"有吏部都察院的大员，理藩院也来了个侍郎，此外，领兵前来的哈木和奎林，都是京师健锐营的左右翼尉。"棱梅想了想又说，"还有两名大内高手。"

"唵。"慧瑛低头沉思良久，两弯剑眉急剧地痉挛了几下，一排银牙狠狠咬了咬下唇，猛一抬头，断然说，"师兄这样执迷不悟，死心塌地地为朝廷效力，也怪不得我了。"她俯在棱梅耳边嘀咕了半天，棱梅听了勃然变色，颤抖着问："师姐，这样做不是把师兄害了么？弄得不好，可是陷于万劫不复的地步啊！"

"哼，不是有句话么，量小非君子，无毒不丈夫。不把师兄逼到份上，他是不会回头的。"慧瑛安慰着惊恐不安的棱梅，坚决地说。

"这……师父她老人家不在，总不能擅自——"棱梅还是不放心，犹豫着。

"住嘴！"慧瑛粗暴地打断了棱梅的话，用命令的口气说，"一切由我做主，不必多说了，叫人准备吧！"

月色凄迷，万籁俱寂。

一条人影灵如猿猴，借着漆黑的夜色，躲过巡夜的兵丁，点倒了两个卫兵，靠近了囚禁海兰察的地牢。

由于前几天有人夜囚禁之地，点倒了兵丁，守军加强了戒备，并且给海兰察戴上了刑具，海兰察顿时手脚动弹不得。到了此时，他开始不安和惶恐。后悔不该答应带上刑具，弄得现在没有任何自卫的能力。如果此时有人加以陷害，他只能坐以待毙。这些守军在高手面前，简直不堪一击，形同虚设，就算有的略有本事，又有谁肯为自己死战呢！

　　几天来，他把往事细细回想了一遍，时而悔恨哀怨，时而自责沮丧，有时又被一种天真的幼稚所鼓动，对将来仍抱有莫大的希望。他感到自己愧对皇上的信任，愧对部族对自己的希望，轻率短练，没把事情办好。

　　他仇视满迪和趁火打劫、助纣为虐的青龙帮，还有铁指神丐，暗暗发誓有朝一日杀得他们一个不留，报师门大仇，也为朝廷消除匪患。

　　他也怨师妹慧瑛，假如她真心为自己好，就该帮助自己保护好红艳父女，那么事情也绝不至于闹到今天这种地步。敏日娜是受自己委托，保护府内的安全，她的能力对付青龙帮已属不易，没有能力——也不可能去杀自己的亲哥哥。那么能杀得了瓦力格的人，除了慧瑛还有谁呢？慧瑛为什么要杀死瓦力格，难道她不知道这样做会给自己带来多大的麻烦吗？凭她的机灵聪慧，不可能想不到这一点，那么到底是为什么？他百思不得其解。直到那天晚上，慧瑛闯入地牢，意欲斩断他的镣铐，劝他逃走的时候，他才终于意识到，不管自己的意愿如何，这些日子里发生的一切，都是师妹的一厢情愿。都是这个刁蛮任性的慧瑛，不顾忌一切的野蛮杰作。

　　"师兄，到了这种地步，你还不死心么？"慧瑛抿嘴一笑，充满了诡诈和邪气。

　　"是非曲直，自有公论，我海兰察问心无愧，怕个什么？"海兰察冷言道。

　　"瓦力格一死，红艳父女的死就永远成了个谜，你洗得清么？"

　　"啊——师妹，瓦力格是你杀的？"海兰察惊愕地瞪着慧瑛。

　　"不错，"慧瑛索性沉下脸，向外看了一眼，说，"事到如今，也瞒你不得，没有别的办法，就是逼你出走，在官场上断了你的立足之地。"

　　"你大胆，你……太过分了。"海兰察愤怒已极，语不成句，"你……既然做到了这一步，可见一点同门情谊也没有了，好，这样也好，你我从此恩断义绝。"

　　"师兄。"慧瑛一看海兰察如此动怒，惊叫一声，向海兰察靠近。

　　"别动！"海兰察厉声呵斥，"你再靠前一步，休怪我无情。"

　　"师兄，我……"慧瑛见海兰察屏息运气，衣襟无风自动，护身罡气袭人，一副准备拼命的样子，不觉眼含悔恨的泪水，依依不舍地离去。

　　望着慧瑛消失的背影，海兰察愣怔半天，百感交集，忍不住潸然泪下。正当他黯然神伤的之际，听见一声轻微响动，紧接着一股强劲的掌风击来。他本能地侧身一闪，准备躲开这一迅猛的偷袭，但镣铐在身，行动受制，右胸中了一掌，身体重重向后摔去。一条人影形同鬼魅，向他疾扑而来，一双蒲扇大的手掌，狠狠地向他肩骨砸来，意欲拍碎他的肩骨，废除他的武功。海兰察大惊，黑暗之中，就地一个细狗钻裆，从来人裆中穿过，顺势一记乾坤脚，踢中对方的后背。

"齐天啸，亏你还是一派掌门，干这种乘人之危的勾当！"两招之中，海兰察已猜中是齐天啸，惊怒交加，厉声喝道。

"嘿嘿，海大人，还是乖乖交出秘籍，老夫可以救你出去，绝不食言。"齐天啸一看行藏已被道破，冷笑着扯下面罩。

还没等海兰察开口，门外传来另一个人的阴森怪笑，铁指神丐走进来，对齐天啸冷冷说道："阁下有失承诺，是不是认为老朽不中用了呢？"

不敢，候……老前辈何处此言？在下可承受不起。"齐天啸一看是铁指神丐，先是一愣，随即尴尬万分地讪笑了一下，又说，"在下性急，是想报那一脚的内伤之仇，并非有意自食其言，老前辈不必介意，在下这就退去。"

"海兰察！"铁指神丐看着走出去的齐天啸，对海兰察说，"老朽不是有意救你，而是与慧瑛姑娘有约在先，等再过两天，约定就到期，咱们各安天命。你若不死，老朽定要和你一见高低。今天并不是乘人之危，落井下石，只为几日前你师妹擅自加入我们的决斗，违约在先，致使老朽内力大耗。现在和你讨个公道，你玄门内功深湛，在牢里慢慢疗伤吧。"言毕，不见用力，一掌拍来，打完之后瞅都不瞅，拂袖而去。

一见对方出掌，海兰察忙凝聚护体罡气，可对方速度太快，语出掌到，一掌按在海兰察胸口，海兰察无法躲闪，硬生生承受了巨大的掌力。身体向后飞去，重重撞在墙上，喉头一甜，喷出一口鲜血，伤得不轻。

海兰察昏迷在地，只觉得五脏六腑像一锅沸水，抢着涌向鼻口，暗自一试，五脏并没有移位，长吐一口气。他自知内伤不轻，强自起身打坐，调理气息。

灵台清澈，物我两忘。一个时辰后，他暗自运转丹田真气，不长时间，一丝细弱但是纯正的热流周转于任督二脉，小周天通畅。他不觉大喜，知道自己的内功又有长进，于是抛弃一切杂念，垂目端坐，调气疗伤。大约又过了一个

时辰，真气贯通全身，汗透内衣，周身无比地舒畅。收气归丹田后，慢慢睁开眼，只见敏日娜远远倚门而坐，见海兰察运功完毕，轻轻说："海大人，朝廷大员即日就到。"

　　"哦？好！"海兰察眼睛一亮，十分兴奋，顷刻，又问，"敏日娜，你……"

　　"大人不必说了，是福是祸总是要来的。我想是非会有公道。"敏日娜拿出手帕，神情复杂地为海兰察擦了擦嘴角上的血迹。

　　"难得小姐如此……"海兰察盯着敏日娜，动情地说。

　　"理当如此，倒是我父兄——"敏日娜难过地说。

　　两人沉默了很久。

　　"知道是谁来了么？"海兰察打破沉寂，开口问。

　　"阿桂大人和吏部尚书、都察院的左副部御史，随行兵马指挥是京师健锐营的左右翼尉。"

　　"哈木和奎林？"巴特精神一振。

第四十五章

　　敏日娜一直注意海兰察的表情，当她一见海兰察面露喜色，问："你想过没有，一旦这些要员裁决不公，你会怎么办？"

　　"小姐……的意思是什么，在下愚钝。"海兰察猜出敏日娜似乎在暗示自己什么。

　　"我哥哥已经死去，红艳父女的命案可否不了了之，这样对谁都好，你说呢？"敏日娜本意是把责任全部推在死去的瓦力格身上，希望化解父亲和海兰察的矛盾。作为这个家族中的一员，一个做女儿的角度上，她当然希望父亲与海兰察的争斗能化干戈为玉帛，能像她想象的那样，向她憧憬中美好的方向发展。转念一想又是绝对不可能的，不管海兰察还是父亲满迪斗到了今天这种地步，最终只会以一方的惨败而告终。毫无疑问，父亲的胜算微乎其微，失败是注定的，一想到这里，她怎能不心乱如麻、惶惶不可终日呢？

　　"晚了，敏日娜。人命关天，绝非儿戏，朝廷既然派大员前来，可见皇上非常恼怒。"海兰察神色凝重，深深叹了口气说，"想来在下做事也不算过分，没料到瓦参领竟然伙同青龙帮……"海兰察有意撇开满迪，只提到瓦力格，言语中已经露出网开一面的意思。

　　敏日娜是何等聪明，立即领会了海兰察的用心，美目一闪，瞟了一眼矛盾中的海兰察，幽咽着说道："我知道，是我哥哥杀了红艳父女，慧瑛又杀了我哥哥。天理昭彰，我哥哥已经有了报应，只是老父年迈，虽说处世昏庸，可……"

　　"在下当然……知道你的苦心。"海兰察凝视着敏日娜在昏暗灯光下苍白

痛苦的脸，不知道说什么才好。毕竟是父女情深啊，敏日娜虽然和她哥哥完全不同，到底还是满人之女，这份凄苦的心境是可想而知的。

"海兰察，"敏日娜突然改变了称呼，直呼其名，说，"既然仕途如此磨难，你就没有想到隐匿山林草原吗？"

"哦？"海兰察对她的话感到惊讶，不知何意，忙问，"请道其详。"

"慧瑛不是这个意思么？"敏日娜直视海兰察问。

外边传来轻轻的咳嗽声，敏日娜一听，站起身说："我得走了，你好自为之。"

"慢！"海兰察叫住她，一阵犹豫后，说，"有一事拜托，不知……"

"说，只要我能办到。"敏日娜有点受宠若惊，她断定海兰察一定有极其重要的事情。

"在下卷入官场和江湖门派纷争，说实话，前程未卜。生与死没有什么，只是……我师门的秘籍不能落入他人之手。一旦我有不测，秘籍就藏在——"海兰察颇为顾忌地看了看敏日娜，把心一横，正要说下去，却被敏日娜打断。

"住口，不要说。"敏日娜谛听了一下四周的动静，手指向外点了点，嘴上却说，"何必如此悲哀，一点信心都没有呢，如果这个模样出去见诸位京师来的大人，他们将会如何想？"

"在下岂是怕死之辈，更不惧公堂，在下说的是仇家，江湖上的仇家。我师门武功盖世，只要练成便是当世少有的高手，正因为如此，不仅江湖上各个门派都在垂涎三尺，就是师门内也颇有微词。然而，师门戒律更严，其中有一条，即便是本门弟子，心术不正又缺武德者，不传玄门内功心法。就算已经传授的也要清理门户。按理说，在下现在随时有性命危险，理应将秘籍交给本派弟子，但我师妹性情狂傲，嗜杀成性，令人担心。所以——"

"不必说了，"敏日娜什么都明白了，还有什么说的呢？她背朝海兰察，想到海兰察竟不相信同门的师妹，将如此重托要交付给自己，喜极而泣。白皙的脸颊上淌下一行晶莹的泪水，刚才那烦乱的愁绪像被一阵清风吹得烟消云散，顿觉豁然开朗，心旷神怡。"秘籍一事不要再提，如果真的到了山穷水尽的那一天，这秘籍就让它从此消失吧。留着它只能给人带来猜疑、杀戮的话，莫不如没有，何必把灾难传下去呢？"

"这……"海兰察不知道敏日娜竟然会说出这种话来，他可是从来没有想过这个结果，顿时愣住，无言以对。

"海兰察，朝中虽不乏昏聩无能者，但公理永在，正气长存，即使曲折再三，事情终究会水落石出。保重。"敏日娜神采照人，回眸一笑，转身离去。

海兰察呆呆地坐在牢里，脑子里一会儿是红艳父女血淋淋的尸体，一会是哈木怒气冲冲的责怪，一会儿又是阿桂那峻厉多变、叫人难以琢磨的眼神。接着，敏日娜时而怆然无神、充满忧郁的面孔，时而妩媚深情的笑脸交替着师妹冷酷刁钻的面容，纷纷映现在他的面前。

昏暗的灯光下，他的心沉浮不定。

钦差的队伍在阿桂的催促下，一路上夜宿晓行，简直就像出征打仗那样，出奇地迅速，已经接近了卜奎城。随行的将领由于常年的征战生涯，都习以为常，唯独久居京城、养尊处优惯了的吏部尚书尚阿力吃不消了。终日鞍马颠簸，风餐露宿，他又是腰酸又是腿疼，终于忍耐不住，对阿桂说："阿大人，我等又不是去赶庙会，何必这样急促？"

"尚大人，为皇上办公差，怠慢不得啊。此外，将士们终年穿梭于边围哨卡，哪个不是天天过着这样的生活，忍一忍，习惯了就好啦。"阿桂心中暗笑，嘴上却一本正经。

"是啊，这真不比京城，八抬大轿是何等舒服。"温福借机插上一句，他曾数次带兵打仗，自然知道武将的艰辛，现在一听尚阿力叫苦，抓住机会奚落了尚阿力几句。

没心没肺！尚阿力心中暗骂，可表面上没说什么，他盘算着这温福长年在皇上身边，没准什么时候胡说自己几句，必须慎言。再说，到了卜奎以后，还要用他来顶顶阿桂，是呀，办正事要紧。

在一个驿站歇息的时候，奎林和哈木觉得有些奇怪。这偏僻之处行人突然多了起来，而且不时偷眼窥视。那眼神和举止既不像过往的商贩，更不像农家牧人，倒是像练过功夫、颇有根基的人。

"两位大人，假如卑职没有看走眼的话，今天这些来往的人都是武林中人，他们已经跟了两天了。"一个叫高祥的大内二等侍卫悄悄在哈木耳边说。这个高祥原来在步军统领福康安麾下效力，自幼闯荡江湖，早已察觉这伙人来者不

善，提醒两名没有江湖见识的左右翼尉。

"几个毛贼何足惧哉？"奎林一听，大咧咧一笑，他自恃武功高强，又有兵马，又有大内高手相助，哪里肯把江湖人物放在眼里，"我等是钦差卫队，犯我者当诛九族！"

"话不能这么说。"哈木摇摇头，接过话茬，说，"兄弟，此行的目的不是打仗，是办差，诸位大人都是朝中重臣，他们的安危可是系于我等之身啊。杀贼上千也不算功，可是有一位大人出事，那就是我等的过。另外，别忘了，你的生死之交，海兰察现在一定是望穿秋水呀。想想看，孰轻孰重？"

哈木怕奎林误了大事，因势利导，于公，讲明利害关系；于私，点明了奎林与海兰察的关系。

奎林一听击掌大叫："哈兄所言极是。唉，小弟这脑袋确实是只能装酒。"奎林醒悟过来，狠狠捶打自己的头。他一调到健锐营，便和哈木很投缘，后听说哈木是索伦人，更加亲热几分。相处越久，对哈木待人处世的精明就越佩服得五体投地，见哈木年长自己十几岁，便以兄弟相称。

"这一路要格外小心，再有两天就到卜奎城了。"哈木沉思着，又叮嘱道，"记住，一旦有什么事，高侍卫一定要不离阿大人左右，其余的有敝人和奎林应付。"

"谨听右翼尉大人的吩咐。"奎林和高祥齐声应道。

走出科尔沁草原，沿途是草莽葱绿的旷野，或是层层叠出的黛色山峦，不时越过奔腾湍急的江河，时而又蹚过潺潺小溪。

看见这酷似家乡的草原河流，哈木想起长年征战不得归乡的索伦将士，至今仍在冰山大漠中熬受凄风苦雨，家乡妻儿老小倚门长望、泪眼婆娑的情景，蓦然悲从心起，心潮澎湃，开口吟道："岁岁金河复玉关，朝朝马策与刀环。三春白雪归青冢，万里黄河绕黑山。"

"好诗。尤其是此时此地，哈翼尉虽身为武将，文才却不薄，也是有感而发。也难怪，思乡之情，眷恋故土的心思人人有之，更何况常年在外，不得归里的索伦人呢？"尚阿力正在马上打瞌睡，听哈木的诗中有一丝淡淡的哀怨之情，讪讪搭言。哈木想想有些失言，急忙掩饰，说道："卑职不才，哪里有什么文才，不过是拾人牙慧，借以抒怀。或许是词不达意，南辕北辙，让大人见笑了。"

"哈翼尉足智善谋，老夫早有耳闻，今日一见果然如此，可谓大言稀声，大智若愚。不错，不错。"尚阿力啧啧赞叹。

"人非草木，孰能无情。我朝多少将士常年在外，还不是为了天下安宁，即使思恋之情有所偏颇，亦在情理之中。"阿桂听出尚阿力的话不对头，有意从中圆和，两眼一扫尚阿力，示意他不要小题大做，没事找事。

"尚大人稳坐京中。自然体会不到跋涉之苦、思乡之情。倘若能守三年边关，驻守大漠一年，就不会有今天的如此之说喽。"温福又酸溜溜地搭话，一张嘴就是令尚阿力尴尬的话。尚阿力气得翻了翻白眼，呵呵嘴，又把话咽了下去。

刚刚还气氛活跃的场景冷清下来，只有马蹄叩击的声音。

前方疾驰而来的信骑又打破了沉寂。

"禀报大人，卜奎副都统满迪有密函送到。"一名随从参领递上信函。

"嗯？"阿桂疑惑地接过信函，随口问道，"那么海兰察呢，有信函吗？"

"回大人，没有。"

阿桂心里暗暗吃惊，知道有要事，看了看尚阿力和温福投来狐疑的目光，叫了声"停"。下了马，打开了密函，还没看完，脸色大变，匆匆瞟了哈木一眼，和尚阿力、温福几人低声商议起来。

哈木发现阿桂朝自己瞥了一眼，料定是密函与海兰察有关，是凶是吉难以预料，只好忐忑不安地静静待命。

"哈翼尉！"阿桂商议已定，扭头叫。

"卑职在。"哈木迎了上去。

"着令将士急进，不宿营不休息，明日务必赶到卜奎城。"

"——喳！"哈木微愣了一下，急忙应声而起，策马向后队赶去传令，却向在队中的奎林使了个眼色。奎林会意，策马向温福靠去。

奎林身份特殊，天性又是桀骜不驯、放荡不羁的人，平日就与朝中重臣拍拍搭搭，别人也拿他没有办法。这一行人中，他只敬畏阿桂几分，其他人均不在他眼里。

"温大人，卑职看几位大人神色不对，何事这么着急？"

"这……不要言传。"温福望着远处的哈木，低声说，"据满迪报信，海

兰察奸杀了民妇，又杀死参领瓦力格，现已拿住。"

"——啊？这……大人，可有证据么？"奎林一惊之下，有如五雷轰顶，懵懵懂懂地问。

"当然，几具血淋淋的尸体，还有在场众多兵将目睹，铁证如山哪。"

"大人，卑职和海兰察相处多日，虽然不敢说了如指掌，但他绝不会做出这等事。怕是有人栽赃陷害吧？"奎林不加思索，随口为海兰察辩解。

"住口，不许胡说。"温福低声喝止，斜视着奎林，说，"你身为满人，何以替外族人说话？"

"怎么，满官就可以枉法吗？"奎林心里不服，倔劲儿又上来了。

"唉——你还太年轻，日后总会明白，到底是怎么回事，到了卜奎自然明白。好了，不谈这些。"温福无心和奎林多说，哼哈几句了事。

哈木神色凝重地听了奎林的话，久久没有吭声。心里翻江倒海，又气又惊，暗骂满迪父子做事歹毒，海兰察愚昧无知，以致上了大当，闹得不好还要累及整个部族的名誉及地位。满迪父子的品行是路人皆知的事，他一点不怀疑满迪父子干这种勾当的胆量，关键在于海兰察怎么会糊涂到叫人抓住了所谓的把柄。怎么琢磨一个万全之策，洗白海兰察才是当务之急，怎么办，现在一点真实的情形也不知道，叫他一筹莫展。

除了哈木之外，在这队人马中，另有一人为此事焦虑不安，那就是阿桂。看了满迪的密函，他震惊了，意识到事情严重了，远不像起程来时的打算的那么简单。调和不成就分调两地，能搪塞就搪塞的办法。死去了一对父女，又偏偏死了一名三品官员，命案直接牵涉到海兰察，当然，满迪自然也卷了进去。这还不算，怎么还会有江湖人物参杂在内，闹得百姓皆知，乡野谣传。唉，他暗自叹息，知道此案将格外棘手，恐怕情中有情，案中有案。而这一切，只是相互争权夺利、相互抨击所引起的吗？这其中到底是怎么回事，他在没有见到满迪和海兰察，当然不会妄下结论，只是心情越发沉重。瞅着满腹心事、沉默不语的左副都御史，又看了看好像没事似的温福，他盘算起怎样把这些人圈进这场旋涡，得罪人的事儿，不能自己一个人干啊。

夕阳西下，走到了一条山谷中，天色一下暗淡下来。阿桂赶路心切，队伍错过了驿站，他下令连夜行军。在尚阿力叫苦不迭的怨声中，一队人马进入谷底儿。

黑夜中，马拉尔山酷似一只巨大的野兽，由东向西而卧，山下片片丛林犹如巨兽脚上的杂毛。靠着崎岖不平的驿路旁，一条小溪淙淙作响，岸两边是一片因年久而高深发黄的蒿草丛。晚风一吹唰唰作响，山间野兽不时蹿来蹦去，犹如伏兵出没，使行驶在道路上的将士们不由自主地戒备起来。

"禀大人，过了这座山就到了下一个驿站。"一名参领跑来禀报。

"此地叫什么？"尚阿力瞅着四周险峻的地形，问。

"回大人，此地叫狼谷。"

"狼谷？！"尚阿力一惊。

"大人，这狼谷原来绝无人烟，自从雍正六年修了栈道以后，商旅过往频繁，狼便越来越少了。"参领不失时机地卖弄了几句，试图趁机巴结。

就在幽深的谷底将尽的时候，蒿草丛和岩石的后面，突然射出许多箭羽，还夹带着暗器。走在前面的几名兵丁纷纷中箭落马。还没等众人清醒过来，山坡上和河边草丛中又蹿出十几个人，手持刀剑扑了上来。

第四十六章

　　前队的一名骁骑校大怒，拍马上前，大骂匪盗如此猖獗，竟敢拦截官军，自寻死路。可没等他骂完，就被一大汉一刀削去了半个脑袋，和冲上来的匪盗一交手，转眼间就伤了十几名兵丁。哈木一见大惊，知道来人都是高手，急忙盘马于高处，令将士谨慎交战。

　　奎林一见厮杀的场合，哪里还顾得上什么，抽出长剑，脚尖一点，从马上飞出数丈，杀进战团。

　　"高祥，你和勃尔汗不可擅离四位大人左右，刘参领带一百人剿杀匪盗。其余兵将围住四位大人，不得随意乱动，违者斩！"哈木一见对方不过二十几人，料想不是为劫财而来，一定另有图谋，赶紧大声喝令，摆开了阵势。健锐营是八旗精锐，担任护卫京师的重任，不仅兵强马壮，而且训练有素。随着哈木令下，全体将士攻守有序，有条不紊。

　　阿桂久经沙场，不像尚阿力和其他文官那样浑身筛糠。他稳坐在马上，冷眼四望，镇静如常，听哈木临危不乱，排兵布阵，脸上浮现笑意。

　　冲上来的十几人确实凶悍，砍倒了十几个兵丁后，甩开别的兵将，径直向阿桂扑来。一名佐领指挥弓箭手射出一排箭羽，勉强制止住他们。

　　奎林刚投入战团时，倒没有引起那些人注意，直到他的鹰爪洞穿一人的胸膛后，才叫那些人为之一凛。立时有两人分左右夹击上来，奎林一人独斗两个高手，开始还占上风，三十回合一过，其中一人忽然变招，使出一套他完全想不到的剑法，只四五个回合，他就变得左支右绌，冷汗淋漓。直到右腿中了一剑之后，他才醒悟到，这是迷幻剑法。怯意一生，他的张狂劲头倏然逝去，狼狈地向同伴中退却。他无论如何也想不到，在这僻静的荒野山沟，怎么会钻出这么多的高手，而且使出海兰察的师门剑法。他差一点大喊出口，好在粗中有细，怕叫人知道后对海兰察不利，连他自己也弄不清是怎么回事，何况别人呢？凭着这么多的兵将，还有随同的大内高手，这伙人也不能怎样，哈木讲得好，护住大人就行，犯不着那么拼命。

温福愣愣地望着这厮杀的场面，脑袋里一片混乱，敢袭击钦差，真是闻所未闻。这伙子人要干什么，总不会是劫财的吧，普通的匪类一见官军躲闪还不及呢，而这些人偏偏冲着官兵而来，简直是不可思议。猛觉身后一股疾风袭来，他是武将出身，知道有人偷袭，来不及转身招架，只能侧身滚下马鞍。一把大刀径直劈下，看着就要腰斩温福的坐骑时，被一名大内侍卫以剑架开。

"哈，毛贼拿命来吧！"这侍卫一见立功机会到来，又惊又喜，哪肯放过这么好的机会，狂笑几声，与偷袭的人打在了一起。温福狼狈落鞍，自觉颜面无光，恼羞成怒，大叫别的官兵上前助战。但激战的双方都是一流高手，形影搅成一团，外人无法辨认清，更没法插手。与此同时，另一个人也偷袭阿桂，被高祥截住，也打得不可开交。

剩下的都是些不入流、没有等级的侍卫，平日里自认为是好手，并不把江湖中的游侠剑客放在眼里。现在一见最强的两个同伴都力不能支，刚斗了二十回合就露出了败相，又惊又怕，想一拥而上，又怕别的匪盗趁机伤了几位大人。好一阵儿为难后，终于还是分出几人合围上去，但是已经晚了。高祥前胸连中两剑，已经不能再战，哈木接上以后，几招后就忙得团团乱转。在另一名参领的帮助下，仍然处于下风，只是招架保命而已。拉弓搭箭的官兵一看敌我双方混成一团，哪里敢乱放箭，绕着圈瞎转，这些八旗官兵哪里见过这么死缠乱打的江湖打法，只能急得团团乱转。

"来人。"温福一看不好，他到底是沙场老将，气是气，可一点也不怕。他看出这种打法太吃亏，忙叫几名武功好的参领和佐领加入战团。

"阁下是哪个门派，留下个方儿如何？"一名侍卫激战中喝问。

"哼！"偷袭的人并不搭话，随着一声"哼"，又有一名佐领中剑倒下，剑招毒辣无比。

哈木这边也和奎林一样，不敢吭气。他认出这是迷幻剑法，与自己斗的这个戴面罩的人，无论是剑法还是闪展腾挪的一进一退，和海兰察一模一样。只是个头比海兰察矮了些，身形单薄了些。他几次试图开口问，又硬硬憋了回去。

"来——人！"随着一声惊叫，尚阿力在马上被一大汉凌空提走，地下的将士一看拼命追去。负了伤的奎林和另一名侍卫全力合击，终于打倒了一个偷袭人，将士扑上去擒住，撕下面罩一看，竟然是一女子。

一阵大哗。

"听着，"劫走尚阿力的大汉立在不远处，就和老鹰提小鸡似的提起尚阿力，一把长剑架在了他的脖子上，厉声喝道，"谁敢再动，在下肯定割下这狗官的脑袋。"

全场一片寂静，唯一的动静就是尚阿力裤裆里传出的难听刺耳的响声。七八个偷袭人忍不住笑出声来，众官兵一听更是一愣，笑声大半是女子声音。

"好，请问阁下为何劫持朝廷命官，意欲何为？"哈木见阿桂点了点头，忙和对方搭话。

"在下是海兰察的同门师兄，听说他遭人陷害，特前来搭救。先将这狗官带走，待海兰察出狱，自当放回。"大汉有意显示内力，声若洪钟，震人耳鼓。

"哦，这位好汉，挟持朝廷命官，以图城下之盟，怕不是同道的侠骨遗风吧？"哈木一听对方要扣押尚阿力，有点沉不住气。

"哈……"大汉仰天大笑，又道，"你们这些官场中人也配谈什么侠骨遗风？试问，历朝历代的官吏，能有几人不是对黎民百姓敲骨吸髓地盘剥，又有几人不是男盗女娼，取天下时美其名曰为民请命，得了天下后又鱼肉百姓。"

在场的官兵听了这话心里都暗暗吃惊，觉得不无道理，许多人斗志锐减，只是碍于朝廷大员在场，不便退去。

哈木一看对方执意要救海兰察，三分喜七分忧。有人救海兰察当然最好，可采取这种方式是下策，这不等于说海兰察的同门是以朝廷为敌的草寇了么？这样闹反而会激怒官方，将事情复杂化，一发而不可收拾，他真的是为难了。

"鼠辈猖狂，非得要拼个你死我活吗？！"奎林忍耐不住，大骂出口，一招手，身后一排弓箭手唰的一下，拉开弓箭，对准对方。

"慢！"哈木高叫，制止住了奎林，对那汉子说道，"这位兄台，你要救人也不是这么个救法，海兰察现在卜奎城，各位大人前去审案，审清之后才会有是非曲折。你们拦路阻挡又挟持朝廷命官，本官怀疑你们这是救海兰察呢，还是在陷害海兰察？"

大汉听了这话，犹豫了半天，和同伴们交换了眼色，问："依你之见呢？"

哈木一见对方口气软了下来，回头望了阿桂一眼，阿桂默默点了点头。

"放了那女子。"哈木命令。

"哈翼尉，这——"奎林惊问。

"放了！"哈木胸有成竹。

"好。"那大汉一见官兵放了自己的同门，喊道，"我们并非有意与官兵为敌，只是为同门受害气不公而已。既然你们放了人，在下就放了这位大人。不过，倘若海兰察遭到不测，你们要记住，明枪易躲，暗箭难防。俗语说得好，民不和官斗，官不和匪斗。敝派要找到哪位，有如探囊取物，哼，皇宫大内，其奈我何！"说完，撒开尚阿力，说了声"卜奎见"后，便和众人消失在黑夜中。

尚阿力劫后余生，脸如死灰。

阿桂铁青着脸，瞅着远方出神。

温福大骂海兰察的同门犯上作乱，羞辱朝臣。

奎林指挥将士收拾死尸和伤员。

哈木怀着惴惴不安的心情，遥望东方的卜奎城，那里，仿佛是一团迷雾，又像是血腥的沙场，也像是蒙着洁白面纱的魔窟。

在离卜奎城两百里的驿站中，又发生了一件咄咄怪事。天放亮之时，阿桂的侍卫从门上看到一支利箭，箭杆上赫然绑着一封信函。

阿桂和温福翻来覆去，仔细看了数遍，正如他估计的那样，人还没到卜奎城，已经领略了满迪与海兰察一案的艰难及复杂性。他又找来了尚阿力、理藩院侍郎和左副都御史，请他们猜测是何人送来箭书，目的是什么。商议了半天，几人都是支支吾吾，谁也说不出个所以然来。

瞅着这娟秀的字迹，阿桂怀疑是出自一个女子的手笔，从流畅的行文，措辞得当和列数的证据上看，此女子不但笔墨文采精湛，而且对满迪与海兰察的争斗十分了解。只是字里行间流露出不加掩饰的难言之隐，似乎是有澄清案情，却不宜深究的意思，特别是那最后一句话：但求河清海晏，不求水清无鱼。

此女子对官场颇为熟悉。难道她是官宦人家的内眷？此人既陈明实情，有查明案情、找出是非曲直之心，却又有不希望深究、适可而止的愿望。这种犹抱琵琶半遮面的举动令人费解，这女子大概与海兰察有一定关系，又与满迪不即不离，没有办法的情况下，一面提供真相，一面以此为条件替有罪之人求情。煞费苦心啊！

那么此人为什么不肯堂堂正正地面见自己或是其他官员呢？为什么以箭传书？毫无疑问，这人必定不好公开露面，有所顾忌。也许是胆小怕事，不愿得罪于人，或者干脆也和此案有关而避嫌。

当然，也有可能是有人从中作祟，混淆视听，想浑水摸鱼，搞乱这个案子。

阿桂是个细心人，此时此刻，在纷繁复杂的曲折案情中，他那超越常度的灵性火花又一次闪耀了。他对这个案子有了浓厚的兴趣，决心要弄个水落石出，为君分忧是做臣子的本分。借此机会要显示一下自己的才干，弥补一些缺憾。什么缺憾呢？那就是在人们眼中，也把他当成只能带兵打仗、屡立战功的武将，那文臣谋士的位子和他不擦边。这哪行？这太不合理！皇上虽然信任自己，那大半是在有战事的时候。其实，皇上也泾渭不分，没有真正地发现和认清自己是个经天纬地之才。这怪不得皇上，是自己没有机会，来不及表现。那么如何让皇上看到这一点呢？当然是要拿出点像样的政绩来，包括认人用人这方面。做到了这一点才能得宠，得宠后还要固宠，人要居安思危呀！固宠是要下气力动脑筋的。那就得培植一些头脑聪颖敏锐、精明强干的官吏和作战勇猛、忠心不二的武将做自己的羽翼。好花要有绿叶扶持，搞党争和派系没有人才行么？这和江湖上的派系不一样吗？

抱着这个打算和目的，他一直注意那些兢兢业业办事的下级官吏，尽力笼络，通过各种办法向上保荐。为朝廷培植人才，多么冠冕堂皇的理由啊！同时，他也掌握着皇上和别的重臣的心思，不敢过多的明显地倚重汉官，以免遭到满臣的抨击，引起皇上的猜疑。所以，他把目光的重点放在满蒙和索伦官吏身上。准噶尔平叛，他很赏识海兰察，起初只是认为这个索伦小子不善言语，呆头呆脑，误认是天资愚笨，依赖发达的四肢和巧遇，偶然立功而已，没有太放在心上。直到海兰察做了大内侍卫，发生御花园比武，济尔哈朗王府剿贼的一系列事件后，他才逐渐觉出这个索伦将领可不是只顾往肚子里灌酒填肉的人。

哈木有如一只猎犬，悄无声息地站在阿桂身边，低声问："大人，以卑职看，此案蹊跷颇多，还请大人住持公理啊。"

阿桂从沉思中抬起头，缓缓说道："待到了卜奎，详查之后才有定论。"

"禀大人，何时出发？"

"即刻出发。"

出发之前，他又叫来了左副都御史，客客气气地说："想不到还没到卜奎城，竟然有这么多的事情发生，御史大人有何想法呀？"

左副都御史沉吟了一会儿，说："大人的意思呢？"

阿桂笑道："此事当是御史的事儿，怎么问起老夫了呢？"

"属下只是协办大人，大人有什么吩咐直说就是。"左副都御史认真地答。他明知阿桂在试探自己，一点口风不露。

阿桂点了点头，又说："这两天的情景大人都看到了，这次的差事不好办。眼下就要到卜奎城，依老夫的意思不论案情如何，大人毕竟是御史，凡事要慎言。老夫自当与大人同心办案，不负皇上重托，也不要冤枉了下面的官吏。"左副都御史立即明白了阿桂的意思，面对这样棘手的案子，阿桂是钦差，一言九鼎。可自己毕竟是御史，说话的分量还在内大臣和吏部尚书之上，所以，阿桂要求的是两人口吻一致。不然，都像温福和尚阿力那样偏执，这个案子就难办了。他知道阿桂已经有了主意，只是和自己打个招呼而已。他压低声音问："大人，皇上对此事如何看，还望大人明示，属下也好把握分寸，配合大人。"

"怎么说呢？"阿桂明白御史的难处，想摸清自己的脉络，这也是应该的。他略略琢磨了片刻，说："皇上的想法叫人琢磨不定，时风时雨，吹风带雨的是谁呢？还不是这些朝臣外官吗，现在既然派我等来此，你我还能容别人乱吹风吗？"

"当然不行，属下也会当仁不让。"御史开始明白了，不住地点头。

"皇上一向给人一种勤奋执政、秉公理事的印象——"

"那么就没有一点——"御史追问。

"此话不好讲，都是血肉之躯，还用问么？秉公的名声自然是皇上的，办事的却是咱们，怎么办呢，这就要动些脑筋。比如说满迪一旦有罪，这样的一个老臣，当年也立有战功，大人如何上奏？"

"据实禀奏……似乎不妥,如果有意袒护,皇上一旦翻脸,追查下来就是欺君大罪。还望大人指点一二。"御史急了,恳求阿桂。

"不必焦虑。"阿桂笑了笑,不慌不忙地说,"皇上为人是何等的精细,倘若把话说得太明白,他反而不高兴。但一点不说又会引起他的猜忌和震怒,所以上奏时不妨蜻蜓点水,绵里藏针,时而有闻必录,面面俱到。把回旋的余地既给了皇上,也把退路留给了自己,让皇上知道看什么,怎么看。"

"多谢大人的金玉良言。"御史大喜,不住地拜谢,心里暗叹,为官二十年,这点修为还不抵阿桂的一半。

阿桂却没有御史那么轻松,他深藏不露的那股韧劲儿,此时又裹挟着处事心细如发丝的秉性,思谋起下一步具体的步骤。

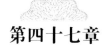

第四十七章

阿桂皱着稀疏的眉头，看着将士们掩埋死去的兵丁。狼谷狼谷，竟然不到半个时辰的时间里，埋下他二十名兵丁的尸骨，好在尚阿力安然无恙，只是粪尿拉了一裤子。

出师不利啊，不是好兆头！

他的铮铮傲骨不容许他在外人面前流露一点沮丧，喜怒不露于形色，何况又是钦差大臣。所有的忧虑与愤怒都让他积压在心底深处，偷偷地用智慧的灵光慢慢消融，同样，让获得的成功与喜悦，在不为人知的安详外表下尽情地冲刷那干渴的虚荣心。这种超越常人的心机随着年龄的增长，流逝的岁月中，无情地啃食他日渐减少的心血，拔掉他天生原本就稀少的毛发。是啊，智者多虑，能者多劳。这不是么，有谁比自己更操心费力呢？御史唯唯诺诺，那个理藩院侍郎除了吃东西喝酒时精神抖擞外，平时如同被骗了的儿马子似的无精打采，瞅温福的样子，好像反倒高兴起来。这些庸庸碌碌之辈，朝事就坏在他们手上，气头一上来，他有时觉得这些人比那江洋大盗还坏……

卜奎城没到，出现这些让人头痛的事，把原来的想法全部打碎，前程莫测呀！

案情到了这个地步，完全超出了他能处理的程度，得为自己仔细盘算一下。查明前因后果，来龙去脉，至于谁是谁非，看皇上的意思吧，圣裁是最好的。前面是一马平川，江水平缓流过偌大的平原，江中渔舟穿梭，岸上的田野绿黄交映。要到卜奎城了。

前边驰来一对兵马，为首的一个参领迎上前来参拜，"卜奎副都统衙门参领珠尔抗阿叩见钦差大人和各位大人。"

"唵，起来带路。"阿桂点了点头，眺望着前方淡淡地说。

"喳。禀告钦差大人，副都统满迪率众官员已在城外恭迎。"珠尔抗阿说完翻身上马，引导众人向卜奎城驰去。

天色已近黄昏。

大凡做贼心虚的人都讳莫如深，满迪自然也不例外。

钦差还没出京，他已接到了尚阿力的密函，得知皇上有意派阿桂前来查询处理海兰察与自己的纷争。皇上能重视此事，让他一喜一忧，喜的是皇上是大清的皇上，能不向着自己说话么？得意中又有三分恐惧。阿桂的为人实在是叫人担心，那可是个为了个人的荣耀，全然不顾三亲六故，什么宗族亲戚的家伙。况且心计诡秘，老谋深算，惯于盘根问底，貌似公正，实际上是十足的沽名钓誉之辈！

这些日子里，他基本上从儿子死的悲痛中解脱了出来，化悲痛为力量，开始筹划下一步的打算。他深知自己早已触犯大清律令，属于知法犯法的人，从庇护儿子劫持民女，到纠集青龙帮夜闯海兰察私邸，杀死红艳父女栽赃海兰察，已一步步走向危险的深渊。他已经无法回头，也不想回头，儿子的死让他死心塌地，决心与海兰察一决雌雄了。

首先，必须先排除儿子抢劫民女的嫌疑。这一点看来不用担忧了，红艳父女一死，有谁能对证呢？海兰察的一面之词也就微不足道，何况他已身陷囹圄，说话的分量也不如从前。

其次，儿子瓦力格是在众目睽睽之下被海兰察杀死在私邸中，那么，海兰察不就是奸淫民女被发现而杀人灭口吗？这一点他就是有一百张嘴也辩不清。

也有让他忧虑的事，那几个数次帮助海兰察的江湖人物，一定知道事情的底细，他们既是海兰察的同门，怎肯善罢甘休，一定也在暗中策动，帮助海兰察，坏自己的大事。对此，他感到束手无策，也曾派人四下探听这几人的行踪，准备剿杀干净，结果连个踪影也看不到。为了不走漏风声，瓦力格死后几天，他就打发走青龙帮众人，吩咐他们远走高飞，不要再在这里惹出事端。为了这个，青龙帮主齐啸天怒气冲冲，大叫满都统是卸磨杀驴。

"本都统丧子之痛还没说，你还谈什么秘籍。再说了，京师人马一到，一旦查出你们，那可是灭帮之灾呀！"满迪阴沉着脸，半真半假地吓唬齐天啸。

齐天啸有一种被玩弄的感觉，但一想满迪说得也是，得罪了朝廷，那可就永无宁日喽。想了想，还是暂时避开为好。到今天才发觉，这个看似糊涂的副都统，很有鬼精之处，不知什么时候把海兰察转藏别处，紧接着又逼走自己。他望着满迪诡诈的眼神，无可奈何地带人离去。

送走了这帮瘟神，满迪长吐一口气，剩下的只是暗中祷告，但愿帮助海兰察的那些人远遁。当钦差临近的这两天，他全力研究对付阿桂的对策，而对钦差大人的一路风波、发生的凶险一无所知。做好了一切准备，还是觉得不踏实，总好像有什么事没有办完，心中惶惶。怀着这种心思不定的感觉，到囚牢中去了两次。

"海兰察，皇上对你肆意横行、抢劫民女、擅杀朝廷命官非常震怒，钦差即日便到。本官念你年少无知，故提醒于你，还是认罪得好，只要你画了押，届时本官也替你说个人情，从轻发落。你看如何？"

"满大人是坐立不安，恨不能立刻置敝人于死地，诱我招供，招什么呢？"海兰察看出满迪心虚，心里有了底儿。

"来人哪，海兰察妖魔附体，胡言乱语，让他清醒清醒！"满迪奸笑几声，眼露凶光。两名大汉应声而入，不用刑具，而是用布蒙上海兰察的两眼，然后一前一后，舒腰展臂，悄无声息地前后发掌。这是满迪想到的刑法，蒙住双眼，让海兰察分辨不出方向，无所适从前后左右击来的掌力，再雄浑的内力也使不到点子上。被击中后表面无伤痕，内伤淤血，不仅疼痛无比，而且减短寿命。

果然没多久，海兰察在重击之下鼻口蹿血，旧伤未好，又添新伤。颓然倒地，一对仇恨的眼睛可怕地瞪着满迪。

"海兰察，本官还当你是钢筋铁骨，看来也不过如此。"满迪看着昏晕的海兰察，狞笑着揶揄。

"满迪老贼，只要敝人还有一口气，你难逃公道。"海兰察吐出一口淤血，吃力地坐了起来，喘息着说。

"你少年得志，原本可以与本官好好相处，这都统的宝座迟早是你的。谁想你处处与本官作对，也是咎由自取，怪得了谁呢？"

"住嘴,你身为朝廷命官,却残害百姓,贪赃枉法,和你作对难道错了么?"

"哈……海兰察,你配谈王法吗?大清是我满人的天下,你们索伦不过是我们跨下的马,能走会跑才可以得到些草料,如果萌生非分之想,有违号令,也就到了寿终正寝的时候。嘿嘿,你自恃于朝廷有功,就敢以功臣自居,诽谤满官,奢谈法度,不要忘了,大清律令是我满人制定。你算个什么?哈哈哈。"满迪狂笑了一阵儿,又说,"即便是我满迪恶贯满盈,你又奈何得了么?朝中群臣中,有谁敢以卵击石,不惜得罪满人而取悦于你海兰察呢?"

"满迪,"海兰察挣扎着靠墙而坐,厉声叫道,"你敢在钦差和众多官员面前把刚才说的话重复一遍吗?"

"你当本官是三岁的顽童吗?"满迪狡黠地冷冷一笑,恶狠狠地又说,"你真是石头里长出的木头,又硬又沉,不识好歹,不知轻重。你反正也是行将就木之人,本官就告诉你吧,你当皇上为什么提拔你吗?哼,你知道黑龙江将军和吏部给敝人的密函中讲了什么吗?傻小子,不要做你那春秋大梦了,倘若你肯在钦差面前服罪,敝人保证念你年少,又为朝廷立下战功的分儿上,为你保奏一下,饶你死罪如何?"

"呸!"海兰察听了满迪的胡言乱语,将信将疑。纷繁复杂的念头一下涌进他疼痛发涨的脑袋里,弄得他难分真假,疑神疑鬼,愤怒之下,啐了满迪一口,闭目不语。

瞅着扬长而去的满迪,他平生第一次真正地领悟到了仕途的艰险,宦海的荆棘。思来想去,终于认识到在这条道路上,自己不过是个牙牙学语的婴儿,一个不通世故的呆子。在他一生中刚刚二十一年的历程中,深深体验到惆怅和痛苦,迷茫与凄凉,对将来感到彷徨。那种跻身仕途,以战功得以高官厚禄、光宗耀祖、振兴索伦部族的雄心和愿望,就像灌满水的桦皮筏子,开始在河流中打转,在漩涡与浪涛中沉浮。

一阵霏霏细雨,给禾苗挂上晶莹的水珠,在傍晚火红云霞的衬托下,闪烁出嫩绿的艳泽。

钦差的人马已经到了城外,满迪率领大小官员出城恭迎,府中安谧无声。敏日娜独自坐在闺房,眺望远天的彩虹出神。

几天来,满迪为了防止意外,守卫囚牢的兵将几乎一日一换,尤其是室内的守卫全部换上了自己的心腹。这样一来，她就无法再偷偷探望海兰察，焦急不安中，又听侍女说父亲三两天就折磨海兰察一次，不由又气又恨。在无奈的情况下，她胡思乱想了很多，甚至想到了十分荒唐的办法，曾四处寻找慧瑛，想让慧瑛劫出海兰察，她情愿做内应。但慧瑛始终不见踪影，又让她迷惑不解，海兰察师门的人绝不会袖手旁观，他们起码不会让迷幻剑派的秘籍流落外人之手。青龙帮的人销声匿迹，也让她放心许多，起码来说海兰察没有性命之忧。她只能耐着性子，度日如年般地盼着钦差快到卜奎城。前天黑夜里，她毅然骑快马夜奔二百多里，冒着极大的风险为钦差大人传递箭书，为海兰察诉冤陈情，这是在一股巨大的、不可遏制的激情下做完的事情。当天明疲倦万分地倒在床上时，她才猛然醒悟到自己是做了一件于家族不利的事，对不起死去的哥哥，愧对为家族的富贵和荣耀而呕心沥血、惨淡经营的父亲。她像做了件有悖闺房之事的少女那样，羞愧自责不已，之后，又面对哥哥的亡灵，潸然落泪。

在亲情与友情、公正与罪孽的抉择上，她对世间的事感到茫然了。苦闷和惊悸中，聊以自慰的就是回顾与海兰察最后一次对话。

"唉——世上的不平之事，岂能是你一人所能摒除的，这样做下去终究不是个办法。"她盯着海兰察消瘦的面孔，婉转地规劝。

"奸邪之徒，自有法度惩咎，我自己不过是身体力行，即使是迭遭坎坷，蒙受磨难，只要慰藉这颗清心，也就心满意足。不然，这区区牢房，小小镣铐，岂能困我？"海兰察惨然一笑，言外之意是暗示敏日娜，如果自己想走，是件轻而易举的事儿。

"可有谁能知道你的一片苦心呢？"敏日娜无限忧虑地问。

"这个……"海兰察想了想，精神一振，说，"皇上知道的。"

"皇上？"敏日娜诧异地睁大眼睛。

"对。为人行善，天理相容；忠君事主，神灵眷佑。"海兰察把从单鹏飞那里学到的道理用到了这里。

"话虽如此，可……"敏日娜低眉沉思了一会儿，也弄不清这似是而非的道理，更不愿在此时此刻再伤海兰察的心，只好勉强点了点头，岔开话题，问，"如果这次冤情不雪，你当如何？"

"——俺，忍辱负重，精心供职，日后在疆场立功，让朝臣和皇上看看，

我海兰察是不是忠臣，是不是清官。"

"那么再以后呢？"敏日娜追问。

"跻名功臣之列，我向皇上请旨回索伦部，一面为朝廷巩固边围，一面振兴索伦草原，振兴索伦部族。"说到这里，海兰察神情昂奋，有些手舞足蹈，哪里像个满面污垢的囚犯，俨然是位身负皇命、威风凛凛的封疆大吏。敏日娜也被他灼烈情绪所感染，用羡慕又饱含深情的目光看着他，看着看着，她的神情又黯淡下来。虽说两人身在咫尺，可分明看到两人中间横裂着一道鸿沟，她站在边缘上，想跳又没有足够的勇气和胆量。

"海兰察，你想过我以后做什么吗？"

"做什么？"海兰察不解地问。

"你不知道该问什么吗？"她撅起红唇，嗔怪地把头扭到一旁。

"知道，只要小姐不弃，我要带你回索伦。"

"你，你不嫌弃我是满迪之女么？"敏日娜到底是塞外长大的满女，心里高兴，却不怎么娇羞，仍然落落大方。

"满迪有你为女，是他的造化。倘若真能与小姐结成百年之好，那……在下自然尊他——"

"嘻嘻，不说了，你也别为难。我当然不会让你难堪……"

晚风送来雨后清新湿润的空气，花草果木的馨香四溢，沁人心脾。街上传来急剧的马蹄声和兵将的吆喝声。

钦差到了。

洗漱之后，在宴席上，满迪心怀鬼胎，不时偷眼瞟瞟表面安然、神态冷漠的阿桂，又瞥了瞥向自己挤眉弄眼，示意不可妄动的尚阿力。他哪敢贸然乱说，只是和陪同的卜奎官员不尴不尬，敷衍般地频频举箸让菜。

"哦——大人们一定途中劳顿，是不是早些安歇？"满迪见阿桂十分冷淡自己，心里有点发毛，试探着问。

"岂止是劳顿，昨夜——"尚阿力刚要说出昨夜的事，却被阿桂打断。

"昨夜没有歇息，这也是常有的事，不足为奇。"阿桂三言两语，把昨天夜里的事遮掩了过去。

"那么，卑职明日再禀报详情？"满迪一看阿桂口风很紧，知道是在提防自己，气馁之下，口气自然低矮了许多。

"好。"阿桂不动声色地应了一声，抬起眼皮，又问，"近日卜奎城的秩序如何？"

"回大人，卑职一刻不敢疏忽，眼下十分安宁。"满迪不知阿桂为何问这些无关紧要之事，而对众人关切的案情一字不提。无意中又偷偷斜睨了阿桂一眼，正巧阿桂也在注视着他，心中不免又是一阵紧张，更加谨慎小心起来。

"唵？"阿桂眉毛一扬，一种极不易察觉的神情在脸上转瞬即逝，"是不是瓦参领被杀，海兰察被囚禁之后，一切就平静了呢？"

"正是，大人。"满迪一接住话题，顿时来了劲儿，眉飞色舞地说，"海兰察私通江湖匪类，抢劫民女又杀死瓦力格，当卑职拿住海兰察后，群匪在兵将的围剿之下，纷纷逃散。"

"本钦差听说江湖上的一个什么帮，与海兰察的师门结下了恩怨，一直在追踪海兰察？"阿桂似乎挺有兴趣。

"不错，是一本武功秘籍。上面有迷幻剑法、掌法和心法，号称武林三绝。"

第四十八章

气氛从压抑到活跃，终于扭转了过来，满迪好不容易找到了说话的机会，可劲儿地献殷勤。

"满都统对此事倒是知之甚多呀，这些都是海兰察师门的不传之秘，看来海兰察能将这随时会招来杀身之祸的秘密告诉你，可见你们的关系非同一般喽？"阿桂皮笑肉不笑，语气阴森。

"不不不，大人所言差矣，卑职不是听海兰察说的，而是从江湖……"满迪自知失口，心里暗骂自己只知奉迎却忘了防范。说自己是听海兰察讲的，鬼都不相信，那么只能是承认是在江湖上听说，那么钦差一旦究根问底，又怎么自圆其说呢？自己这真是作茧自缚，画地为牢啊。此时，他才想起该多注意一下尚阿力的脸色，急忙向尚阿力望去，一见尚阿力哭丧个脸，心里一下冰凉，知道事情不妙，额头上沁出了汗水。

"满都统，"阿桂并不追问，而是和颜悦色地提起别的话题，"卜奎城有个临江而建的酒楼？"

"大人这是……"满迪如坠五里云雾。

"难道你忘了，敝人一向喜欢在景致秀丽、文人墨客云集之地吟诗赋词，不然世人怎么会叫敝人两半仙呢？"

"不错，京师一向风传阿大人酒半仙、诗半仙。看来大人到此雅兴大发喽。"左副都御史抚掌笑道。

"诗半仙是谬赞了，可这酒半仙却是名副其实。满都统，敝人可是要叨扰啦。"阿桂刚刚有了笑意。众人也为他的风趣笑了起来，个别没有笑意的也碍于逢场作戏，跟着呲了呲牙，或咧了咧嘴。

笑过之后，满迪虽说疑团莫释，惧心未除，可比刚才坦然了，媚笑着说："大人有此雅兴，卑职当尽地主之谊。本地恰好有一临江而建的酒楼，名为翠微楼，凡天下才子来此，无不光临此处，赋诗留念。可惜来人大多是徒有其名之辈，所作的诗词也就俗不可耐，幸喜大人到此，何不留下几首佳句，以传后世呢？"

"佳句不敢，不过是附庸风雅，贻笑大方而已。诸位如有雅兴，明日可陪本钦差一游。"

"一定奉陪。"众人异口同声。

入夜，满迪悄悄来到尚阿力的住处。

从尚阿力阴云笼罩的脸上，满迪看出事情的严重性，只是不知道阿桂一行人到底都知道了些什么，因此，忐忑之中又抱着侥幸的心理。

尚阿力仿佛初次相识般地上下打量起满迪，刚才酒席间听了满迪漏洞百出的话，叫他忧心如焚，如坐针毡。昨夜途中遭袭，有人夜传箭书，详尽透露案情的事，满迪一无所知，致使阿桂方才尽情地戏弄了满迪一番。

"说吧，瓦力格到底被何人所杀？"尚阿力昏黄的眼珠紧盯着满迪，问。

"海兰察。"满迪随口而出，却惊讶地望着尚阿力，不知他为什么这么问。

"嘿嘿，满大人，到了此时还不说实话么？"尚阿力冷笑道。

"尚大人何意？"满迪张大嘴巴。

"昨天夜里，阿桂大人接到一封箭书，说的都是海兰察与你的事。虽然阿大人没有让我等看，可敝人察觉阿大人似乎已胸有成竹。"

"啊！"满迪的头皮发炸，身体不由摇晃了几下，开始结巴，"有这样的事……"

"你我私交不错，有些话不吐不快，满大人，不管事情的原因如何，敝人觉得有人暗中对你不利，你可要检点些呀。祸从口出，今晚的话不要说阿桂，就是其他任何一人听了，都有异样的感觉。"尚阿力念及旧情，推心置腹地点拨。

满迪一对眼珠骨碌碌转个不停，他实在想不出会有什么人帮助海兰察，就算海兰察师门的人想帮，也不知道内情，有劲儿使不出呀，再说，无凭无证，

难怪偷偷摸摸，没有胆量面见阿桂。

"烦大人据实相告，阿桂大人到底是什么意思？"满迪近似哀求。

"什么意思，你也清楚，朝廷之中，官吏相互抨击之事司空见惯。只要说得过去的，能遮掩搪塞的，就是皇上也不愿多管。不过，这弓弦可以拉满，却绝不许拉断。倘若闹得满城风雨，天怒人怨，那就麻烦了，另外，千万不能有把柄落在外人手上。"尚阿力讲明了朝廷处理外官争执的态度，也点到了矛盾激化的要害和危险性。他十分清楚，满迪不会把干的龌龊之事全盘托出，所以也不再追问，但必须讲明厉害关系。这样，既对得起老友，也避免卷入太深，惹下不必要的后患。根据他对阿桂的了解，他觉得阿桂差不多摸到了此案的脉络，只等经过了一番反复的酝酿和权衡利弊之后，有了十分的把握，他就会施展果断利索的办事作风，迅速出手，并且不达目的决不罢休，尤其这次是奉的皇命啊！

"依大人看，其他几位大人是什么意思，可否叫人打点一下？"满迪越发感到了心里没底，一副可怜相。

"万万不可。"尚阿力脸色大变，沉下脸说，"这个关头叫人打点不是不打自招么。至于其他几人嘛，还不是看阿桂的脸色。——喔，对了，你可与温福大人多亲近一下，此人可仗义执言。"

"好，敝人明白。"满迪频频点头，又低声下气道，"不管怎么说，大人是当朝重臣，又是随同钦差同来，遇事万望多多担待，指点迷津啊。"

尚阿力在地上来回踱步，皱着眉头，用责备的口吻说："眼下重要的是那封箭书到底都讲了什么，敝人是一点不知道，看来阿桂唯恐走漏风声，这就等于告诉我们，他掌握了非常重要的东西。"尚阿力望着呆若木鸡似的满迪，叹了口气。

"那……依大人看，下一步该如何呢？"满迪不安地问。

"嘿嘿，明日到翠微楼。"尚阿力瞪瞪满迪，满迪眨了眨眼，点点头，道："谢大人，敝人明白。"

阿桂一回到房中，立即叫人传来哈木。

"哈翼尉。"

"卑职在。"哈木心中有事，一听传唤，几步跨进门。

"明日去翠微楼,那是海兰察和瓦力格一案重要疑点的发生地,那么多江湖人士卷进来,又是下药又是杀人,没有内应能成么?你即刻领人马去布置一下,记住,原有的店伙计一个不许少,任何人不得出入翠微楼。明白吗?"阿桂别有深意地盯着哈木说。

"卑职遵命。"哈木心中赞叹阿桂果然精明无比,考虑得如此周密,特别是让自己去办,用意颇深。

"慢。"阿桂看哈木转身要走,又叫住了他,问,"哈翼尉与海兰察许久未见了,不想见一见吗?"

"回大人,"哈木明白了阿桂的用意,不假思索地说,"卑职当然想见他,但不是此时,以免给人留下口实。遵照大人吩咐,把翠微楼的事连夜办好,不是比见他一面还好么?"

这几句话既表白了理解阿桂的善意,又巧妙婉转地暗示了对此案的自信。阿桂听了心里一宽,对这个机智过人的左翼尉产生了相当程度的好感,萌生了日后重用一下的心思。

哈木领兵走后,阿桂仍然没有睡意,独自坐在灯下,再次翻看那封箭书,思索着处理办法。他自信案情即将水落石出,满迪的破绽百出,如果一切顺利的话,明天翠微楼应当能查出更有力的证据。谁是谁非不难查出,可如何处置就难办了,此行雷声太大,不下点雨是说不过去的。要给沸沸扬扬的民怨一个说得过去的交代,不然卜奎城的百姓会说自己昏庸无能,与满迪狼狈为奸等等。百姓的嘴要堵,皇上的法眼更要过,满迪要是太惨,皇上也会不舒服的,这才是难事儿。现在说得好听点儿,自己是钦差,不好听的话就是站在悬崖上跳舞,不能摔下去又得蹦跶着。

满迪的态度十分恶劣,丧子之痛让他无所顾忌。如果瓦力格不死,不是没有说合的余地,瓦力格一死,就算没理,满迪也会负隅顽抗,拼个你死我活。

另一方面,这一行四个大臣,肯定有人为满迪撑腰或说情,这也是满迪有恃无恐,敢于硬顶下去的原因。这也是阿桂对箭书守口如瓶,不妄加议论案情的原因。毫无疑问,尚阿力和温福都在冷眼观察自己到底如何处理此案。办得妥当,他们两人都有份,办得不好,皇上那里得自己顶着,朝臣的唾骂得自己接着。因此,他不得不防,派哈木连夜行动,不给他人通风报信、做手脚的机会。

　　眼下最要紧的是抓到满迪的短处，叫他有所畏惧，封住说情人的嘴，紧紧把握住主动权，不受人左右。唯一的突破口就是这封箭书上说的那样，从翠微楼下手。

　　他不急于见海兰察，在没有确凿旁证的情况下，无论是海兰察还是满迪，说得再多也是没有分量的。

　　"禀报大人，左副都御史求见。"一个侍卫在门外禀报。

　　"请。"阿桂眉头一扬，兴奋地说。

　　"御史大人深夜来访，必有指教。"阿桂似乎料到左副都御史一定会上门，故抢先发问，神态至诚。

　　左副都御史慌忙一摆手，说道："阿大人取笑下官了，倒是下官对明日翠微楼一行不明就里，还请大人指点。"

　　"哦，那么敝人想问御史大人，满迪今日表现如何？"阿桂笑问。

　　"言语自相矛盾，大有冥顽不化的样子。"

　　"不错，"阿桂知道这个左副都御史为人正直，同满迪没有瓜葛，只是软弱一些，所以说话也随便，"敝人不是没有开导他，可此人拒谏饰非，让人无法从中周旋，那么就只能认真查询，来个骑驴觅驴。"

　　"看来，大人已经成竹在胸，明日要有一场好戏喽？"左副都御史放心了。

　　"本钦差虽然有处置之权，可没想到这案情如此严重，故不得不小心谨慎。有人一再抨击敝人不讲人情世故，其实不然，敝人不打算让满迪过分难堪，也不至于护短，能恰如其分地点出满迪的毛病，又能剪除……他的帮手，至少，让他们有所顾忌，不要恣意妄为。"

　　左副都御史终于明白了阿桂的用意，这是让满迪知难而退，又让尚阿力适可而止，不要继续维护满迪，走得太远。这样，以后的事大家可以商量着办，使此案顺利进行查询。

　　"大人的用意属下明白，只是不知满都统是否还能回头。"

　　"这——就要看满迪本人的造化了。"阿桂知道左副都御史的意思，他也担心这个事，满迪陷得到底有多深，现在还不得而知。

　　"禀报大人，哈翼尉派人有要事禀报。"侍卫进来说。

　　"传，快传。"阿桂微笑着对左副都御史说，"好，果然不出所料。"

岸柳婀娜，白杨玉立。

中午时分的翠微楼一改往日人流熙攘的景象，四周布满兵丁，冷冷清清。得令而来的卜奎城官吏，汇集在楼下，在钦差大人到来之前的空隙里，个个脸色阴沉，偶尔互相交头接耳，揣测着钦差大人的用意。

最感到不安的是曾经参加过瓦力格宴请海兰察那一次聚会的官员，众人一块被迷倒，唯独海兰察一人遭江湖人士截杀，确实是令人无法解释的一个谜团。只是事后碍于满都统的情面，又事不关己，也就没人再追究下去。所以，今天来此又勾起他们的回忆，觉得将有不可预料的事情发生，也许海兰察一案有峰回路转的可能。

钦差大轿一到，所有官员早已跪伏在地，个个恭谨异常。满迪一夜未合眼，着急上火，两眼布满了血丝，和那烂了的海棠果差不多。他不住地窥视阿桂的脸色，心跳个不停，大有蹦出胸膛的趋势。看到尚阿力安详的模样，才稍稍放宽点心，魂不守舍地坐在那里，脑子里还浮现着昨天晚上的情形。

按照尚阿力的指点，他派人想把翠微楼那几个知情的伙计劫走，至少要封住他们的嘴巴，防止他们胡说八道。这几人拿了青龙帮的银两，答应配合瓦力格的伙计，如果早一点打发他们就会省去现在的麻烦。可惜，没有想到这一点，目前只得亡羊补牢。

没想到的是哈木领兵捷足先登，酒楼被围了个水泄不通，任何人不得靠近，更不许进入。听到这个消息，他知道事情要糟，那几个伙计又贪财又要命，哪里经得起哈木的吓唬！

"诸位，"阿桂扫视了一下在场的官员，用极为平静的口气说，"本钦差奉命巡边，一是抚慰边陲军民，二是顺便调和满都统与海都统的隔阂。为了不辱使命，抚慰圣躬，一路上风餐露宿，不辞劳苦，提早赶到了这里。可惜卜奎城多有变故，满迪与海兰察积怨如此之深，相互诋毁，到了不可收拾的地步。对此，你们都耳闻目睹，本钦差不得不秉承圣意，认真查处。"

所有的官员此时才明白，钦差大人是以会宴为名，实际上是在办案。如此大肆张扬，等于告诉众人，满迪与海兰察之间的矛盾已经无法调和，非要有人落马为止。也有暗示众人并非我阿桂不通情理，实在是他们闹得过分，不得已而为之的苦衷。大多官员一见事不关己，抱着看热闹的态度，洗耳恭听，只有

参加了那次会宴的几个参领和佐领又紧张起来，相互窥视。

　　"满迪与海兰察身负重任，驻守卜奎，理应同舟共济，图报皇恩。却不料置国事盛衰于不顾，为私怨而争执不休，不但相互间飞短流长，而且竟然同室操戈，以致闹出命案。道不同不相为谋，孰是孰非，眼下还难以分晓，本钦差虽身负皇命，可一不敢怠慢，二不能独断，还是众口铄金，不妨理论理论。"阿桂讲得十分轻松，极有条理，但众人听来却是外松内紧，威势逼人。特别是尚阿力已经猜出阿桂要对满迪下手，眼下不过是欲擒故纵，一面让满迪多露些马脚，一面通过这个场面来攫取人心，哗众取宠，以公事而扬私威。这老滑头，干的稀的一锅端，一点不给别人剩。他心中暗骂，又对阿桂能狠到什么程度把握不稳，但愿老匹夫别太过分，太过分了皇上也不会高兴。

　　这场酒喝得实在是不自在，除了阿桂与几位大员谈笑风生外，与事无关的那些官员也很爽快。剩下的心里有鬼的官员，简直就像喝那苦涩的汤药一样，紧皱眉头，一点一点抿着。

　　"在座的有哪几人曾与瓦力格和海兰察在此饮酒？"阿桂突然把脸一板，笑纹立时像被风吹走，现出干巴巴、硬如牛皮般的脸。

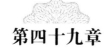

第四十九章

"卑职……在。"副参领成德站起身。

"回大人,卑职……也在。"

"……"

六七名参领、副参领和佐领纷纷站出,跪在了地上。

"嗯,你们受何人约请,据实说。"阿桂扬了扬稀疏的眉毛,问。

"回大人,卑职是想攀结海兰察,所以……"一名参领支吾着,眼睛瞟了满迪一下。

"据实回话,如有巧言诡辩,定严惩不贷!"左副都御史喝道。

"你等可是要想仔细些,说错了可是——"阿桂虽然微笑着,吐出的话语却冷彻骨髓,吓得几人开始抖个不停,场内的空气开始凝固。

"大人,是……瓦参领邀卑职去的,说是请海兰察,要卑职作陪。"一个副参领首先承认。

"卑职也是如此。"

"……"

"好,那么你等都吃了药酒?"阿桂问。

"是的,大人。"几人异口同声。

"难道说你们一点都没有察觉?"

"回大人,一点没有察觉,我等平日也常在一起饮酒,谁又能会想到是药酒呢。"

"不错，在大人面前，不敢说假。"

"好，你们退下。"阿桂等他们回去落座，面对全场提高了嗓音说道，"这样说来，那就是瓦参领邀海兰察吃酒啦，你说呢，满都统？"

看到众官员频频点头，满迪也木然点头。阿桂接着又说道："那么就要弄清是何人下药，意欲何为。来呀，带上来。"

随着几道传呼，哈木带人押上两名酒楼的伙计，两人一上来就跪伏在地，磕头如捣蒜。满迪一见脸色发青，尚阿力惶惑地看了看满迪，暗暗叹了口气，一脸绝望的神色。

"快，从实招供，如有半句假话，立时叫你人头落地。"哈木大喝一声，两个伙计早已吓得面无人色，战战兢兢把青龙帮如何威胁收买，如何看瓦力格的眼色行事等等，全部说了出来。

"这么说，瓦参领是同青龙帮串通好了的？"

"小的也是这样想，不然为什么让我们看瓦参领的手势呢。"

"一派胡言，钦差大人，"满迪急了，暴跳如雷，站起身大叫，"这等宵小之辈的胡言乱语不足为凭，这刁民一定是得了什么好处，才在这里血口喷人。"

"是啊，"尚阿力插言道，"这等见利忘义之徒，说话一向没有分寸，哪里做得了证？"

尚阿力的话一出口，阿桂的眉毛一抖，用讥诮的口气说："就算这样，不过，就在昨天夜里，有人却想劫持或杀掉这两名不好作证的好利忘义之徒。"

"嗯？"尚阿力一愣，用眼角向满迪一瞟。

"各位大人，依敝人看这刺杀证人的歹徒定是一同作奸犯科的同伙，意欲杀人灭口。"左副都御史开了口，并向满迪看了看。

满迪心里不托底，也不敢再说什么。

哈木上前大叫："诸位大人，卑职幸不辱命，昨夜里领兵与歹徒交战，俘获一人，可否带上来——"

"罢了。"阿桂止住哈木，冷冷瞥了满迪一眼，缓缓说道，"既然被俘获的歹徒已招供画押，就无须带到这里，本钦差以为此案大体已经查明，如何处置待议。尚大人和温大人以为如何？"

"阿大人所言极是，所言极是。"尚阿力连连点头。

温福作为内大臣，随行巡边，原本就不打算多管闲事，乐得逍遥。像处理满迪这件棘手的事，干脆就让阿桂和左副都御史做就行了。抱着这个想法，他始终不太吭声，一切任凭阿桂处置，心里对皇上如此器重阿桂，委以钦差重任，总是有一种不服气又酸溜溜的滋味。阿桂每在大庭广众之下炫耀一次，显示一次才华，他的心便被深深地刺痛一下，心底里也承认自己的心机和城府根本没法与阿桂比，就是和尚阿力比也差了一大截。豁达的时候，他也能总结出自己的弱点，心想既然斗不过对方，就干脆不斗了。遗憾的是无法保持住这平稳的心态，每当嫉妒之火碰到倔强的个性而产生火花的时候，先前的豁达大度便消失得无影无踪，而且所有的愤怒与不满都会表现在那张绷得紧紧的长条脸上。更坏的是由于失去理智的行为和胡言乱语，往往在被别人驳得哑口无言的尴尬中告终，也是这种冲动与鲁莽使他后来在督师小金川的征战中，魂断贡嘎山。

晚上，阿桂召集温福、尚阿力和左副都御史，商量着如何处置这一案。

"诸位大人，从翠微楼一事不难看到，满迪父子竟然伙同江湖人士联手对付海兰察，当然，他们是各有所需。满府的家丁被俘获后，也供认是瓦力格抢劫民女，后被海兰察约其同门救出，这一点与他的折子中说的一模一样。另外，前天夜里得到的箭书也是如此讲的，分毫不差，谁是谁非已见分晓。诸位大人，此案如何处理，本官不敢擅断，还请各位商议一下。"阿桂倒背两手，悠闲踱步，不时逐个打量众人。

尚阿力心里有鬼，不肯直接出头为满迪讲情，尽管心里着急，表面上还是垂着眼皮缄默不语，有如禅僧入定。

左副都御史在一旁愤然说道："满迪身为封疆大吏，一方父母官，竟然做出这样龌龊之事，证据确凿，此案已了。对这种劣迹斑斑的官吏，民怨沸腾，如不从重处置，恐难抚民心，扰乱朝纲。"

温福不敢直接顶撞阿桂，憋了一肚子气没处发，一听了御史一边倒的话，冷冷道："敝人不这样认为，说此案已了为时还早，那民女确实被海兰察所杀，这可是众人有目共睹的。对此，御史大人不能视而不见吧？"

"温大人不要忘了，海兰察的属下都证明当天晚上他不在府中。"左副都御史据理力争。

"试问，在卜奎城，能使出迷幻剑法的，除了海兰察还有何人，这总搀不

得假吧？"温福毫不让步，咄咄逼人。

"温大人是在钻牛角尖啊，满迪的家丁已供认有个叫什么铁指神丐的，当晚在郊外与海兰察决斗么？"

"可惜是何人作证呢，那个家丁横竖落入他人之手，还不是俯仰由人。"温福干笑了一声，恶声恶气地又说，"作奸犯科之人胡编的缘由叫人难以置信，猜测只是猜测，怎可为证？"

"如此说来，海兰察救出民女就是为了杀掉她么？这岂不是滑天下之大稽？"

"哼，逼奸未遂，不杀何以灭口？"温福一看阿桂不声不语，反倒来了劲儿，振振有词，说，"既然说瓦力格当初是相中了民女的姿色，难道就不许海兰察也相中吗？不然，他救出了民女，并没有送其回家，而是带到了私邸，司马昭之心，可谓路人皆知。"

"温大人，"左副都御史见温福如此强词夺理，胡搅蛮缠，肝火大盛，用嘲讽的语气问，"照温大人的说法，我们在来卜奎路途中遭到的劫杀，也应该是海兰察，那些人使的也是迷幻剑法。这又作何解释呢？要不要让满迪证实一下，海兰察确实被他关在地牢之中呢？"

温福理屈词穷，却仍然不肯服输，想了半天没有合适的措辞，一急之下，开始装疯卖傻起来，"海兰察的同门暗中策应，各位大人都听到了，那些贼人不是讲过不许为难海兰察么？这些人受何人指使，竟敢拦截钦差，务须查个明白。"

阿桂一直冷眼观望他们的争执，心里当然明白温福多半是冲着自己来的，温福的话虽然刺耳，使他很不舒服，但在表面上，他必须装作泰然自若的样子。表面蛮有兴趣地谛听两人的争论，心里却在考虑如何处置满迪，反复权衡着利弊。在还没有理出个头绪的时候，发觉左副都御史和温福越闹越僵，不得不出面干预。望着坐山观虎斗的尚阿力，稀里糊涂被人当枪使的温福，决定先镇住满迪，让尚阿力晓以利害。

"传满迪。"阿桂向外叫道。

片刻，满迪灰溜溜进来，心神恍惚地落座，低下头避开了阿桂那鹰眼般的目光。

"满迪，瓦力格强抢民女一事，你当真不知道？府上的家丁可是全招了，此其一；其二是那民女被杀是青龙帮与瓦力格合谋所为，你教子不严，纵容属下误交江湖匪类，难道不是你的过失么？"阿桂说完瞅了瞅尚阿力，尚阿力眨了眨眼，顿时明白了阿桂避重就轻的用意，可阿桂自己又不明说，其用意是让自己去点化满迪。精神一振，开口对满迪说道："满大人，瓦力格有心纳妾，虽说是你府上的私事，但也该有个法度，何必硬抢呢？此事过于唐突，常言道，子不教，父之过。这不是你之过又是谁的过呢？至于瓦力格伙同青龙帮做下的勾当，你无论为父还是为官，确实是有失察之过，还不向钦差大人认错！"

左副都御史一听这话不对，刚要开口，却被阿桂用眼色制止住。温福也愣在那里，歪着脑袋琢磨。

满迪自知钦差已经抓到自己的把柄，起初的那股蛮横劲头锐减，心中七上八下，他不知阿桂到底知道了多少，硬挺下去怕激怒阿桂，软下来又担心阿桂装腔作势，引诱自己上钩。犹豫之间，舌头也僵硬起来，索性紧闭嘴巴，一言不发，拿定了软磨硬泡的主意。

阿桂终于有些不耐烦了，看透了满迪的心思，知道不深一步点拨他一下，他会执迷不悟。他走到满迪身旁，非常动情地说道："这里只有我等四人，即便有难言之隐，也但说无妨，免得日后当众难堪。"这话已经说得很白了，大有原宥过错的意思，同时也暗示如果此时还不悬崖勒马，继续哄骗钦差，那就顾不得同族情分，公堂上撕开脸了。

阿桂那灼人的目光久久停留在满迪的脸上，满迪听出了苗头，也心存感激之情，可惜只是短短的一瞬间。宦海生涯的沉浮，人心叵测的风险，他经历得太多，加上儿子血肉模糊的尸体又坚定起他负隅顽抗的决心，心一横，抬头道："大人，敝人不知犬子劫持民女之事，只知道那父女死于海兰察的府中，犬子是带人搭救那父女时才被杀死于海兰察府中。"

"满迪，倘若事有变故，与你所言相悖，那将如何？"阿桂对着尚阿力和温福叹了口气，逼问。

"哦……"满迪咬了咬牙，强硬地说，"敝人甘愿领罪！"

"满大人还要三思而行，阿桂大人可谓仁至义尽，心到佛知啊！"尚阿力一见满迪自己往套子里钻，心中大急，出言点拨。

"不错，难得阿大人法外施恩，你若再不领情，悔之晚矣。"左副都御史

也叹息道。

望着汗流浃背退下去的满迪，阿桂像是自言自语地嘟哝道："这样一来，满迪可就完了，我等怕是爱莫能助了。"

哈木奉命把海兰察押解到另一处牢房，他深知阿桂的用意，因此格外小心，除了随同阿桂一块来的几位官员，不准任何人靠近此地。奎林几次吵闹要见海兰察，都没有成功。

哈木自从到京师健锐营供职，就发现这支御林军中，暗探密布，耳目众多。其貌不扬的一个小校，说不定就是朝廷埋下的暗探，令人不得不防。他向来为人谨慎，说话做事都循规蹈矩、小心翼翼，又能恪尽职守，所以还算相安无事。他曾两次托书给呼伦贝尔副都统图海，倾诉思乡之苦，表明厌倦官场尔虞我诈的生活，恳求图海设法调自己回到家乡供职，实在不行干脆辞官归里。图海闻讯大怒，回书痛斥他的荒唐想法，要他不能自甘堕落，严肃指出他与海兰察身负的重任，对他们振兴索伦部族寄予莫大的希望。劝他在逆境中当以忍辱负重，能屈能伸，不辱使命。态度之严厉，语气之诚恳，期望之宏伟，着实让他冥思苦想了一阵儿，随之对自己与部族今后的荣辱与共融会贯通，重新振作起来。

海兰察遭诬陷，身陷囹圄，他自然着急，特别是得到图海派人送来的密函之后，依照图海的意思，亦步亦趋随在阿桂身边，伺机旁敲侧击地帮助海兰察。

阿桂何尝不知道他的心思，图海的信函中明确地表明了此案的公正与否，将直接影响索伦铁骑今后的斗志，也委婉暗示出对自己的期望与信任。

"哈翼尉，同族同乡的故人，怎么至今不去见见海兰察？"阿桂故意把奎林也叫来，当着奎林的面问哈木。

"回大人，卑职正是想到了这一点，所以想还是避嫌为好。"哈木有些惊诧地望着这位钦差大人，猜测是不是图海的信函起了作用。

"大人，卑职与海兰察曾在大内供职，私交也很好，照理说该去探视，可哈翼尉坚决不许。"奎林嘟哝着埋怨。

"案情已经明了，你等既为同乡又是同僚，看看何妨。哦，对了，年少入仕途，也是一种历练啊。哈……"阿桂爽笑着推门而去。

哈木大喜，明白了阿桂的意思，这分明是告诉他海兰察之事已无大碍，一切由他安排，让自己转告海兰察少安毋躁。

他大摇大摆地和急不可耐的奎林去探视海兰察。

"哈大人，众位大人来卜奎多日，为何不见敝人，难道只听满迪的一面诬陷之词么？"海兰察对钦差大人一直没有召见自己感到疑虑和愤懑，苍白的脸上，少许的胡须就和他耿直倔强的脾气似的，执拗地直立起来。

"海兄，小弟已给叔父修书，他老人家必定面见皇上据理力争，你大可放心。"奎林大咧咧一招手，几名兵丁端来酒菜。

"你虽受无妄之灾，好在阿大人心中有数，正好趁此机会扪心自问，日后如何处世。"哈木的言语并不客气，海兰察是他看着长大的，所以半是开导半是训诫，"此事处置起来也非同一般，牵一发而动全身，我看阿大人也有他的苦衷，想左右逢源，又要径情直遂，谈何容易。我看他一定在寻求无隙可乘的万全之策，以便洗清你的冤情，又使朝臣无法抨击。现在有意不见你，其实正是他的高明之处，避免嫌疑，秉公办案，用意深远啊。再说，事由原委既然明朗，何须你赘言呢？你且不必心急，暂且安心等待吧。"

"话是这样，可这畏畏缩缩算是什么，阿大人不是钦差么？"海兰察不服气地说，与奎林大吃大喝。

"满迪是老臣，不但立有战功，而且与许多王公沾亲，阿大人也难做主张，与族人抗争，很难有善果呀！"哈木望着幼稚的海兰察，叹了口气。

"老臣又如何，当年还不是正白旗的马夫么？"奎林不以为然叫道，揭了满迪家族的老底儿。

哈木喝下一杯酒，想了想问："图海大人问起你师门的事，他们何以和官府作对？"

"对呀，海兄，你那师门的几名女子确实了得。——这不，小弟的伤口还隐隐作痛，不行，待日后小弟还要向海兄讨教几招，不能总是败在小女子手中。"奎林摸摸腿上的伤，不好意思地嘟哝。

"此事在下也弄不清，他们是我师门四师叔的弟子。"海兰察明白哈木的意思，毫不犹豫地表白，"在下是朝廷命官，怎肯与江湖浪人为伍。"

"唵，这就好，这样最好。"哈木放下心来，连声叫好。

"钦差大人有令，传哈翼尉。"门外兵丁吆喝。

第五十章

温福厌恶地斜视着低声下气的满迪，叹息道："满大人，事到如今，敝人也帮不上你，早知今日，何必当初。"

尚阿力瞥见满迪投来乞求的目光，对温福说道："唉，依敝人看，温大人不妨和阿大人说说，此案到此为止。"

温福一听，瞪圆了眼睛，鄙睨着满迪，冷冷说道："阿大人早已放出口风，有意周全满大人，可满大人就是不肯顺水推舟啊！怪得了谁呢？如果当初咬定是那些江湖人士杀了民女和瓦参领，瓦参领为救民女的美名便定下了，大家都皆大欢喜。可满大人偏偏一口咬定是海兰察杀了瓦力格，你们说，阿大人能不查个水落石出么？"

"满大人，钦差大人绝非望风扑影，依敝人之见，你还是……好自为之吧。"尚阿力听了温福的话，不觉萌生往后退的心思。

"难道阿大人真的拿到了什么真凭实据？"满迪又开始流汗，惊问。

"那倒是未必。"尚阿力瞅瞅温福，含糊不清地说，他与温福也不敢肯定。

"不过，不可掉以轻心。"尚阿力对满迪总是抱以侥幸的心理十分反感，加重语气说道，"你不要看阿桂大人目前还是慈眉善目，这是他在权衡利弊，犹豫不定，要么就是偷偷派出六百里快骑，星夜上京送上密折，等皇上示下。你呀，你也是老于世故的人，到了现在你难道还没有一点杯弓蛇影的感觉吗？"

"如此执迷不悟，敝人不奉陪了。"温福的犟劲又上来了，一气之下拂袖而去。满迪绝望地看着温福的背影唉声叹气，喃喃道："疾风知劲草啊。"

尚阿力一见温福撒手不管了，自己有些孤掌难鸣，甩下满迪又于心不忍。琢磨了一会儿，决定向满迪施加压力，让他顺着台阶下去。

"满大人，如果你不改变初衷的话，敝人怕是也爱莫能助了。"

"想不到我满迪竟落到如此地步，还请尚大人约朝中要人从中周旋呀。"

"满大人不要忘了，事态变大、皇上不悦的情形下，那些只想取悦皇上，不惜抱薪救火、加膝坠渊的人还少么？"尚阿力疾首蹙眉地叹道。

满迪听出了尚阿力的意思，无可奈何之下只得服软，说："但凭大人做主。"尚阿力一看满迪的可怜相，心里不由一阵好笑，呷了一口茶，咂咂干瘪的嘴唇，开口道："狡兔三窟，你何必画地为牢呢？"

"大人的意思是……"

尚阿力来了精神，诡秘地说道："瓦力格的死不要一口咬定是海兰察所为，这样阿大人势必宽心许多。"

"那么瓦力格带人去海兰察府作何解释？"

"去救那民女呀！不错，瓦力格相中了那女子，难道就不许海兰察也相中么？嘿嘿，海兰察年少倜傥，瓦力格放荡不羁，两人争风吃醋，做出些越轨之事，人们不会太看重。让他们都瑕瑜互见，这样，谁也不好洗垢索瘢了。这么一来水就被搅浑了，大人岂不就摆脱出来了吗？"尚阿力媚笑着说。

"那不就是各打三十大板了么？"满迪不甘心。

"不各打三十大板，难道你一人承受吗？"尚阿力一听这话，不高兴了，他为满迪想出的这个以退为进的办法，抛出已死的瓦力格，弥补满迪的漏洞，一切都死无对证，以放弃死咬海兰察的代价，来保住满迪。

满迪抓耳挠腮，思索了半天，断然拒绝了尚阿力的劝阻，恨恨叫道："不行，杀子之仇不报，何以为人！"

谈到这种地步，尚阿力不好再说什么，此时，他才领悟到了阿桂叹息着说满迪完了的意思。对阿桂精明过人，料事如神的本事，由衷地敬佩起来。事情最后的结局，现在已见分晓，闹得越大，对满迪就越不利。纵子无度，勾结江湖匪类陷害朝廷功臣，欺君罔上，这些罪名罗列起来，结局大大不妙啊！当然，轻重程度还要取决于阿桂的态度，看阿桂这几天的行为，还是希望满迪回心转意，不要硬撑，不是没有点拨和提醒，可惜的是满迪全然不顾。阿桂的暗示和

有心 撮合有如泥牛如海，化为了泡影。

阿桂终于下手了。

征得其他几位大人的意见之后，阿桂派人前去传唤满迪，准备摊牌。

尚阿力心中哀叹满迪在劫难逃，嘴上却还在试探阿桂，干咳几声，瞅了瞅左副都御史，朝阿桂说道："阿大人，满迪是罪责难逃，只是……念在其有功于朝廷的分上，还是再点化一下，如何？"

阿桂听了微微一笑，眯着眼向温福和左副都御史瞅了瞅，说："诸位这些日子也不是没有看到，敝人并不是不念旧情。看在同朝为臣，共同金戈铁马征战沙场的情分上，给足了满迪的悔过机会。可他是如何对待敝人的一番苦心，想必大家都见到了。敝人现在身为钦差，奉旨查案，又不是化外之人，一味地退让和袒护，岂不是有意徇私，有负圣意了么？当然，尚大人说得在理，今日敝人仍然要留给满迪一线希望，诸位拭目以待吧。"

满迪惴惴不安进了房门，一见四位大人神色肃穆，俨然一副三堂会审的模样，心里不由一阵扑腾扑腾地剧烈跳动，紧张之中竟然呆呆站在那里，如同一根栓马桩，一动不动。

"满迪，有句俗话说得好，己所不欲，勿施于人。凡事不可以己度人，刻舟求剑，恐怕与人与己都有不利。"阿桂当着几人的面，又一次旁敲侧击地点化满迪，此话可算是推心置腹，说得再明白不过了。然而，言者谆谆，听者藐藐，在这个旁人都噤若寒蝉的钦差大人面前，满迪仍旧不知深浅，鬼迷心窍地顶撞："钦差大人的美意，卑职心领，只是卑职一向奉公守法，没有半点愧德……"

"唵？"阿桂脸色一沉，十分难看，锋芒逼人地说道，"神而明之，存乎其人，要想人不知，除非己不为。要不要本钦差略述此案的大概呢？"

阿桂的话已经非常明白，连一旁的尚阿力和温福都坐不住了，连连向满迪使眼色，示意他赶快顺风使舵，不要闹到不可收拾的地步。

"那么……就有劳大人指点迷津。"满迪还是不信阿桂有真凭实据，孤注一掷。

"既然这样，本钦差姑妄言之。"阿桂连连冷笑，脸色铁青。

"卑……职姑妄……听之。"满迪汗如雨下，到了这个地步，索性把心一横，豁出去了。能闯就闯，闯不过去就当战死疆场了。

奎林领了个好差事，现在又坐在翠微楼上，倚窗而坐，迎着徐徐江风，边饮酒边眺望沿江风景，悠然自在，好不得意。一对虎目不时向四下打探，流露焦急之色，他奉阿桂之命，接连几日在此等候，试图寻找海兰察的同门或是青龙帮的人。

案情进展到现在，满迪十分蛮横，阿桂当仁不让，将满迪囚禁起来，同时派奎林和哈木等人，分散在酒楼客栈之处，寻找与此案有关的知情人物。

阿桂深知只有满府家人的单方面口供，翠微楼酒家的两个伙计的供述，还洗脱不了海兰察的罪名。根据箭书上所说，有许多细枝微节连满迪也不清楚，唯一的线索就是找到海兰察的师兄妹，或者是抓住青龙帮中人，才能解开瓦力格和那父女的死因之谜。这个传送箭书的人自己不好出面，确实告诉了能够作证的人，并且认定青龙帮为夺取秘籍会卷土重来，海兰察的师门也绝不会丢下海兰察不管。这虽然有如大海捞针，可除此而外又没有其他的办法，阿桂只好耐下性子，分派人马，守株待兔。只要捕一两个人，此案自然瓜熟蒂落。

"哎，酒家！"随着一声吆喝，邻桌坐下三位大汉，一壮两少，为首的壮汉言语豪爽粗俗，但中气十足。奎林觉出此人内功不弱，不由得格外瞟了这三人几眼，暗道：阿弥陀佛，正主来了。

正当奎林注意这三人的时候，又有两名少年书生模样的人走上楼来，默默在边角落座，四目一扫，落在自己这里。奎林心中一惊，对方目光炯炯，眼眸灼人，分明是身负武功的江湖人士，尤其是那轻盈飘逸的步伐，显示出轻功超群，可惜的是到底年少张狂，不善隐匿，被自己一眼看出。

看到他们两人与刚才来的三个汉子频频向自己斜视，他赶紧装贪杯醉酒之徒，放开酒量鲸吞豪饮，真的像纨绔子弟那样，留着口涎，吟出一首消沉颓废的诗句："仙台初见五成楼，风物凄凄宿雨收。山色遥连秦树晚，砧声近报汉宫秋。疏松影落空坛静，细草春香小洞幽。何处别寻方外去，人间亦自有丹邱。"吟毕，暗用内力一逼，哇的一声，吐出几口又臭又腥的酒菜，趴在桌上发起鼾声。两耳却偷听那两桌的动静，左眼眯出一条细缝，静观刚来的两少年书生。

"真他妈晦气！"先前来的那桌上的一个汉子骂了一句，立刻被另一个同伴止住。奎林一听，心里窃喜，知道这两伙人都是江湖人士，却不知他们的来路，所以只好继续装睡。过了一会，只听三个汉子压声叽叽咕咕，不知说些什

么，而后来的两个少年书生一直默不作声，只顾低头吃饭喝酒。

就在这时，楼梯嘎嘎作响，有人走上楼来。那三名汉子一见，立时起身相迎，恭恭敬敬站在桌旁。为首的大汉开口道："在下恭候多时，前辈请。"

奎林诧异中转动眼珠看去，只见一位须眉皆白的老者立于楼梯口处，目光流星般地扫视下全场，即是半闭的眼帘中，奎林也觉出那目光如电，心里一惊。

那老者并不急于就坐，紧紧盯住那两个少年书生，突然阴恻恻笑道："妙哇，原来是迷幻剑派的高手，老朽虽然老眼昏花，却还不会认错这位女中豪杰。"

"哟，是铁指神丐老前辈，不知到卜奎做什么，不会是又看上谁家的东西了吧？"那少年书生不慌不忙，笑吟吟回敬几句，语气中都是讥讽的口吻。

那三名汉子一听是迷幻剑派的人，顿时变色，恶狠狠盯着两名少年，眼中喷射出浓浓的杀气。

铁指神丐并不因为少年的话无礼而气恼，仍然和颜悦色问："贵派弟子不也是千里迢迢来到塞外，不知有何贵干？"

"关你屁事，敝派的事情无须你过问，本姑娘倒是要问问你这行将就木的人，如何肯吃这风刀霜剑之苦，到这荒芜寂寞的塞外，不怕把老骨头埋在这里么？"这少年竟然是个女的，语气之刻薄至极，令人无法忍受。奎林猜想这铁指神丐定会暴跳如雷，不想这铁指神丐不急不恼，用眼神制止住蠢蠢欲动的三个汉子，像猫头鹰叫似的十笑几声，说："看来你们和青龙帮的人一样，殊途同归呀，姑娘想日后做掌门，缺的只怕也是迷幻——"

"住嘴！"那少年娇斥一声，跃身而起，喝道，"铁指神丐，不要给你脸就蹬鼻子，老东西，你当世人都像你们这样不要脸吗？"

"哈哈哈，老朽不要说已经年迈，老脸要不要也无关紧要。就是年轻那会儿，也犯不上为儿女私情疲于奔命，何况还是一厢情愿，你当老朽不知道——"铁指神丐话没说完，少年剑已出手，一剑向他刺去。几乎与此同时，三个汉子同时扑来，和另一少年打了起来，六人一来一往，在阁楼上混战起来。顿时，桌飞椅翻，碗碟横飞。

奎林见状，早已推窗跃出，半空中把手一招，埋伏在四周的兵将立即围拢过来。他见六个人都是高手，急令人回去叫随同钦差同来的两名大内高手，自己指挥将士围住了翠微楼，准备擒拿楼上的六人。

铁指神丐在奎林跃下窗口时，就大叫上当，正要夺路而走，却被那少年用长剑封住去路，唰唰数剑，剑招怪异得匪夷所思，招招不离要害之处。铁指神丐大怒，仗着一身盖世神功，哪里还管楼下的官兵，弹指神功全力施展出来。指风凌厉，隔空嗖嗖作响，紧紧在对手九尾、华盖和天突等死穴上招呼，恨不能立刻点倒对手。那三个汉子和另外一个少年也斗得难解难分，一方高声喝骂，语言粗俗不堪入耳，一方默不作声，二十几个回合，三人中竟有两人带伤。

阿桂带来的大内高手闻报后，即刻如飞赶来，两百名卜奎的弓箭手也疾驰而来。

铁指神丐一看不好，高声叫道："老朽向来不愿群殴，改日再领教姑娘的剑法。"说完，丢下那三个汉子，跳下楼打算溜走。一把长剑横在胸前，奎林笑嘻嘻地说道："素闻老先生大名，今日有幸一会，不留下几招就走么？"

"鼠辈狂妄，你也配与老夫过招。"铁指神丐正气不打一处来，一见是刚才装睡的人挡路，咆哮着攻上。铁指隔空认穴，两人相距数尺，奎林自觉臂儒穴有一股劲力戳来，剧痛酸麻，长剑几乎脱手。心中立时大惊，这才明白眼前老家伙并非虚传，实在是绝技骇人，忙提起十二分精神，认真对战。

当另外几人也跳下楼时，立即被官兵团团围住，一名带伤的青龙帮弟子终于力竭被擒。那两个少年书生打翻十几名兵丁后，一声娇斥，双双飞上街道旁的屋宇，转眼消失在远方。

这几天来，满迪被押后的满府，阴云笼罩，愁云密布，无论是家眷还是仆人，都整天愁眉苦脸，唉声叹气。偌大的府邸，内院清清，门前冷落，一改过去那种宾客不息、车水马龙的情景。

敏日娜就在这短短的几天里，饱尝了世态炎凉的苦涩滋味，同时又为自己的所作所为惶恐和迷惘。家门的败落，虽然是哥哥和父亲徇私枉法，多行不义所致，但和自己不能说没有关系，最起码，在家族的败落中，自己起到了推波助澜的作用。

在这场风暴和危机中，她对得起良知，对家族则有愧疚感。这种情感上的折磨使她异常痛苦，夜半辗转不眠时，多少次扪心自问，她恨恶习难改的哥哥，又气糊涂透顶的父亲。是的，这一切不都是自食恶果、天理报应的因果循环吗？每想到这里，她的心稍稍平静了一些，那种愧疚的煎熬和折磨渐渐变成了淡淡

的伤心，甚至暗自庆幸哥哥离开尘世，免去了这个家族留给世上的许多孽债！但是，她不能不为年迈的父亲祷告，希望能化灾消难、苟度残年。

她此时的心像草原秋天的云，变化无端，时而祝愿这里，转而又惦念那里，牵肠挂肚最多的还是海兰察。当她爱上海兰察时起，就把自己的命运同他紧紧绑在了一起，特别是听到他说带自己回索伦草原那会儿，那神奇的千里牧野时时令她心驰神往。

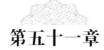

第五十一章

傍晚，敏日娜闷闷地呆在房里，前去打探消息的家人未归，她更心烦意乱。侍女匆匆赶来告诉她，出去打探消息的家人回来了，她急不可耐地来到大厅。

"小姐，没见到老爷，不过小的听到了别的消息。"家人满头是汗，看样子是一路跑回来的。

"说，什么消息？"敏日娜催促道。

"今日中午官军在江边翠微楼堵截了几个江洋大盗，杀死一人，俘获一人。听说有两个年轻女子，不过……给跑了。"

她一听就知道这女的一定是慧瑛，海兰察师门的人又出现在卜奎，当然又是冲着海兰察来的。至于俘获的不是迷幻剑派的人，那又是什么人呢？总之，自己不能再坐视，无论是为父亲还是海兰察，自己是该做点什么了。她主意一定，也顾不上现在戒备森严的都统衙门，换了夜行衣，戴上面罩，到了夜深之时向都统衙门而去。

都统衙门大厅内，灯火通明，门外和整个院子里，兵卒林立，大内高手们站在大厅门口，警觉异常。

大厅中，阿桂、温福、尚阿力和左副都御史，正商议如何处置满迪与海兰察的事儿。

白天一战告捷，除了尚阿力，大家都喜气洋洋，虽然跑掉几人，但抓住一人就是好事，他们要的是口供。

哈木和奎林当然不会怠慢，略加手段，弄得那个汉子求生不得，欲死不能，

最后是竹筒倒豆子，全部抖落了出来。阿桂一听不禁心花怒放。

"诸位，我等辛苦多日，今天大功即将告成，待对完口供之后，再作打算，如何？"阿桂神气十足，一招手说，"都带进来。"

"喳。"哈木和奎林应声进门，一人带着满迪，一人带着那个被俘的汉子。

"卑职参见钦差大人。"满迪显得十分慌乱，不住地打量几位大人，又狐疑地瞅瞅跪在地上的那个遍体鳞伤的汉子。

"满迪，今日我与三位大人又商议了一番，想再给你一次机会，你不想说些什么吗？"阿桂郑重其事地问。

"只是不可自辩。"尚阿力加上一句，也等于是在告诉满迪，不让他自辩就是拿到了证据，赶紧认错，求求大家就对了。

满迪一看阿桂还算客气，尚阿力的话好像是暗示自己不要吱声，所以摇了摇脑袋，干脆闭上了眼睛。

"喔，不想说什么。"阿桂看了看三人，点点头说，"也好，那么就让这个青龙帮的人说些什么吧。"阿桂一语双关地说。

"大人，小的不敢撒谎，小的全说。"那汉子一抬头，与满迪相对而视，满迪顿时瞪大了眼睛，面色死灰，额头立时沁出汗水。听着那汉子从头到尾详尽诉说，他只感到天昏地暗，冷汗直流，又惊又怕，气恨交加。

当尚阿力听到瓦力格吹嘘说吏部尚书会全力庇护他时，心里一虚，偷眼瞟了阿桂一眼，正巧阿桂也在似笑非笑地盯着自己，尴尬至极，慌忙避开对方的眼睛，心里怦怦跳个不停。他意识到今晚这个场合是阿桂有意布置的，起码是让自己听听话，敲打敲打。既是揭了满迪的老底儿，又暗中捅了自己一刀，再一次显示他的才干和威风，可谓是一举数得，出够风头。尚阿力恨得牙根疼，可他毕竟是官场的老油条，片刻就调整了一下情绪，他不相信阿桂会把事情做绝，否则，为什么没有让海兰察出来听呢？显然是别有一番用意，一个使人难以猜测的目的，由此可见，事情不会往太坏的方向发展。也许最后的结果会是山重水复疑无路，柳暗花明又一村呢！

"这下你还有何话说？"等那汉子被带下去后，阿桂声色俱厉地问。

"大……人，卑职有罪。不过，犬子所为，卑职真的是大半不知啊。"满迪彻底崩溃，结结巴巴，心神已乱。

"唉，满迪确有教子不严之过，对属下也有失察之罪，只是如何处置，依敝人之见，可否回京再议。"温福一看事情已基本了结，望向满迪那一副狼狈相，顾念同族之情，动了恻隐之心。

"温大人说的也是，回京再议稳妥些。"尚阿力明白了温福的意思，回到了京师，替满迪说情的少不了，回旋的余地也多。

"两位大人差矣，"左副都御史插话说，"阿大人此举也是出于无奈，其实满迪如果不是讳疾忌医，早点把实情和盘托出，以求庇护，也不至于有今天。"

"诸位，"阿桂叫人带下满迪，这才正色说道，"实不相瞒，敝人如果查不到实情，不但不能向皇上交代，而且也无法从中周旋，总不能错断或者欺君吧！满迪家族三代都是我朝战将，本钦差哪能不顾及，不过，既然惊动了皇上，朝野闹得沸沸扬扬，不妥善处置是说不过去的。就算民怨可压，朝议可欺，可海兰察会善罢甘休么？索伦部会咽下这口气么？"

阿桂看事情到了尾声，才说出几句肺腑之言。几人听了不无道理，一时都不知说什么才好，相视一会儿，都默默叹了口气。

"带海兰察。"阿桂轻轻道。

厅内的气氛骤然紧张起来，仿佛受审的不是海兰察，而是他们自己。

"卑职叩见大人。"海兰察见过礼后，为钦差一行迟迟不见自己、不听自己倾述而伤感不已，一对倔强不屈和狐疑的眸子打量着几位大员。

"起来，看座。"阿桂看看憔悴许多，但气色很好的海兰察，不即不离地招呼。按礼仪说，海兰察虽然是从二品官员，可眼下还算是被参囚禁的人，算不上罪臣，可也比不得寻常的官员。在这种情况下，钦差大人居然叫看座，是别的受弹劾的官员所享受不到的待遇。

"海兰察。"阿桂不动声色叫道。

"卑职在。"

"本钦差知道你来卜奎后，忠于职守，很是尽心哪。"阿桂不紧不慢地说。

"回禀大人，卑职到卜奎就任后，虽然才德平平，可也恭谨职守，没有丝毫的愧德。不像满迪——"海兰察正要说出满迪父子的事，却被阿桂打断。

"哦，海兰察，"阿桂摆摆手，缓缓说，"你们二人的事，本钦差都已了然于胸。"

"请大人明察。"海兰察精神大振。

"当然，是非曲直，总会有个结果。"阿桂说到这里，略略沉吟了一下，接着又说，"不过，冤家宜解不宜结，同是一朝臣子，还是得饶人处且饶人的好。你说呢？"

温福等三人都盯着海兰察。

"大人，这……是非曲直总要有个公论吧？！"海兰察一愣，困惑不解地问。

"不错，公论当然要有，不然朝廷派我等前来卜奎做什么？凡事都有个理字，不过也有个让字，天地之中，除了天理之外，还有人和之说，将相之间互相挑剔，以致铸成大错的自古以来还少么？"

"海兰察，钦差大人意欲为你消灾解难，这一番美意你还不明白吗？你应当恭听钦差大人的话才是。"尚阿力明白了阿桂的意思，从中帮腔。

"禀大人，卑职看不得为非作歹之事，并非刻意挑剔满都统父子的毛病，如果听而不闻，视而不见，岂不是失职么？"海兰察据理力争，丝毫不让步。

"哦——说得不错，不平则鸣，不平则鸣。"阿桂一看海兰察不懂自己的意思，也不好再说下去，赶紧换了口气，心里却纳闷，这小子还是那么木讷，一点长进也没有。

"海兰察，倘若此案一时解不了，你又当如何呢？"左副都御史早已领会了阿桂的意思，想大事化小，可惜海兰察冥顽不化，心里一急，出言暗示。

"大人何出此言？"海兰察逐个望着几位大人，疑团顿生，回想阿桂刚才的一番话，明白到这是满官相护，想帮助满迪父子的搪塞之词，"诸位大人，卑职蒙冤入狱，为的是什么，就是一个公道，如果没有公道，再回牢狱又如何？"

"放肆！"尚阿力大怒，正要往下训斥，只听到外面传来大内侍卫的吆喝声，紧接着又是一阵兵将急促杂乱的脚步声。众人正惊异中，奎林匆匆来报："启禀大人，有一黑衣人趁夜色潜入都统府，在右厢房尾脊上被侍卫发现，正在截杀。"

阿桂一听，沉思片刻，猛然叫道："传令，要活口，违令者斩！"

"喳！"

"大人，此时要活口何用，不如令弓箭手射杀。"温福不解地问。

"来得好，是时候。"阿桂低低嘟哝一句，根本没听见温福的话。

外面，喊杀声连绵不绝，厅内几人都侧耳谛听，不多时，又听见另一个方向杀声又起，阿桂眉头一皱，轻轻叹了口气。

郊外，在一高坟低凹之处，慧瑛站立在萋萋蔓草丛中，恨恨地对四周几人说道："哼，到底是何人坏了我们的事，看清了没有？"她正为没有抢出海兰察而大动肝火。凄清的月光洒在她因发怒而扭曲的剑眉上，透出可怖的杀气，吓得几名师兄妹不敢作声。

"师妹，也太不凑巧，谁能想到不早不晚，就在我们接近牢房的时候，海兰察偏偏被侍卫提出去。"大师兄凡靖接过话头说，他不仅年长，功力深湛，深得师父——"川中侠女"的器重，讲话随便得多，"再说了，也不知是哪条道上的朋友，不慎被人发觉，害得咱们也空跑一趟。"

"师姐，都统府戒备森严，不要说那几个大内高手，就是那一群兵将围上来死缠烂打，我们也难以脱身。"棱梅悄声说，"那个海兰察利欲熏心，自以为是谦谦君子，不像能和咱们同道的样儿，就是找到了他，他也未必跟我们走。"

"住嘴！"慧瑛心烦意乱，虽然不好顶撞大师兄，对棱梅却是蛮横惯了，"既然是这样，只好走一步险招了，师兄，劳你大驾，十日之内，把几百里之内的本派弟子传到一块儿。对了，不妨叫上几个要好的江湖朋友，添点帮手。"

"慧瑛，你这是……"凡靖瞪大眼睛问。

"哼，半路截杀！"慧瑛恶狠狠地说。

"你怎么能肯定他们带海兰察回京？"

"那还用说，海兰察和满迪都是高官，犯的又是命案，哪个大员肯冒风险擅断，最后还不是推给皇上。"

"可是——这么干，对本派不利，我们又不是什么江洋大盗。"凡靖有些犹豫。

"我们比江洋大盗也好不到哪儿去，好了，不要再说，家母不在，一切由我做主。"慧瑛断然一摆手，又说，"假如现在不动手，海兰察一旦到京师，无论好坏，想拉他就更难了。噬脐何及，不如在途中劫下他，告诉大家不妨狠一点，哼，他的同门为了救他，杀了朝廷的大员，他还敢去见那个昏聩的皇上吗？！"

追杀了半天，都统府到了子时才平静下来。阿桂心事未了，没有一点睡意，

索性令人找来左副都御史，准备了几个小菜，打算与他秉烛长谈。

左副都御史自然乐意奉陪，两人相对而坐，细谈慢饮。外面，一名侍卫带领六名兵卒巡视。

一条人影轻灵似狸猫，闪电般蹿上屋檐，贴在檐边。连日来的奔波劳碌，那侍卫也是身心俱疲，加上混乱已去，自觉高枕无忧，在阵阵睡意催人之下，这个侍卫耳目失聪，竟然一点儿没察觉房上有人。而那几个本领低微的兵卒更是懵然不知，悠然晃荡在大院中。

厅内，阿桂慢慢呷了一口酒，三分酒意七分愁绪地说："御史大人，满迪瞒上欺下，这次又前倨后恭，可谓猖狂至极。敝人原想稍作调解，他们二人或许多方见谅，冰释前嫌，重结秦晋之好。唉——不想一个冥顽不化，一个寸步不让，以致闹到这个地步，又有这许多江湖人士介入，此事的细枝微节恐怕早已不胫而走。这么一来，就算我等有意开脱满迪，也已经心有余而力不足，弄得不好就会弄巧成拙，引火烧身。"当着颇对心思的左副都御史，阿桂吐出了心里话。

"阿大人说得不错，他两人的仇恨势同水火，满迪玩火自焚，怪不得别人，事已如此，不如据实禀奏皇上，以求圣裁。"左副都御史眼见阿桂这些天操心费力，深表同情，同时又力主严厉处置满迪。

"哼，群居终日，却言不及义。除了你我之外，他们哪个不是偏袒满迪，就是温大人也在审时度势，主张扬汤止沸。

"是啊，敝人早已看出，既然在此案上志不同，道不合，那么结果也一定是成也萧何、败也萧何，大人尽可按朝廷律令决断。日后不论廷议还是私议，敝人会为大人力陈，以正清议。"左副都御史慷慨许诺。

"多谢。"阿桂扬起眉头，眨眨眼问，"御史大人平日接触此类官员纠纷一定很多，从国家社稷着想，有什么宏论，敝人倒是想听一听。"

"这——阿大人博学多才，敝人哪里敢孔门论文、班门弄斧。"

"哪里，仁者见仁，智者见智。对此，敝人见识甚少，御史大人则日日所闻，天天所见，见识老到。何必过谦，不妨说来听听。"

"哦——难得阿大人一片至诚，即是如此，拳拳盛意，却之不恭。敝人就以一孔之见，权作引玉之砖喽。"左副都御史谦让了几句，稍稍琢磨一会儿，开口说道，"近些年来，不论是朝臣还是外官，类似这样的争端屡屡不绝。细细推断起来，都不外乎是一方争权夺利，贪赃受贿，为行不法；而另一方则据理弹劾，由小到大，引起朝野轰动。无独有偶，这样的争端往往牵连众多的官吏，众人周知，满官自然位高与人，常人畏惧权势，都退让三分。但遇到铮铮硬骨之士，则必然引起轩然大波。大清已有一百多年的基业，坚如磐石，但是，古人曰水滴石穿，这个道理不容忽视。世人之所以说我满人跋扈，就是因为有满迪这种人在佛头著粪，这些人糊涂就在于不懂与大清江山相比，他们所攫取的不过是蝇头微利。而在我满人内，偏偏有人对这些凿凿有据的昏聩之人横加袒护，为他们敷衍塞责，以此下去，日积月累，只怕酿成天怒人怨的大祸！从实而论，只要保我大清江山千年永固，最好的方法便是自割痈疽，彰善惩恶，有时也不得不降心相从。如果一味袒护像满迪这样劣迹昭著的官吏，展眼远望，有如明珠弹雀，得之一厘，差之千里。"

左副都御史讲得口干舌燥，但一见阿桂听得津津有味，非常高兴，呷了一口酒，问："拙见是否不堪入耳？"

"哪里哪里，敝人许久没有听到这金玉良言，请说下去，敝人洗耳恭听。"

第五十二章

　　左副都御史正要讲下去，忽听外面兵将一声吆喝，转眼一把飞刀射进厅内，深深扎进柱子之上。一阵叫喊声，夹带着几声兵刃相交的叮当声响。

　　一名侍卫进到厅内，跪伏在地，口称有罪。

　　"何罪之有，下去吧。"阿桂出人意料地和颜悦色，起身走到柱子前，拔下飞刀，取下一封书信，喃喃自语道，"等的就是它。"

　　左副都御史愣怔呆立，惊魂未定。

　　七月流火，即使是塞北清爽之地，也叫人汗流浃背。

　　一队兵马越过喀尔什山，缓缓向西南行驶。阿桂在马上凝视着千里沃野，默默沉思，心情十分沉重。完全不像温福那样轻松，没有任何牵挂，只盼回京交差了事。

　　他接受了尚阿力和温福的建议，将海兰察和温福一并押解进京，让皇上去处理。这一路上，他总觉得没有办好这件事，皇上是让自己下来化解矛盾的，可自己却把这难题带给皇上，假如朝中有人出难题，让皇上为难，那皇上的气就只能撒在自己身上了。

　　还有一些未了的心事就是那两次传书的知情人，既然肯暗中指点一切，为什么不能公开自己呢？此人态度恳切求自己设法保全满迪，又维护海兰察，言语之中毫不掩饰对满迪的尊崇备至，对海兰察情真意切。在卜奎城中，为满迪求情的人不少，为海兰察求情的还真是头一个。

　　"阿大人，到了京师，该如何上奏皇上呢？"左副都御史催促坐骑上来。

"据实禀报得罪几个王公，不据实禀报又是欺瞒皇上，两害之间取其轻吧。御史大人到时候也说上几句，满迪已经丧子，有了报应，就不要让他太难堪了吧！"阿桂说出早已想好的话。

"这有何难，届时为满迪求情的不只一两人，恐怕后宫中也有人说话。"

"不然，"阿桂摇了摇头，又说道，"此话必须你我先说，不能让他人占先。"

左副都御史眼珠转了几下，点了点头，连连说："不错，不错，是该这样。"他明白了阿桂这种左右逢源的用意，在眼下这种状况下，也只能这样做。

阿桂看着左副都御史一副虔诚的模样，既觉得好笑又有一种难以言明的酸楚，想再说点什么，可嘴巴翕动几下，还是咽了下去。他可不是那种一激动就随便吐露心里话的人，只能深深地藏在心里对自己说。

历代君主，哪个不是翻脸不认人呢？

做臣子的纵然有惊天伟业，可只要有一错就让你前功尽弃，陷入万劫不复的境地。一旦失宠，三十几年的心血将付诸东流，很难再有抬头之日，那种一人之下万人之上的显赫地位，便会南柯一梦，化为泡影。那真是比死了还难受啊！

想到近年来，自己遭受到的诽谤和诋毁，由于得到皇上的青睐而招致众人的白眼，今后荆棘路途上的风风雨雨，他踌躇满志的背后，也有着无尽的忧虑和感伤。准噶尔平叛之战，他指挥着千军万马横扫千军如卷席，干净利落、一劳永逸地平定了西域，不仅彻底消灭了叛军，而且在设置地方州县、层层委派官吏挟制地方势力的发展，都有卓越的建树。封王不敢想，照理说应当加个太子少保衔吧，没成想让皇上抓到一点点小错，天大的功劳便一笔勾销了。而朝野却在议论他是叠赐恩宠的宠臣，有谁能想到这个所谓的宠臣一根毛也没得到不算，还差一点获罪！欲加之罪，何患无辞。真是让人不寒而栗。

思前想后，他悟到了一个道理，得出一个结论，那就是做皇帝的都貌似仁义忠厚，其实都一肚子鬼心眼儿。即使是最亲近的大臣，也采取严格的名缰利锁的手段，防止有人功高震主、飞扬跋扈，甚至自成一股势力。这是做天子的最忌讳的事儿！正是因为这样，他处世谨慎异常，从不和任何人过分亲近，表面上一律是不即不离的态度，不给别人一点把柄可抓。

忆往昔峥嵘岁月，他不由感慨万千，眺望了一会儿漫无边际的茫原，天色

渐渐黑了下来，在一处河沟拐弯处，他下令宿营，埋锅造饭。

兵卒们忙着扎帐篷，生火做饭。

在不远的山坡上，敏日娜解下马鞍上的皮袍，扔在地上，边吃着干粮边向山下兵营的火堆眺望。

她偷偷跟在这队兵马的后面，已经数日有余，白日里远隔十里八里，黑夜则紧靠左右，每每宿在高处，居高临下观察兵营。

她曾偷听了阿桂与左副都御史的谈话，投出飞刀传书后，就决定悄悄跟随钦差一行到京师。一是到京师后托故人为父亲和海兰察开脱，二是想一路上照看父亲和海兰察。

她有一种预感，青龙帮和慧瑛一伙人重新出现，代表着一种不祥之兆，他们的出现首先是对海兰察不利。一伙人是抢夺秘籍，一伙人是拉走海兰察。图穷匕见，如果不在途中的荒无人烟处下手，这些人就失去了下手的机会，所以，什么钦差不钦差的，哪里还顾得上那么多，反正都是浪迹江湖的孤魂野鬼，不图什么前程和安定，只要痛快。

自己父亲的危机是在京城，而海兰察的危机却是在路上。虽然说有诸多兵将，又有大内高手，但毕竟是在荒山野岭，谁又能猜测到哪里会暗藏杀机。

旷野高坡，夜里仍有寒意，敏日娜横竖没有睡意，练了一阵刀法，盘膝席地而坐，调运气息，闭目打坐。

青龙帮还真的来了。

钦差队伍一路的行程，青龙帮的探子早已摸清，经过周密的策划，他们决定由铁指神丐带领一批请来的江湖大盗抵御大内高手，齐天啸缠住奎林，剩下的人挡住官兵，抢囚车劫走海兰察。重金之下，这些江湖死士信心十足，齐天啸也志在必得。

一切进行得顺利，子时一过，青龙帮众悄悄靠了上去。随着一声呐喊，个个挥刀舞枪，冲近囚车，砍翻几名守护的官兵。

哈木作为护卫队主官，自知责任重大，平日就相当谨慎，现在又押解着两名重要人物，所以更加小心。一听外面喧闹，大喝一声，挥刀冲出帐篷，指挥兵将护住囚车和各位大人的帐篷。健锐营的将士本来就夜不脱衣，刀枪不离手，这时真的派上了用场，一名骁骑校指挥二十几名弓箭手一阵疾射，延缓了青龙帮的冲击速度，为哈木排兵布阵赢得了时间。奎林夜里贪杯，正昏昏酣睡，惊醒之后翻身冲出大帐，正巧齐天啸赶到，一刀砍来。奎林大怒，举刀相迎，大战之中只觉头重脚轻，下盘虚浮，力不从心不说，身形也滞缓。他自知酒后脱力，又几次险些中刀，不由得边打边退，这是他平生头一次在敌手仅仅几招内，便岌岌可危，惊吓之下，出了一身冷汗，懊恼不已。他毕竟是个高手，从招式上判断出对手和自己也就是伯仲之间，眼下就是占了自己酒醉虚浮的便宜，所以，他一面支应一面盼大内高手前来援手。

守护钦差大人的大内高手，明知囚车那边危险，但不敢贸然增援，何况，铁指神丐以一敌二，死死缠住他们两人。几名不知深浅的协尉和兵丁企图从后面偷袭，不想数尺之外就被隔空点倒，其余的兵将哪敢再上，只是围住钦差大帐呐喊助威。

健锐营的平时训练，都是两军对垒的阵势，以及大队人马的冲击和退却，哪里习惯这种杂乱无章、敌我掺杂的混战场面。青龙帮和那些江湖杀手是怎么顺手怎么干，忽左忽右，一会儿东一会儿西，弄得整个军营内乱成了一锅粥，首尾不能顾。奎林和哈木只想保住囚车和人犯，大内高手只想保护好几位大人的安全，这恰好让青龙帮的人占了便宜。

"来人，"阿桂一见几十个贼人竟然搅混成这样，哈木那边危险万分，而许多官兵只顾围着自己，不由大怒，厉声喝道，"特木耳图，还不去增援哈翼尉！众将士听着，走了人犯或是伤了人犯，杀无赦！"全体官兵一听到严令，如狼似虎，弓箭手一顿乱射，几个江湖人士中箭，惨号声一片。

"禀大人，哈翼尉严令卑职不许离开大人半步。"特木耳图左右为难。

"快去！"阿桂怒不可遏。

"喳。"特木耳图得令，率二十几人冲了过去。

敏日娜趁着混乱，靠近了囚车，由于戴着面罩，满迪和海兰察都没有认出她。她知道海兰察到了十分危险的时刻，躲入车底，准备在万不得已的时候出手保护海兰察。

海兰察一见有人潜入车底，急忙默运玄功，打算震断镣铐自保，但那特制的镣铐结实无比，几次运力都没有奏效。大惊之下，准备喊叫奎林和哈木。

"不要叫，是我。"敏日娜伸出纤手，捂住了海兰察的嘴，一阵异香扑鼻，

海兰察愣住了。

"咦，是你？！"海兰察又惊又喜。

借着火光，在这震耳欲聋的喊杀声中四目相视，顿生无尽的惊喜哀痛与情义。铁指神丐与两名大内高手酣战多时，不见得手，又见几位从江湖上约来助拳的朋友被奎林、哈木等官兵缠住，齐天啸也是出师无功，连个醉汉都放倒不了。他顿时焦急起来，心中直纳闷，怎么自己流年不利，总是遇到高手。烦躁之心一起，竟然铤而走险起来，对高祥刺来的一剑只是略略一偏身形，同另一名侍卫对过一掌后，手腕一翻，疾点对方九尾穴，对手倒下时，高祥的长剑贴着胸肌穿过。他忍着一阵疼痛，翻身跃起，发出一声怪哮，告诉同伴得手。

高祥一见同伴重伤，又惊又恨，不顾一切，疯了似的冲上去，剑掌并用，使出了看家本事。铁指神丐让过剑锋，左指探向高祥的命门大穴，右掌大模大样向高祥的掌力迎来。高祥情知铁指神丐的右掌是虚招，劲力全在左指上，只要撤掌闪身，就化解了对方的弹指神功。然而，气急之下的高祥竟然不顾死活，拼着中指的危险，把内力全部集中左掌上，向铁指神丐劈山倒海般击去。铁指神丐没料到对方以死相搏，有心缩回左指，将真力凝聚右掌护身，但瞬间已经来不及，心里不由一寒，牙一咬，左指径自向对方命门穴点出。可这一犹豫之间，内力大减，又是隔空弹出，劲力大不如从前，即便是这样也使高祥伤得不轻。高祥击出的掌力凌厉无比，铁指神丐的真力凝聚在左指，右掌是有名无实，整个身体被震飞，狂喷鲜血。

两人各受重伤，场内形势发生了变化，奎林酒劲儿过去，发挥出威力，接连杀死两名前来助拳的江湖人士。齐天啸一直惦记囚车方向，数次撇开奎林向囚车靠近，无奈守囚车的兵将一阵阵箭雨，逼得他几次像老猴跃涧似的蹿来蹦去，躲闪箭雨。青龙帮众到底敌不过人数众多的官兵，被分割成几块，难以自保。那些请来的江洋大盗一见事情不妙，丢掉了巨额赏金的诱惑，萌生了保命退走的意思。一看铁指神丐重伤倒地，都向他围拢过去，扶起铁指神丐，边战边向北退去。

奎林正大叫人马追去时，又有一伙人冲进官兵营中，不声不响，砍倒几名将士，直奔囚车而来。守车的兵丁又是一阵猛烈的箭羽，为首的一名大汉挥舞一件布褂，凌空而落。几十枝箭羽北那布褂击得崩裂折断，四处乱飞，站在前面的弓箭手在凶猛的罡风下，竟然战力不稳，跌倒在地下。后面的弓箭手也觉得罡风刺面，剧痛难忍。大汉双脚一落地，手中长剑挽出几朵剑花，囚车木栏纷纷横飞，海兰察坐在车上，惊愕地望着那大汉。他认出是慧瑛的师兄——凡靖。

几名将士拼死攻上，哈木大吼一声，与另一名佐领从空中跃来，凡靖洋洋洒洒几个招式，就有四五人各带剑伤倒地，奎林大骂大叫，横空一刀砍下，凡靖长剑一挡，顿觉手臂酸麻。他咦了一声，道："想不到满洲也有这等高手。"

奎林一听几乎气炸了肺，大骂："爷爷今天把你来个生吞活剥！"两人瞬间过了几招，都有棋逢对手的感觉，奎林心中更是惊诧万分，心想这小子比那叫慧瑛的丫头更难对付。

"师兄，抢人要紧！"随着一声娇喝，慧瑛从空中落下，起手几剑，杀了几个护车的兵卒，拉住海兰察，手中碧云剑一挥，只听当当几声，砍断海兰察的镣铐，"走，师兄。"边说边向冲上的哈木和敏日娜唰唰刺出几剑。

哈木和敏日娜都打红了眼，一左一右猛攻不止，慧瑛急切之下还真奈何不得他们。厮杀中的官兵发现这一伙人下手毒辣，转眼间就有二十几个同伴被杀，兔死狐悲，杀红眼的八旗兵嗷嗷叫着，不顾死活地死拼硬打。

"师妹，不得下杀手！"海兰察眼见哈木中剑带伤，敏日娜也左支右绌，一急之下，也是出于本能，右手如电闪般点在慧瑛手臂的曲池穴上。他的速度奇快，慧瑛对他又没有半点防备，一点之下，慧瑛的右臂一阵酸麻，碧云剑落在了地上。武林人最忌兵刃落地，而慧瑛又万万没想到击落自己兵刃的恰恰是自己舍命相救的人，一时面色苍白，万念俱灰。哈木和敏日娜都被这突如其来的变故惊呆了。海兰察自知惭愧，也张口结舌，呆呆愣在原地。

"师妹，愚兄心领盛情，只是你不该来，这下更说不清了。"海兰察惨然望向地上死伤的将士，猛一见那边被奎林缠住不放的凡靖，大吼一声，腾身而起，一个鸿雁偏飞，斜刺里扑了过去。

凡靖五十招后，已经逐渐占了上风，眼见对过三掌的奎林步步退后，不由得暗中得意，决定将这个清军中功力最高的骁将立毙掌下。正打着如意算盘的时候，猛觉侧后一股强劲的大力推来，哪里还顾得上奎林，回掌转身迎上。

海兰察空中发力，借助身体下落的力量，全力推出一掌，凡靖自然不敢小视，使出十二分内力。双掌一对，只听嘭的一声巨响，沙尘暴起，疾风扑面，

凡靖粗壮的身体被震飞两丈有余，身体飞出时的力道竟然砸死一名兵丁。

倒地的凡靖喷出数口鲜血，面如金纸，迷幻派的弟子抢上前去，挡住蜂拥而上的官兵。

慧瑛眼睁睁看着这一切，在棱梅的催促中才清醒过来。

"师姐，我看算了吧，师兄他……"棱梅眼见海兰察的虎威发在凡靖身上，大觉丧气。

"哼，未必！"慧瑛狠狠咬着下唇说。

第五十三章

　　阿桂万分诧异地盯着这一伙突如其来的人，直到尚阿力惊呼是上次拦截自己的迷幻剑派时，才恍然大悟。

　　所有的官兵一看又有强敌杀来，都不约而同地向钦差大人这边靠拢，一名副参领吆喝弓箭手连续放箭，阻挡冲来的迷幻剑派。

　　那几个江湖大盗只顾挟着重伤的铁指神丐，边战边走，官兵也不追赶，只顾应付眼前的劲敌。

　　两名侍卫最恨杀人最多的慧瑛，互相长啸一声，一左一右攻杀上来。

　　"棱梅，挡住这家伙。"慧瑛一见官兵的大部都围上了本派弟子，心头暗喜，唤过棱梅缠住这两个功力不弱的侍卫。自己腾出手跃身而起，翻进官兵群中，杀退哈木和另一个参领，直取督战的阿桂和温福。

　　海兰察恨齐天啸屡次害自己，打退凡靖之后，立即向正与奎林苦战的齐天啸扑去。齐天啸失去了铁指神丐和那些江湖人士的帮助，心里发虚，虽然有几个功力较强的师弟助战，还是只有招架之功，没有还手之力。没有多久，两个师弟被海兰察和奎林以重手法击毙后，才明白劫数难逃，自己的伤口也隐隐作痛，如果奎林不是也受伤受制，他早已死在海兰察掌下。青龙帮众一见掌门身危，虽然不见掌门的传唤，都自动围拢过来，不管死活地护住齐天啸。

　　海兰察被救出后竟然不走，大大伤了慧瑛的心，也深深地激怒了她，她生来争强好胜，母亲的呵护和同门的谦让，更加助长了她的虚荣心。此时一怒之下，产生了行刺钦差的念头，以逼迫海兰察走投无路，从此随自己遁入山林。

"川中侠女"那孤傲狂悖的秉性，此时在她身上淋漓尽致地体现了出来。当师妹和本派弟子抵御官兵之时，她倚仗罕见的轻功和剑法，简直如入无人之境，冲到了一群紧紧簇拥着几位大人的官兵中，长剑到处，非死即伤。就在奎林和海兰察在兵将的呐喊喧嚣中看出了慧瑛的目的，舍下齐天啸和青龙帮，回身急救钦差大人时，只见慧瑛剑刺指点掌劈，转眼又收拾了阿桂身边的几名亲兵，一把抓住了阿桂，剑刃抵在他的脖颈上，向全场大喝："都住手！"她虽说是女子，此时却面目可怖，声威夺人，所有的官兵一看钦差被擒，哪个还敢再动，都停下手，愣愣呆立。

"贼女大胆，敢伤害钦差大人一根毫毛，定要灭你九族，剿尽你整个门派！"奎林气急败坏，又不敢妄动，只好破口大骂。

"哼，不要胡说八道，钦差被杀，先遭灭门的是你们这些酒囊饭袋。"慧瑛尖酸地回敬了奎林一句，向所有的官兵喝道，"都听着，钦差的性命就在你们手中，谁敢乱动，我就割下他的脑袋。"

官兵一听都吓得面如土色，有的干脆扔下了兵器。

"侠女，有话好说，有什么需要老夫效力的地方，请尽管讲。是不是先放了钦差大人，老夫保证官兵不会为难各位。"左副都御史一见事态严重，试图调和。

"嘻嘻，御史大人客气了。"慧瑛出人意料地顽皮一笑，又说，"本派无意与各位大人过不去，此次所以冒险前来，完全是为了遭受不白之冤的师兄而来。"

"喔？"左副都御史故作惊讶地说，"愿闻其详，侠女可否放开钦差大人，到帐内一叙？"

"御史大人，无须多说。"阿桂虽然被擒，态度却十分强硬，见左副都御史有委曲求全的意思，厉声喝止。他是武将出身，也身负功力，只是猝不及防，加上对方太强，就算挣扎几下，也逃不过对方的剑刃，激怒对方反而白白送命。但他心高气傲，绝不肯当着下属露出半点懦弱的样子，留下叫人耻笑的把柄，所以一直是挺胸昂首，做出一副士可杀不可辱的铮铮铁骨的模样。一方面是叫尚阿力温福看看，另一方面他对迷幻剑派的目的心中有数，自然有恃无恐。

"师兄，今日之事不是师妹莽撞，实在是出于无奈。你为朝廷立有战功，却遭如此陷害，这官场污浊不堪，泾渭难分，难道此时还不醒悟，继续桀犬吠尧么？"慧瑛刻意不理会在场的官兵，朝着远处呆若木鸡的海兰察说。

"师兄，师姐对你可是一片真心，当今世上，窃钩者诛，窃国者侯。你虽说初次遭难，可一叶知秋，不如及早回头。"棱梅怕海兰察不明白，言含深意地点拨。

两人的话都运足了内力，朗朗之音，字字语语都清清楚楚地传进每个人的耳里，全部的官兵，迷幻剑派的弟子和请来助拳的江湖同道，都目不转睛地盯向海兰察。就是退出很远的青龙帮众，也停下来静观事态的发展。

海兰察遭此突变，心绪大乱，他感激慧瑛一而再地援手，可对这大逆不道截杀官兵、绑架钦差的做法而震惊。特别是想到由此可能累及整个索伦部时，又不寒而栗，就算自己想从此隐匿山林，浪迹江湖，也不能在这种情况下走。师父的教诲，索伦部父老乡亲们的希望，可绝不是背叛朝廷……

"师妹，"海兰察主意一定，开口说道，"恕我不能从命，海兰察既为朝廷命官，有天大的冤情，自有法度权衡，大堂公论。诸位如念同门之情，还望放了钦差大人，速速南归。"

"师……兄，想不到你如此迷恋仕途，醉心于荣华富贵。"慧瑛绝望之极，大叫，"如果小妹不放钦差，又当如何？"

"诸位同门是为海兰察而来，枉死了许多兵将，惊扰钦差，已陷海兰察于不忠不义之境。如果不放钦差，无疑是取海兰察性命，断了我同门情谊。"海兰察说完，抢过一名兵卒的刀，横在自己的脖颈上。

"慢！"慧瑛悲怆大叫一声，松开了阿桂，手中长剑一挥，迷幻剑派所有的人悄然后退，纷纷隐入黑暗中。

官兵没有将令，又见钦差大人脱险，谁也没有阻拦，眼睁睁看着众人离去。

"人各有志，小妹也不强人所难，只是日后无论是天涯海角，不要忘了……珍重。"慧瑛说着说着便泣不成声，哪像刚才那副杀气腾腾的模样，十足一个缠绵悱恻的多情少女。她的话说完，身形一起，疾快逝去。身后留下几句黯然神伤的诗句："凤尾香罗薄几重，碧文圆顶夜深缝。扇裁月魄羞难掩，车走雷声语未通。曾是寂寥金灯暗，断无消息石榴红。斑骓只系垂杨岸，何处西南待好风。"语气凄凉委婉，在夜空中悠悠传来，使人不胜哀怜，阿桂和左副都御

史也愣怔无语。海兰察委顿在地……

多日沉湎于酒色，淘虚了乾隆皇帝的身体，或许是欲念泄尽后疲乏的原因，当他面色蜡黄、神情倦怠地坐在养心殿上闭目沉思时，意兴隐去，悟性萌生。想想如烟的放纵岁月，不由开始厌倦尘世，倾心于清心寡欲，仿效佛门的清净日子，想想这种怪诞的念头，他不由得哑然失笑。

时值夏日，园中菊花喷香，牡丹照人。徐徐和风吹来，吹醒了他混沌的脑子。俗念一退，意兴阑珊之际，他那超越寻常君王的灵性告诉他，该理政事了。

国运昌盛，人寿年丰。中原无事，边围安宁，他的目光落在了巡边归来的阿桂的奏折上。

在二十几年中，他始终牢记祖训，仿效太祖皇上的风范，要求自己凡事都要独具慧眼，匠心长存。这样，才能不被朝臣左右，不让任何人专权，处处显示自己不愧一代明君。

他细细看完奏折，陷入了沉思。

满迪与海兰察的争斗竟然闹到了如此严重的地步，而且江湖上的武林门派也卷入其中，确是非同寻常，也很有意思。不说别的，这已经弄得沸沸扬扬，成为朝野触目的一件大事。在蒙汉和索伦的臣民中，反响也一定不小，也可以说，是满官同其他官员层出不穷的矛盾的一个焦点，看来忽视不得。

阿桂他们是怎么想的呢？

从折子的字里行间，乾隆皇帝看出这几位大臣见地有分歧，却都有一定的苦衷。阿桂尤其是骑虎难下，满迪的罪状确切无疑，是任何人想袒护也袒护不了的，也是无法处理的。把他押进京师，交给自己处理，也在情理之中。但是从折子里看到有人用刀箭两次传书的时候，他也赞同阿桂的判断，一定是满府中人眼见不公，才仗义执言。不然，外人不可能知道得这么详细，从传书人既为海兰察开脱又替满迪求情来看，此人与满府的关系又很微妙，到底会是什么人呢？

正当乾隆皇帝疑团莫释，皱眉沉思时，太监来报，理藩院侍郎明安求见。这个时候求见，使乾隆皇帝注意起来，他想起来，记得这个明安不久前曾上了一个奏折，专门讲外族官吏任用与处理纠纷一事。自己当时觉得很有些道理，只因步军统领福康安禀报天地会谋反的事情，才忘记了这回事。现在当满迪与海兰察的事成为朝臣议论的主要问题时，这个侍郎急于求见，很可能是为此事而来，也说不定真的有什么真知灼见。

"传。"乾隆皇帝轻声说，心想来得正好，在这个事情上，应当听听理藩院的意思。

"喳。"太监领命而去。

乾隆皇帝也想在正式召见几位大臣前，自己能有一个成熟的想法，总不能人云亦云。不管别人怎么千变万化，我有一定之规，皇上么，不能一点主见都没有。

"臣明安叩请圣安。"明安跪下时飞快地瞟了一下案面上的奏折。

"唵，起来吧。"乾隆皇帝端详着这个当了十几年侍郎的老臣。

明安站起身，见皇上精神不错，开口道："臣身为理藩院侍郎，没能处理好蒙旗事务，实在是愧对天恩。"

乾隆皇帝一听他一开口没说正事，反倒先自责起来，有些不耐烦，开口道："明安。"

"臣在。"

"善理蒙藏事务是理藩院的职责所在，海兰察与满迪的争端传得沸沸扬扬，卿等有何见地呢？"乾隆皇帝口气虽然和善，但明显有责备的含义了。

"回皇上的话，目前朝臣中不少人都在议论此事，臣等也正在思谋如何处置。只是有一事，臣不能不禀报皇上。"

"什么？"乾隆皇帝奇怪地问。

"臣不敢瞒着皇上，满迪与臣是族亲，只是向日往来不多。"明安一见皇上平静地听着，心里一宽，话题一转，说，"前日臣的侄女——满迪之女来到舍下。"

"唵？"乾隆皇帝颇感意外地哼了一声。

"小女对臣详细讲明了一切，并且说她曾给阿桂大人传书两次，陈述了纠葛始末。"

"喔？"乾隆皇帝略一吃惊，万万没想到是一柔弱女子做下这刀箭传书之事，并且是满迪之女，"这么说——这女子一点不顾念父女之情喽？"

"不全是这样。"明安知道皇上多少有点明知故问，于是就把敏日娜矛盾

的心情，事情的曲折讲了一遍。

"依你的看法呢？"乾隆皇帝又问。

"瓦力格罪在当诛。"

"满迪呢？"乾隆皇帝再问。

"满迪当然也有罪，身为人父，罪在教子不严，作为一方父母官，又有失察之罪，使朝廷清誉蒙羞。不过……瓦力格既然已死，其罪也可不议，满迪有丧子之痛，还是从轻处置。"

乾隆皇帝不动声色地听完明安的话，想了想又问："那么对海兰察——"

"当然，海兰察实属冤枉，应当加以勉励。一来以正清议，二来安抚夷族官吏。"明安早有准备，顺口说出。

"你倒是知无不言哪。"乾隆皇帝望着一点弯子不绕的明安，笑着说。

"臣说的都是肺腑之言。"

"朕不疑你，不过，这些肺腑之言怕是先出自另一人的口中吧？"乾隆皇帝闪动着狡黠的目光，意味深长地问。

"皇上圣明，皇上圣明。"明安先是一愣，随即又猛然醒悟，暗暗叹服皇上精明，确有过人之处，忙说，"满迪之女就有此意，与臣的意思不谋而合。"

"唵，这就是了。你手中的折子大概就是那女子拟的吧？"乾隆皇帝自有聪明之处，他猜到明安绝不会拿着自己的折子，这么半天也不敢递上来。

"正是。"明安忙把折子递给太监。

"明安。"乾隆皇帝脸色一沉，问，"满迪之女的事还有谁知道？"

"回皇上，只有微臣一人知道。"明安知道皇上在担心什么。

"身为族女，弹劾家人，于理可通，于情……传了出去可是为外人耻笑啊。"乾隆吐出了他所担心的事。

"正是，满迪之女堪称伶俐，正是为此才到舍下，求臣把真情禀报皇上。"

"唵，也难为了这女子，深明大义，礼节周全。满迪糊涂，倒是有这么个女儿，朕倒要见见这个飞刀传书、驱恶扬善的奇女子。"乾隆皇帝好奇地说。

"何时呢？"明安有些受宠若惊，声音颤抖着问。

"明日吧，朕不是单单见她一人，还要召见海兰察。"乾隆皇帝意味深长地一笑。

明安狐疑地望着皇上，猛地频频点头，说："皇上圣明，臣望尘莫及。"

海兰察在被押解京城途中，大战群寇、义救钦差一举，不到两天就传遍京师。那些大内侍卫和步军营、虎枪营的好友早就不信那些流言，而今一见钦差和各位大人都已心服，就更加肆无忌惮，有恃无恐。连日不断带上酒菜来到囚禁之处，守卫的兵将也不闻不问，甚至乐意和各位大人痛饮几杯。

海兰察倒是过得十分潇洒、快活。

阿桂和其他几人却像热锅上的蚂蚁，一天到晚烦躁不安。在给皇上的折子没有批复，又得不到皇上召见的情况下，哪敢露半点风声、多说一句闲话，惹出不必要的麻烦来。所以，几人约定，一面守口如瓶，一面口干舌燥地搪塞那些出于不同目的、想探听底细的王公大臣们，急切盼望圣裁。

几天后，散朝的时候，太监终于传谕几人在侧殿等候，几人这才喜忧参半地等候皇上的召见。

"阿大人，看来皇上为此事也十分耗神哪。"尚阿力不安地说。

"皇上也难啊，尚大人没见这几日朝臣的举动么，都在盯着皇上，看看到底如何处置满迪。"左副都御史插言道。

"哼，也未必吧？"温福一见阿桂和海兰察的名声与日俱增，心中大是不服，讥诮地说，"就算激怒小小的索伦，又能奈何我大清什么呢？"

第五十四章

左副都御史也是倔强的人，一听温福这冷嘲热讽的抬杠话，哪里肯服气，硬邦邦顶撞道："温大人不妨将此话说与皇上听一听，看看皇上是如何说法？"

尚阿力一听苗头不对，神情不悦道："一会儿就要面圣，两位大人还有心思斗嘴，想想一会儿怎么和皇上回话吧。"

阿桂冷眼望着三人的表现，心里暗骂温福匹夫之见，全然不顾是非，皇上怎么会用这种人掣肘自己。他不屑参与这种无聊的、没有任何意义的争执，他在揣摩皇上的心思，皇上的秉性他很了解，猜到皇上这几天并没白呆着。

得到传呼，几人鱼贯而入。

乾隆皇上看着几人半天没吱声，正如阿桂猜想的那样，这是一种莫测高深的仪态，更是君主居高临下、让人摸不到边际而惶恐的压抑。果然，几人大气也不敢喘，皇上都知道了什么，在想什么，会问什么？除了阿桂心中有数，别人都无从猜测。

"阿桂。"乾隆皇帝一见达到了自己所预期的效果，心里很满意，开门见山地说，"满迪罪业已定，你们以为如何处置为好？"

阿桂没料到皇上这么果断，困惑地瞥了皇上一眼，模棱两可地说："臣以为满迪之过查证属实，理当严办。不过，事情的经过只有臣等几人知道，旁人似是而非，论轻论重还有转机。"这番话既承认了满迪罪有应得，又指出了网开一面的余地，如果皇上仍在徘徊不定，好坏任由皇上选择。

乾隆皇帝听了阿桂的话，心里叫绝，感到此人虽然圆滑，但大半滑得可爱，滑得不令人讨厌。他所以先问阿桂，不单单是因为阿桂是钦差，还有一个重要的缘故，那就是阿桂心计多，会说话，考虑问题周全，从来不会断言什么，总能留下余地。假如先问温福和尚阿力，两人会毫不犹豫偏袒满迪，诋毁海兰察；先问左副都御史更糟，他会竭力主张严惩满迪。这个御史忠直倔强，就是有时候犯糊涂，不知道这王法是谁的！因此，阿桂的话一出口，就等于定了调，乾隆皇帝便游刃有余了。不过，他并不急于乾纲独断，也要借此机会摸摸臣下的底儿，看看这些做臣子的都是什么态度。

"尚阿力，依你之见，该如何处置？"

"臣以为海兰察也多有不恭之处，也该——"尚阿力念念不忘拉上海兰察一把，他对阿桂只字不提海兰察极为不满，正要趁机参海兰察，一见温福递来的眼色，顿时噎住。

"满迪当初参海兰察跋扈——这不，你们都到了卜奎，可查得此事吗？"乾隆皇帝笑道。

温福察觉出皇上言语中的分量，他长伴皇上，深知皇上的脾性，情知皇上主意已定，哪敢吭气，乖乖伫立在那里，像根柱子似的。

乾隆皇帝站起身，搓了搓手，望着窗外，颇有感触地说道："朕登基二十八年来，虽然没有列祖列宗那样有所建树，但兢兢业业守着大清一百多年的基业，从不敢怠慢，整顿朝纲，励精图治，事必躬亲。"乾隆皇帝环视四人，继续说，"你们可知朕的一番苦心？现下而论，我满洲八旗入关百年来，许多官兵身居高官显位，沉湎于安乐，迷醉富贵，贪恋故土，畏惧跋涉，已经远非昔比。如此下去，唉——"乾隆皇帝少有地叹了口气，阿桂等人从未见皇上这么伤感，吐露了这么多心里话，与平日里风花雪月的乾隆相比，判若两人，"好在蒙古和索伦劲旅锐勇不减当年，为我大清朝排忧解难，确系我大清王朝的左膀右臂。除此而外，又有何人……动一指而波及全身，难道你们就不明白这个道理么？我大清对蒙古和索伦有所予而更有所求，所予越重，所求越多，就此一点，与现在的区区小事相比，孰轻孰重，难道还不清楚么？况且，像满迪这样养尊处优，成事不足、败事有余的族人越来越多，如不加以惩戒如何得了？！"

"皇上，那么如何处置满迪呢？"尚阿力一见皇上发狠，知道是要拿满迪

开刀，目的是以儆效尤，不免绝望。

　　"依你们之见呢？"乾隆皇帝反问，仓促之间，四人不知所措，面面相觑。

　　阿桂见皇上那游浮不定的眼神，略沉思一下，说："依臣之见，不如将满迪逐发伊犁，在遥远的边陲边思过边效力，待日后观其……"几句话说得尚阿力和温福眉开眼笑，就连乾隆皇帝也点头赞许，左副都御史沉默不语，深感遗憾地打量着阿桂。

　　"那么海兰察么——"阿桂故意停顿了一下，斜视着正低头若有所思的皇上。

　　"朕要擢升他为卜奎实名副都统，日后就带领卜奎和呼伦贝尔的索伦兵吧。"乾隆皇帝不容争辩地说，同时也含笑看了默默点头的阿桂一眼。

　　从宫中回到府邸，阿桂换下朝服，依照往日的习惯，他来到后面花园的凉亭，在这清幽之处品茶小憩。

　　就在他呷茶想着刚才宫中的一切时，林木花丛中闪出一个眉目清秀的少年，微露贝齿，嘴角隐现笑意，羞怯怯向自己走来。他略感吃惊，表面上仍然镇定地问："你是何人，是找老夫的么？"

　　"晚生在此恭候大人，大人不必惊疑，姑念往日两次为大人传书的情分上，请大人指点一事。"少年莞尔一笑，百媚顿生，且又风度翩翩，令阿桂心宽许多。

　　"你是……"阿桂一听此人就是给自己两次传书的人，惊愕中猜测他的身份。

　　"何必明言，"少年轻轻摆了摆手，说，"不知如何发落满迪与海兰察，还望大人告之一二。"

　　"哦，壮士不必性急，可否坐下来，听老夫慢慢说来？"

　　"承谢。"

　　领侍卫内大臣博尔古顿亲自带人带回海兰察，在自己府内大摆宴席，哈木和奎林赶来庆贺。

　　"海兰察，"博尔古顿等酒过三巡、菜上六道之后，拍了拍大声叫嚷的奎林，开口说道，"你的血光之灾已去，日后定能宏图大展，放眼望去，当朝能有几人像你这样叠蒙恩宠，圣眷不衰呢？"

　　"博大人说得不错，皇上是力排众议，慧眼独具呀。"步军统领福康安接过话题说，"说心里话，敝人看着都眼红啊。"

哈木瞅着惺惺作态的福康安，不禁纳闷地想此人何以和海兰察来套近乎，这个年轻的花花公子文不能，武不行，却平步青云，二十几岁竟然做了京师步军统领，正二品大员。

"海某乃一介武夫，这次蒙冤得以昭雪，一是倚仗阿桂大人住持公义，二是靠各位大人竭诚相助，大恩不言谢，卑职日后定然知恩图报。"海兰察想到这场磨难的经过，感触颇深，不由得真情外露，叹息着说。

福康安眨了眨眼，端起酒杯说："海大人为人磊落，武功高强，敝人早有耳闻，有心结识，无奈卜奎路途遥远，无缘相见。这次来京不如留此就职，京师步军营正有空缺，不知意下如何？"

此话一出，除了博古尔顿，众人都大吃一惊。一个步军统领竟然如此浪言，谁也摸不清此人到底是什么来头，一时都愣在了那里，几双眼睛从福康安白净的脸上移到了博古尔顿身上。

博古尔顿看着几人诧异的目光，不自然地笑了笑，说："诸位，皇亲国戚中不乏豪杰之士，福统领早有结识海兰察的心思，英雄相惜，敝人自然愿意成人之美。"

海兰察与福康安素昧平生，听了博尔古顿的话，对这相貌堂堂的年轻统领立时有了好感，正要搭话，不想哈木早已起身，对福康安说道："福统领拳拳盛意，海兰察自然却之不恭，其实能有福统领这样的挚友，那是海兰察的福分。不过，海兰察刚刚经历劫难，余悸未消，哪敢谈及其他。日后何去何从，全凭朝廷任用，福统领既然有心为之周旋，真是求之不得，海兰察，还不敬福大人一杯。"哈木早已看出博尔古顿与福康安的特殊关系，借此机会挖阿桂的墙角，既卖了个空头人情，又暗中培植自己的势力。他怕海兰察贸然承诺，得罪有恩于他的阿桂，又给别人介入朋党的口实，所以迫不及待出面婉转拒绝。

海兰察立刻明白了哈木的苦心，杯酒言欢之中暗叹官场的诡诈和凶险。

"臣海兰察叩请圣安。"海兰察恢复奕奕神采，跪在地上，声若洪钟。

"起来起来。"乾隆皇帝仔细打量了这个又粗壮不少，也成熟了许多的索伦将领，心中大悦，一连说了两声起来，旁边的太监听了也觉得意外。

"海兰察，朕知道你受了不少的苦，是不是有许多的怨言呀？"

"臣不敢，臣只知道尽忠竭力，不负皇恩。"海兰察小心应答。

"唔，那就好。"乾隆皇帝满意地点点头，说，"其实，世事不尽人意之处比比皆是，人们只当君王无难事，那都是无稽之谈。朕的难事更多，可朕和谁说呢？"

海兰察困惑不解地望着皇上。

乾隆皇帝自嘲地笑了笑，又问："满迪的家眷中，你可有熟人？"

"这——"海兰察不知道皇上问这话是什么意思，猝然间，一时记不起认识满府中的什么人，只好摇了摇头。

"怎么，记不得了么？"

"回皇上，臣真的是记不得。"

"只怕你是心口不一吧？"乾隆皇帝紧紧盯着海兰察，语气却很宽容。

"臣不敢欺君，真的是没有熟人。"海兰察胆子大了起来，一口否认。

"这么说，满迪之女是痴人说梦喽？"乾隆皇帝满脸不悦，眉头紧蹙。

一说到敏日娜，海兰察浑身一震，脑袋嗡嗡乱响，冷汗沁出，暗骂自己糊涂，竟忘了对自己深情厚意的她，当着皇上的面，矢口否认，这不是欺君大罪吗！"臣有罪！"他赶紧跪伏在地，忙不迭认罪。

乾隆皇帝望着心惊胆战的海兰察，好一会儿后，才消了气，说道："起来吧，朕念你平日居官清正，谨慎办事，不会怪罪于你。"乾隆皇帝安慰了几句，又问，"满迪之女怎么会与你相识？"

"回皇上，这还是几年前的事，臣到卜奎就任后，也曾见过。"

"这女子不但为人忠厚，听说武功也不弱，还几次出手救你？"

"是的，臣贸然夜进满府救民女时，被青龙帮围住，就在力不能支的时候，多亏敏日娜施以援手。"海兰察不知皇上何以知道这些，老老实实回答。

"你看这女子如何？"乾隆皇帝脸上又有了笑意。

"臣不敢忘恩，自然十分钦佩。"

"好，不错。名门闺秀，堪称女中巾帼，又有情有义，是我满人中的一个奇女子。这样吧，朕要召见她，为你们赐婚，你看如何？"乾隆皇帝问。

"皇上，这——"海兰察大吃一惊，事情来得太突然，他有些不知所措。

"唔——"乾隆皇帝敛起笑容，直视海兰察，"难道你觉得她不配么？"

"天大的好事，还不快谢恩！"旁边站着的执事太监都急了眼，小声催促道。

"臣，谢恩。"海兰察这才醒悟过来，慌忙跪下，头撞得地咚咚作响。

乾隆皇帝这才绽开笑容，和颜悦色地说道："你与敏日娜结为百年之好，不仅化去很多纠葛，也是索伦部的一件喜事。朕已拟一道上谕，擢升你为卜奎副都统，赐你回索伦部完婚，之后，回卜奎就任。记住，谨恭职守，不可倚功造过，有负朕意。"

看到海兰察惊喜过望、感激涕零的样子，乾隆皇帝得意地笑了，一个有些玩世不恭的戏谑想法油然而生。是的，作为一国之君，就在这咫尺之地，在嬉笑怒骂和交杯酬酢之中，就能左右万里山河，可以戏弄天下才子，或置于九天之上，或打入地狱之中。

他乐了一会儿，没多久，却乐极生悲了。

那是在召见敏日娜的时候。

召见官吏的女眷，是不常见的，尤其是外官的眷属。但他对海兰察和敏日娜的事情却格外上心，一是想借以联姻，拢住这个索伦勇将，顺便也留下一个明君体恤臣下的千古佳话；二是以皇帝赐婚的殊荣让索伦部，也是让所有的异族官吏和百姓看一看，当朝皇上的圣贤。

当明安引着敏日娜进殿，请过圣安之后，乾隆皇帝眼睛直了。敏日娜那窈窕的身段、光彩照人的明眸皓齿和雪白丰腴的肌肤，让他立时有些心猿意马，糊里糊涂地问了几句话，就陶醉在她那娇滴无比、酷似莺鸣凤唱的话语中。

"你身为满女，如何会替外族人说话呢？"乾隆皇帝言不及义，随便拉话，眼睛却盯在敏日娜琼鼻樱唇的脸上，暗叹旗女之中竟有这般貌似天仙般的女子，在满人女子中，可算是天姿国色。

"回皇上的话，罪臣之女正因为身为满女，世受皇恩，所以不能不知恩图报，此举虽说有失礼义，却不失忠君之情，为国家社稷着想。"敏日娜不慌不忙地侃侃而谈，只是见皇上目光乱闪，不由低下头去。

乾隆皇帝瞧着虽然淡妆素抹，姿容依然勾魂摄魄的敏日娜，对她初近天颜却不惊不羞、妙语朗朗的神态惊讶不已。沉思了片刻，他回过神来，心想：罢了，美貌女子，天下何止万千，朕的江山却只有一个，况且，朕已有言在先，

将她与海兰察……想到这里，他斜睨垂头肃立的明安一眼，轻轻咳嗽了一声，说："朕明白你与海兰察有情有意，有意成全你们这一段天作之合的好事，由朕做主，赐你与海兰察成婚，你不会不愿意吧？"

"罪臣之女，不敢有非分之想。"敏日娜粉面通红，局促得吞吞吐吐起来。

"朕知道你的难处，准你所求，从轻发落满迪，让你忠孝两全。你可随同海兰察回索伦完婚，之后返回卜奎。"

"谢皇上。"

一年一度秋风尽，转眼，塞外草原又到了北风萧瑟、银装素裹的时候。

海兰察由于紧急参加甘肃平叛，拖延了婚期，朝廷倍加体恤，赐银一千两，令其回索伦大婚。理藩院加派四百里快骑，转达上谕，令呼伦贝尔副都统衙门操办大婚。

越过了巍峨起伏的兴安岭，就俯瞰到皑皑白雪的索伦草原。

一行兵马下岭之后，速度慢了下来，奎林贪婪地猛吸这沁人心脾的空气，拍马赶上与敏日娜并肩骑行的海兰察，大咧咧地说道："海都统此次衣锦还乡，又带着这千姿百态的娇娘，大概很有感触吧？！"

敏日娜一听顿时面红耳赤，拍马躲到后队。

海兰察归乡心切，又不想冷落了奎林，笑道："奎兄，看到了地方敝人让塔参领如何整治你！"奎林一听脸色大变，他曾数次听哈木讲到塔尔干，号称"呼伦贝尔草原酒圣"，酒量之大能灌倒一头牤牛。他在京城健锐营中，喝倒了多少好汉，但与哈木对饮时却烂醉如泥、一塌糊涂，哈木居然说自己只喝了塔尔干的三成，他知道哈木从不说戏言，便牢牢记下。现在一听海兰察说起，当然胆战心惊。

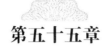

第五十五章

海兰察收敛笑容正色道: "敝人虽然说小有波折, 今日能衣锦归乡, 算起来还是幸运之人, 可是我索伦至今还有许多将士远在青海, 在乌里雅苏台爬冰卧雪, 守卫边关哨卡, 数年不能与家人团聚。"奎林听出海兰察有埋怨朝廷不体恤索伦将士的意思, 想想也确实是如此, 相比之下, 满洲八旗大多驻防繁华闹市, 或是鱼米之乡。杭州将军一职人人争先, 恨不能头破血流, 可塞外大漠南北却无人问津, 甚至躲闪不及。

阳光映射在洁白的雪上, 耀人眼目, 松木和桦木都扮上了洁白的树挂, 晶莹剔透, 桦木和白杨在冰清玉洁的世界中亭亭玉立, 四季翠绿的松树不屈不挠, 不受蛊惑, 依然故我, 凛然屹立, 显得一尘不染, 傲视一切。

低矮的灌木丛内和幼嫩的小树林中, 狐狸和狍子来回穿梭, 一两只雪狼在远处疑惑地望望这支缓慢行驶的兵马, 拖着尾巴缓缓隐在树丛和萋萋蔓草之中。

双喜临门, 又是走在故乡的路上, 那种洞房花烛夜、金榜题名时的喜悦让海兰察心情格外畅爽。随着坐骑轻轻地颠簸, 他闭目在马上晃悠, 思绪又开始激荡。他想了许多, 当然也想到了师妹, 想到了单鹏飞父女。欣喜之余, 又稍许不安, 师妹为人好胜逞强, 刁钻蛮横, 江湖习气太盛。不过平心而论, 说到才学武功相貌, 一点不低于那些名门闺秀。然而, 不知为什么, 从见面相识开始, 尽管有短暂的怦然心动, 同时也产生出一种预感, 她的优点固然叫人钦佩, 可毕竟不是同路人。她的一往情深虽有不小的诱惑力, 也曾使自己心潮涌动, 辗转难眠, 但还是缺少能叫他魂牵梦萦的魅力, 虽然说临别时她已流露流连忘

返的藕断丝连之情。

红艳的脉脉含情和率直，让他当时觉得十分唐突，甚至很荒谬，过后细想起来又感动不已。一个书香门第的女子，有此胆魄，如此执着，实属罕见。一个柔弱无助的女子，在境遇所迫、万般无奈之中钟情一个自己仰慕的男子，绝非是轻浮的举动。她是在羞愧中惨遭杀害的，如果说他内心有所不安，那么多半是对红艳的怜悯和愧疚。

相比之下，敏日娜是秀外慧中的一个，这也并不是由于他与敏日娜早已相识的原因，也不单是她几千里之遥，进京伴随自己，含辛茹苦、千方百计地搭救自己的关系。最重要的是在他的感觉之中，他们两人的姻缘仿佛是冥冥之中早就注定了的……

前面一名骁骑校飞马来报，说呼伦贝尔副都统图海派人来迎接的人马赶到。海兰察听了大喜，他没想到索伦兵会到三百里之外来迎接自己，自然十分激动。

"参见副都统大人。"领队前来的副参领塔尔干迎上来参见海兰察，喜气洋洋地说，"图大人已经准备好一切，令卑职来此恭候大人。"

"有劳各位。"海兰察笑吟吟地寒暄几句，发现前来的将士几乎见不到熟悉的面孔，大多都是十八九年的青年，"塔参领，索伦部这几年一定很兴旺吧，怎么，敝人看不到熟悉的人呢？"

"这个——"塔尔干苦笑了一下，说，"朝廷这两年来不断调兵去驻守乌里雅苏台，图大人只好派那些老兵前往，所以只能征召青年补充空缺。"

"这怎么可以，索伦部的青壮年征召以后，生计如何维持？"海兰察惊问。

"到了都统衙门，图大人自会详叙。"

"唵？"海兰察觉得塔参领怪怪的，转眼见奎林伸长脖子听他们谈话，不觉笑了笑，知道塔尔干不好在外人面前说什么，便转移了话题，又问，"敝人遭受这场风波，图大人一定费心不少。"

"这还用说么？"塔尔干感叹道，"为此事，图大人几次上书，这是关系到整个索伦部的兴衰啊。"

"皇上到底是英明君主，不然，敝人也许冤沉海底，哪里还会有今日这样衣锦归乡的荣耀。哈……"海兰察颇有感触地说，想起仕途的艰辛，笑声中不乏悲凉的意味。

一路上，说说笑笑，走马观花似的走了两天，第三天晚上到了索伦部副都统衙门。

图海接报，率领索伦部佐领以上的官员出城十里迎接。

附近的索伦部众及城内的商贾，闻信也都赶来，看看这个为索伦扬名四方的青年副都统。

福生利商号的掌柜孙浩早已站在前面，自恃独具慧眼，发现海兰察并接济过海兰察而神气十足，尤其是一见索伦部官员对自己一反常态，异常客气，就更加趾高气扬，站在人群中指手划脚，谈天说地，弄得不少别的老板掌柜悔之不及，埋怨当初没有给海兰察做点好事，不然今日……

"恩师在上，海兰察何德何能，敢劳大驾相迎。"海兰察一见两鬓霜染，又苍老许多的索伦部副都统图海，慌得滚鞍下马，倒身要拜。图海与左右急忙扶住海兰察，海兰察也察觉到身份，只好见了常礼。

奎林头一次来索伦部，瞅着一队队异装着扮的索伦兵，个个身形剽悍，心中暗自称奇。

"海兰察，京城一别又有几年的光景，你暴躁的习性虽然没有改变多少，可比以前还是老成多了。"图海打量着英姿勃勃的海兰察，摆着辈份，小声说道。不等海兰察回话，转身环视左右又高声说道："海兰察为我索伦扬眉吐气，又是皇上特荐官员，我等出迎十里是理所当然的，此外，尽管时值隆冬，婚典不宜太隆重，但也要少有地庆贺一番。"

"谨遵大人吩咐。"

"海都统当之无愧。"

"……"

众人一呼百应，喊声震天。

孙浩也尖着嗓子叫嚷，等海兰察见过众官员，向自己走过来的时候，乐得他心花怒放。

"掌柜的一向可好？"海兰察旧事不忘，和颜悦色地问。

"啊……托大人的福，马马虎虎还对付个温饱。"大概是意识到太做作了一些，孙浩忙又补上了一句，"当然，还是有结余的。"

"敝人也没什么可答谢的，就将皇上赐给的三百两白银送给掌柜的，权作谢意，还望掌柜的笑纳。"海兰察微笑着说。

"这……"孙浩大吃一惊，见海兰察出手如此豪阔，一时呆在那里。围观的许多掌柜或老板们眼睛瞪得几乎冒血。

夜晚，海兰察和图海闲谈。

与几年前桂林相比，图海又苍老了许多，灯光下，那一脸的老褶像百年的榆树皮，沉陷的眼睛开始混浊，眼角松弛，挂着一脸倦意。

海兰察从头到尾讲述了与满迪冲突的经过，图海听过后久久不开口，仿佛心中有无穷的顾虑。

"大人，莫非在下有什么不对的么？"海兰察忍不住问。

"这倒不是，"图海手持胡须，深思着说，"为人刚正不阿，乃我索伦人本色。不过，似你这样同满官硬顶，与我索伦有弊而无利呀。"

"大人不是让在下不惧邪恶、驱恶扬善的么？"

"这是不假，可也要审时度势才行，有朝一日失去了立足之地，还谈什么驱恶扬善？不要忘了，大清要我索伦的只是俯首从命，为其驱使，不然，何以善待索伦。"图海怕海兰察不明白，话已经讲得赤裸裸了。

"大人是为朝中的奸佞之徒而担忧吗？"

"何止如此？"图海望着还是比较幼稚的海兰察笑了，他知道不是一时半会儿能让海兰察明白了的。

"大人，在下初入官场，许多事情愚昧无知，大人不指点谁指点呢？"海兰察诚恳地说。

图海想了想，说："俗话说金玉其外、败絮其中，大清朝就是这样，别看当今皇上登基二十几年来朝乾夕惕、踵事增华，如今是囊括四海，有如磐石之固。不过，瑕不掩瑜，这些年来，朝廷少了的是从前的那种励精图治的豪气，多了的却是安富尊荣、藏垢纳污的俗气。朝臣中多半是那獐头鼠目、脑满肠肥的浑噩之人，这些人不想治国安民之道，只图高官厚禄、香车宝马，终日里醉生梦死。以此下去，疥癣之疾就会聚沙成塔，国事就难以收拾了。皇上纵然是有为君主，无奈朝臣昏聩无能，养痈遗患，世风如此，你不能径情直遂，反倒累及索伦。记住，覆巢之下，岂有完卵，难道就你一人岿然独存么？"

"谢大人金石之言，真是鞭辟入理，启人茅塞。"海兰察虽然不完全明白，但还是再三致谢。

"还有，"十分老练的图海料定海兰察不可能完全信服，加重语气又说，"索伦部连年征丁，孤寡人家日益增多，田亩无人耕种，牛羊无人牧放，更苦的是家人常年不得团聚，目前已经是怨声四起了。"

"是啊，如果四海安宁，我索伦将士也就免去征战之辛、离别之苦了。"海兰察点头道。

图海听了没有吭声，沉默了一会儿，又正色说道："日后疆场上，你务必切记，要珍惜将士的性命，不可莽撞斗气，我索伦将士日渐减少啊！"

"在下不敢忘记。"

"老朽年迈体衰，不久也就辞官归里，索伦部的兴衰今后就仰仗你们喽。"图海突然感伤起来。

"大人放心，海兰察不才，但绝不会让我索伦失去铁骑之称。"

图海听了此话浑身一震，想说什么，又强咽了下去，只是轻声说："你斗勇有余，斗智却不足，要成大事者，必须有勇有谋呀。"

次日清晨，图海童心大发，突然提出要陪同海兰察和敏日娜出去狩猎。

白雪覆盖后的山林，在耀眼的阳光下，白绿交映，寂静无声。一队兵马踏雪飞驰，鸟兽俱惊。

在一片林间空地的白雪上，一只瘸腿白狐被马蹄声惊起，它见马队和猎犬蜂涌而至，自知在雪原上难以逃脱，就干脆伏在一条雪沟中，雪白的绒毛和雪一样，企图鱼目混珠，躲过眼前的大难。

海兰察早已瞧见，抽箭搭弓，准备射杀。"慢着！"图海制止住海兰察，回头打了一声口哨，猎犬便颠颠向前跑去。它并没有像饿虎扑食似的径直扑去，而是大模大样顺着沟沿，目不斜视地向前跑着，仿佛一点不知道沟内藏着什么。等到了白狐藏匿的地点时，突然转身向外扑去，前爪疾快地按住了正准备跃身而起的白狐，回头向主人得意地叫了几声。

"好样的。"海兰察在马上大叫，身形腾空而起，犹如一只大鸟似的飞落猎犬旁。

"海兰察，"图海飞马赶到，别有深意地问，"从猎犬捕狐中，你悟到点

什么吗？"

"哦，大人，这猎犬很是机灵。"海兰察不假思索地答。

"不，图大人。"敏日娜策马赶来，说，"这猎犬捉狐的方法很像兵书上讲的兵不厌诈，对么？"

"不错不错，不愧是将门之女。"图海乐了，不住口地赞扬敏日娜。又扭头对海兰察说，"为人处世，其实有时也该这样。如果猎犬出去就张牙舞爪，咆哮有声地扑上去，那么白狐就知道自己身形暴露，一定会及早起身逃去。猎犬就是最终追上，也要大费周折，哪里会像现在这样轻而易举、手到擒来。"

海兰察听了久久地沉思看。

几日后，佳期一到，索伦部全体官员和部众都来庆贺婚典，自然热闹非凡。

夜幕降临，海兰察余兴未衰地走进新房，只见房内红烛高烧，绣毡贴地，锦被绣榻上坐着鬓影钗光、仪态万方的敏日娜。满女都不拘小节，落落大方，两人又是同甘共苦患难的熟知，情投意合。所以，一见海兰察回房，敏日娜赶忙立身而起，娇羞无限地为海兰察端茶。

两人同坐卧榻上，低声细语，情意缠绵，谈了很久才安歇。

第五十六章

乾隆三十二年。

时光如箭，海兰察就任卜奎副都统七年了，他已经是三十岁的人，生活的风雨洗礼，宦海岁月的磨砺，使他日趋成熟起来，唯有那时时作梗的犟脾气几乎还是如初。

他是个异常勤奋的人，在这些年中，一面潜心精研兵法武功，一面在敏日娜的帮助下，浏览了四书五经、《左传》和唐诗宋词等书籍，加上天资聪颖，获益不小。

这年秋天，缅甸国内发生战乱，国王向清朝求援，乾隆皇帝命经略大学士傅恒为大将军，率领满蒙索伦一万两千铁骑驰援。

兵部的行文一到卜奎，海兰察立即召集副参领以上将领会议。

"大人，缅甸内乱，完全是外夷插手的结果，朝廷理当调云贵的绿营兵，何必舍近求远，远隔几千里，调我卜奎和索伦部的兵马呢？"参领成德怨气十足地问。

"成参领说得不错，时值深秋，路途遥远艰辛，大人是否奏请朝廷，免征一次呢？"有人帮腔。

"胡说。"海兰察两眼一瞪，声威夺人地说，"养兵千日，用兵一时。朝廷既然已定好用兵方略，为将者怎能随意推托，违抗军令？不错，云贵一带绿营兵不少，但诸位都知道，绿营兵不堪重任，怎能与我索伦劲旅相比。谁敢动摇军心，从严处置。传令将士，两日后开拔。"

"喳！"众将领命而去。

很久没有驰骋战场，海兰察觉得日益烦闷，所以接到出兵的命令，反倒兴奋不已。回到了内宅，见六岁的儿子安禄正习练迷幻掌法，一时童心大发，指点儿子几招。

"是远征缅甸国？"敏日娜已经听到了消息，轻轻问。

"是啊，皇上和朝廷没忘我索伦哪。"

"缅甸的国事，与我朝有什么相干？"敏日娜自从有了孩子，先前那种鼓励海兰察精忠报国、光宗耀祖的想法改变了许多，儿女情长的成分渐渐多了起来。

"为臣的哪管那么许多，再说缅甸国岁岁纳贡，也是大清的臣国，岂能不救？"

"妾身讲的不是这个意思。"

"那是什么？"海兰察好奇地问。

"唉，"敏日娜叹了口气，说，"太平日短，我朝七八年来并无战事，这次缅甸用兵，又要耗费大量的银两，不少将士要陈尸异国他乡。实在是令人……"

"这你放心好了。"海兰察笑了笑，知道敏日娜在为自己担心。

两天后，索伦部的两千人马赶到，与卜奎的两千满蒙人马同时开拔，浩浩荡荡向南开去。

半年后，捷报频频传来。

海兰察率兵出了虎踞关，轻骑夜袭罕塔、老官屯，歼敌千余人。

乾隆三十三年初，又克万仞关，决战戛鸠江，获胜。

追袭残敌于老官屯，攻下锡箔大营。

朝廷的嘉奖雪片般飞来。

京师尚阿力府中，尚阿力愁眉不展地坐在温福面前。

"温大人，怎么军中那么多将领，却单单叫海兰察出尽风头？"尚阿力恨恨地问。

温福斜睨了尚阿力一眼，冷冷说道："据传报，这个海兰察排兵布阵，不拘一格，确有独到之处。"

"此人真的有过人之处？"尚阿力不信，如果说海兰察武功出众，善于打斗还可以，但这和用兵打仗不是一回事呀。

"有人说海兰察这些年熟读了孙子兵法，这敝人是不会相信的，他原本目不识丁，只是靠匹夫之勇立下战功而得宠。"温福在地上的方砖上踱来踱去，思谋着说，"不过，每次临战前，他必要亲自察看地形，这不就是兵法上所说的知己知彼吗？当然，他的功力太强，不要说敌军发现不了他，就是发现了又奈何不得。哼，也许是敝人胡思乱想，这穿房越脊、偷鸡摸狗的江湖人的雕虫小技，倒是让他用到了两军阵前，叫人匪夷所思。"

"大人所言不错，海兰察要是会看兵书，有如哑巴唱曲、盲人看戏一样荒诞不经。"尚阿力打着哈哈，尽力奉迎。

"话也不能说得太死，"温福仍然不盲目乐观，郁郁说道，"海兰察这些年还是长进不少，据老夫的经验看，一个不会带兵的将领，不会受到将士的如此拥戴，为其誓死效力。"

"这样说来，皇上怕是又要为其加官进爵，海兰察的羽翼更加丰满，弄得不好不久之后就会与你我一样一字并肩？"尚阿力悲哀地说，一对眼睛盯着温福。

"长江后浪推前浪，这也是定数，朝廷能有这样的将领效力也是好事。只是……这海兰察偏偏出自阿桂门下，真叫人心有不甘。其实，当初完全可能将他收入我们门下，只怪尚大人的一念之差……"

尚阿力知道温福在这件事上对自己不满，他自知理亏，不与其争辩，调转话题说："温大人刚才的说法是说咱们都老了，皇上要用一代新人了吗？"

"皇上的用人之道，尚大人心里还不清楚么？卖油郎可以很多，但独占花魁的事是绝不能有的。我等这些老骨头还是一股不可缺少的制衡力量啊！"温福怡然自得地说。

"哈哈哈……"两人会意地大笑。

不久，出征的兵马陆续回京。

海兰察带领的四千名满蒙索伦兵，除了战死和留守边关的人马，只回来了一千五百多人。一路上，他曾问大将军傅恒，为何偏偏留下一千二百名蒙古和索伦兵守边关，而放着数以万计的绿营兵和满洲八旗不用。傅恒含含糊糊地推说是兵部的意思，并答应回京之后，在兵部和皇上面前为一千二百名蒙古索伦将士说话。海兰察也暗自打定主意，等皇上召见时，乞求皇上调回索伦将士。

到了京师郊外，文武百官奉旨出城相迎，大军在城外安营扎寨，温福和阿

桂领着六部三院大员犒劳副都统以上的官员。

"温大人，索伦将士终年征战或驻防边陲，极少与家人团聚，部众只剩下孤儿寡母。乞望大人面呈皇上，将边陲的索伦兵马调回，让他们回到索伦草原，以便——"海兰察想趁着这胜利后的喜庆劲儿，说出自己早已考虑好的话，不想被温福打断。

"海都统，索伦兵一向善战耐劳，留守边关这一重任，非索伦莫属，这样皇上才放心呀，不是么？"温福板起面孔问。

"是呀，皇上再三嘉奖索伦兵，海都统不会有负皇恩吧？"尚阿力尖酸地插话。

"依敝人看，可否抽调一些云贵的绿营兵替回索伦兵马？"傅恒打着圆场。

"这就不好办了，难道还要皇上收回旨意不成？"温福搬出了皇上，有恃无恐地顶撞傅恒。

傅恒一听是皇上的旨意，吓得唯唯诺诺，赶紧缩了回去。

海兰察喟然长叹了一声。

乾隆三十六年。

战云涌起，烽火连天。

黄昏时的紫禁城，与平时相比，平添了一股沉闷压抑的气氛，几名奉旨在殿外等候召见的大臣，个个都阴沉着脸，缄默不语地想着心事。

其实不用说，几个人心中都有数，皇上傍晚召见，一定是军国大事。白天从兵部得知，作乱半年之久的四川大小金川的土司，僧桑格和索诺木已经吞并了周围大部的小土司，气焰十分嚣张。四川总督阿尔木曾联合了几个小土司的兵马，一齐攻打僧桑格和索诺木，不想均被大小金川的土兵打败，如今大小金川联合起来，大有燎原之势。

阿尔木畏惧叛军的凶悍，不敢再战，皇上震怒之下，已经下旨赐死。

不用说，现在召见几位重臣，就是议定平叛之事。

温福前年征剿海岸贼有功，刚刚擢升大学士，春风得意，傲气正浓。此刻见众人都默不作声，开口说道："诸位大人，皇上看来心绪不佳，我等今日言语小心些才是。"

"对对，温大人说得是。这个阿尔木养虎为患，最后自己掉了脑袋。"尚阿力心有余悸地说。

"哼，阿尔木是死有余辜。"温福一听提到了阿尔木，气不打一处来，恶声恶气道，"如果不是他一味迁就、姑息养奸，索诺木和僧桑格也成不了气候，如今这么猖狂，就连后藏的一些喇嘛也跟着起哄。"

"可是……这安抚一策也是朝廷提出来的呀？"另一名大臣说。

"嘿嘿，那么大人可愿去阵前安抚一下那些叛军？让他们立地成佛吗？！"

阿桂若无其事地站在一旁听着，他明白温福的心思，不过是想借大小金川的叛乱，再一显身手，但又没有皇上让他督师的把握，怕别人与其争执，所以玩弄一点心机而已。

对温福的神气和做作，他心里感到恶心，有时真想敲打他几句，可每次都忍了下来。在他看来，同那些文不能安邦、武不能定国，只会摇唇鼓舌、阿谀奉承的人比，温福虽然才不出众，但总算不是个不学无术的人。倘若温福真的能领兵剿平大小金川，保荐他一下不是不可以的。城门失火，殃及池鱼。有人能替大家保住平安，不是件大好事吗？

阿尔木的失败是意料中的事，绿营兵的腐败是尽人皆知的，再说叛军久居高原，抗寒耐冷，爬山越涧如獐狍的人，打败他们实非易事。这个心思别人也都有，可除了温福以外，没人愿意去督师，受那高原奇寒之苦，冒生命的危险。

乾隆皇帝心绪十分焦躁，把阿尔木恨得赐死不算，还想戮他的尸！

金川虽然是弹丸之地，但地处高山峻岭，多冰川雪岭，是历代兵家进可攻、退可守的地方。二十四年前，土司沙罗奔举兵叛乱，为了剿平叛乱，朝廷不但消耗了上千万两银子，而且杀了云贵总督张广泗，并将大学士纳亲赐死，再派傅恒为经略，岳钟琪为提督，动用了大批满蒙索伦精锐将士才平息了叛乱。

这次大小金川的土司联合反叛，力量更加不可忽视。况且，总得寻求一个一劳永逸的办法，从此消除叛乱的隐患，这也是当务之急。

心情不好，自然就没有好脾气，瞪着几名低眉顺眼的大臣，乾隆皇帝首先向傅恒发问："傅恒，你去过金川，你说，贼势如何这么猖獗，为什么难以剿灭呢？"

"回皇上，"傅恒转了转眼珠，斟酌了一下说，"大小金川从地势上十分险要，万山崇矗，云锁雾罩，各番皆居石碉，依山而筑，易守难攻。平日里不要说打仗，就是行走也是很难的，况且，除了川贵的绿营兵而外，其他各地将

士皆不善爬山，故作战时难上加难。此外，山中深寒多雨雪，与内地相比，奇寒透骨，故尔内地绿营兵畏惧严寒，斗志锐减。叛军则倚仗险峻的山势居石碉固守，有利之时袭扰大军，无利时龟缩石碉或寨子之中。而我大军却因道路崎岖陡峭而无法以火炮轰击，只能以刀枪徒步力战，所以事倍功半，难以剿灭。"

"温福，大小金川共有土兵多少？"乾隆皇帝又扭头问温福。

"回皇上，大金川有一万两千人，小金川也有七八千之众，合起来共有两万叛军。另外，据传从后藏来了数百名藏兵，由几个喇嘛带领，助叛军气焰。"温福答。

乾隆皇帝又点到阿桂："阿桂，你也说说，二十几年中，金川几次作乱，是何缘故？"

"回皇上，臣以为在金川只设徒有其名的安抚司，而没有派常驻官吏和兵将加以节制和监督，致使地方土司拥兵自重，肆无忌惮，自以为是世外桃源，蔑视法度，以致敌视朝廷。另外，各土司的领土不宜长久分得泾渭分明，皆由土人管理，普天之下，莫非王土，当地百姓只知土司不知朝廷的状况不能再继续下去了。应当效仿青海的方法，设置道厅或州县，直接受督抚管辖，大小土司不得私自拥兵割据。"阿桂条理分明地说。

"唔，朕也是这么想。"乾隆皇帝点点头，眼睛向众人一扫，又问，"朕意尽快扫灭叛军，以振天威，安抚臣民，你们说说，调何处的兵将，以何人督师为宜？"

"皇上，依臣的意思，还是征调蒙古索伦八旗为好，再以京师健锐营和火器营殿后，云贵川的绿营兵可作辅佐。"温福抢先回答，从他早已深思熟虑、安排妥当的样子看，大有督师平叛的意思。

"阿桂，你觉得如何？"乾隆皇帝沉思了片刻，还是问了问阿桂。

"调蒙古索伦兵最宜，他们耐寒善战，可不惯爬山，所以，还是调一部分川兵合编入蒙古索伦队内，届时可以发挥他们的长处，也可以减少蒙古索伦的伤亡。"阿桂的意思很明白，温福想挂帅可以，但不能光是用蒙古索伦八旗将士的鲜血染你的红顶子。

乾隆皇帝当然明白阿桂的意思，赞叹道："好，说得好，两军力战之时是蒙古索伦八旗的事，但其他的事可以让绿营兵去做。"

温福试探地又问了一问："那么皇上的意思到底派何人督师呢？"

"就让你督师如何？"乾隆皇帝问。

"臣愿效犬马之劳，万死不辞。"温福大喜，跪伏在地。

一听温福说出个死字，众人心里一惊，偷眼看皇上时，只见皇上脸上也掠过一层阴影。

"这样吧，"乾隆皇帝又对阿桂说，"阿桂为副将，分路进击。"

"臣遵旨。"阿桂心知皇上还是有些信不过温福，叫自己策应的目的。虽然对温福当上了大将军不服气，此时也只好忍一忍了。

次日，兵部调兵的加急文书发出，温福率领健锐营、火器营，在副都统普尔普，领队大臣奎林、额森特，一等侍卫和隆武众将的簇拥下，旌旗招展，尘土漫天，浩浩荡荡向金川开去。

西路一边，四川总督桂林和护军统领明亮，率领川兵移向小金川。

东路一边，副将军阿桂也率军挺进。

塞北的草原上，海兰察率两千蒙古索伦将士正星夜赶赴金川。

贡噶山像尊天神，鬼神莫测地骑在连绵起伏的雪山上，周围的群山在它的脚下虽然逊色不少，却也是峡谷纵列、山势重叠，到处是峭壁悬崖、涧水幽咽。山上巨石嶙峋，峡谷中古树参天，梯层的陡坡上，用石头筑起的寨子和石碉比比皆是，条条羊肠小道，曲曲弯弯，盘旋而上。

小金川土司僧桑格在大金川土司索诺木的帮助下，击败了四川总督桂林，沉醉在胜利的喜悦之中。为了慎重起见，他还是听从了部下的意见，撤去了山下的寨子，把兵力集中在山上的寨子和石碉之中，准备与朝廷的征剿大军长期对抗。

温福的大军到达后，闻听西路军与小金川的叛军接战不利，十分恼怒，立刻派信骑要阿桂的兵马切断大小金川的联系，然后，下令健锐营和川兵准备进攻。

"将军大人，叛军刚刚获胜，士气嚣张，可否等待时日，需仔细筹划之后再战？"参赞大臣丰升额劝阻，他担心盲目用兵，一旦接仗不利会影响士气。

"不错，卑职粗略察看了一下，这里山高险峻，而且叛军有六千之众。不如等后队兵马到齐之后，详细酌定再战。"额森特也赞同先不急于用兵。

温福听了不悦道："三路兵马，数万之众，每日要消耗多少银两？况且兵

部三番五次催战，皇上也是心急如焚啊。"他知道额森特与海兰察很要好，怀疑额森特在暗喻，没有蒙古和索伦兵，就没有取胜的把握。

"温大人，着急也不在这几日，还是缓几日，等所有的将士熟悉了地形后再战。"丰升额再次提醒。

温福哪里听得进去，哼了一声说："皇上急盼捷报，你等都食君俸禄，世受皇恩，现在却推三阻四，是惧敌么？"

"不然就让阿大人速来中军，也好商议一下。"额森特仍然坚持，他发现这金川不是个以兵多就能取胜的地方，阿桂老辣稳健，应当找来商议一下。

温福强忍怒火，一字一句地说："本督师已经决定开战，着令全军，一旦开战务须全力，倘若有心怀二意，畏敌不前者，军法处置！"

"喳！"

众将只得领命。

六月的川北，盆地中热得人汗流浃背，而在川西的贡噶山下的群山峻岭中，却是阴凉无比。参赞大臣丰升额领兵攻打北侧的美美寨。

小金川土司僧桑格令小土司策卜丹带一千名土兵守在这险要之处，阻止平叛大军从这个北侧的重要门户进入金川腹地。

激战数日，策卜丹利用陡坡地形，以滚木锸石和箭羽，屡屡击退清兵的进攻，打得满汉兵将头破血流，鬼哭狼嚎。

东侧的温福也初战不利，八千大军竟被一千八百名土兵挡在山口下，寸步难进。温福大怒，令火器营发炮轰击，严令各营将士不顾死活，登山拼力强攻。但是山势太陡峭，火炮只能打到半山腰，根本伤不到石碉里的叛军。

丰升额和额森特在温福的不断催促下，忍气吞声，亲自上阵督战，花费了很大的代价才攻占了一些零散的碉卡，歼敌三百人，但对叛军的主寨——美美寨，仍然望洋兴叹。

美美寨中，一座石砌的大宅中，僧桑格正与特地从大金川赶来的索诺木饮酒，商议着战事的安排。

索诺木抹了抹油腻的大嘴，瞅着僧桑格肥大的脑袋说："这就对了，只要大土司顶上三两个月，清军定然消耗不起，进退两难。到了那个时候，议和之事就有望喽。"

第五十七章

就在丰什额心急如焚又无计可施的时候，海兰察率领的索伦兵赶到，他顿时大喜，开始信心百倍。

"好，海都统不愧我大清的将才，几千里之遥竟然如此之快。"丰什额拍着风尘仆仆的海兰察肩膀，不住口地称赞。

"丰大人，战事如何？"海兰察问。

"唉，叛军依据山寨和石雕，凭险固守，敝人实在是无奈。大将军又屡屡催逼，将士死伤惨重，怨声不断。海都统来得正好，可协助——不，就由大人指挥攻破美美寨，击败策布丹，再图大进，如何？"

"好，敝人正有此意，请大人吩咐。"海兰察一口答应。

"海大人过谦，这山地之战敝人还很生疏，海大人曾到准噶尔平叛，大战阿勒坦山口，这次还望大人大展雄才力挫叛军。"丰什额自知力不胜任，把取胜的希望寄托在海兰察身上是最放心的，话语中已暗示海兰察可调动自己所部人马，只要取胜就行。

"丰大人，索伦和蒙古兵长途跋涉，最好休息两日再战，在此期间，敝人也要熟悉地势，然后再决断。"海兰察请求。

"当然当然，一切有劳海都统。"丰什额满口答应。

三天以后，海兰察带领索伦蒙古兵开始进攻，采取夜袭的方式连续攻占了碉卡和山寨十三座，木城一座，并在山冈筑卡。策布丹一看大寨孤立，四周羽翼都被拔掉，心里知道遇到劲敌，急了眼，拼命驱使土兵抢寨夺碉，以重新形

成掎角的态势，这正中了海兰察的计策。清军从进攻方变成了守势，利用拖拽上来的火炮和早已准备好的枪石，打得土兵鬼哭狼嚎，损失惨重。经过几天的激烈战斗，七月初，海兰察击溃了策布丹的主力，丰什额带领大军趁虚而入，终于攻占美美寨。

小金川的重要门户洞开。

策布丹率领残兵向金川腹地退却。

曾桑格一看小金川的大门被打开，大金川索诺木的援兵又被阿桂挡住，急令策布丹领兵拦截清军的粮道，企图绝了平叛大军的粮草，迫使朝廷撤军。

"海都统，美美寨已克，大军可以直取路顶宗和喀木色尔，夺下这两处天险，就可以长驱直入。"丰什额因为连胜几场，锐气十足。

海兰察望着这连绵不断的群山峻岭，突然问："大人，我们在贡嘎山左的粮草有多少兵将看守？"

"有领队大臣富兴带五百兵将看守。"丰什额愣怔了一下，又补充道，"那里两侧都是陡峭山崖，两条小路又有兵将防守，万无一失。"

"不不不，这金川之地别看山势连绵，纵横交错，可我发现这里洞穴奇多，羊肠小路不计其数。这就说明只有当地土人才知道这些路径的诡秘，我们毕竟人生地不熟，这粮草一失，我们这一路上万大军会如何呢？"海兰察忧虑地问。

丰什额听了脸色大变，是啊，叛军打不过清军，可一旦毁掉了粮草，上万大军只能饿死在这万山沟壑之中，就是撤兵也得走上个十几天。当饥饿的大军奄奄待毙之时，几千名土兵如狼似虎扑来，平叛大军只能任人宰割了。可转念一想，又问海兰察："策布丹刚败，曾桑格自顾不暇，还能顾得上劫粮草？"

海兰察指着远处山间盘旋曲转的小道说："大人请看，谁敢说这密密麻麻的小径，没有一条是通向后山的。倘若有一队人马潜行到粮草大营，只要一把火就烧得我们叫天天不应，叫地地不灵啊！"

"这……也有道理，那么以大人之见呢？"丰什额明白过来。

"我大军胜券在握，犯不上冒险。我看将士们水土不服，苦战数日，非常辛苦，不妨休息几日，敝人愿领一队人马，去贡嘎山左设伏，保护粮道。"海兰察说。

"这不会是多此一举吧？不如增派一队人马加强粮草的保护，海大人也该歇息几日。"丰什额一见海兰察马不停蹄地忙碌，心里有些过意不去，同时又感到这个索伦名将战时勇如猛虎，有时又胆小如鼠。

"如果僧桑格不是个白痴的话，他一定会这么干，也只能这么干。"海兰察信心十足地说。

入夜，海兰察带领一千名索伦兵向贡嘎山左驰去，准备设伏。

此时此刻，在小金川美诺的寨子里，土司僧桑格在昏暗的牛油灯下，瞪着红肿的牛眼，正与几个小土司和心腹密商对策。

小金川地势突出，是取大金川的必经之路，当初大小金川合谋起兵反叛的时候，大金川土司索诺木曾信誓旦旦地保证，一旦朝廷大军进攻小金川，大金川的兵马绝不会坐视。索诺木将亲自带领大金川的兵马增援，与僧桑格的小金川兵马形成掎角之势，像击败阿尔木一样痛击平叛大军。然而，这一次可大不一样，朝廷分派阿桂的东路军死死缠住了大金川的索诺木，使小金川孤军经受西路和中路清军的打击。虽然倚仗地势之利抵挡了二十九日，僧桑格终于吃不消了。

"桑杰，朝廷大军全力攻打小金川，我们已经损失了一千多兵马，丢失三分之二的碉卡和山寨，而索诺木的人马又进不来，难道我们坐以待毙么？"僧桑格有意逃遁，又下不了决心，向另一个小土司询问办法。

"土司大人，草原不能没有牛羊，土司不能没有兵马。不然，日后凭什么向朝廷讨封，与小金川的索诺木土司称兄道弟呢？"有军师的作用，却没有军师之称的桑杰献媚地说。

"是的，苍鹰飞得高了，猎手也没有办法。我们不如上贡嘎山后，或候机与大金川合兵一处，总比让朝廷兵马各个击破得好。我想索诺木大上司不会没想到这一点，我们过去后，他一定很欢迎。"一个小土司说。

僧桑格想到了索诺木那阴晴不定的脸，犹豫起来，他何尝不知道寄人篱下的味道。

就在海兰察率索伦兵赶到，攻下了美美寨，在崇山峻岭中和叛军对峙的时候，温福也略有小胜，攻下了七八处山寨，十几个碉卡。

但是由于土兵熟悉地理，惯于攀山越岭，所以打得十分艰苦，效果却不大。一个月的时间，只歼灭叛军七百多人，这点战果，使这位督师大人很尴尬，大

学士纳亲的惨死和都统阿尔木那颗血淋淋的人头，不时让他从噩梦中惊醒过来。

纳亲死于战而不胜。

阿尔木死于畏战不前。

这就是说皇上要的是战而必胜，不然就是罪！

出师这么长的时间，战绩平平，假如那些平日和自己不和的大臣向上谗言，那……皇上可是不吝惜大臣的头啊。

凡是出征的将帅都明白一个道理，他们都在两面作战，一面是战场上的敌手，一面是朝中的敌手，而落马的将帅多半是败给了朝中的敌手。纳亲和阿尔木就是这样！

海兰察一到初战告捷，是个好事，假如他攻下喀木色尔，那么就形成了从色木僧山后包围玛觉乌大寨的态势，美诺——小金川的心脏就暴露在两路大军的夹击之中，成了孤寨一个，叛军在小金川就没有了立足之地，占领小金川便指日可待。

说心里话，他盼望海兰察率领索伦兵所向披靡，把相持不下、进展缓慢的平叛战事推向胜利的高峰。可是另一方面，他又不希望海兰察建立奇功，这是阿桂的爱将，他的功劳越大，阿桂的威望就越高。另外，几万平叛大军，怎么就让索伦兵处处争得头功呢？

他一急之下，只好催促本部人马加速力战，把精锐调到前沿，亲自督军力战，争取与海兰察平分秋色。

另一方面严令丰什额和海兰察，限期攻占路顶宗及喀木色尔。

八月，传来战报，海兰察伏击策布丹偷袭粮草的人马，领兵逼近路顶宗。

九月，海兰察在温福的压力下，领兵强攻路顶宗，歼敌六百，接着又巧袭喀木色尔，以惨重的代价破碉卡三百多座，歼敌七百。此时正赶上阴雨绵绵，作战条件异常艰苦，满蒙索伦骑兵的优势荡然无存，全部跌跌撞撞在陡峭的山地上，在雨水中爬滚。

温福此时在脸面上也过不去，接到丰什额的禀报，才知道海兰察所部的满蒙索伦兵损兵七百多人，将士们对鞭打快牛的做法怨气冲天。有几个满蒙的参领扬言上书弹劾温福，温福只好下令暂缓进攻，并拨川兵一千五百人归海兰察节制。

不久，圣旨传到，嘉奖索伦等各部立功将士，擢升海兰察为都统，领从一品衔。

兵部的行文嘉奖平叛大军，温福当然相当高兴，传令各部兵马紧守险关要隘，困住只有两千多的叛军，待雨季一过，一鼓作气，拿下小金川。

接着，召集副将以上的将领赶到中军，犒劳各路将领，同时探讨攻下小金川之后的军事行动。

"海都统，夺关斩将，索伦兵首当其冲，当属功劳之最。因此，朝廷也格外体恤，改日大战，还望鼎力向前，不负皇恩才是。"酒过三巡，温福讪笑着说。

"将军大人，两军阵前，我索伦健儿自当全力以赴。不过——两月以来，索伦兵死伤十有三四，剩余的将士又有三成水土不服而染疾，能战者不足一千人，大人可否补添些人马？"一听到进攻玛觉乌大寨，海兰察的脸色阴了下来，这就是要索伦兵与叛军正面决战，这不是要打光索伦兵吗？海兰察于是开口要兵。

"将军大人，海都统说得有理，仅以海都统一路人马主攻，兵力显得单薄，恐难取胜，延误战事。敝人愿以所部人马与海都统一齐进攻，如何？"丰什额不明就里，哪里知道温福的小心眼儿，傻乎乎地插言。

温福狠狠瞪了一下丰什额，讪讪说道："本督师的意思是索伦铁骑功名素著，何惧这些乌合之众？再说，这奇功一件送与你索伦，却之不恭呀。"

众人听到这里，都明白了温福的用意，真是没想到在这大战之前，战事如此紧迫之际，这位督师大人竟然旧习难改，还有心思刁难人。心胸之狭窄，气量之奇小，简直叫人难以置信，但又敢怒不敢言。

"将军大人的美意，敝人心领了。"海兰察怒火中烧，倔劲儿一上来，加上自己已经是堂堂的从一品大员，便冷嘲热讽地回敬道，"平叛大军两万余众，满蒙汉军都在，索伦兵哪敢贪天功为己有。恕敝人不敢领受。"

温福一见海兰察当着众多将领顶撞自己这个主帅，脸色大变。他原想海兰察会低声下气地乞求自己，没成想不求不算，反而出言刻薄，分明在挖苦自己。想发怒吧，没有恰当的理由，又不敢把这个赫赫有名的索伦兵都统怎么样，而且往下的战斗还真需要他去打头阵。打仗这方面，这个将领确实是有一套，不依靠这样的人又靠谁呢？咽下这口气吧，面子上又过不去，正愣愣无言以对的

时候，副将军阿桂开口说："罢了罢了，几句戏言何必当真。这样吧，依敝人之见，调两千绿营兵归海都统节制，奎林领一千人马从右策应，额森特领一千人马从左策应，各路兵马在攻打玛觉乌大寨时，严防大金川的叛军增援小金川。"

这个主意很合大家的意思，海兰察也怒气全消。温福虽然一口气难下，可又找不到什么借口责难海兰察，阿桂的主意天衣无缝，众将都心服口服，他也就点了点头。

"敝人还有话说。"海兰察说。

"讲。"阿桂点点头。

"要派一队人马守住贡嘎山大小路口，防止叛军逃窜上山，或是绕山道与大金川的叛军汇合。"

阿桂奇怪地问："海都统何以知道去大金川还有小路？"

"回副将大人，敝人夜里常以轻功绕山察看，所以发现了那条少有行人的密道。"

众将纷纷咂舌惊叹，那悬崖峭壁真不知他是如何攀登上去的。

"多此一举，僧桑格跑到大雪山上去干什么？"温福冷冷一笑，道，"如果僧桑格真的带兵去冻死，或者是饿死，倒是本督师求之不得的。"

"温大人，"阿桂沉下脸，不悦道，"如果叛军并不是冻死饿死，而是绕道去了大金川，那么我们得到的岂不是个空荡荡的小金川么？"

"阿大人，就算有叛军逃到了大金川，还不是我们的囊中之物吗？待我们平定了小金川后，大军立即进剿大金川。大人不必忧虑，一切有本督师担待。"温福拉起了大将军的架子，阿桂也就不好再说什么了。

宴席在郁郁闷闷的气氛中不欢而散。

海兰察临行前，对奎林和额森特说："副将大人知你我之间情意深厚，故而成全我等。金川的地势实在是险峻，攻难守易，士兵又凶猛善战，你们何时见我八旗劲旅竟然三人敌不过一名土兵啊？"

"这也难怪，山地陡峭，我们的人站都站不稳，哪能与健步如飞的土兵相比。"额森特颇有同感。

"海大人尽管放心，我等兄弟之间还有什么可说的。"奎林安慰着海兰察。

"我们这几天就领兵马赶到喀木色尔，全力协助海都统。"额森特知道海兰察的难处，又说："海都统的两翼有我们二人，尽可放心对付正面的叛军就是。"

"唉——温大人不该呀，行兵作战的大将这样小肚鸡肠，成何体统。"奎林愤愤说道。

"算了，为人应该磊落，耳后议论主将，不但不恭，也徒乱人心。"海兰察摇了摇头，叹了口气说。

三人又细细谈论了一会儿排兵布阵的事儿，在夜色中各自散去。

远处，传来阵阵的炮声，那是清军从山下向上试射的徒劳无功的炮声。

海兰察立马在山坡上，沉思着听那有气无力的炮声。

第五十八章

僧桑格自知战况不妙。

除了通向大雪山的路以外，大金川与小金川的路，全部被清军堵死，小金川真正成了一处孤岛。

在孤立无援中，他只能把希望全部放在了色木僧格山的大战上，为了确保这个通向自己老巢的天然屏障，他又调整了一下部署，做好了固守到冬季的准备。

色木僧格山活像只骆驼，它的头部和两个驼峰，分别是玛觉乌大寨、布喇克寨和扎喀尔寨。周围布满碉卡，玛觉乌大寨地处头部，是通向美诺的第一个险关要隘。僧桑格派了八百名土兵，在几个得力的小土司指挥下，守在这里，而布喇克和扎喀尔寨留下几百名老弱土兵。他自己手中始终掌握着一千二百名精兵，潜伏在老巢美诺和近在咫尺的明郭宗寨，这是他最后的本钱。他不知道能不能守住小金川，但有了雪山的退路，就决心拼力一战，不行就逃之夭夭。

在这期间，平叛大军的督师温福无形中帮了僧桑格的忙。

那就是当初在他的威胁下参加叛乱的一些小土司，一看朝廷震怒，战事越打越大，都出现了缩手缩脚的意思。有的拥兵自重，甚至隔岸观火，可温福下了对叛军一律杀无赦的严令后，使那些本已动摇的小土司变得勇敢起来，死心塌地地跟着自己与朝廷大军力战。

美中不足的是仍然有些土兵畏战躲藏起来，假如真有投降朝廷的引狼入室就麻烦了，这些土兵都熟悉这里的一山一水，一草一木。防平叛大军不难，防本地的土兵可就麻烦了，家贼难防啊！

他的担心不是没有道理的。

索伦兵俘获了逃跑的一个小土司和几名土兵。

"想死还是想活？"一个参领吼着。

"想活想活。"几个失魂落魄的土兵哀求着。

"起来。"海兰察端详着跪在地上的几名土兵，说，"只要你们肯帮助我做一件事，本都统保你们无事。"

"谢大人不杀之恩，"小土司抬起头，感激万分地说，"我们也是出于无奈，从来没想过反叛朝廷。大人有什么吩咐尽管说。"

"好。"海兰察眉头一舒，问，"色木僧格山有什么别的路么，或者是羊肠小路也行。"

"回大人，确实没有别的路。"小土司肯定地答。

"胡说！"一名佐领大喝一声。

"真的，小的不敢……"

"唵，不要怕，本都统只要答应你们无事，你们就自然无事。"海兰察瞪了佐领一眼，仍然不甘心地问，"想一想，比如有什么地方可以爬上去吗？"

"大人，"一个年老的土兵见海兰察为人和善，产生了好感，说，"山后有一处二十丈高的峭壁，上面是玛觉乌大寨的后路，只是那峭壁上光秃秃的，连棵树也没有，无法攀登。"

"这么说，上面也不设防喽？"海兰察眼睛一亮，来了兴趣。

"当然，有谁会想到在那设防，人又不是鹰，还能飞上去吗？"

"你肯带我们去吗？"

"听大人吩咐，可你们如何上得去？"老土兵怀疑地望着海兰察。

"这不关你的事，好，回来之后重重有赏。"海兰察大喜。

十一月初，按照海兰察的吩咐，丰什额和奎林各带一千五百名将士冒着密集的枪石箭雨，从两面强攻玛觉乌大寨。激烈的争夺战在山脊碉卡上展开，僧桑格一见战斗如此激烈，又增派五百名援军。

海兰察和额森特带领两百多名身手矫健的兵卒，在老土兵的指引下，悄悄来到了玛觉乌大寨后侧的悬崖下。

"大人，就是这。"老土兵指着凹凸不平、咧嘴呲牙的嶙峋峭壁。

"喔哟，这怎么上得去？"

"连根草都没有，只有鸟才能飞上去。"

"……"

许多将士仰望着高耸光滑的壁石，瞠眼咋舌，叹息着。

"海大人，"额森特知道海兰察的轻身功夫远远高过自己，但毕竟是主帅，所以自告奋勇说，"末将先试一试。"

"不，"海兰察夺过绳索和铁钩，挂在腰间，扒掉了身上的甲胄，对额森特说，"敌人精于此道，万无一失。"

额森特虽然相信海兰察轻功高超，可对他是不是能攀上这二十丈高的秃秃峭壁仍有怀疑，生死攸关，况且海兰察是主将，所以他又争着说道："恕末将冒昧，还是让——"

"怎么，信不过么？"海兰察知道额森特的担心，半认真半开玩笑地说。

海兰察收拾停当，纵身跳到崖石上，背贴石壁，提气上行，运起壁虎游墙的上乘功力。身体犹如贴在石壁上，徐徐上升，不仅二百余名将士惊骇无比，就是功力不弱的额森特也看得目瞪口呆，自愧远远不如。

很久，海兰察终于上到了崖顶，向山腰中的玛觉乌大寨一望，清晰无比，他一阵惊喜，忙向崖下发出信号。

索伦兵顺着绳索，踏着光滑的石壁，一个个攀了上来，有几人脚下一滑，手上没抓牢，摔死在崖下。

"悄悄潜入，进寨后立刻点火，记住，后退者杀无赦！"海兰察沉下脸，声色俱厉地说。

"喳！"

全部将士得令，在海兰察和额森特的率领下悄悄向寨子摸去。

玛觉乌的叛军正与正面的清军大战，根本就想不到清军能飞上悬崖，从没有一点儿戒备的后寨杀来，惊惧之下，军心大乱，斗志丧失。在凶猛的索伦兵攻杀下，乱冲乱撞起来。守寨的策布丹也弄不清到底有多少清军从后面攻来，情急之下，竟然下令一些正面拒敌的碉卡守军回援。这一下正中了计，奎林领兵拼命抢山，丰什额挥刀砍了一名动作慢的绿营兵，逼得大队清军不顾命地漫山遍野，狂叫着掩杀过来。

失去了碉卡和大寨的天然屏障，土兵单薄的兵力立即相形见绌，陷入明显的劣势。兵败如山倒，土兵四散逃遁，发挥了登山攀岩的本领，小股继续抵抗的，不久便横尸在山寨内外。

玛觉乌大寨失守。

十二月初，海兰察和额森特又攻占了布喇克山寨。

奎林与一等侍卫和隆武攻占扎喀尔山寨。次年正月，平叛大军扫平明郭宗山寨和周围几十个碉卡，海兰察指挥七千清军扑向小金川最后一个据点，僧桑格大土司的老巢——美诺。

小金川的败兵大多数都逃到了美诺，加上大金川派来的一千多名援兵，三千名土兵盘踞在美诺四周的碉卡中，做最后的困兽犹斗。

海兰察一见叛军坚固的寨栅和众多碉卡，知道不是一时半会儿能攻下的，他和丰什额议定，等温福派来的援军赶到后再战。

战局使人喜悦、狂奋，也叫人嫉恨、忧患。

温福就是这样。当得胜的捷报频频传来时，他开始也是激动万分，拍案叫好。可是没多久，又顾虑重重起来，扫兴地坐在大帐中发愣。

不错，他也好大喜功，不然也不会自愿领兵前来受这般辛苦。不过，这个胜利必须是紧紧围绕着自己才行，也就是说应该都是由自己谋划，亲自参与指挥才行。遗憾的是这几次重大的胜利都是围绕在海兰察的指挥下完成的，众将有目，群兵有耳，谁能瞪着两眼否认海兰察和一千五百名索伦兵的作用呢？

他派出奎林和额森特等人协助海兰察，也想着快点取胜，取悦于皇上，同时让这两名满洲悍将与海兰察争功，平分秋色也行。这个办法两不耽误，可谓是一箭双雕。

他当然也知道奎林和额森特与海兰察在京师时的关系，然而，他也是个天性凉薄之人，加上总喜欢以己度人，坚信在功名利禄方面，绝无兄弟情分可言。三个人如真的争起功来，也是件好事！

等奎林和额森特的禀报送到，齐声叹颂海兰察的勇略，那种甘拜下风的语气令他傻眼了。

他无论如何也理解不了，同样身为武将，怎么这两个人对高官厚禄就那么

淡薄呢？为什么对海兰察这么倍加推崇，自叹技不如人，甘愿为人驱使呢？！

"混账，白痴！"一气之下，他把凡是解气消闷的脏话都骂了出来，慌得大帐门前的侍卫不知何事，三步并作两步地抢进帐内，一看将军大人是独自发怒，赶忙又退了出去。

愤怒之后，又是一阵阵失算后的沮丧和新的谋略没有产生前的惆怅。想当年满洲八旗虎踞龙盘，英雄辈出，怎么几十年后，虎门居然尽是犬子，是什么原因呢？

他不情愿却也没有办法地琢磨起这个三十二岁的索伦都统来。凡为官者，无不处心积虑地争相得宠，以此获得高官厚禄，留传与子孙后代，这一点是没说的。文官杀人用笔，武官杀人用刀，不是明枪便是暗箭，反正都是杀人，大同小异。所以，他认为为官者，在德上难分高低，没有什么好坏之分，争斗起来不是你褒就是我贬，或是你死，或者我活，和刚生下的湿乎乎的马驹一样，都是一种熊样儿！

大清的天下是在马背上得到的，这是每一个满人都引以自豪的。论到武功，海兰察当然是好样的，不过，类似海兰察这样的高手，在大内和整个清军中也不乏人在，怎么偏偏就他这么得势呢？

就在温福思绪万千、蹙眉沉思的时候，一名参将禀报，丰什额和海兰察率兵围住美诺，请求增派援军。

"哦，知道了。"温福淡淡地说了一句，见参将正欲退出，忙又说，"传副都统乌什哈达。"

"好，本督师给你派援军。"他嘿嘿独自笑了起来，丰什额和额森特等人是废物，是软蛋，这乌什哈达可是头饿狼，他心中暗自说道。

"乌什哈达参见将军大人。"随着一声粗犷的喉音，剽悍的乌什哈达跨进大帐。

"唵，"温福打量着气宇轩昂的乌什哈达，亲热地问，"乌都统知道本督师叫你来做什么吗？"

"卑职以为一定是为战事吧？！"

"你跟在本督师的中军，没有大仗可打，但你却无时不想在金川立下战功，是不是？"温福挑逗道。

"谢将军大人提拔，卑职做梦都想。"乌什哈达在军中正闲得乏味，每天都在琢磨怎样立功，寻找升官进爵的机会。一听温福的口气，知道有了机会，心中大喜，兴奋之下露出傻人傻话。

"不过——乌都统，"温福转了个弯，想再吊吊他的胃口，眼珠滴溜溜地转动在乌什哈达那四方麻子脸上，慢吞吞地说道，"本督师本想让你去替下海兰察，只是索伦兵威名远扬，怕你折了他们的威名。"

"这是哪里的话，大人，卑职手下统领的可是正白旗的两千精锐呀！"乌什哈达两眼一瞪，急欲争辩。温福一看他那种愤愤不平的样子，宽慰地一笑，摆手止住了他，低头在大帐中来回走动，考虑着如何再添把火、上点劲儿。

"乌都统，小金川的叛军已成丧家之犬，釜底游鱼。而海兰察的索伦兵损失惨重，又疲劳不堪，能战者不到半数。倘若本督师令你带两千劲旅前去，加上丰什额的兵马，足有万余人，围歼三千小金川的残兵，也不过是举手之劳。几只狼抓一只羊，不会太费劲吧？"温福把乌什哈达的火气和劲头鼓足后，又透了一下底儿，暗示了偏袒乌什哈达的意思，也算送他一个天大的人情。

"卑职……承蒙大人的厚爱，决不辱使命。"乌什哈达对温福的用意心知肚明，感激涕零地结巴起来。

"小金川一定，大军就要挥师北进，进剿大金川。乌都统只要尽心竭力，立大功之日还来日方长，本督师自会依据将领们的战功向朝廷保荐。哦，对了，镶蓝旗都统一职还是空缺，你也做了几年的副都统，也该——"温福说到这里，有意把话顿住，斜视着乌什哈达。

"大人的恩德，卑职没齿不忘，无以回报，唯有日后鞍前马后，任凭大人差遣……"乌什哈达粗壮的身躯像块巨石一样，扑通一下跪在地上，眼泪鼻涕流了一大把。

望着欣喜若狂的乌什哈达领命而去，温福无声冷笑数声，向朝廷传送的军情禀报已有腹稿。那就是以丰什额和海兰察的进攻开始，到乌什哈达攻占美诺，聚歼小金川叛军而告终。

此外，他在脑子里开始酝酿如何攻打大金川。虽然身为大将军，但也不能总是藏在阵后，开国元勋中，有许多亲临战场、冲锋陷阵的王公重臣。自己这次也要效仿一下，让全军将士和阿桂看看，让朝中王公大臣也瞅一瞅自己依旧

英雄不减当年！

　　怎样才能名动朝野，博得位极人臣的显位，看来要拿出点真本领和胆量来。

　　不入虎穴，焉得虎子。

　　一个大胆又冒险的计划出现在他因为胜利而膨胀的脑子里，这个计划使他的欲望在大金川战役中化为南柯一梦，并丢掉了性命。

　　攻打美诺的时间不得不推迟了。

　　原因是僧桑格下令士兵使用大量的毒箭，负伤的将士来不及医治就仓促死去，军心浮动，战事只好推后。

　　温福闻报后大怒，下达了攻占美诺后屠寨的命令。各路清军听到这个消息后，原本就松散的纪律愈发松弛。呆闲的兵卒在金川地区烧杀奸淫，无恶不作。

　　除了阿桂和海兰察仍然严厉约束本部人马外，其他的将领已经控制不了所属兵马，甚至出现了不少由于到别的清军驻地抢劫，或者是因为分赃不均而相互火拼的事情。

　　阿桂一见各路兵将只顾抢夺金银财宝和美女，兵卒整日里吃喝玩乐，力劝温福收回原来的命令，整顿军纪，维护地方秩序。但利令智昏的温福不以为然，反倒奚落了阿桂一顿，阿桂大怒，上书弹劾温福。海兰察和一些索伦将领正因为温福过河拆桥，派其亲信坐享其成，攫取索伦兵的战果而义愤填膺，一见温福如此兽性，也邀了不少蒙古将领，联名弹劾温福。

　　战事松弛，将帅之间的矛盾却加剧了。

第五十九章

"海都统，将军大人有令，拨五百索伦兵到敝人帐下听令。"乌什哈达仗着温福的令牌，趾高气扬地说。

"将军大人不是说体恤索伦兵连日征战，劳顿过度才换下的吗？"海兰察明白了温福的用意，耐着性子问。

"不错，不过将军大人的意思留下五百人参加美诺之战，明摆着是让索伦兵与敝人平分秋色呀。"乌什哈达笑嘻嘻地说，明显不怀好意。

海兰察知道与他争辩无益，把脸一沉，耐着性子说："乌都统，和你说不明白，敝人到将军大人那里申辩。"

"海都统，令牌在此，敝人可是奉令调兵，难道海大人想抗命么？"乌什哈达语气强硬起来，言外之意是非要马上交接不可。

"放屁！"一名索伦佐领破口大骂起来，"你也配，你算什么东西？"

乌什哈达只是畏惧海兰察的武功和官职，但万万没料到就是一个小小的佐领竟然敢辱骂自己，顿时大怒，憋了半天，才暴喝一声："大胆，你想找死吗？奴才。"随着话音几名随从和一个副参领冲了上来，索伦兵一见立即抽刀在手，那个佐领更是叫骂不止，挥刀要上。

"住手。"海兰察皱眉大喝。这一声怒喝用足了内力，震得所有的人耳边如雷鸣山崩，都面色苍白，摇摇欲坠。

乌什哈达心中一凛，强用功力压住了摇晃的心绪，气势汹汹道："海大人，辱骂朝臣，该如何处置？"

　　乌什哈达尽管怒发冲冠，到底还是不敢在海兰察面前擅自行事，但抓住理儿不放，见海兰察青着脸不吭声，并没有袒护的样子，胆子大了起来，喝道："拿下，把这个索伦奴才绑了。"

　　"且慢。"海兰察猛然一摆手。

　　"怎么，海都统是要护短吗？"

　　"绝无此意。"海兰察心平气和，倒有几分笑意地问，"乌都统准备如何处置呢？"

　　"当然，敝人倒也不会过分，可这以下犯上的罪过是要给他一点教训的。"

　　"好吧，既然是敝人的帐下，就由敝人代劳吧，来人，押出去。"海兰察说道。

　　"不必，就在这里处置，以儆效尤。"乌什哈达坚持不让。

　　"这么说，乌都统是不肯通融喽？"海兰察眉宇拧在了一起，脸色大变。

　　"嘿嘿，素闻海大人治军严厉，执法如山，不知今日何故……"乌什哈达有恃无恐，得意地大笑着。

　　"那好，本都统一会儿也要当众处置一件犯上不恭的事情，乌都统到时还请海涵。"海兰察冷冷一笑，口气严厉。

　　"悉听尊便，来人。"乌什哈达一看事情到了这个份上，哪还顾得了许多，大喝一声，几名属下气势汹汹扑上，把那个索伦佐领捆了个结结实实。

　　"海都统，敝人对不住喽。"乌什哈达干笑着问。

　　所有的索伦兵都望着海兰察。

　　"请便。"海兰察用牙根说。

　　乌什哈达一挥手，四名大汉拳掌交加，雨点般打在索伦佐领的脸上和身上。转眼间，佐领口鼻蹿血，两颊和眼眶高高肿起，但是被打倒后又倔强地站起。

　　几百名索伦兵呼呼地喘着粗气，但没有将令，只好僵硬地立在原地，仇恨地怒视着满兵。一个暴烈性子的骁骑校实在忍耐不住，大吼一声，一拳击倒一个满兵。没等乌什哈达的侍卫醒过神来，海兰察纵身跃来，手起掌落，把这个不知死活的索伦骁骑校拍倒在地，左手用剑鞘一划，架开了几把已经划来的刀剑。与此同时，一脚勾起倒在地上的骁骑校，从空中撩到了索伦兵队中。

　　这几下就是在一瞬间做完的事，满兵一齐叫好，还自认为是海都统不徇私情而为。

"好了！"海兰察看看已经动弹不得的佐领，把手一挥，立刻有几名索伦兵过去抬回昏迷的佐领。

乌什哈达瞅了瞅昏迷不醒的索伦佐领，对海兰察尴尬一笑，道："海大人秉公执法，敝人佩服，调兵一事既然大人要去将军大人那里陈情，那敝人就告辞了。"

"慢，乌都统留步。"海兰察森然叫了一声，走到身负重伤的佐领面前，掌心贴在他的灵台大穴上，暗送内力，片刻，佐领苏醒过来，睁开肿得只剩下一条缝的眼睛，望着海兰察。

乌什哈达一见索伦兵听到海兰察一句话，已呈伞形围住了自己和随从兵将，面色顿时苍白，"海大人意欲何为？"

"乌都统，你知罪么？"海兰察恶声恶气地问。

"无稽之谈，敝人何罪之有？"

"亵渎圣躬不是大罪吗？"

"你……胡言乱语，敝人何曾亵渎圣躬？"乌什哈达又惊又气。

"我索伦部唯对当今圣上俯首称臣，也只有皇上才能称索伦"奴才"二字。刚才乌都统称索伦"奴才"二字，想必是以日后能成为天子而自居，不然，怎么会口吐狂言？"海兰察恶声揶揄。

"海……大人，"乌什哈达此时才知道自己一时不慎，惹下了天大的麻烦，此事真的较起劲儿，可是拿脑袋闹着玩呀，"在下……也是一句戏言，才……一句嘛。"

"乌都统，亵渎圣上的话说一句还不够吗？你在众目睽睽之下不会抵赖吧，这欺君大罪可是要灭九族的哟！"海兰察越说越尖刻。

"海大人，"乌什哈达彻底垮了，汗透衣襟，"请大人宽恕，在下知罪。"

"那么如何了断呢？"

"悉……听尊便。"乌什哈达面如土色，懊悔不迭，心中暗骂自己不该得意忘形，弄得现在不可收拾。

"也好，念你一时糊涂，神魂颠倒，就私了吧。你站好，敝人只打你一掌，不算过分吧？"

"哪里哪里，在下还感激不尽呢。"乌什哈达见海兰察应允不上折弹劾自

己，心中一块巨石落地，仗着有一定火候的内功，心想充其量受点轻伤而已，满口答应下来。

粗犷的索伦兵欢声雷动。

乌什哈达的兵将见主将如此狼狈，都掩面而立。

海兰察轻舒猿臂，说了声"得罪"，一掌轻飘飘击向乌什哈达那壮如野牛般的胸膛。乌什哈达只觉有如一团棉絮贴在胸口，愣怔之间，一股震肝裂肺的大力骤然铁锤般地击来，这才知道上当，正欲催动内力之时，已经来不及。排山倒海的巨力将他笨重的躯体震得腾空而起，有如飞鸟，从半空中划出一道弧线，落向草丛。

小金川岌岌可危，策布丹带着僧桑格给大金川索诺木土司的密函，越过平叛大军的防线，来到了大金川。

贡嘎山口，大战刚过，硝烟迷漫，死尸遍野，激战后的宁静令人恐怖。

看到满地尸体，策布丹才相信，索诺木土司并没有背信弃义，坐山观虎斗，确实是与阻挡大金川人马的阿桂大军苦战。

瞅着地上死尸的模样，不难猜测，大部分是死于炮火。看来阿桂既精明又毒辣，早在这必经之路设置了火炮，叫大金川的人马损失很大，那一千援军能到达小金川，一定是付出了很大的代价的。

在得斯的东寨中，策布丹见到了索诺木大土司。

"土司大人，小金川只剩下美诺孤寨一座，如果大土司的援军不到，那……"策布丹惊魂未定地对正在全神贯注看着密函的索诺木说。

索诺木瞪了策布丹一眼，说："朝廷的另一路兵马死死守住两处山口，炮火十分厉害，你难道在来的路上没看到吗？哼，大小金川，唇亡齿寒，还会有人幸灾乐祸吗。可一离开山地，我们就等于以己之短，功敌之长啊！"

策布丹当然明白这个道理，可怎样挽救僧桑格的败局，还得有求于索诺木，所以低声下气地说："那么土司大人的意思是——"

"僧桑格土司的想法很合我意，困守孤寨是死棋，眼下朝廷大军的目的就是将大小金川各个击破，所以，放弃小金川，保存兵力。"索诺木说出了自己的意思。

"两千人马如果上山，清军当然无奈，可粮草怎么办？"策布丹问。

"当然由大金川接济，朝廷大军急于取胜，急于求战，他们也很难啊。"索诺木胸有成竹地说，"请僧桑格土司放心，这个温福大将军不比阿尔木聪明多少。他不会对你们小金川穷追不舍，恐怕此时此刻，他正算计我大金川呢。在我大金川用兵，温福的两万大军必然首尾不能相顾，你们在我与朝廷大军激战之时，趁机收复小金川，然后从后攻击朝廷大军，那——哈哈……"

策布丹听了也笑起来。

在遥远的玛觉乌大寨，温福也在朗朗大笑，"诸位，朝廷犒劳各路大军，本将军决定尽快结束小金川战事，而后，大军直奔大金川，争取半年内荡平叛军，早奏凯歌。"温福兴致勃勃地逐个打量着各位都统和领队大臣总兵，他刚刚得到消息，自己被封忠义二等公，正高兴着呢。

"将军大人运筹帷幄，胜似诸葛，凯旋定是指日可待。"

"如果不是大人指挥有方，小金川何以如此迅速平定，大人区区两月的功绩，比阿尔木两年的心血还要高出许多，这可真是雄材大略与碌碌之辈不可同日而语呀。"

几名专事阿谀奉承的官员又适时吹捧起来。

温福听了这些不着边际的赞扬声，感到不以为然，他虽然好大喜功，刚愎自用，可是又不喜欢漫无边际地胡吹乱捧。只是不想破坏这和谐的气氛，他勉强笑了笑，说道："承蒙诸位厚爱，本督师不过是愚者千虑，偶有一得。小金川之残敌，已如鱼游釜中，就要寿终正寝，而大金川之敌，定会更加凶猛惨烈，还要各位并力向前。"

"此时断言还为时过早。"阿桂慢条斯理地插话，"小金川的叛军还有两千多人，皆是凶顽之徒，他们若不是不想拼个鱼死网破，而是弃寨逃走，在这偌大的群山峻岭之中，只靠我们两万人马，犹如大海捞针。况且，叛军时时可以居高临下，袭扰平叛大军。"

"阿大人又多虑了，美诺之敌已被团团围住，寨破之日就算有些叛军逃出，但也无妨，他们能把小金川带走吗？"温福见阿桂又当众说出令人泄气的话，心里十分恼怒，可阿桂讲的并不是没有道理，他是皇上的宠臣，自己还不想与阿桂闹翻，所以不便发火，只是再也笑不出来了。

"将军大人，敌人曾察看过美诺寨后的山势，蒺藜遍地，坡陡山高，极利

于能爬善攀的叛军逃遁。不如派一路精兵在那设伏，可以断了叛军后路，全歼小金川的叛军，以防漏网之鱼日后死灰复燃。"海兰察自告奋勇，意欲带兵设伏。这本来是个好主意，可是乍一听，是明显偏向于阿桂的意见，温福正没好气，立即疾言厉声地叫道："海兰察，本督师行将拿下小金川，你的这个主意岂不是雨后送伞吗？！"

温福的话表明了是深含妒意的强词夺理，有些指桑骂槐的意味，说的是海兰察，冲的却是阿桂。

"将军大人，海都统言之有理。"奎林一看温福横竖听不进去，全然不顾别人的建议，忍不住劝道。

"放肆！"温福肝火上升，又冲着奎林吼道，"本督师用你来指点么？从即日起，谁要是再乱放厥词蛊惑军心，临阵退缩不前或是贻误战机，休怪本督师翻脸无情！"

众将都默不作声。

唯独阿桂坐在温福右侧冷笑。

大金川战事还没开始，更激烈的战斗还没到来之前，阴云已经笼罩在各将领心头。

阿桂看了看愁眉不展的海兰察和奎林，满腹心事地说："温大人一意孤行，朝廷又沉寂无声，所有的将士如一群无头的苍蝇，这大金川之战怕会大有波折。"

"大人，这索诺木土司卑职几年前在卜奎城就见过，比起僧桑格要狡诈许多，听说此人还极善用兵？"海兰察问。

"这索诺木在藏区可算是将门世家，而且有六千多训练有素的土兵，这份实力就是在前藏也是令人敬畏的。他不像僧桑格那样穷兵黩武，以武力压服众多小土司，而是善于恩威并施，正因为这样，许多小土司肯为其卖力。前些日贡嘎山口一战，看得出索诺木足智多谋，不肯过多参与这两败俱伤的战斗。"

"那么，索诺木是承认必败了？"海兰察大惑不解地问。

"既然承认打不过，为什么不降了？"奎林也糊涂了。

"降了？哼，他是想胜！"阿桂冷然道。

"索诺木居然想取胜？"

"当然，就此打下去，大金川一战要迂回曲折呀。"阿桂肯定地说。

"这么说……眼下的仗仅仅是开始？"海兰察惊问。

"唵，你成熟了许多。"阿桂赞赏地看着海兰察说，"阿尔木的脑袋有一多半是索诺木砍掉的……"

海兰察终于是忍无可忍了。

温福坚持严令必须拨出五百索伦兵，随同乌什哈达主攻美诺。

乌什哈达带来几百名护卫营的兵卒，并且还有两名侍卫随队而来，很显然，温福作了最坏的打算。

作为一个下属，在军令面前，如果继续违抗，那就要背上犯上作乱、图谋不轨的罪名。

海兰察一怒之下，单骑跑到督师大营。

"将军大人身体欠安，海都统请回。"一名参领挡在大帐前，拦住海兰察。

"乞望禀报将军大人，敝人有重要军务，一定要面见将军大人。"海兰察边说边拨开参领，向大帐走去。

"海都统留步。"两名大内侍卫倏然挡在前面，口气蛮横，面含讥笑。

"二位闪开，延误军务，吃罪不起。"海兰察说着，右手轻扬，一缕强劲指风隔空点去。两名大内侍卫都是高手，知道厉害，想闪身跃开之时，环跳大穴早已被封，一动不能动。二人骇然失色，都没料到这个索伦部都统除了绝世剑法外，何时又会了这弹指神功，这是一种杀人于无形的功力。假如双方是敌手的话，那就等于他们二人在一招之内已经死于海兰察手下，想到这里，两人先前那种傲慢神态早已无影无踪，可怜巴巴地望着海兰察。

第六十章

　　两名侍卫自知远非海兰察的对手，只好说："海大人也曾在宫中当过侍卫，可知道将军大人令我们守在这里的目的，望大人三思。"

　　这一下海兰察为难了，不错，温福拒不见自己，如果强硬闯营，其罪名不小。他明白了温福居心叵测，再往前闯就有如龙潭虎穴，那就谁也救不了自己。

　　他默默想了一会儿，双掌拍了两名侍卫一下，两名侍卫穴道一解，忙施礼道："惭愧，百闻不如一见，今日见识到大人的功夫，名不虚传啊。"

　　"二位客气。"海兰察悻悻赶回了驻地。参领塔尔干见状，知道没有结果，不等海兰察下令，便点好五百名将士，对海兰察说道："大人，卑职亲自领兵前去，到时见机行事。"

　　"好，那就出发吧。"海兰察恨恨道，他从军十几年，第一次这样垂头丧气、无可奈何地下令。

　　他承认输了，一种寄人篱下的酸溜溜的滋味从心底冉冉升腾，刻骨铭心。

　　这是一种从未有过的痛楚。他对今后的一切，有了一种茫然的感觉。

　　在闲暇的几日中，他想了很多，想起索伦部元老——图海那当时令人费解的话，想到了步入仕途后的坎坷经历……

　　小金川的战事就在他郁忧的心绪和烦闷中结束。

　　平叛大军没有什么经过什么激烈的战斗就攻克了美诺。结束了小金川的战事。但是，正如阿桂预言的那样，僧桑格并没有做困兽犹斗，而是带着人马冲出包围，消失在贡嘎山中。

清军攻占的是一座空寨，得到的是一个有名无实的胜利。尽管这样，温福还是得到了朝廷的嘉奖，不多时便移军贡嘎山口，准备进剿大金川。

"知兵者，阿桂也，知我者，也莫过阿桂。"海兰察摇晃着身子，抓起酒杯一饮而尽，瞪着眼睛对几名索伦将领说。

"大人，大将军是执意与我索伦为难啊，依卑职看还是不宜触怒温大人才是。"

"温福好恶不分，嫉贤妒能，终无好报！"

"我索伦浴血奋战，战功却叫别人窃取，将士们都寒心哪。"

将领们七嘴八舌，愤愤叫骂。

海兰察也有一种感觉，要说知人善任又通情达理的统帅，还真的当属阿桂。如果阿桂任平叛大军的主帅，那自己和索伦兵的境遇要好得多，许多浴血奋战的索伦将士才能得以擢升。

他的忍耐已经到了极限，假如再遇到什么受人欺凌的事情，他也不敢想自己会做出什么来。这些天，他暗暗为自己定下了一个规矩，尽可能地忍气吞声，出于今后仕途的顺利和索伦部族的兴旺。但是有一点，当这种忍耐超越了限度，是以索伦人蒙受耻辱为代价的时候，那么忍耐就失去了意义，是懦弱的象征。

作为一个索伦将领，一个草原人的先天秉性，毫无疑问，那种天高地阔的无忧无虑，逍遥自在的田原牧歌式的生活，才是他最为想往与企盼的。步入仕途之后，每当气火攻心的时候，高官厚禄的诱惑在他眼里一刹那失去了魅力。

颓丧之际又怀念起素食布衣、无拘无束的牧野生活，然而，冷静下来之后，又觉得荒唐可笑，他的先辈曾经也幻想过那样的生活，但都在铁马金戈的征战之中化为泡影。正如图海说的那样，既然索伦人无法选择自己部族的命运，那么振兴部族的办法只有一个，那就是在沙场和宦海仕途中自强，在刀光血影中夺得一席之地，才可能有益于索伦部族。

每当想到这些，海兰察顿觉自己是在负重而行，或者可以说身不由己，不能以自己的意愿和喜怒哀乐行事！他分明意识到自己脖子和脚上，有一串无形的锁链捆绑着自己，束缚着自己，又时刻威胁着自己。

他从骁骑校到一等侍卫，平步青云，从侍卫到记名副都统、都统，看起来似乎是官运亨通，春风得意，其实，那无形的锁链却是越勒越紧，他失去了自由。

"算了吧，这样低声下气忍受凌辱，还不如辞官归里，省去多少烦恼。"一个声音在他耳边说。

"不对不对，大丈夫处身立世，受到一点波折就一蹶不振？温福虽然以小人之心度君子之腹，可皇上毕竟是明察秋毫，对索伦还是怜惜倍至。何况，满臣之中，类似阿桂的也不乏其人呢，都统万万不可一愤废百业啊！"另一个声音紧接着驳斥前一个声音。

"哼，话是这么说，可上书两次弹劾温福，朝廷都置之不理，皇上为什么不明察秋毫了呢？"前一个声音讥讽道。

"这个么，或许是朝臣作弊，皇上难以得到真相，这也是常有的事。——再说了，临阵易帅也是兵家大忌呀。"后一个声音争辩着。

"那……依你看该如何呢？"

"为将者，眼下只能先抛开一切杂念，用心打仗。"

"是尊听温福的将令，以德报怨吗？"

"就算以德报怨，只要心到佛知，就是铁石心肠也会为之所动。温福虽然目中无人，妄自尊大，但平心而论，在官场之中他还不算小人。"

"就算继续全力赴战，能不保他再次埋没索伦兵的战功么？"

"成败在人，自古以来，事在人为。你不宜终日与温福横眉冷对，就是寺中的泥佛恐怕也不喜欢怒目横眉的进香者。"

"这样说……还要忍耐喽？"

"当然，当忍则忍。"

胜利，对于争权夺利者来说并不一定都是令人喜悦的，它给一些人带来的确实是满足和欲望的膨胀，而给另一些人带来的却是无休止的烦恼和出自于骨髓的嫉恨。

阿桂就是属于这后一种人。

隆冬的贡嘎山，连绵起伏的雪山在阳光下耀眼，冰川林立，峰峦晶莹。阿桂的心随着温福在小金川的胜利，如同那冰冷的雪峰一样，凉了下来。

作为副将，他自知平叛的成败与得失和自己没有太大的责任。胜了，温福注定会像老鹰那样，挥出锋利的两爪，紧紧抓住大小金川这两只小鸡，飞向权力和荣誉的顶峰，留给自己的充其量不过是几根鸡毛，或者是残羹冷炙；败了，温福一定会同自己风雨同舟，有祸同当了。不是吗，皇上派自己来干什么，不就是对温福不放心吗？！

对于皇上为什么不干脆直接派自己担任大将军，而偏偏要自己辅助温福，他早已猜透了皇上的心思。不就是不想让自己屡立战功，像年羹尧那样功高震主嘛。可皇上也怕只让温福一人来会莽撞坏事，一个精明的皇帝怎么可能拿江山社稷开玩笑？所以，让自己担任副将，说是辅助温福，其实又是监军也是牵制温福。既要保证战事顺利，又要两人相互掣肘，离心离德，这也是历代君主对付欲望喷薄的权臣的一招妙棋。你们在不耽误大事的前提下可以相互抨击，争得乌烟瘴气，可最终的裁判权还在皇上那里。荣誉的桂冠如贡嘎山上的白云似的飘在那里，可是线头却在那几千里之外、坐在京师的皇上手中。

温福的野心，他早有警惕，别看眼下在朝中还比不上自己，可此人的贪婪冷酷和暴戾，随着手中权势的加重而明显地暴露出来，不能不叫人有所防备。说心里话，皇上用这样的人当主帅，实在是叫人费解，如果仅仅是为了牵制和遏制自己，是不是有些矫枉过正了呢？

不管怎么说，现在要紧的是趁温福的羽翼尚未丰满，就把这个有可能是将来权场上与自己匹敌的对手压下去，当然，要压得他喘不过气来，或者干脆压死他。省事！

他摊开了金川的地图，细细地看了看战场的地势和温福的进军方案，考虑了许多许久，阴沉的脸上渐渐浮现出一丝阴森的冷笑。由于激动，那两道浓浓的剑眉可怕地痉挛着，酷似两把利刃，刺向脑海中那可恶的影子。好，督师大人，你不是不听别人的忠告，要身先士卒？那你就孤军深入吧！老夫可要躲远一点，省得你葬身沙场后，朝廷怪我援救不力，哼，我躲到几百里外山南，从叛军的侧翼进攻。这可是名正言顺的理由，谁也指责不了老夫。

可惜的是温福真的有不测，作为右翼的索伦兵和丰什额离得最近，海兰察是要担责任的。海兰察刚刚被朝廷任为平叛大军的参赞大臣，主帅一旦出了什么事，副帅又远在天边，朝廷必然拿参赞大臣出气。唉，有什么办法呢？谁叫咱们这位督师大人听不进别人的劝阻，海兰察又偏偏在倒霉的时候担任参赞大臣呢！参赞，参赞，温福是叫别人参赞军务的人吗？

想到这里，他轻轻叹了口气，心里默默说道："也罢，海兰察，也许你还

得受点委屈，那有啥，待老夫当了主帅后，再力荐你一下。凭你的战功，朝廷不会不明白，打仗没有你们索伦兵不行。你暂且忍一忍，受一受，再说，你受气不是习惯了么？

就在阿桂筹划以后战略的时候，温福不可一世地率领两千虎枪营和一千五百绿营兵，孤芳自赏地从贡嘎山口突入，亲自担任中路作战，令丰什额和海兰察各领一路人马从两翼攻击。他有自己的打算，全军上下都不相信阿桂会和自己鼎力作战。算了，随他去吧，阿桂和他麾下的三千多人马用不用力，对战局无关紧要，反正自己又调来善于山地战的几千名川军，把大金川这块肥肉独吞不是更好么。等凯旋回京后，再与那个老狐狸理论！

二月初，领队大臣富兴神色不安地禀报："督师大人，金川的兵马并不力战，而是边战边退，隐遁于变幻莫测的山谷沟壑之中。依卑职看，还是暂缓前进，待海都统和额森特攻下右侧的底木达之后，各路大军与我平行时再进。"

"胡说，我三千精锐何惧这些乌合之众，何况身后还有三千绿营步军。富兴，你也算是满人中的骁将，怎么怯阵了呢？"温福斜睨着富兴，满脸不快地问。

"大人，卑职不是怯阵，只是想大人身为主帅，不能孤军深入，一旦有什么闪失，关系重大啊！"富兴一见温福不听劝阻，决意涉险，急了眼，又说，"昨日海都统派人传信儿，叛军作战意图可疑，他们依据两侧高山上的碉卡拼命抵抗，阻止大军前进，激战得十分惨烈。可为什么偏偏放开谷口，让中路军长驱直入，形迹可疑。让我们放慢速度，就地筑卡固守，他是担心叛军引我大军深入，然后出奇兵堵住后路，我两侧的大军被挡在山下，中路军便孤军作战了。"

"哼，没有海兰察就不平叛了？身为武将，本来就有三分险，你怕死么？！"温福一听富兴一口一个海兰察，气恼已极，喝道，"两军阵前，只许前进，不许后退，你难道忘了吗？"

"卑职不敢，卑职斗胆再说一句，督师大人三思啊。"富兴吓得唯唯诺诺。

温福怒气冲冲地打开了地图，仔细地看了看各军的位置，看着看着，一股奇寒从心底里透发出来。不错，海兰察果然目光独炬，从图上看，自己的这支人马正沿着纵横交错的沟壑前进，正面的叛军一战就走，明显地示弱。而两侧的大山上的叛军却在碉卡中死命据守，当然有其目的，阿桂的人马在几百里之外，就是最近的海兰察和额森特的人马也隔着昔岭。一旦中军有险，海兰察就是回师救援都来不及。

他的额头沁出了冷汗，对是否继续前进犹豫起来。

停止前进，或者退到贡嘎山口，进可攻退可守，与丰什额首尾相顾，和海兰察左右策应。

继续前进，后路和侧翼都没有保障，乃是兵家大忌，一旦前进受阻，两侧山上的碉卡久攻不克，几千人马就只有堆在山谷中挨打。叛军的枪石和箭雨会一点不浪费地倾泻在将士的身上，那……

退回去，于兵法一致，于理相同，但情感上过不去。阿桂的讥笑，海兰察的力谏，难道就让他们成为现实，自己当时可是盛气凌人，信誓旦旦地预言了胜利啊！现在却自食其言，中途易辙，不就会被人耻笑，说自己胸无远见，并非大将之才吗？——不行，不能退，只能进。我就不信已到了强弩之末的叛军还能回头咬上一口，我就不信他们能从天上飞来堵住我的退路。凭着几万大军的雄厚实力，完全可以赌上一把，索诺木和僧桑格合起来也不过八千人马，有什么本钱和本将军赌！

在风险和体面的选择上，他选中了后者。

"严令海兰察，限期拿下苏克奈，直取固木卜尔山。令丰什额从左翼猛攻，尽快向我中军靠拢，大军继续前进。"温福红着眼珠，下了足叫将士们寒心的命令。

中路大军顺着狭窄的山谷前进。

大金川的土司索诺木像雪豹一样凭着老练的嗅觉，闻到猎物的味道，向下面发出密令，抽调五千精锐兵马集中在木果木山后，准备聚歼温福的中路军。令苏克奈和固木卜尔山的守军，不惜一切代价拖住海兰察和丰什额，小金川的人马从其他各路清军的背后进行袭扰，全力阻击一切可能增援温福的清军。

索诺木磨刀霍霍，他认为宰条大牛的机会来了。他知道不给清军一点厉害，即使是与朝廷议和，也不会得到太大的好处，只有打痛打残清军，朝廷才会拖不下去。几万大军在此呆上几年，那是要耗费国库的一半税银哪！

"禀大人，前面的道路大多是冰面，步军还可以勉强通过，战马和火炮实在是无法……"过了昔岭，山势加高，索伦和蒙古兵叫苦连天，只有两千川兵

靠着有力灵巧的双腿，跳跃在山石冰雪之中。

"都统大人，以卑职看，可否暂缓前进，等奎林大人打通固木卜尔山后的道路再进？"一个绿营总兵也在诉苦。

"督师严令在先，不进就是违抗军令。前进！"海兰察望着摔得东倒西歪的兵将和趴在冰面上耍赖的战马，恼怒地吆喝。

他没有弹劾动温福，只弹劾到了一顶参赞大臣的头衔，感叹中也有欣慰，朝廷总算不是闭目塞听、好赖不分，虽然朝臣中不少昏聩蠢才，可皇上到底是个明君，明镜高悬啊！可有件事叫他百思不解，那就是阿桂为什么在这关键时刻，领兵去转攻无关紧要的贡嘎山后呢？难道是怕叛军逃窜到拥有重兵的川南吗？在这种时刻，在温福利欲熏心、好大喜功、狂悖冒进的时候，只有阿桂的话才有一席之地啊。

他冷静地分析了一下战局，发现温福正领军行进在一个可怕的口袋里，即使没有口袋，两翼的兵马跟不上去，中路的几千兵马又有什么作为呢？事已至此，他自知温福不会听自己的劝告，只好派出信使给富兴，让他催逼中路军后面的两千绿营步兵跟上，以便一旦有险，大金川的兵力一时也吃不下五千大军。

另一方面，他督军急进，希望早一些逼近木果木山，与中路大军山下山上遥相呼应。既为参赞大臣，当然要担当责任，此时，他才完全感觉出这个参赞大臣的头衔，是一根冰冷的绳索，无形地套在了自己的脖子上，而且越勒越紧。

第六十一章

索伦兵在冰天雪地的山峦上顽强苦战，每攻下一个碉卡和山寨，都要付出惨重的代价。虽然有川兵相助，但前进的速度是以尺计算的。

"木塔尔，"海兰察叫来投降的小土司，问，"这里的地形都是这样吗？"

"回大人，金川就处在山路崎岖、林木茂密之地，筑碉建堡自然都在居高险要之处。这原来都是为各土司之间争抢地盘、发生械斗而准备的，现在都成了抵御大军的……"木塔尔答。

"这么说，就只能是硬攻喽？"

"只能这样。"

海兰察听了久久地向山上望着，下令说："传令后军，无论如何要带上火炮，令前军凿冰以沙石铺路，继续前进。"

"大人，火炮沉重笨拙，在陡坡上只能用人推扛，实在是难啊。"一名参领叫苦。

"推也罢，扛也行，但一定要带上去。"海兰察一口咬定。

"哦——大人，这炮即使运了上去，也无法打到高处，徒劳无益呀？"木塔尔疑惑地望了望坡上的碉卡，不知海兰察打的什么主意。

"本都统当然自有用处，你们看。"海兰察指着山脊上的碉卡和寨子说，"地势虽然很陡，可还是有缓冲地带，火炮可以用上，敌人要让索诺木尝尝火炮的厉害！"

"当然，大人体恤将士之心，令人可敬。不过——大人，即是在半坡架炮，

也是够不着呀？"木塔尔半信半疑。

"为将者当然不能靠匹夫之勇，你没见这里的树木很多吗？"海兰察胸有成竹。

"大人的意思是筑炮台？"总管惊问。

"对，筑炮台。而且要就近修筑，让叛军丧失斗志。"

"好，好主意。"木塔尔猛然醒悟，不住地称赞。

"好是好，可……那需要时间哪，叛军也不会束手待毙。"总管半喜半忧。

"本都统就是要让他们心惊肉跳，如果他们敢于从石雕和寨子中杀出来，那就正好被我大军聚歼。告诉前军将士，叛军没有火炮，只要用排车挡住他们枪石和弓箭就行。敌人可不会再用将士的身躯去换取胜利了！"海兰察冷笑着说。

总管点点头道："妙，这一招用得好，对叛军的震慑不小，以后的仗就好打了。"

海兰察果断地下令："立即修筑炮台。"

"喳！"

索伦兵破冰开道，架炮轰碉，战果扩大，伤亡大减。

二月底攻下苏克奈大寨，荡平沿山的碉卡，终于提前攻到了固木卜尔山附近，与额森特的兵马汇合。

"海都统何以提前到达？"额森特奇怪地问。

"哪里，额大人不是也到了吗？不过前脚后脚罢了。"两人关系要好，海兰察谦和地说。

"那是——"额森特指着将士抬着分解的火炮架问。

"火炮嘛，只是先让它们分分家。"海兰察诙谐地说。

"哎呀，海都统，三日不见就得刮目相看。敌人就想不到这一点。"

两人正谈论之间，快骑又传来温福的严令，令海兰察与额森特火速攻克固木卜尔山，挥师达扎克角山梁，与丰什额部会合，准备决战于得斯大寨。

两人一听相对愕然，几乎是怀疑听错了。此时就考虑与叛军决战，不是痴人说梦，也是为时太早了。更何况小金川的两千名叛军流入大金川，使索诺木又增加了一批有生力量，信心更足了。

"温大人性急好胜，如此催逼，仓促冒进，恐怕不是好事。大金川虽然丢失了一些外围的山寨石碉，可力量没有大的损害，我们却是疲惫之师呀。"额森特低头看了一会儿地图，顾虑重重道，"在这地势迂回曲折的偌大群山之中，仅以两万多大军平推直进，实有绠短汲深之难。"

"是啊，这位督师大人不知为什么，就是看敝人不顺眼，一向刻薄至极。没想到如此不容人，说实在话，敝人真是受够了。"海兰察指着地图说，"你看，固木卜尔山与昔岭相连，漫山碉卡林立，寨栅坚固，又是通往大金川腹地的险要之地，叛军势必死守，要有恶仗打了。嘿嘿，火速攻占，说得真是轻巧，司马昭之心，路人皆知矣。"海兰察惨然一笑，语调凄凉，流露着愤懑与无奈的神情。他知道即使是再打几个胜仗，温福也不会因此而对索伦兵和善，反而会变本加厉，把一切艰苦惨烈的战斗强加在索伦兵头上。但是畏缩不前或按兵不动更不行，且不说一旦战败了自己要担罪名，同时，也要顾及到索伦铁骑攻无不克、所向披靡的威名。倘若由于自己的激愤和懦弱而损害了索伦的名誉，那自己岂不成了民族的罪人？不管怎么说，朝廷对索伦部不薄啊。

既要打胜仗以不负皇恩，又要防备温福的险恶用心而尽可能保护伤亡惨重的部众，是他现在最伤脑筋的问题。

他和额森特分兵抢攻山坡顶部的第七、八，第十、十二两碉，叛军看出清军要抢占一处制高点，然后运上火炮轰击其他石碉的用心。他们已经吃够了炮火的苦头，所以死战不退，滚木枪石和箭羽打得清军连滚带爬，额森特左颊中枪石，血肉模糊。海兰察大怒，不顾左右众将的拦阻，亲自挑选了一部精锐的索伦蒙古和川兵，冒着密集的枪石和箭羽，拼命抢上山来。他挥剑大叫："靠上去，离敌军越近就越安全。"将士们一见主将施展功力在箭雨中蹿上坡顶，齐声呐喊，踩着同伴的尸体，争相冲上山来，愤怒中的将士开始了血腥的屠杀。成百的叛军身首异处，阴风飒然，神鬼掩面。

四碉一破，索伦兵的炮口对准了四下的碉卡和山寨。

叛军开始混乱。

木果木山侧面节节胜利，山前却岌岌可危。索诺木红着眼睛看着海兰察率领右路清军横扫固木卜尔山，他仿佛非常清晰地听到了士兵们的惨叫与呻吟，但他阴沉着两眼却始终盯着温福大将军的中军，叮嘱属下说："死了几个羔羊

不要去计较，我要的是一头牦牛！"

牦牛已经落入了陷阱。

大金川的三千精锐土兵，会同小金川的土兵，突然凶猛地回身攻占了底木达，封住了中路大军的退路，向木果木的温福猛扑过来。

温福一见后路真的被切断，大营危急，顿时和被困在笼子里的狮子一样，红着眼睛吼叫，令乌什哈达挡住正面攻来的叛军，又令奎林和两名参领领兵强攻两侧山上的碉卡。最后派两名功力高强的侍卫，杀出重围去给海兰察传令，严令海兰察和额森特领兵回援，不惜一切代价，回师木果木，与叛军主力决一死战。

怒气发泄后，在众将惊慌去调遣人马的空当里，温福木然呆在大帐中发愣。也许是劫数到来前的预兆，或许是生命终止前的回光返照，他想起了许多许多，明白了阿桂远去的用心，也明白了海兰察直言不讳的忠告。他显得异常冷静，是啊，能怪谁呢？他默问自己。听到远处传来震耳欲聋的喊杀声，他默然苦笑着，咽下一口苦涩的唾液。蓦地，他想到了朝臣间的勾心斗角、尔虞我诈的腐败，权贵相互倾轧，不惜败坏朝纲，混淆忠佞，想到自己将要横尸沙场，还要背上作战不利的罪名。而那些只知弄权的庸才还要戮尸咒骂……想到这里，心如刀绞又气又恨又痛，突然，眼前一黑，胸口奇闷，喉头发腥，嘴一张，哇的一声，喷出一大口鲜血。"大清朝啊！"他惨呼着。

海兰察接到大营的报警，顿时急火攻心，特别是听到中路军后面的绿营兵没有跟上温福的时候，额森特竟然破口大骂，伤口一震动，痛的他龇牙咧嘴。

海兰察眼望多少天用血肉夺得的战果一瞬间就要丢掉，心疼得失魂落魄，但是不丢弃这些占领的山寨和碉卡，就没有足够的兵力救援大营。三千多人的兵马如果分散开来，不但救不了中军大营，留下的一点人马也顶不住叛军的反攻，有被歼灭的危险。他此时彻底领教了索诺木的厉害，这一切都是那个大土司测算好的，一下把清军的部署打乱。

"海大人，这……可是用多少将士的性命换来的啊，难道真的就这样舍弃？"额森特也心疼得语不连贯，他明知说什么也没有用，可仍然以这种方式宣泄心中的愤懑。

"有什么办法，大营有险，理当驰援，何况温大人的手令已到。"海兰察沮丧地说，他没料到自己的猜疑真的得到了验证，并且来得如此之快。望着正在整顿队伍的塔尔干，他问额森特："额大人，当我平叛大军解了中军之围，还是要从这里重新进攻叛军，必然会加重将士们的伤亡。"

"敝人也是这么想，不过海大人既然决定回援大营，又有什么办法呢？"额森特话是这么说，可实际上是不想走，他觉得海兰察一定有了什么主意。

海兰察低头沉思了一会儿，毅然说道："叛军兵围大营，毫无疑问是倾尽全力，志在必得。索诺木押上了老本，打算一战定乾坤，他们没有了后续力量，额大人只要能守住这几日，战场局势就会发生变化。我大军一旦获胜，敝人立刻返回这里，如果遇到不测，额大人可以引兵退到固木卜尔，如何？"

"这样当然好，可是兵一分，大人就没有多少人马了！"额森特又开始替海兰察担心了。

"无妨，敝人是疾驰增援，要的是时间和速度，不在乎兵力的大小。好吧，挑一千精壮之士随敝人去木果木，其余的在此固守。"海兰察下了决心。

天空布满了浓云，冷风夹带着似雪非雪，像雹子似的颗粒状物体，打在将士们的脸上生疼。

海兰察听塔尔干点兵结束，站在高处向一千精锐大叫："众将士听着，驰援木果木大营的途中，不许同拦阻的小股叛军纠缠，全军上下只许进不许退，后退畏敌者杀无赦！"

一千名精壮的满蒙索伦兵得令之后，像洪水般一泻而下，旋风般向木果木方向疾驰。沿途中对奉命截击的叛军只做短暂的厮杀，脱身便走，漫山的沟壑与山脊上，形成了一副有趣的画面，小股土兵竟然尾随大队清军追杀，恼怒的清军不时回身狠狠对追随的土兵施以杀手，然后回头疯狂追随大队。

其他援救木果木的清军也和海兰察一样，都遭到了小金川叛军的阻击，延缓了速度。愤怒的清军对这种不即不离、穷追缠打的叛军气极之下，不时回身剿杀在万山沟壑当中。刹时，整个战场上，两万多人马犬牙交错，东拼西杀，搅成了一锅粥。

木果木大营已经到了山穷水尽的地步。

大小土司们都深信这一仗有可能奠定金川的命运，决定着议和的价码，因此个个争先、人人用力。叛军休养多日，以逸待劳，土兵勇猛异常，专奔正红

旗的督师大帐猛攻。

　　乌什哈达气喘如牛，率领一千健锐营将士死战不退，但是面对三倍于己的叛军精锐，终于一步步向后退却。此人倒是一员悍将，筋疲力尽之际，仍然狂呼死伤惨重的八旗劲旅一定要顶住。

　　山坡上，蹿腾跳跃的土兵如行平地，把笨手笨脚的清军接二连三打下坡来，奎林一见清军站在陡峭的坡上摇摇晃晃，自顾不暇，不想陡增伤亡，喝令将士们下山，自己带领着十几名武功较强的侍卫上去抢山。他仰仗功力深湛，轻功卓越，有如大鹏飞鸟，闪展腾挪在山脊之上，一剑一掌上下翻飞，转眼间毙杀二十几个凶悍的土兵。一名红衣番僧在远处见状，大袖一挥，从七八丈的距离腾空而起，从众人头上飘飞而至，大喝道："难得清军将领中也有这样的好手，佛爷接你几招。"言毕，一掌拍出，浑厚的内力汹涌而至，奎林顿感劲风扑面，气息发滞，他不假思索举掌迎了上去。两掌相对，至阳至刚的劲力震得两人各退两步，奎林一脚踩在崖边的一块松石，心知不好，慌忙挥掌向右侧下的巨石拍出，借力拔起下坠的身体，提气飘落在巨石之上，开口道："大喇嘛的功夫好得狠哪！"红衣番僧怪笑着，说道："小子，佛爷送你去极乐。"言毕，长袖一甩，密宗铁袖功劲力发出，一股强劲力道犹如铁锤击来，奎林立身在悬崖凸起的一块巨石上，当然不敢硬撞。无奈之下，只好侧身一个紫燕斜飞，准备躲过这一招，红衣番僧哪容他腾出手来，长袖又是一击，把身在空中无法发力的奎林击向坡下。

　　温福看到这种情景，知道大势已去，仰天长叹了一声，对左右说："传令，所有的卫队和侍卫都上去！"

　　"大人，不行，卑职几人虽然武功不济，但还自信能保大人杀出重围。"侍卫长哀求着。

　　"杀出去又如何？"温福凄然一笑，心想败军之将回去也是自取其辱，莫不如——既然苍天不容我，那好吧，"来人，备马！"

　　"将军大人，万万不可呀。"两个卫士一见温福要拼命，吓得面如土色，扑上去抱住他的腿。温福死意已决，一脚踢开了卫士，翻身上马，拔出大刀，向东南方向凄厉地大叫："皇上，臣死不瞑目啊！"言毕，拍马冲向阵前。

　　乌什哈达正与一名番僧苦战，猛一见将军大人冲进战团，顿时大惊失色，分神之间，刀法一慢，被番僧一仗击在天灵盖上，打得脑浆迸裂。

叛军一看到温福头戴双眼花翎，被一大群亲兵侍卫簇拥着，知道是清军中的重要人物，嗷嗷叫喊着如潮水般围上，想抓活的。

那个红衣番僧贪功心切，大喝一声，纵身从众人头顶越过，一仗向温福的马头击来。温福挥刀一挡，两人的功夫是天地之差，禅杖又是重兵器，加上从上向下击来，借助了惯力的便宜，温福手中的刀被磕飞，身体也被震得在马上摇晃几下，幸好被身边的卫士扶住。一名大内侍卫见红衣番僧是高手，飞身迎上红衣番僧，一柄足有番僧脑袋大小的流星锤向番僧击去。两个高手顿时绞杀在一起。

三千清军在五千叛军的攻击下，加上地势不利，又是疲惫之师，渐渐不敌，被分割为一股一股，军心大乱。

先是绿营兵溃散，接着满蒙士兵也丧失了斗志，一个劲地退缩。奎林急于冲到温福的身边，却被两名功夫不弱的番僧缠住，他急于脱身与温福会合，心浮气躁，一个疏忽，被削去半个耳朵。他顿时像头受了伤的狮子，狂吼着杀向两个番僧，口中雷鸣般地破口大骂："哪里来的这么多喇嘛，不他妈念经，跑这里来造反。老子日后定要毁你们的寺庙……"

第六十二章

　　大金川土司索诺木和小金川土司僧桑格一心想活捉温福这个大将军，以此在与朝廷议和时挟持朝廷。但后队传报，各路清军拼命回援，特别是海兰察一路的索伦兵凶猛至极，冲破了几道拦阻的土兵，将要杀进阵中。他急忙策马到高处，向后眺望，只见索伦铁骑在漫天的尘土中滚滚而来，被打怕了的土兵纷纷向两侧躲闪，剽悍的索伦兵在海兰察的严令下，呼啸着在混战的阵中横冲直撞。

　　"令弓箭手放箭，射死温福，让海兰察来收尸吧！"索诺木咬牙切齿地命令。

　　几百名弓箭手拉弓疾射，刹时，温福身边的侍卫纷纷中箭坠马。几名侍卫一见情况危急，一面用兵器拨挡箭矢，一面拉转温福的马头，企图掩护他逃走。哪知温福遭此惨败，自知难逃一死，莫不如就死在战场上，还落得个好名声。所以，他不仅不走，反而挥舞大刀狂呼杀贼。不一会儿，他和几名贴身侍卫都身中数箭倒地，一个番僧提刀赶来，想割下他的脑袋请功。一名垂死的侍卫挣扎着甩出一支袖箭，洞穿番僧的喉咙。

　　海兰察杀红了眼，单骑冲进阵内，青钢剑上下左右翻飞，瞬间十几名叛军身首异处。

　　"督师大人！"在冲上来的索伦兵与叛军混战之际，海兰察和满脸血污的奎林抱起奄奄一息的温福。

　　"海……都统，人……之将死，其言也善。本督师……以往的狂……悖之处，还望都统多加——"温福拼力讲出几句话，就气绝身亡。两眼圆睁，似乎仍然不服气，但从他弥留的眼神里，明显地流露出悔恨和愧疚的神色。

俗话说兵败如山倒，清军正应验了这句话。主帅阵亡，士气低落到了极点，海兰察只好指挥败兵后撤，好在索伦兵已经杀出一个缺口。金川的兵马乘胜穷追不舍，昼夜骚扰，弄得群龙无首的败兵风声鹤唳，草木皆兵，狼狈万状且又疲惫不堪。几百名清军往往被十几个叛军追得气喘吁吁，抱头鼠窜。

海兰察虽然拼力拦截溃兵，无奈军心已散，他又不是督师，无人惧怕他。

第四天晚上，各路的清军退到贡嘎拉总兵牛天升的大营。

惊恐之心稍稍缓和，各路将领才醒过神来，海兰察是参赞大臣，当正副将军不在的时候，当然要听参赞大臣的命令。

"海大人，大小金川的土兵正向此地围来，我大军已无斗志，况且此处也无那么多粮草。而叛军获胜之后，一些畏缩观望的小土司肯定倒向索诺木和僧桑格，卑职估计他们将会有一万多人马，士气正旺。我大军不如继续后撤，与博清额、五岱及和隆武三位副都统的人马会合一起，然后传信给阿桂将军，请他速来收拾局面。"牛天升献策。

"牛总兵，依你之见我们不是退回小金川了吗？"一名参领惊问。

"不退又怎样？"海兰察瞪了那个参领一眼，下令，"富兴与牛天升总兵领前队，本都统亲自断后，有劳奎林副都统前去接应一下额森特，命他火速退兵。"

"遵命。"各将纷纷去准备。

军事上的失败，使作为参赞大臣的海兰察心情异常沉重，而随着温福的死，他又察觉出有个别的将领——尤其是与温福关系近的人，对自己表示出明显的不满，甚至有敌视的情绪，好像是自己救援不力而使温福阵亡，给他原本愁闷的心又罩上一团阴影。这徒有其名的参赞大臣的帽子，从慢性毒药突然变成了架在脖子上的钢刀。可恨的是当初不知是哪个朝臣的主意，笑吟吟地给自己灌下这杯毒酒，自己还全然不知。眼下的残局只有副将军阿桂才能收拾，才能在朝中为自己陈述是非曲直，可他怎么迟迟不来呢？

就在海兰察苦思冥想，纷乱中理不出个头绪的时候，军情的危机和有些将领的寻衅打乱了他的思路。

　　"海都统，木果木大营有险，为何不全力救援呢？"博清额见面劈头就问，五岱在一旁也是满脸不高兴的样子。

　　"博都统此言何意，本都统星夜驰援，也是第一个到达木果木，众将周知。"海兰察一见温福的旧部个个怒目而视，想耐心解释，但一听话中有刺，冷冷驳斥。

　　"不对吧，那么额森特何故仍留在固木卜尔山？"

　　"留下又怎样，本都统不是带兵赶到了吗？请问，博都统既然如此热心，却又为什么姗姗来迟呢？"海兰察口气凌厉起来。

　　"博都统，海大人身为参赞大臣可谓当之无愧，战前曾力劝温大人不可轻骑冒进，可温大人不听啊！当温大人身陷重围的时刻，也是海大人单骑冲入阵中。这是敝人和上千兵将都亲眼看到的，你刚才的话不会是以己度人吧？"奎林的火爆脾气哪管那么多，见博清额不怀好意，便冷嘲热讽起来。

　　"哼，如果救援及时，督师大人也不会……"博清额自知理短，又不服气，只好讪讪说道。

　　"那么，博都统以为怎样才是及时的呢？海某并没有纵越高山、飞越天涧的本领，只能是绕山而行。博都统既然以为有及时救援的办法，想必知道另有蹊径，不妨指教一二，如果真是海某延误战机，救援不力，敝人一定服罪。"海兰察强忍怒火，可满脸尽是愤怒和鄙夷之色。

　　"两位大人，眼下军情危急，阿桂大人又不在这里，我等万万不可心存异念，平添内讧，有什么事情日后还可澄清嘛。"绿营总兵牛天升一见气氛不对，忙打着圆场，他也看出海兰察处境不妙，深为这个骁将叹息。

　　七月初，清军全部退到小金川，分守在各个山寨中，只守不攻，与大小金川的兵马对峙。

　　几千里之外的北京城，军机处和兵部接连收到败报，以及温福阵亡和弹劾海兰察的折子。正巧乾隆皇帝前往热河行宫避暑，几名留守大臣对这等大事怎么敢做主，心急火燎地商议了一下，拟了一个奏折，派六百里加急信使星夜送往热河。

　　对战败的责任，几名重臣争论不休，尚阿力主张严办海兰察，理由是海兰察身为参赞大臣，谋划不周，竟让主帅亲自上阵临敌。木果木危急时又回援不力，轻点说是无能，重了说就是有意拖延时间，致使主帅阵亡。也有大臣力陈海兰察身不由己，温福一向是刚愎自用的人，哪里会听海兰察的话呢，不然，阿桂为什么离他远远的。弹劾海兰察的折子只是一面之词，也是兵败之后，众将相互推却卸责任的一种习惯性做法。战胜争功，战败推托，这是司空见惯的事儿，有什么值得奇怪的呢。

争执的结果，最后又折中了一下，在折子中提出降海兰察的官职，停俸一年，留军效用。到底如何，把决定权留给了游兴正浓的乾隆皇帝。

七天之后，皇上的朱批传到，使坚持要处置海兰察的大臣大失所望。皇上手谕明确指令海兰察领兵坚守小金川，从川陕筹措粮草器械，令阿桂为定边大将军，调川甘绿营兵增援金川，另外从科尔沁和索伦部增调三千铁骑驰援金川。手谕中口气严厉地训斥有的朝臣闭门造车，不明真相，胡乱作主张。这句话让几个大臣心惊肉跳，他们这才知道皇上在平叛大军中一定有眼线，不然不会这么了如指掌。想到这儿，人人头皮发麻，相互窥探，猜测眼前几人中，谁有可能是皇上的眼线？

皇上的最后一句话让大家都长出一口气，放下心来。这就是八个字：镇静，鼓士气，图恢复。

军机处和兵部立即着手调兵遣将，六百里快骑急如星火，向大漠以北，向川甘以南，向金川递次驰去。

与此同时，金川的叛军刻不容缓地向小金川的清军发起猛攻。

七月底，由于博清额和一些温福的旧部消极避战，不听海兰察的调遣，美诺和明郭宗相继失守，绿营兵一看剽悍的满洲八旗尚且不是对手，立时溃散。

海兰察望洋兴叹，苦战数日之后，率领奎林、额森特和牛天升的残兵，退守保日隆，等候阿桂将军的兵马到来。

败报传到北京，不久，上谕传回，天颜震怒，斥责海兰察御敌不力，屡遭惨败，令其去职待参。

有如当头一棒，打得海兰察头晕眼花，跪在地上愣怔好久，直到听到呵斥，才慌忙领旨谢恩。

一千名索伦将士听到消息立刻炸了营，看到博清额耀武扬威地宣布索伦营归他节制时，粗野地叫骂起来。

"放屁，你算个什么东西？"

"有本事上马，较量一下！"

"嘿嘿，打仗那会儿，这罗锅子马不知道钻到哪个母马肚子里去了，现在小山羊上马背，装白胡子将军呢！"

"哈……"

博清额一见索伦兵竟敢辱骂自己这个二品大员，气得直哆嗦，咬着牙一挥手，十几名卫士冲了上去，拔刀向仍在叫骂的索伦兵砍去。

索伦兵哪肯示弱，也趁机拔刀抵抗，只是没有主将的命令，不敢下杀手。否则，这十几名卫士早已被剁成肉泥。

"何人在此胡闹？"随着话音，风尘仆仆的阿桂出现在索伦营的大门口。

博清额一见索伦兵挥刀迎上来，与自己的卫队厮杀，心里顿时害怕起来。他自知自己平日欺辱索伦兵，令索伦兵恨之入骨，今天这气头上，这些草原上的蛮夷可是一急眼什么都不怕，杀了自己和宰一只羊一样。正惊慌之间，一见阿桂大人到，立刻像见到了救星一样，大叫："参见将军大人。"

双方厮杀的士兵慌忙全部跪倒，参拜新任大将军。

阿桂一扫眼前的情景，便明白了是怎么回事，冷冷问："谁让你来索伦营滋事的？"

"大人，卑职到此是……"博清额纯粹是出口气而来的，根本没有任何将令，心一虚，吞吞吐吐起来。

索伦兵对阿桂素有好感，都眼巴巴地望着这位令人敬畏的大将军。

"大胆，没有将令，擅自到这里滋事，你还把本督师放在眼里吗？"

"卑职有罪，望大人宽恕。"博清额自知理亏，又见阿桂发怒，吓得战战兢兢。

阿桂威严地环视四周的索伦将士，朗朗说道："金川之战虽然受挫，可索伦将士还是战功卓著，当然，朝廷也不全以奖罚记恩威。海兰察乃我大清名将，一时受挫又有何妨，来日重振雄风，照样名满天下。本督师已经上奏皇上，保荐海兰察，记住，以后如有人对索伦将士无礼，对海兰察不恭，一定从严处置。你们还不退去！"阿桂大喝道。

"喳。"博清额爬起身，带领卫士灰溜溜退去。

"谢督师大人。"索伦兵一起跪倒，都是一脸感恩不尽的神色。

"参见督师大人。"得报而来的海兰察面带倦色，一副萎靡不振的样子。

阿桂神情复杂地瞅着消瘦许多的海兰察，一种愧疚的感觉油然而生，后悔力荐海兰察担当参赞大臣，没有料到害得海兰察如此凄惨，叹息道："唵，本督师刚刚赶到，你受委屈了。"

"请大人进帐说话。"海兰察不想当着群情激奋的索伦兵说什么，准备入帐后同阿桂详谈。

"好。"阿桂知其意，点头向大帐内走去。

"大人，朝廷忠佞不分，叫人心寒啊。"海兰察忿然作色地说。

阿桂沉吟了一会儿，琢磨着怎么开导这位索伦将领，"唉——你不要气馁，不要说你，就是老夫何尝不是历尽坎坷，多有磨砺呀。皇上贵为一朝天子，固然圣明，可……终归是骨肉凡胎，血肉之躯。因此，误信谗言也是常有的事，何况远在几千里之外，自然耳目塞听，对你不过是一时震怒。是非曲直，待皇上息怒之后，自有老夫为你慢慢周旋。你切不可自甘堕落，受了点屈辱便就此消沉下去，大丈夫处世立身，要能伸能屈，百折不挠……"阿桂的话可算是出自肺腑，掷地有声，海兰察想想也是，心里释然许多。

"再说，你不为自己着想，也该为整个索伦想一想吧？"阿桂又加了一句，虽然口气温柔，海兰察听了却是一惊。他觉得阿桂讲的有道理，可又十分别扭，让人顿觉一丝冷意，他脑子很乱，也就没有往下品味。

"好了，数月内，老夫要整顿人马，调集粮草器械，你在此地也心烦气躁，不如去个僻静之处歇息调养，等老夫向皇上奏请为你开脱一下，等开战时再回来怎样？"阿桂问。

"卑职是待参之将，一切都由大人安排，仰仗大人了。"海兰察到了这个地步，只好任人摆布了。

"好，塞北的将领难得到南国，蜀地素有天府之国的美誉，峨眉天下秀，青城山更是香烟缭绕，曲径通幽。不是战乱，你还真是难得一游，不妨各处走走，也算浏览一下名山大川，对排解心中的郁闷大有益处。"阿桂想得面面俱到。

川西的夜晚与索伦草原的夜晚相似，燥热退去，凉意袭人。海兰察久久不能入睡，索性起身推窗远眺，望着那一轮弯月，思恋起家乡和娇妻爱子。想到常年的离别，风餐露宿，金戈铁马的艰辛，战场上的血雨腥风，官场上的存亡

续绝，不由长长叹了口气，恍惚觉得仕途官场的道路一片幽冥，令人不知所措，举棋不定，犹豫徘徊。迷惘中，脑海里闪出一个个问号，阿桂为人精明，深谙用兵之道，温福勇猛果断，二人如果通力合作，怎么会有今天的如此惨败？作为副将的阿桂仅仅凭借刁滑一点责任没有，同样作为都统的其他将领，怎么就对战败不负一点责任，有的反而得以擢升呢？与蛮横的温福相比，阿桂则圆滑得多，而这无论如何也不能成为温福掉头之时，就成了阿桂的升迁之日啊！"

就在他仰望星空，闭目沉思之时，蓦然察觉到院内花丛中有细微的响动，他略感吃惊，偷偷运足功力，清晰听到轻微的气息悠长的鼻息声，不动声色地弹出一粒石子，立即听到了一声闷哼。"是何人？"他喝问。

"大人，是卑职。"花丛中走出他的侍卫明寿，是临出京时，内务府拨给自己的大内侍卫。

"大……人，卑职也是睡不着，所以到院中就着月色赏花。"

海兰察一见明寿竟然没有受伤，心中大奇，他用了五成力道，在这不算远的距离中，一般人是经受不住的。可转念一想明寿是三等侍卫，当然有些功夫，也就释然了。

"去睡吧。"海兰察只当明寿和自己一样，在思念家人，不由温和地说。

"大人，卑职跟随大人近一年，深知大人蒙冤受屈，心中也是愤愤不平，听说大人明日去川南，卑职乞望跟随大人一同前去，左右侍奉。"

"难得你的一片心意，好，就这样，去睡吧。"想到落魄之时还居然有人对自己如此忠心，海兰察心里一阵激动，随即，又是一阵无以名状的酸楚……

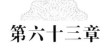

第六十三章

刀光剑影、硝烟弥漫的金川与风光秀丽，游人如织的峨眉相比，简直是天壤之别。

金川杀气腾腾、惨雾笼罩，这里却是清净幽雅，佛光普照。

那边生灵涂炭、人畜惶恐；这里到处是神态闲悠的游客，垂目进入虚无境界的善男信女。

放眼望去，峨眉山势巍峨，层峦叠嶂，寺院高洁，坐落在半山之中，酷似玉宇琼楼。

海兰察早有心思寻找大师伯，当年在卜奎与师妹慧瑛分别时，慧瑛曾告诉他师伯在峨眉出家。

"大人有事，卑职愿代劳。"明寿见海兰察专找寺院的人嘀咕什么，忙殷勤地说。

"哦，不必。"海兰察疑惑地斜睨了明寿一眼，一口拒绝。

十几天后，他心灰意懒，带领几名卫士住在一处山青水秀的小镇上。每天研习武功打发日子，倒也逍遥自在，只是心头依然沉重，整日里愁眉不展。

一日清晨，海兰察在林间习练一趟掌法，忽然不远处有人口念佛号，扭头一看，只见一名三十几岁的和尚不知什么时候站在那里。他心里一惊，以自己的功力竟然没察觉到有人偷窥，此人大有来历。

"贫僧慧能，就此路过，偶见都统大人练功，打扰之处还望多多见谅。"和尚口唇微动，可话音朗朗，足见内力非凡。

海兰察猜到对方内力不在自己之下,不由肃然起敬,脑子一转,婉转问道:"敝人有一事相问,乞望指点。"

"阿弥陀佛,不敢不敢,大人只管问,凡是贫僧知道的,断然不会相瞒。就看大人如何个问法。"

"请问,这一带可还有什么大寺院,住持中有叫空无大师的么?"

"这个……贫僧不好回答,不过,有道是空山无圣杰,小寺有高僧。大人既然诚心寻访大师,高视阔步是不行的。空无空无,万物皆无……"和尚边说边转身离去,转眼间,身形便消失在远处林中,身法之快,使海兰察目瞪口呆。叫他惊讶的是自从师父死后,还没见到有如此上乘轻功的人,更令他震惊的是这和尚的轻功与自己出自一脉。他仔细品味着和尚的后几句话,心中一亮,又惊又喜又惭愧。

"哈哈,海兰察,久违了。老夫还真没想到在垂暮之年,竟在这峨眉山下有幸见到阁下。"随着话音,几人从林中蹿出,横在前面,为首的竟是青龙帮的齐天啸。十年不见,他两鬓花白,苍老许多,只是面色红润,声若洪钟,功力显然增进不少。

"齐天啸,想不到相隔十年,你还在处心积虑地惦念着敝人,也算是用心良苦啊。"海兰察冷言相讥。

"不错,老夫在有生之日能一览'迷幻'剑谱,也就死而无憾。怎么样?你划出个道来。"

"哼,今非昔比,你还是好自为之,知难而退。"海兰察自恃武功大进,毫不在乎。

"哈哈,阁下到如今还在孤芳自赏么?谁不知你失志下野,有如丧家之犬哪?"

"住口,老混账。"海兰察勃然大怒,抽出宝剑,喝道,"接招吧。"

"爽快。"齐天啸冷笑一声,抽刀在手,左手一挥,其他几人闪在一旁。

两人在林间空地上一来一往,杀成一团。齐天啸苦练了十年,无论是刀法还是内功,都大有进境,特别是自创一种怪异的刀法,二十几招内,压住了海兰察的剑法。但他也觉出海兰察的剑法十年中精进不少,内力也胜自己几分,不由阵阵心虚,后悔没叫上川陕怪侠汤显和孟雄一道来。

新仇勾起旧恨，加上失意后的怨恨，海兰察把全部的怒气都发泄在齐天啸的身上，招式又狠又辣，大有立毙齐天啸于剑掌之下的气势。一百招一过，齐天啸渐觉不支，于是甩下老脸，把手一挥，几名师弟和本帮弟子一涌而上，死皮赖脸地围攻海兰察。

又斗了几十招，齐天啸眼见几个师弟和弟子非死即伤，忙抢到上风处，打了个暗号。几个弟子急忙仓皇闪开，海兰察一愣间，只见齐天啸扬出一团白雾状的粉面。他居下风处愣怔间吸了一口，猛然想到不好，急欲跃身而起时，已经晚了。

一阵头晕目眩，即刻作呕，四肢乏力，他知道中毒，忙气守丹田，运内力逼住毒气。就在这迟疑间，齐天啸屏息扑上，一掌打倒海兰察。正要下手拍碎他的肩骨时，忽觉一股大力击来，还没弄清怎么回事，身体就腾空摔了出去。

海兰察内力深湛，加上只吸了一口，虽然被打倒，却没有受伤，只是周身无力。此时一见来人正是刚才的那个和尚后，心里有了底儿，干脆坐着运气排毒，一边观看眼前的激战。

和尚的掌法与海兰察一丝不差，只是举手投足、招式的变幻上比海兰察干净利落得多，配上他浑厚无比的内力，双掌如银蛇飞舞，虎虎生风。齐天啸和几个师弟连连中掌，鲜血直喷，好在和尚不愿杀人，没有使出全力，这才侥幸逃生。跑到远处还回头气急败坏地狂喊："秃驴，改日领教。海兰察，智者千虑，必有一失，本帮定要叫你官场失势，家破人亡！"

入夜，海兰察身着夜行衣，单身匹马向峨眉山南六十里的报国寺驰去。

在他身后很远，也有匹裹蹄快马悄无声息地跟随。

海兰察在马上又忆起了早上那和尚的话。

"山南六十里处有一无名小寺，香客稀少，门庭冷落，不过，倒是个僻静所在。大人要是有意，不妨夜静更深时前来一叙，虽然只有清茶一杯，但于大人或许受益匪浅。"慧能和尚边替海兰察推拿，边别有深意地说。

"一定拜访，今日救命之恩，日后必当厚报。"海兰察疑团未释，也不好贸然相问，试探着说。

"罪过罪过，出家人六根清净，积德行善乃是我佛门弟子分内中事。大人的心意贫僧领了，只是这图报之类的话不必再提，有污耳根。"

　　不到半个时辰，战马已跑出五十多里，在一片稀疏的树林里，海兰察下了马。借着星光月色，只见身后的峨眉山黑突突地拔地而起，此时忆起和尚的话，若有所思。"空山无圣杰，小寺有高僧。"他默念了几遍，心中通亮，急忙施展轻功，沿着山坡的石阶飞跑过去。

　　不一会儿，眼前出现了一座残败的寺院。门外石阶上站立着白天那个和尚，一见海兰察来到，不觉喜上眉梢，上前轻声说："海兰察大人请进，住持等候多时。"

　　走进庭院，顿觉内外有别，寺外蒿草丛生，墙皮剥落；院内花草芬芳，佳荫秀木。来到住持的禅房，和尚正要进去传报，只听里边说道："进来吧，老衲等候多时。"房内传出住持苍老的声音，海兰察轻轻推门而入，和尚自去回避了。

　　进了门，海兰察定睛一看，烛光下，一位须眉皓白的老僧，垂目盘腿，端坐于蒲团上。一对锐利的目光如电闪一般，瞟了自己一眼，又垂下眼皮。

　　"听说施主受贬来峨眉，怎么这么久没有来敝寺？"老僧慢腾腾问，俨然以长辈自居。

　　"大师，弟子……"一见老僧神态和口气，海兰察不敢怠慢，弓身伫立。一时又不敢断定老僧就是大师伯，犹豫间，说出不伦不类的话来。

　　"你师父过世后，你的武功不见怎么长进，于世故一道也是孤陋寡闻，今日又险些遭人暗算。以后打算如何呢？"

　　"恕弟子冒昧，敢问大师的法号是——"

　　"老衲便是空无。"

　　"师伯。"海兰察倒身要拜，哪料到突然间有股大力缓缓而来，托住自己的身子，几次都跪不下去。惊得他抬头一看，见老僧坐在原处，一只手掌心迎着自己，掌力温柔，劲力绵绵不断，使自己休想跪下去。如此功力，就是师父也没有。

　　"不敢，施主是朝廷一品大员，别看眼下似乎是涸辙之鲋，不久就可河清海晏。老衲不敢当。"

　　"大师不是在下师父的同门么？"

　　"尘俗往事，过眼烟云，不记得了……"

海兰察纳闷了一会儿，想了想，心中云雾开散，是的，对出家人穷追什么呢？既然师伯此刻召见自己，必定有所指教。于是开口问道："在下海兰察奉旨征讨金川，不料失利，皇上猜疑，满将排挤。眼下真是怯惧仕途，恨不能长夜当哭，何去何从，茫然无知，请大师指点迷津。"顿了顿，又压低声音说，"大师，宦海多荆棘，在下……时时萌生弃官归里、布衣素食、乐度天年之意。"

"言不由衷，谈其何益。言不及意，荒唐之极。施主的话不过是一时的气话，并无诚意，也违天意。眼下索伦部的圣眷未衰，施主也是春风得意，虽说是小有周折，却是急盼鹏程大展，不甘雌伏人下，一旦云开雾散，施主就会福至心灵，哪里还肯改弦易辙，这些是瞒不过老衲的。"老僧讲到这里，睁眼看了海兰察一眼，又说，"人各有志，自得其乐，顺其自然，勉强不得。我佛门宗旨，慈悲为怀，只要行善积德，做什么就无可厚非了。刚才你说弃官归里，不错倒是不错，可索伦兵能都随你归里么？朝廷从此不再从索伦征丁了么？你能珍惜将士性命，又严禁滥杀无辜，不是正合我佛旨意么？"

海兰察正琢磨老僧的话，老僧突然以蚁语传声法问："施主上山时可带人马？"

"在下一人前来。"海兰察一愣，也用蚁语传声法回答。

"唔？"老僧一听，口念产佛号，袍袖猛然一甩，一股巨大柔韧的力道击来。海兰察大惊，忙运力稳住身形，奇怪的是那股力道又倏忽消失，而左侧的大门嘭的一声，有如千斤重力撞击而开。

海兰察这才恍然大悟，这种力道刚柔俱备、疾缓有秩，到了随心所欲的地步，这位八旬却面目矍铄的师伯，内功实已至武学的极高境界。

他正胡乱猜测，只听老僧喝道："还不出去看看，何人偷听。"

海兰察纵身跃出门外。

第六十四章

　　海兰察提气急追，他知道偷听之人如果心怀恶意，事情就不妙了。夜色中，前面那人略显蹒跚，显然是受了伤，但轻功十分了得。他正准备加力追赶，只觉身边一阵清风荡过，是慧能一闪而过，想想一样的同门，相差甚远，心情一下黯淡下来，劲一松，脚程慢下来。

　　不到片刻，慧能腋下夹着那人返回。

　　"大人，贫僧点了他的昏晕穴。"

　　海兰察自觉脸上无光，不言不语，向寺院飞奔。慧能夹带一人，仍然不拉半步，弄得海兰察暗暗叹息。

　　到了禅房，在烛光下一看，海兰察顿时惊怒交加，昏睡在地上的竟然是侍卫明寿。他明白了，一时觉得万箭穿心，巨痛难耐，没想到自己含辛茹苦，拼死拼活，阿桂仍然不相信自己，在自己身边安插暗探。他出手解了明寿的穴道，明寿醒来一看，心知多说无用，立身而起，冷冷一笑，傲然而立。

　　"你受何人支使？"海兰察咬牙喝问。

　　"大人，恕卑职不能直言奉告。"明寿自知海兰察不敢擅杀朝廷五品官，气势汹汹答。

　　"既然这样，休怪敝人无情了。"海兰察心知关系重大，杀意陡起，决心去掉后患。出手如电，点中明寿的软麻穴，抬掌拍向明寿的天灵盖。

　　"大人饶命，卑职说实话。"明寿哀叫道，他的狂妄气焰在生命垂危时刻一落千丈。

"讲！"

"卑职是皇上派下的。"

"皇上？！"海兰察的脑袋轰的一下，仿佛要炸开。

"那就更要杀你了。"海兰察凄然叹道，"只怪你误入歧途，甘当鹰犬。你放心，你死后，敝人报你阵亡，让朝廷多加体恤，安顿家人。"说完，又抬起手掌。

"阿弥陀佛，罪过罪过。"一直不作声的老僧突然开口，"佛门净地，不可妄开杀戒。哦……只是此人不走正途，难有善果，留在世上为害不浅，于人不利，为己造孽，不如打发他去乐土——"老僧猛然住口，盯着门外。

"砰"的一声，门被踢开，十几人犹如鬼魅闪了进来。为首的一个矮个老者阴恻恻一笑，道："好个佛门净土，竟然要残害朝廷命官。"

"诸位是——"海兰察边问边靠向明寿，打算点了他的死穴，然后再斗这些不速之客。但另一位老者早看出他的用意，手指隔空一指，竟然解了明寿的穴道。待明寿躲过海兰察的手指，起身跑到门口时，那老者三尺之外又一指，明寿的背部穴道又被点中，正巧倒在对方一个大汉怀里。海兰察脑海中电花一闪，想起当年在卜奎时遇到的铁指神丐，正是用的这门隔空点穴绝技，忙问："阁下和铁指神丐是同门喽？"

"正是，海都统还记得咱们川陕四怪侠。"老者嘿嘿一笑，猛然出手向海兰察的委中穴点来，没等海兰察动手，站在一旁的空静一掌拍向老者。老者一见事危，忙撤指回防，两人对过一掌，空静纹丝不动，老者却后退一步，微皱眉头。"大伙儿一齐上。"他喝了一声。

厅内顿时拳掌交加，刀光剑影。对方人多，功夫又不弱，海兰察和空静渐渐不支，步步后退。

那老者斗得兴起，一见老和尚仍然安坐于蒲团之上，狞笑一声，叫道："先拿下这老秃驴，叫他们投鼠忌器。"言毕，一招苍鹰缚兔，凌空而起，运用大擒拿手法，打算抓住老僧，然后点倒。谁知老僧双掌一抬，他犹如撞到一堵墙上，又被反弹回来，重重撞在一米开外的墙上。他愣愣呆痴好久，突然杀猪般号叫起来，"通玄内功！"

所有的人听了都是一惊。"快走！"老者一挥手，众人夹起委顿在地的明

寿，冲出门去。

海兰察正欲追出，背后却传来老僧的喝声，"回来。"

"你和空静联手都不是人家对手，一个人不是去送死吗？"空无大师说。

"那明寿——"

"这……由他去吧。其实，他也没听去多少，这川陕四侠的行踪慧能知道，改日叫他去打发明寿。眼下你还是专心对付大事。"

"大师，我们三人联手，连夜追杀吧。"海兰察见师伯武功如此厉害，提出连夜追杀。

空无大师惨然一笑，低头不语。

"海大人，大师早在二十年前练功时出了偏差，下肢瘫痪了。"慧能冷冷说。

"啊！"海兰察惊得叫出声来，"那是为何？"

"哼，还不是你师父拿了秘籍私奔，当时大师还以德报怨，救了你师父。"

"算了，往事如烟，何必提它。"空无大师望着含泪跪伏在地的海兰察说，"依老衲看来，朝廷必定还会起用你，这次的斥责一是你处事干练，引起满官的嫉恨所致，二是朝廷怕是也有投石问路、尝鼎一脔的意思。你须谨慎行事，虽有今日的隐患，但也不足为凭，见兔顾犬还来得及。你要记住，在你身上肩负索伦的兴衰荣辱，不要再朝秦暮楚，虽然说苦海无边，回头是岸，可你慧根太浅，又负重而行。这就注定了你与佛门无缘，不如及早断了此念。唉，老衲修行三十年，至今六根不净，今晚所言，绝非一个佛门弟子——"

门外的马蹄声打断了空无大师的话。

海兰察的亲兵匆匆进门，"禀报大人，阿大人的信使到。"

"怎么回事？"海兰察问。

"皇上下旨，对大人暂不作处置，领队继续征讨金川。令大人即刻返回金川。"

"还有什么？"海兰察喜形于色，又催问。

"只是……降为领队大臣，停俸。"

"什么？！"海兰察的脸色变得十分难看。

"还有，京师的哈翼尉派人传信，说……"

"说什么？！"海兰察吼道。

"说卜奎一带匪事猖獗，朝廷为了确保大人家眷的安全，派人接进了京师安顿。"

"啊！"海兰察面色苍白。

夜，静谧安澜。

月儿，幽幽惨淡。

海兰察打发了亲兵，独自一人信马由缰，走在山冈上。

温柔的晚风，轻轻抚摸着他燥热的两颊，但他胸中燃烧愤怒的火焰和忧悒凄切的愁绪，使多情的风儿犹如碰到了冷冰如霜的铁板，扫兴地遁去。

他心里在痛苦地狂笑，什么暂不作处置？难道降到了三品官，停俸是荣誉么？什么保护家眷的安全，那不是囚禁起来了么？！

如果说降职停俸、留军效用是把架在他脖子上的鬼头大刀略略抬了抬的话，那么，把他的娇妻爱子拿到京师，就是紧紧地拴住了他的两脚。到如今，他才感到，自己酷似一匹从高山上向下狂驰的马，惯力和头上的皮鞭根本不容许他停一停。他或许中途倒下，或许筋疲力尽地跑下去，……

师伯的话真是切中要害，不错，自己此时是身不由己啊。

皇上的猜疑，满人将领的诬陷和嫉恨，武林中频频而来的仇杀，自己如果一时不慎将会给家人和索伦带来灾难，想到这儿，他打了个冷战。他平生第一次恐惧起来，仰望无边的穹宇，默默地在心里问：我只有跑下去，可前面路上有什么呢？皇上到底在想什么？朝臣权贵又在谋划什么？明寿会不会逃回去向皇上密奏什么？青龙帮和川陕怪侠又在什么地方筹划，出其不意地向我痛下杀手？……

他绞尽脑汁，胡思乱想着。

坐骑还在信马由缰地在黑暗中走着。猛地，远处传来一声炮响，人马顿时一惊。

索伦铁骑

一代名将海兰察

【下】

涂志勇　涂君平——

著

内蒙古出版集团

内蒙古文化出版社

第六十五章

公元一七七一年，乾隆三十六年。

四川大小金川的土司争权夺利，战乱中，僧桑格和索诺木大土司各自统一了大小金川，并公然与朝廷对立。

清廷派川陕总督、正蓝旗副都统阿尔木统兵剿灭，阿尔木因作战不利，师久无功被赐死。同年六月，清廷再派华英殿大学士、内大臣温福为将军，军机大臣阿桂为副将，正红旗都统、索伦名将海兰察为参赞大臣，统领满蒙索伦一万二千骁骑，在川陕绿营兵的配合下，大举进攻大小金川。

朝臣弄权，诸将不合，内部倾轧，尔虞我诈。清军虽然击溃了僧桑格土司，平定了小金川，但在征讨大金川时，由于温福急功近利，狂悖冒进，清军将领之间拥兵自重，相互掣肘。结果被大小金川分割包围，大将军温福孤军深入，在木果木战死，清军全线溃退，小金川得而复失，前功尽弃。

清廷震怒，诸将推诿，名将海兰察蒙冤降职。继任大将军的阿桂，为了收拾残局，平定金川，在重整旗鼓、调兵遣将、整肃军纪的同时，向朝廷力荐海兰察。从而使原已心灰意冷的一代名将又重振雄风，率领骁勇善战的索伦兵为大清朝四处征战。从此，掀开了北方索伦部历史中最悲壮的一页……

公元一七七三年（乾隆三十八年）

绵延的贡嘎山脉，万山沟壑在经历了阴雨绵绵的秋季后，金川的战争又开始紧张起来。

清军的统帅，定边大将军阿桂调集了川陕的兵马，团团围住了金川，堵死各个山口要道，又以善于山地作战的川兵和凶猛强悍的蒙古索伦兵为前导，准备采取稳扎稳打、步步为营的打法，慢慢吞食已经成为瓮中之鳖的大小金川的叛军。

清军压境，虎视眈眈。

僧桑格和索诺木也率领土兵加紧筑碉建寨，严阵以待。

清军不久前的惨败，前将军温福战死后的阴霾，随着几个月的重整旗鼓，渐渐雾开云散，阿桂的威严和朝廷高官厚禄的诱惑，使那些提起木果木战斗便心有余悸的将士，又重新振作起来。加官进爵，锦衣玉食，有如贡嘎山上的云雾，暂时遮住了一切恐惧、忧虑，也遮掩了各营将领为推卸战败责任而产生的矛盾。

两军对垒，一方在山上，一方在山下，秣马厉兵，剑拔弩张，大战一触即发。

从表面上看，清军似乎是万事俱备，只待开战了。然而，阿桂却丝毫不着急动兵，尽管兵部催战的咨文接踵而来，可他不是借故推诿，就是置之不理。"哼，将在外，君命且有所不受，尔等无名鼠辈算得了什么？真和蜀犬吠日差不多，这些饱食终日、无所事事的昏庸之辈……"他暗自冷笑，轻蔑地撇撇嘴，愤愤不平地想。

他按兵不动，自然有自己的道理。

在他看来，金川之战只要是自己当了主帅，当然必胜无疑，并且要胜得漂亮、干净。让那些趁自己不在京师之际，正瞪着血红的大眼，极力搜寻自己的破绽以便谗言罔上的人无懈可击。所以，他明白眼前这场战斗的重要性和复杂性，这是他固宠与失宠——甚至是有罪的分水岭。正因为这样，他才格外小心谨慎，周密地思考了一切可能出现的意外情况，有关细枝末节的问题也要深思熟虑，斟酌再三。

他那临危不乱，又能居安思危的秉性，不时叩击他的因为军务繁忙而混乱的大脑，疾呼那由于劳碌过度而略显迟钝的理智注意。

是的，凡是大将之才，不能获小利而忘乎所以，胜不骄、败不馁方显英雄本色。除此而外，还要善于驾驭才子，笼络人心。眼下，有件很重要的事情还悬而未决，而这件事情处理得好坏，对索伦和蒙古将士能否拼力而战关系重大。

这就是怎样对待海兰察的问题。

坦率地说，他心里对海兰察是有愧的。自己作为副将，没有对战败负责任，而作为参赞大臣的海兰察，率领索伦兵鼎力死战，在死伤累累、满人不听指挥、绿营兵溃散的情况下，纵然有三头六臂，也是回天乏术啊！这且不说，就凭海兰察十一年的戎马生涯，立了多少战功？哪能因为这次失败而官降三级和停俸呢？况且，战败的责任完全在那糊涂透顶、好大喜功、刚愎自用的温福身上！还有一些置大清江山安危于不顾，不惜扰乱大局而热衷于个人间恩怨的将领，不严厉处置这些只知争风吃醋的浑噩之辈，对他们晓以利害，如何能叫三军将士心服口服，两军阵前效力呢？！

想到这个既头痛又必须解决的难题，他的脸色黯淡下来，长久地陷入寻求两全齐美的办法的冥思苦想之中。

以他的性格和魄力，当然不会讳疾忌医，养痈遗患。倘若这次宽容姑息，势必在以后的两军阵前付出可怕的代价，弄得不好，就会步二十几年前大学士纳亲的后尘，因为兵败而被皇上杀头。与其这样，莫不如像温福那样战死在沙场上，或者干脆，趁着没有开仗，借几个将领的脑袋，整纪树威，震慑三军。

皇上当年是借一品大员的头树威，难道我就不能借几个三品将领的脑袋整肃军纪么？当然，砍下几个绿营副将的脑袋没什么顾虑，可对于博清额和五岱这样几个公然违抗军令、不听海兰察调遣的满人将领，不能不谨慎小心。他们不仅是副都统，正二品大员，并且与朝中许多王公大臣有着千丝万缕的关系。处理这些关系比打仗还要难，搞得不好就会树敌过多，引火烧身，遭到非议。祸起萧墙的道理，他是太明白了。

是啊，树大招风，骑者山坠。他必须要做到既韬光晦迹，避人耳目，免受奸佞的抨击，又要貌似公正，鼓起士气，让将士欢悦。

难啊。他闷闷不乐地思索着。

皇上的谕旨中，给了他很大的权力，是在外作战的督师中很少有人享受到的。其中的含义，他已领略了几分，那就是暗示他可以见机行事，也有看着他到底有多大本事的意思。但总归起来，大体意思很明白，那就是：不用庸才；

滥用，受罚。

　　处置博清额等人，势在必行，可又不能走得太远，同时要令海兰察及蒙古索伦将领心满意足，感激浩荡皇恩，恭谨天朝纲纪，一如既往地拼死征战，是件不容易的事情，叫他大伤脑筋。

第六十六章

"督师大人，"正当阿桂心绪烦乱之际，副将军丰什额悄悄走进大帐，小心翼翼，细如蚊声地禀报，"京师健锐营哈翼尉领一千索伦兵到了。"

"哦？哈木——到了？"阿桂的眉头一扬，颇感意外地问，"这么快，不是两日后才能到么？"

"大人，索伦兵一向善于日夜兼程啊。"丰什额媚笑着说，一对总像睡不醒的眼睛盯着阿桂的脸，捕捉着能使对方喜悦的信号。

"不只如此吧。"阿桂仰起头，微闭两眼，喃喃说道，"海兰察之事，朝野震动，众说纷纭，驻扎在这里的索伦兵尚不安稳，哈木带来的索伦兵就能心为形役么？依本督师看来，哈木是心中有事，匆匆赶来多半是为着海兰察。"

"大人所言极是，对世事朝政一向洞察秋毫，卑职实在是望尘莫及。"丰什额速来钦佩阿桂的才智，这次能从参赞大臣擢升为副将，也全仰仗阿桂之力，所以，对阿桂更加言听计从，唯唯诺诺。

"依你之见，海兰察如何使用才好？"阿桂问。

"皇上的谕旨讲得明白，海兰察留军效力，依卑职看，先令其为领队大臣，率领索伦兵为头阵，待有战功后再向上据实禀奏，朝廷必当重用。"丰什额同海兰察共事一段，颇有好感，存有原宥之心，一见阿桂问自己，便一力保荐。

"喔，丰大人慧眼识才，除此之外，怕是还有点恻隐之心吧？"阿桂眉梢一抖，笑吟吟地问。

"哦，大人言重，卑职愧不敢当。慧眼识才谈不上，只是前些日子与海兰

察共击小金川之敌,方知索伦名将之说确实名不虚传。"丰什额受到赞扬,有些受宠若惊。

"皇上的意思很明白,是要海兰察建功赎罪,依本督师看,海兰察的前程不在你我之下,公侯之位算得了什么。"阿桂故作轻松地说,眯着眼斜视着发愣的丰什额。

"大人的意思是……"丰什额思索着问。

"唵?"阿桂矜持不语。

"大人是要重用海兰察?"

"理当如此。"

"那众将服气么?"丰什额担忧地问。

"这本督师自有办法,海兰察后日可到,到时你就明白了。"阿桂自信地说。

一个侍卫进帐,禀报哈木求见。阿桂立即传令,随后正襟危坐,向丰什额递了个眼色。

"卑职哈木参见将军大人。"哈木进账跪拜,长途跋涉后仍然神采奕奕。

"哈翼尉快起。"阿桂亲热地说,"京师此时已是金风送爽了,可南国依然酷暑难耐,你们能如此之快赶到金川一定是不辞劳苦,昼夜兼行了。"

"回大人,军情急迫,刻不容缓。"哈木一边回答,一边瞟了阿桂一眼。

"好,令将士好好安歇,几日后就要开战。"阿桂说。

"喳。"哈木应了一声,犹豫了一下,又问,"大人,恕卑职斗胆,不知大人对海兰察如何——"

"喔?难道将士中有什么怨言了么?"阿桂认真地问。

"这……并非如此。我索伦将士只知效忠朝廷,从无怨言,只是金川之败,究其原因,内而廷臣,外而督抚,理当一并受责。"哈木朗朗说道。

"不错,皇上已经传旨申斥。"阿桂满脸不悦。

"大人,对不听将令、贻误战机的将领该如何处置?"哈木一见阿桂愤然作色,自知失口,忙扭转话题。

"本督师正在筹谋此事,两日内定有分晓。"

"大人,弹劾海兰察的奏章大多是欲加之罪,不实之词。还望大人一力保荐,我索伦全体将士感恩不尽……"哈木恳求道。

"这个自然。不过，等哈翼尉见了海兰察，还要善言以慰，此时一定要守口如瓶，不要形诸于色，口出怨言。纵使内心不服，亦只得委屈在心，万万不要上折自辩。"阿桂严肃地告诫。

"乞道其故？"哈木一愣，忙问。

"为人臣下，也要想到今上的心思。"阿桂停顿了一下，又说，"乞恩则顺，顺理成章。自辩不恭，有辩罪之嫌哪。"

"这——"哈木不解地问。

"唉——"阿桂摇摇头，叹了口气，欲言又止，抬头望望丰什额。

"哈翼尉，处置海兰察可是有上谕呀，倘若自辩，不就是说皇上……"丰什额指点着。

"卑职遵命，一切仰仗大人了。"哈木如梦方醒，惊出一身冷汗，连连作揖。

"至于那些违抗军令、陷害海兰察的将领，本督师定要仰承皇上的旨意，严加处置。"阿桂脸色一寒，愤然说道。

哈木离开之后，丰什额转头又问："大人，今后索伦兵对大人一定感激涕零，乐为驱使了。"

"唵，不过，只以施恩……哼。"阿桂哼了一声，闭口不谈了。瞅着困惑不解的丰什额，冷笑数声，陷入沉思。

穹苍穹远，四野阒然。

几匹骏马从小路向小金川飞驰而来。

海兰察心绪不宁地坐在马上，无心领略两旁的溪水花草，田园风光。几名亲兵见他神色不好，也都缄默不语，催骑急行。

两个月来，海兰察一直是在忧悒中度过的，起初，他对仕途真有些心灰意冷，瞅着峨眉山上终日在暮鼓晨钟中生活的和尚，蓦地羡慕起那些伴着清风皓月、颇有仙风道骨的出家人。尘世龌龊，凶险迭出，倒不如佛门净地，心境空明。

见了大师伯后，他原有跟随师伯遁入空门、以精研武功度日的念头。但经师伯的一番指点，他才醒悟，不错，师伯言之有理，自己的荣辱兴衰已经与索伦部紧紧连在一起。自己的闪失绝不是个人的事情，一念之差，便会累及部众，眼下，自己有如拉满弦的箭，非射出不可。

颓唐之心一去，争雄好胜之心勃起，虽然前程未卜，烦事缠心，但他仍强

定下心来，整日习文练武，精研师伯传授的兵书和武功，竟然长进不少。

　　然而，川陕怪侠和青龙帮寻仇到报国寺，皇上派来的侍卫明寿刚刚暴露，却被他们抢走，留下无穷的祸根。企图杀死皇上派来的人，无疑是犯了死罪，说不定还要诛灭九族！青龙帮和川陕怪侠抓住明寿，以此挟持自己交出师门秘籍。不仅如此，自己的家眷被接入京师，美其名曰保护功臣眷属，实际上不就是人质么？

第六十七章

诸事猬集，海兰察几乎无所适从，一接到阿桂令他回金川的手谕，便立即启程。

前面一片幼树林内，突然闪出几人，汤显和青龙帮主齐天啸立在当中，见海兰察的马到，一抱拳说道："海大人，心事未了，就回军营么？"

"各位意欲何为？"海兰察下马，把缰绳向身后的亲兵手里一扔，冷言相问，他有把柄抓在对方手中，哪敢逞强。

"在下到这僻静之处恭候多时，不知大人可否与我等平心相叙。"汤显话中有话地问，眼角向海兰察的亲兵一瞟。

"好说。"海兰察点点头，把手一挥，一名佐领带领亲兵退后几丈。

"好，"汤显狡黠地一笑，也同样挥手，除了齐帮主而外，其余众人也退去，"请。"

"去何处？"海兰察见对方都是一流高手，朝林子望了望，有些迟疑。

"哈哈，为了言而有信，在下把你的明寿也带了来。"汤显怪笑一声，径自向林中走去。

海兰察见状也无可奈何，硬着头皮向前走去，他不大相信对方敢带明寿前来，就算自己不能对付两大高手，但激斗中出手击毙明寿还是有可能的。何况只要置明寿于死地，自己从此就去了一块心病，有恃无恐了。猜疑之间走近林中，一眼看见明寿僵立在一棵树旁，看样是被点了穴道。一个面黄肌瘦、身材矮小的老头立在旁边，一对小眼犹如两道寒芒向自己扫来。他心中一凛，知道

此人内功不弱，不由提防起来。

"海兰察，痛快说吧，"齐帮主心切难耐，首先开口，"此人与你关系重大，'迷幻'剑谱又是你师门之宝，你到底要哪样？"

"自古忠孝不能两全，此人如果回到京师，那……海大人对皇上可就无忠可言了。而交出师门秘籍，又是对师门的不孝，难啊。"汤显想起那日深夜在报国寺激斗时，被那老和尚用迷幻内功击伤的情景，至今余悸未消，急于拿到剑谱，修炼内功心法，停了停，又说，"老夫有生之年，只见过佛门上乘内功，通玄内功。没想到'迷幻'内功也与通玄内功异曲同工，厉害厉害。这样吧，只要你能将秘籍借老夫一阅，不仅将此人交给你，而且我们以往的恩怨可以一并了结。你可高枕无忧，享你的荣华富贵，我等不再叨扰，如何？"

"汤老前辈，既然如此，还好商量。只是这——"海兰察说着趁汤显和齐帮主不备，右手疾伸向暗器袋，紧接着把手一扬，三枚暗器破空而去，射向僵立的明寿。他自知今日必定要有一场殊死的恶战，主意一定，他一面用话搪塞，一面出其不意施放暗器，满以为一举击毙明寿。不料，站在明寿身旁的矮小老头一见暗器袭来，双手一探，接住两枚，另一枚用铁扇磕飞。手法之快，罕见之极。

海兰察大吃一惊，他用了七成力，在这短短的距离内，原以为万无一失，眼见矮小老头举手投足间便化凶为吉，不由得惊怒交加。脑子里一个念头一闪，脱口说道："毒镖王。"

"嘻嘻，娃儿，你小小年纪能在一招之内认出老夫，门第不浅。"矮小老头一听海兰察叫出自己的绰号，顿时得意洋洋，怪笑着说，"不错，老夫便是川陕四怪侠中的'毒镖王'，我的两个师兄都死在你师父乔玉手中。不过，今日老夫并不是为师兄报仇。习武之人，不是杀人就是被杀，被人所杀就是武功低微，该杀！有什么值得寻仇的？前几日才听说你师门留下什么秘籍，嘿嘿，那玩意儿可是武林之宝，既然是宝，谁不想要？那么就以武功决断吧，如何？"他说完，眉头微微一皱，揉了揉酸麻的右手指，心中暗惊海兰察内力奇大，自己接暗器时几乎脱手，这无法想象，此人内力足有三十年火候，难道从娘胎里就开始练功？

"哈哈……"汤显一阵大笑，随后阴沉沉说道，"海兰察，此时你大师伯那个老秃驴不在，你还指望何人助你？就算你能脱身走掉，可这个大内侍卫还在我们手中，他可是把你和那个老秃驴讲的话听了个一清二楚。"

"哼，海兰察，今日你劫数已到，倘若交出剑谱，我们自然可以网开一面，放你一条生路，不然的话，休怪我们不讲江湖规矩。"齐帮主深知海兰察的功底，知道单打独斗，他们三人中没人能制服海兰察，唯一的办法就是三个合斗海兰察。所以，他的话也是在暗示汤显和"毒镖王"，不要依照江湖规矩。

海兰察偷袭不成，心情已经很沮丧，再听对方的口气，心中顿时恐慌起来，暗自揣摩起来。

齐帮主功力一般，不足为惧。这汤显却是"铁指神丐"的师弟，点穴绝技只在师兄之上，绝不在师兄之下，叫人防不胜防。前几日报国寺中大战，他已领教，至今心存顾忌。可最让他担心的还是"毒镖王"，据说此人一手暗器功夫出神入化，并且心狠手辣，不知断送了多少江湖好汉和武林高手的性命。因为他喜欢在暗器上淬上剧毒，所以江湖上的人在他镖王的绰号前又加上了个"毒"字，既表示惧怕又有鄙视的意思。

因为从来没和"毒镖王"动手过招，海兰察心里没底，担心在几人争斗中，"毒镖王"猝发暗器，那——一世的英名和师门的威风可就从此扫地了。犹豫之间，齐帮主已经跨前一步，泼风刀上举，一个金鸡独立，立好门户，就要动手。他是怕夜长梦多，又让海兰察这个釜底游鱼溜掉，这才迫不及待出手。

"慢。"海兰察定了定神，大喝一声，"方才老前辈讲过，要以武功决断，也好，敝人倒是要向这位前辈讨教一下。"

"喔？好哇，小辈有此心思，老夫成全你就是。""毒镖王"一看海兰察冲着自己来了，冷冷一笑，右手一挥，示意齐帮主退后，齐帮主见状，只好悻悻退下。

第六十八章

　　"前辈有何手段不妨倾囊使出，注意，看招。"海兰察决意在混战之前摸清"毒镖王"的路数，所以才邀对方一斗。话音刚落，一招古洞阴风，剑尖舞出三朵剑花，迅疾刺向对方腰间三个大穴，与此同时，左掌挥出，一招黑熊探掌，向对方肋下拍去。这是他自创的招数，看上去不成章法，但却是出其不意，配上他浑厚的内力，掌风飒然，威势熊熊。他一心要逼迫对方施展出全部本领，所以一开始便使出刁钻古怪的招式。

　　"毒镖王"没和海兰察动过手，也有心看看"迷幻"剑法到底有何怪异之处，刚一动手，他是抱着只守不攻的想法的。没料到两招一过，对方剑中夹掌，剑气森寒，掌风飒飒，招招是置人于死地的杀招，而且手法怪诞、招数刁钻。他不由得吸了口冷气，情急中，躲过剑锋，却不得已出手对了一掌。

　　他素以暗器功夫见长，震慑武林，内力并不在海兰察之上，加上海兰察的"迷幻"内功心法与佛门的通玄内功相差无几，运气随心所欲，长剑一过，内力瞬间便凝聚在左臂上。因此，海兰察几乎是等于全力击出一掌，而他由于分心，内力回转缓慢，只使出七成力道。只听砰的一声巨响，海兰察上身摇了摇，两脚依然牢牢站在原地。"毒镖王"却踉跄数步，胸闷气滞，喉头发痒。他又羞又怒，略略调理一下气息，凝神对峙，心中暗叫惭愧，海兰察是顾忌自己的毒镖，如果趁胜赶上，挥出第二掌，那……

　　"好小子，老夫有幸，能和你动手过招乃是一大乐事。看着！""毒镖王"大喝一声，抢步上前，但不敢继续托大，铁扇上下翻飞，左右遮拦，另一只手却伸向镖囊。

海兰察对过一掌，心中一宽，对方内力不过尔尔，没什么惧怕的。只是一见对方的手伸向镖囊，哪敢怠慢，手脚丝毫不见慢，频频进招，暗中却着力提防毒镖。

阳光下，几道蓝光闪过，三把短小飞刀扑面而来。海兰察畏惧剧毒，不敢硬接，只好长剑飞舞，击落数道寒芒。他自知这雕虫小技绝非"毒镖王"的真实本事，于是开口道："前辈成名四十几年，难道就会这点玩意儿？"

"狂徒，看镖！""毒镖王"气得怒火填膺，还没有人这样轻视过他，一气之下，左手疾挥，只见各种暗器从上中下接踵而来。

海兰察挥剑挡拨，看看击落上中路的十几枚暗器，但对下路的几枚暗器却无法格挡，只好跃身而起，纵出两丈开外，出了一身冷汗。"好，名不虚传，前辈这手连环镖果然厉害，只是武功太差。"海兰察身形一稳，冷言相讥，意在激对方不使暗器，以便见机行事。激斗中，他偷眼看去，只见汤显和齐帮主紧紧护住明寿，简直没有下手的机会，心情顿时沉重起来。

"毒镖王"恼羞成怒，面对这个强敌，哪还顾得上什么江湖规矩，心想海兰察年纪轻轻尚且如此，待日后习成师门内功心法，那还了得，早已等得不耐烦的齐帮主和汤显同时出手。

三大高手，向海兰察逼来。

"三位真的要倚多为胜么？"海兰察一边问一边四下张望，心中哀叹自己功名未就，竟要命丧于此。

"嘿嘿，海兰察，你也知道害怕么？"齐帮主想得到剑谱，并无意杀死海兰察，所以暗示海兰察交出剑谱。

汤显和"毒镖王"却认定海兰察是平生罕见的强敌，必须置于死地而后快，顾不得讨什么剑谱，双双攻来。一个铁扇刺点拍戳，攻势凌厉，另一个隔空认穴，把弹指神功施展得淋漓尽致。

海兰察此时强敌在前，不敢像当年那样闭穴应战，空耗内力势必顷刻间落败。这样一来，汤显毫无顾忌，催内力，铁指如风，疾风暴雨般向海兰察攻去。海兰察仰仗浑厚的内力，强忍着周身穴道强烈的疼痛，拼力硬战，好在他轻功卓著，混战中"毒镖王"怕伤了同伙，不敢发射毒镖，使海兰察占了不少便宜。

尽管如此，三大高手的功力何等厉害，渐渐，海兰察只觉得内息紊乱，四肢乏力，绝望中，向林外瞟了一眼，只见青龙帮众正在围杀自己的亲兵。

慌乱中，海兰察窥见汤显左肋下露出空当，正一掌拍去时，"毒镖王"的铁扇迎头拍下，他一横心，又使出一招蟒蛇出洞，身体犹如出弦的箭，向前弹去，一掌按在汤显的肋下，自己背上也硬硬挨了一下。

汤显身体弹出两丈，哇地喷出一口鲜血，海兰察也委顿在地，吐出口鲜血。"毒镖王"正欲再击向海兰察的天灵盖，击毙这个日后的隐患，不料齐帮主用刀架住"毒镖王"的铁扇。

"怎么，帮主，你……""毒镖王"惊疑地问。

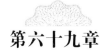

第六十九章

"要剑谱。"齐帮主答。

"顾不得了。""毒镖王"双目露出杀气，边说边挥扇拍下，但又被齐帮主挡住。他顿时大怒，一掌向对方左胸拍去，另一只手仍然挥扇击向海兰察。齐帮主出手敌住对方的掌力，另一只手再次挡住对方向海兰察下的杀手。

"你……""毒镖王"气愤已极，他是被请来对付海兰察的，可眼下齐帮主又不许杀海兰察，脸色一寒，向后跃出几步，摆开决斗的架势。

齐帮主正要解释，突然两眼发直，满是惊恐的神色。"毒镖王"一见，诧异地愣怔一会儿，忙顺着齐帮主的目光回头看去，也同样目瞪口呆。

树下的明寿已经无影无踪。

两人对视一眼，同时号叫一声，两种兵器一齐向衰弱不堪的海兰察击去，就在这时，一个灰影一闪，似雷鸣闪电，快得匪夷所思，突然出现在两人面前，双掌一分，震得两人连连后退。

"阁下是何人？"齐帮主惊魂未定，忙问。

来人长巾包头，黑纱蒙面，听了齐帮主的话，不置可否地摇了摇头。

"嘻嘻，还问什么，好不要脸，三个打一个，传了出去，还有何面目立足江湖。不如都吊死在这林中，省去许多烦恼。"说话间，林中走出一个眉清目秀、笑靥如花的少女，话语酷似莺鸣凤唱，可词句中尽是尖酸刻薄的字眼儿。

"小妖女，是你？！"齐帮主一见这女子，顿时恍然大悟，有些胆怯，但嘴上仍然强硬。

"是你抢走明寿？""毒镖王"冷眼斜睨那女子，问。

"当然，要人找我，何必老大不小的人死皮赖脸地找人家麻烦。"女子冷言道。

"你这女子是不是活腻了？""毒镖王"眼露凶光，恶狠狠地问。他并没把这女子放在眼里，倒是对默然不语的蒙面人顾忌三分。

"老东西早该归西了，方才你那一扇打得好不要脸，乘人之危痛下杀手，拿命来吧！"女子话音没落，手中宝剑倏地刺出，全然没把"毒镖王"放在眼里。

"毒镖王"险些气炸了肺，遭到一个青年女子的戏弄和侮辱，真是平生奇耻大辱，把牙一咬，同女子杀成一团。

齐帮主看了一会儿，眼睁睁瞅着"毒镖王"渐处下风，但不敢援手。蒙面人始终盯着自己，真的动起手，这蒙面人比那女子要厉害许多，他只好盼望汤显快快苏醒，两人联手或许可以一拼。

远处，一阵急剧的马蹄声传来。蒙面人看了看海兰察的气色，向远处奔来的索伦兵喊道："海大人在此，快快带走。"

十几名兵丁下马，由一名参领率众围上来，一见昏迷不醒的海兰察，慌忙扶起。参领疑惑地瞅瞅酣战的"毒镖王"和女子，又望了望齐帮主和蒙面人，不知如何是好，只是见蒙面人指了指海兰察，又对着自己摆摆手，知道救海大人的两人无事，这才领兵离去。

"小淫妇，你坏了我的大事！""毒镖王"力不能支，又苦于对方运剑如风，简直不给自己施放暗器的机会，一气之下，声嘶力竭地叫骂。

"算了，老兄，咱们日后找'川中侠女'算账吧。"齐帮主不好直言，只能一语双关地点拨战不能胜、又死要面子的"毒镖王"。

果然，一听到"川中侠女"的名字，"毒镖王"一愣，跳出圈子，细细打量了一下那女子，阴恻恻一笑，说道："难怪，'迷幻'剑南派传人，好，记住，小妖女，老夫日后要找你们娘俩，一并领教。"

"嘻嘻，老不要脸的，你连我都打不过，还吹什么？来，跪下磕头，或许教你两招。"慧瑛说着一招手，和那蒙面人飘忽而去。

"毒镖王"暴跳如雷，高声叫骂，可对两人离去时展示的轻身功夫，不由不咂嘴赞叹。虽然有些卖弄，但世人能练到如此地步的的确寥寥无几。

海兰察的伤势不算太重，当时不过是心力交瘁，急火攻心，加上受伤后暂时昏迷。

当天夜里，阿桂将军派出的人马护着他歇在一个小镇上，镇上的守备一见索伦的参领气势汹汹，又听到海大人受伤，哪敢怠慢，安顿好一切后，又增派二百兵丁守护，亲自在卧榻前侍候。

入夜，海兰察闭目打坐好久，心情烦躁，气血不顺，只好唤过参领，问："是何人救我，可曾看清。还有，哦……可有人伤亡？"

"回大人，卑职赶到时，大人已经昏迷不醒，一位蒙面壮士和一个老者观战，而一名女子正同另一矮小老者恶斗。"参领答。

"女子？"海兰察愣了一下，蓦地眉头一颤，又问，"是什么模样，武功如何？"

"是一个美貌女子，杏眼剑眉，言语狂悖，但武功奇高。似乎……"参领支吾着。

"似乎什么？"海兰察舒展眉头问。

"武功似乎与大人有许多相似之处。"

"嗯。"海兰察明白了，心头不由一阵狂跳，沉默了一会儿又问，"可曾看到熟人？"

"熟人？大人，在场的只有五人，都是生人。"参领奇怪地问，"大人见到了熟人？"

"哦，也许是看错了……"海兰察忙收住话，心里暗想：既然是师妹和慧能师兄出现，那明寿断无生的可能，一定是他们杀死明寿后，就地掩埋了才出手救我。这个念头一闪即逝，随后又有一丝不安的想法袭上心头，那就是慧瑛鄙视自己为朝廷效力，劫持钦差大臣，想以此绝了自己在宦海中的路途，随她隐匿山林，浪迹江湖。而现在，她能一改初衷而不怨恨自己？以她的任性和刁钻，或许还会做出什么越轨的事情，逼迫自己……想到这里，他怀疑明寿不一定死去，说不定慧瑛又在想出什么鬼点子。否则，自己到金川已久，就是在峨眉山一带也有两月有余，她为什么迟迟不肯露面呢？

可想到有慧能师兄与慧瑛结伴同行，他又抱有一丝希望。慧能师兄为人憨厚诚实，断然不许慧瑛任意行事，况且，他又是秉承师意办事，岂能容许慧瑛

胡来！

他深思了一阵儿，又向参领问起军中事情，听到哈木领一千索伦兵来到，阿桂决心起用自己的消息后，不由喜上眉梢。

心静气顺，万念尽去，他又闭目运起功来。按照大师伯的指点，专心致志地运功疗伤，不到两个时辰，内息畅通，四肢百骸舒适无比，遍体出了一场大汗后，天色已经大亮。

"闪开闪开，海大人正在疗伤，概不见客。"院外传来守护佐领的吆喝声，海兰察猜出是本地官吏前来拜望，被挡在门外。

内伤即愈，他长啸一声，跃身而起，辗转来到门外。

"参见海大人。"

众人参差不齐地叫道。

"有劳诸位。敝人途经此地，多有打扰。"海兰察见众官吏恭谨异常，也就十分谦和。

"哪里，敝处秩序紊乱，致使大人受累，卑职不胜惶恐。"守备战战兢兢，朝廷的一品大员在此受伤，他自然胆战心惊。

海兰察心里有隐私，当然不想追究，只是简单勉励慰藉几句，便带领人马匆匆上路。他哪里想到，此时此刻，在小金川的军营内，一个更大的风险正在威胁着他。

明寿此时出现在阿桂的大账中，当验过虎牌后，阿桂沉吟了一下，欣然令人赏坐，仔细端详着这个不过是三等侍卫，但却皇命在身的五品官。

"海兰察当真讲了许多对朝廷不满的话？"阿桂问。他对明寿讲的话不十分相信，可又不能不信。

"大人，卑职不敢胡说。"明寿大难不死，无所顾忌，想到自己是皇上的贴身侍卫，言语间十分放肆。

"能在众多高手的眼下逃出，怕是不易吧？"阿桂眨眨眼，试探着问。

"这个……卑职也不明白，只见一女子解了卑职的穴道，此时海兰察正与几人力战。"明寿一见阿桂猜疑的神色，心中一寒一暖。寒的是自己出生入死，倒叫阿桂怀疑，暖的是自己是皇上派下的人，可以直接向皇上陈情，何必在此多费口舌，"大人，卑职不宜久留，既然已被察觉，只好回京复命。"

"哦——明寿，你跟海兰察已久，此人究竟如何呢？"阿桂一看对方并没有把自己放在心上，顿时反感起来，而表面上装得不露分毫，似乎在闲聊。

"回大人，海兰察为人坦荡，两军阵前肯效力，是不可多得的战将。"

"那么，你回京师后，如何向皇上禀报？"

"这……海兰察对皇上不忠，与江湖上反清人士瓜葛甚多，可以说居心叵测。"想到自己几乎命丧海兰察之手，明寿恨得咬牙切齿。

"如此说怕有不实之词吧，据老夫所知，海兰察受贬后是有怨言，可还不至于对皇上不忠，这样一个战功卓著的将才，于我大清可是有利啊。"阿桂逐字逐句，用长者的口气说。

"何谓实？"明寿两眼一瞪，狡诈地笑道，"虚实之说还不是因人而异？虚实颠倒之事当今比比皆是，大人何必那么认真呢？"

"唵？"阿桂听了一震，笑纹隐去，神情肃然地问，"违心之言，与情理相悖，良心何在？"

"哈哈哈，"明寿放肆大笑几声，说，"大人一生戎马生涯，倒有副菩萨心肠，卑职以为，为人者，不宜向善，世人哪个不是追逐功名利禄，由此相互诋毁杀戮？爱者欲其生，恶之欲其死，立身处世，只能这样。"

"不过，可曾听说这句话么，货悖而入者，亦悖而出。"阿桂满脸结霜，虽然面含微笑，但笑得很勉强，令人发寒。

明寿猛然醒悟，知道失口过多，心里一阵恐慌，忙起身准备辞行。

"慢，军旅途中，并无美味佳肴，略备薄酒为你饯行。"阿桂眼睛一转，热情挽留。等一名参领带走明寿后，他立刻喊来一名亲兵嘀咕了一阵。

就在明寿与众多将领悠然酬酢之时，距大营不远的地方，哈木率领索伦兵迎到了匆匆而来的海兰察。时隔三载，又是经历了一场劫难后在这异土他乡的战场上相见，两人自是感慨万千。哈木见海兰察面色清瘦，神情郁郁，急忙拉他到僻静之处，悄悄安慰一番。

"海大人，既然督师力荐，皇上施恩，眼下你的前程是光风霁月，坦荡无垠。日后，还望你遇事恭谨再三，恫瘝在抱啊。"哈木的官职比海兰察低得多，不敢直言进谏，只得好言以慰后，又旁敲侧击地指点。

"金玉良言，岂敢旁骛，哈大人不必焦虑，常言道，前事不忘，后事之师。

敝人虽说天性愚蒙，但也不是凉薄之辈，日后谨言慎行就是。"海兰察自然明白哈木言近旨远的深意，是提醒自己时刻记住整个索伦部的盛衰荣辱，因此，他口上这样说，心中却对往事愤愤然，暗暗叹息一声。

　　"宦海仕途比不得庶民逍遥，龙争虎斗的京师更是凶险迭出之地。"哈木看出海兰察心口不一，一副不服气的样子，为了进一步开导他，压低了声音说，"一时不慎铸成大错的比比皆是，天大的功劳往往毁于一旦……"

　　一行人马小憩之后，又急忙上路，听到明寿在军营内，海兰察顿时大惊失色。他在马上三言五语，向哈木说出明寿是皇上派给自己的坐探，并且在峨眉山偷听了自己与大师伯的谈话后，一向足智多谋的哈木也愣住了，面色苍白，久久无声。

　　"想不到你师门与江湖门派的纠葛，闹到了此地，竟然有这么多的江湖术士掺杂进来。"哈木忐忑不安地喃喃自语，两眼望着旷野，他再一次感到凶吉莫测起来。

　　"哈大人放心，江湖门派与我为难，无非是为了我师门的剑谱，但凡鼠辈就是信口雌黄，也不足为凭。只是这明寿，非杀不可。"海兰察想到这些天的周折，恨恨地说。

　　"不可鲁莽，凡事都要三思而后行。这明寿可是朝廷命官，而且是皇上派下的，岂能……"

　　"那就更应该杀掉！"海兰察斩钉截铁地说。

第七十章

　　哈木听到海兰察说出此话不由一震："此人正在大营饮酒，是……督师大人吩咐为其饯行的。"

　　"这又何妨？"海兰察听说阿桂留住明寿，心里顿时一宽，继而又思索起除掉明寿的办法。他断定明寿不会久留军营中，而阿桂也未必肯相信明寿的话，对皇上派下的坐探，任何督抚都要畏惧三分，采取曲意奉承的态度。但骨子里又十分痛恨和鄙夷，想到这些坐探回京后在皇上面前不知如何编排自己，搬弄是非，又是气又是怕。但像阿桂这样颇受恩宠的重臣，虽然不能排除也在皇上监视之下的可能，可比起一般的一二品大员来，傲气自然旺盛许多。他秉性偏强，怎么会对区区五品侍卫——甘为人驱使的鹰犬低声下气？！这美其名曰的饯行之举，怕是于明寿凶多吉少，说不定要以什么借口……想到这，海兰察不由喜上眉梢，扬起马鞭，对并肩而行的哈木说道："哈大人，依敝人看，此事今日便可化险为夷。"

　　"愿闻其详？"哈木狐疑地问。

　　"督师大人不仅为人憨厚，彰善瘅恶，而且对军机政事运筹得当，有许多过人之处，素有赛诸葛之说。对我索伦将士一向不薄，绝不会听信明寿的谗言，明寿撞在他手中，只怕是飞蛾扑火，自焚而已。"海兰察自认为比哈木了解阿桂，十分肯定地说，言语之间，脸上明显流露出赞赏和感激的神色。

　　"海大人未免过于自信了吧？"哈木听了海兰察的话，郁郁寡欢地说，"满人历来官官相护，与外族官吏从来就是心存异念。"

"哈大人此言差矣，督师大人又当别论，我等可不能以小人之心，度君子之腹啊。"海兰察漫不经心地说。

哈木见状，嘴唇翕动了几下，似乎想说什么，却又没发出声，喉结上下滚动，咽下一口苦涩的唾液。他悄悄斜睨了身边的海兰察一眼，感到对方变了许多，有持重老成，也有稚嫩飘浮，尤其是那一副过于天真自负的样子着实令人担心。短短的谈话，他已看出这十一年来，海兰察精进的是战绩和自身武功，于人情世故，官场的倾轧一道，还幼稚得可怜。以此下去，不知还得经受多少波折，想到这里，他的心头沉重下来，想规劝一番，又碍于官职悬殊，有众将在旁，无从开口。

一行人马缄默不语，行驰在山路上。

军营的大账中，明寿心神不定地在几名参领的作陪下饮酒，他按照阿桂的吩咐，闭口不谈一点有关海兰察的事情，只是心里暗暗纳闷。一个督师大人，皇上的宠臣，今日何以逾越常度，为一个小小的五品官饯行？如果说这些参领想攀结自己，为日后仕途伏下引线尚可，可这个位及人臣、声威显赫的督师大人图个什么呢？

他想起刚才阿桂那副不即不离的仪态和游移不定的眼神，偶尔发出的令人发寒的冷笑，不由哆嗦了一下，心神不安起来。他推开酒杯，立起身一揖，说道："有劳各位，敝人不胜酒力，又是公务在身，不能奉陪各位。告辞。"

在另一所大帐内，笑声朗朗，话语声声。

"大人，"丰升额向前探出脑袋，满脸笑纹地说，"古人曰，将相和乃国家社稷之洪福。大人在繁杂的军务中仍然念念不忘为海兰察与明寿解除芥蒂，重归于好，可谓明智之举，传世美谈呀。"

"哪里，这也是为社稷着想啊。"阿桂嘿嘿笑了几声，眨眨眼又说，"丰大人，依你之见，如果明寿自持己见，先声夺人，不肯与海兰察言归于好，那将如何是好呢？"

"大人的意思是——"丰升额困惑地支吾着，他实在猜不透阿桂的意思。

"哦，敝人是担心明寿利令智昏，言语怪异诞妄，在此与海兰察闹翻，到了京师又胡言乱语一番，与你我可都不利啊！"阿桂低头叹了口气，瞟了瞟发呆的丰升额又说，"你我的良苦用心如果招致非议和猜疑，可是得不偿失喽。"

"这……大人所言极是，唉，真是，人无远虑必有近忧呀。"丰升额急得拉长了脸，他深知坐探在皇上面前说话的分量，这件事弄得不好是引火烧身哪！他在帐内转了几个圈子，步子渐渐沉重起来，脸色发青，呼吸急促，眉头紧蹙在一起，像是思谋一件什么大事。猛地，他把头凑近神态悠然的阿桂面前，一字字地说："杀——了——他！"

"什么？"阿桂蓦地立起身，惊问，可脸上却隐隐带着笑意。

"大人，明寿的来历无人知晓，全军上下只有几个将领知道，干脆，如果他不就范就定罪处斩，以绝后患。日后皇上问起来，我等只作不知，对，就这样，你我身为督师，斩个小小五品官还值得追问么？"丰升额一口气讲完自己的想法，自以为得计，竟然晃起又肥又大的脑袋。

"唵，不错。"阿桂笑吟吟地点点头，赞扬道。可没等丰升额笑脸绽开，又把他的笑纹变成了霜雪。"不过，丰大人，与明寿饮酒的几名将领可都知道他的来历，这是瞒不住人的。擅自处斩皇上派下的人，那……"

阿桂的一番话惊得丰升额出了身冷汗，这才意识到自己刚才的想法荒唐至极，不禁又羞又急，抬起头可怜巴巴地望着阿桂。他也和阿桂一样有心成全海兰察，可为此累及自身的安全，耽误自己的仕途，他是不干的。

"丰大人，"阿桂瞅着手足无措、呆痴的丰升额说，"海兰察同明寿之间的事，还是让他们自行了断为好，你我就不必介入了。"

"哦——方才大人不是说要为他们的和解，从中周旋一下吗？"丰升额一听阿桂要撒手，顿时糊涂了，提出为海兰察和明寿撮合的是他，转眼间想撒手不管的也是他，此人到底想什么呢？

"不错。"阿桂点点头，继续说，"海兰察即刻到来，你我留下明寿，这不就是为他们两人留下一个见面的机会了么。只是……两人都很倔强，很难和解，因此，不宜在军营内磋商，以免闹翻了徒乱人心。待明寿一走，让海兰察单骑……这样一来，事情办好了，你我都有光彩，办得不好与你我没有一点关系——唵？"

"啊——妙极，妙极。大人高见，高见哪！"丰升额听得张大的嘴巴，赞不绝口，打心眼里佩服阿桂的心计。是的，事情发展最坏的结果，无非是海兰察和明寿一旦明火对仗，在荒郊野岭结果明寿。这样一来，不但打发了明寿这

个只会惹起事端的危险人物，而且与阿桂和自己没有一点瓜葛，相反，几名将领又是两个督师大人善待明寿的人证。此计可谓天衣无缝，一石二鸟，好啊……他兴奋之余，哪甘落后，稍稍揣摩了一下，又说："好，就这样办。大人，这一下海兰察对你我一定会感恩戴德，从此乐为驱使。嘻嘻，此计无论是对海兰察或是明寿，也是欲擒故纵呀。"

"哈哈……"两人放声大笑起来。阿桂笑得轻松、舒畅，丰升额却越笑越别扭，他觉得这个"欲擒故纵"中，不但是指海兰察和明寿，好像也包括自己。没等他仔细琢磨，一名侍卫进账禀报，明寿前来向两位督师辞行。

"卑职向将军大人辞行。"明寿进账跪拜，从声音和气色看，比先前恭谨许多。

"唵，明寿，此次回京，还望将军向皇上据实禀报。"阿桂话中有话地说。

"大人，卑职不敢乱讲，秽人耳目。"明寿心中一惊，低头答。

"这就好。"阿桂瞅了瞅畏缩的明寿，突然关切地说，"本督师见你的坐骑又瘦又小，想必是慌乱之中劫得的劣骑，此地离京师几千里之遥，又是荒乱的征战之地，没有一匹良驹怎么行呢？这样吧，这里有一匹川北高头大马，好马配良将，你拿去吧。"

"谢大人，卑职无功受禄，心中不安，不敢领受馈赠。还是——"

"好了好了，不必推辞。"阿桂打断明寿的话，接着问，"你准备走哪条路呢，要不要本督师派人送你一程？"

"不必，卑职一人方便许多，众多兵将反倒招致四处叛军的堵截。"明寿答。

"那好，依本督师看，你还是走大路的好，小路僻静荒凉，常有士兵的散兵游勇。"阿桂深思了一会儿说。

"卑职遵命。"明寿飞快地瞟了阿桂一眼，回答。

军营许多将士欢呼雀跃，簇拥着海兰察来到督师大帐旁。

阿桂早就望眼欲穿地盼着海兰察的到来，眼下一见海兰察真的出现在帐外，心里不由一阵激动，也掺杂着一丝酸楚和愧疚，他多么想迎上去拉着这位骁将的手，亲热地寒暄一番，互诉衷肠。但是，他克制住了自己，他毕竟是全军的统帅，城府极深的权臣，为了矜持起见，当着各式各样、心绪不同的满蒙汉及索伦将士的面，他当然不会做出有失主帅体统、超越常度的举动来。而丰升额却顾不得那么多，真情毕露地冲出大帐，与海兰察拉手言欢。

在督师大账前，众将士渐渐散去，海兰察跟随丰升额进到帐内。

"叩见将军大人。"海兰察惴惴不安地跪拜，得知明寿在大营后，他一路上心惊胆战，一面等待着无法回避的疾风暴雨，一边考虑着自辩的措辞。

阿桂不动声色地看了海兰察好久，才淡淡地说了句："起来吧。"

"喳。"海兰察闻声立起，肃立一旁，额头不知不觉间沁出汗水，他觉得这一刻工夫居然那么漫长，难挨。

"海兰察。"阿桂开了口，语言不紧不慢。

"卑职在。"海兰察赶紧应道。

"在峨嵋盘桓几十日，还好么？"

"还好，只是……"海兰察心知阿桂的意思，对方早已从明寿那里知道了一切，或许由于明寿的添枝加叶，无中生有，比自己预料的要多得多。所以，明知不讲不行，但又不知从何讲起，一时语塞。阿桂的沉稳打乱了他在路上准备好的对策，在对方还没有斥责之前，贸然自辩，不恰恰说明自己心虚么？

"哦，好了。门派间恩恩怨怨不必讲了，与本督师和金川战事无干。"阿桂闪烁其词地抢先说，实际上是暗示海兰察不要深说，免得许多麻烦。

海兰察立即心领神会，知道阿桂网开一面，不想追究，不由悄然吐出一口长气，壮着胆抬起头，用感激的目光瞅着阿桂和丰升额。

"海兰察，你不必担心，神而明之，存乎其人。你的冤屈有督师大人做主，不久，你就会否极泰来。"丰升额忍不住搭腔，把底露给海兰察。

"多谢督师大人提拔之恩，海兰察没齿难忘。"海兰察又拜倒在地，由衷地说。

"没错，海兰察绝非是那种前倨后恭、反复无常之辈。"丰升额没等阿桂开口，又抢过话头说，直到阿桂瞪了他一眼，才戛然而止。

"算了算了，起来吧。"阿桂愠怒地扫了丰升额一眼，暗怪丰升额多嘴多舌，他卖了个顺水人情，却把一切责任推给了自己。他让海兰察起来后，又说道："眼下有件事要立即办，此事需你自行了断，本督师爱莫能助。"

"请大人吩咐。"海兰察忙问。

"明寿正在返回京师途中。"丰升额一见阿桂以目示意，急忙接过来说，

"你即刻乘快骑追赶，此人跋扈异常，没有一点善相，如何对付，你自然清楚。"

"大人，明寿几时启程，走的哪条路？"海兰察此时才恍然大悟，不觉精神一振，问。

"此人颇为狡诈，又疑心甚重。"阿桂皱皱眉头说，"本督师让他走大路，他必定偏走小路。好在他的坐骑是一匹川北劣马，一定走不快，你赶上他后，务必做得干净些，免得累及他人，明白吗？"

"卑职明白，请大人放心。"海兰察自知此事关系重大，两位督师大人也冒着很大的风险，心里自然是感激万分。

"此事一了，只要我们三人守口如瓶，就会安然无恙，哼，偌大个金川战场，不是有许多将士被散兵游勇杀掉的么。"阿桂冷言自慰。

"这样一来，你的隐患一除，来日在沙场上建功之后，有督师大人保荐，不愁高官厚禄。"丰升额笑呵呵道。

"且慢，"阿桂并不乐观，想了想又说，"金川战事即日开始，许多事情是经纬万端，不能等闲视之，我等还要自强不息，以不变应万变，万万不可苟且偷安，要知道宴安鸩毒啊！"

阿桂想到战事即起，还有许多事情没办，心情并不轻松，当着两个左膀右臂，发出感慨。丰升额觉得阿桂有些过于杞人忧天，不以为然哼哈几声。唯有海兰察体谅到阿桂的难处，这位督师大人是两面作战哪，金川战场是明的，歌舞升平的京师中是暗的，而且哪一方都只能胜不能败。金川战败，他会重蹈覆辙，步温福的后尘；京师官场失势，就会一跌千丈，那——可比死还难受啊！

第七十一章

残阳西斜，阵雨方住。

墨绿色的林间小路上，明寿催打坐骑匆匆而行。

离开军营不远，他就察觉中了阿桂的计，这胯下的坐骑虽然毛皮光亮，气宇轩昂，可走起路来却又笨又慢，且刁钻冥顽，哪里是匹川北良驹，分明是个欺生害主的丧门星！他原来自恃武功加上匹好马，不愁路上遇上小股毛贼。能战则战，不能战就溜嘛。可现在一看半个时辰没走出一座大山，他的心凉了，想想阿桂那叫人琢磨不定的眼神和森然的冷笑，他开始惊慌起来。

长年为皇上当坐探，使他具备了一种常人所没有的特殊嗅觉，凭着这种敏感，他曾经暗中参了几名巡抚和都统，致使其中的几人莫名其妙地丢了官，贬了职。然而，几年过去了，他仍然是五品侍卫，并没有像期望的那样加官进爵。他不免惆怅了一阵儿，随后细细斟酌了一下，觉得自己干得还不够劲儿，没得到皇上太大的欢心。要想让皇上欢心，就得做一件大事，换句话说，替皇上解除一件耿耿于怀的事情，为君分忧。当然，要是能做出一件使皇上也预料不到又感到惊讶不已的大事，他便能如愿以偿，从此，就不必再提心吊胆，过着低声下气、度日如年的日子。

跟上海兰察，他明白了皇上的心思。这个闻名遐迩的索伦将领不仅官居一品，而且凶猛盖世，统帅几千名骁勇善战的索伦兵，可以说是战无不胜、所向披靡。几十年来，朝野一致认为索伦兵是大清朝为数不多的顶梁柱之一。

物以少为奇，以精为贵。正因为这样，海兰察作为索伦兵的统帅，满洲骁

将，他的忠贞与否太重要了，况且，三军易得，一将难求，所以，为海兰察操心的人太多了。

到了海兰察身边后，他一边观察海兰察的为人，一边处心积虑地搜寻不轨之处，他甚至认定自己一生的荣辱，怕是就决定在海兰察的身上。但是，过了不久，他失望了，海兰察勇猛善战，少言寡语，为人心胸坦荡，时时又表现得很有心计。与海兰察相比，他有时也自惭形秽，海兰察是靠卓越的战功而获得高官厚禄，可自己……

金川战事中，他发现海兰察对朝廷是有怨言，又与江湖反清人士瓜葛颇深。抓住这些把柄后，他顿时欣喜若狂，谁知海兰察的师伯，报国寺的老和尚内功奇高，察觉了自己，致使自己被擒，要不是青龙帮和川陕怪侠的劫持，几乎命丧海兰察之手。想到海兰察几次出手想取自己的性命，他不由怒火中烧，逃到阿桂军营后，他本想仰仗皇上的威风，让阿桂将海兰察囚解京师。可阿桂借口证据不足，对名将不可草率行事为理由，置之不理不算，还冷言讥讽。他情知不妙，急急脱身之后，准备日夜兼程，回京面君，狠狠弹劾阿桂一下。

夕阳隐没，暮霭茫茫。

他正狠命催打坐骑，寻找借宿之处时，猛地，前方树下的方石上，传来一声低沉的声音："此地树木伟岸，山风宜人，还有淙淙溪水，倒是处不错的葬身之地。"

"何人？竟敢如此放肆！"明寿声色俱厉地喝问，但他自己也吓得毛发倒竖，只是强打精神而已。

"恕不奉告，明寿，你身为朝廷命官，大内侍卫，竟然被江湖术士擒获，又苟且逃生，传了出去，头上的顶戴还保得住么？"黑暗中前面那人退在阴暗处，冷冰冰地问道。

"那么，义士是川陕游侠喽？请问，在此等候在下，意欲何为呢？"明寿断定来人是川陕怪侠，否则无人知道自己曾经被擒的情节，所以，反倒放下心来。虽说川陕怪侠武功了得，但没有理由置自己于死地，至多是有什么难办的事情要自己帮助。坦然之余，他又觉得蹊跷，来人不肯露出真面目，并且喉音浓烈，中气冲腔，显然是有意以内力搅乱真实的声音，掩人耳目。这种想法一闪而过，转眼间又释然许多，他想起绿林人士往往披纱遮面，行踪诡秘，也就不疑有他了。

"明寿，你若能将皇上派你到索伦军中的前因后果讲明白，咱们就各走一边。"

"如果不讲呢？"

"那么明年的今天，就是你的忌日。"

明寿狐疑地打量阴暗处的那人一眼，口气软了许多，又问："讲了怎样？"

"在下绝不外传，你在川中被擒一事也无人提起。"

"荒唐，朝中之事岂能乱讲，那不是欺君大罪么。在下今日可以舍出这五尺身躯，出手吧！"明寿明知讲出去犯死罪，把心一横，抽出腰刀，决意拼死一战。

"明寿，你好糊涂，你今日命丧于此不算，你的家小也会被满门抄斩，就是你也要被戮尸问罪。"

"乞道其故？"明寿惊问，握刀的手臂垂了下去。

"哼，你自以为顶多一死了之，皇上会念你尽忠捐躯而善待你的家小。真是异想天开，别忘了，如果有人传出你被擒之事，再加上些招供乞命的丑事，天颜震怒，那……"

冰冷的话语像利箭一般刺在明寿的心上，他向后踉跄两步，张口结舌，呆痴地愣在那里，如堕烟海。

"到底如何，在下已等不及。"那人厉声喝问。

"生死由命，富贵在天。来吧！"明寿心知在劫难逃，索性豁了出去，提刀而上，一招横劈五岳，拦腰向那人砍去。

那人一见明寿来势凶猛，疾退一步，拔刀一招绳锁大江，架住明寿的刀。旋即刀背一翻，一招力劈华山，向明寿头上砍去。刹那间，两人一来一往，金铁交鸣，杀成一团。

几招一过，明寿意外地发现来人武功平庸，内力平平，不觉得意洋洋，一招寒霜凝面，迫使对方退后数步后，长啸一声，腾身跃起，准备立下杀手。就在此时，树丛之中突然跃出一人，横剑架住他的刀，右脚凌空一招倒踢巫山，把明寿踢得摔出三丈开外。

第七十二章

"哈翼尉，请退后，敝人要亲自手刃这个无耻之徒。"海兰察立稳身形，没等明寿清醒过来，挺身而上。

明寿此时才明白，哈木和海兰察设下圈套，在此算计自己。他自知远非海兰察对手，自身又罪孽深重，难逃一死，神色惨然，仰天大笑数声，翻过刀刃，横在脖颈上，厉声对海兰察说："卑职奉旨行事，今日难逃一死，不用你动手，我自己了断。不过，大人在报国寺讲过的话卑职记忆犹新，万忘不要自食其言，累及无辜。"

"好，一言为定。我海兰察绝不是赶尽杀绝的卑鄙小人，你去吧，敝人报你阵亡，请朝廷多多体恤你的家眷。"海兰察说完，把头扭向一旁。

明寿右腕用力一扯，颈上鲜血直喷，大叫一声倒地而亡。

阿桂按照自己的计划，几个月的整军备武，以海兰察回到小金川、重新鼓起索伦兵的士气而告一段落。并且意外地用明寿一事牢牢地拴住了海兰察，使其死心塌地地服从自己的指挥，不敢越雷池一步。但他十分清楚恩威并用、筹措得当的道理。恩多显德，威盛生怨，如何叫全军将士心甘情愿地为自己驱使，保证金川战事的顺利进行，他已决定使出最后一招，不惜为大利而得罪一些人。

"博清额。"阿桂威风凛凛地扫视一下众将，冷冷叫道。

"卑职在。"博清额心里有鬼，一听督师大人叫自己，那颗怦怦跳动的心一下提到了嗓子眼儿，不知这位严厉的督师大人会如何发落自己。

"你知罪么？"阿桂冷眼相观，问。

"卑职……不知何罪之有。"博清额强打精神，咬着牙顶着。他自恃于大学士博恒是近亲，料定阿桂不敢把自己怎样，何况自己还是堂堂的副都统，二品大员。

"你身为一路领队大臣，两军交战之时不听海兰察调遣，违抗军令，致使美诺、明郭宗失守，全军溃散，如今还要狡辩么？！"阿桂的语气越来越强硬，眼睛差点冒出火来。

"大人，美诺和明郭宗失利，上有主将，参赞大臣，下有众多将领，功过是非应该是众人皆有啊。"博清额壮着胆顶撞，同时斜睨了一下身边的五岱和富兴等人，盼望他们出来替自己说话。但五岱与富兴两人此时是泥菩萨过河，自身难保，哪里还敢引火烧身，都僵硬地站立在那里，大气都不敢出一下。

"放肆！"阿桂大喝一声，斥责道，"身为将者，竟然拿战场当儿戏，以泄私愤，你当本督师奈何不得你么？来人！"

"喳！"几名亲兵冲进帐。

"与我拿下，囚禁待参。"阿桂的嗓门高到了顶点，众多将领都大吃一惊，谁也没想到阿桂竟有如此大的胆量。让博清额过分地难堪，就等于得罪了朝中许多的公侯大员啊。

"谁敢！"博清额听了阿桂的吆喝，浑身一震，一种不甘蒙受耻辱的自尊感忪愿起惊人的力量。他大吼一声，吓得几个亲兵呆立在原地，不知如何是好。

"拿下！"阿桂暴喝一声，两眼射出凶光。

"喳！"几名亲兵见状，不顾一切地拿住挣扎的博清额，拖了出去。

"王吉庆。"阿桂不失时机地叫道。

"卑职在。"绿营兵副将王吉庆战战兢兢地道，浑身不住地哆嗦。

"兵溃之时，你在哪里？"阿桂问。

回大人，卑职在海大人身边，也曾阻止过溃兵。后来……一看大势已去就……逃跑了。卑职有罪，卑职该死……"王吉庆结结巴巴地说。

"唵，你还老实。"阿桂一见王吉庆没有一点自辩和推诿的意思，口气缓和许多，豁然大度地说，"念你还曾帮助海兰察阻止过溃兵的分上，饶你这一次，退下吧。"

"喳。"王吉庆退到一旁,这才发现内衣湿透了。可没过多久,他又吓得出了身冷汗,只见阿桂快刀斩乱麻,一一数落了各将的罪名后,不是推出斩首就是降职留军效用。

阿桂施威完毕后,瞅瞅下面服服帖帖、唯唯诺诺的将领们,心里偷偷地笑了。是的,他惬意极了,他自信收到了预期的效果,权衡利弊,他得到的要比失去的多得多。他深知金川之战是奠定他今后地位的关键,这场战斗不能有半点差错,为了使胜利来得早一些,顺利一些,他必须使出一切手段甚至是失去一些无关紧要的东西。处置哪些人,用谁的脑袋祭奠那曾经七零八落的八色军旗,他早就深思熟虑,只是不和任何人透露,在时机成熟之后,出其不意地令人震撼一下,显示自己非凡的魄力。其实,细心的人都可以发现,除了对将士怨气最大的博清额严厉一点而外,满人将领大多是训斥了一顿,掉脑袋的却是绿营的几个副将。

扫除了一切障碍,驱除了一切阴云,阿桂准备发号施令了。可他又安排了另外一个小插曲,从而使他的一切谋算顺理成章、水到渠成地实现了。

"诸位,大军的器械粮饷和兵员都已聚集完毕,士气也日益旺盛,兵部加紧催战,现在雨季已过,正宜开战,不知各位对战事有何想法?本督师领兵作战二十几年来,一向是举贤纳能,凡是真知灼见,无不翘首企足,佛眼相看,绝非那种言清浊行的昏庸之辈。各位有何良策,尽管提来,这也是聚沙成塔、集腋成裘。"阿桂换了副慈眉善眼的面孔,话说得也很温柔,与刚才那副冰冷如霜的模样真是天差地别,只是此时仍然没忘了含沙射影地踩温福一脚。

众将听了阿桂的话,都悄悄吐出一口长气,惯于献媚讨好的急忙酝酿起措辞,自恃有大将之才的纷纷各抒己见,海阔天空,讲得滔滔不绝、唾液横飞。

"大人,依卑职之见,我军将士三万有余,三倍于叛军,何不在大小金川两处用兵,一可以切断叛军的联系,使其孤军作战;二可以同时荡平两处叛军,早奏凯歌。"和隆武说道。

"分兵而战,不但师劳过甚,叛军自知无援,又没有和的希望,一定会鼎力死战。不行,不行。"阿桂摇摇头。

"大人,金川虽然奇峰险峻,易守难攻,但毕竟是个弹丸之地,万八千士兵。我军莫不如团团围住,断绝其一切路径。不过一年,叛军便会自行溃乱。"

一名副将提出长期围困。

"胡言乱语。"阿桂生气地瞪了那个副将一眼，训斥道，"几万大军守在这里，每日要耗掉多少银两？这正是叛军企望的，照此办法，不到一年，朝廷就会支撑不住，唉——你哪里是大将之才，真是书生之见，闭嘴吧。"

"喳，卑职愚蒙。"那个副将羞愧满面，不敢再言语了。

争论了半天，众人七嘴八舌，都没有说出个所以然来。阿桂对这种泛泛之谈厌倦起来，他扭头瞅了瞅矜持不语的海兰察，问道："海兰察，依你之见呢？"

"大人，卑职没有什么新的见识，只是鉴于上次的失利，倒有点想法。"海兰察胸有成竹地说。

"快讲。"阿桂的眉头一扬，急切地催促。他知道海兰察有个癖好，每战之前，都要微服察看地形，做到心中有数。因此，一年中，他对大小金川的地势了如指掌，但他不知，海兰察在报国寺得到大师伯赠送的金川地图之后，更加如鱼得水、珠联璧合了。

"既然是大人垂询，卑职只好斗胆倾诉一孔之见，权作引玉之砖吧。"海兰察知道一些满将对自己心存芥蒂，所以毕恭毕敬地说，"金川之敌虽然数月前获胜，却没料到朝廷罢和增兵，决意武力荡平叛逆。此时栗栗危惧，朝不虑夕，以此下去怕会有内讧而起。分兵大小金川之计不可取，大军一旦分散，势必削弱击敌之力。常久围困更是下策，金川用兵已久，耗费巨大，当务之急是速战速决，不宜长久相持。况且，从兵法上讲，围而不战，不是驽骀恋栈，也是断鹤续凫，贻误战机。"

"嘿嘿，如此说来，战不得，又困不得，我几万大军难道就一筹莫展了么？"五贷呵呵冷笑了几声，讥讽道。

"五都统言重，敝人没有这样说。"海兰察轻蔑地笑了笑，继续说，"敝人以为大军还是要循序渐进，补偏救弊，择机而动，先要积铢累寸，抓住战机蚕食鲸吞。"

"不错不错，理当如此。"阿桂连连点头。

"海大人，讲来讲去，敝人却没有听到怎么个打法，大人的一番宏论倒有点纸上谈兵之嫌哪。倘若命你为一军主将，你将如何用兵呢？"五贷问道。

"用兵并无一定之规，战场局势瞬息万变，需要审时度势，敌变我变。此

时在此断言用兵之方略，才是真正的纸上谈兵，诸位大人以为如何？"海兰察毫不相让，言语中不无讥讽。

"五都统，兵书战略且不谈，战场上听从将领才是至关要紧的呀。"奎林一见五贷三番五次挑剔海兰察，不由火从心起，硬邦邦地揶揄。他的意思众将都明白，言外之意是说五贷连服从将领都不知道，还奢谈什么兵书战略，不禁哄然大笑，就连绿营兵的将领也忍不住掩面而笑。额森特毫无顾忌，旁若无人地哈哈大笑，弄得五贷面红耳赤。当着阿桂的面，又不敢发作，只好恨恨地怒视奎林。

"罢了。"阿桂瞅瞅尴尬万分的五贷，朝乐得站不稳的额森特和奎林说，"本督师决意两日后开战，全军分三路进击，海兰察。"

"卑职在。"

"令你同常青额森特率领八千中路军从达木巴宗北山进击。"

"喳。"三人领命。

许多将领暗暗吃惊，没想到阿桂如此重用海兰察，将一切希望都寄托在海兰察的身上。

"富兴、五贷。"阿桂沉吟了一下，叫道。

"卑职在。"

"你二人为右队。"

"喳。"

"……"

阿桂分派完毕，愠意逝去，神色峭然，环视了众将之后，阴森森说道："大战在即，皇上急盼佳音。诸位仔细，倘若有人贻误战机，畏缩不前，本督师严惩不贷！"

"喳！"众人齐声应道，都觉得一股冷意从脊梁骨冉冉上升，尤其是五贷，瞥见阿桂锐利的目光后，倒吸了口冷气。

人去帐空，阿桂唯独留下了海兰察，他觉得还得给这个青年将领上点劲儿，更确切地说是把他往自己的战车上拴得更牢固点儿。

"海兰察，你为中军主将，许多将领不服，你务必头仗见功，以慰全军啊。"阿桂语重心长地叮嘱。

"卑职遵命，决不有负大人的提拔之恩。"

"好，用人不疑，疑人不用。本督师或许是画蛇添足，多此一举。哦……还有一事，你要小心才是。"阿桂装出十分关心的样子，神色诡秘地说。

"请大人明示。"海兰察诧异地问。

"明寿之死万万不可露出半点风声，本督师受累是小事，你可是犯有灭门之罪呀！"阿桂愁眉苦脸地说。

"啊……"海兰察心里一沉，脑袋嗡的一声，涨大许多。他心里明白，阿桂要是翻脸不认人，自己的身家性命和前程就全断送了，还要连累索伦部。

阿桂是他遇到的满人官吏中最精明豁达的人，他从内心里感激阿桂对自己的情意，可又不明白，当时恰恰是这位督师大人暗示自己杀掉明寿，现在怎么推得一干二净？如果说阿桂别有用心的话，却又叮嘱自己保守秘密……

海兰察隐隐感到一丝不安，他总觉得明寿一事没完。

一个月后，海兰察和常清率领中路大军，攻占别斯满一带十几座山寨。会合右路大军，并力强攻帛噶尔角克，底木达、布朗郭宗等大寨。年底，海兰察集中兵力血战五日，终于攻克小金川最后的堡垒——美诺，结束了小金川的战斗。

阿桂稳坐中军大营，几乎每日都有捷报传来，他做梦也没想到，在短短几十天里，海兰察就收复了小金川。

八百里快骑穿梭在京城之间。

上谕命为海兰察支俸。

海兰察策马于血与火中，处境开始好转。

按照海兰察的建议，阿桂的大营迁到大金川附近，清军不失时机地准备攻打大金川。

前军等待后队兵马，全体将士歇息三日。

一日清晨，嗜好狩猎的索伦将士，闲暇之余，寂寞难耐，纷纷请求出游狩猎。海兰察想到将士们数月的征战艰辛，便欣然应允。他自己心情舒畅，心想终年南北征战，祖传的技艺生疏，何不趁此机会逍遥一番。安顿好军营事务，就带一队亲兵驰出大营，向林密涧深的峡谷而去。朝霞映辉，雾海蒙蒙。林间鸟雀啼鸣，萋萋蔓草中流水淙淙，漫天的霞光映射在轻柔缥缈的雾霭中，变幻

出五光十色的氤氲之汽，悠悠飘浮在山涧和林莽丛中。

　　面对这良辰美景、天地间神奇的造化，海兰察观赏了一会儿这扑朔迷离的景象，沉思着。蓦地，一轮硕大的朝阳，从云海茫雾中喷薄而起，凌空而上，洒下万道金光，使万山遍野、雾海林莽顿时清新明朗，他仿佛悟到了什么，想起仕途的荆棘、沙场的凶险，一股豪气倏地从心里油然而生，情不自禁地顺口吟道："曾经沧海难为水，除却巫山不是云。"吟罢，心境空明，长啸一声，正想率领亲兵冲向密林，只听一阵急剧的马蹄叩击声传来，身边的亲兵顿时紧张起来，望着海兰察，悄悄抽刀拔剑，取箭搭弓。几十匹战马团团围住了海兰察，作好厮杀的准备。

第七十三章

"慢,不必惊慌,即是叛军也不会是大队人马。"海兰察喝了一声,镇定住亲兵的情绪,然后跳下马,取弓竖立在地上,倒地枕弓谛听,"来人不多,约有五六十骑。放心,是从大营方向而来。"

亲兵们一听,长吁一口气,刀回鞘箭回囊,笑逐颜开地相互取笑起来。

不一会儿,果然有一队人马狂驰而来,耀武扬威,气势狂悖,竟然毫不见慢。领队亲兵气愤不过,拍马上前喝道:"狂妄,海都统在此,还不上来见礼?"

"来者何人,胆敢出言不逊,不知道是福将到来么?!"对方一名副参领厉声吃喝,根本没把海兰察放在眼里。

"何人在此喧闹?"正当海兰察上前准备喝退亲兵时,对方人马中走出一名青年将领,蹙眉问道。只见他面色白皙,美如冠玉,浓眉紧蹙,反倒增添了几分俊俏。海兰察一见便知来人是华英殿大学士傅恒之子福康安,京师虎松营统领,与哈木一起来金川助战,现任领队大臣。此人据说十分受皇上宠爱,传言不久就要擢升兵部尚书之职,所以,满朝王公大臣一见他圣眷正盛,纷纷攀结奉承、趋之若鹜。来到金川后,阿桂一直没叫他到阵前出战,只是留在后队做替补,可在夺取美诺、结束小金川的战斗中,他竟然鬼使神差地出现在美诺寨中的废墟中,惹得众多将士背地里大哗。

对这种显然是来沽名钓誉的人,海兰察是不屑一顾、嗤之以鼻的,尤其今日见他如此飞扬跋扈,更是厌恶至极。他本来想喝退亲兵,可此时不仅没有那么做,反而倒背双手,冷眼旁观。

"海大人在此。"领队亲兵一见海兰察姿态高傲，胆量陡增，也不管什么福将大人，硬挺着脖子叫道。

"哦？——海大人。"福康安一见是海兰察，先是愣了一下，随即迎上前来，亲热地说道，"大人也有此雅兴？敝人与大人在此不期而遇，真乃天意，看来你我二人志同道合呀。"

"喔，是福大人。敝人不过是出来随便走走，附庸风雅而已。"海兰察见福康安彬彬有礼，只得客套几句。

"哪里，海大人何必过谦，世人有谁不知索伦人猎取飞禽走兽，有如探囊取物一般。敝人一向仰慕海大人用兵之韬略，非常人所及之勇武，待日后闲暇之时，还要移樽就教。"福康安早有心结交这位勇冠三军的索伦将领，作为日后立功建业的羽翼，所以言语中满是赞叹之词，而且十分真挚。

"不敢，盛名之下，其实难副。敝人只是一勇之夫，胸无城府，且俯仰由人。"海兰察想到数年中的坎坷，喟然长叹，露出一丝怨言，但立刻又意识到不妥，忙改口说道，"福大人年少有为，在当朝文臣武将中，是屈指可数的雄才大略之栋梁，如蒙不弃，敝人倒是愿意攀龙附凤，与福大人结成至交。"

"海大人言重，恭敬不如从命，何况敝人也早有此意。敝人对大人的境遇早有耳闻，深感不平，也佩服大人忍辱负重，宠辱不惊，对朝廷忠贞不二。来日回京，定要为大人面折廷争，弄清是非曲直。"福康安慷慨激昂地说。

"多谢福大人的盛意，大人如此坦荡胸怀，叫敝人好生钦佩。"海兰察讲出此话，不觉耳烧心跳，好一阵不自在。他心里也十分奇怪，方才的话明明不是出自于内心，可还是坦然地讲了出去，不由得感到有些惭愧，可转眼间又释然了。

"好，改日叙谈。"福康安望了望远处古木参天的林子，说道，"笨鸟先飞，敝人先去了。"

"请。"海兰察双手一揖。

马蹄阵阵，弓箭声声。

亲兵不时欣喜叫嚷，拖来一个个猎物。

海兰察却无心打猎，打发走亲兵，独自一人在后踽踽独行。同福康安的一番谈话勾起他满腹的心事，他很纳闷，以往耿直的上谏或忠直的举动，往往招来许多非议和责难，而刚才几句言不由衷的话语，却博得福康安的好感。而福康安是皇上特殊宠爱的新贵，据说皇上对他越来越言听计从，难道福康安的话就都有可取之处么？如果长此以往，所谓的忠贞与奸佞不是一人所言而定么？

此时，他才明白阿桂在自己去峨眉山前讲述的话。是啊，皇上固然圣明，只是权臣当道，使圣上闭目塞听呀。阿桂分明是在暗示自己攀结权臣，不要一味顶撞，得饶人处且饶人，做事不能太认真吗？不错，是这样，走入仕途以来，之所以经历这么多的风风雨雨，多半也是自己不谙世事、官场乏术、耿直莽撞而致啊！方才与福康安随便讲了几句违心之言，竟意外地引来不虞之誉。何谓廉耻？法度何在？唉——海兰察心里叹了口气，不得不承认，这些东西都在几千里外的京师，在皇上和那些权贵手中。福康安眼下无功可叙，居然也做了从一品大员，而且日后……此人可是个大树，又知书达理，待人谦和。他想到这，心绪豁然开朗，仕途就是战场！

前面，几名亲兵仓皇拍马跑来，气喘吁吁叫道："禀大人，福大人被毛贼困住。"

"在哪里？"海兰察急问，翻身上马。

"在前方的树林里。"

"令所有亲兵急速前去。"海兰察吩咐完，独自一人拍马驰去，心里暗暗称奇，金川的叛军何以下山跑到这么远来劫杀清军？

林中的空地上，一伙布衣男女正在围攻福康安的亲兵，几名亲兵已经横尸倒地，一名参领率领几个武功不弱的亲兵侍卫，紧紧护住福康安。几丈开外，一名三十七八岁的汉子和一个老太婆站着掠战。

"海大人快来助我！"福康安挥剑大叫，他的武功实在平庸，竟然被一少女杀得左躲右闪，丑态百出。要不是身边的侍卫时时为他遮挡，恐怕早被捅了几个窟窿。

"福大人休慌，几个小贼何惧道哉？敝人来了。"随着话音，海兰察从马上跃身而起，凌空扑下，以大力鹰爪功抓起一个大汉，摔向掠战的老太婆。

老太婆冷冷一笑，伸手轻轻接下大汉，向正在酣战的众人喝道："且住。"

海兰察一见众人退去，再细看老太婆的神色，立即明白这些人是冲着自己

来的，否则，以老太婆的身手，十个福康安也给拿住了。看来围劫福康安，不过是引自己出来而已。趁着双方对视之际，他又细细打量了一下老太婆，只见她面红肤润，精神矍铄，模样似曾见过。那个三十七八岁的汉子，目光犀利，左右太阳穴高高鼓起，犹如贴着两条小蛇，一看便知是内家高手。

"请问，前辈是——"一看是武林中人，海兰察以礼相问。

"你就是海兰察？"老太婆端详着衣冠楚楚的海兰察，不无鄙夷地问。

"放肆，"一名佐领喝道，"这是大内十八高手之一，正红旗都统海大人。还不参拜？！"

"嘿嘿，是谁在那里多嘴多舌？"老太婆眉头紧蹙，脸上却笑着说。右手电疾一挥，一枚细小的暗器破空而去，射向那个佐领。

海兰察一见，挥掌拍出，硬是以掌风震落了暗器。他心知对方都是高手，早有戒备，在对话时便悄悄凝结真力，一见老太婆出手，便露出师传"迷幻"掌神功。

"不错，是你。"老太婆微微笑道，"难怪空无和尚一力推崇，可惜呀，可惜。"

"前辈，不知如何称呼？"海兰察又问。

"海兰察，你官迷心窍，到了此时你还不知'川中侠女'么？！"老太婆身边的大汉喝道，他似乎是有意显示内力，声若洪钟，震得不少将士骇然失色。

"啊——"海兰察一听大吃一惊，张口结舌，慌忙躬身一揖，喃喃说道，"官服在身，不宜行大礼，还望师——"

"不敢，当朝一品大员，老身怎敢受你的大礼，怕折了我的阳寿呢。""川中侠女"冷笑道。

"前辈休要取笑，"海兰察一看"川中侠女"不肯认自己，言语又刻薄，就改了口。他偷眼瞟了瞟身后的将士，为难地望着"川中侠女"，不知说什么好。心想有其母才有其女，这老太婆和慧瑛真是一模一样儿，想到这抬头四看，想见见慧瑛。

"算了，十年弹指一挥间，都过去了。""川中侠女"叹息一声说，口气凄凉。她的话只有海兰察明白，海兰察听了脸上一红，低下头去。

"请问，前辈有何指教？"海兰察问。

"早已风闻你来此征战，数日前听说你遭贬去峨眉，近日又到金川替朝廷效力。海兰察，五尺男儿，何必为人驱使，助纣为虐，此时回头不晚。念你是'迷幻'派门下弟子，老身特地从几百里外赶来劝你，想你不会执迷不悟吧？！""川中侠女"婉转问道。

"海兰察，十年前，本派弟子不远千里，赴卜奎城救你，你都忘了么？"那个汉子见海兰察默默不语，忍不住大声呵斥。

"前辈，家师过世时曾叮嘱在下，为国效力，造福苍生。倘若出人头地，蟒袍加身，不仅光宗耀祖，也是炫耀师门，光大'迷幻'派。"海兰察委婉解释。

"胡说，你效忠清廷，屠戮百姓，还说什么造福苍生，巧舌如簧，蛊惑人心。海兰察，你此时迷途知返还为时不晚，不然——"那汉子疾言厉色道。

"不然怎样？"海兰察一见那汉子如此霸道，恶言相撞，不由怒从心起，扬起剑眉，冷然问道。

"在下为师门清理门户，我师门绝不容有清廷鹰犬！"

"哈哈哈，狂妄之徒。你有何德何能，也配谈师门，污人耳根。"海兰察大笑几声，凛然叫道。

"海兰察，""川中侠女"低声说，"此时舍弃仕途，既往不咎，还可破镜重圆，你三思吧。"

海兰察听了怦然心跳，他明白"川中侠女"的意思，慧瑛那俏丽的情影又映现在眼前，似嗔似怨，娇羞无限。

然而，当着福康安和众多兵将，他既怒不得又解释不得，窘迫万分。

"师父，何必多言，我'迷幻'派出此弟子，真是辱门败户，师门之不幸。就让弟子代劳你老人家清理门户吧！"那汉子按捺不住，说着就要出手。

"川中侠女"把眼一瞪，吓退了那汉子，沉吟一会儿，瞟了一眼众多官兵，又说道："海兰察，你自幼长在塞外荒原，所知甚少，所以受人愚弄。满人本是白山黑水之人，却自恃武力问鼎中原，烧杀奸淫，无恶不作。哪里是真龙天子，倒不如说是乱臣贼子，你为清廷做事，不是为虎作伥么？"

"海大人，如此逆贼刁民，与她空费口舌，还不动手？"福康安早气得七窍生烟，哇哇大叫。但海兰察不动手，他自知敌不过，所以不敢贸然下令。

"且慢，福大人，即是海某同门，还容敝人善言相劝。"海兰察自有难言

之隐，又哪一方也不敢得罪，斟酌了片刻，狠狠心说道，"前辈此言差矣，自古英雄得天下，真龙天子哪分江南塞北，大明还不是得陇望蜀，雄卧中原，仍然对塞外千里沃野虎视眈眈么？何况大清入主中原已有百年基业，乾坤已定，四海升平，如此圣君明主，乃是苍生的鸿福，此时作乱，有违天时地利人和，徒劳无益。莫不如扶持明君，做出一番事业，与国与民——"

"住口！""川中侠女"怒喝一声，停顿片刻，仰天叹道，"人各有志，勉强不得。"

"不错，各为其主。"海兰察迫于众多官兵，有苦说不出，只得咬牙硬挺。

"如此说来，从此再无同门情谊。""川中侠女"语气冷峻起来。

"悉听尊便。"海兰察见"川中侠女"一再逼迫，十分恼怒，脱口而出。

"好，天龙，代为师出手吧。""川中侠女"话音刚落，那汉子应声而出，虎目圆瞪，一点儿没把海兰察放在眼里。

海兰察见状，知道此人是"川中侠女"的高徒，不敢怠慢，屏声静气，脚踏游龙步，迎了上去，他要在福康安和众将士面前露一手盖世武功。

两人一交手，两柄宝剑各自锋芒绝世，片刻之间，剑啸渊渊，有若龙吟，精芒四射，寒气森森，令人心悸神颤，把众人看傻了。起初，双方还不时有人叫好，渐渐，都心颤神迷，有如泥人般僵硬了。

斗过几十招，那汉子傲气逝去，倒吸了口冷气，暗叹海兰察名不虚传，已得师门剑法精髓，并且内力还胜过自己几分。如此斗下去，过了百招，自己怕是要落败，他不由暗暗焦急，偷眼瞅了下师傅，只见"川中侠女"也愣愣端详海兰察。

"虚实不定，真假难分，技艺内外，何必认真。""川中侠女"朗朗吟道。

那汉子一听，知道师傅指出本门武功的精要，点化自己，顿时领悟。他退后一丈开外，变换步伐，趔趄而上，使出师傅自创的招数，一招银蛇乱舞，撒出漫天剑花，剑中加掌，一招白蛇吐芯，向海兰察肋下拍来。海兰察一愣，记不起师门武功中有此招数，情急之下，向左疾闪，躲过这一掌，不想对方这是虚招，中途撤掌，左脚飞起，踢在海兰察丹田之上。

"哈哈，'迷幻'南派的技艺如何？"望着踉跄数步的海兰察，那汉子得意地笑问。

　　"不赖。"海兰察猛然醒悟，一边称赞，一边又挺身而上，长剑分袭对方上身三大穴道，左掌暗凝真力，呼呼击去，待对方出掌相迎时，突然变掌为指，向对方肋下点去。他自从与铁指神丐争斗以后，曾偷偷演练隔空弹指神功，虽然不敢与汤显班门弄斧，但对付这汉子自知绰绰有余。加上他内力非凡，一击奏效，那汉子不见海兰察手指点到，只觉得肋下一寒，行动受制，不等他清醒过来，又被海兰察扣住腕脉，只觉得对方五指一用力，半身立麻。他心中一寒，顿时万念俱灰，闭上双眼。

第七十四章

　　"哈哈，'迷幻'北派的技艺如何？"在众多将士的喝彩声中，海兰察向后跃出两丈，喝问。"川中侠女"一见海兰察使出弹指神功，面色一凛，随即又冷冷笑道："雕虫小技，何足炫耀。海兰察，我本不想出手，无奈你太狂妄，好在我们是同门，传了出去，江湖上也不会说我以大欺小，以强凌弱。你先出手吧。""前辈，晚辈之间切磋武功，胜负只当儿戏。何劳前辈……"海兰察见"川中侠女"要和自己动手，不觉大惊失色。"川中侠女"武功盖世，当世能与她一决雌雄的高手寥若晨星，与她过招，不但有欺师越祖之嫌，而且必败无疑。"海兰察，你如果不愿动手，那也好。""川中侠女"看海兰察呆立不动，便说道，"不过，请你自废武功，我师门绝不许有清廷鹰犬。""老妖婆，你胆敢诋毁朝廷，辱骂朝廷命官，想招来灭门之祸么？"福康安叫骂道。

　　"前辈，不要逼人太甚。晚辈的大师伯也曾做过三品总兵，难道也是……鹰犬吗？"海兰察见"川中侠女"执意要动手，只好一边说，一边打起精神，准备应战。"川中侠女"长剑横胸，手脚一线立好门户。海兰察只好说道："既然前辈定要指教，晚辈却之不恭，出丑了。"言毕，剑尖一颤，出手如电，快速绝伦地刺向"川中侠女"的上中下九大穴道。他知道此次比剑无比凶险，所以，一出手就施展出平生本事。

　　"川中侠女"让过三招后，剑势立时凶狠起来，海兰察剑走刚猛，"川中侠女"剑势阴柔，每一个招式都使得行云流水、飘逸潇洒，但却刁钻怪异、暗藏杀机，就是谙熟本派剑法的海兰察也防不胜防，几次险些中剑。斗到几十招，海兰察不由暗暗叹服"川中侠女"聪明绝顶，不但精研了本门剑法，而且并没有固步自封，不知从哪里又演化出一些古怪的招式，令人无所适从。

海兰察无奈之下，微定心神，不敢再贪功冒进，一柄长剑护住全身，采取不求有功、但求无过的打法。"川中侠女"几次露出破绽，诱海兰察来攻，不想海兰察无动于衷，只顾守住门户，这样一来，两人斗成半斤八两，旗鼓相当。"自古英雄出少年，果然不错。""川中侠女"挥出一掌，击起一片沙尘，口中朗朗说道。

"前辈如此健朗，也是当世罕见。"海兰察头上沁出汗水，气喘吁吁，但仍然回敬一句。听到对方均匀的喘息声，海兰察已知"川中侠女"的内力强过自己，这样斗下去，只守不攻，再过百招，自己就会油尽灯枯，心中一急，忽然想起自创的几个招数。岌岌可危中，也顾不了许多，一招中流击舟后，竟不使惯用的剑招，冒险侧身躲过对方刺来的剑刀，左掌拦腰挥出，使出一招黑熊拍树，出其不意，匪夷所思。"川中侠女"撒剑出掌不及，咬牙挺身硬挨了一掌，这一下她惊怒交加，怒骂一声："小子，哪里来的邪门武功？""前辈过奖，这也是以其人之道，还治其人之身，见笑。"海兰察一招得手，心花怒放，把那些平日琢磨出来的不伦不类的招数，倾囊使出。

"川中侠女"到底是见多识广，明白海兰察意在取巧，拖延时间，以求和局。她立刻改变招式，暗凝真力，剑掌越来越沉，将浑厚的内力运在剑掌之上，迫使海兰察以内力相拼。又斗了十几招，海兰察越来越吃劲，内息紊乱，手脚乏力，败相已露。他一看"川中侠女"采取这种拼命的打法，又惊又气又怕，心想与其坐以待毙，莫不如使出习练不久的师门内功心法。就是不行，也比这样死去要好，心念一定，奋力对过一掌，疾身后退两丈，吸口长气，调理气息。"川中侠女"见海兰察退后，正疑惑间，忽然见他凝神运气，知道是又要使什么古怪招数，扑上前一拳击来。海兰察出掌拦挡，两掌相交，只听一声巨响，海兰察后退数步，委顿在地。"川中侠女"的身体却向后摔出一丈开外，哇的一声喷出一口鲜血，她摇晃着站起身，愣愣地盯着精疲力尽的海兰察，百思不得其解。她刚才的一掌是在又急又怒的情况下击出的，原以为海兰察接了这一掌，至少会卧地不起，重伤数日。谁料到双掌相交时，她惊疑地觉察到对方的掌力阴冷雄厚，就像是一堵石墙，心念一动，她忙中催动内力，这一掌使足了

十成力，也拼上了毕生的名声。就在两掌相对的一瞬间，她暗叫不好，右掌有如击在一块石壁上，巨大的反弹力把她的身体震飞，那股足以击碎碑石的千斤之力返回来，她的五脏六腑如何受得了，顿觉气血翻涌，胸闷气滞，喉头发腥，以致狂喷鲜血。她仰仗几十年功力的便宜，不然就会震碎内脏。

"海……兰察，你在习练'迷幻'内功心法？" "川中侠女"十分硬气，推开上前搀扶自己的弟子，面色苍白，两眼失神，但仍然十分关切地问。

"晚辈刚刚开始习练。"海兰察紧皱眉头，在地上打坐，脸上露出十分痛苦的样子。一名索伦佐领见"川中侠女"向前挪动身体，怕突生变故，忙领一队索伦兵护住海兰察。"你觉得怎么样？" "川中侠女"问。

"不知为什么，内息紊乱，有散入四肢百骸之象。"海兰察用微弱的声音答。

"用内力护住心脉，压住紊乱的内息，定住心神，神气归一。" "川中侠女"说完，沉思良久，轻叹一口长气，转身领人离去。

强敌退去，福康安松了口气。他略懂武功，知道海兰察不是受了内伤，就是运气出岔，内息迷乱，别看表面上平静如常，其中一定凶险无比。因此命令所有的将士就地歇息守候，就这样过了一个时辰，当日过午时分，海兰察气色回转，大汗淋漓，收功立起。

"海大人感觉如何？"福康安问。

"多谢福大人，暂且无事，回营吧。"海兰察疲倦地回答。就在众人上马要返回军营时，林中跑出一匹白马，一个如花似玉的少女高叫"师兄，请暂且留步。"众人听到这莺鸣凤唱般圆润的嗓音，同时一愣，扭头一看，顿时呆住了。只见一个红裙绿袄、肌肤如雪、眉清目秀的少女坐在马上，朝海兰察招手道："家母传话与你。"福康安在此深山密林中看到如此绝色女子，感到万分惊讶，两眼直勾勾地瞅着那女子，直到海兰察叫了两声，他才魂归体内。

"福大人，敝人与师妹有话说，请大人与——"海兰察本意是让众人先走一步。

"不妨，不妨。海大人有话尽管说，敝人带人在一旁守候，哦……大人有伤，不可不防。"福康安哪里肯走，一边继续朝走来的女子流眼顾盼，一边装出关心的样子说。"也好。"海兰察不好再说什么，只得拍马向前，迎上去叫道："慧瑛。" "师兄，伤势如何？"慧瑛急切地问，一对妙目似嗔似怨，盯着海兰察。十年不见，她虽然姿容不减，却见老了许多，眼角上多了几道细细的皱纹，只有那笔挺的鼻翼依然高翘，显示出那高傲倔强的习性。不同的是那对郁郁深沉的眸子，倒是多了凝重而少了任性，给人一种老成许多的样子。"还好。师妹，在下是出于无奈才……"海兰察支吾道。"不必多说，这个家母比谁都明白，并且让我转告你，我们师门中除了大师伯和二师伯，还无人敢习练本派的内功心法。你的武功和胆量都强于本派所有的弟子，可惜，家母发现你运起内功心法时，内息紊乱，真气不纯，怕是走火入魔的前兆。所以叫我转告，你千万不要再练，等日后到杭州见了二师伯后，请他指点才行。"慧瑛性急，一口气说了许多。

"师叔她老人家——"海兰察想到"川中侠女"自己负伤，反倒如此热心挂念自己，同门情谊的暖流立时涌向心头，不知为什么，喉头发哽，眼角发湿。只是没想到，慧瑛的再三乞求，才是"川中侠女"留下这些话的真正原因，一见海兰察动情，慧瑛也伤感起来，猛地，她开口问："倘若朝廷又像十年前在卜奎那样，囚你进京，你怎样？""囚我？"海兰察一愣，随后连连摇头，说，"不会不会。"

"有人诬陷，栽赃于你呢？"慧瑛秀眉深邃，严肃地问。

"谁？"

"你那个侍卫，明寿。"

"他，他已经寿终正寝了。"海兰察得意地笑道，"师妹，你放走此人是何意呢？要知道，我的老少都在京师，眼下，和十年前也不同啊！"海兰察抬头一看，慧瑛早已不见踪影，他一急之下，拍马追去。

过了一个山坡，风吹枝叶唰唰作响，隐隐约约传来袅袅的琴音，曲调委婉绸缪，音色凄凄似咽，如泣如诉。海兰察听了十分奇怪，在这荒山恶岭，兵家相争之地，怎会有人在此摇琴鼓瑟，尽兴逍遥？他翻身下马，伫立谛听，只听琴瑟之中，有细小圆润的嗓音吟唱：

> 思绵绵，情切切，
> 是情是恨，哀怨相连。孤舟逐流，痴女影单，问茫茫天涯，何
> 处收帆……

夜，四周一片安谧。

一座大帐中，博清额同五岱及几个将领在灯下小饮慢酌，博清额铁青着脸，瞅瞅默默不作声的五岱。几名面面相觑的将领，哼了一声，喝下一杯酒，说："枉然，一切枉然。哈哈哈，停俸一年，好哇，何不把这顶戴拔去。""博大人，朝廷这样做也是宽慰人心，何必那么认真呢？"五岱满不在乎地说，他听说朝廷给博清额的处罚只是停俸一年后，仅仅付之一笑。那一年的俸禄才多少，算得了什么呢？说实在的，京官从六部两院到各部侍郎，外官上至督抚，下到守备把总，有哪个单靠一点俸禄就能荣华富贵的？还不是依靠官势四处搜刮、强取豪夺么？所以，五岱认定这只是敷衍外族官吏的一个办法，与掩耳盗铃相差无几，不值得大惊小怪。

"说得轻巧，五都统，朝廷如此定论不是认定敝人有过么？这不就应了阿桂的话了么？！"博清额愤愤叫道。"不错，言之有理。"一名参领接口说，"此举大伤了我族人的面子，以后如何再……""一派胡言！"五岱生气地打断了参领的话，他十分懊恼，眼前这个参领偏偏在这件事上逢迎鲁莽的博清额，这分明是拔苗助长嘛。"依敝人看，博大人，这还是朝廷不加深究呢，倘若细察起来，怕是还要论罪呢！""何以见得？"博清额瞪大两眼，问。

"木果木师溃，海兰察令你我合兵守美诺，就是想占据小金川，以图大展。结果呢，你我……二人来迟，海兰察和额森特等将领的人马都是疲惫之师，残缺不全，器械奇缺，如何能挡住大小金川万名虎狼之师？如果你我二人的近三千名将士按时赶到，或许可以与叛军相持在小金川。"五岱低沉地说，大概是酒力的怂恿或是良知的愧觉，他讲出了心里话。

博清额冷静地想了想，嘴唇翕动几下，却没说出什么，"这么说，此事就这样罢了？"参领不大服气。"哼，纠缠下去又有何益？记住，沙场夺魁方显英雄本色！"五岱意味深长地说。

"沙场？"博清额不解地望着五岱。

"对，不错。"五岱点点头，又说，"要想得手，需南北并力呀。何况，不仅仅是一个明着的海兰察，别忘了，在这个大沙场上，他不过是个小小把总。""喔？"博清额渐渐明白了五岱的意思，阿桂、海兰察，还有纷纷盼望急功近利的朝臣们的影子，乱七八糟地映现在他的脑子里，他似乎明白了点什么，可又似是而非。就在此时此刻，索伦兵营的一座帐内，海兰察也在焦躁不安，既无心练功，又无法入睡。战斗的空隙，几日来发生的事情，使他一向清静的大脑思绪纵横，愁丝缕缕。是的，近日来，每当他倒身安歇或闭目打坐的时候，繁杂的念头犹如噩梦，阵阵向他企求平静的脑海袭来，使他不安，产生无以名状的担忧和焦虑。师妹慧瑛的出现，与"川中侠女"意外的比剑，更叫他闷闷不乐中平添烦恼，为本来就忧虑的心绪增添了新的、淡淡的怅惘。

辗转反侧，他索性起身坐在孤灯下，打算理理杂乱的思绪。什么事最使自己忐忑不安呢？当然是眼下经过波折后朝廷对自己的态度。由此而引出明寿那血淋淋的尸体，通过这具尸体，又看到阿桂那叫人琢磨不定的目光，这目光时而使人倍感亲切，往往令人情不自禁地视为知己；时而又叫人觉得阴森可怖，冷透骨髓，恍惚感到那深邃的目光酷似那无底的深渊，正张着血盆大口，准备吞噬一切。

第七十五章

　　他当时急欲除掉明寿，来不及想到会有哪些后果，况且，他自信阿桂是满人重臣中对索伦最体恤的人，所以，他才义无反顾地对明寿下手。可事过之后仔细一想，才意识到事情恐怕不像自己想象的那样简单，无论怎么说，一个重要的、足以置人于死地的把柄落在了阿桂手中。如果说木果木师败，朝廷震怒，一时降了自己的职，还可以以塞翁失马焉知非福安慰的话，那么，明寿猝死之谜的底细把握在阿桂手中就是不祥之兆了。

　　一事未了，另一件事又萦绕在心头。那就是以目前的情景看，自己与"迷幻"南派的冲突并非结束，就算"川中侠女"在慧瑛的乞求下，不会再刁难自己，可师门中其他人绝不肯善罢甘休。川陕一带是本派弟子最多的地区，麻烦不会少，再说，自己又是朝廷命官，冤令同门忌讳，除此之外，还有另一个重要的原因，那就是本派武功秘籍在自己手中，这可是叫人垂涎三尺的宝物。有谁不想见见本门正宗武功精要，使各自的武功突飞猛进，有"川中侠女"指导，更是锦上添花。倘若有一天真的与同门闹翻，为了秘籍师兄弟之间殊死一斗，武林中人必然首先指责和咒骂自己。说实话，"川中侠女"何尝不想那师门之宝，盼望习练成盖世武功，只可惜秘籍不在手中，又无人指导，在不得要领的情况下，就算是有三四十年内功的根底儿，也不敢贸然修炼。对此，她能不遗憾吗？但她毕竟成名三十几年，在武林中颇有盛名，位高言贵，当然不肯冒着以大欺小、居心叵测的恶名，当众向自己索取秘籍。何况，完全有资格继承师承门派的大师伯都没有张口要秘籍，她一个女流之辈怎能妄自尊大，张口要秘籍呢？可话还得说回来，从她被自己的"迷幻"内功震飞的一瞬间的表情看，她惊恐、愕然、羡慕，一定更加急切地盼望得到……

青龙帮和川陕怪侠几次失手，会罢手么？在这个人间的恩怨、各门派间的纠葛、仕途宦海中你争我斗的倾轧之中，等待着自己的是什么呢？

"哈大人，近日来敝人对明寿一事仍觉得略有不安。倘若朝廷追究起明寿的死因，寻找出一点蛛丝马迹，可非同小可啊！"海兰察闷闷不乐地对哈木说，他特地派人叫来哈木，请这位索伦部的智多星出出主意，眼下，他只敢将心里话对哈木说。

"海大人是说……"哈木盯着海兰察问，因为对方没把话说透，他也就十分含蓄。

"虽然说只有你我和两位督师大人知道此事，可……也不能说就是铁板一块呀。"海兰察露了底儿。"大人言之有理。"哈木点点头，心中一喜，他为海兰察的成熟高兴，望着对方那经过暴风雨的洗刷而变得逐渐深沉的眼睛，他沉吟了片刻，又说，"常言道，害人之心不可有，防人之心不可无。督师大人所以偏袒我索伦，实非出自本意，只是比起其他满人督抚及朝中大臣来，确实是目光如炬，棋高一着啊。"

"愿闻其详？"海兰察精神一振，问。

"小溪涟涡，大河波澜，各有曲折。下至平民，上至朝宫，都有一本难唱的曲。大清坐定中原一百年有余，自称太平盛世，多少能征惯战的将士先后沉迷酒色，苟且偷安，都忙于争权固宠，不惜任何手段，尔虞我诈的方法可谓千变万化、各有千秋。中原闹事，边疆暴乱，反倒成了一些文臣武将加官进爵的阶梯，督师大人就是这样。想当年平叛准噶尔，督师大人得以擢升大学士，跃身六部之首，成为皇上身边不可缺少的近臣，不就是靠我索伦将士一战夺阿勒坦山口，科尔沁蒙古八旗力战哈密而来么？迄今为止，虽说大清威震四方，友邻皆服，但骚乱不止，言安还早。所以，平边定乱，以战功固宠乃是一条捷径。对权臣是这样，对我索伦部也是一样。朝廷善待我索伦，督师大人力荐大人，其用心不是昭然若揭了么？""咳——不错。如此说来，即使敝人有什么越轨之处，督师大人也是其奈我何喽？"海兰察试探着问。"不然。"哈木知道海兰察是言犹未尽，不由笑了笑，又说，"督师大人此举用意颇深，他虽然身在

此地，可心在京师，时时提防小人的谗言和暗算。他自然能想到皇上既然对大人这样一个并无实权的参赞都加以提防，那么对他那样手握重兵的大将安能不防？另外，说不定会有哪个宦官从中作梗，使皇上对督师大人采取既宠又防，既信又不信的态度。所以，痛定思痛，督师大人对明寿这样的坐探十分痛恨，能借他人之手出口恶气，又抓到他人的短处加以掣肘，这一箭双雕的美事何乐不为呢？"

"啊——哈大人高见，这卓识远见使敝人茅塞顿开。"海兰察由衷地叹道，"平心而论，督师大人知人善任，不论居心如何，比起别的满臣，确实高出一筹。敝人担忧的是日后一旦有反目的那天，就怕他旧案重提，落井下石呀，无论怎样说，把柄落在他人手中，永远是块心病啊。"

"敝人也有同感，不过，不足为虑。"哈木满不在乎地说。

"此话怎讲？"海兰察惊问。

"督师大人不会飞蛾扑火。"

"飞蛾扑火？"

"对，飞蛾扑火。"哈木冷笑一声，说，"督师大人明知你我杀了明寿，却徇私不报，并且谎称明寿死于叛军手中，日后又讲是你我杀死，岂不是犯了欺君大罪么？就算我等难逃牢狱之灾，可督师大人怕也一落千丈，那对他来说比砍头更难受呢。"

"好！果然有理。"海兰察两眼一亮，拍案叫绝，转念一想，又问，"哈大人，督师大人一向处事小心谨慎，三思而后行，这次何以……"

"问得好，海大人。"哈木一见海兰察问得仔细，而且举一反三，考虑得周密，显然比从前老成许多，高兴地称赞一句，又说，"智者千虑，必有一失。督师大人决意除去明寿，一是取悦于我索伦将士，二是也怕明寿对他自己不利。这是因为明寿把你和空无和尚的话告诉了他，而他置之不理，还要重用你，这样，明寿自然不满，回京后哪里会讲好话。"

"这么说，督师大人也是冒了风险的。"

"当然。不过，他这样做利大弊小，明寿之事，待金川一平也就化为灰烬了，朝廷为了一个三等侍卫，值得兴师动众地盘查么。"

两人细谈了一阵儿，话题又回到了索伦部上。"海大人，连年抽丁征战，卫戍边防。我索伦部将士十有七八战死，余下的又不能返回故里，这些年来，人丁在下降啊。大人很受皇上的垂青，理当上书恳请圣恩哪。"哈木说。

"哈大人是说——"海兰察不解其意，有些茫然。

"大人终年在外征战，怕是有些淡忘乡情了吧？"哈木不悦地注视着海兰察，语气中已有埋怨之情。"健壮男子在外，许多少妇婚后数年仍然空怀呀！"

"啊——"海兰察听了浑身一震，惭愧地低下了头，这才想起自己只顾自己的事，忘记了索伦部子孙兴衰的大事。

"此事待金川平定之后，皇上高兴的时候，大人再提出。"

"敝人一定向皇上陈情，哈大人，日后还有劳多加指点。"海兰察面有愧色地说。

"不敢，海大人言重。"哈木见海兰察认了错，顿时心安，低头又思索起别的事情。

"哈大人还有心事？"海兰察问。

"不错，"哈木神色凝重地点点头，问，"在朝重臣中，大人以为何人可值得信赖，有益于大人？"

"这……怕是要数督师大人了。"海兰察想了想，点到了阿桂。

"其他的呢？"哈木又问，

"还看不出。哈大人问此话何意？"

"大人不认为只仰仗一人太少么？狡兔还有三窟呢。"哈木目光灼灼，一字一句地说。

"喔——"海兰察恍然大悟，点头道，"阿大人知兵，善用人，可待人么，那个福康安倒是和善，而且此人日后……"

乾隆三十九年正月，清军分四路进攻大金川。小金川土司僧桑格带领一千七百多名土兵败退到大金川，与大金川土司索诺木合兵一处，同清军对峙。双方在高山峻岭中激战数日，清军进展不大，阿桂有些着急，召集各路将领，商议改变部署和打法，"诸位，大金川地势险恶，水高径仄，比小金川有过之而无不及。索诺木凶狡善守，决心背水一战，又有登古山和罗博瓦山，逊克尔宗及科布曲等众多要塞，实是易守难攻。连日来，将士伤亡很大，而进展缓慢，如不采取新的对策，使将士踔厉风发，英勇向前，就会怠倦大军的斗志。各位

有何良策，就请倾囊献出。"阿桂逐个打量着赶来的各队将领，仿佛想从他们的脸色中揣测谁没有用力作战，临阵畏惧或是有意拖延。

了解阿桂习性的人是不会吭气的，因为谁都知道这位正在走运的督师大人不仅善于用兵，而且喜欢以己之长戏弄别人，显示自己才智非凡。虽然说进攻大金川确实一时受阻，遇到了困难，但他此时一定想好了主意，至少是有了什么新的破敌招式，因为还没有趋于完善，又使出惯用的伎俩。名义是招贤纳谏，实际上是移花接木，套取别人的东西充实自己，最后，在饱吸他人的汁液后，自己一锤定音。此时多嘴，讲得好还罢了，讲得不对他的心思，他就会拐弯抹角、指桑骂槐地挖苦你一顿。

"咳？讲呀！"到底是副将军丰升额心直口快，见众人不吭声，沉不住气了，催促道。

众人心中暗自冷笑，仍然沉默无语，场面冷落下来。"督师大人，卑职以为，大金川峰岭奇险，要隘遍地，更有茂密的林木和众多的洞穴，叫人防不胜防。我军不明地理，不宜仓促冒进，更忌死拼硬战，徒伤将士的性命。"哈木首先开了口，很出海兰察的意料之外。"好，讲。"阿桂来了劲儿，点头说。"金川地理宜为敌用，也宜为我用。风雪弥漫，大雾茫茫，既利于叛军藏匿，也利于我奇兵隐进突袭。"哈木振振有词地说。

"妙，妙哇！"丰升额听出了点眉目，乐得手舞足蹈。

"出奇兵突袭，正合敝人的意思，不错，不错。"阿桂矜持地笑了笑，又问，"哈翼尉来此不久，如何这样快对金川的地理气候了如指掌。"

"回禀大人，卑职是听海大人讲的，这几句鹦鹉学舌只不过是皮毛而已。"哈木瞟了瞟兴趣正浓的阿桂和丰升额，用意颇深地说。

"喔！"阿桂眨了眨眼，开始从心底里佩服这个中年索伦将领，竟然在大庭广众之中，不显山不露水地为自己部族的人抹上一把粉。

额森特和奎林几次合兵与海兰察合作，深知海兰察用兵的谋略，也一力推崇。博清额和五岱等人冷眼旁观，个个妒火满腔，又说不出什么，不住地咂嘴鼓腮。"督师大人，敝人以为海大人骁勇多谋，当于重任。登古山与罗博瓦山乃是大金川的门户，索诺木和僧桑格必然死战不舍，此路主将须是多谋善断、随机应变之人，不然只靠死拼硬打，只能徒伤将士性命，有损士气。"福康安说道。他在众将中，官职不算大，语气却咄咄逼人，就连阿桂对这位年少走红的将领，也是恭让三分，装出一副很有兴趣的样子。

"福统领，依你之见，中路主将以谁最为合适呢？"阿桂略向前俯身，很认真地问。

"非海大人莫属！"福康安不假思索地答，一语方出，举座皆惊。所有的满蒙汉索伦将领都大吃一惊，海兰察是背运之人，前程莫测，就算还会东山再起，受朝廷赏识，可作为一个满人将领，大学士傅恒之子的福统领也犯不上攀结他呀！何况，这话语中还有那么一点巴结的味道，叫人听了不舒服。博清额和福康安沾亲，一听这话，恶狠狠地瞪了福康安一眼。

阿桂望着众将的神色，思考了片刻，咳嗽一声，说："福统领所言不差，中路主将如何对整个战事关系重大，为了稳妥起见，可否有人愿为中路主将？不过，要记住，许胜不许败。军中无戏言哪。"所有的将领明知中路军功劳最大，可又不敢贸然领受，更没有胆量欣然请命。谁都清楚，中路军的成败系着全军的胜负，功劳大风险也大，打胜了身价倍增，打败了身败名裂。这还不说，大金川的地形复杂，气候也是频频变化，土兵自知没有退路，必然拼命抵抗，所以，想取胜谈何容易？阿桂那句军中无戏言分明是在威胁人，看得出，他早已倾向于海兰察，福康安的话正中他的意思。

"海兰察。"阿桂瞅着不吭气的众将领，神情肃然地叫。

"卑职在。"

"本督师令你率领索伦蒙古精兵五千，居中挺进，咳——还有，福统领虽然年少，但足智多谋，与你合兵一路真乃天搭地配。他率领虎抢营在后，你，要多多同福统领商议。"阿桂眨着眼，斟酌再三地叮嘱。"

"喳。"海兰察瞟了福康安一眼，迷惑不解地应道。他到底是沙场宿将，深知自己的两翼对自己成败的重要性，立刻又问，"大人，不知左右路由何人……"

"哦，这个……"阿桂沉吟片刻，说，"额森特与保宁从右路进攻，博清额和五岱，还有……奎林，从左路进攻。两翼的将领听着，开战之后，务必确保中路军的安全，如有差错，定要严惩不贷。"

"喳！"

　　闲暇的日子里，强悍好斗的索伦兵哪肯寂寞无聊地呆在大帐中，纷纷聚集在一块，摔跤射箭，比试绝技。整个军营，到处是暴喝声、嬉笑和怒骂声。哈木和海兰察绕着军营走着，不时饶有兴趣地看一会儿龙争虎斗、各不相让的将士。

　　"海大人，督师大人的一番苦心你知道么？"哈木停住脚步，问。

　　"督师大人的美意，敝人心领了。额森特与我一向和睦，当然会鼎力相助。只是这五岱和博清额怕是……"海兰察想起上次战败，博清额和五岱不肯听从调遣，致使金川陷落，朝廷怪罪的事，脸色阴沉下来。

　　"不错，督师大人早就想到了这一点，所以才安排奎林在这一路。"哈木提醒道。

　　"咳，有道理。"海兰察心头一亮，频频点着头说，"奎林是虎将，又与敝人胜似同胞兄弟。另外，他是承恩公傅文之子，孝贤皇后族侄，五岱和博清额奈何不得他。有奎林在，左翼就不足为虑了。"

　　"且慢。"哈木皱了下眉头，又想起一件事，"大人，敝人曾听说此人嗜酒如命，如果真的这样，恐怕要误事呀！"

　　"哦，是的，此人贪杯不假，不过，两军阵前，生死攸关之时，还不至于……""好，此事暂且不提，大人以为福康安如何？督师大人令他到前军，用意何在？"哈木又问。

　　"福统领待人不错，又是今上的宠臣，同此人一同作战，或许可以省去许多麻烦。至于督师大人的用意么，无非是借此人的权势堵住那些对我不满的将领的嘴。"

　　"咳，这只是其一。"哈木接口说。

　　"其一？"海兰察不解地望着哈木。

　　"当然，大人，福统领来金川之后，大多领兵在后，没经过什么恶战。皇上让此人来金川，绝不会是领略沙场的刀光剑影，有名而来，无名而归吧？"哈木尽力点拨着。

　　"喔——不错。"海兰察猛然惊醒，沉思起来。

　　"这一点，就是皇上不交代，督师大人也已经想到。为了顺应皇上的旨意，又有利于金川战事，督师大人可费了不少心血呀。眼下，胜券在握，恶战逼近，让这位福大人尾随在中路军之后，不就是借索伦兵的骁勇、大人的才智为他加官进爵吗？！"哈木终于亮出了事情的底细。此时，海兰察才彻底明白过来，阿桂苦心布置的阵式，拨给自己几千满蒙精锐，疾言厉色严令两翼将士确保中路军的安全，多半是冲着福康安的啊。想到这些，一般酸溜溜的感觉油然而生，同时又感到一股无形的压力，是的，这样一来，战事只能顺利，不能有挫折，倘若再有木果木师败的事情，自己的处境就更不妙了。

"海大人，事已如此，愤怒无益，还要想想妥善之计啊。"哈木看出海兰察十分气恼，又赶紧开导。

"唉——哈大人，敝人今天才算叹服，官场凶险狡诈，诸事不堪预测呀。没想到在这血雨腥风的沙场上，竟然也有这许多……"海兰察低头惨然说道，目光却越来越冷峻，像是两把冷剑，要洞穿一切。

"世间的事情原本就这样，大人不必伤神，既来之，则安之。依敝人看，这位日后的福将大人倒是可以为我索伦派上大用场呢。"哈木又把话题引向深处。

"何以见得？"海兰察已听出哈木的意思，但仍然问道。

"福康安眉清目秀，天庭饱满，两耳垂肩，虽然是个福相，但只是徒有其表，没有什么真实的才智。与此人相处，总比那奸佞之徒好得多，何况，此人虽然猥亵，可善相犹在，只要顺其所好，不难拢住此人。"

"哈大人，我索伦乃是铮铮铁骨的部族，历代以骁勇刚直而称著于世，从不做蝇营狗苟之事，更不趋炎附势，助纣为虐。"海兰察犹豫地说。

"大人此言差矣。"哈木不以为然地一笑，继续说，"世上污浊之事比比皆是，并非我辈所能驱除的。我索伦虽然骁勇善战，可毕竟是个小小的部族，想要在这群雄鼎立的大千世界中占一席之地，没有谋略是不行的。趋炎附势、助纣为虐固然不可取，但择机而动、迫不得已的桴鼓相应是不可少的。"

"那么相悖之处呢？"海兰察问。

"忍为主，谋为辅。"

"何为谋？"

"一是不露锋芒，九九归一；二是以其人之道还治其人之身。立身处世，这也是无可奈何呀！"哈木叹息道。

第七十六章

　　雄伟峻峭的登古山和罗博瓦山像公牛的犄角，相对坐落在大金川的门户前列，犹如雄狮的血盆大口，时时准备吞噬一切敢于向金川挺进的兵马。被击溃的大小土司，像受了伤的蛇蟒，纷纷退到金川腹地，凝缩兵力，重振士气，龟缩在漫山遍野的哨卡和高耸在云雾中的山寨里，时而陶醉在天险不可逾越的慰藉之中，时而又陷入大势已去、玉石俱焚的噩梦里。

　　凶狡的索诺木深知激怒了朝廷，大兵压境，难有善果，也是惶惶不可终日，表面上道貌岸然，背地里不住地唉声叹气。作为一军主帅，他又不得不强打精神作了一番部署，气壮如牛地调遣各处土兵，分据要塞，扼守天险。眼下的局势，他只剩下一条路，即死战拖延，等候议和的机会，尽管遥遥无期。

　　登古山和罗博瓦山是大金川的首要门户，地势奇险，真有一夫当关，万夫莫开的气势，守住这里就等于压住了阵脚，拒敌门外。因此，他不仅押上了三分之一的精锐，又增派了小金川的一部分败兵，派足了兵力和粮草器械之后，才松了口气。

　　就在他的一颗心悬浮不定的时候，一件意外的事情又使他精神抖擞起来。一位从前藏前来助战的番僧自告奋勇，要除去清军名将海兰察，扰乱清军的军心，泄去清军日益高涨的士气。

　　"清军大营战将如云，大师如何下手？"索诺木知道这个番僧武功了得，是藏区少有的高手，可仍然怀疑在戒备森严的朝廷军营内，他孤身一人难以得手。

"土司大人，我素闻海兰察与川陕四怪侠有过节，前几日下山打探得很清楚。"番僧讲道。

"哦……大师怎会结识川陕怪侠？"索诺木早听说过川陕怪侠的名字，可不知他们怎么会和海兰察有过节，更惊奇的是这番僧也与江湖的人有瓜葛。

"哦，说来话长。早年我曾为川陕怪侠助过阵，算起来还有恩于他们，所以，这次下山找到了他们，一说即妥。巧的是他们也在找海兰察，只是苦于没有下手的机会，另外，海兰察的师门就在川中，川陕怪侠不得不小心些。"

"海兰察是清军中头一员猛将，倘若真能除掉他乃是奇功一件，敝人是不惜重金……"

"土司大人，"番僧打断索诺木的话，不悦地说，"出家人本不应涉足尘世，更视财帛为粪土，我师兄弟所以前来助战，是不忍这清廷大兵骚扰众生、涂炭生灵。这次破杀戒，也是出于无奈，好在匡扶正义、普度众生也是我佛宗旨，为大义而不拘小节，我佛是不会怪罪的。只是万万莫提财帛之事，阿弥陀佛，罪过……"

"好吧，"索诺木心中暗笑番僧假正经，什么不应涉足尘世，难道与人人皆知的魔头结交，是佛门弟子干的事吗？不过，他不点破，又认真地问，"大师能快些动手才好，战事临近了。"

"莫急，此事须周密筹划，冒失不得。军营内高手如云，弄得不好，就会死无葬身之地。"

"啊！"索诺木听了身子一颤，忙问，"大师可需要些帮手，敝人这里虽然没有盖世高手，可不乏精壮之士。"

"不必，人多无益，不是一流高手，反添累赘。"番僧摇了摇头，想了想又说，"大人，登古山和罗博瓦山万万不可有失，如果丢掉这个重要门户，懦弱的清兵就会从羊群变为红了眼的牦牛群，在整个金川横冲直撞。到那时，杀掉几个海兰察也无济于事了。"

"大师放心，敝人已经布置妥当，一切万无一失。咳—那川陕怪侠，可否与敝人见上一面？"索诺木本意是想说给予馈赠，可一想到番僧最忌财帛之说，于是就把下面的话咽了下去。

"大人有所不知，这江湖上的隐侠术士，一向不与官府和常人来往。个个

清高自傲，不求礼节，不见，也罢了。"番僧婉言答道。

"那么，一切就仰仗大师喽。"

"土司大人言重，请静候佳音吧。"

夜色凄迷，万籁俱寂。

一条人影悄无声息地靠近索伦兵军营，在几座华丽的大帐前，这人影略略迟疑了片刻，然后身形倏然而起，有如夜鸟投林，隐没在帐后。

这人影谛听了一阵儿，发觉帐内传出几个混杂的鼾声时，立刻纵身跃到另一座大帐，身法之快，动作之轻，使帐外持刀巡夜的卫士丝毫没有察觉。一弯残月偶尔从浓云中浮露，借助它那惨淡的光泽，可以隐约看出这人身材窈窕，黑布面罩紧紧包住头部，左手握着一把长剑，右手不住弹出一粒粒石子，引走帐前的卫士，穿梭在几座大帐前。越过所有的大帐后，蒙面人显得很焦躁，也很失望，犹豫了一会儿后，又返身在一座静寂的大帐前，暗暗凝力于右指，弹出一粒石子，击在帐前不住打瞌睡的卫士头上。随着卫士的一声惊叫，帐内冲出一人，不声不响地向蒙面人扑来。蒙面人一见，迟疑了一下，一剑向对方的左胸刺去。只见那人侧身一闪，动作毫不见慢，十指如钩，向蒙面人抓来，用的竟是鹰爪招术。蒙面人一顿，似乎是吃了一惊，旋即身形跃后一丈，长剑如风，劈头盖脸杀来。一瞬间，两人对过七八招，各自都是大吃一惊，知道遇到了高手，顿时收神敛气，一招一式地认真对峙起来。

"来人，掌灯。敝人要看看何人如此大胆，竟敢深夜行刺，自投罗网。"随着一声吆喝，帐中走出福康安，早有几个卫士掌灯上来，几名侍卫一见福康安安然无恙，也不急于上手，纷纷在四周站定，边看热闹边防止刺客逃走。蒙面人一见来人是福康安，显得兴趣索然，几次试图脱身，都被急于建功的对手缠住，惹得火起，一把长剑酷似疾风暴雨，流水行云般向对方周身三十六大穴击来。这一下优劣突变，这个不知高低的侍卫此时才知不妙，在冷气森森的剑光中左躲右闪，丑态百出，只是碍于福康安的面，明知远非对手，仍然死命支撑。

福康安一见情景不对，刚要招呼其他的侍卫一拥而上，猛听一人喝道："大人，待卑职拿他！"

"好，辛元龙，拿住此人，敝人定要保荐你。"福康安一看是大内十八高手之一的辛元龙出手，顿时来了劲儿。

辛元龙腾身跃进战圈，一剑架住蒙面人的兵刃，一手将那名精疲力竭的侍卫扔出，口中却说："郑大人暂且歇息，敝人代劳。"言毕，长剑在空中翻卷一圈，划出几朵剑花，正是北派摄魂剑法的起式，叫作空谷剑啸。

"哼，阁下的正宗功夫明明是大擒拿，为何卖弄起别派武功，莫不是在年近四旬之年，又带艺投师，改换门庭了么？"蒙面人冷冷一笑，说。

福康安一听顿时愣住，这声音好熟，像在哪里听过。

"嘿嘿，真实武功往往不露为益呀。"辛元龙嘴上说着，手中长剑却接二连三刺去，两人一来二去，闪展腾挪，激斗在一起。

"你此时不走，更待何时？"辛元龙数次留下空隙，一看对方没有走的意思，急了眼，借着近身对招之际，悄声提醒。他早在十几年前同海兰察在忠义公府内就与此人斗过剑，何况前几日又听说海兰察在山林中与师妹相遇的事，方才见此人与侍卫郑录争斗时显露的武功，便知来人一定又是慧瑛，除她之外，无人有此胆量和这样高深的武功。他与海兰察有十几年的交情，又得过海兰察的恩惠，自然不会难为他的师妹。

不料慧瑛素来心高气傲，最受不得别人的怜悯，听了辛元龙的话，反以为辛元龙瞧不起自己，哪还顾得上细品对方的暗示，剑招一变，换上凌厉无比的杀手，招招向辛元龙的要害击来。辛元龙心里暗暗叫苦，又不能分心想别的，慧瑛的剑法比起十几年前精进不少，他使出周身的解数，还是只有招架之功。

在一旁观战的福康安从蒙面人的剑招和声音里，终于想起来人正是几日前与海兰察交谈的女子，一时又惊又喜。惊的是她和自己有何怨仇，深夜前来行刺，喜的是这个如花似玉的少妇，叫他数日心荡神迷，正苦于无从打探的时候，不想今夜孤身一人闯进这戒备森严的军营，正是飞蛾扑火。兴奋之中，他喝令众侍卫一起拥上，但只许抓活的。侍卫中不乏武功高强之人，如果真的拿出本领相搏，过不了百招，慧瑛就会横尸在地。可福康安偏偏下了"不许伤害，只能活捉"的口谕，所以个个心存顾忌，不敢下杀手，更不敢施放暗器，有谁肯为了伤一女子而得罪统领大人呢？这样一来，慧瑛倒是占了不少便宜，放着胆子在各种兵刃的寒光中穿来跃去，右剑左拳，上下左右翻飞，尽情地下杀手。转眼间，已伤了几名功夫较弱的侍卫，但在众多强敌的枪林剑阵中，想冲出去是太难了。

　　辛元龙起初不用本门武功的用意，就是暗示慧瑛不要露师门"迷幻"剑法，以免连累海兰察及师门，另外，他亲自出手便于候机放走慧瑛，即使引起福康安的疑心，事后有海兰察周旋，也不会有什么危险。可在福康安认出慧瑛、众多侍卫一拥而上的情况下，他就无计可施了。每当他佯装抵敌不住，闪身让出一个缺口的时候，立即便有别人挺身堵上，游斗中偷眼望去，只见慧瑛的步履开始迟缓，身形发滞，酥胸大起大伏，剑招慢了下来。他情知不妙，脑子里火花一闪，脚下的步伐混乱踉跄起来，一名侍卫正趁着慧瑛拦挡七节鞭，躲闪右侧的判官笔时，一指向慧瑛的软麻穴点去。就在大功告成之际，被辛元龙撞开，另一名侍卫挥掌向慧瑛肩骨拍下时，辛元龙倏地刺出一剑，恰巧横在慧瑛肩上两寸之地，那名侍卫大惊失色，只好中途撤掌，气得哇哇大叫。

　　"辛元龙退下。"福康安疑惑地看着辛元龙，奇怪这位平日一流高手，不知道受到什么暗算，变得如此颠狂。

　　辛元龙退到后面，悄声在一名心腹亲兵耳边嘀咕几句，那名亲兵立刻悄然隐去。

　　海兰察的营帐在西北角，与福康安相距不远，那边的打斗叫喊和灯火早已惊动了酣睡的索伦兵。他正要带人前去援助福康安，忽然见哈木急急走进帐内，低语了一阵儿。他一听，脸色顿时煞白，呆呆地愣怔半天，好一阵儿，在哈木的催促下才定下神，下令将士回帐休息，自己与哈木密商。

　　东南方的福康安大营内，慧瑛已经到了山穷水尽的地步。她生性狂悖，刚直不阿，哪肯被擒受辱，在泼风似的发出所有暗器之后，耳听一些侍卫的惨叫哀号声，叱咤一声，拼尽余力，削断近身一名侍卫的右臂，回剑向自己的喉头抹去。

　　辛元龙腾身而起，酷似大鹏一般凌空而下，一掌击在慧瑛后背，足尖碰开已贴近粉腔的剑刃。这一掌力道凶猛，快速绝伦，慧瑛的身体像断了线的风筝，向左前方飞了出去。福康安早就等得不耐烦，此时一见辛元龙得手，正要开口喝彩，猛然又见左前方隐现出另一个身着夜行衣的蒙面人，接住慧瑛的身体，顺手射出几枚暗器，只听辛元龙一声惨叫，像是中了暗算。

　　"各位仔细，又有强敌来袭，保住福大人。"辛元龙委顿在地，叫喊道。

　　大多数侍卫和亲兵对今晚这场得不偿失的厮杀很不满意，为了一个女子，十几名侍卫和亲兵被毙伤。谁都不想再继续打这个赔本的仗，听到辛元龙的吆喝，都巴不得地围在福康安身边，几个贪功心切的侍卫不顾死活地冲了上去，企图截住蒙面人，抢下慧瑛。

蒙面人正是乔装的海兰察，他只想救走师妹，无意恋战，所以，夹了慧瑛，边战边走。他的轻功在清军中首屈一指，虽说腋下带了一个人，仍然在片刻工夫，冲出了福康安大营。

几名侍卫哪知道厉害，眼见唾手可得的猎物就要飞走，叫嚷着穷追不舍。他们自恃人多，加上福康安下令不要伤的只是慧瑛，并不包括另一个蒙面人，所以有恃无恐，各种暗器纷纷向海兰察的上中下盘打来。相持了一会儿，海兰察徒然火起，一看又远离了大营，对眼前这几个要功不要命的侍卫萌生了杀机。他将慧瑛放在一棵大树下，反身跃回，瞅着几个围上来的侍卫，嘿嘿冷笑数声，抽出青钢剑。

一个手持判官笔的侍卫首先攻上，分袭海兰察胸前六个大穴，另两个使剑的侍卫手持兵刃，只等海兰察一出手，便立即寻找空隙进击。海兰察侧身一闪，长剑平举，看招式像是白鹤引路，猛地剑尖一斜，身形电闪般跃起，变招为毒蛇吐芯，出其不意地刺向对方胸口。手持判官笔的侍卫大吃一惊，回挡不及，只好仰仗功力深厚，强行变招，丢掉判官笔，扭身向斜刺里滚去，模样虽然狼狈，可总算逃掉一条性命。

另两名使剑的侍卫一看海兰察出招怪异，一招内就打得同伴丢魂落魄，也都暗暗心惊，心里虽然害怕，但武学中的秘诀使他们不约而同地出手相助同伴，长剑递出，分袭海兰察的左右。然而，海兰察攻击使判官笔的侍卫是虚，防这两个使剑的侍卫是实，一见长剑袭到，躲过一剑，用青钢剑封住另一剑，左掌顺势抬出，拍在右侧那个侍卫的头上，顿时击得头骨进裂，血浆横飞。

第七十七章

　　另一名侍卫一见海兰察如此厉害，惊呆了，想战不敢，想跑又不忍，犹豫间，海兰察早已逼近，几招一过，一剑又结果了他。那个使判官笔的侍卫飞身便逃，海兰察提气急追，相距两丈有余时，甩手发出暗器，击倒那个侍卫，看也不看，回身向大树下走来。

　　"师兄。"慧瑛在黑暗中坐在树下打坐，听到脚步声，淡淡叫了一声。海兰察知道她在运气疗伤，尽管心情激动异常，却不敢惊动她，低低应了一声后，降下身子察看她的气色。

　　"师妹，辛元龙也是出于无奈。你……"海兰察轻轻说。

　　"我知道。"慧瑛还想说下去，不料气息转逆，加上内伤不轻，一口鲜血喷出，咳嗽几下，不言语了。海兰察正要运功助她疗伤，忽然听到远处人声鼎沸，灯火通明，只好叹息道："师妹，恕愚兄不能奉陪了，福大——福康安派人追来，愚兄将他们引开。"海兰察有许多话要问慧瑛，但此时却无从开口，他站起身，提剑就要走。

　　"慢着，"慧瑛气息微弱地说，"师兄保重，提防……刺客。"

　　"师妹……"海兰察听了慧瑛的话一愣，才明白她此行的目的，眼见她伤得这样仍然挂念着自己，心中一热，喉头发哽。黯然神伤之间，猛听灯火人声逼近，只好咬咬牙说道："师妹珍重，愚兄去了。"

　　乾隆三十九年二月，清军分三路围攻登古山和罗博瓦山。激战几日后，海兰察与额森特和奎林分别攻占两山的主峰，金川的士兵全残溃退。

阿桂大悦，奏请朝廷，数日后传来上谕，授海兰察为内大臣。

"督师大人，同样的将士，与之以前，真是判若两人，敝人没想到仅仅数日，大金川的门户就被我们打开了。"丰升额叹道。

"哦——用兵之道，最要紧的是知兵。兵不在多而在于精，将不只在勇，更重要的是在于谋。"阿桂得意地微笑着，他觉得丰升额刚才的话虽然颇有恭维的意味，而且大露惺惺作态之意，可听了之后，还是令人十分舒服。他盯着对方肥胖的红脸，心想：此人胸无城府，脑笨舌拙，能讲出这样几句话已经不易，何必苛求呢。因此，他笑意更浓，一是心情舒畅，二是故意卖弄地继续说道："丰大人，为帅之人须善于用人，用人恰当，则事半功倍。对大将之才，不妨委以重任，当断则断，绝不迟疑。而对庸庸之辈，那就要降格以求，虽说同为一品大员，可各人的才智勇略不尽相同，这也是蚁负粒米，像负千斤的道理。诸葛亮失街亭的原因不就是错用了人么？"

"不错，大人。能知人善任，确实是受益匪浅，有时能出人意料啊。"丰升额叹服道。

"海兰察有勇有谋，堪当大任，又有福康安在后压着阵脚，可是少了许多的后顾之忧啊。"阿桂眯着眼，进一步点拨。他见丰升额只会就事论事，始终意会不到自己多方面的匠心，心里直为这位只有一条直肠子的副帅叹息。

丰升额望着言犹未尽，却又止住不说，殷切地瞅着自己的阿桂，眨了一阵儿眼，突然大惊小怪地咋呼起来，"喔——大人才学过人，敝人钦佩之至。对呀，有福统领在中路军，足以震慑五岱和博清额等人，使他不敢不鼎力协助。此外，福统领又借海兰察的勇略，尽得功劳之最，海兰察不能一枝独秀……"丰升额一一数落着，此时，他才明白，阿桂这样用才又遏制有才之人的本领实在高明。表面上是偏袒和支持海兰察（事实上也有利于海兰察），实际上是控制了海兰察，使其不能处处出人头地，免得日后骄横跋扈。但他也留了个心眼儿，没把阿桂的隐私讲出来，那就是取悦于皇上和朝中重臣。是啊，谁说我阿桂重用外族人？在功劳簿上，第一名不是福康安么？他想着想着，阿桂那身华丽尊贵的蟒袍和头上的三眼花领在他的视线中混沌起来。那一只只蟒爪分明滴着血水，这血水有鲜红、有紫红、有棕红，有血质的贫贱与尊贵或轻快或凝重地滴淌着。猛然，他的身体不由自主地战栗了一下，他分辨

433

出那沉重紫红的血泊正是前将军温福的血，随着目光的上移，他又惊恐地发现，阿桂头上那根新近插上去的顶戴花翎，突然变成了温福血淋淋的脑袋。那对失神的眼睛虽然没有了生气，但却愤怒地瞪着，紧咬着的牙齿可怕地呲着，像是有多少冤苦仇恨没有来得及倾诉出来……

　　那三根叫人垂涎三尺、为之趋之若鹜的花翎上方，竟然有只无形的巨手，随时可能拔掉或是再插上一根……"丰大人。"阿桂看着神思恍惚的丰升额，叫了一声。

　　"啊，啊——"丰升额终于转过神来，揉了揉眼睛，茫然四顾，额上滴出汗水。

　　"丰大人是不是整日劳碌，贵体不适啊？"阿桂一时摸不到头绪，随便问道。

　　"哦，大人，敝人不知为何一时头晕目眩，或许……"丰升额支吾着。

　　"下去歇息吧。"阿桂知道对方是在信口胡诌，也没心思追问。

　　"好，敝人歇息片刻就好。"帐内只剩下阿桂一个人时，他翻开兵部刚刚发来的咨文，看着看着，他皱起了眉头。琢磨了一阵儿，他又翻开金川地图，盯着地图沉思良久。

　　兵部咨文上说，平叛大军虽然连连获胜，但进展缓慢，金川内外的数万大军消耗甚大，要他尽早结束战争。如果这仅仅是兵部的意思，他最多是咒骂几声，或是置之不理。他心里再清楚不过，朝中的对头一见自己大功即将告成，就沉不住气了，要以各种恶毒的诽谤、打击及谣传来中伤自己，这是每个督抚，乃至封疆大吏最担心忧虑的事情。然而，作为朝中重臣的他，尽管不惧怕几个对头的谗言，但不能不对这个不祥的信号提防几分。是的，天知道那些只会沽名钓誉之徒在皇上面前能说出些什么？这个皇上诚然比先皇要温和许多，可时间一长也经不住几条狼的挑唆，说不定什么时候心血来潮，像斩大学士纳亲那样对待自己，这可是个没准的事儿，宁可信其有，不可信其无，天有不测风云，有备无患哪。

　　怎么办？

　　立刻打下金川当然好，只是不可能，简直是痴人说梦！依现在的进度，金川叛军的实力及地理优势，至少要一年才行。这一年中怎样才能稳住皇上、挡住奸佞的抨击？

他推开地图，压住纷乱的思绪，静静地思索了一会儿，默默地点了点头，提起笔，开始给皇上写密折。第一个跳进他心里的字眼儿就是福康安，将福康安的功劳褒扬了一顿，既而又提到其在金川一战中，定会建下奇功。之后，又婉转诉说了自己的苦衷，表示出自己虽然遭受一些利禄小人的攻击和诬陷，但决心以国家社稷为重，竭力荡平金川，不惜肝脑涂地等等。

他按照皇上的习性写好折子后，叫来亲信侍卫，嘱咐他马不停蹄、日夜兼行，进京后交给自己的至交，以便尽快传到皇上手中。

这件事一办完，他才长长呼出一口气。

这密折比军情战报还重要啊！

罗博瓦山主峰像个站在羊群中的骆驼，孤零零地怯视着三面众多已经被清军占领的群山，唯一庆幸的是仍然有一条小小的尾巴，牵连着通往大金川腹地的命脉。

雨雾给战败的士兵——罗博瓦山主峰上的孤军已经沮丧的心情又蒙上新的恐怖的阴霾，几千名疲惫不堪的士兵情知大势已去，只是凭借仅存的天险负隅顽抗而已。

僧桑格一见取胜无望，索诺木大土司又与自己离心离德，不肯赤诚相见，心里又气又恨，颓唐之余，整日里打骂士兵或是纵酒作乐。他曾经想放弃已经丢失大半的罗博瓦山主峰，回师大金川腹地，同索诺木的兵马合在一起，候机与清军决战。是的，以眼下的局势看，自己率领这支孤军被困在这弹丸之地，不可能有什么作为，趁着唯一的退路还没有被切断，迅速退回大金川腹地才是上策。然而，这个建议立刻遭到索诺木的拒绝，并且严令自己守住主峰，名曰牵制清军，实际上还不是让自己同清军死战，他自己保存实力么？！

"土司大人，事不迟疑，与其坐以待毙，莫不如退回金川。"

"不错，当初起兵之时，索诺木土司可是巧舌如簧，再三怂恿我们闹事，如今，他分明是在借刀杀人。"

"土司大人，当机立断啊，小金川的这点本钱可不能毁于一旦哪！"

"……"

众多下属一再规劝。

　　"你们听着，"僧桑格沉思片刻，说，"我们现在是客居异乡，又是败军之师，不得不俯仰由人。擅自退兵，怕是要引起纠纷，就算是索诺木确有不良之意，可眼下……不宜争执啊！"

　　"那么土司大人以为如何呢？"

　　"这……不难。"僧桑格冷冷一笑，环视四周的下属说，"不战自退当然不行，激战之后退兵，量索诺木也无言以驳。各位领兵严阵以待，务必在开战的两三日内给清军一个厉害，这一来是给索诺木瞧瞧，二来是给清军一个假相。三日后，我们便悄悄退回大金川。"

　　"高见！"众人一齐喝彩。

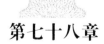

第七十八章

罗博瓦山下的清军大营内，海兰察也在召集各路将领，商议军情大事。

"督师大人手谕，令三日内务必攻占罗博瓦山，而后，直插大金川腹地。"海兰察目光炯炯，对各路将领说。

"罗博瓦山主峰失去羽翼，四面楚歌，只待我们一鼓作气拿下。诸位，这可是建功的好机会！"福康安接过话题说。

"海都统，索伦兵连日恶战，这……罗博瓦山主峰的决战一定凶残无比，是不是……"博清额吞吞吐吐地问，不住地偷眼瞟瞟在场的索伦将领。

"博大人何必杞人忧天，我索伦兵连克四峰，虽然伤亡惨重，但虎威不减，眼下正当要功标青史之际，大人倒是体恤起索伦兵的艰辛，真是咄咄怪事。大人不觉得唐突些吗？"一名索伦参领冷笑道，

"罗博瓦山非索伦兵独自能破，博大人有心让索伦兵歇息一下，也是好意嘛。"五岱强挤出点笑容，瞅了瞅福康安，讪讪说道，"况且，福大人的虎抢营乃满洲八旗精锐，此次在罗博瓦山主峰之战中，一露锋芒才对呀，海大人意下如何？"

"哦——不错，也好。"海兰察仓促中心念一动，猝然点头道，"理当如此。不过，僧桑格与索诺木的土兵尚且有两千之众，敝人以为福大人的虎抢营力量不够，又不善于山地之战，所以请博都统率本队人马为一路，福大人为二路，各位以为如何？"

"唵，不错，就这样。"福康安一看自己前面有了打头阵的，心中大慰，

连连点头。

五岱的笑纹僵住了，心中暗暗叫苦。他原想用福康安顶住海兰察，夺走索伦兵的功劳，同时也叫福康安在两军阵上吃点苦头，或许能打打这位福将的傲气，甚至在吃过苦头之后，能使他对海兰察产生点怨气。可没想到转眼间情形大变，自己弄巧成拙，反叫海兰察钻了空子，把博清额搭了进去。现在问题很明显，仗打胜了，主要功劳是福康安的，仗打败了，所有的过失肯定是博清额的！

忙乱之中，他突然想出另外一个主意，急忙又说道："海大人，罗博瓦山大捷在即，只是敌人担心叛军会从后边的小路逃掉，如果那样，我们就事倍功半了。倘若有一支奇兵从后路偷袭，一来可以堵住叛军退路，以求全歼；二来可以扰乱叛军斗志，进而可以从后进攻，配合正面的大军。"

"那么，五都统当然是毛遂自荐喽？"海兰察微笑着问，一对眸子熠熠闪光。

"这……"五岱一愣，忙避开对方的目光，支吾道，"轻骑奔袭，攻敌不备乃是索伦兵的长处，还是……"

"唵。穿山越涧，昼伏夜行，在五都统看来，要比沙场征战轻松得多。"海兰察盯着发窘的五岱，讥讽道。

"叛军后路不绝，敌人可是……"博清额提高嗓音叫道。

"博都统放心，叛军不会有退路。"海兰察面有愠色地说。

"这样说来，海大人莫非亲自率领索伦劲旅，断绝叛军的退路？"五岱瞪着两眼问。

"不错，正如刚才五都统说的那样，看来，出奇兵断绝叛军退路，非索伦兵莫属。对么？"海兰察斜睨着五岱问。

夜静更阑，残月西斜。

大战前夜，清军几座大营悄无声息，所有将士早早就安歇下来。除了一队队巡营的兵卒的脚步声外，没有一点动静。

一队人影形同鬼魅，悄然向索伦兵营靠来，从步履身法上看，来人轻身功夫十分了得。几起几落之间，竟然神不知鬼不觉地瞒过戒备森严的卫士，围向海兰察的中军大帐。

这些夜行人隐伏就毕，停顿了片刻，突然分出几人扑向远处巡夜的兵卒，转眼之间，兵刃相交声响彻夜空。随着几声惨呼惊叫，几名兵卒身首异处。与此同时，附近的营帐和林中暗处蹿出十几人，飞身向夜行人扑去，顿时，吆喝声四起，叮叮当当之声不绝。

围在海兰察大帐前的几名夜行人一见，暗暗窃喜，只见为首的番僧一招手，几人同时立身而起，亮出兵刃，急欲冲进帐内。

"哈哈哈，海某何德何能，敢劳各位大驾。"大帐内传出海兰察的笑声，几名夜行人一听，相互对视一眼，一时愣在那里，不知如何是好。犹豫间，帐内蹿出两名侍卫，海兰察也衣冠楚楚地走出大帐，朗朗说道："各位深夜来此，必有佳言可赠，只是请自报姓名，敝人就不会为难你们。"

"海兰察，你不要得意忘形。虽然你早有防范，但要留住我们还得费一番手脚，更何况——敢闯大营的人绝非……"番僧恨恨说道，一对眼睛流星般扫了下四处，只见对方一共只有三人，不由暗暗纳闷。

"不错，敢闯大营的人绝非等闲之辈。"海兰察勃然变色，冷言道，"敝人生平最看不惯偷鸡摸狗之人，鼠辈，拿命来吧！"他的话音刚落，两名侍卫同时出手，一把长剑和一个流星锤迎面而来。

夜行人中立刻有两人出手对招，一人只凭肉掌，让过剑刃，硬生生点向侍卫的腕脉。使剑的侍卫一见对方手指未到，指力却将小臂的养老穴点得生痛，顿时大惊。好在他内功不弱，变招迅速，剑尖一横，侧身躲过对方左掌，迫使对方右指缩回。

"嘿嘿，是汤老前辈，可惜这铁指神功只配在这黑暗之处施展，白日里可就一无是处了。"海兰察嘴上这样说，心里却是吃惊不小，他没想到来人会是川陕怪侠，既然汤显来了，那么"毒镖王"和青龙帮主也一定会来。

海兰察正猜测间，只见对面的番僧腾空跃起，袈裟一抖，有如大鹏一样，向自己扑来。相距两丈外，劲风已经扑面，他一惊，忙出掌抵住。旋即，长啸一声，抽出青钢剑，同番僧厮杀起来。

海兰察一出手，汤显立即大叫："各位齐上，此地不宜久战。"言外之意就是让另外几人立下杀手，否则军营内的高手赶到，脱身就困难了。先头扑来的番僧着实了得，几招一过，海兰察便认定此人可算当世一流高手。那柄禅杖不仅又重又利，再配上他惊人的内力，简直锐利无比，剑杖相交，海兰察感到

每每受制，加上他的青钢剑忌讳重兵器，所以，十几招内，他走的都是守势。
等其他几名夜行人合围上来，刀剑拳掌铺天盖地袭来时，他才意识到今日要保
全自己，就不能顾惜这柄师传宝剑了。虽然说不久定有高手来援，但此时身处
几名高手的围斗之中，哪怕有丝毫的疏忽或是迟疑，都会招来杀身之祸，心念
一定，意气相合。他杀机勃起，抖擞起精神，一招夜鸟投林，躲过番僧的苍鹰
缚兔，又一招镜里藏花，巧避"毒镖王"的铁扇，而后，一招古树盘根，同时
击向几人的下盘。就在汤显变招之际，他的长剑点向"毒镖王"的命门大穴。
汤显和"毒镖王"虽然是同门师兄弟，但两人为人大不一样，汤显较重同门情
谊，很有绿林中那种为朋友不惜两肋插刀的豪气。"毒镖王"却不同，不但天
性凉薄，为人也歹毒，危难之时是不计较别人死活的。这从他不遵守师意，在
暗器上淬毒方面就可以看出，为此事，汤显也没少与他争执过，无奈他不肯听
从，闹得师兄弟之间常常面红耳赤。

此时，汤显一见师弟危机，情急之下不假思索，出指向海兰察华盖穴点来，
想以此迫使海兰察变招防守，解除"毒镖王"的危机。这一指仓促而发，没有
多大的力量，海兰察不躲不闪，运力掌受了这一指，右手长剑虚点汤显的肩贞
穴，左手却是凝力点中对方的软麻穴上。只听"扑通"一声，汤显扑倒在地。

"毒镖王"一见师兄被海兰察点倒，惊得呆愣了一下，他哪里料到以点穴
神技成名三十年的师兄，竟会被人点倒。惊怒之下，又不敢使用毒镖，怕误伤
自己人，只好怪叫一声，疾挥铁扇，配合其他人攻向海兰察。

海兰察一招得手，除去一大劲敌，心情畅快许多，虽然对方的人抢过汤显，
但至少一个时辰内，汤显恢复不了。他可以专心对付番僧和"毒镖王"。

混战中，一个夜行人身法慢了一点，被流星锤击碎头颅，另一人中海兰察
一掌，鲜血狂喷。但是，使禅杖的番僧勇不可挡，一杖打翻使剑的侍卫后，与
"毒镖王"合击海兰察。

索伦兵营的骚乱，早已惊动了附近的清军。

福康安得知贼兵袭击海兰察，即令辛元龙率领几名大内高手援助海兰察，
同时又派亲兵通知博清额和五岱等人，立刻带人协助捕捉袭击索伦兵营的人。

辛元龙早在京师做皇宫侍卫时，与海兰察就结下生死之交，何况他的江湖
经验又十分老到，知道敢于袭击海兰察的人绝非等闲之辈，所以急匆匆地领人

前来助战。

当他赶到现场时，海兰察正与那红衣番僧对掌，两人的内功都到了相当的火候，两丈开外，尘土飞扬，阴风飒飒。武功弱的兵丁根本靠不上去，只好站在圈外呐喊，替力战番僧和"毒镖王"的海兰察助威。

辛元龙一跃入战圈，就直奔"毒镖王"，他成名多年，从三招两式上就看出红衣番僧是劲敌，自己如果单独与他对峙，并无取胜的把握，反而浪费时间。因此，他把红衣番僧留给海兰察，自己迎战"毒镖王"。

除去了"毒镖王"的威胁，海兰察放了心，雄心勃发，加上痛恨佛门内的人也参与谋害自己，所以暗凝真力于双掌，意欲在几招内立毙番僧于掌下。红衣番僧察觉出对方掌力笼罩住自己，身形处处受制，知道不妙，可又不敢真的以内力相拼。这是因为他看到青龙帮的弟子在索伦兵的围攻下，向后溃散，另外，他自知内力比起对方还稍逊一筹，又比不上对方人多势众，说不定再耽搁片刻，又会有高手来援。想到这些，他奋力挥出两掌，向"毒镖王"瞟了一眼。海兰察见状，知道番僧要溜，忙催动内力，双掌源源不断向番僧击去，掌力越来越重。

斗过几十招，红衣番僧手脚发滞，喘息声越来越重，海兰察大喜，长啸一声，正要痛下杀手，猛然想到"毒镖王"的毒镖，急忙高叫一声："辛兄小心毒镖暗算！"

话音没落，"毒镖王"怪笑几声，已经向辛元龙发出一枚毒镖。

"雕虫小技，何足道哉。"辛元龙是暗器高手，相持当中早已闻到对方镖囊中发出的刺鼻腥气，知道对方身藏剧毒暗器，暗中提防已久。一见毒镖飞来，冷笑一声出手用两指夹住毒镖，开口说道："来而不往非礼也，看镖！"手腕一动，用足内力把毒镖掷向"毒镖王"。

"毒镖王"一听破空之声甚厉，心知对方内力非凡，哪敢硬接，一挥铁扇，击落毒镖。恼羞之下，将各种毒镖倾囊投出，向辛元龙上中下盘射去。

这种天女撒花的暗器手段，辛元龙还是第一次见到，又是在咫尺之间发出，他就是有三头六臂也不敢一一接收。情急之下，只好将一柄长剑舞个水泄不通，护住全身，勉强躲过。这样一来，他不敢继续托大，收神敛气，一招一式地对峙，两人又相持起来。

　　红衣番僧败相已露，又脱身不得，眼见"毒镖王"也是自顾不暇，于是横下心来，一招力劈华山，竟然用足内力，硬碰硬地向海兰察击来。

　　海兰察一见对方采取两败俱伤的打法，反倒不慌不忙起来，连连让出几掌，游身巧斗。等对方锐气一过，疾身扑上，掌风凌厉，双掌如电，接二连三地向对方击去。几掌对过，红衣番僧步伐混乱，手脚乏力没了章法，面对海兰察击来的一招击峦震岳，自知在劫难逃，仍然大吼一声，拼尽残力迎了上去。只听"呼"的一声巨响，红衣番僧踉跄数步，口中射出血柱，身体仰天倒下，气绝身亡。

　　在周围众多兵丁的鼓噪声中，"毒镖王"慌了手脚，投出几枚暗器后，趁辛元龙手脚忙乱之际，撒腿跑去。

　　"算了，辛兄，此人绝顶轻功，不是你我能追上的。何况那暗器如蝗的功夫，实在叫人防不胜防，就由他去吧。"海兰察按住要追上去的辛元龙，劝道。

　　"也好，不过此人手法怪异歹毒，日后也是大敌。"辛元龙心有余悸地说。

　　"不错，日后要加倍提防，不可大意。"海兰察颇有同感。

　　两人正说之间，哈木领着兵丁赶来，疑惑不解地问："奇怪，来人并非是叛军，倒像是江湖上的人，他们何以——"

　　"哈大人，来的是青龙帮和川陕怪侠。"辛元龙打断哈木的话，他不想让在场的兵丁知道内情。

　　"是的，十年前，他们不是到过索伦草原追杀过我的师傅么？"海兰察提醒道。

　　"——噢，是这样。"哈木听了海兰察和辛元龙的话，顿时恍然大悟。十年前，他正是索伦兵的佐领，率兵与青龙帮在草原上厮杀，自然是记忆犹新。他似乎还想问点什么，但一看博清额等人领兵吵吵嚷嚷赶来，就住了口。

　　"以海大人的武功，一定是安然无恙喽。"博清额尽管姗姗来迟，却丝毫不难为情，假惺惺问道。

　　"承蒙博大人错爱，敝人不胜惶恐。区区几个小贼，还奈何海某不得，倒是惊扰了博大人，实在叫人过意不去。"海兰察盯着幸灾乐祸的博清额，不动声色地说。

　　"哪里，海大人太客气了，有谁不知大人是我朝名将，一旦……有了什么差错，那——"博清额瞅着地上死去的红衣番僧说。

"不敢，博大人的赞誉之词，实在叫海某愧不敢当。"海兰察听出博请额在讥讽自己，神色一寒，而口气仍然不变。

第七十九章

　　黎明时分，众人散去。

　　哈木神色忧虑地坐在海兰察帐中，他深为海兰察担忧。

　　"哈大人，此时此地只有你我二人，有何心思不妨直说。"海兰察心知哈木有话要说，并且是非同寻常的话，所以支走侍卫，问道。

　　"海大人，罗博瓦山主峰的大战在即，全军将士理当齐心合力，力克主峰，挥师北上。可……大人眼下与博清额貌合神离，满将同我索伦将士芥蒂颇深，恐怕在两军阵前不肯用力，而大人可是中路军主将啊。"哈木的意思很明白，博清额的两千名将士负责正面主攻，他要是不用力，不仅海兰察率领索伦兵断叛军的后路失去意义，就是福康安率领的二路军也使不上劲儿，说不定会被博清额诱骗后退，把一千多名索伦兵扔在两千多名叛军当中。更重要的是一战不利，罪名就会全落在海兰察的头上，一些对海兰察素怀不满的满人将领就又有文章可做了。

　　"哦，哈大人言之有理。不过，生死之际，就是懦夫也会舍命相拼的，大人不信么？"海兰察微微一笑，胸有成竹道。

　　"生死之际？"

　　"是的，生死之际。"海兰察点点头，又说，"在博清额与僧桑格两军大战之机，我们偷越山涧，从后路全力猛攻，叛军必然会误认退路被堵，绝望之中，定会困兽犹斗，拼个鱼死网破。我军占据侧峰，居高临下，不妨以逸待劳，等博清额与叛军拼到精疲力尽时，再一鼓作气，聚而歼之。"

"啊——不错。可是……博清额一旦顶不住红了眼的叛军，那……"哈木听了海兰察的打算，一喜一忧。喜的是海兰察已经练就足智多谋，索伦兵可以坐享其成，忧的是博清额在豁出性命死战的叛军面前一旦顶不住，溃兵会冲散后面福康安的人马。福康安是何许人物，恐怕无人不晓。

"哈大人过虑。"瞅着面有忧色的哈木，海兰察不以为然地说，"博清额大半顶不住叛军冒死冲击，但此人还算是能征惯战之将。他不会轻易后退，定然会为赌口气而与叛军血战，另外，败军之将该当何罪，他是很明白的。何况他身后是谁，还用别人提醒吗？还有，就算博清额顶不住，福康安还有两千名将士，只要略加抵挡，还怕那力竭精疲的叛军吗？"

"哦，海大人自愿担当后路进攻，原来用意颇深啊。"哈木笑眯眯地问。他对海兰察的心术暗暗佩服，眼望这位部族中的后起之秀，宦海崛起的、深谙官场奥秘的青年将领，大有自愧不如的感觉。他不得不承认，自己的某些忧虑和担心有些多余，是杞人忧天。

"哈大人，敝人踏入仕途十年来，原本十分稚嫩，从无半点邪佞之心，一心尽心竭力报效朝廷，荣耀我索伦。无奈宦途多荆棘，前程多凶险，虽然敝人一片忠心，却招来许多责难和诬陷。究其缘由，就是待人诚切有余，提防不足，故而时常劳而无功不算，屡遭奸人暗算。痛定思痛，思来想去，只得以其人之道还治其人之身。大人以为如何？"

"好，大人历经磨难，总算悟到仕途真谛，确实可喜可贺。不知是不是想借福康安或阿桂大人的手除掉博清额？"哈木一听海兰察的话，猜测他有除掉异己的意思。

"不，凡事要三思而行。"海兰察摆摆手，低头沉思一会儿，又说，"哈大人初次与博清额相识，有所不知。博清额利欲熏心不假，但还不是那种心狠手辣之辈，此人的喜怒哀乐都形于言表，不足惧！需要提防的倒是那些口蜜腹剑、阳奉阴违的小人。不瞒大人，数日以来，敝人想了许多，也悟到了很多看上去粗俗的道理，平心而论，许多东西都是敝人以往不屑一顾的东西。唉——古人云：量小非君子，无毒不丈夫，看来确有其道理。我辈固然不可无故加害于人，但若人负我，我也只有负人了。"

"那……博清额，"哈木听了海兰察一番肺腑之言，来了兴趣。

"见机行事，福康安还好说，督师大人精明过人，倘若做得过分，他会看出来的。再说，博清额根底很深，出了差错，谁也不好交代。"海兰察皱起眉头仰望渐明的天空，又一字一字地说，"常言道：冤家宜解不宜结呀。"

哈木见海兰察满腹心事，就不再说什么，默立一会儿，悄声问："大人如果没有什么事，敝人就去调集人马，准备出兵吧。"

"好，令所有将士多备些绳索、吊钩等物，还有，传令全军，遇敌后退者斩！"海兰察冷峻地下令。

"喳。"

"告诉各位参领，偷袭叛军后路，一旦被察觉，叛军势必拼死来战，兵溃如山倒，所以与其败退遭屠戮，莫不如冒死向前。"海兰察缓了缓口气，耐心地向哈木解释。

"大人多虑了，行兵作战之事，当严则严。不然如何令行禁止，当为常胜之师呢。"哈木知道眼下的大战一定十分残酷，海兰察出于对全军安危的考虑，不得不下严令。

罗博瓦山的二月，阴风阵阵，寒气逼人。

主峰上碉卡林立，遥相呼应，僧桑格的士兵倚据险要的地势，负隅顽抗，枪石箭雨之下，使攻山的清军损失惨重。

"博大人，叛军藏匿于石碉之内，我们死拼硬打也是徒劳无益。依敝人看不如令将士围而不打，等待海大人在叛军身后攻击时再打，岂不是可以轻而易举拿下主峰？"五岱站在心急如焚、暴跳叫骂的博清额身边，阴恻恻地说。

"五大人，什么都依靠索伦兵，我满洲八旗的威名何在？"博清额斜睨了五岱一眼，他正在气头上，根本听不进任何规劝，只是一心想迅速拿下主峰，让阿桂看看，给海兰察一个难堪。

"大人此话差矣，自古兵家最忌"急、气"二字，战事多曲折也是常有的事儿，五某何尝不急于抢先克敌取胜，树我满洲八旗的威风呢？"五岱见博清额神色渐渐好转，又进一步诱导，"索伦兵绕向叛军后路，叛军发觉后定要分兵堵截，等叛军军心一乱，我大军再奋起猛攻，必然奏效。大人何必因一时的怒气，舍近求远，弃巧负重呢？"

"这……五大人，倘若我们按兵不动，叛军一旦发现索伦兵偷袭，那不是陷索伦兵于……"博清额担心索伦兵一旦陷入重围，督师怪罪下来，有些顾虑。

"何人会说我们按兵不动呢？"五岱诡秘地笑了笑，又说，"索伦兵平日一向以骁骑自居，自认为善奇袭，能越涧翻山，好吧，此次就让我等一饱眼福嘛。"

五岱这一番挑唆性的话，勾起了博清额的忌火，想起因为索伦兵和海兰察所受到的侮辱，他断然下令停止攻山。

狂风暴雨般的呼喊和厮杀停顿下来，战场上出现了反常的寂静，僧桑格的士兵在山腰的碉卡和石栅中，不时探头探脑，揣摩着清军将会采取什么新的行动。

作为后队的清军副统领诧异地眺望平静许久的战场，向福康安报告了这个奇怪的现象。

"博都统这是何意，如不力战怎能吸引叛军的注意力，如果叛军过早地察觉索伦兵的意图，那可就前功尽弃了。"副都统额森特听了禀报，嘟嘟哝哝说道。

"福大人，博清额和五岱可是有违将令啊。"保宁也对博清额不满，在一边添油加火。

福康安微蹙眉头，在大帐中来回踱步。他一大早就收到海兰察临行前令人送来的一封密信，信中讲到博清额如不肯用力攻打主峰，叛军必然有疑，将注意力移向背后，使索伦兵背腹受敌，陷入绝境。更为严重的是后路一旦偷袭不成，叛军立即会弥补这个缺陷，加力防范，那么罗博瓦山主峰的防御就会趋于完备，为攻克主峰增加不必要的麻烦和许多时间。为了尽快攻克主峰，减少将士的伤亡，恳请自己掌管全局，敦促博清额和五岱全力攻山，配合索伦兵早奏凯歌。

他起初不太相信博清额和五岱会从中作梗，怀疑海兰察过于庸人自扰，甚至有失大将风度。两军阵前，谁会有心思拿着脑袋当儿戏呢？

现在一听博清额和五岱停止攻山，他的心才咯噔一下，向下沉了下去。果然不出海兰察所料，搏清额和五岱真的是居心叵测，海兰察对他们的看法是入木三分。

他略略思索了片刻，立即怒气冲冲叫道："传令，叫博清额和五岱拼死攻山，如有半点拖延，严惩不贷！"

"喳！"一名侍卫应声而去。

"额森特，"福康安觉得还不放心，又叫道，"五岱素有'两脚野狐'之称，为人极为狡诈，很有可能是此人从中作祟，怂恿博清额胆大妄为。你可速带本部人马前去助战，明白吗？"

"大人放心，末将明白。"额森特知道助战的含义，欣然领命前去。

清军得到严令，又继续开始进攻。

额森特向来同海兰察交往甚密，这次又是奉命督战，自然狠命催逼博清额和五岱的人马上前，弄得五岱又气又恨，却一点办法也没有。他惧怕福康安比阿桂还厉害，阿桂对二品以上的大员只有弹劾的权力，可这位年纪轻轻的福统领可是手眼通天的人物，惹怒了他就等于断送了前程。无奈之下，只好忍气吞声，他哭丧着脸，站到前面督战。

此时此刻，在主峰侧翼的巨石嶙峋之处，海兰察率领着矫健的索伦兵，从陡峭的石罅中缓缓爬行。山涧深处端急的流水声，石崖张开的嶙峋巨口，令人头晕目眩，紧贴在石壁上的索伦兵不由怯生生地犹豫了一下。但一瞥见海兰察严厉的目光，立即迅捷上攀，偶尔有同伴带着凄厉的呼叫摔下深渊，其他将士略略闭上两眼，脸颊痛苦地抽搐几下，然后，继续攀登。

海兰察眼望转瞬之间就摔下深渊的二十几名将士，悲从心起，心神一恍惚，一只脚蹬空，一只手急于扶住一名下滑的兵丁，所以自己头朝下摔了下去。

"大人！"众多将士一阵惊呼，有几名将士一见海兰察掉了下去，心神一乱也跟着摔了下去。

当身体猛然下沉，两耳呼呼生风，一阵头晕目眩时，海兰察顿时万念俱灰，听到咔嚓一声，身体压折一棵石壁上的小树时，他一下生机勃起。右手伸向腰间，扯出套钩，向上一挥，立刻被两名佐领抓住。紧接着，他运功提气，借着身体骤然停顿的机会，奋力向十几米外的一棵小树悠去。

"盖世神功啊，不然……"哈木脸色苍白，用颤抖的声音结巴着。

僧桑格做梦也没有想到清军从自己的后路包抄过来，他简直不敢相信自己的耳朵，直到听到了杀声震天的呐喊声，才撇下纷乱复杂的猜测，组织为数不多的人马抵抗。

他昨天刚刚接到索诺木的严令，不许后退半步，死守罗博瓦山主峰，等待援军。虽然不相信援军之类的鬼话，可他十分清楚罗博瓦山主峰对整个战事的举足轻重的地位。失去了主峰，他在索诺木面前就失去了一切地位，眼下这种可怜的一席之地也将丧失，从此，恐怕再无翻身出头之日。正因为这样，他一直坚持死守主峰，等待索诺木的援军，然而，苦战数日，不见索诺木的一兵一卒，他猛然醒悟，猜到了索诺术的险恶用心。这不明摆着让自己与清军死拼，斗个两败俱伤，索诺木好坐享其成吗？

能打败清军，迫使朝廷议和，好处是大小金川的，是自己和索诺木的，但是，消耗本钱的事，总不能都是小金川的呀。另外，自己的实力衰弱以后，索诺木会更加飞扬跋扈，目中无人，这从以前的种种迹象可以看出。现在他是用人之际，表面上过得去，假如自己不是还有两千名士兵，他会接纳自己么？！

他耳听前面的厮杀声，心里乱成了一团，是退还是拼，是保存实力还是丢下主峰，领兵从密道退入大金川，犹豫不决起来。

索伦兵的前部占据崖头同扑上来的土兵苦战，掩护后面的大队人马爬上来。

几个小土司看清崖上只有两百多清军后，驱赶着所有的土兵围攻上来，企图趁索伦兵没站稳脚跟之前，把他们全部赶下悬崖。四百多土兵咆哮着蜂拥而上，崖上一片呼喊叫骂声。

海兰察早登上悬崖，一面指挥着将士抵抗，一面令人点起烟火，不一会儿，几股浓烟升起，即是向大营发出的信号，又是扰乱叛军斗志的号角。

在主峰前面激战的清军一见到烟火，顿时精神百倍，斗志猛增，嗷嗷喊叫着扑上峰顶。

"快，冲上去，海大人已经杀进叛军大营了！"额森特一兴奋，领兵冲了上去，把福康安的话早丢在脑后。

主峰前沿的士兵一见身后大营起火，一下乱了起来，混乱中，几股清军在额森特和博清额的率领下，冲上了峰顶，占据了几座碉卡。

不过，五岱的人马没有跟上来，大批的清军还在半山腰时，叛军却意外果断地反冲过来，团团围住博清额和额森特。原来僧桑格一急之下，决定孤注一掷，也是为撤军寻找一个借口和本钱，除了留下一部分土兵围歼索伦兵外，集中所有的土兵，凶狠地向清军正面扑来。

清军万万没料到叛军会垂死挣扎，况且特别迅捷有力，额森特和博清额只带上去六百多人，哪里顶得住像牦牛那样发疯的一千五百多名土兵。只抵挡了一阵后，便丢下一百多具尸体，狼狈地退下来。近似颠狂的土兵一鼓作气，冲向清军大营，五岱到了此时，才慌了手脚，忙传令清军抵抗。

但为时已晚了。

溃退的败兵冲乱了列队清军的阵脚，恐慌情绪感染了后面没有参战的清军，尽管博清额和额森特等将领率领一部分人马死战不退，但对整个战场只是杯水车薪、无济于事了。

溃兵如潮水，后浪推前浪，向后队福康安的大营卷来。

耳听那震耳欲聋的喊杀声、杂乱无章的脚步声，眼见那漫天的尘土，福康安惊得目瞪口呆。他怎么也不明白，两千多名精锐，何以被不足两千人的疲惫之师打得狼狈不堪、抱头鼠窜。莫非这是天意么？

他正愣怔间，保宁焦急地询问："贼兵将至，卑职请令。"

第八十章

"哦……"福康安这才清醒过来，糊里糊涂地叫道，"快，退到登古山。"

"大人，这——"保宁已令将士列队，准备参战，一听到退兵，顿时愕然。

"禀大人，我京师八旗精锐尚有两千，何惧区区毛贼，请大人传令。"几名参领纷纷开口请战。

"保都统，"福康安一冷静下来，才意识到刚才走嘴，白皙的脸上泛出一片红晕，他故作镇静地喝道，"敌人原想诱敌到登古山聚歼，但又想到杀鸡焉用牛刀，决意就在此地击溃叛军。你去吧，记住，务必取胜！"

"卑职遵命。"保宁差点笑出声来，下去后急忙指挥将士迎战。

"后退者斩！"两千名将士按照惯例，呼喊着冲上前去。

溃退的清军被斩了十几人后，终于折身又向敌军冲去，清军平添两千名生力军，在数量上占明显优势，双方混战起来。

僧桑格原本没打算拼光老本，眼下一看清军又添援兵，自知难敌，传令边打边退，准备返回主峰后从密道潜逃。但他低估了偷袭主峰的清军的力量，造成满盘皆输的惨局。

海兰察率领的索伦兵全部登上主峰后，杀退几百名叛军，占据了大半碉卡，已经将僧桑格逼入绝境。

被逼急了的僧桑格在走投无路的情况下，为了避免受到清军的两面夹击，面对险恶的处境只是略略迟疑了一下，仗着熟悉地理环境，果断地命令士兵重新杀下山来，准备给追击上来的清军一个迎头痛击，杀开条血路，冲出包围，

隐遁在群山沟壑之中。

此时，整个战场呈现出戏剧性的变化，交战的双方犬牙交错，完全绞在了一起。主峰上的索伦兵一面扫平残余的土兵，一面作好激战的准备，打算在下面的清军开始进攻的时候，从背后给叛军以致命的打击。而山下的清军刚刚击退叛军的进攻，乘胜追击，以为大功告成而有所倦怠的时候，没想到叛军又如同洪水猛兽般地回头扑来，顿时都傻了眼，许多将领也是疑窦丛生。难道叛军有了新援？不然怎么会一反常规？

几名红衣喇嘛首当其冲，挥动禅杖，杀入清军中。转眼之间，十几名清军血肉横飞，眼见这几名凶神恶煞般的喇嘛，许多清军怯阵后退。

博清额眼见功败垂成，厉声喝骂，仍然阻止不了后退的清军。

正在这时，他抬头一看，只见一名凶悍的喇嘛有如旋风一样，向自己冲来，一柄禅杖上下左右翻飞，瞬间就击毙几名上前拦截的亲兵。他勃然大怒，挥刀迎上，施展寒涛刀法，与那个喇嘛杀成一团。

几个回合一过，他发觉对方臂力奇大，伏魔杖法娴熟，料到自己至多能抵挡百十招，但他心傲气盛，又担心自己一退，清军便会溃散，所以一咬牙，死命支撑。

好在保宁和额森特敌挡住另几个喇嘛，使人数众多的清军又恢复斗志，挡住了以死相搏的叛军。

几千人厮杀在岭上坡下，丛林沟壑中，蹶起的尘土和汗水的蒸气，遮天蔽日，呼号怒骂声不断，哀号惨叫声不绝。

哈木站在主峰上，俯视这蔚为壮观的厮杀场面，面带悦色地对海兰察说："海大人，博清额为人虽然猥陋，倒还有点胆识，好，我们就等到他山穷水尽之时，再挥兵驰援吧。"

"哈大人，僧桑格意欲逃遁，博清额和额森特的人马未必能把叛军全部挡住，我们还是出击吧。"海兰察也有心让博清额吃点苦头，可又担心僧桑格逃掉，主张立即杀下山去。

"哪里。海大人忘了博清额在小金川兵败时不增援我索伦兵了么？我们这里投桃报李，不算过分。何况博清额还没有性命之忧，几千名满洲精锐怎么会拖不住一千多叛军呢？"哈木冷笑着说。

两人正言语间，山下的战况又有了变化。

僧桑格的士兵边打边走，向北退去。博清额和保宁在福康安的严令下，急调一部分人马堵截，意欲全歼叛军。这样一来，几部清军虽然有四千之众，但一分散在偌大的地方里，倒显得形单影只，在拧成一团的土兵面前，力不从心起来。

博清额大呼小叫，引来了另几名武功高强的番僧，僧桑格决意先除掉这个统领全军的都统。额森特和保宁一看博清额岌岌可危，哪敢离开，死命拖住几个番僧，然而还是有两个红衣喇嘛缠住博清额。

五岱的功夫较弱，在两名侍卫的帮助下才勉强敌住一个喇嘛，杀过几十回合，渐觉手脚发软，两眼发黑。他一见情形不对，忙招呼侍卫后退，把苦战的博清额推到叛军的几大高手面前。

失去右翼的帮助，博清额顿时险象环生，当他看到身边的侍卫和亲兵纷纷倒毙时，想退也来不及了，嗷嗷叫喊的土兵挡住两面的清军，两名红衣喇嘛狞笑着凌空而下。博清额此时精疲力尽，虽然气力用尽，但豪气犹存，他四顾一下，意识到自己气数将尽。对五岱危难之时表现出来的卑怯和无耻，他既愤恨又感到悲凉，仰天狂笑几声，面对凌空劈来的禅杖，他拼尽余力用刀挡了回去，顺手将刀刃向自己脖颈抹去。

就在此时，一粒细小的暗器疾射在他的刀背上，劲力奇猛，震飞了博清额的大刀。海兰察不知何时跃在空中，左手弹出暗器，右手挥起青钢宝剑挡住另一名红衣喇嘛的禅杖。

"博大人暂且后退，敝人代你打发这两个反贼。"海兰察边说边持剑扑上，一个膀大腰圆的小土司不知死活，手持月牙刀扑来，海兰察不屑一顾地躲过刀锋，随手一掌，把那个小土司粗壮的身体震得腾空而起。一个红衣喇嘛信手接住，用手一摸，察觉土司已经气绝身亡，他知道这个不自量力的土司的五脏已被震坏，对来人顿时肃然起敬。

在众多兵卒眼花缭乱中，海兰察与两个红衣喇嘛已经对过十几招。双方都暗自心惊，尤其是那个老的红衣喇嘛更是百思不得其解，自己的禅杖不仅是重兵器，而且是佛门一宝，加上自己浑厚的内力，如何会被对方的宝剑削出一块豁口？要不是两军阵前，他定要与这个清军内的青年高手划出个道来，认真较

量一番。但此时战场形势突变，一千多名如狼似虎的索伦兵加入战团后，土兵彻底崩溃。

僧桑格在一群亲信随从的簇拥下逃去。

海兰察意欲捕获僧桑格，无奈总有几个红衣喇嘛缠住他。

"阁下好功夫，日后定然领教。"老红衣喇嘛临走时说。

"在下恭候。"海兰察瞅瞅落在后面的清军，无可奈何地苦笑。

平叛大军攻克大金川首要门户罗博瓦山的消息，犹如这阳春三月的春风一样，带着沁人心脾的芬芳传到了京城。

兵部尚书的府邸里，尚阿力漫步在花园里，乐滋滋地盯着含苞待放的花骨朵，贪婪地吮吸着春天的新鲜空气，心中荡漾着喜悦的欢欣。

他的心情十分舒畅，和军机处的大臣一样，平叛大军的节节胜利，意味着他和军机处的几个大臣在皇上面前的地位越来越重。他乐观地预计，在皇上召见他们的时候，一定会和颜悦色地倍加赞赏一番，那往日一脸的阴霾，在频频传来的捷报中，将会云消雾散。虽然皇上的秉性一向无咎无誉，喜怒不露于言表，处处显示有为的帝王之色，不过仍然可以看出，金川之乱叫他颇费心思，尤为关注。对屡次作乱的金川，有谁能不为之动容呢？皇上的忧虑，许多朝臣心里也明白，虽然说大清国势昌盛，人寿年丰，可的确有令人忧患之处。仅以金川来说，十几年中就有两次大的战乱，不但劳民伤财，而且牵连前后藏区的局势。何况作乱的不是金川一处，再说派兵围剿只是治本，并不能除根，长此以往，国事难料。这道理是人人皆知的啊！

他缓缓走在园中，最后站在大墙边，瞅着树干探出琉璃瓦院墙的垂柳，一桩心事蓦然袭上心头，把刚才的欢愉冲得无影无踪，代替而来的是抑郁和惆怅，他的心一下又沉重起来。

也许触景生情或是见微知著的原因，他觉得阿桂实在酷似这棵躯体移到墙外的柳树，把丰姿展露内外，尽得风骚。是的，这位不可一世的平叛大将军，其雄心伟志实在不可限量，那左右逢源的本事，对同僚不露锋芒的醉酒饱德的处世方法，既叫同事们对他的殷切怀有足音跫然的感觉，又使任何人的欲望在谈笑风生中变为钻冰求酥。更准确一点说，这个得志的权臣无愧当朝的佼佼者，长此下去，怕是无人能与其争辉。

这，就是令他不安的心事。

作为一朝重臣，他哪里甘心长久居人之下，那种舍我其谁、当仁不让地骚动，时常借着呵壁问天的醋意，在那干瘪狭窄的胸腔内激荡。加上九年前，他的族亲——卜奎副都统满迪与记名副都统海兰察闹翻时，阿桂以钦差的身份公然袒护海兰察，丢尽了满洲骁将的脸，弄得自己也十分尴尬。而后，阿桂又顺皇上的心意，荐举海兰察，可算讨尽了便宜，卖够了好。

为什么同是一朝之臣，朝夕相伴，自己就不如阿桂呢？他不止一次地这样扪心自问，每当此时，他便愁眉不展，郁郁寡欢。

在战场上，两军相逢勇者胜，在官场上则是智者胜，他总结出这条经验，并且决意立刻付诸行动。不错，阿桂眼下远在几千里之外的战场上，朝中对他不满的人正在群起而攻击，机会难得，此时不干，更待何时。

心思一定，杂念尽去，他盘膝端坐在一张竹椅上，垂目打坐，练起吐纳功夫来。当他在几个时辰后，精神抖擞地入宫候见皇上时，已经准备好随机应变的几套措辞。

军机处的几位年迈的大臣，听到领侍卫内大臣传谕时，一改往日的步履蹒跚、紧张神态，个个精神闲悠，身态轻盈地鱼贯而入。显然，金川大捷的喜报使他们压抑很久的心情得以如释重负，昨日还忐忑不安的心境倏然变为喜气洋洋，仿佛是他们打败了叛军似的。

跪安之后，几位大臣规行矩步地肃立两旁，静候乾隆皇帝发话。有的人偷眼瞟了瞟正襟危坐的皇上，一见皇上目光炯炯，神色庄重，不由倏然心惊，忙低下头。

"金川战事顺利，皆赖众将士戮力同心所致，阿桂知人善任，为朕分忧，功劳不小。你们看呢？"乾隆皇帝瞅着这几位翎顶辉煌的大臣，别有用意地问。望着这些庸庸碌碌的重臣，他心底里时常有一种悲凉的酸楚，太平之日，这些人争相取宠、怀宝迷邦，终日相互攻讦；可一到国事纷乱的多事之秋时，不是畏缩不前、相互推诿就是贪天功为己有，这厚颜无耻、不择手段的行为已经到了令人发指的地步。就拿金川之乱来说吧，不管咋说，阿桂还是在几千里之外替自己、替大清消灾解难，更不用说接替温福的大将军之位后，意气风发、力挽狂澜，取得了一连串的胜利。然而，就是这样一个忠臣，平日却一直遭到包

括眼前这几位大臣的诽谤和攻击，这说明了什么呢？作为一国之君的皇上，他隐约地感觉到，此风长在，对整个国家社稷将是百害而无一利。这些只知贪图高官厚禄、锦衣玉食的家伙们，怎么就不替大清的江山想想？

要使朝中大臣励精图治、猛志长在，就必须整顿朝纲、明刑弼教，使人奋发向上，根除靡衣偷食和浮云蔽日的败象。正是有了这个想法和打算，他下决心要治理一下纲纪，首先要树立起公正廉明的风气，给那些专门喜爱搬弄是非却一事无成的人一点颜色看看，让他们知难而退，晓以厉害。虽然这样做很难，但他立志效仿先祖，做出一番事业来。

第八十一章

今天就是小试一番。

"皇上圣明。臣以为金川战事得胜，那是预料之中的事，除了将士戮力同心之外，更赖助于皇上运筹帷幄。至于阿桂么，还不是秉承皇上旨意……"尚阿力首先开了口。他听皇上的口气只当是在大臣面前自谦，所以先恭维几句，顺便贬了阿桂一顿。

其他的大臣一听皇上对阿桂倍加推崇，心里哪里肯服，他们不相信这位外柔内刚的皇上说的是心里话，说不定是试探性的发问。所以一见尚阿力开了头，便纷纷插话。

"阿桂鲁莽暴躁，纵容索伦兵，致使五岱和博清额几乎送掉性命。"

"不错，奏折上说海兰察立奇功，其实是阿桂危言耸听。博清额与五岱二位都统在罗博瓦山主峰下与叛军血战时，海兰察率领的索伦兵迟迟不去救援，故伎重演……"

"皇上，索伦兵敢于坐视不动，难道无人指使么？"

几个大臣你一言我一语地讲起来。

乾隆皇帝听着几个大臣的话，眉头渐渐蹙起，把御案上的奏报和密折一推，怫然作色道："你们都在京师，却对金川的细琐之事了如指掌，倒是朕泾渭不分、网漏吞舟么？"

此话一出，几位大臣同时一惊，皇上的这句话分量非同寻常，绝非平日朝臣相互抨击时，皇上发出的愤激之言。毫无疑问，皇上的火气是有感而发，那

么是谁的过错呢？在这短暂的一刹那，几个人脑中电闪一般，分析起皇上不满的原因。

尚阿力比任何人都纳闷，怪呀，皇上的为人他是清楚的，仅仅是听了别人说阿桂的几句坏话，是不能发这么大的火的。何况，对阿桂这样权势日渐膨胀且欲壑难填的人，时常有人讲讲坏话，说不定很叫皇上开心呢。想着想着，他斜眼一瞧，看见了御案上的一摞奏折——啊！他差点叫出声来，猛然醒悟，对呀，皇上所得到的奏折可不是一两个呀，天知道有多少人向皇上密奏详情。而这能够直接向皇上递密折并能得到重视的人，肯定是皇上最信任的人——福康安！该死该死，糊涂啊糊涂。他这才明白皇上发火的原因，不错，有福康安的密折，别人说的话还不是放屁！这些人贬低阿桂和海兰察时竟然忽视了福康安也在军中，并且是与海兰察一路攻上罗博山主峰的。他们几人讲了半天，对福康安只字没提，岂不叫皇上心凉意冷，使福康安有白受鞍马劳顿之苦、刀山剑树之惊么？！明白了这个利害关系，他略略斟酌了一下，说道："皇上，据臣所知，克罗博瓦山主峰之师，乃是福康安率领京师骁骑所为，海兰察只是带领索伦兵从侧翼袭击助之。至于博清额、五岱等人与海兰察素有隔阂，这……又当别论，不过，福康安年纪轻轻，就能审时度势，驾驭众多将领，力排众议，克敌制胜，也是着实不易呀。臣以为福康安确为大将之才，我朝之栋梁……"

尚阿力的一番话语既抬起了福康安，又恰到好处地压了压阿桂，出于谨慎，没有过低地贬海兰察，留下很大的回旋余地。乾隆皇帝听了，神色变得缓和下来，他不想表现得太露骨，只是点了点头，心里却说：哼，朕的意思你才明白？蠢才，在这方面，你们加在一起也不如一个阿桂啊。

另几个大臣一听尚阿力如此吹捧乳臭未干的福康安，来取得皇上的欢心，不觉阵阵作呕，但看了看皇上好转的气色，哪顾得一大把年纪，一唱一和地赞扬起福康安来。虽然有人对此愤懑不平，可想到剿灭叛军只是指日可待的事情，也就不去理会吹捧谁的事了。

"索伦兵坐视不救之传，纯属一派胡言。若不是海兰察冒死相救，博清额早已葬身乱军之中。倒是五岱畏惧叛军，不肯用力，致使博清额陷入重围。"乾隆皇帝话题一转，讲起五岱。

尚阿力一听就知道这又是福康安的话，心里替五岱叹息，但在没有摸清皇

458

上到底知道多少详情并且怀有什么意图之前，他是不想贸然再说什么，只是偷眼瞥了瞥对面的大臣。

"皇上，五岱行动迟缓不假，可海兰察先是坐山观虎斗，而后又坐收渔利，救博清额意在哗众取宠，收买人心也是真。"一个大臣说道。

"如此说来，阿桂的奏报不实，博清额的奏折也是假的么？！"乾隆皇帝勃然变色，手一挥，把一摞奏折拍落在地。

众人一见皇上发怒，吓得战战兢兢，瞟着地上的奏折，才明白皇上早已知道了一切，都有一种被耍弄了的感觉。一时又恼又怕，窘迫万分地伫立着。

"如何处置，你们说。"乾隆皇帝今日格外果断。

"福康安初战告捷，克敌首要门户，理当功劳之最。海兰察奇兵奔袭有功，又冒死救助博清额……"尚阿力不情愿地数说着。

走出乾清门，几位大臣才对视一眼，长长地吐出一口气，不知为什么，谁也没心思说什么，心绪都黯淡到木果木师败、温福战死时那样低沉。

尚阿力忧郁地抬起头仰望着苍天，他在想那个远在金川的福康安，或许不久就会耀武扬威地在这里出入。

罗博瓦山主峰的丧失，奠定了金川的战局，剩下的战斗只是时间上的问题了。

金川大土司索诺木像红了眼的牦牛，开始乱踢乱撞起来。僧桑格带领残兵败将逃回来时，他完全改变了以往的姿态，像对待一个奴仆那样鄙视僧桑格。他暗中盘算了一下，小金川的士兵经过数次恶战后，只剩下不足千余人，而大金川也剩下不到四千人。在失去了天险要隘后，凭着这点人马与两万清军作战，无疑是以卵击石、自取灭亡而已。况且金川的兵源和财力怎能同朝廷相比？

眼下只能求和，这样做虽然朝廷的条件一定很苛刻，不过，总会留给自己一席安身立命之地。

但他又深深感到，这历时两年多的战乱，激怒了朝廷，想息事宁人谈何容易。要罢战臣服，就必须表示诚意。

怎样使皇上相信呢？败军之师做到这一点太难啊。何况自己毕竟是独居一隅的大土司，还要保持点脸面呀。

他皱眉搔脑，苦思冥想了好久，终于想到了一个两全其美的办法，一个叫

他很不忍心却不能不这样做的办法。

借僧桑格——曾经是自己患难伙伴的人头。

是的，僧桑格已油尽灯枯，又是小金川的大土司，把他的脑袋献给皇上，将是一个出色的求降表。这样既表明了自己痛改前非的决心，又与大金川没有什么利害关系。不但保全了脸面，保住了大金川的实力，还可得到朝廷的宽容。

主意一定，执行起来当然易如反掌，在僧桑格烂醉如泥时，他不让僧桑格有丝毫痛苦地取下了那颗牛头般大的脑袋，就像祭祀神灵那样，干干净净地派人送到了清军大营。

然而，事情并不像他想象的那么简单，清军收下了人头，可攻势不衰，求和之事如同泥牛入海，毫无音讯。

数日之后，请军又挺进几十里，经过百般求和，清军主师阿桂才应允在规定地点双方谈判。此时，索诺木才清醒地意识到，这城下之盟怕是凶多吉少，议和的条款几乎都握在对方手里。尽管如此，他还是打足精神，抱着试试的心理，道貌岸然地到达预定地点，准备见机行事。

"阿大人，金川之乱，是事出有因，绝非是有意背叛朝廷。"索诺木已然穷途末日，但表面上仍不卑不亢，可语气还是软弱无力，半是辩解半是乞求。

"哼，事出有因？咳，本督师倒要洗耳恭听。"阿桂冷冷地说。

"大人，朝廷待金川一向不薄，这在金川有口皆碑。只是派驻的官吏多是浑浑噩噩、贪赃枉法之辈，久而久之，民情激变也在情理之中。"

"那么依你之见呢？"阿桂斜视着索诺木问。

"哦，既然大人垂问，敝人就斗胆进几句逆耳之言。金川若无外族官吏怕是更妥当些，大人想想看，同为一朝子民，金川对朝廷又一向没有不恭之处，朝廷又何必劳师动众，向这里委派官吏，遣军留驻呢？"索诺木眨眨眼，试探着说。

"索诺木，你口是心非，还说什么一向对朝廷没有不恭之处，那何以驱逐朝廷命官、杀戮驻扎此处的官兵？朝廷的官吏在此，你就如此胆大妄为，倘若朝廷撤走官兵，你不就更加肆无忌惮、独立一国了么？"阿桂神色一变，呵斥道。

"阿大人，金川地大物博，又背靠前藏，且不说有遍地群山峻岭，就是这数以万计的土兵也不是可以近日剿灭的。如果大人不想弄得玉石俱焚、荼毒生灵，就该罢战言和，这也是造福苍生。敝人甘愿舍去高官厚禄，如何？"索诺木装出一副豁然大度的样子，说。

"好，那么你就服罪吧。你如进京负荆请罪，本督师立即退兵，绝不践踏金川一草一木。"阿桂的态度咄咄逼人。

"大人，不要忘了，敝人还有上万的土兵。"索诺木一听让自己进京，开始绝望，口气强硬起来。

"哈哈哈，"阿桂仰天大笑一阵，冷冷说道，"本督师可是统率几万大兵，要拼个鱼死网破呢！到了那时，恐怕本督师在皇上面前也无法替你原宥了。"

"既然如此，容敝人回去商谈一下。"索诺木软了下去。

"索诺木，"福康安突然大叫，"你不要倚仗前藏的千里草原，你如何对待僧桑格的，难道忘了吗？"

索诺木听了浑身哆嗦了一下，领人离去。

阿桂望着远去的索诺木，自言自语道："如果索诺木决意乞降，可又不肯服罪，那该如何？"

"无论如何，和为贵嘛，大军也可早日凯旋，何乐不为呢？"一各叫作鄂辉的参领顺口说道。

海兰察仔细一看，此人正是五岱军中的人，不由哼了一声，讥讽道："种瓜得豆，乐在哪里？"

"海大人，古人云，穷寇勿追。如果索诺木铤而走险，不要说还要伤亡许多将士，叛军一旦流窜，那后患就大了。海大人一向体恤将士，难道不希望他们早日回归故里？"另一名叫成德的副参领一心指望达成和议，表面上说给海兰察听，其实是冲着阿桂去的。

"除恶务尽，成德，你连这些也不明白吗？我朝为平定金川之乱，数年来几次用兵，耗费甚大。如果这次不能根除后患，那才叫作后患无穷，与国与民百弊而无一利。今日若是姑息养奸、罢兵言和，日后恐怕还要兴师动众，尸横遍地……"海兰察明知成德等人讲的就是五岱的意思，所以毫不让步，并敦促阿桂下决心，除非索诺木彻底服罪乞降，否则绝不收兵。

六月，清军攻克色什普岗，额森特和奎林各占领两座大碉，海兰察独克三座大碉。

七月，海兰察与福康安督兵攀登南崖石壁，攻占日则丫口，取碉卡百十座，消灭叛军千人，朝廷赐号绰尔和罗科巴图鲁，赏白金三百。

九月，叛军败入洞穴，海兰察率兵占领逊克尔宗，进逼官寨，叛军借助漫山遍野的洞穴，拼死抵抗。

战事受阻，将领之间分歧很大，争论起来。

福康安与索伦兵合兵作战，胜了几仗以后便性急起来，坚决主张轻骑突击，反对阿桂丰升额主张大兵围困、稳扎稳打的办法。

"阿大人，叛军濒临鹿死不择荫的地步，大军理当穷追猛打，尽快了结战争。不知何故下令暂停攻势？"福康安走进督师大帐，满脸不快地问。

"福统领有所不知，叛军虽然猢狲入袋，可此地不是悬崖峭壁便是洞穴密布，叛军原是本地人，惯于穴居野处，不惧严寒，眼下他们四处隐匿，不露踪影，我们也奈何不得。偌大的地方，我大军仅以万余人贸然进入，恐有被叛军各个击破的危险，故而等待后军，以图稳妥。"丰升额代为解释。

"得胜之师何惧流散的败贼，有道是雄飞雌伏，我大军何不借助雷霆之威，一鼓作气荡平金川。如果在此等候援军，不但延误时间，也有负皇上旨意呀。"福康安也不让步。

阿桂听了福康安的话，心里不由轻蔑地哼了一声：得胜的猫儿欢似虎。有些后悔让他跟随海兰察，在打了点胜仗后居然如此狂妄，时间一长还不知是什么样子呢。他心里是这样想，嘴上却是谦和地问："依福统领之见呢？"

"依敝人之见，我大军可分为数队，困扰洞穴内的叛军，断其水道，数日内不攻自破。大人，年近岁遥，我军不宜在严寒之日长留此地。"福康安不假思索，脱口而出。

"喔？"阿桂一愣，觉得对方讲的很有道理，不错，在风雪载途的严冬，攻势就弱了许多，确实不是上策。他又不相信这个主意是这个小子想出来的，这个小子能有这么高的见识？哦，对喽，一定是海兰察所为。想到海兰察和福康安贴在了一起，他心里顿时一沉，觉得是个失策，别看有所得，可失去的要多得多。

第八十二章

　　以福康安的才学和胆识，丝毫不足惧，假如不是皇上对他格外青睐，自己哪能对其恭让三分呢？有海兰察在他的侧翼，那情况就大不相同了，海兰察日渐精明，又勇猛过人，两军阵前会为福康安带来许多荣耀。别看朝臣都瞧不起福康安，但到时候还不是争相吹捧。

　　此时，他感到有必要采取措施，阻止海兰察同福康安的过度交往，限制福康安的势力发展。

　　几个月来，战事紧迫，他始终没有同部下将领相聚会宴，借现在战事稍缓、商讨军机大事之际，他准备趁机联络一下主要的都统总兵，巩固自己的地位和影响。一种隐隐约约、难以直言表述的不安心理，开始笼罩在他的心头，似乎有一种预感告诉他，他的属下不是铁板一块，因为有了对手。

　　这是一个风和日丽的一天，凡在近处的参领、总兵以上的将领，都云集在得斯大寨里。

　　宴席上，摆的大多是山肴野蔬，可对苦战两年、行将凯旋的将领们来说，也算是军旅之中少有的喜事，更不用说山风拂面、古松传香了。

　　眼望并排而坐，肩摩毂击、谈笑风生的福康安和海兰察，阿桂阵阵心痛。令人奇怪的是博清额也频频举盏，同福康安和海兰察对饮，而把五岱扔在一边。在以往，他会由衷地高兴，将领们之间和睦相处，乃是一大乐事，然而，此时此刻，他怎么也乐不起来。

　　"福大人，罗博瓦山之战，多亏大人从容镇静，压住了阵脚，使海大人和

博大人得以喘息之机，击溃叛军。"笑语声中，一名参领说道。

"临危不乱，克敌制胜才是大将之才，卑职对福大人的胆魄和计谋实在是钦佩之至。"鄂辉刚刚颂扬过阿桂，转而又为福康安唱起赞歌。福康安瞅了瞅身边的海兰察，低声说道："海大人功劳之最，敝人……嘿嘿，受之有愧呀。"

"哪里，福大人何必过谦。索伦兵只是骁勇善战，海某更是一勇之夫，运筹全局还要首推大人。"海兰察发觉福康安发窘，赶忙悄声说。

"海大人心胸似海，令人叹服。"福康安见海兰察十分谦和，不由十分高兴，这句话确实出自肺腑之言。

"不敢，福大人待人诚切，肝胆相照，敝人真是相见恨晚呢，日后还请福大人……"望着阿桂频频射来的目光，海兰察戒备起来，表面上收敛了一些，可语气更加亲热起来。

"海大人过谦，如此美意真叫敝人不胜荣幸。今后你我二人胜似同胞兄弟，有什么但说无妨。"福康安满脸喜悦地说。

"福大人，"海兰察迟疑了片刻，试探着说，"索伦将士长年征战在外，思乡心切呀。金川不久便可平复，到时还望大人在皇上面前陈情，使索伦将士得以还乡与家人团聚。"

"唔，思乡之情，人皆有之，人非草木，孰能无情。好说好说，待凯旋回京，敝人一定向皇上禀奏，大人放心。"福康安不以为然地说。

海兰察微微一笑，同哈木对视一眼，偶尔又同阿桂瞟来的目光相遇，顿时又陷入沉思起来。

七月的川中，酷暑难耐。

两个五短身材的壮汉，顶着烈日，扛着竹木轿子，汗水淋漓地走在山坡上。轿上的老和尚身披袈裟，倚在轿上似乎在打瞌睡，轿子的左侧，一名中年和尚徒步跟随。

"两位施主热了吧？贫僧虽然腿脚不利，但终究不忍看两位施主苦熬炎热。这样吧，待贫僧为两位消暑，也算是我们皆大欢喜。"老和尚大概看见抬轿的汉子汗流浃背，很过意不去，伸出两掌，一前一后对着前后两个汉子。话音刚落，掌心竟然发出凉气，有如清爽的晨雾，罩住了抬轿人。

"咦，大师有如此法力？"走在前面的轿夫感到周身凉爽，舒服无比，惊叹起来。

"有劳大师施功，两位大师是付了银两的，这样真叫人过意不去。"后面的轿夫略通武功，知道老和尚是在施功相助。

"贫僧坐在上面，就已经过意不去了，施展些雕虫小技是应该的，不足挂齿。"老和尚轻描淡写说。

拐过山梁，前面是一片绿荫。两个抬轿子的汉子，放下轿子不肯再走。

"两位施主如何停下，不是说好——"中年和尚一见轿夫停下，急忙问。

"不是我们不走，而是前面的道路既不能骑马又不可以坐轿。"一个轿夫答。

"喔，乞道其故？"

"这就是'川中侠女'的属地，凡武林人士到此，无不下马落轿，以示敬意。倘若有人胆敢破例，轻则割耳剜鼻，重则有性命之忧。"轿夫谈虎色变，边说了边向四下张望。

"两位施主，'川中侠女'为人如此蛮横么？"老和尚睁眼问道。

"这倒不是。"轿夫摇了摇头，继续说，"凡一代宗师大多是德高望重，'川中侠女'武功绝伦，待人也宽厚。只是有一护短的怪癖，她的弟子就是利用这一点飞扬跋扈、目中无人，不但得罪了许多武林同道，也招致不少飞短流长。不过，巴蜀之地，有谁能与'川中侠女'争雄，她的武功太强，简直是盖世无双……"

"这么说，下马落轿的规矩不是她立下的喽？"

"不是，这都是她的弟子们私立的。不过，这么长的时间，她总不会一点不知道的。"

中年和尚听了冷然一笑，对老和尚说道："师父，没料到'川中侠女'的威名厉害到如此地步。"

"我们出家人终年与暮鼓晨钟相伴，看来对这世面上的传闻实在是孤陋寡闻了。"老和尚苦笑了下，又说，"两位施主，我们但走无妨。"

"不敢，走不得，要走，我们可以背着大师上山，这轿可坐不得。"两个轿夫异口同声。

"两位施主不必惧怕，我师父与'川中侠女'是——"中年和尚刚说到这

里，被老和尚打断。

"慧能，不要多言，上山吧。"老和尚又闭上了眼睛。

一行四人沿着崎岖的山路，缓缓向上而去。

蓦然间，右侧林中窜出几人，先声夺人地大喝："何处高人，竟敢坐轿上山！"

"放肆！"中年和尚跨上一步，横在轿前，冷冷斥问。

"慧能。"老和尚轻轻一叫，叫慧能的中年和尚立即退到了一边。

"各位施主，高人不敢当，贫僧只是四处云游的闲云野鹤，与'川中侠女'有一面之交。此次特意前来拜会，还望各位引见。"老和尚委婉地说。

"拜见家师的人络绎不绝，可没有坐着轿子上山来的。"为首的汉子听说老和尚与师父有一面之交，语气客气了许多，但仍然骄横高傲，坚持让老和尚下轿。

"不瞒各位，贫僧两腿多有不便，不然就是一路走上来又有何妨？"

"这位大师双腿动弹不得。"两个轿夫半是陈情半是讨好，怕累及自己。

"噢？"为首的大汉打量了一下老和尚，又瞅了瞅旁边的慧能，说，"既然如此，为何不叫这个当徒弟的背呢？"

"我师徒之间的事不用你管。"慧能斜睨了那汉子一眼，一挥手对轿夫喝道，"起轿，上山！"

"大胆！"为首的大汉大叫一声，出手压向轿子的扶手。没料到慧能出手如电，扣住了他的腕脉，他正要用力挣脱，只觉得对方一用力，顿时痛入骨髓。其余几人一见同伴受制，抽出兵器冲了上来，慧能袍袖一甩，一股大力击去，几人顿觉气息滞闷，如受重锤似的向后跟跄数步，一个个呆愣在那里。

"阁下到底是什么人，莫不是有意来寻衅？"为首的汉子忍着疼痛，厉声喝问。

"施主不要信口雌黄，贫僧是看不惯你的刁顽，怎么样，可以上山了吗？"慧能想到此人到底是'川中侠女'的弟子，自己的同门师弟，手下故而留情，放开了他。

"做梦！"为首的汉子并不领情，他自认慧能刚才是出手快而捡了便宜，所以退后几步，喝道，"上山不难，只要胜了在下。"

"此话当真？"慧能含笑问道。

"在下绝无戏言！"为首的汉子怒目而视。

"阿弥陀佛，出家人从不与人争强斗狠，慧能，就算了吧。"老和尚一见双方较上了劲儿，想和解一下。

"哈哈，过不了这一关，恕在下赶你们下山。"为首的汉子一看老和尚出面圆场，更自信眼前这个中年和尚不是自己的对手，说不定只是学了点花拳绣腿。他哪肯轻意放过这个取乐的机会，唯恐对方怯阵下山，赶忙出言相激。

"好，施主既然要比试，那就请吧。"中年和尚听了师父的话，本来犹豫了一下，但一听对方几人浪笑不止，又出言不逊，顿时紧蹙眉头，决意比试。

"如何比试？"为首的汉子问。

"施主随便吧。"慧能若无其事地答。

为首的汉子低头沉思了片刻，提出比剑。他亲眼看到慧能刚才用袍袖击退几个师弟，猜到这个和尚内力不弱，或许比自己强，比掌法没有获胜的把握，只有比剑。"迷幻剑法"震撼武林，自己虽然只学到四成，但就凭这点火候就足以叫寻常的剑客望而生畏。如果和尚真的厉害，自己也可以自保，不至于落败，那样就不算输。

"咦，你为何不亮兵刃？"为首的汉子发现慧能两手空空，不觉大奇，问。

"贫僧就用肉掌接你的招数，请吧。"慧能轻松地说。

第八十三章

　　"慧能。"老和尚哼了一声。

　　"弟子明白。"慧能侧身向老和尚看了一眼，就在此时，那汉子一剑刺到，慧能微微一侧身，让过剑身，没等对方变招，已用两指夹住长剑。

　　那大汉哪料到仅仅一招之内，对方就会用手指夹住自己的兵器，一急之下，急欲抽回长剑，可用力抽了两次，剑身纹丝不动。他惊出一身冷汗，再一看慧能，面含笑靥地望着自己，不觉又羞又怒，又用力向前刺去，仍然一动不动。他正惊疑间，蓦然感到剑柄上传来一股炙手的热流，烫得他忍耐不住，几乎扔掉长剑，但又顾及师门的面子，不敢撒手，只好咬牙硬挺。

　　"阿弥陀佛，师妹一向可好？"猛听老和尚口念佛号，朗声向旷野问道。

　　在场的所有人同时一惊，四下顾盼，不见一人，正疑惑间，只听远处飘来"川中侠女"的声音："师兄难得有此闲情逸致，是什么风把你吹到这里？"

　　那个为首的汉子此时才明白，眼前的两个和尚不但是盖世高手，而且老和尚竟然是他们的师伯。一惊之下，哪里还敢争夺长剑，慌忙撒手退后，狼狈万状。

　　"蠢才，在你师伯面前还敢动手动脚？""川中侠女"从一棵大树后走出来，厉声斥责为首的大汉。

　　"师……伯，弟子该死，冒犯了您老人家。还望……"为首的大汉伏在地上，不住地磕头。

　　"阿弥陀佛，不知者不足为怪，你起来吧。只是日后待人应宽厚为怀，不能刁钻蛮横……"老和尚正说着，却被"川中侠女"打断。

"师兄，我的弟子自然由我教训，师兄不必劳神。""川中侠女"的傲气和护短的毛病又露了出来。

"是呀是呀，贫僧又唠叨了。"老和尚自嘲似的说，向面色不悦的"川中侠女"瞟了一眼，又说，"听说师妹门庭若市，弟子颇多，多年来行侠仗义，江湖上有不少传闻呢。"

"哼，师兄过奖，我的弟子虽多但大多是平庸之才，哪像师兄的得意门生，堪称'迷幻'派高足。""川中侠女"早在远处窥视到慧能的武功，知道师兄是有意取悦于自己，所以哼了一声，朝着拜见自己的慧能略略点点头，又说，"把兵器还过来吧。"

当慧能双手捧着长剑递上来时，她猛地伸手握住剑柄，催动内力，通过剑身，向慧能攻去。

慧能猝不及防，想撒手已经来不及。对方的内力源源不断，汹涌而来，忽冷忽热，形成一股巨大的粘力，紧紧粘住了自己。他只好立稳身形，运力抗衡。

老和尚微微一愣，皱着眉头瞅着眼前这一情景，缓缓说道："慧能，你师叔在点拨你的武功，你要仔细。师妹，小徒功力浅薄，你要手下留情。"

不到半个时辰，慧能虽然像入定一样安详，但头上微见汗气。"川中侠女"起初还可以四下顾盼，渐渐面色严肃起来，接着鼻息见重。她知道自己这是心浮气躁，急于求胜所致，可眼见慧能似睡非睡，仿佛进入仙境的惬意样子，不觉大奇。

"阿弥陀佛，师妹若是心无旁骛，小徒怕是早就输了。以贫僧看就算了吧，这几日途中风餐露宿，到了这里难道连一杯清茶也不施舍么？"老和尚诙谐地说，他见"川中侠女"认真起来，急于和解。

"也好，怠慢师兄了。""川中侠女"自知想取胜也不是一时半会儿的事情，自己又是长辈，不好再计较下去，所以向慧能招呼了一声，两人各自收功撤力。

眼望短了两指的长剑，"川中侠女"神色一凛，傲气减去不少。

轻风拂面，羿竹掩影。

溪水委曲，山花喷香。

山路绕着山腰逶迤而上，一行人笑声朗朗，伴着鸟雀啼鸣，缓缓向山上走着。

"师兄此次是专为海兰察的事上山的吧？"一阵寒暄之后，"川中侠女"

突然问。

"哦……师妹果然聪明绝顶，不错，贫僧确有此意。"老和尚愣了一下，然后点头承认。

"听小女慧瑛说，师兄在峨眉山精心点拨海兰察的武功，又派慧能帮助海兰察击败青龙帮和川陕怪侠？"

"确有其事。师弟正值壮年撒手西去，留下这么一个唯一的高徒，贫僧又见他根骨很正，故而——"

"要说悟性么，海兰察的确在众多弟子之上，可说到根骨……""川中侠女"自小在师兄面前争强好胜，娇纵惯了。她打断老和尚的话，沉吟了片刻又说："迷恋仕途，陷身于宦海的人在武林中为人所不齿，海兰察虽为我'迷幻'派弟子，但误入歧途，令人担忧啊。"

"师妹言重了。俗话说：己所不欲，勿施于人。人生犹如爬山，何止一条路，只要良知未泯，慈心长在也就行了。佛门弟子为善最乐，世人何尝不是这样。"

"师兄说得太轻巧了吧？""川中侠女"哼了一声，说，"海兰察要是迷途知返，还算是我师门的奇才，日后必能发扬光大师门武学。但如果继续为虎作伥，助纣为虐，那也为害不浅。师兄别忘了，为虺弗摧，为蛇若何？"

老和尚听了"川中侠女"的话，一时不再言语，他知道"川中侠女"的怨气很大，只是不好明说而已。他想了想，调转了话题，问："慧瑛近日如何？"

"鬼知道她哪去了。""川中侠女"没好气地答。

气氛黯然，一行人缄默而行。

"师兄，海兰察不自量力，正在修炼'迷幻'内功心法，闹不好也要为祸自身。""川中侠女"又开了口。

"何以见得？"

"哼，我见他气息不正，内息有紊乱之象。"

"你……与他交手了么？"老和尚惊问。

"何止交手。就是我也在他的掌力下吐了血。"

"啊——"老和尚一愣，忙问，"是海兰察有什么地方得罪了你？"

"川中侠女"脸色微红，一时竟说不出话来。作为长辈，她出手与海兰察过招已经有失身份，更不用说海兰察没什么过错，她自己寻上门去的。另外，无论怎么说，海兰察身为一品都统，却丝毫没有动用兵将为难自己，否则……她心里这么想，嘴上却很硬，"师兄，看来你与二师兄一样，也是一味袒护海兰察，也难怪呀，你们都是仕途出身的人，是不是对清廷仍然旧情难忘啊？"

"阿弥陀佛。这么说师妹一定是见过二师兄喽？"

"是的，前些日子，我曾去杭州与二师兄讲过海兰察的事。唉——没想到他也……""川中侠女"叹了口气，不往下说了。她原本想向二师兄讨教"迷幻"内功心法，制服海兰察，可遭到了拒绝，至今还忿忿不平。老和尚听了微微笑了笑，猜到这位任性好斗的师妹准是碰了钉子，所以叹气。他们师兄妹四人，三师弟——也就是海兰察的师父乔玉，十年前在索伦草原去世，而自己在八年前习练"迷幻"内功心法时走火入魔，下肢瘫痪。只有二师兄定性好，练成了独步天下的内功心法，本来师傅清风道长去世时，也想把这一绝技传给师妹，后来想到师妹的性情太过暴烈，向来争强好胜，怕她日后任起性来无人管束。因此，不仅没有传给她，而且叮嘱三个弟子，日后择机传授。二师兄之所以不肯传授，当然是看师妹还不够老成。

"哼，大师兄，海兰察所以练就内功心法，还不是三师兄把师门秘籍传给了自己的弟子。我日后一定要追回秘籍。""川中侠女"面含愠色地说。

"不可，千万不可。"老和尚一听忙连连摆手，说，"师门秘籍是师父临终时传给三师弟的，他传给自己的弟子与别人不相干，只要是本门弟子，并无越轨行为就行。你硬是前去索取秘籍，不怕有欺师灭祖之嫌么？"

"话是这样说，可海兰察投靠清廷，自甘堕落，早已坏了师门的戒律，有什么不可以索取的呢？"

"这样说来，我师兄弟三人当年都做过三品总兵官，在年羹尧帐下效力，难道也是……"

"此一时，彼一时。师兄，你不必多虑。""川中侠女"主意已定，尤其是刚才一试之下，发现就连师兄徒弟慧能的功力与自己也在伯仲之间，就更坚定了获取师门秘籍的决心。

老和尚上山的目的原是想劝"川中侠女"不要找海兰察的麻烦，对本门弟子严加管束，另外也有心思为身在官场的海兰察解释一番。此时才意识到，此行已经一无所获，"川中侠女"对海兰察成见颇深，冲突迟早要爆发，武林中恐怕也要受到波击。他叹了口气，仰望着湛蓝的天宇思索着。

第八十四章

　　光阴似箭，暑去寒来。十一月底，清军连克革什戎岗和沙木拉渠什尔德诸寨，驰骋在大金川的腹地。

　　到了春暖花开时节，海兰察率兵击败噶尔丹寺方面叛军的援军，与东路清军会合。

　　大金川战事已定，各路清军约定好进攻的时间，准备一战结束战斗。

　　福康安刚刚擢升二等忠勇公，兴奋异常。半年来，他随同索伦兵一路杀进大金川，可算是所向披靡，朝野上下一片赞扬之声。虽然他明白这是借了索伦兵和海兰察的不少光，但一点也不觉得惭愧，阿桂当年在准噶尔也不是借了蒙古索伦兵的光么？

　　做大事的人必须要有左膀右臂，好花还要绿叶扶持，他当然懂这个道理。作为一名武将，没有一个勇猛善战的副将怎么成？往日笼络来的人大多是些平庸之才，太平之日争相奉迎，一旦有事却个个畏缩不前，这样的人如何办大事呢？自从结识了海兰察，真有一种踏破铁鞋无觅处，得来全不费功夫的喜悦。他也知道阿桂十分器重海兰察，早在十年前朝野闻名的海兰察与满迪的纠葛上，他极力袒护海兰察，此次金川战事失利，温福战死的责任上，又替海兰察左右遮挡。可话还得说回来，海兰察勇冠三军，是人人皆知的，阿桂的每一份奏折上，都蘸满了将士——尤其是索伦兵的血迹。海兰察出生入死的苦斗都变成了阿桂升官晋爵的阶梯，而阿桂给海兰察及索伦兵的只是些小恩小惠，与他自己所得到的相比，不过是九牛一毛而已。

对这样出色的将领，不据为己有实在是太傻了。但如何叫海兰察这个比自己还高一品的将领拜服在自己脚下，甘愿为自己驱使，日后为自己立下战功呢？他思考了很久，认为必须做到两点：一是在众将领面前，处处显示自己高阿桂一筹，叫人们都知道自己确实高人一等，日后绝不在阿桂之下。这样，可以促使海兰察下决心改换门庭，成为自己的知己和左膀右臂；二是给索伦兵一点看得见的好处，最好是一般人无法给予的好处，使海兰察打心眼里对自己感恩戴德。

怎样才能做到这一点，他琢磨了好久，眼见胜利在望，他开始处处向阿桂的权威挑战，降低阿桂在诸多将领中的威信。此外，他已经拟好一个密折，禀奏皇上恩准索伦将士战后回乡团聚，不要再外派到遥远的边疆。也只有他才敢在奏折中大胆地写道："……索伦人为我朝征战数十年，其威名惮赫千里。像海兰察这样尚未成年时便随军终年征战者甚多，日渐一日，年复一年，谁人不怀念故土亲眷。再则家中妇孺老弱也是倚门倚闾、望穿秋水。万望皇上顾惜索伦将士与眷属咫尺天涯之苦，待金川战事了结，降恩……"

他觉得奏折的口气悲凄了些，不知会不会惹皇上生气。不过，他自信即便有不妥之处，皇上也不会怪罪自己，这只有自己心中明白。可在一般的朝臣和将领眼里，他的这种行为毫无疑问是冒着很大风险的，就是为了让别人理解这一点，他怀着问道于盲的心理，向海兰察和几名索伦将领透露了这件事。其结果当然是招来一片感恩的赞叹之词，战场上，索伦兵更是竭力发奋，自己指向哪里，他们就杀向哪里。

他也警惕地发现了阿桂的不满情绪，甚至是报复行为，比如抽调额森特和普尔普这样的猛将到别处，而且不时要派一部索伦兵去增援逊克尔宗峰，帮助进展缓慢的丰升额。这不是釜底抽薪么？他不由勃然大怒，与阿桂大吵了一顿，闹得阿桂又是气又是恨，还有三分的惧怕。对他这样本来是裙屐少年，却又是皇亲国戚的人，简直一点办法也没有。

"福统领，老夫是主帅，军中事务由老夫做主，你处处作梗，不知何意？"阿桂气愤已极，铁青着脸问。

"大人所言差矣。大人虽然是一军之主，但也不该凡事都独断专行、擅做主张，况且，大人所见也并非尽善尽美。"他讥笑着问，言外之意是你阿桂一

人说了算不行，再说，你不对的地方多着呢。别人怕你，难道我也怕你吗？！

"哼，福统领近日军务琐事颇多，老夫见你里忙多于外忙呀。"阿桂摊了牌，意思很明白，认为福康安忙于网罗知己，并没有把正事放在心上。

"大人言过其实，罗博瓦山不攻自破，难道是叛军拱手奉献的么？"

"那也是仰仗……索伦兵之力。"阿桂话中有话地反驳。

"那么金川之战又是仰仗什么呢？"一听阿桂含沙射影地讥讽自己没有寸功之力，福康安急了，也用揶揄的口气问。

"福统领正值有为之年，日后不愁王侯之位，香车宝马，锦衣玉食。老夫已到桑榆暮景之年，虽说一生碌碌无为，好在衾影无惭，知荣守辱，对皇上忠心无二。此次平定金川之乱，为了不辱圣命，早日凯旋，你我二人理当同心协力，保护圣躬才是。"阿桂转变口气，他毕竟是官场老手，自知压服不了福康安，要是为了赌一口气而惹怒了这位福统领，那可是凶吉莫测呀。天知道他在皇上和王公面前胡说些什么，自己现在已经有了不少对手，再加上这样一个大有来头的人，那不是自掘坟墓吗？！想到这些，他决定忍耐，尽量和解，作出让步，同时故意示弱，装出一副可怜巴巴、行将就木之人的样子，根本无意与他争夺什么。

清军猛攻，索诺木的退路被堵，只好投降。

金川平定。

海兰察战功卓著，被擢升为领侍卫内大臣，一等超勇侯，赐御用鞍辔马各一，再次图形紫光阁。

紫光阁赐宴完毕，乾隆皇帝回到了乾清宫，令人召来福康安。

"好了，起来吧。"乾隆皇帝瞅着伏地跪着的福康安，神色极为复杂。

就任盛京将军的福康安，今日不知为什么有些战战兢兢，他预感到皇上所以单独召见自己，一定是自己有什么过错被皇上抓住。

"福康安。"乾隆皇帝开了口。

"臣在。"

"在金川，你和阿桂有什么争执吗？"

"回皇上，臣……"福康安不知道皇上都知道了些什么。他在外面做的事，有很多纯属于拉大旗做虎皮，不便告诉皇上。

"哦？"见福康安神色犹豫，乾隆皇上皱了皱眉头。

"皇上，阿大人在金川阵前，意欲调动臣的属下，臣当然不肯，故……"福康安决定不把话说透，但也不说假话。

"不只如此吧？"乾隆皇帝显然摸清了底细，不满地问。

"至于对战事，众将都有各自的主意，臣自然也有主张。不过九九归一，无非都想早日平定金川，为皇上分忧。"

"嗯，这样就好。"乾隆皇帝点了点头，沉思片刻，又说，"话是这么说，可对于老臣还要有分寸才是。要记住，以德服人，德政保太平，欲安天下，不施德政是不行的……"

福康安低头听着，心里却在想：在血雨腥风中还谈什么德政，我朝入主中原是靠施德而来的么？

"你年纪尚轻，有所不知，时值太平之日，比不得征战岁月，朝野上下，欲得人心只凭匹夫之勇不行。"乾隆皇帝望着认真谛听的福康安，继续说，"像阿桂这样的老臣，不宜过多顶撞，一定要学会锋芒内敛，何况还是那么点区区小事。"

听到这里，福康安眼睛一亮，他猛地意识到皇上叫他来不但不是训斥，反倒是在指点自己。对了，这次没有把自己留在京师，而是外放到盛京，想必是有意要历练自己一下。想到这儿，他赶紧说："臣自知愚蒙，到了盛京一定恭于职守，不负圣命。"

"为人者，要能伸能屈，前人尚且能够卧薪尝胆，后人为什么不可以忍耐一时呢？"乾隆皇帝的话已经很露骨了，暗示福康安不要忙于锋芒毕露，不要太得罪朝中老臣，否则让自己为难。要等待时机，而这个时机当然是皇上为他寻找。

"臣明白。"

"还有，你的奏折朕已看过。"乾隆皇帝突然又提起福康安在金川写给他的奏折，语气十分不满，"人之惰性大都来自苟且偷安。想想当年我满洲八旗是何等精悍，区区二十万骁骑就击败数以百万的明军，纵横长城内外、大江南北。可叹的是这几十年来，许多能征惯战的将士贪图舒适，畏惧跋涉，已经衰落下去。这是为什么呢？就是只思轻裘缓带、珠光宝气，不想居安思危、病骨

支离。长此下去如何得了？"

　　"皇上圣明，恕臣愚蒙。"福康安深觉皇上的话很有道理，由衷地赞叹。

　　"索伦部从满洲崛起已有百年，自从太宗皇帝征服索伦部以后，索伦部与漠南蒙古一直是我朝两支劲旅。他们的骁勇不在满洲铁骑之下，到如今雄风不减、虎威不衰，不就是因为他们兵不卸甲、马不离鞍，终年东征西讨的缘故么？"乾隆皇帝为了让福康安更明白些，苦口婆心地指点。

　　"皇上，臣以为对这样的长胜之师，如施加体恤不是更令他们感激涕零吗？"福康安也有小聪明，深知皇上历来喜欢以文韬武略、文武兼优的帝王自居。然而，皇上自有精明之处，那就是任何人如果只是一味地奉承，都会引起他的疑心和反感。最好就是装作似懂非懂的模样，提出自己既不荒唐又不高明的疑问，使皇上意兴大发，可以尽情地卖弄，又不疑有他。

第八十五章

果然，乾隆皇帝来了精神，斜视了一眼毕恭毕敬、懵然无知的福康安，又说："施恩不应倦怠将士的斗志，如让这些精兵猛士返回故土，势必使将士们贪恋故园，懈怠军心，日后如何征战呢？"

"皇上，索伦兵可是颇有怨言哪。"福康安说了实话，他想起了自己对海兰察的许诺，有些着急。

"朕明白你的意思。"乾隆皇帝意味深长地瞥了福康安一眼，想了想又说，"此事朕正在思谋，毋须你说。你要记住，今后凡事先要以大清江山社稷办事，当狠则狠，当让则让。不管怎么说，金川一战，像海兰察等一些将领都得以重用，他们能不感恩么。哦，对了，索伦部刚遭水害和瘟疫，朕已派人携带库银前去慰藉。"

"皇上此举定会让索伦部举天同庆，没齿难忘啊！"福康安忙不迭赞道。

乾隆皇帝微微一笑。

政事一了，乾隆皇帝游兴顿起，时值酷暑季节，他自然想起了清风送爽、花草繁茂的热河避暑山庄。

按照惯例，他下旨宣召远在千里之外的满蒙王公大臣到热河，自己带上京师中战功卓著的王公大臣，吉日开拔，在无数扈卒侍卫和文武官员的簇拥下，千骑万乘、浩浩荡荡地向热河而去。

数日之后，到达了热河。

先到达的各旗王公早已在郊外迎候，茵茵绿草地上，八旗兵丁威风凛凛，

密布仁立。一大群金黄服饰、四团龙补褂，头戴两眼和三眼花翎的王公大臣，依次排列，迎接圣驾。

乾隆皇帝虽说每年都来此避暑，但这一次感到十分特别，仿佛头一次发现这风景古朴、天然雄伟的避暑圣地。那凉爽的清风，吹去心头的燥热，那芬芳的花香沁人心脾，使他心旷神怡。

眼望一片伏在地上的领顶辉煌的王公臣，他再一次舒适地领略了盛世国君的荣誉感。

由于金川战事的顺利，他的心情格外好，立刻吩咐在行宫设宴，同各地来的王公大臣庆贺金川大捷。

日月如梭。

乾隆皇帝在众王公大臣的陪伴下，好不快乐地玩耍了二十几天。

塞北的盛夏一过，金秋很快来临。八月的骄阳如初，可风儿却含有凉意了。内务大臣见皇上今年的心绪十分好，早已将秋猎一事安排妥当。

一日清晨，乾隆皇帝猎兴甚浓，带领一批王公侍卫，信马驰出东阁，向远处的沟壑密林而去。

一只獐子惊慌逃窜，被冲在前面的乾隆皇帝一箭射中，挣扎着向左前方的丛林跳去。随行的侍卫呼叫着围了上去，但没有得到圣命，哪敢随意跑在皇上前面，所以，一个个仍然跟在乾隆皇帝的左右。乾隆皇帝本打算亲自追上去，再补上一箭，在众多王公大臣面前显示自己，可他毕竟不惯于马上剧烈颠簸，此时只感到些疲乏，又见獐子已经钻入丛林，就把手一挥。十几名侍卫和随猎的皇子见状，争相奋勇，拍马追去。

眼看就要冲进丛林时，突然，谁都没有料到山石丛林中猛地蹿出两只老虎，凶猛扑来，吼叫声震耳欲聋。

冲在前面的侍卫一见不好，急忙策马向右避去，而紧随其后的七皇子一时吓得栽下马来。

这突如其来的变故不仅吓愣了乾隆皇帝和王公大臣们，就是前面的侍卫也一时傻了。

就在两只老虎腾空跃起，准备扑向摔在地上的七皇子时，只听一声箭响，跑在后面的海兰察一箭射中空中的一只老虎，眨眼之际，又有连珠两箭破空而来，一只老虎被射中要害，扑地挣扎在地，另一只老虎掉头逃去。

在所有的王公大臣声嘶力竭的叫好声中，海兰察单骑向逃窜的另一只老虎追去，醒悟过来的侍卫们随即也嗷嗷叫喊着冲了上去。

如此精妙的场面，别说是久居深宫的皇上，就是年年出没在山林莽原的王公大臣及武将们也是罕见的。乾隆皇上见七皇子安然无恙，顿时兴起，竟然拍马跟了上去，王公大臣们何尝不想一睹为快，一看皇上拍马追去，个个也争先恐后地跟了上去。受伤的老虎剧痛交加，拼命向树丛中跑去，海兰察一见着了急，当着皇上和众多王公大臣及侍卫的面，他决不能失手，从马背上飞身而出，犹如离弦的箭，向前射去。当两脚一落地，急忙施展起绝顶轻功，有如旋风般追去。此时此刻，他有意在众目睽睽之下露出一手，取悦于皇上，折服在场的王公大臣和众多的大内侍卫。倘若皇上一高兴，说不定会恩准索伦兵回乡。

当他与老虎相距不远时，他改变了射杀的主意，扔掉了弓箭和长剑，长啸一声，提气蹿了上去。受了箭伤的老虎被逼急，一个转身，反倒向海兰察扑来，海兰察一见老虎来势凶猛，纵身一闪，大喝一声："畜生，遇到本将军是你的晦气，去吧！"他早已暗暗凝气于右掌，当老虎又一次扑来时，他迎面一掌，一招"击峦震岳"，千斤的掌力拍在老虎头上，老虎被震出一丈，哼都没哼一声，倒地死去。

"海大人神功盖世！"

"满洲第一高手，当之无愧呀！"

首先赶上来的大内侍卫，叫喊着赞叹。

一名新近从江浙调来的一等侍卫颇有不服的神色，悄悄走近死虎前，用手抓了虎头一把，顿时浑身一震，"大人，这虎头如绵，虎骨粉碎，可见大人的内外功夫已到了炉火纯青的地步。实在是令卑职叹服，还望大人日后不吝赐教。"他心悦诚服地说。

"哪里，敝人的功夫还不足家师的一半，惭愧。"海兰察瞟着近前的皇上，不以为然地说。

海兰察，你救了七皇子，朕会重重赏赐你的。"乾隆皇帝一日得两虎，自认是好兆头，十分高兴。

"谢皇上。"海兰察跪伏谢恩。

"众卿，朕有海兰察这样有勇有谋的栋梁之才，何愁国家不兴旺、社稷不安稳？"乾隆皇帝一高兴，当着王公大臣夸奖起海兰察来。

正当君臣兴致浓烈时，巴林王爷扎木萨嘿黑笑了几声，对乾隆皇帝奏道："皇上难得有此雅兴，今日众王公大臣皆云集于此，臣有意同海大人比试一下，也算是助助兴，不知皇上意下如何？"

乾隆皇帝余兴未衰，听了巴林王的话，眉头一场，满有兴趣地问："喔？卿的意思是——"

"皇上，臣有一匹好马，海大人有一把好剑，都算得上当世罕见的宝物，看看谁能赢得对方的宝物。"巴林王想打赌。

"好，朕也想一饱眼福。"乾隆皇帝知道巴林王勇猛过人，也是塞北有数的高手之一，而且颇有计谋，与海兰察比试，恰好是棋逢对手。

"海大人，"巴林王得到了皇上的同意，缓缓走到海兰察面前，说，"耳闻盛名已久，刚才又目睹铁掌神功；不过，本王有一癖好，那就是平生最好与人比试。输赢暂且不说，能与大人切磋技艺也是一大乐事，怎么样，如何比试呢？"

"王爷，卑职……"海兰察见巴林王要和自己比试，心里很不愿意，他觉得在这么多王公大臣面前，无论是赢是输都不好。多年宦海经历告诉他，这个比试可不是草原那达慕大会上的切磋技艺，官场上的游戏往往是玩命的。况且自己与巴林王素昧平生，不知这位王爷是闲着没事干还是有什么用意，贸然比试一旦惹下怨恨怎么办呢？但如何推辞呢，更不能让这些脑满肠肥的人以为自己是怯战，怎么办呢？！

"海大人，我塞北草原部族，一向胸怀坦荡，比武较技有如走马观花，是很平常的事，你何故忸怩作态？"巴林王困惑地望着踯躅不定的海兰察问。

"是啊，海大人，你不必多虑。我们北方部族是不计较输赢的嘛。"

"海大人与巴林王爷都是满洲少有的高手，正好在这木兰秋你相遇，也是止上天的美意，良机莫失呀。"

急于看热闹的王公大臣们鼓噪起来。

海兰察瞅着脸色越来越难看的巴林王，心里再一次犹豫起来，按照草原部族的惯例，不应战又不认输是一种十分不礼貌的行为，何况对方又是个威名显赫的王爷。可比什么呢？刀剑掌拳都有凶险，没有一方的受伤是很难分出胜负的，当着众多的王公大臣把巴林王击伤，那是不妥的。他游移的目光盯在了巴林王的箭裹上，开口说道："王爷一定要比试，卑职也想讨教。只是今日里是皇上和诸位王公大臣高兴的日子，比试当以不伤人为妙，所以，卑职想向王爷讨教箭羽上的功夫，如何？"

"好，就依海大人所言。"巴林王明白了海兰察用意，暗叹这个索伦将领的周到与机智，语气又客气了许多。

"妙哇，妙！蒙古和索伦都是草原上能骑善射的部族，今日可以一分轩辕。"几个满臣大叫道。

海兰察听了这挑唆性的话，眉头颤动了一下，顿了顿，微微一笑，说："诸位王爷和大人，我索伦和蒙古世代在草原上生息，自然都能骑善射，不过，技艺难有兼容并包，只是各有所长罢了。今日卑职与王爷比箭，无论何人取胜，恐怕都不能定为高下之分，倘若卑职侥幸获胜，就更是偶有一得了。"

众多王公大臣听了，都默默点头。

乾隆皇帝笑了笑。

阿桂凝眸沉思。

福康安大声叫好。

哈木如释重负地吐出口长气。

巴林王不住地点头。

第八十六章

　　因为两人的臂力奇大，都使硬弓，所以侍卫们把箭靶放在了一百五十步外，每人的前方都有三个箭靶。按照规定，两人同时抢射，谁射中的靶多而且都击中靶心，就算谁胜。茵茵绿草地，巴林王与海兰察各自站在自己的位子上，作好准备。许多围观的王公大臣望着远处的箭靶，或是咂嘴咂舌，或是抽着凉气。

　　随着一声口令，巴林王拉弓朝正前方的箭靶射去，利箭结结实实地射中了靶心，引起围观的王公大臣们的一片喝彩声。他得意地笑了笑，急忙搭上第二支箭，同时斜眼瞟了海兰察一眼，这一瞟可把他瞟急了，只见海兰察已经轻而易举地射出第二支箭羽，虽然是随意而发，但从破空声中可见劲力之猛、速度之快，简直匪夷所思，比起自己吃力开弓，要利落得多。从两人的射速上显然已判高低，一惊之下，他急忙朝右边的箭靶射出第二枝箭羽。可等箭一发出，他又愣了，前面的靶心早已中箭，他立刻明白海兰察的用意，慌忙搭上第三支箭，打算投桃报李，回敬这个仁义的索伦将领一下。当他抬眼向海兰察的箭靶张望时，只听"嗖"的一声，海兰察射出第四支箭，射满了箭靶。

　　"好，不分轩轾，皆大欢喜。"

　　"是啊，两位都可算是神箭手。"

　　几个老眼昏花的王公根本就没看清是怎么回事，一看两个箭靶都射中靶心，只当是两人比了个旗鼓相当，随口称赞。其余的武将和侍卫们当然看得很清楚，但是位卑言微，谁也不肯得罪巴林王爷，个个相互瞪着眼缄默不语。海兰察原本就没想与巴林王争什么高低，连发四箭是让巴林王晓以厉害，也是卖了个人情，但是看到众多官员侍卫碍于巴林王的面子，连句真话都不肯说，心中暗叹官场险恶、人心叵测。

"胡说八道！"巴林王面色如灰，放下弓箭，向自己的侍卫一挥手，侍卫立即牵来一匹高大的黑褐马。

"海都统，本王平生还没见过你这样的好箭法，好，愿赌服输，这匹良驹是大人的了，好马配英雄。"巴林王毫不掩饰自己的失败，叫人献马。

"王爷，较技意在取乐，何必当真。"海兰察哪里肯收巴林王的心爱之物，推辞不要。

"海都统，我草原部族心胸坦荡，本王一向言无反悔，你不必客气，你的功夫不但远在本王之上，而且为人也令人叹服，本王愿与大人结为忘年之交。"

"不错，巴林王的箭法和海大人相比确实稍逊一筹，马是输定了。不过，巴林王的心胸之坦荡也令人感叹。"科尔沁王秉公执言。

晚霞收尽，月色溶溶。

颠簸了一天的乾隆皇帝十分兴奋，回到行宫后竟然不觉疲倦，索性坐在案旁，翻阅从京师兵部传来的奏报和几位御史的奏折。

他厌烦地推开几个弹劾大臣的奏折，拿起兵部的几份奏报。看着看着，神色严肃起来，原来闽浙一带匪盗与海岸贼串通一气，十分猖獗。当地官府虽然痛加围剿，但苦于兵丁有限，流贼乱窜，一年来屡剿不尽，并有蔓延之势，当地官府一筹莫展，故恳请朝廷派兵。

他静静想了一会儿，不用问，他也知道目前贼势不小，否则这些只报喜不报忧的地方官也不会上报。这些昏庸之辈往往就是这样让贼势强大起来的，如今实在瞒不下去，才向兵部说出实情。

"阿尔泰。"他轻轻叫道。

"臣在。"内大臣阿尔泰像猫似的，又轻又快地出现。

"派人传福康安。"他说。

"喳。"

等阿尔泰一出去，他又开始沉思。

金川大胜后，他原有意让福康安当协办大学士兼兵部尚书，但经过再三考

虑，觉得还不到时候。作为主帅的阿桂才只加了个太子少保，勇将海兰察加封一等超勇侯，把这两人撇去，单独把福康安连升几级，恐怕群臣和朝野有异议。所以，他才狠狠心，把心底里那种特殊的怜爱之心压了下去，让福康安暂任盛京将军，从一品官职，待日后再立战功后擢升。

没想到机会来得这么快，派谁领兵剿平海岸贼，他第一个想起的自然是福康安。他仔细地权衡了一下，觉得可以派福康安前去，因为这不是山高水仄、土兵凶悍的金川，也并非是攻城掠地的惨烈恶战，不就是追剿一些流窜的乌合之众吗？再说那些地方官员哪个敢不鼎力协助，何况从京师多派些精兵猛将就行了。这样一来，福康安毫无疑问地稳操胜券，日后提拔他的时候就不会有人说三道四，一切都会顺理成章。

听到外面石阶传来靴声，他精神一振，挺起了腰。

"皇上，卫国公、盛京将军福康安在殿外候旨。"内大臣阿尔泰跪奏。

"传。"他推开一摞奏折，对阿尔泰说。

不一会儿，福康安走进来跪拜在地，说："臣，福康安叩见皇上。"灯光下，他显得衣冠楚楚，头上珊瑚顶戴，身着九蟒五爪的蟒袍和仙鹤补服，英俊白皙的脸上平日那种在群臣面前盛气凌人的高傲一扫而光，剩下的只是屈膝低首、一副逆来顺受的样子。

"起来，快起来。"乾隆皇帝一见福康安倜傥俊俏的模样儿，急忙催促道。

"喳。"福康安应声而起，侧立在阿尔泰身边，垂手肃立。只是一对滴溜溜的眸子，转来转去，猜测着皇上召见自己的目的，以便如何应对。

"福康安。"乾隆皇帝轻轻呷了一口茶，慢悠悠地开了口，双目始终盯着福康安，毫不掩饰地流露出慈爱之情。

"臣在。"

"平定金川，你功劳不小，为朕除了不少烦恼。"乾隆皇帝边说边瞟了瞟一旁低眉垂首的阿尔泰，略提高了点嗓音，明显也是说给阿尔泰听，"朕原来有意让你掌管兵部，但看你年纪尚轻缺少历练，还是多立下些战功才好。"

"回皇上，臣自知才德疏浅，不堪重任，也从无奢望。只想尽心竭力，报效皇上的恩宠，保护圣躬。"福康安讲得诚惶诚恐、情真意切。站在一旁的阿尔泰不由得嘘了一口气，咬了咬发麻的舌尖。

"嗯，难得你的一片忠心！"听了福康安一番非常谦恭得体的话，乾隆皇帝脸上浮现出满意的笑容，又说，"近日闽浙巡抚萨木腾和一些地方官员几次上奏，说海岸一线贼势猖獗，袭击官府，骚扰百姓，掠夺财物……"

"臣也略有耳闻。"福康安偷偷瞥了皇上一眼，又说，"据臣所知，这些海岸贼大多是外夷人，传说是隔海而来的倭寇。自前朝起就屡犯我海疆，更有内地贼匪呼应，行踪诡秘，来去无踪，前朝也曾下力通剿，但一直奈何不得。"

"不错。"乾隆皇帝点头道，"不过，如今我大清国力强盛，威振四海，有如日月经天、江河行地。无论是远邻还是近邦，哪个不敬我天朝？这区区倭寇竟然在天朝疆土上肆意横行，成何体统，国威何在？"

福康安接着说："太平盛世，岂能容毛贼猖獗，请皇上下旨，着令闽浙总兵加力围剿。"

"不，朕的意思是想让你带兵去。"乾隆皇帝忙说，言毕，意味深长地望着福康安。

福康安一见皇上投来的那种关切备至的目光，立刻恍然大悟，明白皇上有意让自己立功，以便再擢升自己。一时间，感恩不尽，赶快伏在地上，用颤抖的声音说："遵旨，臣一定尽力，不辱君命。"

"起来。"乾隆皇帝见福康安瞬间就领会了自己的意图，心里很快慰，暗自叹道，真可谓心有灵犀一点通啊。瞅着一边站着的阿尔泰，又正色地说："闽浙的兵少，绿营兵又实在是不堪重用，那巡抚萨木腾又昏聩无能，朕只好要你率领精骑前去。"

"皇上，臣听说那贼兵中不乏凶猛强悍之徒，不但武功奇高，并且颇有计谋，故难以剿灭。"福康安不失时机地策应，帮助皇上自圆其说。

"你可挑选骁骑营两千将士，此外，速调科尔沁和索伦兵各一千，还有——阿尔泰。"乾隆皇帝招呼站在一边的阿尔泰。

"臣在。"

"明日拨出几名大内侍卫，由……辛元龙领班，随福康安前去。"

"遵旨。"阿尔泰偷眼斜睨福康安，心里嘀咕，皇上对这个花花公子可真是恩宠叠加啊！

第八十七章

八月的塞北，早已是秋高气爽，凉风习习。可江南大地依然是热浪翻涌，酷暑难耐。

一队骁骑顶着烈日，迎着扑面的热浪，急匆匆地行进在江浙雁荡山的高山峻岭中。

"辛兄，此地离杭州还有多少路？"海兰察问身后的辛元龙。

"还有两百里。海大人，这几日日夜赶路，人马实在疲乏，今日无论如何也赶不到杭州了。"辛元龙擦了把汗水答。

"塔尔干，命信骑火速到前面的县衙，准备好一切，今晚就住在此地。"海兰察估计了一下明天的路程，看看疲劳的将士，决定在此休息一夜。

"喳。"叫塔尔干的参领迫不及待地应了一声，回头派了一个骁骑校飞马而去。

夕阳欲沉，彩霞漫天时分，海兰察一行人马到了县城。

"卑职等参见都统大人。"县城内的文武官员早已恭候在城门外，一个戴着素金顶戴大约四十几岁的县官领先，佝偻着弱不禁风的驱体，有气无力地说道。

"算了，守备何在？"海兰察一眼看出此人过于猥琐，不想与其废话，招呼起县城的武官。

"卑职在，遵照大人吩咐，一切准备妥当。"守备伶牙俐齿，没等海兰察细问，便说出一切。

"好，"海兰察点点头，随便向城门聚集的人群扫视一眼，蓦地，他眉头一颤，却又不动声色地掩饰过去，大声对将士们说，"原地恭候大将军。"

就在所有官员和将士稍事休息，准备迎接大将军的空隙，海兰察叫过守备，低声问："此处可有匪情？"

"回大人，蔽处远离海岸，又是穷乡僻壤，贼寇从来不到此骚扰。"守备诧异地望着海兰察，小心翼翼地说。

"嗯，以前可有匪患？"

"这……确实极少，卑职一向不敢疏忽，忠于职守。"守备有些惶恐。

"好，不必多说了。"海兰察摆摆手，止住了欲言又止的守备，沉思起来。

"海大人，你想到了什么？"辛元龙凑近海兰察，话中有话地问。

"辛兄，江湖上的事儿，还是你老到。请问，这一路上，你没察觉到什么吗？"海兰察问。他与辛元龙一齐选入大内当侍卫，又一块外放做官，彼此交情十分不错，虽然官职不同，但他很敬重辛元龙。况且，辛元龙不但年纪比他大，对于黑白两道和武林中许多轶事无所不知，经验非常老到，所以，时常向他讨教。

"海大人，"辛元龙见海兰察询问，神色严肃地说，"以敝人看，有人盯上了咱们，只是不知道是哪路货色，图的是什么。哼，无论是他们走了眼还是逼不得已，不说这千军万马，就凭你我兄弟的身手，就算当世顶尖高手来了，其奈我何？！"

"嗯，不错，敝人怀疑或许是贼众的探子。"海兰察说。

"不会，如果是海岸贼，一路窥探大军的动向即可，何必在我们这支前队人马的左右相随？"辛元龙猜测着。

"有道理，那么辛兄以为——"

"看来这些人与贼众并无关系，一路跟踪而来，似乎是寻找……"辛元龙犹豫着，不肯再说下去。

"对我们有所图谋？"海兰察催问。

"对我们之中的什么人有所图谋。海大人，恕敝人直言，大人在江湖上有不少个人间的恩怨吧？"

"辛兄，你的意思是——"

　　"这很清楚，在前队人马中，只有你我二人艺高权重，如果来人不是冲着你我，恐怕早就下手了。看来他们还有所顾忌，除了你我一二人，他们还能顾忌谁呢？"

　　"啊——敝人明白了。"海兰察心中雪亮。

　　"刚才城门的人群中，敝人见有几名大汉混在众人中，可双目精光四射，哼，分明是内功已有相当火候的武林中人。"

　　"辛兄，不必说了。"海兰察早已心如明镜，皱眉向远方凝视。

　　"海大人，你……"

　　"辛兄放心，我师门中的恩怨你是知道的，如果他们真的是冲着敝人来的，那也是没有办法的事。"海兰察断然说道。

　　"大人也不必太挂在心上，军中高手众多，敝人必当鼎力相助，量他们也不会轻举妄动。"辛元龙安慰着海兰察。

　　"虽然是这样，但敝人还是不愿把事情闹大，弄得人人皆知，还是私了的好。"海兰察的意思很明白，即不想惊动福康安，也不想动用官兵相助。

　　"也好，那么敝人从今天起，就不离大人左右。"辛元龙知道来者不善善者不来，决心相助这个难得的知己。

　　"多谢，有辛兄相助，贼人其奈我何？"海兰察大喜。

　　"来了，来了。"人群骚动起来。

　　远处，尘土飞扬，旌旗展动。

　　千骑万乘簇拥着大将军的正黄旗纛，从夕阳的余晖中滚滚而来。

　　夜，月隐星疏。

　　郊外，荒野坟冢。

　　一片萋萋草丛中，一位老者端坐在一块倒了的墓碑上，一丝微弱的星光映在那清瘦矍铄的脸上，两眼漠然向远处注视。

　　一阵疾风吹过，老者侧耳向远处一听，还没等出现什么，他却朗朗问道："荆少帮主，可曾探听到了什么？"

　　"佩服佩服。"随着话音，一条黑影从三丈外一跃而至，一个三十几岁的壮汉瞬间出现在老者面前，对老者一揖，客气地说道，"汤老前辈果然名不虚传，如此年纪依旧耳聪目明，远超蚁语传声的功力了。"

"哼，老夫不是夸口，蚁语传声未必就是绝顶功力。凭少帮主的这点道行也来考较老夫，是不是太不自量力了呢？"汤显冷言答道，语气凌厉，目中无人。

"不敢不敢，晚辈绝无此意，前辈不必多心，我们还是商量正事为好。"荆少帮主一看汤显动怒，连连道歉，并转开话题。

"那好，你的人呢？"

"来了，汤老前辈。"远处十几个人如飞而来。

"袁师弟，你说吧。"荆少帮主对其中一个汉子说。

"是。"袁振中开口说起跟踪的经过。

"海兰察身边都有什么人护卫？"汤显问。

"一些普通的卫士不足挂齿，不过，大营中却有四名大内高手，若是惊动了他们就麻烦了。"袁振中说。

"前队与大营不是不在一块扎营么？"荆少帮主问。

"不错，大营都扎在城外，只有侍卫和一小队人马随福康安进城。那几个大内高手不离福康安左右，一般没有下手的机会。海兰察的前队中，有一个叫辛元龙的高手，此人武功相当了得，可算是当世高手之一，我们围攻海兰察时，如果他插上一手，胜算就没了。"

"是这样，不能让他缠住。"汤显听了稍一沉思，毫不客气地指手画脚，点派起人手，"少帮主，你尽力缠住辛元龙，海兰察由老夫擒获，其他人挡住官兵，得手就走。"

"汤老前辈，海兰察的'迷幻'剑法凌厉无比，空前绝后，不然，家父也不会栽在他师父手里。这几年来，海兰察的剑法突飞猛进，并且内力也大有进境，不可小视。一年前，我师父又败在他的手中，为了……把握起见，依晚辈看，那个辛元龙就由袁师弟对付，晚辈还是与老前辈联手，顷刻间制服海兰察。"荆少帮主执意要斗海兰察。

"不只如此吧，少帮主。难道你信不过老夫的点穴功夫么？"汤显阴恻恻地冷笑着问。

"哪里哪里，"荆少帮主忙不迭地解释道，"老前辈的点穴神功乃是武林一绝，谁人不知，哪个不晓？"

"不对，少帮主，为人不可违心说话。"汤显面露愠色，冷冷说道，"十几年前，我师兄受贵帮蛊惑，贸然随同你们赴塞外卜奎城，找海兰察夺取'迷幻'秘籍，不想堂堂的铁指神丐竟然惨败在他的剑下。这虽然是我师门的奇耻大辱，但是输了就是输了，何必羞于承认？老夫今日来就是要以师门绝技与海兰察一决高下，不辱师门厚望。你真的相信老夫的功夫，就放手让老夫独斗海兰察才对。你是怕老夫斗胜之后染指剑谱，对不对？哼，即使老夫赢了海兰察，也不会窥视人家的武功秘籍，窃取别派武功。"

"好好好，老前辈不必动怒，其实，晚辈也是替前辈着想，既然前辈这样说，那就由前辈一人独斗海兰察吧。"荆少帮主被汤显说破了心事，又在众多师兄弟和弟子面前丢了面子，虽然心里恨得要命，可不敢表现出来，加上一听汤显无意于武功秘籍，不由得心花怒放，赔着笑脸说小话。

"那好，不过，老夫有言在先，按照武林规矩，我们要单打独斗，不许任何人插手。如果有人出手，休怪老夫无情！"汤显言之凿凿，众人相顾失色。

就在所有的人举足失措、不知如何回答的时候，只听远处的丛林中，传来轻微的嗤鼻声，所有的人不觉一惊。

汤显和荆少帮主几乎同时跃身而起，酷似两只大鹏，凌空扑去。等众人赶到近前时，只见汤显与荆少帮主面面相觑，默不作声。

"怪，奇怪，此人轻功十分了得，转眼间就不见了踪影，不知是何人。"荆少帮主悻悻说道，他明知来人绝不会是官府的探子，索性趁机扫扫汤显的面子，让这位不可一世的川陕怪侠丢点面子。

果然，汤显神情尴尬，茫然四顾。

"汤老前辈，或许是什么野物，我们怕是有点风声鹤唳，草木皆兵了吧？"荆少帮主不无讥讽地说。

"哼，就算是有人偷听又有何惧！少帮主，此事就这么定了。"汤显当然听出荆少帮主的弦处之音，为了显示自己艺高胆大，故意不屑一顾地喝道。

第八十八章

三更已过，海兰察还在辗转反侧。

往事如烟，从他脑海中飘过。

十九年前，师父乔玉为了保住"迷幻"秘籍，惨死在青龙帮的毒镖下。自己从军离开了索伦草原，远征准噶尔，擒获西域名将——辉特部台吉巴雅尔，立功之后做了卜奎城正红旗蒙古记名副都统。不久，在与副都统满迪的明争暗斗和青龙帮的陷害下，为救一民间女子，被诬陷入狱。幸亏师妹慧瑛不远数千里，从川中赶来相助，爱妻敏日娜大义灭亲，也亏得皇上圣裁，才使自己得以雪耻。如今，一定是青龙帮和川陕怪侠因在金川没得手，闻讯赶来，报往日宿怨，同时也想攫取秘籍。

想到这儿，他猛然翻身坐起，叫道："来人。"

"喳，大人有何吩咐？"随身侍卫应声而入，问道。

"传塔参领。"

"喳。"卫士转身出去，但在门外闷哼了一声，便悄无声息了。

海兰察心知有变，赶紧跳起身，手持青钢宝剑，一招一鹤冲天，身体拔地而起，从敞着的窗口向外斜刺里弹了出去。青钢宝剑紧护身体，瞬间舞出几朵剑花，击落击飞几枚暗器和兵刃。

黑暗中，海兰察一落地就见院内站着几个人，个个手持兵刃，望着自己怪笑。他来不及细看，又见墙外飞进一人，轻轻对一人耳语："师兄，远处大帐中的兵丁睡得像死猪，没事，抓紧时间，动手吧。"

　　"老前辈，此人就是满洲第一勇士，大内十八高手之一，'迷幻'派北派传人海兰察。"荆少帮主见一切进行得顺利，又发现海兰察孤身一人，心中大喜。为了激起汤显的仇恨，使这位川陕怪侠痛下杀手，他故意用十分推崇的口吻，刺激一贯好勇斗狠的汤显。

　　"嗯，真是自古英雄出少年，江河一浪推一浪啊。海兰察，老夫同你在峨眉山报国寺见过一面，可惜没能交上手。"汤显不顾身处军营险地，气定神闲地上下打量着海兰察，若有所思地说。

　　"不错，报国寺中本想讨教一番，不想老前辈不辞而别，实在是遗憾。"海兰察不知汤显这样心高气傲、成名已久的怪侠为什么和青龙帮混到一起，也知道他是一个武林异人，所以躬身问候，表示不想结怨。

　　谁知汤显听了脸色大变，他在报国寺中被海兰察的大师伯一掌震伤，至今余恨未消。刚才海兰察提到报国寺要讨教的话，分明是在奚落自己，虽然已经一把年纪，但好面子的虚荣心依然不减。此时，他板着脸冷然说道："老夫深夜到此是为了什么，你心知肚明。你师门与川陕四怪侠的恩怨你更清楚，上次在报国寺，你大师伯出手，老夫承认不是对手。今夜嘛，你的那个走不了路的和尚师伯怕是指望不上了吧？来吧，你出招吧。"汤显说着把手一扬，荆少帮主等人退后两丈。

　　"老前辈，如果想考较在下的武功，也不急于一时，何必在此时此地？"听汤显的话，他与青龙帮似乎没有什么瓜葛，仿佛单纯是为了给师兄——"铁指神丐"雪耻。海兰察心里一动，打算设法先使汤显不战自退，以便让自己全力对付青龙帮，报杀师之仇。

　　"嘿嘿，"汤显冷森森一笑，说，"不在此时此地，难道还叫老夫到京师去找你么？谁不知大内高手如云，老夫不但杀不了你，弄不好还会血洒宫闱，你当老夫是三岁顽童了吧？"

　　"不是在下当前辈是三岁顽童，而是这些卑劣宵小之辈有意戏弄前辈。"海兰察嘴上说着，两眼却不住打量站在黑暗中的几人，估摸着一旦动手能有几成的胜算。

　　"这话怎么说？"汤显一愣。

　　"在下的意思是倘若前辈一定要指教，或者是了结师门恩怨，不妨光明正大地定下君子之约，在下一定依照武林规矩按时赴约，各凭本事一并了断。而今天深夜和这些蝇营狗苟之辈搅在一起，为他们助拳，岂不是自毁清誉，传了出走，江湖上……"

荆少帮主原本打算偷袭兵营，趁着月黑风高的夜晚突下杀手，有汤显这样的高手助阵，应该有七成的胜算。谁会想到汤显不愧是怪侠，竟然在这清军营内、生死游离之间，和海兰察胡搅蛮缠。言语之间，他听出了海兰察的心计，担心汤显终身沉迷武学，于叵测人心的世态方面过于迂腐，弄下去怕会上了海兰察的当。心急之下，迫不得已开了口："海兰察，你死期已到，不必巧舌如簧，就算你长啸呼救，在援兵到来之前，你早就成了刀下之鬼。"他故意用话激海兰察，希望对方死要面子，起码不要过早呼救，好在官兵赶到之前杀人夺物。

"鼠辈，本都统不才，可决不畏惧尔等小人，就算没有帮手，又有谁奈何得了在下？！"一股英气涌出，海兰察口气严厉起来。

"好，英雄本色，接招吧！"汤显一听对方以鼠辈称呼自己一行人，顿时怒气填胸，那纵横江湖几十年的霸气瞬间又在迟暮之年迸发出来，吼叫一声，迅疾出手。一招无量佛指凌空点向海兰察灵台大穴，海兰察几度交手，知道厉害，早已拔身而起，青钢剑凝注雄浑的内力，闪电般刺向对方的华盖穴。他打算以刺穴来对付汤显的点穴功夫，迫使对方留下自保的余地，从而指力发挥不出强劲的力道，然后再寻找对方的破绽。

汤显到底成名几十年，不但功力深湛，经验更是老到，见长剑刺到，不但不退，反而倏地扑上前来，身形略略一闪，毫厘之间躲过剑刃，双手如怀中抱月，几尺之外凌空疾点海兰察前胸和后背的几处要穴。海兰察剑刃走空，又同时感觉到对方的指力浑厚，快似旋风，急忙撤招回防，尽管这样，百忙之中，虽然避过了大穴，可右手腕的养老穴还是给点了一下，火辣辣地作痛。这还是仰仗内力浑厚，不然手中长剑早已落地。

汤显一招得手，惬意非凡，闪展腾挪之际，隔空凝力，弹指如风，如同鬼魅，狞笑着攻来，把一套隔空点穴神功运用得淋漓尽致，比起他的师兄"铁指神丐"有过之而无不及。

海兰察初战失利，几招之内就给对方点中一指，心里暗暗吃惊，此时才知道眼前这位老者比起当年的"铁指神丐"确实高出许多，慌乱中，他跃后一丈

开外，一时又想不出克敌制胜的办法，只好凝神聚气，闭住全身的穴道，复身又上，一把宝剑舞出漫天的剑花，顿时，剑光霍霍、虎虎生风，一丈开外的众人都感到寒气逼人。

汤显迫于对方的锐利剑锋，不敢逼得太近，只是趁对方换招的空隙，才敢倏然冲上，以快速绝伦的手法施展师门绝技，几招之后，再次点中对方的昏眩穴。他满以为大功告成，不进反退，双手环抱在胸前，静等海兰察倒地。哪料到海兰察中指后，只是微微皱了皱眉头，手脚仍旧不停，招数不见滞慢。他不由大奇，转而又喜形于色，酣斗之间，竟然开口朗朗说道："海兰察，你施展全力尚非老夫的对手，现在又空耗内力闭穴，就更力不从心了，束手就擒吧，老夫或许饶你一命。"汤显得意非凡。

荆少帮主等人一见汤显在如此激烈的厮杀中，仍然能够悠然开口说话，都暗自赞叹他的功力非凡。

"前辈果然名不虚传。不过，区区数招怎能分出高下，现在言胜还为时过早，在下还要讨教，看招。"海兰察讯笑着说，他这一开口，使旁观的青龙帮众人个个目瞪口呆。如果说他们对汤显在生死决斗中安然讲话是佩服的话，那么对海兰察心平气和的话语，则是惊愕万分了。

就在众人惊愕变钦佩，钦佩又化为恐惧和仇恨时，场内的激斗到了殊死的时刻。

海兰察在强敌面前，施展出了平生绝技，只见团团剑光罩住汤显，丝丝入扣、连绵不绝，冷电精芒，寒气逼人。

汤显也被这精妙的、层出不穷的怪招弄得神色肃然、小心翼翼，自知一招不慎便会筋断骨折，甚至是丢了老命。他也抖起精神，在剑气飒然中，脚踏游龙步，铁指隔空认穴，直袭对方周身三十六大穴，力道之强，认穴之准，把弹指神功运用得出神入化。

过了百招，众人都已看出，汤显点穴神技防不胜防，加上浑厚的内力，使海兰察心存顾忌，不得不闭穴应战，由于内力分散，失去了很多得手的机会。

海兰察剑法精妙，神出鬼没，汤显时时处在凶险之中。此时，如果海兰察一招失手，不过是哪个大穴一阵剧痛而已。但汤显失手一招，轻则是四肢分离，重则有性命之忧。

争斗的双方都明白这一点，都屏息静气，认真对敌。

又斗过四五十招，海兰察不由焦躁起来，他注意到旁观的青龙帮众时时都有出手的可能，无论自己是胜或是败，他们最终都可能群起而攻击。如果长啸呼救，自己的人马就可以赶来援救，不过，那样就坏了武林规矩，因为现在毕竟是单打独斗。青龙帮居心叵测是他们的事，与汤显无关，此外，自己师门与武林中门派之间的恩怨，实在不该让官军插手，以免有损师门清誉，让天下武林同道笑话。

想到这些，海兰察咬了咬牙，把心一横，决心先制服汤显这个劲敌。剩下的青龙帮众人，可以不讲江湖规矩，唤来兵将杀光。

主意一定，他开始思谋取胜的办法。

从开始斗过十几招时，他就发觉汤显的内力和自己不过在伯仲之间，如果放开全身的穴道，凝气于双掌，倚仗年纪上的优势，对过几掌，汤显就会油尽灯枯。可是这个铤而走险的办法风险也太大，汤显是何等的老到，不过数招就能察觉自己的意图，一定会不失时机地猛攻，一旦被点中穴道，不仅前功尽弃，而且把一世英名和师门绝学的威风付诸东流、毁于一旦了。况且，汤显败相一露，青龙帮众人哪肯坐视，必定群起而攻之，那……

唯一的办法就是几招内制服汤显，给他们一个措手不及。主意打定后，他连珠炮般地攻出几剑，趁汤显后退数步的空隙，纵身跃后一丈，回剑入鞘，在众人的惊疑声中，展臂运气，无奈中使出已有一定火候的迷幻内功心法。

霎时，百会与涌泉至丹田命门间气息滚滚，有如波涛汹涌的天河，势不可挡，在丹田内融为一体，又犹如万马奔腾，贯通四肢周身。

听到海兰察周身的骨节咯咯作响，汤显大吃一惊，青龙帮众人更是尽皆骇然。任何人都说不出这是什么功法，只知道到了如此地步，就是练成了佛门最上乘的内功——通玄内功。只是这门功法发功如此之快，又是由一个年纪尚轻的人随心所欲地施展出，简直令人不可思议。

汤显在峨眉山曾被海兰察的大师伯用此功击伤，自然知道他也会这种功法，但依照惯例尚需二三十年的修炼，没料到这小子进境如此之快，犹豫了一下，又纵身而上，酷似猿猴，一闪而至，指力翻飞，在令人眼花缭乱中已经点

了海兰察九处大穴。

青龙帮众人正要为汤显这招金玉佛指叫好，谁知汤显反倒哇哇怪叫着踉跄后退，一副忍痛不止的惨相。

"前辈，你内功造诣不浅，可要与这天地间的阳刚之气相比，不是太不知趣了么？"海兰察大笑道。心中却是暗自窃喜，自己的"迷幻"内功心法已成雏形，一试之下，果然锋芒毕露。但喜之余，隐隐感到体内真气时而受阻，时而乱冲乱撞，并有流散百骸之象。他又惊出一头冷汗，急忙收功。

第八十九章

荆少帮主一见汤显落败，一招手，几个人影在黑暗中迅速冲向海兰察，挥舞各种兵器急风暴雨般攻去。

海兰察见对方果然不顾江湖规矩，倚仗人多势众，不由大怒。刚才与汤显的争斗还有点切磋武功的样子，现在可就全然不同，想到师父的惨死，青龙帮多年来对自己的步步追杀，愤怒之下，杀机勃起，左掌右剑，招招痛下杀手。寻常的帮众哪里是他的对手，最多不过两招，非死即伤，转眼间，七八名青龙帮弟子横尸在地。荆少帮主见状，向师弟招呼了一声，两人分左右合围海兰察，准备用双刃合璧的屠龙刀法夹击海兰察。

"踏住八卦方位。"坐在地上行气疗伤的汤显从打斗的声音里，猜出青龙帮吃了亏，睁眼看见荆少帮主正与师弟袁振中冲上，便提醒了一句。

就在此时，两条人影灵如狸猫，悄无声息地蹿上院墙的脊瓦，扫视了院内一眼，又疾如鹰隼，在空中划出两条弧线，凌空扑下。一个直奔袁振中，另一个直取荆少帮主。

海兰察偷眼望去，只见直取荆少帮主的那人在半空中探出如勾的十指，便知道来人是参领塔尔干。不看则已，一看顿时急了眼，荆少帮主武功极强，塔尔干哪里是他的对手。急乱中，他撇下眼前的敌手，纵身向塔尔干跃去。

果然不出所料，塔尔干躲过荆少帮主的刀，却无法再躲过他击来的一掌。当荆少帮主的掌力扑面而来，掌风凌厉得使他几乎窒息时，他才感到对手功力非凡，慌忙出掌抵挡。

　　两掌相交，都是以硬碰硬、至刚至烈，只听"砰"的一声巨响，荆少帮主的身体摇了摇，而塔尔干粗壮的身体却斜飞出去，重重撞在墙上，又摔在了地上。他口一张，哇地喷出几口鲜血。他还是借了从空中下落的惯力，否则，他恐怕五脏震碎，早已倒毙。尽管这样，他仍然受了很重的内伤，昏迷过去。荆少帮主正要追上前加一刀，结果这个偷袭者，忽听利器破空之声，一道寒芒迎面而来，他急忙用刀一搁，拍落暗器，破口大骂："何处小人，敢偷施暗器，有种的现身出来？！"

　　"好你个不知羞耻的少帮主，你带人深夜来此是正人君子所为么？"随着一声娇叱，一条人影宛如紫燕斜飞，从院内大树上飞下。荆少帮主也不搭话，挥刀与来人厮杀起来。几招一过，只觉得来人不但功力高强，剑法也诡秘万端，同海兰察的剑法颇多相像之处。再偷眼望去，来人黑纱蒙面，分明不愿让人看见自己的面容，不由疑窦丛生。

　　此时，院内打成一团，汤显略施功疗了一会儿伤，又加入了战团。

　　与塔尔干一齐来的辛元龙打伤袁振中后，又与汤显斗在一起，闻声赶到的卫兵同青龙帮众混战成一团。

　　海兰察守在身受重伤的塔尔干身边，疑惑地望着和荆少帮主酣战的蒙面人出神，一脸喜忧参半的神情。

　　"汤老前辈，今日事情难成，走吧。"荆少帮主用尽平生本事，仍处下风，心下骇然，又见惊动了官兵，怕时间一长难以脱身，高声叫道。

　　"好吧！"汤显一夜中连遇两名高手，大大气馁，加上身体疲惫，应了一声后，自顾自地起身跃上院墙，飞驰而去。剩下的青龙帮众，边战边退，也都离去。

　　海兰察环顾四周，问辛元龙："那女子呢？"

　　"什么女子？"辛元龙奇怪地反问。

　　"哦——就是那个为我们援手的蒙面人。"海兰察自知走嘴，耳根不觉一热。

　　十月的江南，酷暑退去，清爽宜人。

　　杭州城内的将军府，张灯结彩，笑语欢声。

　　杭州将军赛尚阿正大摆酒宴，犒劳剿平海岸贼、凯旋路过的平边大将军福康安和参领总兵以上的将领。

　　鼓乐声中，赛尚阿斜睨着身旁面如冠玉、装腔作势的福康安，心中愤然叹道：朝廷竟然起用这种胸无点墨，又不懂兵书战策的昏聩之人，可见朝纲正在江河日下啊！看来我满洲八旗以往的铁甲雄风、励精图治的雄心不再，一切已成昨日黄花了。唉——难道真的是应了那句老话——盛极而衰么？他心里这么想，表面却殷勤地环视全场，抑扬顿挫地说："承天朝洪福，福帅大人兵锋所指，贼众无不望风而逃，或是弃械归顺。朝廷能有福帅这样经天纬地的栋梁之才，真是洪福齐天，何愁不能国泰民安、盛世千年呢？"他心中纵然千般不服，但又知道这个新贵是皇上的宠臣，据说不日内又会擢升，与其得罪还莫不如巴结，在世风日下的今天，当然要以世俗随帮唱影，没有灯红酒绿，哪里会有纸醉金迷呢？拉倒吧，世人皆浊，谁会容忍你一人独清呢？！想到了这些，他虽然仍有隐隐的负疚感，但更多的是河清海晏后的释然，竟然不顾一把年纪和两朝元老的身份，一味肉麻地吹捧。

　　"哪里哪里，老将军所言实在令本将军汗颜，此次剿平海岸贼，一是皇上圣明，二赖将士用力。为臣者只知尽心尽力，保护圣躬，造福社稷。将军之言，敝人着实不敢当。"福康安表面上自谦，可心里觉得赛尚阿的话十分受用，有如甘甜爽口的清泉，沁人心脾，乐得他手舞足蹈，眉开眼笑。

　　两个上官如此豁达融洽，众多属下哪能不迎合，场面顿时热闹起来。况且，那些善于逢迎之能事的官吏，向来专司察言观色，投其所好，此时都有了用武之地。

　　"福大人，杭州景色秀丽，气候宜人，西湖之美堪称天下绝唱。此时京师怕已经朔风送寒、草木凋零，可这杭州依然和风送暖、花草如春，更有塔寺之奇、湖水漪澜。何不再逗留数日，饱览一番，也好让卑职等一尽地主之谊呀。"

　　"不错，西湖纵然烟波浩淼，柳絮成行，可小巷幽深之处的丽门奇院，也堪称一绝。大人刚刚从金戈铁马的杀伐中停歇，何不品味一下古筝缭绕、琴瑟悠悠中的轻吟曼唱呢？或许别有洞天。"

　　"……"

　　海兰察侧目望去，见是一个眉目猥琐的总兵，不由呵斥："一派胡言，花街柳巷之事也敢在此张扬，尔等何意？"

　　"大人，卑职说的是诗词鼓乐，并非——"

"好了好了，海都统不必动怒。"福康安笑着说，"也好，随来的满洲将士祖居塞北，不少是初到江南，既然诸位古道热肠，拳拳之心，却之不恭，那就索性叨扰几日。"福康安嘴上这样说，其实也有心在此玩耍几日。江南女子俏丽洁白，性情又温柔和顺，在此拈花惹草，一定别有风味。他风流的秉性早已按捺不住。

一声令下，大军驻扎城外，佐领以上的将领可以入城，布置完毕，他将军中几日的处置权交与海兰察，立即带上亲兵护卫上街寻找才女吟诗去了。

城外的军营，引起人们的注目。当晚，一行人影穿过荒凉的土岗，聚集在一座破庙之中。

"汤老前辈，据探报，福康安大军不日之内就要返回京师，我们如果不在近日内得手，只怕从此再没机会了。"荆少帮主走进破庙，对闭目打坐的汤显说。他对汤显上次与海兰察无谓的闲扯而坐失良机十分不满，可眼下有求于人，只好忍气吞声，心底里却在盘算日后如何除掉这个劲敌。

"不错，老夫也是这样想，只是这些日子可以看出，海兰察行踪谨慎，防范甚严。况且，他练成了'迷幻'内功心法，尽管只是小成，但也非同寻常，今非昔比呀。"汤显睁开两眼，神色忧虑地叹道。

"老前辈，那'迷幻'内功心法就如此厉害？"袁振中问。

"哼，你懂什么？"汤显斜睨了袁振中一眼，闷声闷气地说，"这种功法乃是迷幻派师祖清风道长独创，与佛门的通玄内功大同小异，练成之后即可借丹田之气疏导，从百会和涌泉穴融进天地间阳刚之气，变为自身之力击敌。可谓取之不尽，用之不竭，你想，单凭人体的蛮力如何抵挡得住？"

"那么……请问前辈，世上既然有如此高深的内功，怎么从没见有人施展过呢？"袁振中大奇。

"练此内功，十分凶险，一般需要四十年的功力才能修炼。当今世上，只有少林的两名高僧练成此功，他们是出家人，心境空明，与世无争，从不在江湖走动，所以这内功心法很少有人知道。不过，并不是没有人在练，几月前，老夫为捉到海兰察，在峨眉山报国寺与海兰察的大师伯动手，惭愧呀，只一招就被震伤。那老和尚使的就是'迷幻'内功心法，幸亏他练功时走火入魔，瘫了下肢，不然，老夫就有性命之忧啊！"汤显心有余悸地说。

"这么说，我们岂不是奈何不了海兰察了么？"袁振中大失所望地说。

"那倒未必。"汤显冷笑了一声，又说，"老夫经过上次一战，察觉海兰察内力虽强，但气息不正，似乎有偏斜之象。后来一想他年纪轻轻，功力毕竟有限，一旦急于求成又无人指点，定有偏颇之处。这正应了欲速则不达的说法，也是走火入魔之象，老夫量他阳寿不长，再也不敢运用此功。"

"好，如此说来，我们还是稳操胜券的。"荆少帮主问。

"且慢，"汤显十分得意地说，"为了把握，这一个月中，老夫特地从川中请来'毒镖王'侯成，此人的毒镖百发百中、见血封喉。"

"妙，此人对付大内高手可是绰绰有余，他在何处？有劳前辈引见。"荆少帮主大喜，这才明白汤显失踪多日的原因，心知有了这样一个高手相助，无疑又多了几成的胜算，忙要见那威震川陕黑白两道的"毒镖王"。

"哈哈哈，侯老弟，也该现身了吧。"汤显狂笑几声，向头上叫道。话音没落，一个人影从两丈高的梁上翩然落下，简直没有一点声音。

众人同时吃了一惊，心想如此轻功和暗器手段，只怕还没看清来人是谁时，就一命呜呼了。

等众人定睛细看时，又都忍俊不禁，几乎笑出声来。这"毒镖王"五短身材，獐头鼠目，背上的大镖囊活像驼背人的罗锅一样。只是那绿豆般大小的眼睛里射出的歹毒目光，令人暗自心惊，吸口冷气，着意提防，仿佛那阴冷的目光也淬了剧毒似的。

闲居杭州，别的将领都兴高采烈，四处游览，纵酒玩乐，唯独海兰察百般无聊，闷闷不乐。

照他的意思大军得胜之后，应当速速回师京城，不应在此扰民，空耗军饷。他准备再次劝福康安早日回京复命，也好乘皇上高兴之时，恳请允许索伦兵返乡与家人团聚。同时，他也明白青龙帮和川侠怪侠还会找上门来，因此，及早离开此地，回到京师就无所顾虑了。然而，福康安的秉性谁都知道，玩得不尽兴是不罢休的，何况是得胜之师呢。

现在他正在兴头上，劝也是白劝，就由着他闹几天吧，等差不多了再劝他。为了避免青龙帮的纠缠，他以练功为名，令几名大内侍卫伴随福康安行保护之责，他独自一人换装住进城外的寺院，终日在暮鼓晨钟中度日。

　　"施主，贫僧看你出手豪阔，不像是平民人家，来到敝寺后一直愁眉不展，满腹心事，不知能否直言一二。——或许，贫僧能化解。"八十岁的住持盯着海兰察问，大概是看巡抚大人亲自送此人来寺，并再三叮嘱好好侍候，心中十分奇怪。当见海兰察奉送一百两纹银时，忍不住打探。

　　"大师不必多问，敝人只在寺中小住几日，图个清静。"海兰察同住持四目相对，心中怦然狂跳，只见住持鹤发童颜、唇红齿白，两眼时而神光内敛，不时又精光四射，分明是内功极高的人。他惊奇之余，以周身内力凝聚一线，试图搭上住持的脉腕，一探虚实，不想被一道气墙弹回，根本无法贴近。他急忙暗调内息，催动内力攻上，然而尽被对方浑然不觉中化解得无影无踪，大惊之下，心中叹道：真是空山无圣杰，小寺有高僧啊！想到此不由警惕起来，好在住持一副慈眉善目，没有一点歹相，才渐渐放下心来。

第九十章

　　一日傍晚，他想到离乡数年而不得归的索伦将士，青龙帮同师门的纠葛，那天夜里暗助自己的蒙面女子，心中一阵烦恼。他强按捺住繁乱的思绪，盘膝打坐开始运起"迷幻"内功心法。不到一个时辰，正当内息外气融合一体，汇集丹田汹涌澎湃之际，忽然感到内息紊乱，怎么也收不住，四肢僵木，周身剧痛，一惊之下大汗淋漓。他知道出了偏差，可又毫无办法，这时才后悔没听大师伯的话，急功近利导致的恶果。

　　就在他惊恐交加，又无可奈何时，蓦地觉得昏晕穴被人点住，头顶百会穴上有一股大力温柔急进，犹如游丝，刚柔相济，先是压住了自己体内四散冲撞的气息，之后又循循善诱地疏导归位，重新凝聚于丹田或锁定在命门之处，虽然仍旧气浪翻涌，却无脱缰之势。不仅消除了凶险，反倒俱增驾驭之法门，平添了功力，朦胧混沌中顿觉四肢百骸舒适无比，经络畅通……

　　当他清醒时，茫然四顾，身边空无一人，不由得诧异万分和阵阵后怕。

　　是谁在危难之时救了自己，他胡乱猜测着。是住持？除了他，寺中再无奇人，可是能救自己的人不但功力要比自己高出许多，更重要的是必须是师门内的人。否则胡乱施功，只能加力于紊乱的内息，冲断自己的心脉，害了自己。

　　他想了好久，毅然起身，来到了住持房中。

　　夜色中，住持端坐在蒲团之上闭目打坐。

　　"多谢大师救命之恩。"海兰察躬身一揖。

　　"阿弥陀佛，救人一命，胜造七级浮屠。何况上天有好生之德，将军也是

命不该绝，贫僧得以援手也是天意所至、佛祖的慈悲。"住持垂目喃喃说道。

"大师如何知道敝人……"海兰察不知住持如何识破自己的身份，惊讶地问。

"这个……恕贫僧不能直言奉告。"

"非我师门内人，不会懂我师门内功，况且大师功力高绝，远在我大师伯之上，敢问大师与我师门——"

"将军，天下武功虽说分为众多门派，可说起来都是同一渊源，万象朝宗，既然都是同祖同宗，有什么不可以旁通的呢？"

"大师所言极是，不过……"海兰察还是不太明白，似是而非，也不好贸然深问。

"将军，佛门净土固然可以排忧解难，不过万般劫难皆由心起，去忧排欲才是治本的方法啊。"住持睁开眼睛，注视着海兰察。

"大师，此话怎讲？"海兰察听了暗暗心惊，不知住持到底是什么人，何以窥探到自己骨髓深处。

"阿弥陀佛，佛言：苦海无边，回头是岸。人从爱欲生忧，从忧生怖，若离于爱，何忧何怖？在贫僧看来，世上一切烦恼皆由爱欲而起，从贪世常名而生，人以爱欲交错，心中必然浊兴，请将军三思。"

海兰察愣怔半天，这才恍然大悟，意识到住持已经对自己身世了如指掌，意在点化自己，于是沉思了片刻，说道："大师所言至诚至善，敝人受益匪浅。不过人生于世，当以国家社稷的安危为重，造福苍生何尝不是普度众生呢？倘若人人向佛，都遁入空门，那会怎样呢？佛门向善，世人皆知，然而能言之者未必能行，能行者又未必能言，大师以为如何？"

"看来将军是听不进贫僧的话了，唉——正如佛言：贫穷布施难，富贵学道难，生值佛世难，忍色忍欲难，见好不求难……"住持合目叹息。

"富贵不足道，人生贵适意耳。敝人只是想报效国家，不负师门和部族的厚望。"海兰察嘴上这么说，心里却叹道：大师怎么能知道敝人的苦衷呢。

"佛言：人随情欲求于功名，声名显著，身已故矣。贪世常名而不学道，枉动劳形。譬如烧香，虽人闻香，香之尽矣，危身其火而在其后。"住持仍在闭目诵经。

海兰察猜不出住持何以这样关心自己，当他悄悄退出门处时，住持似乎不甘心地问："将军且慢，可否再听贫僧一言？"

"请大师赐教，在下洗耳恭听。"海兰察恭敬地说。

"将军从军十载有余，可谓功名显赫，于国于民于己都问心无愧。此时何不急流勇退、隐匿草原，晨伴旷野朝阳，夕送牧歌晚唱。比起终日杀伐，此于部族更为有利，索伦部区区数万之众，可经受不了终年征战啊。"

海兰察听了一愣，喃喃说道："大师对遥远的索伦部知之甚多呀！"

"哦——这几年来，索伦将士声名远扬，贫僧自然有所耳闻。一个小部族为国家社稷付出如此之多……"

海兰察狐疑地望着住持，心境开始沉重起来，住持说出了他时常忧虑的事，他茫然说道："不瞒大师，在下其实也厌倦仕途、视名利为粪土。但正如敝人的大师伯所言，索伦部正是如日中天，但也处在高处不胜寒的境地，朝廷征丁不容置疑，索伦部人丁锐减，草原上大多是妇孺老弱。在下也萌生过退意，但是朝廷肯么，索伦铁骑一旦威名坠落，朝廷必然震怒。……"

住持沉吟了一会儿，叹道："想不到他仍然眷恋仕途、执迷不悟？"

"大师似乎与我大师伯——"

"哦，陈年往事，不提也罢。"住持注视着满脸狐疑之色的海兰察，又喃喃自语，"空修数十载，无缘也枉然。非我佛门内人哪里会知道曲径通幽处，禅房花木深的境界呢。"

当海兰察出了禅房外，耳边仍然回响着住持的声音："佛言，吾视王侯之位如隙尘；视金玉之宝如瓦砾；视纨素之服如敝帛；视大千世界，如一诃子……"

回到房中，思前想后，他隐约觉得这住持似乎与师门有着什么瓜葛。他推窗远眺，但见月如钩、辉似水，那迷蒙寂寥的苍穹酷似他对自己及部族未来的忧患与迷茫。他正思绪万千、坐卧不安的时候，忽见住持身边的小和尚口喧佛号，推门而入，"将军，住持犹豫再三，还是要小僧转告大人，今夜福康安大人恐有不测，要着力提防。不过，一旦遇到刺客务必手下留情，万万不可动杀机，只要保大将军无恙就可以了。"

"住持如何得知——"海兰察惊讶万分，他对这个本来就疑团莫释的住持感到更加神秘。

"将军无须多问，就按住持的吩咐去做吧。"小和尚默然说完，推门而去。

海兰察不敢全信，又不敢不信，福康安一旦出事，罪责可就大了。他稍稍又琢磨了一下住持的话，匆忙换上了夜行衣，蹿墙而去。疑虑重重又心急火燎，他将轻功运用到极致，不多时就赶到了大将军府邸。

福康安由侍卫和一队卫士保护，住在城西的巡抚衙内，此时刚要就寝，突见海兰察深夜到此，只当是军营得到急报，颇感意外。"海都统来此定有要事吧？"他问。

"福大人，敝人……一时心绪不宁，来此——"海兰察一时不知怎么讲才好，支吾起来。

"海大人，难道你我二人之间还有不好讲的话么？"福康安只当海兰察有什么为难的事，笑着催促。

"福大人，敝人是想提醒大人加强防范，今夜需格外小心。"

"为什么？"

"这……"

"海大人，我们游玩得好好的，能有什么事呢？莫非是大人有什么难言之隐，不妨说出来，敝人必能相助。"

"福大人，我大军还是及早启程回京的好。"

"海大人，杭州秀甲天下，多留几日又何妨？敝人这也是体恤将士呀。大人想想看，如果不是战事的缘故，塞外大漠的将士哪里会在此仙境之地盘桓数日、一饱眼福呢？"福康安一听海兰察又提起返京，心里很不高兴，甚至疑心是他有意装神弄鬼。

就在此时，猛听院内卫士大喝一声："何人？"接着又传出两声惊叫，海兰察心知有变，一个箭步蹿出门外。黑暗中，一个人影立在墙垣的脊瓦上，几名卫士横七竖八地倒在地上，显然都中了暗器。

海兰察提气纵身飞上墙垣，没等立稳，只见那人影一闪，向福康安的屋子飞去。一阵短促的叮当响声中，那人身在空中，却已击飞几个冲上来卫士的兵器。海兰察脸色大变，后悔不该贸然冲出，中了对方的调虎离山之计，使福康安身边空虚。

他先是一惊，接着又呆了一下，是因为那人击落几个卫士兵刃的招数，竟然是师门剑法中的倒卷星河。

"哈哈哈，小娘子，辛元龙在此。"辛元龙不知什么时候赶到，挡在福康安身前，同那人瞬间过了七八招，快得让一般的卫士眼花缭乱，根本就插不上手。

几招一过，海兰察确认来人正是那位那天夜里出手援救自己的女子，心中一阵狂跳，想起了住持的话，稳住了心神跳下墙垣，对辛元龙叫道："辛兄护住福大人，敝人与此人过几招。"言毕，抽剑而上替下辛元龙。

两人相对，都细细打量着对方，海兰察见对方剑气森森，气息凝重，俨然是自家门派中的一名高手。他不敢断定此人一定就是慧瑛，所以存心试上一试。他知道只要自己不出全力，其他人无法留下师妹，因此并不担心慧瑛。他有意小声说道："阁下剑法精妙，胆识超人，竟然独身一人闯入将军府，看来没有把我五名大内高手放在眼里。"他说这话的意思有两个目的，一是暗示府内潜伏着五大高手，让对方审时度势、知难而退；二是诱对方开口，他也好从声音中断定来人是谁。

那人并不搭话，只是用剑尖划了个弧形，催海兰察动手。

"好，在下得罪了。"海兰察一见对方执意要打，只好另作打算，剑尖一颤，一招风掠水面，长剑向对方下盘扫去；又突然电疾一闪，袖里藏针与漫天花雨两招九式一并蜂拥而至，一气呵成，分上中下向对方大穴要害袭去。快如旋风，急如闪电，内力发出，寒气森然，剑身铮铮作响，舞出漫天剑花。这正是迷幻剑法的精髓所在，只有一流的高手才能应付。当然，他下手把握着分寸，一旦对方不敌，也能在毫厘中收发自如，伤不了对方。

那人的身手果然不凡，一看海兰察拿出了真功夫，剑势凶残狠辣，哪敢怠慢，抖起精神，一柄长剑银蛇乱舞，凌厉之中带着几分秀雅和刁钻。把一招浪里纵横和大江飞渡也连贯使出，不仅挡住了海兰察的攻势，随后又反客为主，回手一招击其中流，剑尖嗡嗡作响，令旁观的亲兵卫士咋舌惊叹。

"师妹快走，别的大内高手片刻就到。"海兰察认定慧瑛无疑，一时又急又气，借近身一刹那催促道。

"你敢挡我杀福康安？"慧瑛恼怒道，好在也是低息传声，不使外人听见。

"杀不得，你这是胡闹！"海兰察语气凌厉。

"好一个满洲第一高手，今日就与你见个高低，恭喜你练成了本派的内功

心法，有本事就杀了本姑娘。"慧瑛负气地斥责。海兰察听了心潮涌动，剑势慢了下来。算算十年有余，慧瑛仍然未婚配，所为何故，他当然心知肚明。

　　两人都以高深的内功传声，寻常的卫士哪里听得到，只有站在福康安身边的辛元龙听个一清二楚，站在那里沉思。

第九十一章

辛元龙与海兰察私交甚深，大概都了解他们师门内的恩恩怨怨。他对江湖恩恩怨怨与官场上的凶险经验很老到，哪里敢声张，只是站在那里偷听，凝眸沉思。

"师妹既然来助愚兄，却又为何要对福帅下手，这不是又害了愚兄么？"海兰察边招架边问。

"绝你的后路，我们师门不能有大内鹰犬！"慧瑛恨恨地说，她倔强高傲的秉性让自己度过了十年凄凉的日子，至今不见师兄悔悟，心中悲愤已极。

两人边战边吵，只听大院内一阵呐喊，几名大内侍卫闻声赶来，围向慧瑛，海兰察此时急得冷汗直流。

福康安大叫："众人一齐上，拿住刺客！"

正危急关头，辛元龙突然大喝一声："小心后院！"扬手投出几枚暗器，而且力道奇猛，打得院墙上的脊瓦咔咔碎裂、大树上落叶纷纷，几名侍卫和卫士一齐蹿过去。在这混乱的空隙中，慧瑛拔身而起，翻出高墙外。

"各位护着福大人。"海兰察招呼了一声跳上墙垣，向黑暗中追去。

城外江边，和风习习，万籁俱寂。

微弱的星光下，慧瑛摘去面罩靠在树旁，秀丽端庄的脸上布满了愁云和怒容。十年的风刀霜剑竟然没有把她催老，只是经历了生活的艰辛磨砺之后，少了一些少年时的傲慢和戾气，多了些成年以后的老成。

海兰察不时偷偷窥探她一眼，心中既有喜悦又有愧疚，更多的是惆怅。面

对这个曾经十分刁蛮任性，又让他时常挂念的师妹，一时说不出话来，愣愣地伫立着。

"师兄，你现在不比金川时那么失意，又东山再起，想必更会迷恋官场，沉沦于功名利禄了？"慧瑛到底还是保持着爽快泼辣的性子，一看师兄默不作声，就朱唇轻启，开口带刺。话中含有讥讽，又有无可奈何的沮丧。

"师妹一向可好？"海兰察绕开话题。

"我么，还不是和从前一样，孤身一人浪迹天涯，笑傲江湖。"慧瑛负气冷冷一笑，眼眸中流露出哀怨的神色，想起自己孤雁无助的江湖岁月，她真的有点顾影自怜，不由阵阵心酸。

"师妹，你听愚兄一句……"海兰察本意是想劝师妹早些完结终身大事，可又难以启齿，何况自己在对方眼中是个负心汉。他犹豫再三，觉得非说不可，从卜奎城一别，十年弹指一挥间，自己到了而立之年，慧瑛从年龄上也是半老徐娘了，还是把话说透吧，不然还等何时呢？他狠狠心开了口："师妹天生丽质，仪表雍容，颇有大家闺秀之姿，何愁——"

"不劳师兄费心，家母都拿我没有办法，何况外人呢。唉——难得你还有这番苦心。"慧瑛听了海兰察关切的话不但不喜，反倒柳眉倒竖、桃腮绷起。想到十年前自己不畏艰辛，千里迢迢地赶到塞外的卜奎城，搭救被诬陷入狱的师兄。原想事成之后，师兄能悔悟过来，从此摆脱污秽不堪的官场岁月，与自己一起闯荡江湖，凭着真实的本事，杀富济贫，过着无忧无虑的生活。可没料到海兰察执迷不悟、利欲熏心，她无奈之下只好含恨南归。多年来，少女难以割断的情愫不时啃噬这江湖儿女的春心，她无时不企盼师兄能够幡然悔悟、改弦易辙。这次听说海兰察随军出师，她便毅然决然准备行刺福康安，再次逼迫海兰察弃官隐匿，以便重温旧梦。来到江浙后，暗中又察觉到青龙帮勾结川侠怪侠密谋对海兰察不利，她勃然大怒，决定暗助师兄。

"师妹，郊外寺院的住持怎么懂我师门的内功心法？"海兰察见师妹伤感，又故意岔开话题，问起住持的事。

"你知道他是谁么？"

"谁？"

"哼，笨脑壳。师门内功心法除了二师伯，还有谁会有此功力？家母每次提起二师伯都唏嘘不已，说他老人家确实是练武的旷世奇才，只可惜当年棋错一着后便看破红尘而遁入空门。"

"啊，是二师伯！当年抚远大将军年羹尧的属下，后任川西总兵官？"海兰察惊得目瞪口呆，此时才想起大师伯在峨眉山对自己说起过，叫自己日后到了浙江，一定要找二师伯讨教的事。

"你呀，练功不得法或是急于求成，已经有了偏差。从你一入寺开始，二师伯就察觉你练功时气色不正，怕你走火入魔，暗中替你护法，发现你出现异状之后及时出手相救，这才保住你的性命，不然，你早已像大师伯一样，不死也瘫痪了。"

海兰察听了不由得阵阵后怕，臂颤股栗，喃喃自语道："他老人家为什么不对我直言呢？"

"你误入歧途，心魔太盛，师伯能认你吗？何况他老人家又是出家之人，与世事无争，心如止水。若不是看在你师父的情谊和你为人清正、官声不错的分上，也未必出手相救。"慧瑛讲出了实底。

"唉——看来，师门中人都把我当作叛徒了。"海兰察叹了口气，无限伤感地说。

"不，不要这样说，师兄。我就没有这么看，真的！"慧瑛一看海兰察神情颓然，楚楚可怜，不由柔肠百转，含情脉脉地吐露了真心话，"身在官府，久居大内的人也不全是邪恶之人，只要明白过来，悬崖勒马，世人自会还你清誉的。"

"富贵尚不取，清名有何用？师妹，你哪里知道我的难处，我索伦部数十年来依靠弓马征战而世受皇恩，愚兄也多蒙……皇上垂爱，你叫我怎么能——好，这且不说，倘若我就此隐遁山林，就等于背叛了皇上，势必累及整个部族。那样我岂不是为了个人的安逸而害了索伦部了吗？此外，家师临终再三叮嘱要我报效国家、造福社稷、光宗耀祖，难道不对吗？"海兰察长叹一声，苦口婆心地解释。

"好了，师兄，连二师伯的话你都听不进去，小妹何必赘言。我只问你，你对……小妹的今后有何打算？"慧瑛平日直言快语，性格倔强且泼辣无比，但毕竟是个女儿家，说到谈婚论嫁之事，禁不住心跳脸红，娇羞不已。

　　"这个……愚兄天资愚顽，不堪造就，怎敢有非分之想，况且早已有了家室。"海兰察十分窘迫，虽然隐约中预料到迟早会有这一刻，可事到临头还是让他心慌意乱、口笨舌拙。对这个任性又痴情的师妹，他是六分的敬重，四分的惧怕。

　　"小妹知道你已有了家室，不过，男子汉有个三妻六妾不是常见的么？至于名分这身外之物，小妹更不在意。"慧瑛两颊赤红，语气温柔执拗，双目却是咄咄逼人。海兰察一时不知如何回答，双方窘住。

　　"阿弥陀佛，无缘无分，都是枉然。"远处，住持口念佛号走来。

　　"二师伯。"慧瑛转身迎去。

　　"慧瑛，今晚情形凶险，以后不可妄动杀机。如果不是你师兄有意相救，那个辛元龙引开大内高手，贫僧就不得不出手，擅开杀戒了。罪过，罪过。"住持喃喃自语。

　　海兰察自恃内功造诣不浅，不想当时住持就隐在身边，自己竟然没有一点察觉，这要是敌手……想到这儿，浑身出了冷汗，暗叹道：真是天外有天啊！

　　海兰察心急火燎地赶回将军府，想到二师伯的话，觉得十分有理。是的，既然慧瑛能够以行刺福康安来挟持自己，难道青龙帮和川陕怪侠就不会么？虽然有大内高手在福康安身边，但川陕怪侠和青龙帮就不会邀别的江湖高手助阵？假如他们铤而走险，挟持住福康安，别说是一本秘籍，就是要自己的脑袋，自己也不敢吝惜。

　　心急腿快，不一会儿，他就看到了将军府的高门大院。

　　在很远处，他便听到叮当的兵器相撞声和呐喊声，暗叫一声不好，提气跃上了墙垣，定睛一看，又惊出一身冷汗。

　　只见三名侍卫合战一个矮小的老者，仍然处于下风，似乎是心存顾忌，躲躲闪闪，像是惧怕什么怪物似的不住地闪避。地上躺着一名死去的大内高手和几个护卫。

　　辛元龙守在福康安的门前，率领众卫士与荆少帮主、袁振中一伙人苦战。或许与两大高手酣战已久，他大汗淋漓、气喘吁吁，已经力不能支，只是在两大高手的夹击下拼命支撑。

　　另两名大内高手勉力敌住汤显，可在汤显那鬼神莫测的点穴绝技下，只能联手自保，无力支援岌岌可危的辛元龙。

三处危机，海兰察环视了一下，当先向福康安的门前扑去。

急怒之下，他招招都是凌厉无比的杀招，就拍碎三个青龙帮众的天灵盖。

"好，海兰察，鹿死谁手，今日见个分晓！"荆少帮主一见海兰察手法凶残，大吼一声，丢下辛元龙扑了过来。凌空劈出一记空冥掌，比之其父有过之而无不及，掌风过处，尘沙飞扬，果然不同凡响。海兰察正要以硬碰硬，先震伤对方的一个高手，忽然闻到掌风中有异味，知道对方施毒，哪里肯硬接。他立稳马步，剑尖一挺，一个以逸待劳，要坐享其成，穿透对方的毒掌，废掉这歹毒的武功。

荆少帮主心机很深，知道海兰察是个劲敌，这一掌原想借对方心智大乱之际与自己对掌，以便施毒取巧，所以这一掌使出十成功力。哪料到海兰察如此老辣，心急神不乱，不但不接，反而来了个以静制动，以兵刃取巧。这一掌下去，势必剑透劳宫穴，废了自己三十年的功力；此时撤掌，自己又会被自身的掌力所伤，好在他变招迅速，急切之中将掌力偏斜，击向屋顶，顿时瓦砾纷飞，腥臭气味四下弥漫。

海兰察一招得手，哪肯容荆少帮主缓手，猛身而上，一招中门卷帘，趁对方中路空当，剑尖由下而上，直取对方的咽喉。

荆少帮惊骇之下，回招不及，硬生生一招犀牛望月，勉强躲过了这一致命的杀招，模样却狼狈至极。这一下他又是惊又是怒，出道三十年中，还是头一次如此灰头土脸，挥刀扑上，一副殊死决斗的气势。

混战中，又传来一名侍卫的惨叫，海兰察听了心中一凛，才知道那个矮小的老者功力不凡，不然，一般的江湖杀手决不会令大内高手如此恐惧。心里一急，百忙之中，向矮小老者发出三枚暗器，协助同伴。

"毒镖王"一听破空之声，知道有暗器袭来，而且是分上中下三路，忙飞身而起，躲过两枚，用兵器隔开一枚，只听当的一声，震得他虎口一麻，心中暗暗吃惊。他与海兰察在金川交过手，知道海兰察的功力，心想此人在三丈开外射出的细小暗器，力道还如此奇劲，可见其内力十分了得，真是士别三日，当刮目相看。

两个侍卫乘"毒镖王"分神之际，急忙分左右攻上，不给"毒镖王"喘息

之机，迫使他忙于左挡右遮，没有取镖的机会。

汤显一见海兰察出现，忙扔下与他缠斗的两名侍卫，来和海兰察决斗，他为了报一箭之仇，哪管场内的胜负，一心要击败海兰察。这样一来，与他厮杀的两个大内高手腾出手夹攻"毒镖王"和荆少帮主。厮杀的格局开始有利于官军。

又斗了一会儿，海兰察觉得还是不对劲儿。自己力战汤显和荆少帮主，虽然有一名侍卫协助，但仍感到吃力，而那三个大内高手合斗"毒镖王"没有一点进展，毫无疑问，三人都怕毒镖骤然突袭而不肯用全力，留着相当的功力以求自保。如果换过来，自己一人就可以制服"毒镖王"，而三名大内高手抵挡汤显和荆少帮主，总比惧怕"毒镖王"强得多。

焦急之下，他大喝一声，猛攻几招后，翻身抢到了"毒镖王"身边，左掌右剑，疾风暴雨般攻去。

两个大内高手立刻明白了海兰察的用意，乐不可支地回头向汤显杀去。

"侯大侠，在下可从无与你有什么过节，你何必受人挑唆三番五次找在下的麻烦？"海兰察边斗边问。

"嘿嘿，好小子，好功力。""毒镖王"怪笑道，"多时不见，你的功力大有进境，看来秘籍是非要不可了。你识相的话交出秘籍，从此我们天各一方，怎么样？要知道即使我们不要，别人也会强取，你怕是没有安宁的日子。"

"大侠成名数十年，何尝不知窃取别派武功，是武林中为人不齿的？"

"哼，三岁顽童的话，不过是说说而已，不可当真。你没听说过窃国者侯吗？现在就是给个皇位，老子也敢坐，财宝与皇位焉有种乎？""毒镖王"说着一扬手，射出三支毒镖。

海兰察知道厉害，长剑舞成一堵剑墙，击飞毒镖，左掌凝力狠狠拍出，掌风强烈之极，"毒镖王"惊叫道："好小子，原来一直没有使出全力。"

汤显最知道海兰察的功力，估计"毒镖王"一人胜不了海兰察，如果除去毒镖的威力，百招之后就会败在海兰察手下。他几次想摆脱眼前的侍卫，赶过去协助"毒镖王"，但这个侍卫简直就像狗皮膏药似的死缠硬拽，并且武功相当不错。他勃然大怒，回身恶狠狠扑向侍卫，使出平生绝技，侍卫虽然也是一流高手，但与汤显单打独斗还差得远，几十招一过便被点中软麻穴，倒在地上。汤显终于冲过去，与"毒镖王"合战海兰察。

第九十二章

　　海兰察与"毒镖王"斗了半天不分上下，起初，他也刻意提防对方的毒镖，所以不敢放手厮杀。正当他掂量出对方的分量准备全力以赴时，汤显加入了战团，形势骤然逆转，对他的威胁和压力大增。"毒镖王"的毒镖，汤显的点穴神技犹如两把锐利的剑，时时悬在海兰察的头上，真正到了防不胜防的地步。

　　三人对过二十几招，海兰察就被迫采取守势，他悄悄左顾右盼，只见辛元龙等人都被对方的人缠住，根本无力向自己施加援手。万般无奈下，他只好采取不求有功、但求无过的打法，把长剑舞成圆墙，借助浑厚的内力拖延时间，盼望哪个高手腾出手后援助自己。

　　荆少帮主一见海兰察固步自封、畏首畏尾，现在只剩下招架之功，顿时大喜，他急于抢到秘籍，哪还顾得了许多，丢下眼前的大内高手，一招大鹏展翅，凌空扑过去，从海兰察后侧袭来。

　　听到脑后利刃劈空声，海兰察明知有人偷袭，却不敢回手拦阻。因为高手相持，胜败往往就在毫厘之间，他知道此时稍一分神，就会给对方最佳时机。汤显正运指如风，雨点般对着自己周身大穴，毒镖王更是忍耐不住，鸡爪般的手扣住几枚毒镖正在寻找机会。海兰察左掌右剑自保有余，可要分神分力阻挡背后的刀刃就难了，汤显和"毒镖王"无论哪个得手，自己就满盘皆输。情急之下，气恨之中，他把牙一咬，铤而走险。当荆少帮主的刀刃抵近脊背的时候，略一侧身，险中取巧地在毫厘之中躲过这致命的一刀，但背上还是被划开一条口子，鲜血四溅。

在众多侍卫的惊叫声中，海兰察只是闷哼了一声，想到今日在劫难逃。他横下心准备再次冒险运用迷幻内功心法，豁出走火入魔也要在不行之前，把这三大恶魔毙于掌下。

就在他决心破釜沉舟、孤注一掷的时候，猛听一声："师兄不用慌，我来了。"随声而到的是几枚暗器，分袭汤显和"毒镖王"。两人正全神贯注地意欲趁此机会除掉海兰察，忽听利器破空声只好手脚忙乱地躲过暗器。荆少帮主用刀隔开一枚暗器，为失掉向海兰察痛下杀手的绝妙机会而气得七窍生烟，竟然不顾身份，破口大骂道："又是这个骚狐狸，你三番五次坏大爷的好事，今日老子非要做了你！"

"你这鼠狗帮主，只会满口污言秽语，比起你爹更厚颜无耻，不怕遭致灭门之灾？！你不是想要秘籍吗，来，用头来换。"慧瑛恨他偷袭师兄又辱骂自己，一照面就是连环杀招。

"大言不惭，小淫妇，来吧。"荆少帮主好事难成，恨得咬牙切齿，挥刀迎上，二人杀成一团。

汤显一看情形有变，唯恐还有人援助海兰察，急忙向"毒镖王"使了个眼色，两人一左一右，拼命向海兰察攻去。海兰察后背伤口流血过多，自己又顾及不到，加上大战半天，内力消耗很大，已显力不从心。眼见汤显手指点向自己的气门和白海两穴，出招抵御的速度慢了下来。谁知暗中飞来一粒石子，恰巧击在汤显大腿骨的委中穴上，他顿觉周身一麻，坐在了地上。一粒小小石子，又是在很远的距离发出，居然还有如此强悍的力道，汤显不胜骇然，心知附近一定有绝顶高手隐伏。他身为当世点穴高手，被他点倒的武林豪杰何止千百，从来没遇到过对手，没想到今夜被一粒不知何处飞来的石子点中穴道，顿时万念俱灰。

"毒镖王"一看汤显委坐在地，猜到他一定是遭人暗算，而且是在毫无察觉之中，不由得心惊胆战。他当然清楚，那个潜伏的高手既然有如此手段，想取人性命还不是探囊取物一样？看来只是不想伤人而已，要不是看在汤显伤人不多、手段不辣的分上，说不定……那么自己呢？用毒镖伤了七八人，万一惹恼了这位高人，心念一动，骇得他头皮发炸、冷汗直流，不敢再触动镖囊，打斗之间，偷眼顾盼，萌生退意，想找个机会溜走，但为时已晚。有三粒石子向自己的三处大穴打来，他是个大行家，自然分轻重缓急躲开了偷袭，还没等他为躲开暗算而庆幸时，突然觉得右臂一凉，才知道上了大当，那潜伏的高人在借刀杀人！

海兰察趁"毒镖王"躲避暗器的疏忽间，一剑削去了"毒镖王"的右臂，迅疾点了他的三处大穴，而后又扑到袁振中身边，片刻间杀死青龙帮七八个弟子。正杀得兴起，耳鼓传来蚊蚁声，但字字清晰："得饶人处且饶人。"他知道这是施以援手的高人以精深内力传送的话语，便停下手来向四周茫然张望。

荆少帮主功力本来就逊于慧瑛，此时一见大势已去，心神一乱，被慧瑛一剑削去一条腿，翻倒在地。慧瑛恨他出言污秽、口无遮拦，长剑一拧，豁开他的嘴巴。

战势一边倒，青龙帮和川侠怪侠这边的一流高手尽皆负伤，剩下的二三流帮众已经不足为患，正在被官兵堵杀。

"海大人，除恶务尽啊！"福康安一直在一伙侍卫的簇拥下，站在门前观战，当看到获胜之际海兰察反倒停下手，焦急地喊叫起来。

慧瑛听了一愣，她望了望满院官兵忙于截杀青龙帮弟子，或是抬走死伤的侍卫，只有寥寥数人守在福康安门前，犹豫片刻，突然杏目圆瞪，银牙一咬，娇叱一声，冲向门前，一招内杀了两个护卫，扑向福康安。

"女侠意欲何为？"辛元龙一见慧瑛反目，急忙强撑精神与一名侍卫横剑挡在前面。

"挡我者死！"慧瑛大喝一声，持剑冲上，和辛元龙及那个侍卫大战起来。

"哈哈哈，姑娘早该如此，说……不定已经得手。"荆少帮主躺在地上，看到这个场景，惨笑不止。

"姑娘先杀了你，再杀福康安那个淫贼。"慧瑛听到荆少帮主的笑声，勃然大怒，一个紫雁斜飞，从空中翻回，一剑深深刺进荆少帮主的心窝。没等他气绝，左手一扬，几枚暗器飞向愣怔的辛元龙和那个侍卫，弄得他们二人一阵手脚忙乱。

"杀，杀了这个女贼！"福康安一直在旁观看这惊心动魄的厮杀场面，起初见这个如花似玉的少妇帮助官兵，暗自高兴，就在这凶险无比的沙场内，竟然春心萌动，荒唐地做起风流梦来。可转眼之间，发现这俊美的女侠还要杀自

己，这才如梦方醒，收回心猿意马，喝令截杀。

辛元龙无意与慧瑛厮杀，但听到福康安下令，不得不提剑上前，问："女侠既然对我们施以援手，又何故为难呢？"

"你曾有恩于我，这次就算我还了你的情，现在你躲开，我今日非要手刃福康安。"慧瑛说完，提剑要上。

"慢。"

"你敢！"

"在下也是无奈。"辛元龙狠狠心，举起长剑，两眼向激战中的海兰察那边瞟了一下。

海兰察虽然身处激战之中，但对辛元龙那边的情景一清二楚，心里焦急却脱不了身。袁振中一见帮众死的死、伤的伤，曾几何时，显赫一时的青龙帮竟到了灰飞烟灭的地步，心痛欲裂。他的功力仅次于帮主，此时就像一只疯虎全力施为，海兰察一时还拿不下他。

海兰察怒极生威，回剑入鞘，双掌如风，呼呼作响，最终一掌拍碎袁振中的头盖骨，飞身挡在慧瑛与辛元龙中间。此时，除了汤显和"毒镖王"受伤被擒外，青龙帮众百十人死伤殆尽，所有的侍卫和护卫亲兵慢慢向慧瑛围来。众人都知道慧瑛手辣，又是个高手，而且在危机关头帮助自己的人，尽管福康安一再咆哮吼叫，催促拿人，但还是一味兜圈子，反正有海兰察这样绝顶高手在，别人急什么。

双方僵持着。

海兰察为难万分，两眼直冒金星，平生第一次处于如此尴尬地步。

福康安一看众人围而不打，气得哇哇大叫，黑暗中又飞来一粒石子，击中他的晕眩穴，他顿时昏迷过去。

紧接着，在众人一片惊疑中，一阵巨烈的疾风扑面而来，力道极其凶猛，除了海兰察和辛元龙，其余的侍卫都被击倒在地。一个长袍大袖的身影凌空而落，提起慧瑛飘然而去，有几个侍卫不自量力地射出十几枚暗器，不想被那人长袖一卷反击回来，破空声之厉吓得那几个侍卫急忙趴在地上。后面的院墙被击得砖瓦纷飞，那几个侍卫吓得面如土色，相互咋舌。

海兰察拍开福康安的穴道，忐忑不安地肃立在一旁。

"海都统，"福康安悠悠醒来，懵然问道，"女贼可擒获？"

"大人，敝人无能，那女子……被人救走。"海兰察心中有事，嗫嚅道。

"禀大人，那女子武功奇高，又有异人相助，所以属下实在是无能为力。"辛元龙替海兰察解释。

"嗯，本帅也不知不觉着了那人的道，罢，真是天外有天，人外有人啊。"福康安惊魂未定地叹道，"连海都统都无法制服的人，当真了得，传令，明日大军返回京师。"受了一场惊吓的福康安，再也没有心思游乐，颓然下令。

杭州的总兵、副将等一行官员带兵赶到，都面带愧色地问候："大将军受惊，卑职等来迟，还望恕罪。"

"哼，算了。本帅回京后，一定会专折保荐各位的。"福康安望着事过境迁后才姗姗来迟的地方文武官员，冷冷一笑，讥讽着。

五更时分，寺院内鸦雀无声。

海兰察趁着曙色将动前的漆黑，悄悄来到寺内，站在住持的门前。

"进来吧，贫僧等你多时。"室内传来住持朗朗话音。

"师伯，请恕弟子——"海兰察跪伏在地，想陈述前情。

"罢了，不要说了。"住持打断他的话，问，"你来此何事？"

"师妹她——"

"还好，有贫僧在，任何人也伤不了她。只是对你……唉，落花有意，流水无情，难得她痴情一片。天意呀，天意。"住持叹息道。

"师伯，弟子也深知宦海凶多、仕途险峻，只是到了如此地步，弟子也是身不由己啊，望师伯体察。"

"这个贫僧知道，不必多说，贫僧也不责怪你，只望你能出淤泥而不染，及时行善。——哦，对了，这里有本《内功心法辩解》是贫僧几十年的心血，你拿去吧。"

"弟子谨遵教诲。"海兰察想起师门的深厚情义，热泪滚滚而下，双手捧过内功心法，仍然长跪不起。

"记住，本门内功最忌急躁，一般到了知天命之年以后才可修炼。当年你大师伯就是没有循序渐进而走火入魔，他是仰仗几十年深湛的内功，才逼住迷

乱的气息，虽然瘫了下肢，但没有冲断心脉也算是不幸中的万幸了。"

"弟子会循序渐进，不敢急于求成了。"

"嗯，以贫僧看来，你的进境应再慢一些。"

"这是为什么？"海兰察问。

"你心魔太盛。"

"何谓魔？"

"魔即杂念。心念一杂，神思必乱，中气亦散。你跻身官场，所用之心思远超常人，要做到心神专注、意气归一到化外之境，谈何容易？这也是为什么只有身处空门的人才练成此功的原因。"

"弟子以为精诚所至、金石为开。虽然说天下武学深奥无比，确需循规蹈矩，非常人能所及，但我辈终不可抱残守缺，固步自封，只要专心执著，通达其便，适时拓新，终究可达大成的。"

住持听了微微一震，随即又暗暗点头，问："你还有何心事未了？"

"弟子还有一事，乞望师伯指点迷津。慧瑛师妹……"

"噢？"住持眉头一颤，随即问道，"你心中有愧？"

"——没有，只是师妹对弟子情深意切，弟子实在——"

"你有此意？"

"不，弟子不想拖累师妹。"

"那就是了，你既然心中无愧又无此意，何必挂在心上，空寻烦恼呢？"

"弟子懂了。"

"慢。你师妹童心未泯，日后自然会好起来的，姻缘前定，勉强不得。不过，你当好好抚慰一番，向她辞别，她现在江边。——啊，罪过，罪过。"住持闭目合掌，诵起经来："善知识，色身是舍宅，不可言归。向者三身佛，在自性中，世人总有，为自心迷，不见内性……"

第九十三章

月光似水，杨柳依依。

海兰察与慧瑛并坐江边，相对默默无语。

"师兄，"慧瑛大概是在住持的点化和疏导之后，自知与师兄前世无缘，虽然于心不甘，但毕竟是江湖儿女，拿得起放得下，强捺隐隐作痛的心情，开了口，"日后回到京师，遇到本派弟子寻衅，还是忍耐一些为好，更不要动用官兵。"

"哦？"海兰察听了心里一沉，自知"川中侠女"仍然和自己心存芥蒂，慧瑛可以听得进大师伯和二师伯的规劝，而"川中侠女"就不同了。

"不少师兄弟都看家母的脸色行事，要找你的麻烦，你一定要好言相劝，缩小事端。前些日子大师伯因此事又传书给家母，可从家母的口气看，对你成见不小……"慧瑛忧虑重重。

海兰察情知慧瑛必定费了不少口舌，而自己一再拒绝慧瑛的示爱，无形中更增添了"川中侠女"的恼怒。在她眼里慧瑛当然比金枝玉叶更娇贵，起码在武林中是人人向背的奇特女子，寻常的人家和门派的公子哥哪里入"川中侠女"的法眼？！想到慧瑛此时还如此关心自己，疚愧之心油然而生，叹道："师妹，愚兄如此负你，你不记恨么？"

"侯门一入深似海，从此萧郎是路人。师兄，从此我们怕是不会再见面了，珍重。"慧瑛已经泪眼涟涟，泣不成声，但仍然打起精神说。

东方已露微微的晨曦，江水泛着粼粼波光，两人自知即将分别，又是一阵

长久的缄默不语。

"师兄!"还是慧瑛打破了沉寂。

"唔?"

"日后,你还想见到小妹么?"

"这……"

"师兄,你哪儿都好,就是对小妹太寡情少意,你想,人世间还有像小妹这样……"慧瑛说到这里,想到自己孤身一女子,十年来三番五次地千里迢迢寻找师兄,在刀光剑影之中救他于危难,而师兄却是一副铁石心肠,终于控制不住,娇声哽咽,肝肠寸断,热泪潸然而下。

"师妹……"海兰察望着神色凄凉、泪洒粉面犹如梨花带雨的慧瑛,一时百感交集,酷似万箭穿心,真想搂住她的纤腰。但他还是克制住了自己,定住心神。几滴英雄泪顺着两颊流下,左思右想,不知如何表明心迹,呆愣了片刻,惨笑道:"师妹,人世间也有像愚兄这样——"话没说完,猛然抽出长剑,快速绝伦地向自己的左臂砍下。

猝不及防之间,慧瑛惊叫一声,右掌如电似的击出,虽然击偏剑刃,保住了海兰察的左臂,但左掌上的两指已经齐刷刷砍下。

慧瑛迅疾点住他臂上的穴道,止住流血,悲怆地哀叫一声,倒在面色苍白的海兰察怀里。

旭日东升,霞光万道。

千骑百乘簇拥着正黄旗纛,在漫天的尘埃中滚滚北去。

一匹白马驮着一个白衣清秀书生模样的慧瑛,站在山岗上,立身朝霞中,向远处急驰的人马眺望。

海兰察骑着一匹西域大宛马,奔跑中不时频频回头顾盼。他的脑海中闪电般地浮现出十几年中的一幕幕情景,有苦有乐,有情有恨,有欢颜和耻辱,最多的还是悲壮。他仰天长啸数声,咽下一口苦涩的唾液,抹去一把心酸的泪水,眼望远去的人马,毅然拍马追去。

京师,海兰察的府邸坐落在城郊的一个僻静之处,他仍然保持草原人的生活习性，喜爱幽静，厌烦繁文缛节，为了躲避过多的应酬，他特地选择这里居住。比起那些居住在闹市区，门前车水马龙的公侯大员的豪门巨宅，他这里显得异常清冷寒酸。说来也怪，就是府中的下人和亲兵也养成了办事说话屏声静气的习惯，整日里，偌大个府院竟然鸦雀无声，除了花园里鸟雀的啼鸣声外，只有草坪上传来阵阵的吆喝声和器械相撞之声，那是海兰察两个十几岁的儿子在习武。

然而，一向鄙视浅斟低唱或是朋比为奸而轻世傲物的他，这几日却是一反常态，忙于修缮府邸、张灯结彩，像是迎接什么喜庆之事。

不过，看到他终日紧锁眉头，一副心事满腹的样子，闹得家人纷纷回避、蹑手蹑脚。

他确实心事重重。

索伦部许多将领从征金川到现在近三年，之后又马不停蹄下江南剿海岸贼，现在凯旋回师，当年的三千将士只剩不足一千。在许多人沉醉在升官晋爵的鼓乐声中时，唯独让索伦兵返乡的事毫无音讯。是皇上忘了？不对，皇上明明在出征前言之凿凿地承诺凯旋之日便恩准索伦将士返乡的啊。天子之言，一言九鼎！另外，索伦部副都统年迈辞官归里，按理说这个空缺应由索伦将领顶替，自己已经上折保荐战功卓著的哈木，但是一直没有消息，一连串的问号让他颇费心思。此时，他才深深觉得官场清廉却无助啊！平日不会曲意奉承、结交权贵，现在连个通风报信、商量一下的人都没有。

十几年官场宦海中的浸泡，使他懂得了许多本不愿意懂，却又不能不懂的东西。是的，木秀于林，风必摧之。随着索伦部长胜之师的威名远扬，褒贬不一的议论纷纷而来，各种人以各自的角度和自身利益，或捧或压，或扬或抑，就连皇上恐怕也有所顾忌。不是么，号称"满洲铁骑"的正白、正黄旗也没有取得像索伦兵这样战无不胜的桂冠。树大必然招风，这既是好事也是坏事。铁骑之称引来多少羡慕就会招致多少嫉妒，谁会知道有多少居心叵测的小人希望骑者善坠，恨不得处处刁难。

他的脑子里又隐现出空旷寥寂的索伦草原，由于男丁抽去征战，穿梭在驿栈间的不少是少年信使。那成群结队的孀妻弱子，由于生活所迫，不得不顶着烈日在田间耕耘，冒着风雪在荒原游牧。疆场上，狂驰的索伦将士马不停蹄，

恶战不止，攻克一个个险关要隘，但是多少将士从马上倒下去，暴尸荒野，长眠异乡……

每当此时，他的心就开始战栗，才真正地理解十年前图海体恤将士的苦心。不行，如此发展下去，区区几万部众怕是要打光！怎么办？君命不可违，即为大清子民，就责无旁贷地当以国家社稷着想，作为朝廷重臣就更应该鞠躬尽瘁、死而后已。不忠不成，不孝不行，最后只有挖空心思寻求一个两全其美的办法。他感到肩上同时压上两个沉重的负担，一是绝对保证自己与索伦部得到朝廷的恩宠和信赖；二是在此前提下，尽自己最大的力量保护索伦部免于征战之苦，振兴索伦。不错，自己是当前索伦部盛极一时的人物，自己不担负这个重任，还能有谁担负得了呢？

向皇上上书陈情当然可以，但是自己身为外族人，屡屡陈词会引起皇上的猜疑，甚至惹出麻烦。他想起朝中不少官员往往喜欢借别人嘴巴说活的习惯，想到了福康安，抓住了福康安等于抓住了半个皇上。

他破天荒地邀请福康安到府中作客，由此而修缮府邸。不仅如此，他决定一改过去的清规戒律，开始介入官场仕途中不可缺少的场景，因为现实的窘境让他醒悟到，在歌舞喧天、交杯酬酢的场面中，使许多人得到了在战场上得不到的东西。无论它是污秽还是猥琐，其能量有时胜过千军万马，官场分明是另一种战场，进行的是同样的殊死决斗，看上去比单一的刀山剑树更凶险、更不容易！

海兰察鄙视这些人，又佩服这些人，心中时常叹道：是啊，古往今来，这等臣子比比皆是，在历朝历代呼风唤雨，那忠臣良将不过是匆匆过客。

福康安的为人，在几年里的共事中，已经了如指掌。正如哈木所说的那样，此人虽无什么才干并且好大喜功，属于沽名钓誉之辈，好在心机与城府并不太深，待人要比那些权臣实在得多。当从一堆臭肉之中挑出来的一块味道较轻的肉，没办法，两害之间取其轻。

福康安的特殊身份是阿桂这一班老臣也无法相比的，何况那些老臣权贵狡猾透顶，从不为人所用或不轻易为人所用。而福康安恰恰相反，投之以桃、报之以李，是很多与其共事过将领们有口皆碑的。在才学上，福康安远不及一些老臣和权贵，但他却用礼贤下士弥补了这一点，反倒引起很多朝臣将领的好感，尤其是中年文官武将。

有人甚至怀疑福康安的一些所为意寓深远，可能是皇上的教唆，让其在中年以下的官员中自成体系，为今后铺平道路，否则，为什么廷议朝会议不了的事，只要福康安溜到宫里，皇上就会朱批照准呢？

金川战场上，还有剿平海岸贼中，福康安显然自知远非久经惯战的海兰察对手，所以很识趣地放手让海兰察指挥，简直是言听计从。感动得海兰察一边夺取胜利一边以感激的双重回报馈赠福康安，当然，所有的功劳首先要记在主帅身上，这自然是他能让海兰察随心所欲地去夺取胜利的代价。

坦率地说，当海兰察发现福康安是个平庸之才时，他正处于金川的被动地位，急需有地位和身份的朝中大员帮助脱困，福康安的出现和主动示好自然迎合了他的心思。有这样一个手眼通天的人帮助正是他求之不得的，就像一个危急中慌不择路的人一样，见到了生机就闯了进去，两人的交往可以说是相得益彰。

当他度过劫难、化险为益之后，自然要回过头来仔细地打量和品味身边的这位福将时，准确地分析出对方的优劣，从而给他提供了与这位福将相处的位置及筹码，或许可以说看清了从福康安身上可以得到的希望。还得用哈木的话说：等于在皇上耳边多了一张嘴。

从表面上看自己是正红旗蒙古都统，一等超勇侯，皇宫内大臣并三次图形紫光阁，在外人眼里也算位及人臣、风光无限。其实不然，心中酸楚只有自己知道，别看功劳素著、地位显赫，但是却无法顾及到自己部族的长远，何况眼下的荣耀还不是一将功成万骨枯的代价，以成千上万的索伦将士的尸骨垫起来的么！

理清了这些纷乱的线头，他感到身负重任，而本身既充实又虚弱，又兴奋也悲哀，一种不能自己的漩涡把他推向随波逐流的海洋。前面是凶是吉、是福是祸，他是一片茫然和难以猜测，只是朦胧地意识到，作为这汪洋中的一粟，是不能不入大洋的。

"海大人，许多朝臣都说你离群索居，立有钩深所隐之心。依敝人看，府中一切确实过于简朴，哪里像个侯服玉食的重臣。"福康安站在大厅中央，环视着厅中设施，漫不经心地发着感慨。

"哦？"海兰察听了这话，脸上痉挛了一下，略沉思一下说，"福大人取笑，敝人一向喜好清静娴雅，谁人不知？此外，习武之人当居僻静之所，大人以为呢？"

"言之有理，言之有理。敝人与海大人共同征战数年，自然熟悉大人的秉性，那些道听途说只当是乌鸦鼓噪，大人不必介意。"福康安见海兰察面色有异，急忙解释。他接到海兰察的帖子，别提多高兴了。这是因为往日赴宴，接触的大多是只会阿谀奉承、摇唇鼓舌的媚俗小人，就是在紫光阁的官宴上，也都是些言不由衷、虚与委蛇的逢迎或攻讦。久而久之，令人实在厌烦。

能与海兰察这样铁骨铮铮的汉子对面酬酢，促膝长谈，倾吐一下肺腑之言，实在是一大乐事。另外，无论是金川之战或是剿海岸贼的过程中，他越发看重了这个文武兼备、不可多得的将才。同时，他心里也很清楚，皇上虽然没有明说，但已经表示出有意让自己与海兰察交往，其用意除了拉住这个骁将而外，当然也有让自己借助索伦兵的勇猛善战，立功擢升的意思。再有，怕是也有让自己从阿桂手下，拉走他得力的一支劲旅，分散一下他的势力。

因此，他一直寻机不断拉近与海兰察的距离，成为名副其实的知己，接到海兰察的帖子，知道机会来了，兴致勃勃地按时赴约。当然，颇有小聪明的他也在揣摩这个一向闭门谢客、不善交际的索伦将领何以心血来潮，出人意料地设宴款待自己？

席上会有何人？他带着问号兴冲冲而来。

"福大人亲临敝斋，真是蓬荜生辉，今日敝人与大人可否秉烛夜谈，一醉方休呢？"福康安一见海兰察如此亲近诚恳，又只有他们两人，就知道此宴不一般。

"敝人早有此意。海大人可曾记得，敝人早在金川时就说过日后定当移樽就教的话么？"福康安爽快之极。

"福大人不必过谦，不过，如果福大人肯坦诚相见，我二人可以知无不言、言无不尽的话，或许能相得益彰、受益匪浅。"海兰察试探着说。

"当然，敝人从与海大人相识之日起，便有相见恨晚的感觉。行兵作战之时又常常不谋而合，可谓得心应手、珠连璧合呀。"福康安不失时机地套着近乎。

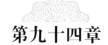

第九十四章

"好，海某本是一勇之夫，承蒙福大人垂爱，敝人有心与福大人结下生死之交，不知——"海兰察看出福康安的意思，也顺水推舟。

"一言为定。"

"绝不失言！"

"哈哈哈……"两人同时大笑起来。

"海大人，"福康安呷了口酒，正色说道，"无须赘言，敝人对行兵作战还很生疏，日后征战中还是要仰仗大人呀。"

"哪里哪里。"海兰察打断了福康安的话，和颜悦色地说，"福大人过谦了，你我二人一处用兵，彼此之间有如一人，一损俱损，一荣俱荣。大人虽然对用兵生疏些，日后还可以慢慢熟通，难得的是大人怀瑾握瑜，至圣至明，厚德载物，使人乐为驱使啊。"

海兰察知道一味地为福康安掩饰其短处，很可能起到文过饰非、适得其反的作用，因此用语十分谨慎，先是点了点福康安那人所共知的弱点，随后着重赞扬他的优点。神态认真，语气诚挚，尽管心里十分不自在，这种言不由衷的曲意奉承，他毕竟不习惯。

福康安却听得心花怒放，并且立刻溢于言表。他喜眉笑脸，同海兰察对饮一杯，开口道："海大人，既然你我已是知己，有事不妨直言，今日……"

"哦，是这么回事。"海兰察一见对方主动谈到正题，忙接过话说，"皇上曾经说过剿平海岸贼后，即恩准索伦兵返乡与家人团聚，但回京已数月，不

见……"

"哦，此事不可操之过急。"福康安皱了皱眉，慢吞吞地说，"不瞒大人，敝人前些日还和皇上提起过。只是……"福康安哪敢把皇上的原话泄露出去，可一时间又找不到合适的理由搪塞，支吾起来。

"福大人，倘若战乱期间敝人绝无此言，可眼下是举国安宁啊。"

"不错，这样吧，"福康安憋了一会儿，仿佛很为难地说，"西域驻防的兵将可另议，待明日敝人一定再次禀请皇上，如何？"

"多谢多谢。"海兰察见福康安不经意中露出了口风，才知道兵部的打算是想让索伦兵驻守西域边关。他为福康安斟上酒，沉吟一会儿，又问："福大人，索伦部副都统的空缺尚无人选，依敝人的意思还是以索伦人为好，不但有利于治化，也让臣民体察浩荡皇恩。"

"那是，那是。"福康安点头道，"不知海大人举荐何人？"

"哈木任京师大营右翼尉一职七年有余，当然是非他莫属。"海兰察断然说。

"嗯，海大人知人善任，哈木为人谨慎老成，有勇有谋，堪当此任。"

"为避嫌之见，有些话敝人实在不便说，那就有劳福大人一并保荐了。"

"敝人定当尽力，举荐贤能是功在社稷的事，大人放心。"福康安大包大揽，慷慨激昂。

两人细酌慢饮，越谈越投机。

见海兰察异常谨慎，福康安带着三分醉意笑道："海大人在沙场上是鲸吞豪饮，如何在酒宴上辞尊屈卑，不肯与敝人敞怀豪饮呢？"

"哦？见笑。敝人和福大人对坐，是食不厌精，脍不厌细呀。"海兰察一语双关地打趣。

"噢？那么敝人更是嘤其鸣矣，求其友声喽？"福康安忙迎合道。

"哈哈……"

两人一齐大笑起来。

福康安说到也做到了。

第二天，在朝会上议定几处边陲官员的人选以及分派兵马时，福康安挺身而出，实现了自己的承诺。

"边陲重地，务须精明之人，卿等有何合适的人选吗？"乾隆皇帝和以住一样，先让大臣们各抒己见。

当后藏和新疆的人选定下之后，几个大臣都不再吭声，或是偷眼瞟瞟皇上，或是斜视一下身边的海兰察，再不就是低头盯着自己的靴尖。

"那么索伦部呢？"乾隆皇帝见大伙儿都不表示态度，提高声音问。

"皇上，臣以为索伦部副都统当由哈木继任。"福康安在朝会廷议之前就放出口风，让一些官史知道自己和海兰察的意思，免得节外生枝。谁要是不识相，也得掂量一下自己的分量，敢同时得罪两个朝廷重臣——尤其是整天在皇上身边晃荡的福康安，需要具备的不是一般的勇气，为了一个外官的位置，犯不上得罪这两个人。福康安抢先开了口，他望着神色漠然的皇上，朗朗说道："哈木从征准噶尔到大小金川，勇猛卓著，全军皆服。平日为人恭谨，恪尽职守，是再合适不过的人选了。"

"喔？"乾隆皇帝见福康安把话说得很死，面色不悦，朝下面的海兰察瞥了一眼，他知道福康安的嘴巴说的都是海兰察不好说出的话。如果私下里说说也就罢了，但是在这朝堂之上，当着史部和兵部尚书的面这么大言不惭，是要引起众怒的。"那么众卿呢？"他的话已经暗示自己不完全赞成福康安的意思，福康安是瞎放炮，也是鼓励别的大臣出来提反对意见。

阿桂再精明不过，他听了皇上的话，立即明白了皇上并不满意福康安的话，又不好当众训斥，故而想用别人的嘴堵住福康安的嘴。此时站出来提出反对意见，一可以取悦于皇上，二是借皇上的威势否决福康安的意见，让海兰察和所有的朝臣看一看，别以为靠住了福康安就是铁板一块，和位高权重的老臣相比，他还嫩着呢！可这个念头只是像闪电一样转瞬即逝，他可不是脑子一热什么都干的人。阿桂到底是阿桂，就在这短暂的一刹那，又是那超越寻常人的灵性起到了作用，他权衡了一下利弊，琢磨了一下得失，最后还是认为不妥，把伸头的打算硬生生压了下去。

他认为皇上对福康安的不满，是恨他短练不成熟，办事说话欠考虑，是一时气头上的事，是他们之间特殊关系中的一个微不足道的小矛盾，完全有可能一会儿在别人反对意见还没讲完的时候，皇上又改变了主意。这种事干不得，

再说自己不干还有别人呢，难道尚阿力就甘心任福康安和海兰察的势力越来越大么？

阿桂猜对了，在遏止福康安与海兰察的势力和影响上，尚阿力和他是一致的，他们几十年中在天南海北培植的势力，是不容许受到他人的挑战。尚阿力最让阿桂放心的就是那过于狭窄小气之后的一时冲动，这种冲动往往让这个平日里泥鳅般圆滑的老吏显得勇敢不少。

果然不出所料，尚阿力的勇敢再次在阿桂的希冀中出现。

"皇上，臣以为福大人所说不妥，哈木在京师大营就任要职，不宜再前往索伦，臣以为还是改换他人妥当些，何况吏部与兵部也——"

尚阿力当然也猜到皇上的心思，正找不到这样的机会打压一下福康安和海兰察，心念一动，话就脱口而出。

"尚大人，索伦部由索伦人充任官缺，要比他人方便得多，何乐不为呢？"福康安质问。

"福大人此言差矣。难道索伦部就一定要由索伦人任官么？以此说来，后藏和新疆的官史都该是当地的人喽？"尚阿力不示弱，力争道。

"尚大人的话要么就是南辕北辙，要么就是居心叵测。"海兰察忍不住开口愤愤说道，"索伦部乃我朝疆土，索伦人都是大清子民，百十年来，索伦将士为保国家安宁，南征北讨，血洒疆场，立下赫赫战功。在我索伦文武官吏中，不乏文理武治的将才，难道就不能在索伦部任官吗？难道就治理不了自己的部族么？尚大人刚才说的话，是挑唆呢还是——"

"哪里哪里，海大人言重喽，敝人的意思是……"尚阿力见海兰察动怒，又抓住了理儿，心虚起来。他想弥补刚才话里的漏洞，又不知如何自圆其说，偷眼见到皇上皱起了眉头，更加慌乱起来，只好向几个老臣望去，可怜巴巴地盼望有人出面圆场。

"海都统，同在一朝为臣，就算尚大人言语欠妥，你也犯不上恶语相讥呀。"阿桂觉得海兰察与福康安太咄咄逼人，他与尚阿力同为老臣，颇有同是天涯沦落人的感觉，心想现在如果不压一压，以后还了得，所以出口训斥，解了尚阿力的围。

"敝人说的是实情，或许措辞偏激了些，请阿大人原宥。不过，尚大人的话也确有偏颇之处。"海兰察不愿意得罪老臣，既然把要说的都说了，那就见好就收。

"卿等不要争执，朕的意思也是派哈木前去索伦部任职。"乾隆皇帝冷眼望着争执不休的大臣，思来想去，突然来了一百八十度的大转弯，竟然决定派哈木做副都统。他自然又有了自己的想法，海兰察这么力争，看来绝不是他个人的意思，恐怕不少索伦将士——甚至整个索伦部的臣民都在注视着这件事。近些年来，由于频繁征调索伦部出兵征战，已经招致索伦部的许多怨言，如果在他们关心的某件事情上不做出一些体恤的姿态，那民心就难以笼络了。

其实，在索伦部派外族官吏，未必有什么利处，金川的动乱就是个例子。他不由想起了四川巡抚密折上的话："民以激变，除了大土司蓄意谋反外，也咎于所派官吏徇私舞弊，阻拦摊丁入地、随意加增丁税钱粮，以致群情激愤……"

是啊，派遣外族官吏，好则罢了，不好则后患无穷，这就是促使他突然间改变主意的原因。另外，对那样一个只有几万部众的索伦人，何须处处提防呢？从感情上来说，他对这个北方的小部族、世代相邻的索伦人，又是为大清入关、问鼎中原立下大功的马前卒，还真是颇有恻隐之心呢。

第九十五章

  塞外，初冬的薄雪纷纷扬扬落下，覆盖住秋尽枯黄的萋萋蔓草，喀布尔山被装扮成一只白熊，蹲伏在矮小的丛林中，弯曲着前掌，扬起头颅，忍受着屈辱，摆出意欲愤吼的架势。

  山脚下，逶迤的冰河边，扎着整排的营帐，一千多名索伦兵从江浙凯旋之后，被安置在这离京千里之外的荒原中。

  将士们原以为金川取胜，又平息了海岸贼之后，就可以回到家乡与亲人团聚，没料到被放在这偏僻的荒野上待命。将士们哪里还有心思操练，整日里在寂寥中度日，没过多久怨声四起，特别是骁骑校和佐领以上的将领也受到兵士的感染，领头闹事，弄得参领塔尔干也手足无措。

  "大人，朝廷究竟何意，眼下无战事，却令我等聚集在这荒无人烟之地？"一个佐领疑惑不解地问。

  "禀大人，军粮即将罄尽，怎么不见五岱副都统派人送来？"副参领忧心忡忡禀告军粮危机，语气中饱含对驻扎在两三百里集镇上的五岱不满。

  "海大人自食其言，各路大军早已回到故里，唯独我索伦营……"几个醉醺醺的兵丁踉跄着发泄怨气。

  "海大人早已封侯，还……能记得我们么？"

  "哈木大人不是足智多谋吗？这次为何不施展一下？"

  塔尔干听着将士们的牢骚，心中一阵阵酸楚，他又何尝不思念故乡和家中的妻儿老小，这一别三年有余，三分之二的将士马革裹尸，只剩下这千余人还飘落在外。但他无论是对将士还是对自己都无言以慰,是的,说什么呢?怪他们粗鲁吗,还是怪海兰察没有兑现承诺?当然不能,他对官场上的争斗还略知一二,知道海兰察此时此刻在京也十分为难,他比任何人都盼望所有的将士即刻返乡。看来其中定有缘故,十有八九是朝中有人作梗,海大人正在活动关节,为达到目的而努力。官场让多少英雄豪杰望而却步,又叫多少忠臣义士折戟沉沙、梦断奈何桥!他一点也不怀疑海兰察的为人,而且一直为自己部族中能出现像海兰察这样杰出的将领而自豪。

眼下,一千名被闲置在荒原上的虎狼之师就要断粮,愤怒哀怨的情绪与日俱增,天知道这些不惧生死、骁勇斗狠的将士们激怒之下会做出什么事情来。一急之下,他带上几名亲兵,连夜向两百多里外的五岱军营赶去。

"五大人,数日不见粮车前去,卑职只得前来探询。"塔尔干自知五岱小肚鸡肠,平时与海兰察介蒂颇深,所以话讲得十分小心,口气近似哀求。

"哎呀,塔参领,敝人营中也无存粮啊。"五岱的全身都带着笑意,轻松地说。

"大人,索伦营所需的粮草,兵部指定要从大人这里供给呀?"塔尔干强忍怒火,耐心解释。

"哦?"五岱哼了一声,不高兴地瞪了塔尔干一眼,说,"那么索伦营断粮是敝人之过喽?"

"这……"塔尔干没料到五岱这么不讲理,心胸狭窄到如此地步,张口结舌地呆愣了一会儿,忍气吞声道,"大人言重,卑职是怕大人军务繁忙,属下又一时疏忽,忘记……"

"嘿嘿,有劳费心了。"五岱奇怪地打量着眼前这个五大三粗的索伦汉子,心里纳闷。怎么一向直言不讳、性情如火的塔参领,突然间学会讲得体话了呢,战场上那藐视群雄、叱咤风云的劲头哪去了呢?

心里这么想,嘴上却说:"眼下敝人军中也没有多余的粮食,你们还是……"

塔尔干脸色十分难看,语言却不失礼数:"我们是客居异乡,与当地的富贾乡绅素不相识,能有什么办法呢?"

"这——敝人也爱莫能助,只能等下次军粮运到。"五岱干脆把话封住,

端起茶杯，意思是逐客了。

两天的奔跑，得到的竟然是揶揄和奚落，塔尔干在回营的路上气得直喘粗气，对着旷野破口大骂起来。随行的一名骁骑校气愤不过，指着东南方向说："大人，我们干脆就地取粮吧。我们营地东面三十几里就有五岱副都统的羊群。"

"不错，我们平日寻找马群时也见到了。五岱克扣我们的军粮，刁难索伦营，我们不能忍饥挨饿，抢他！"几名亲兵鼓噪起来。

"住嘴！"塔尔干喝住兵丁，心里却琢磨起来：是呀，牛羊当军粮，不坏。可……五岱肯吃这个亏吗？他可是正白旗副都统，满洲骄横闻名的骁将，为人又诡计多端，弄不好要引起轩然大波的。

过了一会儿，他的这种顾虑又渐渐被打消了，那是因为想到了两点，一是五岱克扣军粮，肯定是瞒着兵部，也怕被人察觉，这毕竟是泄私愤的不光彩的勾当；二是索伦兵在断粮后偷食牛羊也没什么大不了的，民以食为天嘛，就是闹了起来，五岱就不怕担当克扣军粮的罪名？再说有海兰察和福康安在朝廷中撑腰，有啥可怕的。

他想着想着，心绪一下豁然开朗，心中暗笑道："有酒有肉陪伴，何惧之有！"

"大人，怎么样？"一个佐领一看塔尔干脸上浮出笑意，忙问。

"不是抢，是借。"塔尔干纠正过来，正色道，"此事万万不可明火执杖，把事情弄大弄僵。能不动干戈最好，这样吧，今夜选出几十个人偷偷前去，不要贪多，来日方长嘛。"

"喳！"众人一听，都来了精神，嘻哈取笑着向营中驰去，一切烦恼都抛到了九霄云外。

连续几天，五岱得到丢失牛羊的禀报，并且数量惊人。

起初，他认为冬季来临，山林中的狼群出来觅食而致，没当回事，只是下令注意保护畜群。可到了后来，听说加派人手后照旧丢失，畜群的数量一个劲地减少。怪呀，他开始怀疑了，要说是狼群为害，怎么也得留下骨头吧，况且，每两三天就要失去七八头牛和几十只羊，哪里会有这么庞大的狼群？

什么狼害呀，人害还差不多！他猛然想到，怎么偏偏索伦兵断粮后就开始丢牛羊了呢？是不是都丢到索伦兵肚子里去了？没错，塔尔干从上次乞粮没成后，就一直没有再来，听属下说索伦营自称是靠打猎生活。好哇，打猎打到本都统的羊圈里来了，索伦兵的胆子太大，大到无所顾忌了。

如何处置和对付索伦兵的问题上，他大费了一番脑筋。权衡利弊之后，他明白不能像对付寻常盗贼那样对待他们，不能大张旗鼓，此事传了出去，自己克扣军粮的事也会败露。只要不公开张扬，即便有人告自己，也可以巧言搪塞，谁在朝廷中没有几个人呢？弄清了这个厉害关系，他就制定出下一步的对策，这就是两个傻子打架，双方都糊涂到底！对，就么干，这个法子又解恨又过瘾。

夜，干冷干冷的长夜，百十名索伦兵潜伏在河边的雪地上，忍受着冷透骨髓的寒冷，都竖着耳朵，瞪着眼睛注视着畜群四周的雪原。

天将黎明时分，也是守夜人又冷又困的难熬时刻，从河边沟塘冲出索伦兵，马蹄显然裹上了什么东西，只传出踏压雪地的吱吱声。当他们靠近畜群时，两面的山坡上冲出大队人马，号叫着挥动刀枪包抄上来。

塔尔干一见五岱的兵马有埋伏，忙低声喝令撤退，尽管双方已经心照不宣，但还不能面对面地撕破脸。索伦兵是有备而来，听到撤退的命令只是调转马头的事。而五岱的人马在冰天雪地中设伏大半夜，冻得手脚发木、战栗不止，虽然挑的都是精壮之士，此时却笨手笨脚，跨了几次马才爬上马背，等冲上去的时候，索伦兵已经回头驰去。

"追，一直追到他们兵营！"五岱的副将一看索伦兵撤走，喝令追击。他得到五岱的严令，一定要抓住几个索伦兵，杀杀他们的威风，丢丢他们的脸。

两队人马在平坦的雪原上展开追击战。塔尔干领的人马是从七八十里外赶来的，走了半夜才赶到这里，他知道此时硬跑是跑不过对方的。五岱的人马既然潜伏在这里，那一定是有了充分的准备，看来事情要糟，他边想边向后面望了望，从马蹄声和呐喊声中，估计对方的人数在两百人上下。一旦追兵赶上来，自己这百十号人也难以抵挡，何况索伦兵的行为毕竟不光彩。

怎么办？看这样子对方已经知道是索伦兵所为，跑下去也没有什么意义，天就要亮了，等双方都看清对方时，一切就会大白。想到这，他勒住了战马，

坐骑顿时慢了下来。左右兵丁一看塔尔干停了下来，不约而同地跟着停下来，排成一排，冷眼瞅着逼近的五岱人马。

"哈哈哈，塔参领，敝人还以为是什么盗贼呢，闹了半天是索伦铁骑哟，难怪偷了东西跑得还这么快，而且居然敢停下。"领队的参领得意非凡，嬉皮笑脸，肆意嘲讽。

"哼，在雪地中冻了一夜，比在金川罗博瓦山长进不少哇。"塔尔干冷笑数声，反唇相讥。

"嘿嘿，不和你争口舌之利，请随敝人去见五都统吧，把那些赞誉之词说给五大人听听。"领队参领阴恻恻地说道。

"是去催军粮么？"

"请便。"

"敝人军务在身。"

"由不得你。"

"敝人要是不去呢？"

"哼，那——"领队参领一招手，两百名兵丁围了上来，索伦兵见状，拔刀挺枪迎了上去。一名骁骑校骂道："在叛军面前怎么没有这股子英雄劲儿？你们当老子不敢砍你们的头是不是，谁敢再上一步，叫他人头落地！"

"大胆，还不退下，"领队参领听了一个小小的骁骑校如此猖狂，到了此时还敢抗拒，不胜惊骇，气急败坏地吼道。

"不要逼人太甚，别忘了，你吃饭的东西只有一个！"塔尔干实在忍无可忍，干脆豁出一切，拔出长剑，两眼放出凶光。

索伦兵见状，立刻散开战斗队形，百八十人竟然以包围的队形围了上去。一名副参领高声大叫："兄弟们，活要利索点儿，不留活口！"

"与我拿下！"领队参领自恃人多，又有五岱做后盾撑腰，下令动手。

双方在怒吼叫骂声中厮杀在一起，兵器叮叮当当之声响彻雪原和山谷。索伦兵虽然人少，但凶猛异常，砍杀技艺娴熟，一会儿功夫砍翻对方三十几人。五岱的人马仗着数量上的优势，渐渐把索伦兵分割围住，人数劣势的索伦兵失去主动，陷入苦苦支撑中。

洁白的雪地上不时溅下片片血迹。塔尔干虽然勇猛，但面对的毕竟不是敌军，手上硬不起来，可一听到索伦兵惨呼惊叫和呻吟声，他不由阵阵心悸，没想到九死一生的索伦将士没倒在战场上，今天会在这里惨遭杀戮。他悲愤已极，狂吼一声，便出海兰察传授的看家本领，连连砍杀几名兵丁，招呼着五六十个索伦兵边打边退。他不想硬拼，把几十名将士的尸体留在这里，五岱的人马也伤亡过半，双方都红了眼，再拼下去无非是玉石俱焚。

五岱的人马一见索伦兵撤退，哪里肯罢手，百余人死伤在他们的刀下，恨得嗷嗷叫嚣着紧紧追来。索伦兵的长处此时充分发挥出来，个个在狂驰的马背上仰射后面的追兵，领队参领发觉上了当，以这样的打法，再追二十里，自己领的人马差不多光了，而索伦大营的兵马一旦出来增援，自己可就全军覆没了。他犹豫了一下，还是传令停止追击，回去禀报五岱后再说。

第九十六章

　　"世事不尽人意矣。"海兰察颓然长叹,仰望屋脊的雕甍。

　　"皇上为何不许索伦兵回乡而北上呢?"哈木满腹疑虑地问。

　　海兰察愤然说道:"不知是哪个歪嘴和尚在皇上耳边吹风,说索伦兵最适守边,要派往西域塔城伊犁一带。而皇上是怕我索伦将士迷恋故土,失去斗志。"

　　今日上谕传下,令哈木尽快去索伦赴任,这算是喜事一件,可对索伦兵回乡的奏折上,乾隆皇帝却朱批北去守边的旨意,只提到兵到卜奎城时,容许索伦兵的眷属从千里之外到兵营团聚,而不准索伦兵回索伦草原。真是怪事,等海兰察上殿力陈时,皇上神色愀然,一副闷闷不乐的样子,他一看木已成舟,也就叹息着作罢。

　　"这样一来,不过是让索伦人传宗接代、延续香火罢了。"哈木悲怆地说道。

　　"哈大人,这分明是有人故意挑唆,皇上不知内情做出这荒唐之举。事已至此,你我不可流露出一点怨色,皇上乃一国之君,金口玉牙,我等稍有不恭就会祸及索伦,那样就前功尽弃了。一切还是从长计议吧,或许日后有转机,福康安也是这个意思。海兰察比起哈木毕竟经常出入宫闱大内,懂得不少轶闻秘事及处事之道,深知内中的奥妙与风险,他的话是在提醒哈木到任之后,处事要圆滑一些,宁可苟且偷安也不要惹出事端。

　　许多年的官场历练,他意识到明争远远不如暗斗,如同领悟武学精要一样,当看透了世事之后,犹如饮下醍醐一样,什么都明白,什么都不在乎了。他恍惚感觉到,在必要的时候有什么不可以猫鼠同眠的呢?在洁身自好中,为了达到某种目的，即使同魑魅魍魉之辈也可以缔结暂时的琴瑟之好。索伦部虽然正处于日升月恒之际，为了保住这种局面，惠及子孙，就必须未雨绸缪，有时就要不择手段！

"大人所言极是。"哈木愣愣地瞅着海兰察，真不敢想象这些话是出自海兰察之口，比起十几年前，海兰察简直判若两人，令人不可思议。他心里叹道：真是沉舟侧畔千帆过，病树前头万木春啊。

"皇上恩准，敝人也随同索伦将士前往卜奎。"海兰察是以代兵部巡边的身份前去，心中不免洋溢衣锦还乡的喜悦。

"临歧在即，大人还有何言可赠？"哈木问。

"哈大人久居官场，深明事理，无须敝人赘言。还是一句老话，当忍则忍，凡事都要忍耐三分，我索伦毕竟势单力孤，屈居人下，倘若引起外族的猜疑，那就不妙了。"海兰察犹豫了半天，还是吐露了心中的担忧。

哈木不动声色地听完海兰察的话，嘴上没有表示什么，心里却暗暗想到海兰察的官位日渐升高，何以胆魄越来越小，是否还有什么难言之隐？细细品味了一会儿，小心地问道："大人有什么心里话不便说出么？"

"哈大人精明过人。"海兰察瞥了哈木一眼，苦笑着说："敝人或许是杞人忧天，不过，这一隅之见也可能对我索伦有所裨益。"

"乞道其故？"哈木知道海兰察要说出十分重要的话，凝神谛听。

"哈大人知道，我索伦的荣耀都在马上，动乱之时，多事之秋，朝廷是念念不忘索伦的。但一到太平年月，武将蒙受的恩宠与动乱时相比，就不能同日而语了。"

"不错，大人所言极是。"

"常言道：鸟尽弓藏，兔死狗烹。我们……不得不防，虽然说皇上圣明，但朝廷中不乏鼠雀相争之辈。几十年来，索伦部战功显赫，树敌也自然过多，不要说满蒙八旗军，就是绿营将领也跃跃欲试，有心一争高低。敝人有时觉得这索伦铁骑之称不仅来之不易，更得不偿失，日后万万不能炫耀。"

"大人一是担心太平之日我索伦失宠；二是怕有铁骑之称，日后骑虎难下，不但遭人嫉妒，也会在战场上送掉更多将士的性命。对么？"

"哈大人到底是机敏过人，敝人还没说完，你就全部猜到了，佩服，佩服。"

海兰察由衷地叹道。

"见笑，敝人也是愚者千虑，偶有一得。"

海兰察想了想，又进一步说："哈大人，近十年中，索伦部征丁一万多人，生还回乡的不足三成，这铁骑之称的代价实在是太大了，区区几万部众，怎么经受得了呢？"

两人默默对视，无言以对。

哈木这才知道，海兰察的顾虑不仅很有道理，而且比起图海还要深远得多。他的心情也受到强烈的感染而黯淡下来，有了一种无形的压抑感，试探着又问："大人对此有何良策么？"

"说不上是什么良策，我等是在游刃中生存，身不由己，无可奈何之下，只能采取以己之矛、攻彼之盾的办法。"海兰察讲出思虑已久的念头。

"大人的意思是利用……"

"不错，阿桂也好，福康安也罢，均并非良善之辈。假如索伦兵不是勇猛善战，我海某不对他们唯唯诺诺，他们理我何来，如何会善待索伦将士？既然这样，我们不如以其之道还治其身。"海兰察剑眉竖起，两眼射出两军阵前才有的凶光。

"言之有理。"哈木沉吟片刻，果断地点头赞道。

"既然躲不过，倒不如迎上去。战场上杀人，官场也要杀人，都是杀人，哪有什么恶善之分？我等要善于外柔内刚……"

听到了领队参领的禀报之后，五岱傻眼了。

就算索伦兵偷食牛羊不对，自己的人也不该动手厮杀，双方死伤了一百多人，事情闹大了。他哪里想到索伦兵这么强硬，偷了东西反而理直气壮。气愤也好，憎恶也好，细心权衡利弊的时候，他实在是找不出对自己有利的理由来。首先，明眼人一眼就看出自己有意扣押军粮以泄私愤；其次，又是自己的人马设伏并动手截杀，这还不算，双方在对骂中扯到了金川大战时的旧账，远远超出这个事件的本身。

此事最终怎么解决，他明显感到超出了自己的能力，只有千方百计地化小化了。他估计索伦营吃的亏小，又顾忌到名声，不会主动张扬此事。因此，第一步必须先平息一下他们的怒气，避免事态的进一步扩大，于时命令领队参领：
"传令，立即连夜将索伦营的粮草尽数送去。"

"大人，这……"领队参领对五岱的态度感到震惊，怀疑自己的耳朵出了
毛病。

"快去，糊涂，只知道厮杀！"五岱莫名其妙地发起火。

"喳。"领队参领慌忙转身出帐。

五岱刚刚喘了口气，为自己的随机应变暗自庆幸时，只见亲兵进帐禀报巡
边大臣海兰察到。一惊之下，他出了一头冷汗，按照常规，任何大臣代皇上巡
边，一般都不会快得连信骑也不派，让沿途官吏一点准备也没有。另外，这巡
边大臣怎么偏偏是海兰察呢？这里刚刚出事，海兰察是不是知道了消息特地匆
匆赶来，真要是那样，事情就不妙了。海兰察现在等于是钦差，位高权重啊！
他胡思乱想了一阵儿，强作镇定地吩咐准备迎接。

"卑职叩见钦差大人。"五岱领着众官员跪迎海兰察时，心中七上八下，
狂跳不止。

海兰察哪知刚刚发生的械斗事情，很客气地让大家落座，对五岱说道："敝
人奉旨巡边，顺便同此处的索伦营一道前往卜奎。五大人，这千余名索伦将士
在五都统处打扰数月，有劳费心了。"

"哦……这——大人太客气了。"五岱不知道海兰察是诚心诚意还是有意
嘲讽，自己又说不出什么，尴尬地支吾起来。

记名副都统成德一看五岱此时还不向钦差讲实话，不由得害怕起来。海兰
察是代天子巡边哪，官员们不说实话就是欺上罔下的大罪，可不是闹着玩的，
如果等索伦兵向海兰察先说出此事，海兰察定然会痛上加恨，怪罪下来……他
心里急却不敢贸然开口，只得偷偷向五岱递眼色，敦促他自己说出来，免得明
日更加被动。

五岱何尝不知此事的恶果，他心里也在琢磨如何开口，怎样才能讲得既得
体又能摆脱或减少罪名。

"两位都统欲言又止，有什么话不好说么？"哈木早看出五岱和成德眉来
眼去，忍不住问。

"哦——大人在上，卑职办事不力，属下一时疏忽，前些天竟忘了给索伦

营运送粮草，致使……"五岱语不连句，额头沁出汗水。

"嗯？"海兰察剑眉一扬。

"大人，索伦营缺粮是属下的疏忽，与五大人不相干，眼下粮草已尽数运去。"成德接着说，"不过，昨日曾有一个误会。"

"怎么个误会？"哈木警觉起来。

"是这样，前几日军中的牛羊丢失不少，卑职当是……盗贼所为。"五岱到了此时，只得硬着头皮开口胡搅，"是……这样，前几日军中的牛羊丢失不少，卑职以为是盗贼所为，所以派兵潜伏袭敌。由于夜黑风雪遮眼，兵丁与来人混战到天明时才发现原来是索伦兵。"

海兰察脸色变得十分难看，哈木抢先喝问："一派胡言，索伦营的粮草都由你的大营调拨，他们何故自己上门来取？"

五岱听出弦外之音，他说这话的意思是索伦营缺什么，你们就应当送去。把责任明确地划在五岱身上，一旦出现争执，五岱当然在责难逃。五岱听了用白眼球斜睨了哈木一下，心里咒骂着这个心细如发又精明过人的索伦副都统。

"索伦营断粮，可曾派人禀报过五大人？"海兰察已听出分晓，强忍怒火问。

"前几日曾……"五岱心虚，支吾起来。

"五都统，钦差大人在问你，还不据实禀报！"哈木沉下脸。

"卑职有过，卑职知罪。"

"五都统，兵部明令你部负责供给索伦营粮草，你何以延误？想当年金川大战时，你曾延误战机致使正蓝旗副都统博清额战死沙场，如今你又故态复萌，眼中还有朝廷吗？！"海兰察咄咄逼人、口气凌厉。

"卑职不敢，实非有意延误，请大人宽恕……"五岱完全慌了，一味推诿。

海兰察与哈木交换了一下眼神，心里暗想此事的始末及争斗的结果都没弄清，现在听到的只是五岱的一面之词，不想这么快作出决断。此外，索伦兵偷食牛羊的事不宜张扬，免得叫一些别有用心的人大做文章，所以暂时不便深究，等听了索伦将领的意思以后再说。"那么，五都统，此事该如何了结呢？"他问。

"回大人，卑职一定彻查，绝不姑息属下的过失。"五岱看到了一线希望，打算丢卒保帅。

"那么你的失察之罪呢？"海兰察冷冷说道。

"卑职当然有罪，望大人从轻……"五岱看出海兰察并无彻查的意思，但又不肯收网，知道此事还远远没有了结，日后怕是有一场大波折，脊背上阵阵发冷。

"敝人不想把事态搞大，不过，五都统必须从速查明前因后果，不得有误。"海兰察面孔一板，摆出了钦差的威严。

"遵命。"五岱又冒出冷汗，起初的一点轻松感逐渐变为凶吉莫测的恐惧感。他明白到事情麻烦了，海兰察暂时不收网并不是饶了自己，而是想日后大鱼小鱼一起抓，一个也不留！自己已经被对方掐在手心里了。

此人比起从前厉害许多喽。

雪原连着远天，在阳光下刺目耀眼。

归心似箭的索伦兵哪顾寒冷，得到开拔卜奎城的命令后，尽管还回不到望眼欲穿的索伦草原，但一靠近兴安岭的边缘，还是欢呼雀跃着星夜兼程。一千多名将士，两千多匹战马在雪原山岗呼啸而过，越过一座座高山，甩下一道道冰河。

哈木为了早日使眷属与将士们在卜奎团聚，已经提前带人驰向索伦部。

钦差大人路过之处，沿途官吏争相侍候，索伦兵饱餐之后立即上马急于赶路，十天的路程，索伦兵一人双骑仅用了六天就赶到了。

当将士们到达卜奎城后，那股归乡心切的情绪又高涨起来，不怕天地、不惧鬼神的秉性怂恿着他们鼓噪着要翻过兴安岭，向索伦草原而去。海兰察闻报大怒，不得不弹压一下，制止住官兵狂热却不计后果的鲁莽行为。思念妻儿老小又不能越雷池一步的将士们，无可奈何之下，只能终日饮酒悲歌，等待亲人从千里外向这里赶来。

远离卜奎城一千多里地的索伦草原，早已大雪封山、天地一色。呼啸的西北风，卷着雪尘在光滑的雪壳上一遍遍地扫过，有如一把巨大的刷子梳理着一望无垠的雪原。

第九十七章

听到索伦兵营停在卜奎,并且就要去远方守边的消息,索伦草原上的妇孺老弱顿时噪动起来。人们又是兴奋又是失望,有欣喜有悲伤,有为亲人幸存而祈祷的眷属,更多的是为阵亡的丈夫或儿子而抽泣不已的妇女和老人。

亲人还未见便听到又要出征的消息,虔诚的草原人成群结队,汇集到官方指定的祭奠地点,一排德高望重的族内长辈老者,佝偻着腰在前,一排排面色苍白、神情木然的孀妇拉着年幼的儿女,瞪着已经没有泪水的眼睛,呆呆地望着灰蒙蒙的苍穹出神。

几只全羊摆在大青石上,旁边放着一排银碗,呼伦贝尔副都统哈木阴沉着脸,伤感地瞅着死难者的眷属一一上前,在不时爆发的痛哭和号叫声中,斟满酒杯,肃然高举过头,向大地洒去。然后又拿起短刀割下片片肉块,敬献亡灵……

他戎马半生,不知经历了多少次这种场面,可从来没有体验到如此悲凉凄切的感觉,是什么原因,他说不清,只是感到这一次是刻骨铭心地体验到了难以言表的痛苦,一种空前绝后的悲壮。

各种抽泣和号啕大哭声此起彼伏,连绵不绝,多少孤寡老人尽管心痛欲裂,但却欲哭无泪地抽搐着两颊。少妇少女尤为可怜,个个紧咬嘴唇,默默地流着泪水,尤如梨花带雨。这种情景反倒使那些年长的妇孺心如刀割,反而爆发出撕肝裂胆的哀号声,使在场的兵丁、铮铮铁骨的男子汉们也纷纷潸然泪下。

风儿,悄悄地停了。

顽强地挣扎着钻出积雪、摇晃着孱弱身躯的黄草尖,仿佛也在谛听这悲天恸地的哭声，并为之动容地停止颤抖，悲凄的气氛充斥着整个大地，足有停云落日之势。

哈木处理完祭奠仪式，立即着手将士眷属赴卜奎一事，兵部只给索伦营十几天的停留时间，而要翻越兴安岭到卜奎城，别说是滴水成冰的冬季，就是山花烂漫的夏天也需要八九天。这是因为那些妇孺老小无法在冰天雪地里骑马行走，只能依靠木制的大轱辘车慢慢行走。

经过一天的准备，长长的带篷的大轱辘车队，在一队兵丁和壮年男子的护送下日夜兼程，向兴安岭出发。

沿途到处洒下婴儿的啼哭和兵丁呵斥狼群的吼声。两千人的车队虽然行进的速度很慢，但是昼夜不停，历尽千辛万苦，终于越过了一百多年前，先辈到呼伦贝尔戍边时走过的道路，到了岭南。

> 雄鹰盘旋在天空，
> 那是留恋山林草原，
> 骏马挣断了缰绳，
> 是听到了母亲的呼唤。
> 空旷的草原失去了欢笑，
> 是看不到出征将士的鞭梢，
> 枯萎的树木沉默不语，
> 是听不到凯旋将士的喧嚣。

当看到远方狂驰而来的马队时，大轱辘车上的妇女不约而同地含泪唱起歌来。

一名年轻的骁骑校骑着一匹黑褐马，犹如一朵黑云，风驰电掣般首先冲到，一眼看到车上向自己招手的妻子。他哭喊着策马冲去，当旋风般的战马冲到大轱辘车旁时，他伸出健壮的双臂，一把抓过年轻的妻子，另一只手抓过六岁的儿子，在战马狂驰中，搂住儿子狂吻，一手扶住坐在身后的妻子，抽泣在一起。

马队与车队陷入一片混乱，妇孺老幼堆成一团，叫喊声和痛哭嬉笑声掺杂在一起，久久荡漾在清冷的空中。

入夜，一堆堆篝火熊熊燃起，熔化了积雪，温暖了所有人的心，男女老少围在火堆旁，纵酒欢歌。一队妙龄少女今天特地打扮得分外娇艳，带着少许羞涩和草原民族特有的豪放，在皮鼓和桦皮哨，还有众人粗犷的歌声中，翩翩起舞，那一双双亮晶晶的眸子，各自盯着火堆旁的心上人。

卜奎城的官吏碍于海兰察的面子，不得不陪同索伦将士，尽管觉得索然无味又冻得哆哆嗦嗦，却又不能不强作笑颜，甚至莫名其妙地瞎拍巴掌。

海兰察默默地盯着蹿腾的火苗出神，他心里想着这些只能同亲人相聚几日，之后又要愁别的将士。

篝火的光亮染红了夜空，但只是有限的一片和短暂的片刻，过一阵后，夜空仍旧是漆黑阴冷、深邃莫测。

转眼几天已过，到了索伦将士就要开拔之际，一位不速之客突然来到卜奎都统衙门，求见海兰察。

来人就是早已闲居乡里、两鬓花白的前任呼伦贝尔副都统——图海。

"快请。"海兰察一听是恩师来到，赶忙起身，忙不迭地吩咐迎客。

"老朽参见钦差大人。"颤颤巍巍、步履艰难的图海在家人的搀扶下，进门就要下拜。

"恩师请起。"海兰察一个箭步蹿上去，掌心平推，一股大力已将要跪下的图海硬生生托起，另一只手一挥，所有的人忙退了下去。

"老朽乃一介布衣，见了朝廷重臣哪有不拜的道理，虽然行将就木，但纲常礼数还是少不得的。"图海眨着昏花的老眼，执拗地坚持要拜。海兰察哪里肯让，稍加内力，居然将图海凌空移到客椅上。

"恩师不必这样，我索伦人更重义不重礼，何况此处只有你我二人。"海兰察委婉劝道，两眼打量着耄耋之年的图海。

"嗯，说的也是。大人现在是一品大员，领侍卫内大臣，三等义勇公，老朽原以为侯门似海，没料到大人果然还记得老朽。"图海很高兴，海兰察不忘旧情，对自己以礼相待，这证明他大贵之后仍不失索伦人的本色，自己这次千里迢迢总算没有白来。

"恩师见外了，学生此次奉旨巡边，皇命在身，不便前往索伦部探望，还请见谅。"海兰察恳切地说道，他见图海从千里之外冒着严寒、不顾鞍马劳顿而来，当然是有要事相告。

"这个自然，老朽也是仕途出身，岂有不知的道理？"

"恩师不顾年迈体衰，从索伦部赶来卜奎，一定有所指教。"

"大人客气，指教谈不到，倒是有些逆耳之言，如鲠在喉，不吐不快，不知可否见纳？"

"凡有佳言，无不拜纳，恩师但说无妨，学生聆听教诲。"

"好，还是快人快语。"图海喝了口茶，继续说，"古人云，青出于蓝而胜于蓝。老朽虽说风烛残年，头昏眼花，但于世事还算看得清。特别是久居索伦草原，对民情还是颇有体察的，不敢说无悖谬之处，可这一孔之见可作引玉之砖，供大人斟酌。"

"恩师何以如此之说？"海兰察一听忙立身而起，躬身一揖道，"恩师乃索伦人中长者，论智谋为人士堪称族人中之泰斗，是索伦部多年德高望重的地方官吏，大智大勇，为我索伦的振兴呕心沥血，而今到了晚年仍然念念不忘部族的荣辱，令学生敬佩。请不吝赐教。"

"这些年来，大人一直戎马倥偬，确实为朝廷立下不朽战功，荣耀了索伦部。"图海说到这儿有意停顿了一下，瞟了海兰察头上那三眼花翎一眼，话锋一转又说，"不过，不知大人可曾想过，这百十年中，以利弊权衡，还是瑕瑜互见，索伦铁骑之称对我区区数万部众的索伦来说，大有盛名之下，其实难副的窘境。依老朽看来是不偿失啊！"

"何以见得？"海兰察听了心里一动，图海的话仿佛触动了他长久隐藏在内心深处的似是而非的忧虑，同时又觉得这位年迈体衰的长者，随着年龄的增加，那原有的旺盛的斗志和雄心也伴随着逐渐衰弱的生命之火，正在消失下去。

"铁骑者，必然勇猛善战，就要终年驰骋疆场。年复一年，长此以往，索伦部如何承受得了？骑者善坠，最后不就人丁稀少、徒有虚名了么？！"图海呷了口茶，接着说，"现在大人官位显赫，当为部族多多着想呀。"

海兰察听出图海的话既有提醒也有埋怨的意思，低头想了想说："其实，学生虽说愚蒙，也想到了这些，只是别看身居要职，可终究是俯仰由人、处处受制于人。且不说皇上多疑，就是左右的朝臣又何尝不是处处掣肘、事事牵制呢？"

"当然，大人的难处老朽最知道，以大人这样的高官也无可奈何的话，那么庶民百姓又有什么办法呢？大人只要抛开名利的绳索，自然会有良策。"图海似乎言犹未尽，不肯把话说透。

"恩师不妨明示。"海兰察听出对方话中有话。

"大人不会不知老朽的意思。"

"学生实在是愚钝，还请明示。"

"那好，老朽的意思就是大人可否抛弃功名，索伦可否丢弃铁骑之称，除此而外，别无他途。这样做一时坠了我索伦铁骑的威名，但对子孙后代百利而无一害，大人三思。"图海说完吐口长气，静观海兰察的反映。

海兰察浑身一震，他没想到这位当年叱咤风云的索伦猛将，在垂暮之年竟然懦弱到如此地步。是啊，这么做长远看可以免去征战之苦，保留住许多青壮年汉子，可是……这对有着百年盛誉的索伦部族，究竟意味着什么？图海是老糊涂了？他抬起头问："请恕学生冒昧，如果索伦百年的威名就折在学生这里，成千上万的索伦将士用躯体换来的盛誉，将要毁于一旦，这……学生实难从命。"

"为了索伦部，大人暂且受屈一时也是值得的，是非曲直、是功是过自有后人定论。不然，大人眼下的功只怕就是后人说的过呀！"图海语气凌厉起来。

"学生并非计较个人得失，只是皇命难违，再就是以恩师所言去做，朝廷怪罪不说，学生只怕也落得个千古罪人啊。"

"后人不会以成败论英雄，大人恐怕是顾及仕途吧？"

"绝无此意！"海兰察断然说，心里却阵阵发虚，他也不相信自己的话无懈可击。因为在心底里已经承认自己与官场仕途有着千丝万缕的关系，虽然不能说热衷于宦海生涯，但是要一下割舍还真不容易。

仅仅与亲人团聚了几天的老人妇女和孩子们，马上又开始同亲人依依惜别了。

太阳映射在皑皑白雪上，反射出耀眼的光芒，天地间全是一片亮丽的白色。然而，坐上大轱辘车西归的女眷们，却仍然感到眼前一片漆黑似的，她们睁大含泪的两眼，目不转睛地望着骑在马上为自己送行的索伦兵，唱起委婉凄凉的离别歌：

　　　　天上的云儿飘动，

　　是风儿催它来往，

　　诺敏河水哗哗流淌，

　　却一去难以回返。

　　粗壮的索伦兵听了她们的歌声，都淌下豆大的泪珠，也以沉闷低粗的嗓音回唱：

　　冬日的太阳失去了温暖，

　　那是因为离大地太远，

　　出征的将士不是不把故乡怀念，

　　是思乡的泪水不让人看见。……

　　听了这曲调忧伤、旋律缓慢却令人倍感凄切的歌声，人们仿佛都觉得空气在凝固，一些地方官吏也不由流下同情的泪水。

　　海兰察目睹眼前的情景，悲从心起，又想起与图海的谈话。

第九十八章

　　"恩师的话虽然不无道理，可学生不敢苟同。索伦的荣耀只能在马背上，当年在准噶尔，恩师不是还叫我等奋勇作战，为索伦部扬名么？这些年来，学生含辛茹苦，忍辱负重，不都是为我索伦吗？当然，在沙场争战中，为爱惜将士的性命，学生也尽力费心……"

　　图海摇了摇头，叹道："此一时彼一时，今日的索伦比不得二十年前，现在去往索伦一路的驿站上，传信的大多是妇女儿童，更不用说草原上放牧的全是女人，男丁几乎都充军打仗、镇守边关去了。大人对此如何看呢？"

　　"话虽如此，但是索伦就此退缩，朝廷岂能善罢甘休，昔日矫健的索伦男儿突然休兵罢战或弱不禁风，有谁肯相信呢？学生到了今日也与整个索伦部一样，进退维谷啊。"

　　图海神色不悦却又无可奈何地喃喃道："如果此时罢手还为时不晚，不然，大人也许成为索伦的千古罪人。"

　　海兰察皱紧眉头，叹道："就算是这种结果，那也只能悉听尊便了。"

　　"……"

　　两人的谈话在柔中有刚、各持己见的不和谐气氛中结束。

　　图海在连连摇头、不住的叹息中告退。海兰察目送着图海疲惫的背影，心里一阵内疚和自责。他也不忍心让心力交瘁的图海再伤心，强把即要脱口而出的话咽了下去，心底里却说：恩师哪里会知道，要是照恩师所说去做，索伦的一切荣耀不但变成泡影不算，朝廷今后也不会善待索伦。有一得必有一失，征丁或许少了一些，可从此索伦将领不得重用，而赋税徭役必然日渐增多呀！

此外，就以个人来讲，满朝王公大臣与自己结怨的已经为数不少，现在自己正是春风得意之时，只要皇上垂青，加上笼络的一班亲近的朝臣与将领，谁人会自讨没趣？可一旦失势，所有的奸佞之徒可就要群起而攻之了。官场上不就如此么？想到这些浑身一震，那日渐强盛的好胜之意时时催动着不甘居人下的勃勃雄心，化作熊熊火焰，不可遏制地燃烧，炙热着那颗原本对仕途没有什么热量的心……

他承认自己现在已经完全卷入了官场的纷争，到了今天这种地步，想洗手不干是不可能了。如果说几年前在金川战场上，他还有选择的余地的话，那么在今天的位子上，处在错综复杂的各种矛盾中，他不仅不能退缩，反而要投入全部精力。这是迫不得已的，就像两军阵前进则生、退则死一样。

既然要坚持走下去，就必须设身处地想办法不能在涡中沉没下去，无论从个人或是部族的利益上都是不容许的。那么怎样才能在仕途上的争斗中获胜，就需要大动脑筋，有相应的准备和具体措施，必须找到可靠的依托势力，在这方面不但要继续拉住福康安——这个在前程上总是一帆风顺的将军。另外，对阿桂和尚阿力既要提防又要善待，他们都是举足轻重的老臣。还有一个重要的事情要做，而且刻不容缓，就是彻底割断与师门的关系，除去一切别人攻讦自己的话柄。

从当年在卜奎到金川和杭州，师门内的人——包括师妹慧瑛，都是出言不逊，一口一个清廷鹰犬，再不就劝自己反清等等。这些江湖上的人毫不顾及自己的脸面，到了不讲情谊的地步，哪里还有同门的情谊！人各有志，好自为之就得了呗，何苦相互间处处刁难，大有置于死地而后快的恶意。倘若有人密告自己与这些乌七八糟的江湖人士来往，那……

想到慧瑛，他的心总是七上八下，这是唯一叫他不安的心事，平心而论，在迷幻派中，大师伯和二师伯早已双双遁入空门，他对小师叔——"川中侠女"又无好感。所以，能牵连他和师门关系的只有慧瑛，假如有一天与师门内人闹翻，他觉得对不起的人只有一个慧瑛。可又有什么办法？正邪两立，仕途充满陷阱，一时不慎就会掉进去，同一个对朝廷不忠的江湖女子来往，无疑是在自掘坟墓，幸好眼下只有福康安和辛元龙等几人知道，不然麻烦就多了。

人不负我，我亦不负人，人若负我，我必负人。量小非君子，无毒不丈夫！在这条道上走下去，难免要半人半鬼，他心里暗暗说道。

北京城的盛夏，既无草原上那清爽的凉风，也没有江南沿海一带湿润的气流，干燥滞闷的热浪令人感到窒息。

巡边回京复旨的海兰察，穿戴着整齐的朝服，忍受着难耐的炎热，向乾隆皇帝禀奏黑龙江一带边塞的防务后，已经大汗淋漓。

"海兰察，你代朕巡边，可算是尽心尽力。"乾隆皇帝端详着海兰察，满意地说，"以往大臣巡边，多是走马观花，如果都能像你这样详细查询边务，体察民情就好了。"

"臣不敢疏忽，有负于皇上。"海兰察瞥了一下皇上的脸，悄悄松了口气，小心地答。

"太平出盛世啊。"乾隆皇帝想到眼下举国安宁，心里十分得意，随口又说，"随朕一游什刹海吧。"

海兰察听了心中一喜，知道皇上对自己很满意，除了亲近的王公大臣外，能够随皇上游玩什刹海的人真是寥若晨星。这说明皇上心里高兴，另一方面也是借此笼络人心，当然，也不排除探听一下自己心里话的目的。所以，他喜悦中也备加小心，在走向什刹海的途中，猜测着皇上会问些什么话，自己该如何回答。

到了水边，只见荷花成片，湖水漪澜，站在亭台之处，湖风扑面，令人爽快一振，心中不由暗自叹道：难得帝王家，绝妙逍遥处。

"海兰察。"乾隆皇帝在亭中坐定，叫道。

"臣在。"海兰察从沉思中惊醒。

"此处如何？"

"回皇上，此处亭台掩映，花木扶疏，雀声鸟鸣，更有湖风送爽，真是……皇上稍作歇息，思谋军国大事的绝妙之处呀。"海兰察咂嘴赞叹道。

"哦？哈哈哈。"乾隆皇帝见海兰察把这纯属游玩之地说得这样得体，禁不住大笑起来，笑声方住，沉吟一下又问，"你终年在外，南征北讨，可见到比这还妙的去处么？"

"臣没见到过。"

"难道就一点不想么？"

"臣，臣不明白皇上的意思。"海兰察浑身一震。

"哦，朕是说你不想有一处这样的——"

"臣从不敢有非分之想。"海兰察抢先回答。

"噢？"乾隆皇帝眨了眨眼，又问，"听说你府中十分简陋？"

"这……"海兰察不明白皇上何以有兴趣谈起这些琐碎小事，心里没准备，一时语塞。

"你何不弄些花草字画古玩之类，把府中装饰一番，侯门岂可太寒酸。如有难处，朕可以向内务府——"

"不、不，臣……是怕玩物丧志。"

"也好，看来你的志向很大喽？"

"臣只知报效朝廷，不负圣恩。"海兰察心中一惊，虽然不敢抬头看皇上，但却感觉到皇上灼人的目光。

"嗯，爱卿的忠心可嘉。"乾隆皇帝点点头。

海兰察擦了擦汗，奇怪在这凉亭湖边的清爽之地，却又出了一身大汗。

"海兰察，五岱克扣索伦兵军粮一事，依你看如何处置为好？"乾隆皇上说到了正题。

"皇上，克扣军粮最宜涣散军心，倘若此事发生在战场上，当以重罪问斩。"海兰察说到这故意停顿了一下，他弹劾五岱的奏折早传到皇上手中，皇上不可能没有处置的打算。但是朝中自然会有人替五岱求情，从而影响皇上的决心，所以，还是先不要把话说得太死太满，先探探皇上的口气。假如皇上主张严办，就把自己的打算说出来，要是皇上有意庇护，就见机行事。

"那么，你是主张严办喽？"

"皇上圣裁。"

"朕是在问你。"乾隆皇帝面色不悦，冷冷说，"此处又无他人，但说无妨。"

"回皇上，那臣就知无不言了。"海兰察见皇上脸上浮出怒容，哪敢再继续兜圈子，索性壮了壮胆，开口道，"为将者，心胸必须坦荡，处处以国家社稷为重，不计个人之间的恩怨与得失，这样才显大将之本色。五岱所以私下克

扣索伦兵军粮，并派兵剿杀因饥饿而不得已偷食牛羊的索伦兵，臣以为完全是出于私人恩怨。金川罗博瓦山大战时，索伦兵断叛军后路，被数倍于己的叛军攻杀，一时无法冲下主峰援救博清额和五岱，因此，五岱至今仍然耿耿于怀。全军将士皆知，五岱当时与叛军不过是以一对二，而索伦兵是以一对四，孰轻孰重不是一目了然么？"

乾隆皇上深知眼前这个索伦将军的用意，装作懵然无知的模样，故作惊讶地说："朕正是顾及到金川你二人有了芥蒂之故，准备停俸一年，从轻——"

"皇上不可，五岱行为如此狂悖，目无律令，如不严正惩治，何以震慑三军？！"

"这么说，是朕……"乾隆皇帝面含愠色，皱起了眉头，他品出海兰察话中有责怪自己袒护五岱的意思。

"皇上圣明，可就怕有人欺君罔上啊。"海兰察一见情形不对，忙以退为进，讲出这句早已准备好的、无懈可击又可以让皇上游刃有余的话。

乾隆皇帝望着这个固执倔强、得理不让人的勇将，沉吟了好半天才说："如此看来，群臣中大有不实之词，可恶之极。五岱不堪重用，这么乱来岂不冷了将士们的心，坏了朝纲的清誉。"

"臣担忧的也是这点，朝廷可是一向赏罚严明啊。"

"好吧，朕决意将五岱官职免去，到伊犁军前效力。"

"皇上圣明。"

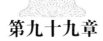

第九十九章

彩霞隐去，月色溶溶。

海兰察漫步在弥漫着花草芳香的花园内，从皇宫回来之后，他回想着说过的每一句话，也逐字逐句地分析了皇上讲过的所有话，最后认定自己没有什么过失，皇上的试探没有什么结果，很可能在一定程度上还加深了对自己的信任。

"伴君如伴虎，此言不虚呀！"他对爱妻敏日娜叹道。

"朝堂之上，不亚于虎狼之地，唉——这富贵之地倒不如荒原大漠潇洒自在。"敏日娜望着日渐消沉的海兰察，颇为同情地暗示，只要海兰察愿意，她绝对不会眷恋京师的豪华和这锦衣玉食的侯门富贵，随时可以和他归隐草原。

燥热退去，清爽宜人。

他侧耳听了听，知道儿子安禄还在草坪上习武，便兴冲冲了向前走去。

皎洁的月光之下，十七岁的安禄正在习练剑法。由于自小得到父亲的真传，一招一式都十分纯正，行家一眼望去就知道是名门的路数。海兰察看到儿子使到迷幻剑法的二十四式袖里藏针时，摇了摇头喝道："不伦不类，倒像花拳绣腿，不成器。"

"孩儿从来都是一招一式，不敢乱来。"安禄正在兴头上，几个家人都不住口地赞叹，被父亲奚落一番，莫名其妙地问。

"这袖里藏针一招三式，前两式是虚式，只有这第三式的从胳肢窝里刺出的一剑才是实招，诡秘异常，叫人防不胜防，如果配之以浑厚的内力，就是天下一流高手不死也带伤。你刚才的架势刚勇有余，而诡秘不足，且不善附之内

力，一旦遇到高手就会被看出破绽。记住，我迷幻剑派的武功精要，就在一个
'迷'和'幻'字上。"

"孩儿觉得这袖里藏针一招举止过于……猥琐，名门正派的武功路数应该
是每招每式都潇洒大方，光明磊落。不应……"安禄本想说不应该投机取巧，
杀机暗藏，但没敢说出口。

"胡说！"海兰察双眼一瞪，厉声训斥道，"天下武功哪个不是出其不意、
攻其不备？倘若两名盖世高手斗到伯仲之时，就要看哪一方能取巧制胜。如果
都死打硬拼，还有什么切磋技艺而言？"

"孩儿总觉得偷袭不公，取巧不义。"安禄不服气，低声嘟哝。

"糊涂。何为不公，何为不义？生死关头，不是你死就是我亡，你不杀人，
别人就会杀你。"

"那么只要取胜，用什么手段都行么？"安禄惊问。

"不错。"海兰察略一沉思，毫不犹豫地用力点点头，想了想又说，"你
还年幼无知，从未与人对仗，好些道理还不明白。"

长年在外，海兰察很少和家人在一起，今天他才感觉到只教儿子武功是远
远不够的。看着安禄那张还十分稚嫩的脸，萌生了日后带儿子出去征战，让儿
子见见世面、历练一番的打算。

正当他与儿子面面相觑，都各自想着心事的时候，院墙上传来一声冷笑。
他抬头望去，只见一人影立在墙上，讥笑道："海大人何必如此费心，虎门焉
有犬子？"

海兰察惊疑地望着那人，心想此人能避过众多卫士的耳目，武功一定不弱。
挺身出来搭话，一是有恃无恐，二是定有要事相传。迷惑中开口问道："阁下
是哪个门派的，夜入敝斋一定有什么指教？"

"不必客气，说起来海大人也不是外人，在下是来传'川中侠女'的口谕，
为了省去麻烦只好这样，不恭之处还望原宥。其实，只要海师兄还顾及同门情
谊，对这江湖行径自然不会见怪。"

"既是这样，何不入内饮茶详谈呢？"海兰察听出是同门师兄弟，预感麻
烦事来了，转念一想既然事到临头干脆一并了解，以礼相让。以他的官职和武
学上的造诣，请这些人入厅喝茶已经是十分的客气了。

556

"那就多有打扰了。"那人一点不客气，飞身跃下墙来。

"请。"海兰察偷眼一扫四周，心中有点异样的感觉。

"海师兄请。"那人不肯上前，见海兰察移步向前才迈动脚步，但仍与海兰察保持一箭之地，看上去像颇识礼节，又像是顾忌着什么。

"这位师兄是——"海兰察试探着问。

"'川中侠女'门下大弟子——凡清。"那人嘻笑着说。

"喔？"海兰察听了一愣，脑海中电闪般一亮，凡清——反清！他脸色大变，身后又微风飒动，扭头看去，安禄的身后已经扑上来两条人影，来势凶猛却又悄无声息。他一怒之下，出手一掌击向凡清，大喝一声："孩儿小心！"

凡清早有提防，加上海兰察分心照顾儿子，哪有心思认真对付他，所以侧身一闪，躲过海兰察的掌力，两掌一分扑了上来。

安禄虽然有了一定的功力，但毕竟没有临战经验，又一心注意着走在前面的父亲和凡清，对身后根本没有一点提防，猝不及防间被来人点中软麻穴，倒了下去。

海兰察见儿子被点倒，虽然知道对方意不在伤人，可被这种江湖上下流的卑劣手段激怒，大吼一声，抢到那两人身边。

"海师兄不必动怒，在下绝不会伤你爱子，只是暂且委屈他一下。师兄武功高强，一旦动手的话，我们只能——"两人横抱着安禄威胁着。

"各位仔细，在海某人府中作乱，对各位可没什么好处，何况这是京师重地，不可妄为。"海兰察知道儿子落在别人手中，硬来是不行的，然而到了这个地步，嘴上仍然很硬，暗示对方真要是恶斗起来，别说八旗精锐，单是大内上百个高手也足以杀尽他们。

"嘿嘿，海师兄又不是不明白事理，京师固然是重兵之地，师兄又是领侍卫内大臣，不但手握重兵并指挥着大内高手。不过，这远水不解近渴，大内十八高手只有你一人在此。再说就算我们过分，你难道还能与师门反目为仇、欺师灭祖么？如果那样，恐怕天下武林中人都要向你讨个公道。"凡清冷笑数声，胸有成竹地说。

在凡清说话的空隙里，海兰察的脑子迅疾转了几圈。凭着多年江湖上的经验，他深知这三人绝非随意闯入府内。在偌大个京师，有谁不知自己是正红旗

蒙古都统，领侍卫内大臣，这三人敢来一是摸清了府中底细，先偷袭儿子让自己投鼠忌器；二是一定有强手做外援，很可能"川中侠女"就带人隐藏在附近，因为以她的辈分和江湖上的威望，自然不肯干这种翻墙入宅的勾当，所以派弟子入内偷袭。想到这儿，他侧身疾步挡住他们的退路，吆喝道："放下犬子就请便，敝人不会为难你们。"

"非动手么？"其中一人问。

"由不得敝人，不放下犬子，难免一拼。"

"海师兄，人在我们手中，再说就凭府中的一些三流高手，能奈何得我们？"凡清森然说道，言语中露出有强援在外的意思。

"劫持犬子不怕坠了迷幻南派的名声？"海兰察恨恨地问。

"无奈之举，不这样也请不动师兄。"凡清说了实话。

"要海某做什么？"海兰察说话间疑神谛听，确信附近无人潜伏后，心里决意放手一搏，先救下儿子再说。

"请师兄明日夜里一人前去郊外一会，家师有话对你说。"

"师门长辈传唤，做弟子的当然遵命前往，可也用不着以犬子做抵押啊？"

"哼哼，师兄真是精明过人，这是逼着我们告诉你吗？"

"敝人实在不明白。"海兰察明知"川中侠女"是为师门秘籍而来，却不说破，一味装糊涂，尽量拖延时间，寻找机会抢过儿子。说话之间，暗凝真力，准备在几步远的距离内，用凌空点穴的弹指神功出其不意地解开儿子的穴道，只要安禄能恢复功力，敌住一人还是绰绰有余的，其他两人就算是有登天的本领，也难逃自己的掌下。

"少废话吧，师兄要是再不退下去，在下可就要得罪了。"夹着安禄的人不耐烦了，他见海兰察的衣襟无风自动，心知此人的功力过高，有些心虚。抬手对准安禄的头盖骨，威胁海兰察。海兰察一见事急，猝然发功，指力点中那人的委中穴，那人闷哼了一声委顿倒地，把安禄丢在地上。没等海兰察以指力为儿子解穴，凡清大呼上当，挥掌向海兰察恶狠狠攻来，海兰察只好回手招架。另一人知道安禄的重要性，正要抢起他向墙外蹿去，蓦然间，只见刀光一闪，寒气飒然，一个满人装饰的妇人挥刀砍来，那架势凶恶之极。

原来是海兰察的夫人敏日娜赶到，她偶尔到后花园来找海兰察，一看爱子被虏，海兰察被困，一时惜夫爱子心切，顺手从兵器架上拔出刀，疯了似的攻来。她原是将门之女，满洲女子又从小无拘无束，刀马功夫娴熟，加上又急又气的劲头，七八招内竟然占了上风。

海兰察既担心儿子，又顾及夫人，十几招内虽然打得凡清步步后退，但立即取胜还办不到。他知道敏日娜自从有了孩子以后就不再练功，武功大打折扣，眼前的打法一看就是气乱神迷后的胡乱打法，没有一点章法，心中大急。迷幻剑法的厉害敏日娜哪里知道，一旦那人缓过手来，凭着敏日娜现在的身手哪里是对手。他心里急，手脚却不乱，一派大家高手的风范，一双肉掌穿梭在于凡清的剑掌之中，瞅准一个空当，飞身跃到儿子身边，百忙中伸手一拍，解开了安禄的穴道。

安禄起身定睛一看，只见母亲已经渐渐不支，一头长发松散蓬乱，他大吼一声，腾身跃起，使出十二分功力，向与母亲对峙的那人击去，但为时已晚。敏日娜本来就气力不支、手脚忙乱地左支右绌，气喘吁吁中听到爱子吼声，不由心神一颤，分神间，没有躲过对方致命的一招古洞阴风，长剑穿胸而过，倒地呻吟几声便气绝身亡。

安禄一见母亲死去，心痛欲裂，连连怒吼啸叫，死命扑向那人。吼声惊动府中侍卫，几人流星般赶到，协助安禄。

海兰察一见爱妻伤亡，顿时万念俱灰，痛恨交加。转而又冷静下来，举手投足间丢去浮躁，开始沉稳凝重。他早已掂量出凡清的分量，此人深得本派武功精要，在当世可算得上一流高手。假如爱妻不死，他根本无意伤害他，一个人能练到如此地步确实不易，毁了此人实在可惜。当爱妻倒在了血泊中后，他杀机陡起，准备用重手法置凡清于死地！直觉告诉他，与迷幻南派的彻底决裂已经在所难免。他以非常霸道的内力粘住凡清，使对方想脱身也来不及，同时掌力越来越重，漫天掌影，劲风飒然。凡清此时才如梦方醒，知道自己与海兰察相差甚远，这点本事在对方面前不过是秋萤凝月、俗僧见佛而已，后悔不听师傅的告诫。

安禄有了几名侍卫的帮助，很快杀死了那两名迷幻南派的弟子，围上来观战。

众人都知道海兰察的功力和脾气，不敢贸然上前助战，唯有安禄悲愤中哪

管许多，持剑冲了上去。

凡清刚刚被逼无奈又与海兰察对过一掌，两眼金星乱冒，胸口阵阵作恶，喷出数口鲜血后，正欲横剑自刎，忽然见安禄不顾死活地冲来，忙中取巧，侧身扣住了他的腕脉，气喘吁吁叫道："海师兄，在下不是你的对手，今夜来此实没想到会血溅三步，事情既然到了这种地步，多说无益，咱们罢战吧！"

海兰察望着受制的儿子，挥手道："你去吧。"

凡清放开安禄，一手夹一个死去的师弟，无所畏惧地跃上墙头，几个侍卫纷纷射出暗器，凡清以尸体挡住暗器，大呼："师兄，如果真有胆量，明天夜里郊外见分晓。"

像这样的犯愁事，海兰察平生还是头一次遇到。

爱妻惨死，迷幻剑南派提出了挑战，照理说他完全可以调兵遣将，围杀在郊外等自己的南派弟子，甚至可以修书到川陕总兵和巡抚，让他们剿杀南派的总舵。但思来想去不能这么办，这纯属门派内的纠纷，按照江湖规矩，不得让外人介入——尤其是官府，否则，势必引起武林公愤，从而永无安宁之日，自己的威望和名誉扫地不说，就是两个师伯也不会坐视。另外，此事一张扬开，朝野便会众说纷坛，这也是他最忌讳的。

没有兵将和大内高手的帮助，就靠自己和家将的力量，是抵挡不了对方众多高手的，何况也许还有别的江湖杀手。他琢磨来琢磨去，觉得既可以报杀妻之仇、击败同门，又不引起武林公愤，大费心思。

第一百章

最后，他令人请来至交好友，大内十八高手中的奎林和额森特，还有与自己胜似同胞兄弟的辛元龙。

"不瞒诸位大人，敝人这次的麻烦很大，爱妻已死，此仇不能不报，只是……不想太过张扬，所以请各位施以援手。"

"海大人是想私了？"辛元龙最熟悉江湖门派的规矩和内幕，猜出了海兰察的打算。

"不错。"海兰察点点头，又说，"知我者，辛兄也。敝人不愿动用兵将，以免让江湖人耻笑，如果有诸位大人相助，敝人就有恃无恐了。"

"海大人和这些人还讲什么规矩，敝人到时带健锐营围上，杀尽这些乌合之众，日后有人讨账，敝人全接了。"奎林喷着酒气，大咧咧道。好久没有厮杀，他有些忍耐不住，一听说有仗打顿时精神抖擞，容光焕发。

"海大人放心，就是我等几人出战，量那些乌合之众能怎样，只要海大人敌住那个老刁婆子，其余的就由我们三人打发。"额森特比奎林稳当得多，但言语中仍然流露出看不起江湖人物的神色。

辛元龙沉思了很久，几次张嘴想说什么，却又咽了回去，似乎难以启齿。海兰察见状悄声问："辛大人，有什么见教么？"

"哦，是这样，一旦争斗起来，那个人出现时我们怎么办？"辛元龙话中有话地问，他不好当着大伙儿面说出慧瑛的名字，只是点出这层意思。

"是何人？"奎林果然伸着脖子问。

"唔，是个熟人。"海兰察随便搪塞了一下，因为他本人也属迷幻派中人，奎林只当是与海兰察私交深的朋友，也就不疑有他。

"殊死决斗之时，谁也无暇顾及其他呀。"辛元龙提醒道。

"这个……顾不了那么多，她如果不用全力，我们自然留下余地，但她要是拼力死战，那只有听天由命了。"海兰察咬着牙说，想到爱妻的惨死，他的怜悯之心逐渐冷了下去。

"这就对了，杀了干净，杀死就什么麻烦也没有了。海大人不必想得太多，你不仁我不义，夫人都给人杀死了，还有什么同门情谊可讲？倘若是我，就用大兵将他们斩尽杀绝，连他们的老巢和家眷都杀光，斩草除根。哼，以后还能有什么麻烦？"奎林唠叨起没个完。

海兰察听着听着眉头一颤，奎林是随口一说，可他这个听者却是有心。是的，奎林为人虽然粗鲁一些，可说的话不是没有一点道理，敏日娜的死不就是表示自己与迷幻南派从此恩断义绝么？！既然大家已经萧郎陌路，有什么抹不开情面的，以前那道挡着视线的薄薄的面纱，已经被爱妻的鲜血浸透，使他终于看清了自己根本不是迷幻剑南派的同路人。为了这师门秘籍，即使自己辞官隐遁，也逃脱不了各派众人的追杀！什么门派之规、江湖义气、忠心侠骨等等，都是一派胡言。

"那好，既然这样，时辰已经不早，我等分派一下人手吧。"辛元龙提议。

"那就清海大人吩咐。"奎林道。

"依敝人看，还是由辛大人分派吧。"海兰察觉得心绪不宁，于是让熟悉情况又有经验的辛元龙分派。

辛元龙瞟了海兰察一眼，说："恭敬不如从命。那个刁老太婆功力奇高，只能由海大人敌挡，那个功力不凡的大弟子凡清受了内伤，功力大减，就由安禄侄儿对付；其余的人大多是二代弟子，就由敝人和额大人顶住。"

"喂，辛大人，敝人呢？"奎林没听到分派自己干什么，急问。

辛元龙瞅了啾海兰察瞟来的复杂目光，断然说道："奎大人不要急，那'川中侠女'之女慧瑛，武功还在凡清之上，是个非常棘手的劲敌。此女心狠手辣，暗器和轻身功夫超众，你就应付她吧。"

"好，辛大人放心，敝人定然割下她的首级。"奎林一听把顶厉害的敌手留给了自己，顿时高兴起来。

只有海兰察一人明白辛元龙的用意，奎林的武功在辛元龙之下，在额森特之上，辛元龙自己不愿与慧瑛动手，叫额森特又怕失手，所以，只有奎林最合适。他就是胜不了也好，自保是有余的。另外，辛元龙猜到海兰察一定有放慧瑛一马的深意。

"奎大人，夜里厮杀注定凶险无比，不要贪杯呀。"辛元龙叮嘱嗜酒成性的奎林。

穹宇澄蓝，明月高悬。

郊外，一片开阔地上，"川中侠女"率领二十几个本派弟子等候海兰察。皎洁的月光洒在她微带皱褶的脸上，可见容颜未衰，倒像个三十七八的中年妇人，只是那对紧蹙的柳眉中透出阵阵杀气。

派到海府的三名得意弟子，只回来一个受伤的凡清，她开始时是恼怒万分，后来听说杀了海兰察的夫人，才稍稍平静了一些。照理说，手下的弟子出外办事，没有师父的允许是不能随便杀人的。以她暴烈的性子，手下的弟子从没有人敢违反过门规，唯独这一次三个弟子没有得到师命而杀人，她出奇地没有大发雷霆，甚至连轻声责备都没有。

这是因为本门弟子都暗传女儿慧瑛一直钟情海兰察，而海兰察执意不肯，娶了一名旗人女子为妻。她对此感到十分难堪，对女儿没什么办法，于时把恨集中在海兰察和他夫人身上。做弟子的能替师父出口气是求之不得的，因此，派出去的弟子一见海兰察夫人，出手自然无情。"川中侠女"嘴上不说，可心里明白弟子们的苦心，哪里还会责备他们。

她现在考虑的是这样一来，海兰察会不会一怒之下动用官兵，如果真的那样，今后的日子就真的难过了。

"师父，海兰察会不会不来呢？"凡清不安地问。

"此人不是言而无信的人，这一点为师看得出。""川中侠女"嘴上这样说，心里却七上八下的，她不怕海兰察不来，也不怕他邀了帮手来，怕的是海兰察被震怒后一旦宣布与师门断绝关系，以后就师出无名了，或者说与朝廷公然作对了，那样一来秘籍更成了天上的月亮——

"师父看，来了。"前面的一个弟子指着远处几条人影，轻声叫道。

　　"各位师弟师妹不可大意。"凡清以大弟子的身份指挥,所有的人都按预先分定好的位置站好。

　　从来人的身形和速度上,一看就知道都是一流的高手,众人不由得格外紧张和小心起来。

　　"海兰察。""川中侠女"冷眼打量着身着夜行服的几人,鼻孔哼了一声,说,"不愧是领侍卫内大臣,把大内高手也领来了,也好,你坏规矩在先,就怪不得我了。"

　　"刁妇猖狂,见了海大人还不下跪?!"奎林性急,只盼快点动手,他一见"川中侠女"那傲慢的架势,故意用话激她。

　　"何处的野小子,这么没规矩?""川中侠女"一世高傲,哪容别人侮辱,话没说完,右手双指一弹,一枚细小暗器射向奎林的环跳穴。奎林心知对方的厉害,早有防备,听风辨器,用剑鞘拨挡过去。谁知分神间,另一枚暗器破空而至,劲力十分霸道,他慌乱要闪身之际,海兰察舒展猿臂,凌空硬接下暗器,随口说道:"是弟子的至交好友。"

　　"川中侠女"见了海兰察的手法,心里暗自赞叹,嘴里却说:"难怪你不成器,与这些狐朋狗友混在一起,不变坏才怪呢。好,我问你,师门秘籍乃是我派瑰宝,你既然迷恋仕途自然顾不得光大师门武学,还要它何用。你的两个师伯出家不理俗务,我只好承担起光大本派武学的重任,现在就物归原主吧。"

　　"秘籍是在敝人手中,不过,恩师弥留之际曾对弟子说过,师门秘籍有两不传。一是不得外传;二是即便是本派弟子,心术不正者不传。"海兰察改换了称呼,他用了三分内力,声若洪钟,有意让在场的人清晰地听到。

　　"怎么,难道我不是本派中人吗?放肆!""川中侠女"怒上眉梢,霸气开始显露。

　　"妖婆子,妇道人家不好好在家侍候公婆,跑到外面招蜂引蝶,还妄想开山立派。这样吧,你若是胜了本都统,我就劝海大人给你秘籍,怎么样?"奎林按捺不住,早忘了自己的任务,叫起阵来。不过,他也知道厉害,不敢把话说满,又不想放过与这个闻名遐迩的女魔头动手的机会。

　　"好个刁顽之徒!""川中侠女"恨得牙齿咬得格格作响,不过听到本都统几字,心里也是悚然一惊,知道来者都不简单。

"昨天夜里，有几个鸡鸣狗盗之徒闯入敝斋杀人，不知……"海兰察咄咄逼人地反问。

"哼，你如果不动手，怎么会闹成那个样子？""川中侠女"口气蛮横。

"敝人总不能束手待毙吧？何况犬子在他们手中。既然南派众人这么绝情，敝人也不再高攀，从此互不相识。——不过，杀人抵命，今日本官替前辈清理门户。"海兰察说着快速绝伦地发出暗器，分上中下三路，向站在"川中侠女"身边的凡清射去。

凡清身上有伤，行动迟缓，一见力道奇劲的利器破空而来，慌忙左躲右闪。"川中侠女"冷笑一声，挥出两掌，掌风击落了几枚，但劲力一收时，猛地察觉又有几枚暗器射到，等她硬生生拍落两枚时，已经有一枚击中凡清的喉咙，凡清大叫一声向后倒去。

原来海兰察自知有"川中侠女"在一旁，自己的暗器很难击中凡清，所以右手发射出三枚之后，左手紧接着用不同的力道发出另三枚，给"川中侠女"一个措手不及。

"无耻之徒！""川中侠女"头一次在小辈面前失手，不觉勃然大怒，抽出长剑向海兰察扑来，其他的弟子分成几组，呐喊着围住奎林等人。

海兰察今夜始终没有见到慧瑛，心中大奇，不知她是藏在暗处还是不愿与自己反目，悄悄走掉。虽然经过反复的犹豫和徘徊，到最后决心与南派反目，但不知为什么，对慧瑛还是恨不起来。本来爱妻的惨死，使他对眼前的"川中侠女"恨之入骨，可以大加挞伐，然而，一想到她是慧瑛的母亲时就软了手脚，在这金戈交鸣、血肉横飞的殊死决斗中，他的剑势始终凶不起来。偷眼望去，那多年追随慧瑛左右的棱梅武功大进，儿子安禄已呈不敌之势。

"海兰察，你步伐迟滞，剑势虚飘，是心不在焉么？使出你的本事来，以免让人说我以大欺小。""川中侠女"见海兰察只守不攻，心中更加恼怒，大声呵斥。

"刁妇，你女儿在哪儿，本都统不和这些乌合之众交战。"奎林一直在"川中侠女"的几个女弟子中闯来闯去，一试之下，试出对方功力平庸，知道不是慧瑛，一急之下，刺死两人，扯着嗓门大吼。

"鼠辈，你也一齐来吧！"混战中，"川中侠女"一看海兰察带来的人都

十分厉害，片刻不到的功夫，手下弟子已经死伤五六人，就想把奎林这个煞星也引到自己这来，伺机宰了这个粗鲁的家伙。

"刁婆子，这可是你自己说的！"奎林找不到慧瑛，又见额森特等人并不吃紧，早有心斗一斗这个川中女魔，听了"川中侠女"的话大喜，挥剑杀来，与海兰察合斗"川中侠女"。

面对两大高手，"川中侠女"毫无惧色，展示出一代宗师的风度。她调理好步伐，凝神聚气，在十分凶险之中，仍然是七分的攻势，只是对奎林频频施以致命的杀招。如果不是海兰察料敌在先，每每在奎林陷于绝地的凶险中为他解困，奎林几次差点着道，弄得他冷气直冒，先前的傲气早已消失于九霄云外。

海兰察击毙了凡清，又见南派弟子死伤十余人，心中的怒气消解了一半，想到两个师伯的嘱咐，不想把事做绝，开口道："前辈此时罢战还来得及。"

"接招！""川中侠女"最听不得别人怜悯的口气，剑势更凶，杀招频频，对准的都是要穴。

辛元龙和额森特都是沙场宿将，加上本身功力高深，虽然处在围攻之中，仍然游刃有余，气定神闲地游斗在二代弟子之中，而且不时得手。唯有功力较差、缺少实战经验的安禄显得力不从心，险象环生。棱梅看出安禄较差又是海兰察之子，有心替小姐慧瑛出气，也想先除掉他振奋一下眼前的颓势，所以攻势更加猛烈，怪招险招层出不穷，弄得安禄大汗淋漓，气喘如牛，左支右绌，拼命支撑。

"奎大人，有劳助犬子一臂之力，这里有敝人。"海兰察想支走奎林，正好借此机会要奎林替儿子解围。奎林虽然不愿意丢下"川中侠女"，可安禄是海兰察爱子，不救哪行。再说，他看出海兰察没使全力，"川中侠女"最终未必是他的对手，自己在这没什么用处，所以应了一声，转身而去。

"前辈要是还不走，敝人可就不再客气了。"海兰察猛听到儿子一声惊叫，知道儿子带伤，脸色大变，杀机突起，厉声喝道。

"你何德何能，如此大言不惭？""川中侠女"轻蔑地说，"你的内功心法已有走火入魔之象，此时施展就无须别人动手了。"

第一百零一章

"前辈是杞人忧天，敝人只是不想随意伤人而已，再说前辈成名三十年，英名岂能毁于一旦。"海兰察流露出对方远不及己的意思，有意放"川中侠女"一条生路。

"狂徒，今日一决高低吧，生死各凭天命！""川中侠女"暴怒之极，叱叫一声，舞剑如风，使出平生的功力。

"那好，接招吧。"海兰察纵出两丈，吸口长气，伸展猿臂，周身骨节发出格格声响。

"师父小心！"几个入门早的弟子听动静知道不好，大声提醒师父。

"川中侠女"仔细一听，察觉海兰察气息平稳，神色无异状，心下骇然，知道这一回和在金川可大不一样。但她素来心高气傲，仰仗几十年的功力，又是一派掌门，怎么肯当着众多弟子面示弱。她横下心把牙一咬，挺剑攻上，两剑相交，她顿觉对方的剑身有一股大得令人难以置信的粘力，手中长剑立时转动艰难，千斤般沉重发滞。如果不是仰仗几十年的功力，恐怕长剑已经脱手而去，大惊之下，索性豁出一切，以内力相拼，抵制从对方剑身传来的巨大的热力，尽管如此，开始是手臂，转而周身战栗不止，头晕眼花。

海兰察见"川中侠女"快要油尽灯枯，恻隐之心又油然而生，想到一代大侠就要命丧在此，心里一软，内力大减。

"川中侠女"的弟子一看师父性命危机，明知不敌，仍然不顾死活地冲过来，想助师父一臂之力。辛元龙和额森特哪里肯放，趁他们混乱之机，手中刀

刃如同鬼魅，顷刻之间又砍翻几人。顿时，旷野里一阵惨呼哀叫声，远远传去，令人毛骨悚然。

"川中侠女"从没如此狼狈过，心知败局已定，可一口气却咽不下，趁海兰察内力大减，疯了似的攻来。

海兰察实在忍无可忍，运足内力一掌拍出，顿时沙石翻卷，狂风骤起，几名冲到近前的人和"川中侠女"一起被击飞几丈开外。

奎林见状正仰天大笑，不料一股大力袭来，忙乱中击出一掌，反被对方反震回来，摔出两丈开外。迷蒙中看见辛元龙正与一个蒙面人交战，竟然不到二十招也被踢飞。

海兰察大惊，也不知道迷幻南派中什么时候有这样一个高手，比起"川中侠女"还要高出许多。他不敢轻敌，冲上去时便运足十成功力，一掌击去，那人不躲不闪，出掌相对。只听一声巨响，那人被震退一丈开外，自己却被对方震退两丈。

海兰察愕然盯着对方，却见那人抬手一挥，迅疾向远处跃去。他迟疑了一下，又果断地拔腿追去，心里惊骇万分，因为那人和自己一样，用的都是迷幻内功心法。

两人都运起绝顶轻功，瞬间跑出三五里，到了一个僻静之处，那人停了下来。

"阁下是什么来历，为何替人助拳？"海兰察问。

"师弟别来无恙，一别三年，怎么就认不出贫僧了呢？"那人说着掀去蒙巾，露出光溜溜的头，原来是大师伯的弟子——慧能。三年前，海兰察被贬在峨眉山，遭青龙帮围攻时，幸亏慧能出手相救。后来在返回金川途中，也是慧能和慧瑛击败川陕怪侠，再次解了海兰察的围。

"是师兄？"海兰察诧异万分，也明白了他的来意。

"家师早料到会有今天，一直注意师叔的动向。师弟，得饶人处且饶人，你今天出手太狠了点儿。"慧能板起脸，不悦地说。

"师兄有所不知……"海兰察急忙把爱妻被杀、"川中侠女"逼要秘籍的经过讲了一遍。"师兄，大师伯现在何处？"他又问。

"阿弥陀佛，罪过，罪过。世间俗事当真卑劣之极，唉——家师也是，何必为此骚扰清心……"慧能听了海兰察的讲述，无可奈何地摇了摇头，又说，"尽管这样，可家师要贫僧转告师弟，众怒难犯哪，凡事万万不可太绝情。生死有命，师弟节哀顺变吧，同门操戈，两败俱伤，依贫僧看今日之事就此了结吧。"

"师兄之命，敢不拜纳。"海兰察点点头。

"好，贫僧去了。"慧能完成了使命，身形一晃，展开轻功径自飘去，比在峨眉山那时又快了许多。海兰察看得目瞪口呆，瞅着慧能倏忽消失的背影，呆愣了许久。

岁月流失，太平日短。

乾隆四十六年的初春，甘肃有乱，内阁大学士阿桂领兵弹压，海兰察为参赞大臣随军平乱。

索伦铁骑呼啸驰骋在西北大地，数月内平定叛乱，海兰察督兵参战，中枪伤受到朝廷嘉奖。

四十九年，叛乱又起，兵部尚书福康安与海兰察领兵弹压，大兵以泰山压顶之势，不足一个月的时间里，两人同心协力，再次平息叛乱。

朝廷擢升海兰察之子安禄为二等侍卫，予骑都尉世职。

已经到了不惑之年的海兰察，得到了常人难以企及的高官厚禄地位，在朝野一片仰慕与赞叹中，他的内心却是日益不平起来。

这是因为在二十几年的征战生涯中，他渐渐发现了叫他心不公、气不顺的事，这种感觉从金川战事到如今，越来越明显，越来越清晰。

以自己的才干足以挂将军衔去领兵作战，不是么？或许十年前还不行，但从金川开始，几乎大大小小的战事都拉不下自己，而且往往都以索伦兵为前锋，每战必胜。不错，他也承认阿桂是个难得的将才，可还不是事事必与自己商量之后而定，哪一仗的胜利没有自己的心血？至于福康安和别的将领就更不用说了，临阵御敌，差不多都依着自己的主张干，可以说，紧要关头自己简直是随心所欲。

可奇怪的是朝廷偏偏只让自己做个参赞，参赞参赞，为他人做嫁衣！这其实是个徒有虚名的空头衔，出大力而受窝囊气的差事。倘若对一个文不能谋、

武不能战的庸人来说，或许是个沽名钓誉的机会，但对自己就是明珠暗投了。

朝廷为什么不让我带兵，是怕尾大不掉还是怕我功高震主？他常常忧郁地想，琢磨着寻找独自领兵出征的机会。

有了这种心思，他便格外注意起各地发生的战乱情况，以便适当的时候，把自己独到精湛的想法及谋略禀奏皇上，寻找机会。

不久，台湾林爽文、庄大田发起的天地会动乱引起了他的注意。起初，朝廷对一个海岛并没有太看重，就近调福建、浙江的绿营兵及水师赴台弹压。然而，没料到叛军声势日重，全台呼应，人数达十几万之众，先是占彰化破诸罗两县，又过几月连凤山、竹堑和淡水等地也先后失陷。台湾南北到处插遍叛军的旗帜，两次赴台的援军屡战屡败，最后龟缩在几处重镇，自身难保，奏请援兵。

台岛告急，朝野哗然。

乾隆皇帝在廷议时十分震怒，愤愤说道："台岛自光复之后，数十年中百姓安居乐业，堪称东南天府之国。何以转眼间混乱至此，上至督抚下至州县官史，治理无方所致，倘若不是民情激变，寥寥顽劣之徒哪里会有燎原之势？！"

众臣一听就知道皇上已经收到内报，那些密折到底都讲了些什么，只有皇上自己知道，这样一来，这些身在京师的人哪敢妄议几千里之外海岛的事。除了平叛事宜作一泛泛之谈外，其他方面不是随帮唱影就是言之无物，傻子也明白，凡是大事，所谓的廷议不过是走走过场，最终议定还是皇上与几个近臣的事儿！

傍晚，正如海兰察所料，福康安匆匆登门。

"海大人，台湾告急，皇上十分焦急，看来增派援军已成定局。"

"皇上这一次一定是要派京师的八旗军了。"

"不错，听说阿桂与一些其他将领上折，请命渡海作战呢。"福康安游移不定的眸子盯着海兰察说。

"哦，意料之中的事。那么福大人没有向皇上请战么？"一听说阿桂要领兵前去，海兰察自知自己无望，但又不得不随军渡海远征。他想与其这样，倒不如怂恿福康安领兵，福康安是唯一能与阿桂相争，又能让皇上深信不疑的人。既然当副将，莫不如给福康安当，阿桂使用索伦兵太狠，凡是凶险之极的恶仗，都把索伦和蒙古兵推到最前面。而福康安对自己言听计从，同此人合作不但心情舒畅，开且功利双收。

"区区小岛的动乱，何必……"福康安摇摇头，他看不上这小小的功劳，尤其对渡海作战尤为陌生，心存畏惧。

"福大人此言差矣。"海兰察见福康安轻视这次出征的意义，拿过地图，神色肃然道，"大人请看，台湾虽绝岛，半壁为藩篱，沿海六七省，口岸密相依，台安一方乐，台动天下疑……"

"海大人未免太看重这个小岛喽。"

"当然。此岛是历代兵家必争之地，是沿海数省的一个重要门户。此外，台僻东南隅，地势最下；四面环海，遥隔重洋数千里，其气候与内郡悬殊，大约暑多于寒。钟鼎之家，狐貉无所用之；细民无衣无褐，亦可卒岁。花卉不时常开，木叶终年不落；瓜、蒲、蔬、菇之类，虽穷冬亦华秀。故有人云：'春盛绿玉荐西瓜，未腊先看柳长芽，地尽日南天气早，梅花才放见荷花。'这且不说，台地一年耕，可余七年食，不仅风光秀丽，也是少有的富足之地，人曰：山海秀结之区，丰衍膏腴之地。"

"哎呀，海大人对此岛可算了如指掌啊。"福康安瞪大眼睛，惊讶不已。

"如此宝岛，平定之功能小么？"

"——啊，敝人真是井底之蛙呀。海大人，敝人领兵，大人定会鼎力相助喽？"

"当然。"

"以大人之才华，屈就参赞一职，真令人……"福康安突然心念一动，他猜测海兰察细心注意台湾事务，是不是有心领兵平叛，所以闪烁其词地试探。

"哪里哪里。"海兰察一惊，慌忙否认道，"身为朝廷大臣，当以先天下之忧而忧，尽臣子之道。大人说不对么？"

"好，一言为定。"

"一言为定。"两人击掌。

第一百零二章

台湾动乱长久不息，事态越闹越大，在兵部和军机处大臣相互指责推诿的争吵中，乾隆皇帝不得不亲自出面解决矛盾。

"福建水师提督柴大纪师久无功，陆路提督蔡攀龙本是一员骁将，为何这次也一筹莫展呢？"乾隆皇帝责问垂首伫立的大臣们。

"皇上，臣闻贼势很大，一些刁民趁机滋事，纷纷啸聚山林，抢州过府，以助贼势。"阿桂抢先开口，他准备在别人开口前，争到领兵平叛的差事，一是夺得这个不世之功；二是趁机提拔一下追随自己多年的属下，"臣以为乱民虽然都是乌合之众，可毕竟有十几万之众，从沿海一带派去的绿营兵，大多是本乡本土人，与台湾人瓜葛颇多，如何肯用力呢？蔡攀龙固然善战，对朝廷也忠心耿耿，可惜兵卒不用力也是枉然。臣愿率八旗精锐即日出师，扫平动乱以慰圣躬……"

乾隆皇帝从未见阿桂如此急切请战的情景，不由意外地瞅了瞅他，接着瞟了瞟刚刚抬起头，望着自己的福康安。他也听说福康安有意领兵出征，同时更希望福康安去，所以特地用眼神试探福康安。

福康安当然领会皇上的意思，忙说："皇上，阿大人年迈体衰，这渡海征战的颠簸不是常人受得了的。臣愿领一旅之师前去。"

"哼，倘若单是行兵作战的话，老臣不去也罢。只是平台不单单是打仗那么简单，台湾民情一直不稳，从沿海去的流民大多是匪盗刁民，乱事平息之后，还有诸多善后事宜。福大人在这方面历练甚少，怕是……"

　　阿桂的话虽然没有直接与福康安争抢的意思，可却明确流露出处理善后事方面，福康安还稚嫩，非得他自己这样的老臣出面才行。同时也是婉转地表示自己并没老，不但善理朝政大事，而且行兵作战亦离不开自己。

　　福康安斜睨了阿桂一眼，暗骂老东西芝麻西瓜一起捡，总想鳌头独占，心里一急，嘴上就没边起来，"皇上，臣对台岛关注已久，虽不敢说独清独醒，可也略知一二。"

　　"福大人忧心忧国之心可嘉，不过，台岛不比内郡，纷纭众事一定棘手。大人果真深谙政事民情的话，那么一定会有许多应急的办法，可否说来听听？"阿桂看出这小子是信口胡诌，忙用话噎他。

　　"哦……这——"福康安明知阿桂在将自己的军，但自己把话说得太满，顿时无言以对，不由得面红耳赤，在皇上和几个大臣面前尴尬万分，只好偷眼向海兰察瞟去。

　　"两位大人为国事担忧，危难之时都挺身而出，令人钦佩。"海兰察一看福康安窘住，又递过来求助的目光，当然不能坐视不管，开口道，"阿大人目光如炬，台岛远离内郡，政情民风与内地大异，平息内乱不难，难的是今后的长治久安。到底如何处置可能发生的诸多麻烦，此时理论还为时太早，有道是随遇而安、见机行事，以不变应万变。福大人与阿大人相比，固然经历得少一些，但正值年富力强、精力充沛的时候，又有建功立业报效朝廷的忠贞之心，只要配之深谙当地民情的官吏辅之，一定会水到渠成的。"

　　"那么海大人所说的深谙当地民情的官吏是何人呢？"阿桂听出海兰察的弦外之音，对他与福康安之间日渐深厚的亲密关系，心里产生一股酸溜溜的感觉，不由又气又恼地问。

　　"朝中人才济济，台岛官吏之中也不乏忠贞之士，寻找这样的人有什么难的呢？"海兰察恭敬地答。

　　"海兰察，依你之见，如果以福康安为平台大将军，那么何人与他赴台为好呢？"乾隆皇帝微笑着问。他打心里赞赏海兰察的机智，也看出他与福康安的特殊关系，这正是他盼望的。眼下，他不愿意让福康安同阿桂这样的老臣弄得面红耳赤，所以，想把争执的焦点转移到海兰察身上。

　　"皇上，臣……"海兰察没料到皇上会祸水东引，把矛头引到自己身上，

一时不知说什么好。

"皇上，臣的意思是与海大人一同领兵赴台，海大人对台岛的地理民风都有精辟的见解……"福康安哪里知道皇上的心思，匆忙插话，解了海兰察的困境。

"臣以为这样甚妥，只是沿海一带的绿营兵不能再用，福大人此去应带京师的满蒙骁骑。"工部尚书尚阿力心知福康安和海兰察出师已成定局，再横加拦阻也是白费功夫，反倒惹皇上不高兴。别看他平日与阿桂不合，可在抑制福康安和海兰察日益膨胀的势力方面，还是志同道合的。表面上，他装出十分赞同和关心的样子，实际上，他明知京师的八旗军将领十之七八都是阿桂的门生，如果这些人随福康安和海兰察出征，那么阿桂一定会好好"筹措"一番。

"好吧，那么调哪些兵将呢？"乾隆皇帝面含愧色，若有所思地望着阿桂问。

"回皇上，成德曾任福建副将，对沿海一带很熟，还有健锐营统领鄂辉，也在沿海驻防很久。这两人都能征惯战。"阿桂当然明白尚阿力的意思，一听皇上发问忙答道。

"就这样吧，福康安为平台大将军，节制前两次援台的所有大军，海兰察为参赞大臣，即日出兵。细情就由兵部和军机处议定吧。"乾隆皇帝一锤子定音。

"皇上，臣有——"海兰察感到不对劲，刚要开口却被皇上止住。

"哦，海兰察，增调卜奎和索伦部满蒙索伦兵各两千人。台岛是多山之地，陆战远比海战凶险，索伦兵不是最善在平原和山地作战么？"乾隆皇帝像是随口而发，海兰察听了心中大慰，阿桂却是偷偷瞟了下皇上，又与尚阿力对视一下。

大殿外，福康安昂首阔步，与海兰察说笑走去。

阿桂和尚阿力迈着沉重的步伐缓缓移动。

风清月朗，夜色怡人。

阿桂府内花园，垂柳摇曳，百花斗艳，暗香飘逸。

清心亭上，阿桂独自一人踽踽独步，月辉洒在他花白的两鬓上，酷似深秋的枯草染上白霜似的。那高挺的、棱角分明的鼻翼同他的年龄不相称地傲然撅起着，流落出不服老的轻世傲物的姿态。只是那紧锁着的白眉不时抖动，犹如带霜的小草在颤动。

亭边，月儿映在池水中，反衬出静谧幽深的夜空，那色调澄蓝幽暗，正如他此时的心境一样，在他眼里有一种凄迷伤感的感觉。

亭内的八仙桌上，摆着几样简单的菜肴和酒盏，几个侍卫站在远处的草坪或树荫下守卫。

他是在边想心事边等人。

望着满天的星斗，他不由喟然长叹一声。是啊，岁月如此之快，世事如此之难料，叫他这个自诩诸葛武侯的人也渐觉迷惘。不是么？曾几何时，这太平盛世变得狼烟四起，朝廷内部狼奔豕突，皇亲国戚和得宠的大臣只知竭泽而渔，哪里顾什么国家社稷，忧国忧民的忠臣或是忧忧不得志，或是在淫威面前噤若寒蝉。眼见大清昙花一现的盛世就要化为镜花水月，而大多数人依旧懵然无知，立身阽危之域，却丝毫觉不出嗟悔无及的危境。

台湾动乱已有很久，天地会首领林爽文等刁民正是抓住一些贪官污吏的弱点，抵瑕蹈隙，打起吊民伐罪的旗号闹事的。细究缘由，绝非是单纯用兵就可以了结的事情。按自己的原意，本打算亲征台岛，一方面平定叛乱，另一方，也是最重要的是查询动乱的起因，抓住地方官吏的劣迹，使皇上能够洞见症结，下决心涤瑕荡秽、杜渐防萌。这样一来，除了博得皇上的信任，加固重臣的地位，又使朝野窥见自己经天纬地的雄才大略。可以说，与国与己，都是一件一举数得的美事！

可万万没想到福康安把这个美差轻而易举地抢了去，这短暂的交锋不仅令他十分悲哀，更叫他惊骇万分。悲哀的是自己怕是真的老了，在别人眼里有些糊涂了，从此往后，在功利的沙场上，自己就是一匹掉齿的老马，只能看着别人捞取而不能参加争抢。惊骇的是皇上如何也变得这么糊涂，把这么大的军国大事交给福康安。

诚然，皇上溺爱福康安，总想为福康安扬名立威之事无人不晓，如果弄得体面得当、恰到好处的话，也是无可厚非的。只要适可而止，掌握好分寸，做臣子的又能怎样呢？遗憾的是皇上在这么大的事上仍然顾及私情，置国家与社稷的安危不顾，一味迁就宠信福康安，未免太伤群臣的心，令人齿冷了。

他今晚特地备下水酒，令人去叫得意门生——鄂辉和成德两位副都统，一股不甘寂寞的妒火怂恿他决心同福康安较量一番。至于海兰察，他是虽爱犹气。

　　想当年在金川，是自己在海兰察落魄时力挽狂澜，排除众议拉了他一把。可以这样说，没有自己鼎力扶持，哪有今日翎顶辉煌的海兰察和趾高气扬的索伦兵？海兰察现在有点过河拆桥、忘恩负义。尽管他做得很有分寸，处处留有余地。

　　海兰察何至如此，他也分析了很多次，除了福康安的地位日益显赫之外，是不是自己在战场太不顾索伦兵的死活，让海兰察心存怨恨了呢？——还有，皇上在其中起到了什么作用，为什么处心积虑地把他和福康安拴在一起？

　　"参见大人。"鄂辉和成德双双走到亭前，躬身一揖，叫道。

　　"——哦，你们来了。"阿桂从沉思中转过神，打量起跟前这两位虽无大才却深得自己信任的将领。

　　"大军后日启程，特前来聆听教诲。"成德明知阿桂叫自己和鄂辉定有要事，开口便问。

　　"大人年事已高，仍然为国事这般操劳，属下真的是感佩不已。"鄂辉没忘记奉承一句。

　　"唉——天不假年，马齿徒增，老夫真的是到了风烛残年的地步了么？"阿桂叹道，他的这句话与其说自己倒不如说是指宦海仕途上沦肌浃髓的感触更准确。

　　"大人虽然年迈，可身体好像越发健朗了。"成德听出阿桂的口气十分伤感，感到很奇怪。鄂辉也同样目不转睛地望着神色抑郁的阿桂。

　　"嘿嘿，流年不利，老夫到了迟暮之年总觉得落落难合，不是秋扇见捐就是鼎鱼幕燕。你们说是么？"

　　鄂辉和成德同时吃了一惊，都没想到一贯深沉持重、城府极深的阿桂何以说出这么感伤的话来。

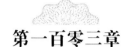

第一百零三章

"——哦,哈哈哈,老夫只是随口一说,你们不必介意。"阿桂突然感觉到自己失口,怎么能当着两人的面讲出这样沮丧的话,忙改口又说,"常言道,流水不腐,户枢不蠹。老夫尚且如此,何况你们二位正当春秋鼎盛之年呢。"

"大人,我等跟随大人多年,以大人马首是瞻,有什么吩咐尽管说。"成德松了口气,信誓旦旦地表示忠诚。

"不错,大人多年来提携之恩如同再造,我等无以回报,心中时常徨愧,此行如何行事,请大人面授机宜。"鄂辉也不甘落后。

"好,你们跟随老夫多年,也知道老夫的为人,老夫不是那种口惠而实不至的人。台湾虽是一孤岛,地利上却是十分重要,刁民能成大乱,绝非偶然。大军压境,获胜是迟早的事,不过,这样的便宜事也不能叫别人唾手可得。"阿桂露出了底牌。

"卑职也是这样想,福康安得到的是凤头,海兰察也能得到凤尾,我们只是喝点汤,太不公平。"成德愤愤然。

"朝廷两次派兵渡海作战,费用颇巨,倘若这次再不顺,皇上就沉不住气了。"鄂辉狞笑着说。

"嗯,不得已而为之呀。"阿桂低头思谋了一会儿,又说,"记住,凡事不要露出破绽,满蒙八旗军的大半都握在你二人手中,海兰察不是吝惜索伦那三千子弟兵嘛,福康安的亲军已不过四五千人。哼,老夫倒要看看,面对十几万叛军,光靠他们手中的万八骁骑,还不是望洋兴叹?"

"海大人，这台岛高山纵列，峰峦林立，真乃高山之地，在此作战怕是不易呀。"福康安凝视着台湾地图，喃喃说道。

"何所据而云然？"海兰察问。

"敝人想到的是台岛气候炎热，我八旗将士都是北方人，水土不服。"

"是啊，因此大军利于速战速决，万万不能延误。"

"据说福建水师提督柴大纪上次是从台湾艋港攻入，损失惨重。我军此次……"福康安试探着问。

"福大人，台湾的港口向来有一台二艋三鹿之说。台港和艋港是大港，是台北台南出海通道的要塞之地，港口较宽，水深足以通过大舰。但必有重兵把守，炮台林立。叛军为了阻止朝廷援军，势必派重兵死守这两处重要门户，因此，强攻台港和艋港，无疑是买椟还珠，极不上算。"海兰察沉思着说。

"那么依大人之见呢？"

"敝人这几日反复琢磨过，鹿耳门虽然是小港，航道窄、暗礁多，可也是唯一不设防的地方。"

"海大人，敝人却是听说鹿港平日水浅，看上去汪洋一片，实际上航道迂回曲折。当年荷兰人把它视作陷阱，故不设防。"福康安以为海兰察想从鹿港登陆，急忙提醒。

"是的，福大人所言一点不差，但是当年郑成功还是从此登陆的呀。"

"那是有赖于天时，郑成功的舰队恰遇风暴后，趁着鹿港涨水数尺才得以一拥而进。"

"是啊，天时固然重要。郑公借天时而得地利，我大军不但要借天时和地利，还必须依靠人力。当大军和舰队进逼台湾时，叛军已经作好准备，台港和艋港是控制台北台南海域的要塞，一南一北，红毛城与赤嵌楼为掎角之势守着台湾的大门。大军从那里攻入，伤亡定会惨重，敝人还是主张从鹿耳门港偷袭。"海兰察说出了自己的打算。

"如果天公不作美，港内不涨水，大舰进不去呢？"

"那就用舢板。"

"舢板能载几人，就是小股人马上了岸又能有多大的作为？再说，鹿门虽然无重兵，可还会有少量的叛军守望，一旦察觉大军势必阻拦，拖延时间等待近在咫尺的彰化叛军。"

海兰察笑了笑，他发现福康安经过历练，越来越成熟起来。他把战舰模型全推到台、艋二港前，说："我们白日里把大舰摆到两港猛烈炮击岸上的炮台，同时以小舰舢板运步军抢滩登陆。打得一定要凶猛，吸引叛军的注意力，然后挑选精锐将士趁夜色从鹿门登陆。"

"这倒是不错，不过，大舰只能停在远海，只靠少量的舢板上不去多少人。敝人担心上去的将士能不能守住滩头？"福康安还是不放心。

"嗯，敝人也想到了这一点。"海兰察一掌拍在桌子上，断然说道，"此举是成功与否的关键所在，先期登岸的几百死士必须死战不退，因此，敝人打算率领几百索伦长枪营上岸，大人可在海上催促后面的接应人马，无论如何凶险也要冒死冲岸。如何？"

"就这样，只是海大人要小心，三军易得，一将难求啊。"

"福大人放心，敝人只管抢占滩头，等大队人马上岸后再图发展。有福大人殿后，没什么可忧虑的。"

福康安大悦，在他的记忆中，凡是海兰察谋划的战事，还从没失手过。从以往的经验中，他断定许多细节问题都已在海兰察脑子里筛选多次，自己犯不着操心了。他咂咂嘴说道："这次索伦勇士又要威震台岛了。"

"不，福大人。"海兰察认真地说道，"台岛大战绝不是短时间能打完的，陆路的征战怕是更艰难。这样，进攻台艋二港的水师大舰可继续佯攻，鄂辉与成德的人马要随敝人登岸。此二人立功心切，所部人马也是八旗精锐，好钢当用在刀刃上啊。"

"海大人差矣，紧要关头当用可靠将士，鄂辉与成德都是阿桂的人，不会用力效命的。再说，这率先抢滩登陆的头功何必分让他人呢？"福康安狐疑地问。

"难道让他们在后面捣鬼么？哼，八旗劲旅自当效力，有敝人督阵，他们不用力就会自讨苦吃。"海兰察冷冷一笑，没有说出自己怜惜索伦兵的真实想法，在福康安和阿桂的矛盾中，他当然有空就钻。

"看来海大人早已酝酿成熟喽。"福康安认定海兰察早就在内心里谋划好了一切，不由向对方投去既羡慕又猜疑的目光，忽然间又产生了一种淡淡的、酸溜溜的感觉。

"福大人客气，敝人既然同大人出征，又身为参赞，自然应当竭尽全力，何况我们还情同手足呢？哈哈哈。"海兰察一见福康安想得过多，语气不大对劲儿，急忙打着哈哈，聊以塞责。

"同舟渡海作战，海大人，你我此次真正称得上同舟共济了呀。"福康安脸色好转。

一阵热风吹来，福康安擦去把汗，笑道："海大人可曾记得那年剿海岸贼，在杭州遇到的那女子，是大人的同门？"

"不错，是敝人的师妹，福大人提她——"海兰察一愣，不知福康安怎么突然提起与战事毫不相干的往事。

"这次说不定又会遇到她呢，嘿嘿，有那么一位才貌双全的红粉知己，大人的艳福当真不浅哪。哈……"福康安说着说着又下了道，两眼射出淫荡的光。

"敝人早与师门断绝了来往，算起来师妹出家也有七八年了。"海兰察神色黯淡地说。

"——喔？出，出家了！可惜，可惜呀……"福康安瞅着怏怏不快的海兰察，梦呓般地嘀咕着。

海兰察斜睨着几乎流出涎水的福康安，两眼一转，小声提醒道："福大人，台岛宝地，山光水色，天下绝伦，何愁窈窕淑女呢？待大军取胜后，大人尽可携带美女兴游阿里山，登高远眺，那真是丛岗锁翠，巨浪浮空，风掠水面，云淡山眉。领略玉笋璀璨，漾素影于波涛的壮观景象，更有岛中美女随身相伴，说不尽的风流舒畅，只怕大人到时乐不思蜀啊。哈哈……"

"哈哈……"福康安起初还略加掩饰自己的兴奋，转眼之间，忸怩窘态一扫而光，开怀大笑起来。

乾隆五十二年九月，清军大小舰只一百多艘，浩浩荡荡开进台湾海峡，大战即将拉开序幕。

此时台湾天地会义军将福建水师提督柴大纪和陆路提督蔡攀龙的援军，分割围困在诸罗、嘉义一带的几处城镇中，岛中的清军被十几万义军围困数月，断绝了一切联系，只能各自为战，粮弹告尽，处于岌岌可危中。

朝廷增援大军开到的消息早已传到，所以清军的大队舰只一进入台湾海峡，天地会义军已经部署停当。从诸罗、彰化、淡水和竹堑等地抽调三万人马，加强岛上两大港的防守兵力，另一方面加紧对岛上清军盘踞的城镇猛攻。林爽文和庄大田意识到两面作战的危险，采取重点防止清军登陆的办法，让清军数万大军漂在海上，这是与朝廷谈判的砝码。因此，调到海边港口的都是精锐，并且把攻城用的大炮也撤下来，运到了海岸炮台来加强火力。

十月初，清军舰队占领澎湖列岛，一面躲避风暴，一面侦探敌情。

第一百零四章

　　"将军大人,据探报,叛军在台艋两港增派援军,加筑炮台,水师也云集两港。"水师提督向福康安和海兰察禀报。

　　"这海上风暴频繁,实在令人莫测,风不停,大军怎么前进?"福康安困在小岛几天,有点沉不住气了,烦躁不安起来。

　　"提督大人,这风何时可以停?"海兰察问水师提督。

　　"回大人,海风今晚可停,或许转向。"水师提督满有把握。

　　"台岛情形危急,我大军三万人马更不能在这些荒岛久留。风一停或是转向,所有舰只分两队向台艋两港攻击,着令三军只许进不许退,违令者,杀无赦!"海兰察森然下令。

　　"喳!"水陆将领欣然应令,久困海上,他们也都厌烦起来,盼望着陆地,盼望着厮杀。

　　众将领命离去,唯独鄂辉和成德不走,欲言又止。

　　"两位想必有话要说,尽可直言。"海兰察主动问。

　　"卑职倒有一计,或许能够取得事半功倍的效果,不知海大人可否采纳?"鄂辉先开了口。

　　海兰察饶有兴趣地看了二人一眼,说:"难得二位将军如此用心,不妨说来听听,凡有佳议,必当采纳。"

　　"海大人,我大军战舰百艘,精兵数万,而叛军那点微不足道的水师和寥若晨星的海岸炮台,何以阻挡我大军?卑职以为大可不必鬼祟行事,有损天威。"

鄂辉慷慨激昂道。

"鄂大人言之有理，我大军战舰可集中在台港一处，以猛烈炮火压住叛军，掩护步军登岸。一旦得手，就可以从台南开始，攻占赤嵌楼，以席卷之势向台北推进。"成德立刻帮腔。

"那么一旦久攻不下呢，任大军在海上漂泊吗？"海兰察讥讽道。

鄂辉不甘示弱地坚持说："战舰一分散，可于我不利呀。"

海兰察冷笑道："不对，台岛一弹丸之地，叛军的水陆人马调动极快，台港大战，附近的叛军即可蜂拥而至，到那时我大军在海上，而叛军则在陆地，那不是以逸待劳吗？"

"海大人多虑了，我水师战舰船坚炮利，数量众多，何惧之有呢？"鄂辉针锋相对，一副据理力争的模样。

"台港水面有限，所有的大舰不可能一拥而入，到头来，我大军船坚炮利的长处施展不开，反在叛军的炮火下损失惨重。鄂都统到底是何居心？！"海兰察大怒。

"进军方略已定，此战宜在速战速决，不然数万大军的粮草也无法解决，你们二位无须多说，以免徒乱军心。"福康安对鄂辉和成德这种横生枝节的做法十分不满，板着脸训斥。

福康安一讲话，鄂辉和成德不敢再说什么，他们心里清楚，当海兰察与福康安趋于一致的时候，千万不能硬顶。这海兰察胆大又鬼道，福康安有权，他手中那把皇上给的尚方宝剑，大半个剑柄是抓在海兰察手里啊！

"你们听着，此战务须一举奏功，一切听从海大人的号令，违令者——哼！"福康安知道压不住这两人的后果不堪设想，因此疾言厉色地替海兰察树威。

海兰察一看两人都已慑服，心中大慰，分派完水师的任务后，然后恳切地对二人说："两位大人的精兵紧随敌人从鹿港登陆，抢占滩头自然是索伦兵的事，不过，解诸罗之围可是头功一件，就由你二人所部领取吧。之后，马不停蹄，进逼台南。"

鄂辉与成德开始听到索伦兵打头阵，冒险抢占滩头，心中暗暗高兴。让索伦兵去冒这个险真是太对了，索伦兵不是最善奇袭和偷袭嘛，这可真是物尽所

用。后来一听让他们上岸后去解诸罗之围，脸就耷拉下来，立刻明白了海兰察的用心，这是让索伦兵抢头功，而把最艰苦、代价最大的战斗推给了他们，不是么？偷袭是冒风险，但不会有太大的阻力，一旦成功，当属功劳之最，而这领兵赴诸罗重镇，正是与叛军主力决战，可想而知，那一定打得空前惨烈，双方都会拼死力争，从而掌握对方的命运，对整个战局产生巨大影响。想到这儿，成德问："海大人，索伦兵上岸之后是否也去诸罗？"

　　"敝人对此早有安排。"海兰察装作十分为难的样子说，"彰化之敌还需索伦和蒙古兵围歼，这两处重镇一旦拿下，整个仗就好打了。怎么，二位还有什么异议么？"

　　"不敢。"鄂辉瞟了福康安一眼，慢吞吞说道，"诸罗是叛军密集之地，势必有场恶战，索伦骁骑闻名遐迩，最好能……"

　　"鄂都统，敝人以为你与成都统都是久征惯战的骁将，所率之部堪称八旗精锐，实为征台之主力，故将这至关重要的一仗托付于你二人。能解诸罗之围，乃是大军进岛后的第一场大战，是不世之功，不可怠慢呀。当然，索伦蒙古兵聚歼彰化叛军后，就会驰援诸罗。"海兰察满面笑容地说，而语气不容争辩，没有一点余地。

　　布置完一切后，福康安对海兰察笑道："阿桂的爱将在诸罗不知会怎样？"

　　"是啊，阿大人恐怕也急盼爱将的捷报，同在一殿为臣，福大人应多给这兄弟二人些立功的机会。但是响鼓当用重锤，假如他们阵前不用力或是败给那些乌合之众，大人就姑息不得喽！"

　　"这个放心，鄂辉和成德如果力战罢了，一旦临阵胆怯或是居心叵测，敝人定然严惩不贷！"福康安正色道。

　　"好，福大人有此决心和胆魄，敝人就无后顾之忧了，鹿港一战必当成功！"

　　七日清晨，海风渐弱，清军船队冒雨启航。

　　说来也怪，船开不久，云收雨散，天朗气清。水师大舰一马当先，顺风而下，向台港扑去。

　　船队接近台岛时，正是朝阳喷薄欲出之时，众将士在一片欢呼声中，纷纷涌上甲板，探颈远眺。只见晨光熹微之中，万顷碧波之处，浮现一列绿如翡翠的崇山峻岭，林木葱茏，飞瀑若练，一轮红日从一座耸入云天的积雪高山后缓缓升起，漫天的彩霞映得碧海流金，缤纷斑斓，更衬托得岛上苍山翠峦、仪态万千。

所有的将士哪里见到过这般奇妙的良辰美景，全然忘记是在战场，尽情地欢呼和喧闹起来。

"天地间竟有如此造化——哎呀，海大人，敌人只怕是此刻就已经乐不思蜀了。"福康安立身高处，咂嘴赞叹。

"哦，福大人，"海兰察此时一直关注着港口方向，听了福康安的话，想了想说，"这只是台岛风貌的冰山一角，据书载，台北红毛城不仅是控制台北平原出海通道的重要军事要地，同时也是观赏台岛风光的绝妙之处，传言在红毛城堡顶，可远眺大屯诸峰、层峦耸翠，亦可俯瞰烟波沧溟、夕阳暮霭，其妙无穷，真正是叫人流连忘返。"

"哎呀呀，如此宝地，世上少有……"福康安瞪眼叹道。

"不过，这都是后话。眼下急需克敌制胜，收复宝岛，等平静之日，大人尽可兴游。"海兰察拉回话题，稳住福康安的心神。

"当然当然。"福康安转过神来，传令将士们安静。船队又行驶了一会儿，前面的水师大舰已经和岸上的炮台展开了炮战。

海岸上，硝烟滚滚；海面上，水柱冲天。

"来人！"海兰察放下单筒望远镜，喝道。

"喳。"一名指挥副都统来到近前。

"令水师大舰抵近炮击，步军准备小船和舢板准备抢滩。"

"喳！"

水师接到严令，不得不冒险靠了上去，暴露在岸上炮台的火力射程之内，集中优势火力轰塌一个个炮台，掩护步军乘舢板冲岸。在水师大炮的吼叫声中，一队队舢板分散在海水里，上千名清军呐喊着拼命摇桨，吆喝着号子，渐渐靠近浅滩。

天地会义军的几艘小舰哪里抵挡得住清军大舰的攻击，连沉带伤，所剩无几，退进内港。但岸上炮台射来的炮火异常凶猛，并且一副训练有素的模样，火力十分集中，始终一个方向，拦截清军大舰靠近。

冲到浅滩的步军，在后续力量不继、炮火支援不够的情况下，反被冲上来的天地会义军歼灭一半，其余的又退入海里。在步军一片叫喊和谩骂中，水师提督也不忍心冲到浅滩的步军力不能支，惨遭杀戮，急红了眼，脑袋一热，竟然违背常识，喝令各大舰不顾危险，开进内港向炮台抵近射击。其结果是轰塌了数处炮台，但是数十艘大舰挤在狭窄的海面上，顿时成了活靶子，炮台射出的炮弹很容易地击中清军拥挤的舰船。顷刻之间，几只大舰被岸炮击中，堆积在甲板上的火药爆炸，巨大的爆炸声震动了整个海面，其他舰只一看情况不妙，掉头驶向远海。

福康安看到大舰退了下来，顿时大怒，厉声喝道："传令，怯阵者杀无赦！"

"慢，福大人。"海兰察急忙摆摆手，说，"不怪水师，依敝人看，水师的炮火远在叛军之上，忙什么，不能急于上岸。刚才只是做了个样子，大人看，叛军的炮台小半被毁，步军多得密密麻麻。我水师大舰可在远处轰击，意在摧毁所有的炮台，步军伺机进攻。"

福康安一听明白过来，这里并非主攻之地，做做样子就可以，损失过大就不上算了。他大叫道："传令，水师大舰列队与叛军炮战。"

清军的火炮比天地会义军的火炮射程远，加上数量上的优势，不到一个时辰又轰塌对方的几座主炮台，被击毁的炮台硝烟弥漫，炮架横飞，再也无法还击。本来就处于劣势的天地会义军的火力更加衰弱，零星的炮弹有气无力地追踪着海里不停游动着的清军大舰。

"传令步军抢岸！"海兰察决定再加点火候，他一见对方火力弱了下去，想一探虚实。

一会儿，数量众多的舢板从四面八方又向岸上划去，步军的士气被优势的炮火鼓舞起来，更加狂厉地呼号着，争先恐后地向岸边抢来。

天地会义军仍然想以上次那样的办法，把清军围歼在浅滩上，这次却实现不了啦。

清军在清除了叛军炮火的威胁后，人马源源不断地跟了上来，很快浅滩的激战开始对天地会义军不利。清军不仅训练有素，数量上也开始占优势，他们在茫茫的大海上漂泊了数日，谁不向往陆地，加上高官厚禄的引诱，个个奋勇，人人争先，杀得天昏地暗。天地会义军苦苦支撑，死伤惨重，但却死战不退，他们自知造反是死罪，清军一上岸就是他们的死期，与其屠城时受侮辱，莫不如战死沙场。

就在清军步步前进，天地会义军步步后退之时，附近的天地会援军赶到，并且运来了新的火炮，战斗又进入惨烈状态。天地会的人马有了众多的后援，气焰又高涨起来，漫山遍野咆哮着扑来。清军一见对方来了众多的强援，一个副都统自知不可为，下令组成队形，以五百名弓箭手压着阵脚，与上万名天地会义军苦战。他在没得到帅令前不敢后退，他麾下的两千多名正白旗将士只好咬牙硬挺。沙滩再次成了屠宰场……

大舰上，海兰察从单筒望远镜中看到源源不断的天地会援军，嘴角上露出一丝难以察觉的笑意，轻轻对福康安说："福大人，应该急令前军撤回，今日战绩不错，这个副都统当记一功。"

索伦营参领塔尔干匆匆走来，说："大人，天色不早了，夜袭鹿门的船……"

第一百零五章

　　海兰察望着硝烟滚滚的海面，对福康安说："天色渐暗，传令水师和一部步军与叛军对峙，最迟后日，这里的叛军就会溃逃。"福康安回头向水师提督交代完后，清军一部分船只悄然退出了战场，趁着暮色的掩护，悄悄向北驶去。台港水面上，清军的炮击仍旧猛烈，众多舢板在对方炮火的缝隙中向岸上冲击，战死的双方兵将，横尸海水中，湛蓝的海水不时浮出殷红的血……

　　傍晚，海上起风，波浪滔天。

　　鄂辉和成德在一块悄悄嘀咕了一会儿，然后来到福康安身旁，说："将军大人，天色已晚，海风不顺，即使到了鹿港，也是阴云漫天，漆黑一片，大军根本无法进攻。不如暂且退到澎湖避风，以后择机再战。"

　　"一派胡言！"海兰察一听勃然大怒，没等福康安开口，便怒斥道，"台南各地的叛军纷纷增援台港，鹿耳门本来就不着意设防，此时更是防守松懈，守军人数寥寥，这是白日上千将士用生命换取的良机，此时不战，更待何时？对得起千名将士的亡灵吗！"

　　"海大人，这等恶劣的天气如何登陆，大人不是一直注重天时地利么？"成德顶了一句。

　　"住口，何谓天时地利？为将者，就要披肝沥胆，死而后已，有了天时地利，叛军也不会束手就缚。风雨波涛有何惧，叛军更不会料到我大军在风雨之夜进袭！"海兰察没料到大战之际，这两人没等开战就畏敌如虎，打起退堂鼓，扰乱军心，不由剑眉竖起，目光咄咄逼人。

"海大人息怒，征战之事不是一朝一夕就可以了结的事。"鄂辉瞟了福康安一眼，硬生生挤出笑脸说，"所有的将士何尝不想速战速决，早奏凯歌。只是鹿港既然航道水浅曲折、暗礁众多，在漆黑大雾之中，一旦出师无功，又让叛军察觉到我们的意图，恐怕给日后的战事带来更大的麻烦。"

"是啊，鄂都统所言在理，白日攻打鹿港虽然难一些，可总能敌我分明。这黑夜进兵无疑是盲人摸象，顾此失彼呀。"成德和鄂辉一唱一合，他们对着海兰察，话却是冲着福康安去的。

一名水师将领实在看不过去，插言道："以卑职看来这风浪一起，对大军入港更有好处。"

"何以见得？"鄂辉冷言问。

"风浪一起，港内水势涨高，大舰可趁机驶入。"

福康安一听，眉头一扬，忙问："当真？"

"卑职不敢胡说。"

"军中无戏言哪。"成德恨恨地说。

"水涨潮落，都有一定之规，其实，就是不涨水，也可用舢板上岸。"海兰察接过话题，为水师将领解了围。

"既然这样，海大人一定不会食言，会带领索伦兵率先登岸喽？"鄂辉又打起横，故意将了海兰察一下，言外之意就是既然你主张打，那你就打头阵吧。

"这个当然，敌人早已讲过，亲率索伦兵抢岸。之后么，就看两位将军的了。"海兰察冷笑道。

鄂辉和成德对视一眼，都没再说什么，他们都心如明镜，在主帅福康安一头倒的情况下，他俩就像风暴中漂泊在大海上的小船一样，听天由命了。海兰察执意要在恶劣的天气进行夜攻，成功的可能性很大，叛军绝对想不到在这风雨交加的夜里，清军敢于在暗礁丛生的鹿耳门登岸。

台港一天的激战，使台南的天地会义军都被吸引了过去，鹿港的叛军更会疏于防范。就算是发现了登岸的清军，以有限的兵力能不能把索伦兵赶下海去，守住滩头还不好说。

海兰察一旦上岸，那些不计生死的索伦兵才不会后退呢，这可是一人敢向

一群人冲锋的亡命之徒，那娴熟的刀马功夫和他们吓人的胆量一样，时常都会做出叫人目瞪口呆的举动，因此也不断取得令人瞠目结舌的战果。

令鄂辉忐忑不安的是抢滩登陆一成功，攻云林破诸罗的大战就落在他和成德的头上，顺利则罢，如有挫折或是意外，海兰察一翻脸，福康安肯定给自己一个罪名。那可是欲加之罪，何患无辞啊！

他后悔来台平叛，这他妈真是小羊羔伴狼崽——又新鲜又害怕！

阿桂大人真是老糊涂了，殊不知昔日的属下虽然好大喜功，但也越来越热爱性命啊。

"海大人，攻云林破诸罗，任重道远呀，为防不测，索伦蒙古营当以全力援之……"鄂辉叫起苦。

"鄂都统何必气馁，我大军一旦登岸，哪容叛军喘息。放心，待我取下彰化之后，立即挥师南下，与你等遥相呼应。两位将军所部万余将士尽皆八旗精锐，素有虎狼之师的美誉，面对叛军的乌合之众，想必势如破竹，在台岛一展八旗军之威风，或许一举拿下诸罗，建下不世之功。"海兰察狡黠地盯着鄂辉，一字字地说。

福康安更急于上岸，见海兰察安排好了一切，便匆匆下令："各将务须按海大人说的去办，不得延误，违令者杀！怯敌后退者杀！……"

船队在漆黑的夜幕中悄悄向鹿耳门驶去。

到了下半夜，到了鹿耳门外，此时恰巧海面上风停浪静，满天的星斗。

星光下，鹿耳门外港的石礁和海岸黑魆魆的一片，除了海水声外，鸦雀无声。

到了指定的地点，水师将领令大船停泊在海上，第一批登岸的几百名索伦兵，在海兰察的率领下坐上了舢板，神不知鬼不觉地向岸上划去。

哗哗作响的海潮，淹没了几十只舢板的桨声，夜幕像个巨大的帷幔，紧紧裹着贴在海面上的舢板，靠近了岸边。

"天助我也。"看着不设防或是过于麻痹的海岸，海兰察心里暗叫一声，低声催促将士们快划。对面海岸的黑影越来越大，划在前面的舢板被即将成功的喜悦而振奋。塔尔干不顾水师将士的指点，径直向附近的礁石划去，随在后面的舢板也紧跟而上，结果一连串的撞击声和惊叫传出，惊动了岸上的叛军。

随着呐喊声四起，不时有箭羽射来。

紧接着，岸上出现了许多火把。天地会义军知道清军的大舰无法进港，所以肆无忌惮地从四面八方向滩头冲来，打算把胆敢偷袭的小股清军赶下海去。

"只许进，不许退！"海兰察跃身纵出数丈，站在沙滩上运足内力喝道。炸雷般的声音压住了海浪和嘈杂的人声，在夜空中传出数里，清军听了精神大振，天地会人马听了悚然一惊。

留守鹿港的少数天地会义军严格地说只是警戒人马，当发现清军竟然从此登陆，顿时惊慌失措。他们少量的人马又多是老弱，自知难与清军对峙，混乱中，调集港内所有人马堵截，一面派人飞速传报彰化及附近友军，请求援兵。

得到严令的索伦兵，冒着如蝗的箭雨，不顾一切地冲上岸来。塔尔干一边挥剑挡箭，一边吆喝将士奋力向前。登岸的清军越来越多，后者跃过死者的尸体无所畏惧地前进。

天地会义军经过了短暂的混乱之后，开始意识到清军的人数不会多，而且不可能有炮火支援，只要保住滩头，坚持到援兵到达就是胜利。因此，组织所有的人马压向滩头，决心与这小股清军一决雌雄。

上岸的索伦兵深知自己的处境和任务，打退叛军的反扑、冲上去占领鹿港就是生，不然只有死！他们狂呼呐喊，保持着队形向前冲杀。

四百多人竟然冲散了一千多名天地会义军。

天色见亮，福康安站在大舰上用望远镜看到了索伦兵得手，又担心天地会人马把区区几百名索伦兵赶下海，急令二三拨人马蹬上返回的舢板，火速增援，同时令水师的小船载上鄂辉的健锐营上岸助战。鄂辉和成德不敢违令，但借口船小又少，只派出几百人。

俗话说：兵不在多，而在于精。索伦兵与天地会的乌合之众相比，正是占了个大便宜。训练有素又惯于夜战的索伦兵上岸后，先是编队抢占有利地形守而不攻，掩护后面的人上岸。当登岸的兵将到达一定数量时，塔尔干长啸一声，四百多索伦兵怒吼着向前扑去，夜空立刻被惨叫闷哼和金戈交鸣声所弥漫。几百名索伦兵居然朝两千多天地会人马发起进攻。

海兰察剑刺掌劈了十几个叛军后，知道这只是临时拼凑起来的乌合之众，心中大慰，又见后队几百名索伦兵登岸，下令向纵深进击。不到一个时辰，港

内近三千天地会人马被一千名索伦兵击溃，七零八落地向岛内退去，等后续的健锐营上岸时，索伦兵已全部占领鹿港。

"哎呀呀，海大人，索伦兵名不虚传哪，卑职尽管心急火燎，还是没能平分秋色。"鄂辉望着满地的叛军尸体，不尴不尬地搭讪。

"鄂都统不必着急，台岛之战只是刚刚开始，既有建功立业的决心，机会就多着呢。天明之后，敝人还要看你一显身手。"海兰察在黎明的晨曦中，持剑站在礁石上，冷冰冰地说。鄂辉听了不觉打了个寒战，放眼望去，索伦兵仍在尽情地砍杀顽抗的天地会叛军，远处突然传来炮声，他的目光一下迟滞，心头格外沉重起来。

"禀大人，"塔尔干汗水淋淋地跑来，气喘吁吁道，"残余叛军退向彰化，八卦山的叛军向这里杀来。"

"塔参领，叛军有多少人马？"鄂辉一愣，急问。

"大约七八千人马，侦骑还说——"

"塔参领，七八千的乌合之众也值得大惊小怪么？"海兰察打断塔尔干的话，有意轻描淡写地说。

鄂辉却是面色灰白，瞥了海兰察一眼，说："这是卑职进军的方向，海大人，恕职下直言，不说堵罗重镇，单是八卦山一处就派出七八千的援军，可见贼势之重。"

"鄂都统慌什么，你与成德麾下万名八旗精锐，又有火器助阵，何惧七八千毛贼？方才你也看到了，数千叛军还不是被我几百索伦将士赶得像受惊的羊群一样乱蹿。敝人与大将军克定彰化后，即刻驱兵台南。"海兰察表示出不耐烦的样子。

"海大人，可否让保宁所部侧助，卑职实在是势单力薄，只怕……"鄂辉哀求着。

"哈哈哈，"海兰察大笑道，"鄂都统此言差矣，我大军来台平叛，要的不只是个台南。保宁的人马还要进军台北，一点也不比你轻松，你还是好自为之吧，不要辜负了朝廷的厚望啊。"

鄂辉听出海兰察话中有威胁的味道，心中气怕交加，但又敢怒不敢言，无可奈何之中扭头看着刚登岸不久、神采奕奕的福康安。

　　"鄂辉，索伦营已经立了头功，你统率的健锐营可不能甘居下风。"福康安旗开得胜，自然盛气凌人，此时心情格外愉快，哪里顾得上鄂辉的心思，不但不替他说话，反倒施加了不小的压力。

　　灿烂的朝阳升起，绚丽的光束映在群峰耸峙、罗列如屏的山脉上，把海水染成粉红，山水草木相映成趣，令人心旷神怡。

第一百零六章

　　几千名索伦蒙古兵经过短暂的休息，迅速向彰化扑去，鄂辉和成德击败了八卦山的叛军增援人马，在严令之下向诸罗方向攻去。福康安和海兰察率中军悠悠而行。

　　"福大人，彰化一克，我大军当尽快回师龙山寺。"海兰察胸有成竹地说。

　　"那是为何呢？"福康安奇怪地问，他不明白海兰察的意思。

　　"叛军的主力在台南，敌人以为诸罗和赤嵌楼少说也有几万叛军的主力。眼下诸罗等地的守军一定十分艰难，对援军望眼欲穿，因此我大军一部应当先前到达，以鼓舞守城将士的士气。鹿港一破，南部的叛军只能集中人马，在八卦山一带阻止我大军，同时全力攻打诸罗城，力争在我援军未到之前克诸罗重镇，使整个台南的叛军连成一片，那样一来仗就不好打了。"海兰察把早已想好的二步计划告诉福康安。

　　"好，好办法。"福康安大叫，立刻明白了海兰察的意图。这是以鄂辉、成德一部精锐挺进诸罗诱惑叛军，而主力在打下彰化后，摆出北上的样子，突然掉头扑向龙山寺，从东侧攻向诸罗。面对叛军兵力上的优势，海兰察显然非常谨慎，不敢分兵出击，只能集中兵力稳扎稳打。"不过，这样一来，鄂辉和成德就太吃力了，万名将士面对两万多叛军，而八卦山是诸罗的屏障，说不定其他方向的叛军还会增援八卦山，众寡悬殊啊。"

　　"大人放心，"海兰察莞尔一笑，道，"鄂辉、成德只有惊却无险，叛军就算人多势重，但要击败万余八旗精锐谈何容易，况且，八卦山的叛军一旦发觉我大军绕过八卦山，从侧翼攻向诸罗，军心必然大乱，哪还会与鄂辉力战？这样一可从速解诸罗之围，二可以比鄂辉、成德先到诸罗。主帅督军直插叛军腹地，解救台岛重镇，这可是一段名留史册的佳话呀！"

福康安一听顿时笑逐颜开，忸怩道："这，这全仰仗海大人运筹帷幄，真的是这样，定会成为千古佳话，皇上说不定会恩准为你我在台岛修筑庙宇，立碑雕像呢。"

"托大人的福。不过，眼下还乐观不得，台湾局势纷繁复杂，平定之日还遥遥莫测啊。"海兰察提醒道。他既要让这个主帅充满信心，又不能让他忘乎所以。

"有海大人统筹全军，又能料敌在先，敌人毫无忧虑。"

"料敌在先不敢说，当断之时请大人鼎力为之，如何？"

"当然。"

缺乏训练的天地会义军，毕竟是临时组织起来的、没有实战经验的队伍，当清军一出现在八卦山附近，便倾巢而动，两万多人马铺天盖地呼啸而上，企图以人数上的优势及高昂的气势，一举击溃渡海而来的劳师。眼见挥舞着杂七杂八器械的叛军，鄂辉立身高岗上，起初一惊，定睛看了一会儿，认定是叛军全部人马时，嘴角上又露出轻蔑的冷笑，命令身边的指挥参领："众将听仔细，列队相持，避敌锐气，火炮速作准备。"

清军得令，早在漫山遍野中摆开了阵式。

一队队清兵拉开一定的距离，形成梯形队列，当前队顶不住叛军疯狂的冲杀时，便有序退后，后队的人马立即顶上去。被击散的清兵顺势退到后面，组织新的队列。

狂呼的天地会义军又得到了附近义军的支援，人数达三万余人，士气高涨，取胜心切，一门心思把这股立足未稳的清军重新赶下海去。他们仰仗人数优势，打起人海战术，而清军采取车轮战术，不时以火炮向密集的叛军射击。双方相持了两个时辰，都遭到了重大伤亡，天地会义军疲倦了，对这些八旗劲旅产生了惧意。他们发现这些清军与以往的绿营兵大不一样，不但训练有素、装备精良，排兵布阵相当有章法，进退有序，虽然处于弱势，但没有惧意。尤其是那

火器的威力相当可怕，已经给他们造成惨重的杀伤，他们的首领仰天长叹："八旗军果然厉害！"下令人马退守山上险要之处固守。

清军尽管也损失很大，但终于稳住了阵脚，将士们得到了轮番休息，士气反倒高涨起来。

"传令，后队人马全力抢攻，把叛军压在山谷洼地里。"鄂辉眼见叛军攻势衰弱，想一鼓作气攻上八卦山。

"慢，鄂大人。"成德慌忙拦住，说，"叛军虽然攻势受挫，但人马远远多于我军，我部将士顶住数倍的叛军已经十分吃力，现在冲上山去，火炮的威力发挥不出，一旦叛军不退，相持的结果肯定不利于我军。只怕是鹬蚌相争，渔翁得利呀！"

"哦？"头脑发热的鄂辉一听这话，愣了一下，想想也对，成德的话不无道理。自己率领的可是满洲精锐，真的与三倍于己的叛军死战，即便获胜，伤亡也一定惨重，那样一来，海兰察可是占了大便宜。他就可以率领索伦蒙古兵轻巧避开这些凶悍的叛军，长驱直入……认清了眼前的形势，他急忙改口，对一名参领大叫："严令各营将士，只许与叛军对峙，没有本都统的口谕，不得向前！"

"喳。"被弄得稀里糊涂的指挥参领，愣怔了半天才转身跑去。

已经精疲力尽的清军得令后，乐不可支，排好阵式，静等天地会义军前来冲杀。而天地会义军也到了强弩之末的境地，他们还是头一次遇到这么凶悍、装备如此精良、训练有素的并且作战极有章法的清军，比起那些绿营兵简直不可同日而语。命令只许固守，不许进攻，索性占据山头，与山下的清军对峙起来。

八卦山战场冷清下来。

成德立身一座山坡上，向四周凝视一阵儿，忧心忡忡地对鄂辉说："鄂大人，叛军意在阻拦我军南进，眼下仍有两万多叛军在此，我们一时还奈何不得，这对……"

"成大人言犹未尽，不妨直言嘛，此时此地，你我二人可是功过同受啊。"鄂辉听出成德话中有话，一语双关地问。

"当然当然。"成德瞟了鄂辉一眼，眼珠转了转，又开口道，"敝人是担心如果克定不了眼前的叛军，就越过不了八卦山，驰援岌岌可危的诸罗城，那就有违将军大人的军令啊！此其一，其二是南下诸罗城并不只八卦山一条路，东从龙山寺，西从大溪都可通向诸罗，虽然路程远一些，可是如果没有重兵守卫，大军定会势如破竹。"

"你是说……"鄂辉瞪大了眼睛，嘴角斜了。

"不错，兵者，诡道也。敌人就怕我等在此与叛军苦斗，倒让他人坐收渔利，捷足先登呀！"成德见自己的话引起了鄂辉的注意，就更加坚定了原本疑神疑鬼的顾虑，话讲得十分肯定。

"哎呀呀，敝人怎么就没想到这一点。"鄂辉懊恼万分地捶打着自己，来回转悠起来。

"还有，鄂大人，彰化之敌既然意料不到我军从鹿门上岸，必然在台港激战之际，还派重兵在此镇守。所以说，海兰察率兵攻向彰化，有意做出大举北进的姿态，不过是欲擒故纵，借以迷惑台南的叛军而已。敝人料定他轻取彰化城后，必定回师北进，哪里会与我军合击八卦山之敌，而是绕开八卦山驰援诸罗。此人熟读兵书战策，怎么会不知诸罗举足轻重的地位？如果真的这样，台岛大战的头功都落到了他的头上，我等是为他人做嫁衣啊。"成德悲凄地哀叹。

"别说了！"鄂辉暴喝一声，瞪着一对冒火的眼睛，呼哧呼哧地喘着粗气。成德的话深深地刺痛了他，一点不错，以现在的形势看，海兰察的用意正是如此。有保宁的兵马直捣台北，又何必非要以四五千索伦蒙古精锐去攻彰化呢？诸罗的燃眉之急不解，去抢占无关痛痒的彰化城做什么呢？他气愤之极，厉声喝道："传令全军，退后三十里，改道大溪，驰援诸罗。"

"不可。"成德一见鄂辉太过冲动，连忙大叫，制止住不知所措的指挥参领。

"成大人，日后朝廷有什么怪罪，敝人一力承担好了，你不必害怕。"鄂辉一副豁出去的样子。

"嘿嘿，鄂大人，海兰察有福大人撑腰，握有生杀大权，加上以往功名显赫，不是你我能对付得了的。再说，阿大人的话你忘了吗？"成德此时反倒不急不恼，慢吞吞继续说道，"依敝人看，这口气暂且咽下，台岛战事不会很快结束，来日方长嘛。"

"敝人咽不下这口气，成大人，你我都是沙场宿将，为朝廷屡立战功，又

有阿大人在朝中鼎力周旋，怕什么呢？"鄂辉不服。

"嘿嘿嘿，鄂大人当敌人是懦夫么？"成德阴森一笑道，"得胜的猫儿欢似虎。不要忘了，海兰察目前十分得宠，福康安又听信于他，要参倒他并非易事。光靠你我和阿大人也不行，没有群起而攻之的趋势是成不了事的。照海兰察这样行事，一味肆意横行、沽名钓誉，岛内将领势必心存义愤，引起众怒，那样就比你我二人的弹劾奏章有力多喽。"

"哦——成大人的意思是……"鄂辉一经成德的指点，明白了其中的利害关系，冷静下来。

"哼，刚刚接到李侍尧提督的紧急书函，急呼我们驰援诸罗，看样子，诸罗随时都有破城的可能。水陆提督柴大纪与蔡攀龙都是虎将，他们急切呼救，证明城中已经山穷水尽。我已回书讲明我军正与数倍的叛军苦战，而福将军和海兰察北上彰化……"成德眨动诡秘的小眼睛，阴阳怪气地说。

"说得对，说得好。"鄂辉乐了，两颗狼牙少有地呲了出来。

成德受到了赞扬，越发得意起来，小眼睛眯成了一条缝，说："柴大纪战功累累，已封为太子少保，他的弹劾奏章在前，不比你我的奏章更方便么？"

"哦——哈哈哈……"鄂辉双掌用力一拍，两人狂笑起来。

被天地会人马围困数月的诸罗城，终日硝烟弥漫，硫磺味刺鼻。从城上向下俯视，只见遍野死尸和器械，还有被火炮轰坏的排车及云梯。从下向上仰视，则是另一番景象，坚固的城墙已被炮火炸成一段段残垣断壁，城上的军旗经过风吹日晒和烟熏火燎，变成杂色肮脏的破布条，随风摆动。

一个个黑黑的炮口从墙内向外延伸出，炮身后不时闪动着黝黑花脸的炮手，鏖战多日的兵将和临时征用的居民，在这战斗的空隙中一堆堆地聚在一起，或是撕咬着马肉，或是啃着难以下咽的干粮，喝着冷水，望着远方天地会的人马议论着。

城楼中，一位年近七十，戴着双眼花翎的老将军在一群提督总兵的簇拥中，正皱着眉头向远处眺望。此人正是前闽浙总督——数月前奉旨赴台平乱的将军常青。

此时此刻，他看着败退下去的叛军，心里却想着与战事毫无关系的另一件事情。几个月前，他曾经龙行虎步、踌躇满志地率领水陆大军来台平叛，满怀希望地想在自己垂暮之年，以平息台岛暴乱的战功，为自己几十年的戎马生涯添上浓重的，也是最后一次精妙的一笔，然后在朝野上下一片赞叹声中归隐田园，安度晚年。

登上台岛之后，他虽然小胜几场，但先前那种乐观舒畅的心绪渐渐暗淡下来。这弹丸之地的匪情大大出乎他的意料之外，不说叛军已达十几万之众，在全岛内已成燎原之势，令人吃惊的是岛内百姓十之七八竟然同情叛军，这给平叛带来了巨大的困难。他这才意识到台湾州府和总兵的奏报确实是实情，并非像有些朝臣认为的那样言过其实、危言耸听。

第一百零七章

　　他没想到这些乌合之众在半年多的时间里，席卷了整个台湾岛，台南和台北被叛军割裂，大部分州府陷落在叛军手中，台湾的清军和自己带来的兵马只能龟缩在少数地区及城镇中，勉强自保。

　　台岛局势恶化到了这种地步实在叫人吃惊，他明白了其中的原因，这就是官场的通病，即地方官小乱不报、中乱瞒报、大乱不得不报。等到地方官吏情急上报时，往往都是到了不可收拾的地步。他一怒之下，台湾知府和总兵差点掉了脑袋。

　　既然贼势太大，他的兵马与台湾的清军合计不足四万，他觉得必须向朝廷禀报实情，请求增派精锐进台。

　　如何能使朝廷理解自己的苦衷，在不指责自己无能的情况下添派人马，他与几个亲近的幕僚仔细地磋商几次，然后委婉地说明叛军的声势，地方官史治的腐败和误国，致使自己虽有平定之策却苦于兵力不足的困难。并且煞有介事般地说总兵柴大纪与蔡攀龙在自己指挥策划下，几次领兵出城与叛军血战，杀得叛军尸横遍野，只是考虑到叛军势重，恐怕诸罗城有失才不敢乘胜追击等等。

　　果然，朝廷不久派新任闽浙总督李侍尧领兵援台，盼望尽早平定战事。遗憾的是李侍尧带来的万名绿营兵大多是泉州和彰州人，与台湾人素有裙带关系，这些兵丁哪里肯用力，不通敌就算不错了。所以，战事又持续了两个月，清军还是一筹莫展。

　　他开始惶惶然。几十年的宦海浸泡，他什么不知道？历代君主哪个不是翻手为云，覆手为雨！所谓的明君无非就是大事不糊涂，而大事也就是皇家的一己之私。台乱久久不平，作为君主的肯定坐立不安，奸佞之徒又要兴风作乱了，这些混账伤人远比叛军厉害呀。

惶恐中，他一面纠集人马，鼓舞士气，以图再战，另一方面恳切上折自责，试探皇上的意思。

前不久，总兵蔡攀龙擢升台湾陆路提督，柴大纪擢升水师提督，并加太子少保衔，使他心中大慰。这两名绿营将领都是自己一力保荐的，擢升他们自然是对自己很信任。

然而，没等他在惬意中回过味来，上谕又到，给他迎头泼了一盆冷水。至今，那几句令他痛入骨髓的话，还在啃啮着他的心，"……以福康安视师，非责卿师无功，卿年已七十，军旅非所素习。福康安师末至，仍当相机进剿。"皇上改任他为福州将军。

作为旗人中的老臣，又是两朝元老，加上几十年中战功卓著，以当今皇上彬彬有礼的书生性格，即便对自己不满，也不会轻易形诸于色。可那几句似亲非亲、似怨非怨的话，分明是在暗示自己非大将之才，什么军旅非素习，呸，鬼才相信！以此之说，自己这几十年的戎马生涯岂不是劳而无功？！

"常大人。"闽浙总督李侍尧走来叫道。

"唔？"常青从沉思中醒来，瞅着眼前这个翰林出身的汉将。

"信骑传报，鄂辉、成德二位都统在八卦山受阻，正与三万叛军苦战。"李侍尧边说边注意常青的表情。

"那么其他人马呢？"

"保宁所部兵马攻向台北，福康安和海兰察率中军攻向彰化。"

"彰化？诸罗不保，要彰化何用？？"

"成德都统说海兰察有意避开八卦山叛军主力，扬言克彰化后再援诸罗。"

"哼，福康安不知轻重，倘若诸罗有失，就是占了十座彰化又有何用？"没等常青开口，柴大纪在一旁愤愤说道。

"柴大人说得对，诸罗为台岛南北军事要地，历代兵家必争。一旦有个闪失，南北的叛军就可以在台岛串通一气，恢复局势就不容易了。"蔡攀龙搭腔。

"唉——"常青瞅了瞅这两名汉军虎将，颓然叹了口气。他心里是称赞这

两人的话的，尤其是在现在这种情况下。他素闻福康安好大喜功，却又志大才疏，有皇上的宠爱和海兰察率领的索伦铁骑，自然更心高气傲、目中无人。这次又身为平乱大将军，连自己也要受其节制，手下的将领空发怨言只能引起福康安的忌恨，自己理当制止。他抬起头，板起脸言不由衷地训斥道："诸位将领不要口出怨言，徒乱人心。福大人与海大人用兵一向诡秘，诸罗之重要，我军之困境，他二人不会不知道。想必他二人筹划周密，有万无一失的把握，不然，绝不会铤而走险，冒着大罪的风险。依敝人看，他们最迟后日必到，诸位还坚持不了这两天吗？"

李侍尧听出了常青的弦外之音，那意思是说如果两日后援军不到，诸罗即使是陷落，罪名就是已经登岸却迟迟不到的福康安大将军了。他心念一动，脑子里飞快地权衡了一下，觉得不妙。假如诸罗真的在福康安大军到来前失守，福康安当然要承担救援不力的罪名，可守城的将领们也难逃罪责！细究起来，这些旗人将领都有根有底儿，自然都有人袒护，为其开脱。最后的结果怕是自己这一群汉将和官吏要倒霉，这样的例子还少吗？所以，常青的话刚说完，还没等众人反映过来，他立即说："常大人所言不错，我等务须坚持时日，不然则城破人亡，玉石俱焚。"

常青听了李侍尧的话，一对老眼深沉地打量他好一会儿。

彰化城中的少数天地会义军，正如海兰察估计的那样，自知根本抵挡不住清军，稍事抵抗了一阵后，便弃城逃向台中。

清军入城后开始休息，海兰察站在城楼上，凝视着远方断然下令："索伦营将士喂好马匹，两个时辰后急袭龙山寺，渡浊水、越虎尾绕云林，马不停蹄驰援诸罗。"

"海大人，将士在海上颠簸数日，又夜战鹿港，现在都浑身乏力，怎么经得起长途奔袭呀？"福康安一看海兰察立刻就要带领索伦兵出征，大惊失色，急忙阻止。

"福大人，兵贵神速，才能出其不意。叛军也以为我大军在一两日内不能行兵作战，沿途险关要隘一时增不了兵，守备松弛。此时进兵一定会事半功倍，大人可在后督师慢进，敝人自带三千索伦精锐为先锋。"海兰察成竹在胸，讲出了自己的打算。

"那，那就有劳海大人了。"福康安一见海兰察亲自领兵在前抢关夺_隘，心里十分感动，不无担心地说，"不过，海大人切切不可每战都躬身前行。"

"谢将军大人。"海兰察听出福康安很在意自己的安全，也颇为感动，又说，"另外，还有一事须事先禀报大人。"

"何事？海大人尽管直说，以你我的莫逆之交，有什么不好开口的呢？"福康安爽快地说。

"哦，是这样。"海兰察略略沉吟了一下，开口道，"诸罗被困已久，照常理，我大军上岸后，理当全军驰援。而今我军从侧翼偷袭，目的是避免与叛军在途中纠缠，先前到达诸罗，解诸罗之围，然后与叛军南路主力决战。敝人带领的人马或许日行几百里，征战途中，前事莫测，倘若军情危急，来不及与大营联络，敝人也可能随机应变，自作主张。望大人多多体察，千万不要认为敝人犯上——"

"哈……"福康安没等海兰察说完就打断了他的话，大笑一阵后，正色说，"海大人，敝人深知你事无巨细，都要深思熟虑，难怪你处事得体，面面俱到。好吧，敝人准你紧急之时见机行事，此外，你可用本将军的令牌，调动岛上所有的清军。"

"谢大将军。"

"海大人。"福康安眨了眨眼又问。

"大将军还有何事？"

"大人决意亲自率领前锋兵马，是不是心中还有什么顾虑呢？"福康安说着目不转睛地直视海兰察。

海兰察颇感意外地望着福康安，点点头道："海某的一点心思是瞒不过大人的。"

"不妨说来听听。"海兰察的话让福康安十分舒服。

"大将军请看。"海兰察摊开台湾地图，指着诸罗说，"台岛酷似一条长龙，诸罗居其中，是南北重镇，必经之路。以兵家来看，台南台北是龙头龙尾，诸罗便是其腰身。击其头尾无关要害，但腰斩长龙，龙头不抬尾不摆，长龙就变成死龙了。"

"不错不错，敝人也有同感，海大人是担心诸罗有失吧？"

"正是。"海兰察皱皱眉头，继续说，"虽说鄂辉、成德牵制了两万多叛军，但对诸罗的防御没有什么帮助，何况八卦山之敌至死不会让鄂辉通过。而诸罗守军定会疑心我们不全力赴援，反而北上取彰化。假如为此军心动摇或真的力不能支，那就满盘皆输，活棋变成死棋了。"

"一点不错，敝人对此也深感忧虑。"福康安哪想到这么多，经海兰察这么一提醒还真的吓了一跳，这才意识到为什么海兰察一定坚持亲自前去，这也是替主帅分忧啊。想到一代名将又是平叛大军的副将，竟要身先士卒地攻城掠地，他不由内疚起来，恳切地说："敝人身边还有四千满蒙骁骑，奎林统领是你的知交，也是一员虎将，大人一并带走吧。"

"不可，奎林所属骁骑是唯一的快速机动力量，大人不可妄动，一定要用在关键时刻。敝人的人马不求多宜求精，如有危情再调动奎统领。"

一个时辰后，塔尔干来报三千索伦兵整装待发。他是海兰察的爱将，什么话都敢说。此时将海兰察拉到一旁悄声说："大人，我们身先士卒，斩将夺关，凶险无比。大人为什么不带上一些满蒙骁骑，或是绿营兵也行啊？"他不明白海兰察为什么不惜族人的性命，凡是恶仗险仗都让索伦兵打头阵。

"糊涂！"海兰察斜瞪着呆头呆脑的塔尔干一眼，恨铁不成钢地说，"偷袭虽险，有奇在先，奇生巧，巧生利。以巧取功不是大利吗？总比八卦山苦战好得多。这前锋的功劳岂能让他人所得，至于决战的时候，当然要请福大人的精锐和绿营兵上阵。再说，敝人深知族人的长处，每每都得心应手，从不疑有他，而他人……"

"——啊，大人明见，卑职望尘莫及呀。日后还需大人指点，启我愚钝。"塔尔干满面愧色，诚惶诚恐道。

"记住，用兵之道不止一个'勇'字，还要有'巧'字，大智大勇者方为将才。要做到大勇无边、大智无痕，古往今来，历代名将凡无智者，不过是匹夫之勇，终究成不了大事……"

"卑职谨遵教诲。"塔尔干毕恭毕敬。

三千名索伦兵潮水般涌出彰化城，向诸罗方向扑去。几名骁骑校队前队后奔驰高叫："海大人有令，星夜跟进，延误战机者斩，畏缩不前者斩……"

夜幕降临，溶溶月色洒在海边，湿润的海风虽然含有腥气，却清爽宜人。福康安送走了索伦铁骑，倚在城楼上的竹椅上，长吁出一口气，心中暗暗说道：好兆头，也该给皇上写第一个密折了。

第一百零八章

　　浊水溪南的甘蔗田边，一行人正在路边的茶寮里饮茶纳凉。

　　桌子正中坐着一个年近五六旬的老太婆，十几名三四十岁不等的汉子和女子，围在老太婆左右侍候。这些人望着由于战乱而荒芜的田野，来去匆匆的路人默不作声，年轻一点的纷纷向老太婆和一个四十左右的壮年汉子投去探询的目光。

　　"师父，清军增兵台岛，天地会义军怕是支撑不下去喽。"壮年汉子喝了口茶水，问那居中而坐的老太婆。

　　那老太婆正是当年的"川中侠女"，十年间，她苍老了很多。听了壮年汉子的话，她无动于衷地点点头，两眼失神地盯着远处一座破败的寺庙，呆呆地发愣。这神情与十年前相比真有隔世之感。

　　一名中年女弟子见"川中侠女"神色凄凉，忙向那壮年汉子使了个眼色，想阻止他说下去，谁知那壮汉自顾自地又说道："可怜慧瑛师妹一气之下削发为尼，落得个终日面对青灯黄卷，伴随暮鼓晨钟，明月清风。海兰察失天理灭人性，禽兽不如，此次一定要除掉他……"

　　"天龙，""川中侠女"听天龙又提起慧瑛，拂然不悦，心中阵阵隐痛，话语却依然硬朗，"生死由命，姻缘各异。有些事是强求不得的，慧瑛遁入佛门，也是因果延续，命中注定了的。只是这海兰察……唉，师门不幸，出此逆徒，这十年来，他替朝廷效力，剿杀武林人士。如今不少江湖豪杰和门派纷纷找到我们这里理论，哼，真是可恶，我'川中侠女'要不是有些江湖名气和信誉，恐怕早就遭到各派联手围剿了。"

"师父，弟子不明白，除掉海兰察为什么非要渡海到这里来，在内地也有机会下手嘛。如果人手不够，可以广邀武林奇士，也好向武林同道暗示，迷幻剑派绝不袒护他。"另外一个汉子嘟哝道。

"天虎，你身为三师兄，怎么这点道理也不懂？""川中侠女"两眼一瞪，斥道，"在中原动手，众目昭彰，就算我们得手，清廷也一定知道是我们干的。这样一来，不要说我们迷幻派，其他门派也势必受到株连，惨遭杀戮！此外，邀别的武林高人是光彩的事么？难道让别人耻笑我派无人吗？"

"是，弟子糊涂。"天虎忙低下头。

"还有，""川中侠女"蹙眉看着众弟子继续说，"你们的两个师伯出家几十年，凡是尘俗之事一概不管，唯独对海兰察关切备至，哼，真是鬼使神差。在内陆他们不许我动海兰察一根毫毛，即便是偷着下手，他们也有本领查出真相。可在海外，就由不得他们了，有谁会料到我们渡海而来，又有谁能断定在纷乱的沙场上，海兰察就不能横尸在地呢！"

"师父所言极是，无论是两个师伯还是朝廷，都想不到是我们干的。"天龙赞道。

"天赐良机，海兰察大限已到，葬身在这风光秀丽的岛上也是他的福分。""川中侠女"讲出这话时，牙根咬得紧紧的，两眼冒出森然的凶光。

"我们怎么下手？"天虎问。

"不可鲁莽。""川中侠女"一摆手，神色威严地说，"现在我们是在暗处，海兰察在明处，他做梦也想不到我们会渡海而来。所以，我们必须万无一失，一击得手，不然，一旦被他察觉，再想杀他比登天还难。他武功奇高，为人又警觉异常，加上还有众多侍卫兵将，我们失手的同时也是危在旦夕之时。"

众人听了神色一凛，他们奉若神明的师父讲出这种生离死别的话，多年来还是第一次。他们都意识到此行的危险性，先前的那种乐观情绪一扫而光，各自细细揣摩起来。

"师父，以弟子之见，我们不妨乔装天地会的人，混入战场中，伺机截杀海兰察。"一个弟子献计。

"咦，这个主意不错，即使不成也可以随众兵退去，又不暴露身份。"有

人赞同。

"不行，简直是顽童之见。"天龙哼了一声，自从大师兄凡清十年前被海兰察击毙后，他俨然以掌门师兄自居，以他的武功和二师兄的地位，众师弟师妹也唯命是从。他先看了"川中侠女"一眼，说："海兰察身为重臣，怎么会亲上沙场，就是去了也有一群侍卫亲兵相随，咱们连边都靠不上。"

"那……只能摸清他的营地，进行夜袭，不过这更难。"先头的弟子改口道。

"看来也只能这样，必须要做到神不知鬼不觉，像师父说的那样失手不得，我们不会有第二次机会。"天龙点点头。

天虎想起大师兄当年的惨死，心有余悸地说："话是这样说，可有谁能靠近海兰察呢？"他想起当年在海兰察府中的情景，说，"当年我与大师兄和七师弟到海兰察府中捉拿安禄，远在几丈外，海兰察就察觉我们潜伏在花丛中。这种听风辨器的高绝内功，当今世上有几人能为？"

众弟子中大多数人还没有同海兰察交过手，有的甚至连面也没见过，现在一听三师兄如此推崇海兰察，不由得深深倒吸了口冷气，加上都知道连武功高绝的师父也曾被他震伤过，心中顿时罩上一层阴影，默默无语地低下头去。

"川中侠女"一看弟子们神情沮丧、士气低落，瞪了天虎一眼，开口道："话是这么说，海兰察尽管厉害，那还不是得益于我师门武功的博大精深？不过，为师的倘若没有克敌制胜的办法，也不会贸然带你们渡海来此。——看"她从镖裹中取出三枚飞锥说，"这暗器尽管一般，但上面已经淬上七种剧毒，见血封喉。就算海兰察练就多高深的内功，但在疏忽大意之时，也难逃劫数，关键要的就是时机。"

众人见飞锥在阳光下发出乌蓝的暗光，身体都哆嗦了一下。

"师父平日不是说名门正派从不使这种歹毒的手段吗？"一名年轻的弟子结巴着问。

"哼，这要看对什么人，""川中侠女"冷冷一笑，又说，"这也是没法子的事，反正是杀人，怎么杀还不一样！"

伴随佳酿和美女度过一个美妙良宵后的福康安，在清晨时被心急火燎的阿满泰都统叫醒。

"将军大人，全军整装待发，卑职特来……"阿满泰瞅着睡眼朦胧的福康安，惴惴不安地说。

"大惊小怪，时辰还早，何必这么性急？"福康安满脸不高兴地斜视阿满泰。

"将军大人，哨骑禀报，海大人率领索伦兵一天一夜中已经越龙山寺，偷渡浊水，杀过虎尾向云林逼近，两百多里呀。叛军察觉我军的意图，从吴凤庙和北港抽调一万多人马，企图堵截和围歼海大人的孤军。军情危急，海大人急催大军尽快开拔，增派奎林的四千骁骑立即驰援。海大人说只要破云林关隘，诸罗便近在咫尺……"阿满泰一口气说完。

"哎呀呀，蠢才！"福康安此时才大梦方醒，他哪里想到自己缠绵在巫山云雨之际，这个索伦将领果真连杀带跑、夺关斩将两百多里，竟然到了诸罗城的最后一道屏障——云林。如果破了云林之敌，那么前往诸罗就是一马平川了，可以唱着歌走，与台南叛军决战。同时可以想象，台南的叛军一定会像疯了似的向突如其来的清军反扑，绝不容许这支奇兵毁掉他们的一切！他既惊讶又欣喜，一时间竟忘了做什么好，完全坠入意想不到的想入非非之中。直到阿满泰催问大军是否立刻出发时，才清醒过来，喝道："还愣着干什么，速令奎林率四千骁骑驰援，大军即刻出发！"

"喳。"阿满泰应声而去。

望着匆匆而去的阿满泰，福康安猛然想起鄂辉和成德，这两人率领万名精锐为什么一点音讯没有？依照他俩贪功心切的秉性，哪怕是有了一点点进展都会派信骑喊得震天响。一天一夜悄无声息，证明没过八卦山，难道身经百战的八旗精锐真的就被两万乌合之众阻挡在八卦山？这两人是力不从心呢还是有意……

想到这些，他彻底从良宵美景的温存中清醒过来，粗暴地推开床上仍旧卖弄风骚的台湾女子，皱眉沉思。

是的，假如鄂辉、成德行动迅速，此时应当越过八卦山，与逼近云林的索伦骁骑遥相呼应，以壮声势。现在海兰察呼救，说明叛军声势极大，索伦兵力不能支呀。鄂辉、成德可恶，他心里咒骂着，阿桂的影子出现在脑海里。这个两朝元老不但心术颇多，嫉妒心极强，更厉害的是羽翼丰满，朝中尽是门徒弟

子，就是在外的督抚大员，多数也与他过往甚密。以往出师平乱，十有七八都是他挂印出征，独占鳌头，他也借此提拔亲信，扩充自己的势力，可谓桃李满天下。皇上圣明，近些年频频让自己出征，其目的也在于遏制阿桂，起码也能与阿桂平分秋色，打破一花独放的局面。对此，阿桂定然心存芥蒂，大为不满，把鄂辉、成德硬插进来无非是掺沙子，靠这两人用力，扯淡！

以万名精兵对付两万连器械都不全的渔民和庄稼汉，就算取胜不易，可一天一夜总得往前走几步吧？看来这两个混账是存心捣乱哪！说心里话，他打心眼里不希望这两个人立什么战功，去为阿桂脸上抹粉，跟着溜达就行，但得出把力呀。在这种时刻，他也盼望鄂辉、成德能击溃八卦山的叛军，从正面减轻海兰察的压力。一句话，那就是让他们出大力又不让他们立大功，让他们干尽赔本的买卖，又捞不到任何便宜。

心思一定，福康安小聪明的劲头开始发挥。鄂辉和成德没能攻占八卦山策应索伦兵，从而使整个战局陷入被动，这个账当然算在他们头上。虽然奎林领着援兵上去了，可还不行，不能便宜了鄂辉和成德，要让他们亡羊补牢，哼，本将军不让你们有片刻消停！他心里恨恨地骂道。

"来人。"福康安大叫。

"大人有何吩咐？"一名侍卫应声而入。

"传令，鄂辉、成德所部天黑前务必攻占八卦山，向云林进击，延误战机者严惩不贷！"

"喳。"侍卫应声而去。

安排停当，红日高升，福康安披挂走到外面，所有的都统、参领和总兵一齐上来参拜。远处，一队队步骑列队待发。

"诸位，"福康安板起面孔，俨然一副统帅的仪表，朗声说道，"大军登陆之日起，叛军闻风而逃，此皆赖将士用命。现在海大人所率骁骑一天一夜已杀到云林，离诸罗只有咫尺之地。叛军的军心浮动，我大军正可乘胜追击，解诸罗之围，则台南大局可定。诸位世受皇恩，当以图报，奋勇杀敌，报效朝廷。"

所有将领一听海兰察仅以三千人马，一夜间奔袭二百里，都精神大振，懦弱者也禁不住跃跃欲试，贪功者更是两眼发光、忍俊不禁。

福康安在听到将士们山呼海啸般的呼应之后，不由得意万分，下令开拔。

几声炮响后，近两万步骑浩浩荡荡开出彰化，向南前进。

沿途中，成群结伙的百姓和被打散的天地会义军散兵游勇，看到清军威风凛凛的阵容，纷纷摇头咂嘴，四处躲避。

山坡的树丛中，"川中侠女"冷眼望着清军大队。天虎喃喃道："满洲八旗名不虚传，果然气派，难怪前朝百万大军都抵挡不过。"

"哼，那都是酒囊饭袋。""川中侠女"讥讽道，"大明从上到下，一团腐败，不然区区满洲何以问鼎中原。你们一定要记住，大明朝没败在李自成手里，更没有败给八旗军，是败给了自己！"

"师父，刚才五师弟捉住两个天地会的溃兵，说有几千名清兵已经杀到了云林。围困诸罗的天地会义军人心惶惶，林爽文派庄大田纠集一万多人马回援云林。"天龙上前禀报。

"好，这一定是海兰察的索伦兵所为，依他的秉性和胆量，他会亲自领兵。""川中侠女"肯定地断言。

"为什么？"天虎疑惑地问。

"这是一着险棋，更是一着狠棋和妙棋，海兰察惯于这种棋。走，到云林观战。"

第一百零九章

云林正展开激战。

索伦兵所以能够顺利偷越龙山寺，过浊水，一是沿途的天地会义军数量很少；二是靠出奇制胜，以意想不到的速度出现在叛军面前，攻其不备。所以，在没有经过激烈厮杀的情况下，直扑云林境内。

然而，索伦兵虽然凶悍善战，毕竟经过一天一夜的狂奔和拼杀，到了云林时早已人疲马乏，许多将士竟然在马上呼呼酣睡。这些经过挑选的精壮兵将，在海兰察严令下，拼力忍受着巨大的痛苦，如同一群虽已精疲力尽，仍然嘶吼着准备最后一拼的猛兽，同反扑过来的天地会义军杀得天昏地暗。

驻守云林一带的天地会义军，虽然也有几千之众，可有其数量却无其质量，这些世代为农的百姓在训练有素、身经百战的索伦兵冲击下，战不多时就溃退下去。

海兰察眼望天地会义军向后退去，下令不许追击，吩咐剩下的两千名将士就地休息。他见八卦山的战斗毫无消息，鄂辉、成德的人马没有一点踪影，心情沉重异常。他知道诸罗之敌一知道云林有险，定会分兵前来堵截，以诸罗一带的天地会人马，分出一两万人是不成问题的。这就是说前有强敌，而八卦山的叛军此时一旦退下来，正巧堵住自己的后路，自己这疲惫不堪的两千将士，极有可能淹没在漫山遍野的叛军之中，从而使这次突袭失败，使整个战局陷入被动。

"海大人，鄂都统的人马怎么此时还不到？"塔尔干拖着中箭伤的腿，焦急地问。

"此时不到还好，到了怕是更麻烦了。"

"大人何以如此说？"塔尔干一愣。

"八卦山的叛军如果此时退下来，我们就要被前后夹击，你想想，先到来的肯定是叛军，而我们……"海兰察对这个心腹爱将说了实话。

"那么我们不如暂且退回去，待奎林援军到达后再——"塔尔干明白了处境的危险，主张撤退。

"什么？简直是胡言乱语！"海兰察听了塔尔干的话，顿时勃然大怒，喝道，"为了抢关夺隘，丢掉了一千名将士的性命，现在终于扼住了诸罗的喉咙，你……想退回去，是不是惧敌？！"

"卑职跟随大人征战多年，何时畏惧过强敌？"

"那又是为何呢？"

"回大人，卑职是……"

"是什么？"

"卑职是为这两千索伦将士忧虑呀。"

海兰察呆愣了半天，闭上了眼睛，是啊，塔尔干说的不是没有道理。如果天地会义军的援军一到，这两千名摇摇晃晃的疲惫之师是不堪一击的，并且后路一旦被堵，说不定全军覆没，那……他平生第一次胆怯和犹豫起来。他阴沉着脸在坐卧在地上的将士中间游走，一个年仅十七八岁的小伙子右臂血肉模糊，左手向嘴里塞进一片肉干，费力地咀嚼着，伤口的疼痛使他的浓眉不时抽搐一下。他在小伙子面前蹲了下来，轻声问："抹草药了吗？"

"回大人，抹了。"

"叫什么？"

"博木古尔。"

海兰察爱怜地拍了小伙子肩一下，又说："拿不了刀了吧？"

"大人，索伦人只有一种人拿不了刀，那就是死人！"博木古尔浓眉一扬，倔强地答。

海兰察站起身又看了看两个精神委顿、面色沮丧的佐领，突然双眼一瞪，对塔尔干厉声喝道："福大人派来的援军即刻赶到，塔尔干，你畏惧叛军，出

言无状，扰乱军心，明知后退就是死，还轻言撤退。来人，与我拿下！"

两名侍卫得令，扑上去按住了塔尔干。

"大人？"塔尔干又惊又怒，困惑地望着海兰察。

"大人息怒，请大人宽恕。"

"大人开恩，开恩哪。"

"……"

众兵将一见海兰察要杀塔参领，大惊失色，纷纷跪下替塔尔干求情。

"军令如山，尔等不知么？"海兰察怒容不减，喝问。

"塔参领一没临阵退却，二没违抗军令啊。"几个将领嗫嚅着，相互传递着眼色。

"好，"海兰察叫了一声，转头对已经被侍卫按住的塔尔干问，"塔尔干，你知罪吗？"

"大人，卑职何罪之有？"索伦人固有的牦牛脾气使塔尔干置生死于不顾，强硬地顶撞。

"大胆！"两个侍卫见塔尔干出言蛮横，吆喝着用手企图按下他抬起的头。塔尔干又羞又气又怒，气火攻心之下，宁死不受辱，哪管犯上不犯上的，运气于胫上，两眼一瞪，硬生生直起脑袋，两名侍卫犹如骑在牦牛脖子上一样吊起身。

"海大人，卑职死不足惜，可大人一定要吝惜索伦将士啊！"塔尔干死意已决，硬站起身悲怆地呼叫。

海兰察环视四周跪倒一大片的将士，对侍卫说："放开他。"

"谢大人。"所有的将士齐声道。只有塔尔干傲然站立，不跪不谢。

海兰察深沉地一字一句说道："我索伦铁骑征战百年，从来就是有进无退，这次初到台岛，鄂辉、成德师久无功，累及我军陷入危境，眼下情景危如累卵，退则败，败则死，众将心里都该明白。这且不论，我索伦健儿从此之后将蒙受耻辱，与其这样倒不如破釜沉舟，以求绝处逢生。奎林的四千铁骑随时可到，我索伦营将士只要占据有利地势，顶住叛军并与其相持，奎林的骁骑一到，颓势立转……"

海兰察的话说得十分恳切，也很有道理，将士们心里明白，这种时刻退下去，无疑军心动摇，并给后来的援军造成心理上的压力。假如退却时遭到叛军的攻击，无论从地形上或是心理上，他们都承受不了叛军的打击，其结果是名利双失！

权衡利弊，将士们终于明白了海兰察的苦心与无奈，都主张死战待援。

"后退者，杀！"飞骑传达海兰察严令，两千将士听了心中一寒，但继之而来的是迎接一场没有退路的惨烈厮杀。

八卦山下。成德急匆匆走进鄂辉的大帐，脸上愁云密布，阴恻恻地说道："瞧瞧，福大人的手谕。"

"哦？"鄂辉赶忙接过，看着看着，两颊上的肉抽搐起来，最后，手掌用力拍在案上，哇哇大叫道，"混账，欺人太甚，太甚……"

"鄂大人，果然不出你我所料，我二人在此担负重任，他们却是吃青草去了。福康安严令我军即克八卦山，援云林，辅助海兰察所部索伦营——如此一来，索伦兵为主，我等反倒为辅喽？"成德用尖酸的腔调自嘲。

"岂有此理。"鄂辉被激怒了，瞪着红红的两眼吼道，"不行，敝人即刻上书，向阿大人陈述。"

"是呀，书是要上，可燃眉之急也要解。此时此刻，我们要想出对策，摆脱窘境又不留人以口实。"成德处处显出老练。

两人沉默下来，各自琢磨着。

正在这时，飞骑传报使沉闷的空气骤然活跃起来。

"我的天，海兰察居然以三千人马拿下云林，这仗究竟是怎么……"成德梦呓般嘟哝。

"喔？"鄂辉不耐烦地问，"下面说什么？"

"诸罗和附近的叛军正抽调人马回援云林——哦，海兰察的索伦兵伤亡惨重，眼下万分危急，奎林的四千虎枪营已经驰援。"成德一字字念道。

"哼，只怕远水救不了近渴！"鄂辉望着地图，冷嘲热讽道，"诸罗四周都为叛军占据，叛军去云林不过是一蹴而就，而奎林就慢了许多。再说了，云林是诸罗的门户，叛军定会派精锐夺回，海兰察一路厮杀，三千索伦兵所剩无几，单凭奎林的几千人马，杯水车薪啊。"

"对，是这样。海兰察一向急功近利，与好大喜功的福康安一拍即合，当

然会做得出这种偷鸡不成，反而蚀把米的勾当。"成德也幸灾乐祸地帮腔打趣。

他二人相比，成德偏重心术，对上下左右的人际关系考虑得比较多和周全，而鄂辉相对成德来说偏重于军事指挥，多年领兵作战中与排兵布阵在八旗将领中小有名气。他低头在图上盯了一会儿，从眼下的形势意识到了福康安和海兰察的企图，倒吸口凉气，说："不好，云林一失，你我可要担当头一条罪名啊！"

"不能吧——"成德吓了一跳。

"海兰察以三千骁骑一天一夜间奔袭云林，功劳不小，即使失守，福康安也一定会以后援不及的借口为他开脱。这样一比较你我一直末克八卦山，寸功未见，往我们头上栽赃还不是轻而易举的吗？你看，福康安手谕上不是写着贻误战机者严惩不贷吗？"

成德恰恰没注意这一点，经鄂辉一点也恍然大悟。他哭丧着脸逐字逐句地分析起福康安的用意，是呀，这明摆着是个圈套，海兰察进展顺利得奇功一件，福康安作为大将军当属功劳之最，两人各得其所。海兰察一旦失利，大军受阻，诸罗失陷，这一切罪名就以作战不利的借口落到自己和鄂辉头上。想到这儿，他浑身一阵燥热，遍体出了一身大汗。

"鄂大人，我们不能守株待兔，总得想点办法呀？"成德自知行兵作战方面远不如鄂辉，所以一副依赖对方的样子。

鄂辉在大帐中转了半天，终于说了句："只能用权宜之计了。"

"什么权宜之计？"

"豁出点本钱设法补救。"

"补救战局么？"

"对，补救战局就是救我们自己！"

"怎么补救？"

"立刻全力抢山，不惜代价击溃叛军，尔后马不停蹄驰援云林。这就是我们唯一的办法。"鄂辉狠狠心说。

"恐怕强人所难，军力不及呀。"成德一听攻山之后还要驰援云林，惊得张大了嘴。

"顾不得许多了，我们已经被人算计，现在只能自救。再说了，索伦兵能办到的事情，我满洲八旗为什么办不到？此时的艰辛凶险总比皇上的处罚好得多呀！"

成德听了这话，浑身又是一颤，明白了鄂辉的良苦用心，只得频频点头。

"况且，敝人料定八卦山之敌不会力战。"鄂辉自信地断言。

"乞道其详？"

"嘿嘿，索伦兵既杀到了云林，无疑也是断了八卦山叛军的后路，他们不会不考虑退路。可又怕我军乘机追击，所以处于进退维谷之间。"鄂辉捋着稀疏的山羊胡子，得意地分析着。

"大人言之有理，对叛军揣摩得入木三分，看来我军不用力战便能越过八卦山，攻向云林。

"当然。"鄂辉点点头说，"这样一来，海兰察即是败下来，也抓不到咱们的把柄。胜了的话嘛，我们也可以平分秋色，总不能让他一人将功劳独吞。"

"妙，很妙，敝人这就去安排，如何？"成德来了劲儿。

"好，成大人，事不迟疑，趁叛军举棋不定、军心不稳时，我军从速抢山。"鄂辉此时突然间变得异常干脆果断，就连平日一向优柔寡断、缩手缩脚的成德，此时也活像被灌醉了的山羊那样，无所畏惧又摇摇晃晃地出帐而去。

第一百一十章

　　云林战场上的形势酷似海上神秘莫测的气候那样，此时正发生着戏剧性的瞬息万变。

　　偶然和巧合交织着捉弄交战双方的命运，孕育出令人啼笑皆飞的场面。

　　天地会义军起初在索伦骑兵的偷袭下仓促应战，在伤亡惨重的情况下，狼狈地退去。但诸罗附近的天地会人马很快增援上来，两股人马合为一起卷土重来，他们极为痛恨这支企图毁掉他们一年奋斗成果的清军，同时也知道这远道奔袭的清军只是人数不多、没有火炮的轻骑。他们无所顾忌地猛攻上来，企图以依靠人数上的优势，以刀对刀、枪对枪的蛮力战法，消灭眼前这股可恶的清军，重新夺回云林，锁住诸罗的后大门。

　　天地会义军充分利用了自己的长处，抓住了清军人少势单、没有火器的短处，把索伦兵分割成一块块剿杀。不到一个时辰，索伦兵便死伤惨重，步步退却，海兰察虽然身先士卒，所过之处留下片片死尸，但在如潮的叛军面前，砍杀数十人无济于事。索伦兵尽管顽强凶悍，最终还是被数倍于己的叛军逼到半山坡。

　　"塔尔干，传令各队将士，按照队形，且战且退。"海兰察一见将士惨遭杀戮，心痛如绞，他哪肯让部族的子弟都葬身在这里，刚才的严令只是稳定军心而已。现在一看将士们果真宁死不退，红着眼在重围中做困兽犹斗，他浑身的血一下都涌到了脑袋上，连急带痛之下专门寻找叛军的头目下手。天地会义军惊骇万分地看着这个如同鬼魅的将军穿梭飘逸在人潮中，双臂挥舞，漫天的死尸横飞……

此时，海兰察既要保住大多数将士的性命，又要拖延时间，等待援军的到来。得令的索伦兵保持着队形，轮番调换，相互照应，虽然仍处于重围之中，但坚决不退半步，苦苦支撑。

子夜时分，就在索伦兵油尽灯枯、即将崩溃的时候，战场上的形势又发生了变化，胜负的天平重新摆平，奎林的四千骁骑终于赶到。四千马蹄声在夜风中有如战鼓响起，一股巨大呼啸的旋风刮进战场。四千支刀枪凌空砍向天地会义军头上，霎时，血腥气充斥整个战场，吼声震耳欲聋，铁骑冲散了义军的阵容，冲走了他们眼见胜利的信心。

得到援助的索伦兵气焰一下高涨起来，狂呼呐喊，反身扑了上去。

清军强在兵精令严，天地会义军胜在人多势重，双方都清楚此战的重要性，豁出一切拼命争夺。索伦兵有了强援，借着奎林骁骑营冲击的空当，纷纷退到坡下跨上了坐骑又冲过去，两军混战中谁也不敢放箭，使清军的铁骑占尽了便宜。

天地会的头目看出夜战利小弊多，清军都在马上，随意纵横驰骋，一次次的攻击波让义军防不胜防，只好吹响号角，鸣金收兵，等待天亮再战。双方都退后一段距离，开始休息，埋锅造饭。

"海大人。"奎林陪着海兰察巡营一周后，看着满脸倦意的将士们，对海兰察说，"福大人的大队人马最快也要天亮后才能赶到，卑职见将士们疲劳至极，敌军又数倍于我军，怕是——"

"怕什么？"海兰察抬头问。

"怕顶不住天明后的大战。"

"哈哈哈！"海兰察出人意料地大笑起来，弄得奎林莫名其妙。

"大人此时还有心思浪笑？"奎林与海兰察的私交胜似兄弟，说话自然很随便。

"奎林兄，我们兄弟二人立奇功的时候到了。"

"唔？"

"奎兄可否愿意与敝人通力合作，立下这不世奇功？"

"愚弟不才，多年来一向仰慕海兄，愿随左右，听候调遣，万死不辞。"

奎林素知海兰察有勇有谋，一口应承。

"好，生死之际能与兄弟戮力同心，以微薄军力破敌数万大军，堪称平生一大乐事啊！"海兰察语气温和真挚，令奎林大喜过望，海兰察身居高位仍然不忘兄弟之情，叫他十分感动。

"海兄的意思是……"奎林探问。

"嗯，奎兄。"海兰察打起精神，正色说道，"我满蒙索伦八旗一向惯于夜战，在我军人少势单的情形下，夜战对谁有利？"

"噢——愚弟明白了。"奎林点点头。

"黑夜之中，敌我不分，叛军又是临时拼凑起来的刁顽之徒，训练无素，又指挥无度，我们大有取巧之处。"海兰察振振有词地说，"更要紧的是诸罗城已经朝不保夕，叛军得知我大军逼近，一定会不惜代价、不择手段地破城。我们在此耽搁太久，就上了叛军的大当，你可想过，诸罗一失，收复它谈何容易？再说城中的银库粮仓及乡绅父老将惨遭抢劫蹂躏，皇上已下谕将诸罗改为嘉义，以嘉奖城中乡绅民众协助守城的义举，叛军对此能不恨之入骨么？皇上的旨意刚下，我们却丢了诸罗，这和丢了台岛没有太大的区别！"

"海兄说得不错，援救诸罗才是当务之急，奎林听令。"奎林完全理解了海兰察的意图。

"一鼓作气，借黑夜杀过云林，逼近诸罗，一是扰乱围城的叛军；二是鼓舞城中守军的斗志，等大军一到，就与叛军决战。"海兰察不容置疑地说。

"那么云林之敌呢？"

"福大人的大军就要到达，鄂辉、成德也一定加紧了攻势，他们原本就是悍将，只要肯力战，那两万叛军是挡不住他们的。云林之敌就由他们围歼吧。"

"也好。"奎林看了看天色，张了张口却没说出什么。

"怎么，奎兄似乎在顾虑什么，不妨说来听听。"

"愚弟担心……将士疲劳过甚，你看那边。"奎林指着一排手拿干粮，却已酣然入睡的兵将忧虑地说。

"当狠则狠，战机稍纵即逝，没有办法的事呀。成败往往就在最后的一瞬间啊。"海兰察毅然决然。

"也罢，请海兄下令，愚弟打头阵。"

"爽快。"海兰察赞道，"此战就要仰仗奎兄的四千铁骑了。"

"索伦兵连战两天两夜，该轮到敝人的骁骑营了。"

后半夜，远处的天地会义军点燃无数火把，仿沸一条火龙盘绕在山脊沟壑之中。

清军这里熄掉一切灶火，漆黑一片，悄无声息。奎林的骁骑已经作好冲杀的准备。

天地会义军的首领急于消灭或是击溃眼前的清军，又调集了一切可以参战的人马，迫不急待等着天亮，再以优势的兵力围歼几千名疲惫的清军。从战略上讲是对的，只有趁清军主力没到来之前，消灭眼前的敌军，才能巩固住云林——诸罗城最后的屏障。

然而，在具体的战术上，却犯了个致命的错误，那就是为了分清各部义军的位置，也是虚张声势，让所有的义军点燃火堆或手持火把，暴露了兵力部署的位置，为清军的穿插提供了绝妙的机会。

清军将士处于敌人腹地，都知道冲不过去的结局是什么，自然抖起精神，人人效力，全力冲杀。随着一声令下，分队朝着火堆少或没有火堆的方向悄声冲去。

借着黑暗的掩护，直冲到天地会义军前不远时，才被对方发现。等他们要急调人马堵上缺口时，已经来不及，清军呐喊着纵马杀出条血路，并不恋战，径直向诸罗方向驰去。

天地会义军首领们发现被清军钻了空子，慌忙下令熄掉火把火堆，阻截清军闯阵。遗憾的是陷入黑暗的义军乱套起来，兵找不到将，将寻不到兵，也摸不清对方在哪儿，两万多人马在漆黑中乱窜一气，各自为战，瞎打一通。

清军尽管时时被一股天地会义军缠住，可往往在大批天地会人马到来前脱身而去，除了一小部人马在漆黑中冲散，还在重围中苦战外，其余人马都冲出了云林，向诸罗挺进。

天地会的首领察觉上当，正欲派一部分骑兵追击时，炮声骤然响起，福康安大军的前队兵马已经赶到。

八卦山的义军也正向云林溃退，鄂辉和成德蛮有兴趣地穷追猛打，直到与

福康安大军的前队人马会合，他们的冲天干劲儿才变为冲天的怒火。

"鄂辉，海大人和奎统领已经率兵抵进诸罗，你与本将军一起聚歼云林之敌，然后杀向诸罗。"福康安因为战事顺利而兴奋异常，也顾不得斥责鄂辉和成德进展缓慢，得意地命令。

"什么？海大人……"鄂辉听了大吃一惊，立刻意识到来龙去脉，自己是彻底地被人耍弄了。八卦山力战是自己的，现在云林力战又是自己的，而海兰察就像吃肉那样，把最新鲜最香的部分吃掉，却把筋头和剩骨扔给了自己……他一着急竟然说不出一句话来，憋了半天才缓过劲来，结结巴巴地说："大人，这……云林之敌已如惊弓之鸟，依卑职看有大人的步骑就足够了，卑职还是想冲过云林去诸罗，免得海大人兵力过于单薄，出现什么闪失。"

福康安听了颇有兴致地盯着鄂辉，尖酸地问："既然你如此关心海大人，更盼望前往诸罗领取头功，那为何不及早杀过八卦山与海大人会合？知道么？索伦兵是以一抵十而战，他们歼敌五千，自己也损兵过半，鄂辉，本将军还没追究你救援不力的罪名。罢了，你部随大军先将云林之敌聚歼，之后会战诸罗。"他说完看着满脸不悦、神情颓然的鄂辉，心中暗笑此人争功心切，八卦山不用力，到了这个时候才知道着急。

"福大人，索伦兵作战一向光明磊落，这次何以专做偷鸡摸狗的事？"鄂辉明知福康安怂恿海兰察袒护索伦兵，但哪敢对福康安表示不满，一肚子火全朝索伦兵撒去，语气十分尖刻。

"哦？"福康安一听这话，面色冷峻起来，冷冷说道，"索伦兵两日内连战数场，疾驰三百里，冲过数万叛军的阻挡，在你看来竟然是偷鸡摸狗？！大胆鄂辉，你难道不想要头上的顶戴花翎了么？"

"卑职不敢，用语失当。卑职的原意是说我满洲八旗在八卦山苦战，索伦兵却每每躲开劲敌，干尽风光之事。"

"放肆！"福康安听出鄂辉的话外之音，他哪惧这个，干脆挑明了说，"行兵作战之事，都由本将军调度，你有何怨言不妨对本将军讲好了。"

鄂辉一见福康安认真起来，哪敢再说，忙低下头去。

"休息之后全军出击，你部担当右路，不可有误。"

"喳。"

鄂辉碰了一鼻子灰，回到营地后气得大骂一通，叫来成德商议怎么办。"成大人，台岛之战，头功尽失，难道我二人就这么忍气吞声吗？"鄂辉垂头丧气地嘟哝。

"既然将军大人一力袒护索伦兵，显然一切都是他们商量好了的。你我不宜再公开与其争执，必须另想良策。"成德打仗比不上鄂辉，可在官场上的计谋比鄂辉高出许多，他一看明着来不行，立刻想到其他途径。

"有什么办法？

"这个么——他山之石，可以攻玉。据诸罗来的信使讲，常青将军与许多将领对福康安和海兰察先不救诸罗，反倒先取彰化十分不满，这是个好事，有文章好做。"

"什么意思？"鄂辉有了兴趣。

"常青身为老臣，在朝中德高望重，到台平叛以来不见功绩，肯定心里犯嘀咕，不知日后如何向皇上交代，窝着一肚子火无处发泄。柴大纪和蔡攀龙虽是绿营将领，可新近得势，他们说话的分量也不小呀。"成德的才华此时得到体现。

鄂辉晃了晃脑袋，还是没听出个所以然来，用怪异的目光瞪着成德。成德心中暗叫声：真是地爪。表面上却循循善诱："不妨以讹传讹，散出索伦兵勇猛无敌，却不肯先救诸罗的风声，自然会引起诸罗守军的强烈不满，然后再露出些福康安一味庇护海兰察和索伦兵……咱们怕福康安，常青惧他何来？"成德说得唾沫横飞、手舞足蹈，鄂辉也听得津津有味，清气上升，浊气下降，放了个叫成德吓了一跳的响屁。

中军阵地上突然响起炮声，成德大吃一惊，喃喃道："中军的大炮居然听小炮的指挥？"

第一百一十一章

　　台湾的夜异常短暂，午夜过不久，东方己放亮。

　　清军主力陆续赶到，云林的天地会义军就沉不住气了。

　　当清军的火炮轰过，继而枪石箭雨如冰雹般泼来时，他们临时凑合起来的人马开始慌乱。双方在偌大的山坡、原野上混战起来，清军此时心里有了底儿，不急于赶往诸罗，决心要把这两万多义军就地歼灭，以减轻诸罗城下决战的压力。因此从三面合围，福康安眼见这壮观的场面，一时兴起，率领一群亲兵侍卫向前冲去，正蓝旗大纛随风哗哗作响。清军一见主帅率先冲锋，士气有如火苗般升腾，呼啸着冲上山坡，尽情地砍杀那些原本是庄户人家的天地会义军。

　　风清夜静，星空璀璨。

　　激战了一天的诸罗城又平静了下来，四处弥漫着硝烟和刺鼻的血腥气息，短暂的宁静令人感觉到正在酝酿着更加惨烈的、孤注一掷的战斗。

　　城下的断垣残壁下，躺满了横七竖八的尸首，烧焦的檩木和石块，展示出白天战斗的激烈与残酷。远处，天地会义军的篝火仿佛是一簇簇红蓝色的萤火虫，凝视着黑魆魆的诸罗城。

　　经过了火与血洗礼的诸罗城，犹如一只将要油尽灯枯的巨兽，静静地卧着，连一点喘息声都没有。唯有城墙上来往频繁的巡夜兵丁，不时发出一两声吆喝，才使人感觉到一丝生气。

　　天还没亮前，海兰察和奎林率领的五千多骁骑赶到了诸罗附近。"海兄，叛军激战一天，一定很疲乏，我们本该趁夜袭之，也好使城中知道援军已到。不过我们的兵马也不堪重负……"奎林犹豫不决地问。

海兰察跳下马，望着偌大的一片树林，说："好地方，令所有的将士隐蔽在树林中休息，一个时辰后再战。"

"这样最好，只是日后福大人怪罪下来，城中守军说我们不用力怎么办？"

"奎兄放宽心，"海兰察轻松一笑，说，"你我所部的兵马先到诸罗，主要是骚扰叛军，去其锐气，鼓舞城中守军。说到解围，只凭这几千人马，无疑是以卵击石。据报，诸罗的叛军不下四五万人。"海兰察望着远处漫山遍野的篝火说。

"卑职遵命。"奎林的心一定，转身去传令。

塔尔干悄悄走到海兰察身边，轻声问："大人，福大将军率大军一到，诸罗之围定解无疑，到时卑职率兵先杀到城门如何？"

"怎么，你以为先入城才是头功么？"海兰察微微一笑。

"当然，卑职说的不对吗？再说这一路都是我们当先锋啊。"

"也对也不对。"海兰察坐在地上，让疲乏的两腿休息片刻。

"敢问大人，怎么叫也对也不对？"一根肠子的塔尔干傻乎乎地问。

"对是对在大家都知道我索伦营一路夺关斩将，而不对在于无论索伦兵入不入城，这头功非索伦莫属。既然这样又何必招摇呢？此外，你可曾想过，台岛初乱时，朝廷是怕叛军一发而不可收拾，占领整个台湾。眼下大军入台，捷报会接二连三地传到京师，皇上自然龙心大慰，不会再担心诸罗不保、台湾匪患不平。那么皇上现在最关心、最感兴趣的就是他最恨的人。"海兰察手指叛军大营方向说。

"——啊，卑职明白了，大人是说捉拿匪首才是头功吧？"塔尔干听出海兰察的意思。

"正是，林爽文在台北一带，攻堵罗的是庄大田，此人是叛军中的二头目，捉到他也是大功一件。"海兰察拍了拍塔尔干宽厚的肩膀，少有地流露出一丝不易察觉的歉意，说，"你跟随我十几年，出生入死，对朝廷忠心耿耿，与敝人情同手足，堪称索伦部的骄傲。台湾大捷之后，敝人保举你为台湾陆路提督，官居二品，如何？"

　　塔尔干吃了一惊，疑惑地望着海兰察，"大人何出此言，卑职胸无点墨，只是一介武夫，能跟随大人南征北讨，心已足矣。倘若有一天大人以为卑职无用，卑职便回到索伦草原，什么一品二品，在卑职眼里不过是粪土。"

　　海兰察听了愣怔了半天，随后苦笑了一下，站起身向几个亲兵一招手说："走，去北面山峰看看。"

　　几人上了坐骑向旷野走去。

　　"大人应该休息一会儿，叛军都近在眼前，到时候冲杀就是，何必——"塔尔干嘟哝着。

　　"北边的山峰可以居高临下，俯瞰整个战场，不仅能看清叛军的兵力布置，或许还能分出庄大田的中军大营。塔尔干，决战之时，你率部紧跟贼首的中军，不管其他，明白了吗？"

　　"对对对，大人精明过人，卑职随大人多年，只是这脑袋——"塔尔干憨笑着捶打着自己不比马脑袋小的头。

　　一行人在小树林中穿梭而行，走了半炷香的功夫，前面的两名亲兵突然闷哼一声栽下马来。海兰察此时已经听到了细小暗器的破空之声，分数路扑面而来，情急之下，急忙用箭弓隔开两枚，同时从马上拔身跃起，身体在空中一旋，骤然间向前凌空横旋一丈，落在旁边的草地上。后面的人马哪里想到在这荒野之处会受人暗算，猝不及防中又有两名亲兵中镖，掉下马去，更叫人惊骇的是战马中镖倒地四肢抽搐几下死去。海兰察万万没有想到在这岛上居然还有人要暗算自己，而且使的又是剧毒暗器，手法也十分歹毒老辣，根本不像岛上叛军的伏兵所为。听到后面塔尔干和亲兵跑来时的脚步声，他忙叫："小心暗器！"话音没落，几棵树后和草丛中又响起暗器的破空声，功力不弱的塔尔干闪展腾挪，并以长剑磕落几枚，两名亲兵却又横尸在地。惨淡的星光下，只有海兰察和塔尔干两人持剑，仇视着前方和两侧的丛林。

　　"哈哈哈……"随着一阵大笑，四周走出十几人，天龙大步走到海兰察面前，微微一揖，朗声道："是该叫你师兄还是海都统呢？"

　　"是你？！"海兰察惊问。

　　"京师一别又是几年，想不到吧，我们在这大海中的孤岛见面。"

　　"这么说，你们是……奔着敝人来的？"

"当然，京城的那场比试，在下输了半招，日后苦练数年，你平日里军务繁忙，又不便去军营打扰。"天龙一见对方只剩两人，又显得疲惫不堪，自觉胜券在握，所以打着哈哈。

"是不敢去吧？"塔尔干哼了一声。

天龙不理不睬，继续说道："今日在此恭候，想必大人不会见怪吧？"

看着天龙无所顾忌的模样，海兰察估计"川中侠女"一定也来台岛，并且一定隐藏在暗中，从刚才一出手的样子，今晚不是你死就是我活。他眼见自己的亲兵竟然死在这些宵小手中，早已又悲又怒，平生第一次以瘆人的声音说："就用这为人不齿的手段恭候？早在几年前海某就曾说过与你们再无瓜葛，大路朝天，各走一边，今日出手伤人，就莫怪本将军下手无情。"当"情"字刚吐出口，右手一挥甩出几支袖箭，只听几声惨叫，箭头全部射进三人眼中。

天龙眼睁睁看着海兰察在自己眼皮底下出手杀人，而自己根本来不及保护本门弟子，真是又羞又怒，吼了一声，拔出剑来与天虎一左一右，准备合击海兰察。

"慢。"一声吆喝声，林中走出"川中侠女"，两名女弟子一左一右，顷刻间来到海兰察身边。

海兰察稍稍迟疑了一下，想起了慧瑛，不得不略略客气地拱手一揖，脸色却冰冷地问道："多年不见，敝人以为老前辈的弟子们有所长进，没想到学的尽是下三滥手段，蛇鼠不分，辱没门风。今日敝人于公要为川陕百姓除害，于私要清理门户，还有什么手段尽管使出来吧！"

"川中侠女"出乎意料地并没有暴跳如雷，细细打量了海兰察后，怒极反笑，同样以冰冷的口吻说道："老身原本也想退出武林，隐居田园，从此不问世事。"

"——哦？前辈如果能大彻大悟，或许为时不晚。"海兰察没有想到此话能从她嘴里说出，颇感意外，转念一想刚才射杀亲兵时的毒辣手段，又不相信这女魔头会立地成佛。

"你急什么，我还没说完。""川中侠女"狠狠瞪了海兰察一眼，无限悲伤地说，"无奈老身咽不下这口气，了结了你的事之后，从此金盆洗手，封剑归隐。"

"怎么了结？"海兰察冷笑一声。

"海兰察，你自裁了吧，免得我们费手脚。"天虎早就忍耐不住，他一副胜算在握的样子。

"就算你练成了本门的内功心法，又其奈我何？清理门户，你大言不惭，这话该由我们说才对！"天龙说着一挥手，十几人已经把海兰察和塔尔干围定。

海兰察一看对方有三名高手，自己和塔尔干几日没有休息，浑身乏力，功力大打折扣，而对方是铁了心要取自己性命，肯定是有备而来。所以趁对方言语间，早已蓄力敛气，暗自作了准备，一旦动手先在两招之内除去天龙，干掉这个劲敌后，让塔尔干对付天虎，自己斗"川中侠女"。

"川中侠女"意在趁海兰察激斗中无暇他顾时突发暗器，保证一举奏功，眼见曙色将动，心里开始着急动手。但她素来高傲自负，迂腐到此时还穷摆谱，竟然说道："海兰察，你出手吧。"

天龙听到师父叫海兰察先出手，立即明白了师父的用意，向众师弟一招手，用群殴的办法为师父创造机会。正要出手之际，猛见海兰察双手一分，数枚袖箭迎面飞来，劲力奇大，破空声甚厉。他哪敢硬接，闪展身躯躲过，没想到紧接着一股大力随后击到胸前，他想出掌抵御已经来不及，无奈之中只好仰仗自己深湛的内功，硬挺着挨了这一掌。只听"砰"的一声巨响，天龙庞大的身体震飞，居然撞折了两棵碗口粗的树木，喷出几大口鲜血之后，瘫软在地上，无力再战。

"川中侠女"大惊失色，她惊骇的是海兰察转眼间就随心所欲地使出迷幻内功心法，把功力最高的天龙震伤，真是又气又惊又怕。她怕的不仅是海兰察功力猛长，而且诡诈老辣，他为了一招得手奏功，除去一个劲敌，故弄玄虚，以暗器偷袭让人分神，而后突下杀手。这一掌震醒了她，更证明了此时再不除掉他，以后更没有机会和能力了。就在天虎和弟子们一拥而上，与海兰察和塔尔干厮杀在一起时，她哪还顾得上什么掌门不掌门的，跃身而起，长剑在空中出鞘，向海兰察攻去。

第一百一十二章

　　海兰察一掌将天龙击成重伤，心中宽慰不少，如果在平时，就算是"川中侠女"与天龙联手，他也毫不在乎。可现在不同，连续多日的心力交瘁使他内力大耗，并且冒着风险一出手就使出极耗费内力的内功心法，以求毙敌一大高手，同时又要时时提防那不知何时突飞而来的剧毒暗器，另外还要心悬被众人围攻的塔尔干。真是虎落平阳被犬欺，心理和体力上都承受着巨大的压力，"川中侠女"一出手，他急忙接了过来，百忙中还没忘拍碎一个南派弟子的肩胛骨。

　　"川中侠女"早已察觉海兰察内力不继，知道他疲乏过度，此时假如再冒险施展内功心法无疑等于自杀。十几招后，她改变了以长剑走巧，倚仗清灵诡秘的剑法与海兰察周旋，期待找到破绽后痛下杀手的打法，采取以硬碰硬的刚猛路数。海兰察感到对方的掌力突然间雄浑如涛，一掌比一掌沉重，明白了"川中侠女"的用意，他此时也怕对方采取拖延时间的打法，因为塔尔干一人是根本抵挡不了数人的围攻的。他边与"川中侠女"对掌，边偷眼望去，可怜的塔尔干已经在围攻中破绽百出了，他心思一动，长剑一横封住"川中侠女"的攻势，左手一挥，箭囊中的四只箭羽如电般向对方的四人射去。随着几声惨叫，几人扑地哀号，强劲的箭羽穿透四人的胸膛。

　　"川中侠女"面色一寒，不顾散落在肩的一头长发，一手扣住几枚剧毒暗器，不进反退，身体蹿出一丈开外，想趁海兰察追来时突发暗器。

　　海兰察一见"川中侠女"的手伸向镖囊，就知道她的目的，不但不追反而倒退回数步，唰唰两剑，又解决了对方两人的性命，塔尔干才顾得上喘了口粗

629

气。天虎与塔尔干对过两掌，试出这个强壮的索伦汉子已经油尽灯枯，心中暗喜，急于再下一掌毙了这个劲敌后去帮助师父，没成想海兰察返身突袭，又折了两个师弟，顿时急红了眼，正要豁出性命一拼，只听"川中侠女"高叫一声："各位弟子仔细！"话音没落，十几枚暗器电疾而来。

海兰察没料到"川中侠女"竟然不顾手下弟子的性命，采取两败俱伤的无赖打法，正准备飞身跃起躲避暗器，不想突然蹿出两人死死抱住了他的两腿和腰身。他顿时领悟两人是抱着同归于尽的打算，与此同时，随着一声凄厉的叫器，受伤在地的天龙挣扎着扑上来，两支铁棒般的手臂搂住他上身。

塔尔干早听到利器破空的声音，趔趄着挡在海兰察身前，挥剑隔挡暗器。但气力已尽，失手之间，身中两枚毒镖，哼了一声倒地气绝。

在这电闪雷鸣的一瞬间，海兰察腾出的右掌拍碎了天龙的天灵盖，怒吼声中将两个南派弟子当盾牌一样摔向"川中侠女"，长剑挥舞处，血肉横飞，剩下的七八个南派弟子立时横尸在地，只有被击成重伤的天虎还有微弱的喘息声。

四周又恢复了平静。

"川中侠女"苍白冷漠的脸就像东方曙色将动前的铅灰色，失神的两眼木然盯在死去的众弟子身上。

海兰察趔趔趄趄向她迈动沉重如山的脚步，咫尺距离间竟然走得异常艰难，走了十几步，手一松，长剑落在了地上。他吃力地蹲下身体捡起宝剑，可双腿一软，瘫坐在地上。

"川中侠女"与海兰察对视了一会儿，似乎要说什么，嘴唇翕动几下，却没发出什么声音，她颓然闭上双眼，不一会儿，海兰察听到她胸腔内剧烈响动，显然是自己运用内力震断了心脉。随后，鼻口流出鲜血，高傲的头垂了下来。

海兰察急欲起身，却抬不起有如千斤重的身体，只能长叹一声，席地而坐。

黎明中，一队人马匆匆奔来。

"海，海大人……"一个索伦佐领惊喜交加地呼唤。

"把他们都埋了，塔尔干的尸体带回去。"海兰察淡淡地命令。

"这有个活的？"一个兵丁看着呻吟的天龙喊。

"放了他。"海兰察说完之后，心里面又暗说，留下个种子吧。

几千清军兵临城下，真的是极大地鼓舞了城内守军的斗志，扰乱了天地会义军的心志。

两天后，福康安率领清军主力，击溃了云林的叛军，终于杀到了诸罗，迫使早已人心惶惶的天地会义军在诸罗的群山平原上准备决战。

鄂辉、成德二人一再遭到福康安和海兰察的算计，恼羞成怒，他俩一面修书上呈阿桂，一面积极向福康安请战，要求率本部人马主攻诸罗城正门，夺取攻城的头功，挽回点面子。

福康安一看台南大局已定，急于消灭围城的叛军，也就不太注意鄂辉二人的用心，心想不能对阿桂的门生太过分，西瓜没有了，芝麻总要给一点儿。何况，诸罗城会战肯定十分惨厉，对双方来讲一定会是最耗本的买卖，正用得着鄂辉这员负气作战的将领，尽管他居心叵测，可要的就是他冲城的那股邪劲儿！

各路清军得到总攻的命令后，争先恐后地围向诸罗，已成猛虎之势的清军，都知道升官发财、攫取侯门玉食的机会到了，个个如狼似虎。

天地会义军虽然内外受敌，却死战不退，他们自知这一战将决定台南义军的命运，所以，尽管外围的清军凶猛冲杀，他们一面紧守各路要道隘口，一面向诸罗城做最后的冲刺，双方八万多人马在方圆几十里的平原沟壑中搅在一起厮杀。

鄂辉怀着雪耻和争功的心情，催促本部人马骑兵在前，步军随后向城北冲去，严令将士不得与拦阻的叛军纠缠，集中全力冲出一条通向城门的道路。下面的将领自然明白他的良苦用心，尽量避开堵截的叛军，在战场的空隙中靠近了城北，把两侧的叛军留给了左右两翼的清军，惹得不少清军破口大骂。

"鄂大人，孤军不宜深入呀。"正当鄂辉得意万分，率领前军突进时，成德从中军追上来劝阻。

"成大人多虑了。"鄂辉望了望远处被叛军堵住的两翼清军，哈哈大笑数声道，"倘若人人都冲进来，何以显示你我？"

"鄂大人，我们人马不过数千，夹在四万叛军之中，要救诸罗不是披麻救火吗？"成德当然也想争功，可并不赞同太过冒险，担心鄂辉利令智昏，丢了老本才出面制止。

"成大人看，"鄂辉擦了把汗，指着四周乐津津地说，"别看叛军有四万之众，但此时此刻都成了惊弓之鸟。诸罗四面都是峻岭森林，叛军原本就是乌

合之众，胜则鼓之，败则溃之。有那么多的山林隐匿之处，他们才不会力战到玉石俱焚呢。依敝人看，不出两个时辰，叛军必然全线溃散，向山林逃窜。"

　　成德一听觉得也有道理，在作战方面只能依靠鄂辉，再说人家冲在前头，自己夹在中军，有啥可怕的。鄂辉看出他的心思，拍拍他的肩奸笑道："你当敝人是逞匹夫之勇么？"

　　"鄂大人多心了。"

　　鄂辉眺望远处激战的场面，喝道："传令，全体将士稍事休息，等叛军溃散时向北门突击。"

　　"嘿嘿，妙，太妙了，我们兵不血刃，又可以当先冲到诸罗城下，真是妙极……"成德完全明白了鄂辉的用意，由衷地赞叹。

　　"这叫以其人之道，还治其人之身。说实话，敝人这么做还是和海兰察学的呢。"鄂辉眯着眼，发出猫头鹰般的声音。

　　远处，诸罗城上下炮声阵阵，硝烟滚滚，喊杀声此起彼伏。

第一百一十三章

城东城北方向，先是一小队一小队的天地会义军败退下来，不一会儿，大队大队的人马潮水般退了下来。

天地会义军全线崩溃了。

"上马，向北门冲杀！"鄂辉跳上马背厉声吼叫。几千名清军开始在溃乱的叛军中冲杀，在坦荡的平原上，步骑的优劣顿时显现出来。清军策马纵横驰骋，尽情地砍杀四处逃窜、毫无斗志的义军，特别是到了诸罗城下时，鄂辉更是精神抖擞，一马当先，冲杀于惊慌失措的叛军群中。

城中守军一见援军杀到城下，叛军兵败如山倒，欣喜若狂，蔡攀龙与柴大纪哪肯落后，大开城门，率领守军杀出。

日落时分，清军占领了诸罗附近所有地区，正追歼逃窜的残余叛军。

鄂辉的人马作为前队入了城。

夕阳中，鄂辉登上城楼向下俯瞰，只见漫山遍野中，到处是残破的排车、云梯及死去的人和马的尸体，烧焦的枯木还徐徐散发着青烟，随着晚风飘去，就像噩梦正缓缓从诸罗城离去一样。

作为第一个领兵杀退叛军、率先入城的将领，鄂辉此时的心情十分舒畅，他瞅了瞅陪同自己的守城将领，意味深长地说："不瞒各位大人，如果不是筹划失当，敌人早在两日前就可以率援军赶到。"

"哦？"柴大纪听了一愣，与其他将领对视了一眼，忙问，"鄂大人，此话怎讲？"

"是这样。"成德明白鄂辉的意思，忙接过话题，说，"鄂大人上岸之时就主张大军全力先解诸罗之围，而后与岛上的兵马分兵南北，扫清叛贼。无奈福将军和海大人执意不肯，一定要分兵去取台北，他二人领兵直取无关痛痒的彰化，让鄂大人和敝人从八卦山援诸罗。而八卦山守敌数倍于我军，致使我军受阻，也让诸罗城危情更甚，生灵倍遭涂炭。"

"福将军此举是避重就轻，不分轩辕，有犯兵家大忌之举呀！"蔡攀龙惊叫，"诸罗一失，要十座彰化何用？"

"哦……好在有蔡提督和柴提督两位虎将鼎力支撑，不然诸罗可就……好，不多说了，朝廷重用二位大人，可谓恰到好处了。"成德缩了缩脖颈，挤眉弄眼地感叹道。

清军解了诸罗之围。

天地会人马残余部分别向台北和中部退去。

赴台的清军在诸罗会战的第二天举行入城仪式。

诸罗城外，旌旗遍野，兵将林立。

城中的文武官员及有头脸的乡绅巨贾，依次恭候在城门前，等待平台大将军福康安。

柴大纪和蔡攀龙并排伫立，眼望远处款款而来的福康安和海兰察，流露出不满的神情。

"叩见将军大人。"

所有的文武官员一见福康安走近，齐声跪拜，神色不一。李侍尧偷眼望去，只见柴大纪虎着脸一声不吭，蔡攀龙也是满脸轻蔑之声。他心里一沉，感到气氛不对，顿时留起心来，悄悄对旁边的蔡攀龙嘀咕几句，蔡攀龙漠然哼了一声。

当礼仪完毕，福康安和海兰察等人在一大群官员簇拥下，向城内走去时，李侍尧开始格外注意起这位不可一世的将军大人，揣摩着庆功宴上可能出现的、令人难以预料的唇枪舌剑。

他的担心和忧虑不是没有道理的。

自从鄂辉和成德昨天入城之后，给全体守城官兵的心头罩上一层阴影。浴血奋战了半年的将士，普遍对援军姗姗来迟感到愤懑，这种怒火自然集中在福康安和海兰察的头上。依照惯例，无论战事顺利抑或挫折，各个将领之间都会为功过争执一番。鄂辉和成德显然对福康安不满，同海兰察不和，又自知以他们俩之力惹不起福康安和海兰察，所以游说守城将领，煽动大伙对援军的来迟而怨恨福康安。他们昨天的话无疑是燃起守军将领对福康安不满的火药，必然引起一些将领的公然抨击，特别是平乱中战功显赫、屡受朝廷褒奖的柴大纪和蔡攀龙，这两人心高气傲，一向桀骜不驯，虽是汉军，但威名素著，肯定会有恃无恐。

多年的官场磨砺，许多事实明眼人一下就能看穿，凡是满汉官吏发生纠葛摩擦时，就算是汉官有理，多半也不能胜诉。特别是在满人官吏相互间的矛盾中，汉官更要讳莫如深，千万不可涉足进去，弄得不好很可能成为调解矛盾的牺牲品。

鄂辉和成德对福康安与海兰察的不满，其矛盾发展的结果，无论哪一方胜负，朝中都有人代为周旋或说情。朝廷对此类之争一贯持敷衍调和的态度，只是对外族官吏介入时才认真对付，最后，倒霉的往往是外族官吏。

鄂辉和成德是借蔡攀龙和柴大纪闻名遐迩的声名，再加上常青这样七旬老臣的威望，加大抨击福康安的力量。如果事情闹僵的话，可不是他们两人的事了，这才是他最担心的。同是先后赴台平叛的将领，又是闽浙多年的同僚，这两个初生牛犊子一闹，别人就自然怀疑自己和他们是一伙的。卷入这种是非中是他最忌讳的，再说了，你柴、攀二人的地位可是在动乱中得到的，朝廷以此嘉奖绿营官兵为其效力，表面上是以战功擢升，骨子里说不定还当他们是乱世枭雄呢！高兴了就加官，不高兴了还不是一踢了之？

常青虽然是旗人中的老臣，但这一次师久无功，在皇上眼里已经是土埋大半截的人，他的话在皇上耳朵里没有多大的分量。因此，柴大纪和蔡攀龙一旦迎合鄂辉，和福康安顶起牛来，会被福康安——甚至皇上认为是代表了汉族官吏们的意思，那……

他怕的就是这个。

对在台岛战事中出现的满人之间或是满汉官吏之间的纷争，他坚决地统统回避，他太清楚了，别看自己是从一品总督，能在闽浙呼风唤雨，可要真正和福康安这样有根有底的满臣相比，不过是个曳裾王门的食客而已。纵观古今，这是一条铁律啊！

　　前面，福康安在侍卫簇拥下耀武扬威地走着，两侧的本地官吏则像老鼠一样，低着头，缩着脖子尾随。

　　苦战了半年多的诸罗城内，到处是碎石残木、被炮火毁坏的残败屋宇，一队队瘦骨嶙峋、面色黝黑的兵丁，还有肥头大耳的乡绅，都瞪大眼睛，瞅着这些从京师来的大员及八旗军。

　　提督府大厅内，早已准备好了美酒佳肴，一群好不容易才纠集起来的歌妓，躲在远处向大厅中频频探望。

　　福康安坐在首位，环视了四周一下，心中好不得意，听到众官吏不绝于耳的赞扬声后，乐得笑眼迷离。

　　海兰察坐在下首，两眼流星般飞转，早把所有的官吏尽收眼底。当他的目光落到鄂辉身上时，眉头不由皱了皱。

　　鄂辉正同临近的柴大纪窃窃私语，柴大纪眉头紧锁，脸色铁青，不时朝福康安和海兰察瞟一眼。成德也在和蔡攀龙嘀嘀咕咕，模样十分亲热。

　　海兰察不动声色地同李侍尧共饮一杯后，悄声问："李大人，敝人不明白，诸罗之围已解，台南大局已定，平息叛乱指日可待，有的人怎么闷闷不乐呢？"

　　"这个……"李侍尧早就察觉场面气氛阴郁，多数人都是谦谦之词，恭维搪塞之语，虽说面含笑靥，却极不自然，给人以做作之感。海兰察既然问起，想必是察觉到了什么，该怎样回答呢？他犯了难。

　　他没想到海兰察不去问常青将军，也不问八旗其他的将领，而是偏偏问自己这个汉将，语塞了片刻，干咳了几下，笑道："不瞒大人，城中的将士被围困数月，盼援军心切，原以为……大军上岸后会马不停蹄驰援诸罗。当然，大将军分派兵马自有其妙用，出人意料也是常有的事，再说，诸罗会战大获全胜，还有什么可说的呢？敝人就不相信那一两个宵小之徒的挑唆之说。"

　　李侍尧不愧官场宿将，讲出这些不痛不痒的话，既不掩饰知道的一切，又不肯把话说得太透，一方面证明自己不撒谎，另一方面也暗示了自己的难处，不同人结怨的意思。

　　"喔，好，说得好哇。李大人既刚直不阿、又精明过人哪。"海兰察微笑着点点头，打量着这个身材不高、浑身透着机灵劲的闽浙总督。

　　"福大人，卑职有一事不明，冒昧向大人讨教，不知可否赐教？"柴大纪等众人吹捧完，站起身，冷冷问道。

"喔？说，说来无妨。"福康安听出对方口气不恭，笑容逝去。

"诸罗被困已久，危在旦夕，而大军上岸后却没有全力驰援，反倒先取彰化。恕卑职冒昧，彰化与诸罗相比，孰轻孰重？"柴大纪生性耿直，又新加太子少保衔，以骁将驰名，说话相当冲。

"柴提督只知其一，不知其二。"福康安听出对方质问的口吻，心中大为不满，口气也很尖刻，"大军取彰化，那是避实就虚，给叛军一个错觉，海大人率索伦营不是一天两夜便赶到诸罗了么？大军不是击溃叛军了么？"

"话是这么说，可诸罗守军付出了多少代价才守住城，大人没有体察吗？"

"放肆！"福康安大怒，叫道，"本将军率大军援台，是要平息全台的战乱，不是一个诸罗，是进是退，用兵方略自有主张，难道还要向你禀报吗？！"

"大人言重，卑职可不敢有这个意思。"柴大纪一看福康安以势压人，口上虽然一软，心里却更加不服起来，"卑职是说一旦诸罗有失，朝廷怪罪下来——"

"自有本将军承担。"福康安打断对方的话。

"福大人，"常青颇为不满地斜睨了福康安一眼，说，"城破之后，不但失去台岛南北要塞，而且生灵涂炭啊。"

"不错，诸罗的乡绅子民协助守城，叛军对此恨之入骨，万一城破，叛军势必痛加洗劫。"蔡攀龙插言道，他对福康安的自负高傲非常反感，尤其是见福康安把城中数万军民的性命当儿戏，更加愤愤然。

海兰察冷眼观察了半天，这时开了口："诸位，倘若大军全力从八卦山援诸罗，叛军必然从云林增援。而八卦山地势极不利大军作战，如果战事真的久持不下，我大军便是上了叛军的当，那么诸罗在何人手中就很难说了。至于用兵之道，也是因人因地因时而异，不过，凡为将者，用兵尽可不尽相同，其目的就是一个——克敌制胜，诸位可有同感？"

海兰察的话一讲完，众人一时都沉默不语，是的，假如大军全力从八卦山死拼硬打，叛军同时也集中人马拼命堵截，清军即使取胜也绝不会如此之快。看来福康安以一部精锐吸引叛军，再以奇兵从侧翼偷袭，扰乱叛军的谋略是有道理的，鄂辉、成德的话一定是言过其实，说不定掺杂许多个人的成见。真要是那样的话，得小心着点儿，这两个混账东西！

第一百一十四章

众将领都看出了苗头，有人对鄂辉和成德的话产生了怀疑，都各自想着心事，场面一时冷落下来。福康安作为大将军，一直保持强硬态度，此时仍然绷着脸，斜视着柴大纪与蔡攀龙。其他人一见这个场面，谁也不知说什么好，既不能得罪地方上的地头蛇，更不能让福康安这条强龙不高兴，干脆也来个低下头不吭声。海兰察见场面气氛僵硬，抬头向对面的李侍尧望去。

李侍尧一看守军中的将领颇多怨言，有几个还公然顶撞大将军，心里暗暗着急，他怕闹得太僵会累及自己这个新任闽浙总督，不管咋说，自己的治下出了问题，当然要担待些责任。正准备出面化解，看到海兰察传递过来的目光，立刻心领神会，乐不得做个顺水人情。他站起身先是逼视了不知天高地厚的柴蔡二人一眼，开了口："诸位大人，诸罗一战已经奠定了台岛的局势，平息动乱指日可待。将帅的用兵之道不尽相同，但正如我朝名将海大人所说，不外乎是殊途同归，剿灭叛军而已。现今解除了重围，会战获胜，皆大欢喜，当以商讨如何追剿台南叛军残部，然后合兵进逼台北，擒拿匪首林爽文、庄大田才是。"

李侍尧身为闽浙总督，协办台湾事务，是当地实权人物，他的话自然有一定的分量，除了柴大纪和蔡攀龙，其他将领无不点头称是，场面又活跃起来。

福康安注视着李侍尧，听到对方的话没有一句赞扬自己，心中很不高兴，后来细细一琢磨，才感到了这位新任总督的过人之处。李侍尧虽然没有正面赞扬自己的丰功伟略，但是借朝野公认的名将海兰察来标榜自己，岂不是说自己在行兵布阵方面比海兰察有过之而无不及吗？这不明摆着偏袒和吹捧自己吗？

况且，这种站在第三者的角度上，婉转含蓄的褒扬要比一屁股坐到自己这边，大肆吹捧有更奇妙的效果。

福康安乐了，心里甜丝丝的。心绪一好转，脑瓜也灵活起来，想起了很多气头上忘记了的事情。此时此刻，他才清醒地意识到，在这块远离内地、多是异族的小岛上，万万不能鲁莽行事。诸罗一战虽然大胜，但在这高山之岛，要剿灭尚有七八万之众的叛军，还要依靠这些土生土长，深知此地山川地理、民俗民风的将领啊！

另外，柴大纪和蔡攀龙虽然对上不恭，但他们都是二品大员，就是有罪也得由皇上处置。当年阿桂在金川平叛，皇上给了他相当大的权力，那也不过是处置三品以下官员的权力，而自己眼下还不能与阿桂相比，所以，当忍则忍，小不忍则乱大谋。

乾隆五十二年十二月。

清军攻占大埔林、大埔尾，逼近林爽文起事地点——大里戈。

海兰察因战功卓著，被朝廷擢升为二等超勇公，并赐红宝石顶，四团龙补褂。

福康安出师仅仅两个多月，就平定了大半个台湾，心情自然很舒畅，来到台湾西湖后，雅兴大发，一个风清月朗夜，特邀海兰察来到湖边。

"哈哈，海大人，谁能料到在此小岛上，竟有如此绝妙去处，依敝人看，比起杭州西湖怕是有过之而无不及。"福康安眼望满目美景，不住嘴地赞叹。

"是啊，"海兰察点头道，"海某自幼在草原，虽然也领略过呼伦湖的良辰美景，但这般景致确实别有风韵。"

两人边说边沿着湖岸悠悠而行，只见垂柳笼烟，奇花异草，倒映水中，湖面弥漫薄薄水汽，波光微微，柳丝拂面，荷花沁脾，赛过杭州西湖的"曲院风荷"。

"海大人，说起来人生真是凶吉莫测、祸福难卜。几日前我们还在沙场冲杀，血染鞍甲，今天却在这里漫步逍遥……"福康安触景生情，发出感慨。

"是呀，福大人，人生少不了喜怒哀乐，喜中有忧，乐中有哀，或许就像日月星辰一样，在十二个时辰中交替往复。此时此刻，也是你我二人的喜辰，

之后么，就不好说喽。"海兰察话中有话地说。

"是么？"福康安惊讶地转过头，看着低头沉思的海兰察，问，"海大人一向无所畏惧、乐观豁达，今日何出此言？"

"哈哈哈，"海兰察自嘲般地大笑几声，说，"福大人今日难得有如此雅兴，敝人还是不便说出扫兴的话。"

"哪里，敝人的性情你很清楚，还是耳闻为快。"福康安知道海兰察不是随意说话的人。

"也好，既然福大人执意要听，那么敝人陪同大人游览一番后，寻个僻静之处，细酌慢谈如何？"

"好，敝人正有此意。"福康安连声叫好。

两人继续沿湖滨慢行，不知不觉到了林间，只见古木参天，绿草如茵，鸣禽婉转，与村籁、轻风、流水相应，令人心醉。湖中一岛，孤悬湖心，非舟莫渡。

"来人，备舟。"海兰察喝令后面的侍卫。

"喳。"几名亲兵连蹿带蹦地跑去。

不多时，两人到了岛上，见前面有一座圆亭，古意盎然，朱漆雕栏，檐牙高啄，金碧辉煌。

"不错不错，海大人，在这明月清风中面湖而酌，岂不是一大乐事？"福康安大叫。

"来人，备酒菜。"海兰察吩咐。

转眼间，侍卫们将早已准备好的酒菜摆上，两人对面落座，低酌慢饮起来。

"福大人。"

"嗯？"

"依大人之见，这台湾西湖美在何处？"海兰察问。

"哦……这个么，"福康安沉吟了一会儿，笑问，"海大人以为呢？"

"敝人首推古朴二字。"

福康安眼珠转了转，点头道："有道理，凡物都讲古朴天然，去掉雕饰做作。慧眼独具，佩服。"

"福大人过谦，敝人不过说出两字，而大人引题发挥，令人耳目一新。"海兰察有意推让。

"不不不，海大人，"福康安饮下一杯酒，道，"方才明明是大人先提出古朴二字的，敝人不过是查缺补漏罢了……"福康安认真地说道。

"如此说来，海某的一孔之见权当引玉之砖喽。"海兰察说到这里，话题一转，正色道，"倘若人人都像这万物一样，天然去雕饰，丢弃做作的恶习，那么就好分辨多了。"

"大人有话尽管说，你我二人之间还有什么遮遮掩掩的。"福康安精神一振，知道海兰察有重要的话要讲。

海兰察见福康安十分注意自己的话，心中暗暗高兴，借着斟酒的空隙，琢磨好了措辞，开口说："柴大纪与蔡攀龙两人出言无状，可奇怪的是他们如何得知详细的内情，他们的怨气代表着许多守军的意思，这就说明有人散布谣言，并且是恶意中伤将军大人的用兵方略。"

福康安衔杯不语，默默沉思了一会儿，猛然醒悟，吼道："难怪这两个人不知天高地厚，胆敢在众将面前顶撞本将军。哼，他们官居二品，还真的以为本将军奈何他们不得！"

"福大人先不要动怒，这两人算得上是猛将，平台还要仰仗他们，大人心里即便有气，也要忍耐一时。另外，敝人这几日打探出了不少消息。"

"福大人，柴大纪为人狂妄，蔡攀龙虽然是个猛将，却不像常青所讲的那样战功显赫。"海兰察开始把自己几日探到的消息慢慢托出。

"柴大纪是狂妄之徒，但不足为患，敝人已上呈奏章，只是常青这个老臣棘手一些。他在朝中与许多王公大臣来往颇多，关系密切，参他可非同一般啊！"福康安也说出心中的忧虑。

"福大人不要忘了，常青上书说蔡攀龙和柴大纪多次率军出城杀贼，屡败叛军。其实诸罗被围时不堪自保，哪里还能有出城迎战、杀贼遍野之说？常青这么信口胡说无非是在掩饰自己师久无功之罪，弄得朝廷信以为真，竟然将一个副总兵的柴大纪擢升为陆路提督。这不是滑天下之大稽的欺君之罪么？"海兰察冷笑道。

"——啊，不错，海大人果然精细，敝人有办法了！"福康安如梦方醒，长吁短叹。

"再有，鄂辉和成德先前入城，而城中将领随后就对大军上岸后不先救诸

罗不满，颇有微词，并且在宴席上公然顶撞大人。敝人以为都与这二人有关，况且，自从大军登岸以来，他们二人寸功未立，肯定怀恨在心，当然会挑唆众人与大人作对。对此，不可不防啊。"海兰察盯着眉毛拧成一团的福康安，进一步点拨道，"当然，君子坦荡荡，可不能不防小人之心。我大军入台后的举动，阿桂在京师都了如指掌，俗话说：恶人先告状，福大人最好先声夺人，皇上远在京师，闭目塞听，小心奸佞之徒妖言蛊惑才是。"

"呸！阿桂就算有耳目，其奈我何？大军入台后，扭转危局，威震闽浙，即使有人向上谗言，皇上未必肯信！"福康安怒气冲冲，倚仗皇上对自己的偏爱，又耍起横来。

"皇上对大人自然是深信不疑，不过，大人别忘了，众口铄金呀。"海兰察一看福康安要开光棍，暗暗摇了摇头，苦口婆心地劝道，"朝中对大人不满的人就会蛇鼠一窝，用谣言大肆诽谤，以乱视听，不是让皇上为难么？"

"那么依海大人呢？"

"福大人何不抢占先机，未雨绸缪呢？"

"对，敝人先弹劾常青等人。"

"不然，"海兰察轻轻一摇头，说，"常青年迈昏庸，敝人听他气息时断时续，印堂青紫，这是来日无多的迹象，随时都可能撒手西去。犯不上如此下力气，倒叫朝臣误认大人不敬老臣，不划算。"

"海大人的意思是——"

"倒是应对鄂辉和成德严厉一些。"海兰察望着茫然的福康安说，"大人不要忘了，守军将领的怨气都由这二人而起，此外，他们的背后有阿桂呀。大人真正的对手不在台湾，而是在京师啊！"

"——啊！"福康安两眼发亮。

月儿皎洁，夜色宜人。

海兰察和福康安都为在战争的闲暇中，有此美酒良宵的境遇而高兴，两人又是知交，不觉都喝得多了些。

"海大人，敝……"福康安的舌头开始转弯不灵，只是脑子还清醒，一挥手，所有的侍卫亲兵都退到很远，"敝人……可是听说了，你与那个什么川中老妖婆交手的事。"

"唉——师门内龌龊之事，实在叫人羞于启齿，不提也罢。"海兰察一听福康安提到师门的事，脸上布满阴霾，神情悒郁起来。

"海大人，敝人……就是不明白，你在那……如花似玉的师妹面前，何以把持得住？嘻嘻，不瞒大人，要是换了敝人，无论如何也不会耽误那销魂时刻。嘿嘿……"福康安醉眼迷离，言语开始无状。

第一百一十五章

"福大人，图大业者，万万不可……迷恋女色，何况敝人的这位师妹性情刁顽，志不同，道自然不合。"海兰察觉得眼皮发沉，疲乏劳顿阵阵袭来，借着酒意感叹道，"敝人能蟒袍加身，光宗耀祖，除了金戈铁马之功外，也有不为情所困、顾大义识大体之德。哼，官场如战场，江湖何尝不险恶？'川中侠女'为一秘籍渡海而来，其中也有为其女寻仇的意思……"

"海大人身在仕途，功成名就，还要那秘籍何用，给了他们不就完了么？"

"大人所言差矣。"海兰察摇摇晃晃斟上酒，说，"福大人有所不知，本门武功秘籍不是随便可以传授的。敝人的师父与两位师伯再三告诫，而那'川中侠女'一向敌视朝廷，常常同地方官吏对抗，这且不说，就是对武林同道也是蛮横刁顽，惹得大家怨声载道。这样失德之人，不忠不义不仁不孝的人得到秘籍，不仅为害武林，累及同道，更不为大清律令所容。大人说，我能给她么？"

"大人师门武学真的如此厉害？"

"不错，不然怎会让江湖上各武林门派垂涎三尺？"

"那……么，敝人拜你为师如何？能练就一身绝世武功倒是不错，好，就这样，你我是……知交，想必会倾……囊传授吧——啊？"福康安已经语无伦次，一时心血来潮，竟然想学迷幻派武功。

海兰察一听酒醒了一半，愣愣地盯着异想天开、执意拜师学艺的福康安，半天说不出一句话。

"海……大人是嫌敝人资质不够么？"

"哪里，敝人……有句话不知当说不当说。"海兰察眨眨眼说。

"请讲。"

"哦……福大人可曾听说过敝人练功几乎走火入魔的事？"

"听说过，那是在杭州吧？"

"是呀，就是在杭州那次，说来真是后怕啊，如果不是敝人的二师伯功力高绝，敝人恐怕——唉，福大人，敝派武学虽然高深，可也有纰漏之处。"

"纰漏之处，当真？"

"不敢相瞒，本门武功练起来起初进境很快，这是师祖当年不慎所为，师祖日后也长吁短叹，武学一道实在高深莫测。敝人练功三十几年，自以为轻车熟路，其实一直未能领悟真谛而时时处于凶险之中，上一次如果不是有人及时出手相救，敝人早已气绝身亡。"海兰察有意信口胡诌，让福康安知难而退。

"这样说来，这功是练不得喽？"福康安面色不悦道。

"福大人如果执意要练，那有何不可，只是一旦出了偏差，那……"海兰察住口不说了。

"敝人可以循序渐进，绝不贪功冒进就是。"

"何止这些。"

"还有什么？"福康安急问。

"福大人，习武之人，特别是修习内功者，最忌失去真元之气。不克制和除去酒色，就一事无成，甚至引火烧身……"

福康安要习练武功的原意就是担心自己整日寻花问柳，时间长了身体会熬不住，想以习武练功来弥补。现在一听习武练功要首先除掉酒色，顿时大失所望，张大嘴巴愣在那里。

弯月西斜，夜已见深。

福康安酒意渐醒，从荒唐的梦境中解脱出来，同海兰察又商量了一会战事的安排。

"柴大纪气焰嚣张，饶他不得！"福康安恨恨道。

"可是大人不要忘了，千万不能叫鄂辉等人渔利。"海兰察一看福康安只顾眼前的个人恩怨，坚持要先弹劾柴大纪，心里暗自叹息。

"海大人，贼首林爽文和庄大田已逃窜，本将军想派精骑星夜追剿，务必

要擒获。这样皇上才能龙心大悦，此功万万不能让柴大纪和鄂辉所得！"福康安对这一点倒是十分提防。

"此事不劳大人费神，敝人早有安排，已经派侦骑打探，如果得到准确的消息，敝人亲自率领人马前去拿获。"海兰察含笑道。

"活要见人，死要见尸。只是海大人行止须小心，上谕要大人不可临阵接敌，一旦有什么闪失，敝人可是无法向皇上交代呀。"福康安见海兰察要亲自出马，知道林爽文是插翅难逃，心里很高兴，但想到上谕所说，又不得不惺惺作态地叮咛几句。

"敝人倒是不要紧，福大人却是要提防一些。'川中侠女'虽然自断经脉而死，可她的弟子天虎不见踪影，敝人担心……"海兰察想到逃去的天虎，眉头紧锁，心情沉重起来，他担心天虎孤注一掷，对福康安下手。另外，自己想给南派留下一点香火的打算是对是错？天虎一回到川陕，肯定又在武林掀起风波，因为"川中侠女"死在台湾，在场的只有自己和天虎，如果有人说是自己杀了"川中侠女"，天虎不肯为自己作证，那……江湖各门派会怎样？更要紧的是大师伯和二师伯会怎么想，就算"川中侠女"千错万错，可总归是他们的小师妹呀？

湖面吹来湿润凉爽的风，温柔地抚摸着海兰察燥热的胸膛和两颊，驱赶着他脑海中纷繁的思绪，冷却着由于美酒催发起来的种种幻觉，使他又面临无法摆脱的现实。

是的，他既感到充实又觉得空虚，对未来重新产生了凶吉未卜的忐忑不安，他时而兴奋，时而忧郁，欣喜又沮丧，一种说不清道不明的感觉在胸中交替翻涌……

清军在台湾军事上节节胜利，捷报频传。

在闽浙到京师的驿站之间，六百里快骑来往穿梭，一方面是呈报赫赫战果，使远在京师的乾隆皇帝阵阵喜悦；另一方面，也把各将领和大员之间的相互弹劾奏折送到朝中大臣，或是皇上的手中，一喜一忧，使年事已高的乾隆皇帝嗟吁不已，眉心上不时流露出忧郁的表情。

这一切当然瞒不过朝夕相伴的近臣，更瞒不过阿桂的眼睛。

接到鄂辉的密报，他也曾分析了一下眼前各势力间的力量，觉得直接弹劾福康安是不明智的，别看很多人恨他，联手弹劾他，只要有皇上这个老虎护着他，那几条小狼算什么？无论怎么说，福康安领兵援台，真的是一路凯歌，如今台南已定，正横扫台北。满朝上下人人交口称赞，此时找福康安的晦气，无疑会引起众人的反感、皇上的猜忌，到头来玩火自焚。再说，协办大学士尚阿力这老东西不知道犯了什么邪劲儿，一个劲儿地鼓捣几个连说话都费劲的王公找自己的麻烦，弄得他防不胜防。所以，把福康安先搁一搁，以后再说，先专心致志地对付尚阿力，把这条喘气都困难的老狗弄死。

对海兰察可就不同了，此人虽说勇猛善战，但甘为福康安的左膀右臂，着实令人可恨！此外，海兰察近些年来的变化，不能不引起他的警惕。这就是以海兰察的才智和武略，如何会甘心依附昏昏庸庸的福康安呢？这个索伦将领倒向福康安居心何在？他琢磨了很久，越想心里越凉，脊背上透出冷气。是呀，不错，这个索伦人不一般呢，舍弃自己这个掉了牙的老马，趋附于福康安，这明摆着是借助枝繁叶茂的大树乘凉，丰满自己的羽翼，为独立门户作准备呀！官场啊，就像粪坑呀，沾上了就有味啊。

每每想到这里，他不由感叹起来，世风不正，人心不古，自己年轻的时候，何尝不是满腔热血、一身傲骨呢？一旦陷入仕途又都想各领风骚数百年哪。这个索伦人有如此大的抱负，确实不能等闲视之，那就用官场的规矩来吧，顺我者昌，逆我者亡！海兰察现在与自己不过是一步之遥，这只索伦虎竟然在自己身边慢慢长大了，别看此时仍然闭着眼，装作很驯服的样子蹲卧着，可谁敢保证他没有一点张口吃人的意思？谁能断定他不是在积蓄力量，有朝一日一跃而起，把别人取而代之呢？！

猛将不假，善谋也是真，不过，那也得除掉。谁让你在这条道混呢，官道碰贼，夜路碰鬼，这是条不变的定律，你的功劳越大就越可怕，傻小子，这怪不得我阿桂，仕途本身就是鬼门关啊。

他反复想了很久，怎样名正言顺地扳倒海兰察，除去福康安的一条手臂。竟然一时想不出什么办法，许多念头一闪便又否定，最后，只有一个办法让他怦然心动，那就是以己之矛刺己之盾。让福康安和海兰察窝里斗，这个想法初一听似乎可笑，觉得近乎荒唐，不过，不妨一试，此计用得好可是一箭双雕呀。难是难了些，但是官场上得胜的都是不怕困难的人！

第一百一十六章

阿桂在等待时机，没多久，这种机会就来了。

驻西藏大臣巴忠的奏报到京，廓尔喀人出兵骚扰后藏地区，驻藏的清军兵力单薄，远不足抵御廓尔喀人，请朝廷派兵入藏。

巴忠原是侍卫出身，全仗阿桂之力一步步得以擢升，西藏虽说是边远蛮荒之地，可好赖也是封疆大吏，所以对阿桂感激不尽，阿桂对西藏边陲的事情也了如指掌。

根据巴忠的密报，他猜测廓尔喀人不满意清廷规定的五年朝贡一次的规定，仗着西藏地域偏远，朝廷鞭长莫及，意欲推翻以往的习俗和规定，特别是在英夷的蛊惑之下，甚至对后藏地区也萌动野心，有伺机吞并的打算。因此，他断定眼下的骚乱不过是廓尔喀人试探锋芒，投石问路而已，后藏迟早要有一场大乱。

有了思想准备，当皇上召见他和几位大臣，商讨后藏事宜时，他从容不迫地说："皇上，廓尔喀虽属小邦，但倚仗西藏与内地路途遥远，他们又有英人的支持，早与我朝有背心之意。依臣之见，他们这是小试锋芒，窥探我朝的决心和动向，如不加强设防，日后定有大乱。"

"朕也是这样想，后藏路途遥远，道路不便，派重兵常驻是不行的，卿等的意思是……"乾隆皇帝扫了众大臣一眼问。

照理说，凡是涉及到蒙藏地区的事情，应该先让理藩院拿个主意，理藩院的侍郎刚想张嘴，一看到阿桂威严的目光，只好生生把话咽了回去。

"皇上，廓尔喀弹丸小国，原本世受天朝恩泽，如今不思报恩反而为祸，如不严厉弹压，让附属小邦纷纷效仿，那么天朝的颜面何在？臣的意思是令一部精锐赴藏，在埃佛勒斯峰下的聂拉木一带，伺机痛击廓尔喀人，使之晓以利害，不敢肆意妄为。"阿桂接口说，他明白皇上此刻的心情，眼前的这个自认为是盛世的国君，由于年事已高的原因，大不像从前那样对乱事巨细都过问，而是尽可能想息事宁人。不过，有一点谁都清楚，皇上现在对编撰记录自己在位期间的十全武功很有兴趣，正在搜肠刮肚地网罗功绩。假如把廓尔喀之乱写入史书，皇上肯定欢心。有了这个把握，他停了停又说："皇上，廓尔喀人对后藏垂涎已久，一定会铤而走险，臣以为这是一场保护我大清疆土的一战啊！"

乾隆皇帝听了这话，眉头一颤，问："听卿的意思，是说后藏的战事要比平台之乱还重要？"

"当然。台湾是内乱，而这廓尔喀可是外夷入侵哪！后者当然又当别论。"阿桂动情地说。

乾隆皇帝眼睛一亮，精神抖擞起来，早先那种事必躬亲的龙马精神又回到身上。阿桂的话一点不错，平内乱怎么能和抗外夷的功绩相比呢？假如能把抗廓尔喀入侵写到书中，那才是流芳千古的美妙佳话呢。

"阿桂，依你之见，派何人入藏呢？"乾隆皇帝热心起来。

"回皇上，台湾乱事即将平定，臣的意思是调回鄂辉和成德的人马入藏。"阿桂答。

乾隆皇帝稍稍沉思了一下，问："凭他们所部的几千人马未必使廓尔喀人心服口服吧？"

"台湾的战事一了，大军明年初可返回，到时可派福康安和海兰察率兵进藏。"阿桂几乎是咬着牙说出来的，不仅使在场的大臣们一愣，就是乾隆皇帝也为之动容，特地盯了他好一阵儿。奇怪这个素与福康安不合的老臣，怎么今天这么痛快地举才纳贤？"

"好，卿为国为民，一片忠心，那么就这样办吧。"乾隆皇帝下了决心。

上谕传到了台湾，鄂辉和成德快快不乐地带兵离开了战事已经平定的台湾，渡海到闽浙。

又过几天，收到了阿桂的密信后，他们沮丧的心情才云开雾散，喜形于色。

"还是阿大人体察你我二人的苦衷呀。"成德叹道。

"也好，入藏尽管辛苦，却也是大功一件，依阿大人之计，福康安和海兰察反目成仇之日就为期不远了。你我二人静等头功好了。"鄂辉精神大振，气宇轩昂。

"好倒是好，不过那个天虎可不太容易找，即使找到了也未必听我们的摆布。"成德有些担心。

"这就不用你我费心了，阿大人既然安排妥当，就无须我们操心了。那个天虎一定逃回了川中，必定会召集同门和纠集江湖高手，准备为师父报仇，只要拿住他就不怕他不合作。"

"川中的迷幻剑派弟子众多，阿桂大人派去的人未必轻易得手，再说，指使迷幻派高手刺杀福康安，嫁祸海兰察的事一旦泄露，可是满门抄斩之罪呀。"成德心里隐隐有种恐惧感。

"嘿嘿，成大人的忧虑也许不无道理，这也正是阿大人利用他们门户之争的道理。放心，江湖上早有传言，说海兰察秉性狠毒，为了荣华富贵不惜欺师灭祖，残害同门，他在台岛杀了许多同门师弟和'川中侠女'，这样的人说他为了独得平定西藏之乱而谋害福康安，没人不相信。"鄂辉冷酷地笑道，"还有，你我跟随阿大人多年，还不知道他的性情么？这也是不得已而为之，看来，阿大人也到了黔驴技穷的地步，不然不会出此下策。有道是姜还是老的辣，所以不派侍卫中的高手协助天虎，一是怕走露消息而留有余地，二是事成之后，凡是参与此事的江湖高手，一个也剩不下……"

看着鄂辉手掌向下的姿势，成德心里一颤又一喜，是的，只要杀人灭了口，就会高枕无忧，福康安在青藏高原被迷幻派杀死或杀伤，海兰察就是一身上下都是嘴也说不清。一刀两个窟窿，妙，妙极！

"成大人，敝人不明白的是阿大人为什么令你我二人入藏后不可力战，连一个胜仗都不许打。如果那样，兵部和皇上……"鄂辉困惑地问。

这下轮到成德得意了，他诡秘地眨眨眼，说："鄂大人，阿大人的过人之处就在这里。我们如果击退了廓尔喀人，皇上又何必派福康安和海兰察率兵入藏呢？他们不入藏，这大事怎么可成呢？"

"——喔，敝人明白了，"鄂辉这才转过弯来，想了想又说，"这样好倒是好，只是你我难以见功。"

"哪里话，福康安和海兰察二人一旦有了变故，这前后进藏的大军还不是由我们二人统领？到那时，鄂大人不就有了用武之地了吗？"成德摇着脑袋反问。

两人又嘀咕了一会儿，爆发出阵阵朗朗大笑。

又行进了几日，终于等到了阿桂派来的侍卫和信使，得到了已经擒获迷幻派天虎的消息。

两人急催大军急进，十几日后到了京师。

阿桂迫不及待地召见了他们。

"两位军旅劳顿，本该稍事休息，无奈事关重大，老夫不得不劳动二位。"阿桂望着风尘仆仆的鄂辉和成德说。

"大人言重，卑职无用，台岛之战有负大人厚望，还望大人原宥。"鄂辉胆怯地瞥了阿桂一眼，低声自责。

"算了，那也怪不得你们。"阿桂摆摆手，沉吟一会儿，又说，"事关机密，你们必须尽快离京。那个迷幻派的天虎十分了得，伤了老夫的两名高手，好不容易才拿住他，现关押在城郊。此事绝不能让外人知道，你们自去办吧，其余的武林奇人，老夫都安排好了。"

"喳，卑职一定办好。"

"还有，驻藏大臣巴忠处，老夫已经传书，叫他与你们齐心合作。入藏后……"阿桂的声音越来越低，室内的灯也随着阿桂的声音，越来越弱，越来越暗。

郊外，几匹骏骑向旷野疾驰。

在一处孤零零的残破院前，鄂辉和成德下了马，径直向屋内走去。

第一百一十七章

　　屋内蹿出几名侍卫，一见是鄂辉和成德，忙躲到了一边。屋内只有一盏昏暗的油灯，掺杂了许多杂质和灰尘的灯油使火头不时噼啪作响。潮湿的地上，一个衣装褴褛的大汉倚在墙上，屁股下面是一堆发着霉味的烂草。听到门响，他的一双虎目瞪圆，仇视着斜视了一下鄂辉和成德，喉咙中咕噜了几声，显然被点了哑穴。鄂辉和成德对视一笑，蹲在了壮汉跟前，仔细打量起天虎。

　　比起两人看到的图形，眼前的天虎消瘦憔悴了许多，两人知道侍卫们在这些日子里没少使用手段，单是那粗重的锁链和脚镣，就几十斤重。鄂辉略略斟酌了一下，装出一副惺惺相惜的样子，开口道："大侠不必动怒，如果不是有要事相商，绝不会怠慢阁下，下人愚鲁之处，还望多多担待。"说着右手探出，解开对方的穴道。

　　"不错，我们就算有许多不恭之处，但也是为你师门的荣辱着想，难道阁下想的不是铲除叛逆、光耀师门，让贵派在武林中扬名吗？"成德到底舌尖嘴利，直点要害，几句话把天虎说愣了。

　　鄂辉一见对方目光中的敌意减少，忙一挥手，两个侍卫推门进来，端上酒菜食物。他见天虎望着酒菜两眼放光，心里暗笑，嘴上却说："得罪，早已风闻大侠是迷幻派的高手，今日才幸得相见。"

　　"哼，有幸的是在下，两位意欲何为，刚才的话是什么意思？"天虎冷冷问道，双手却拿过酒菜狼吞虎咽起来。

　　"哦——大侠与海兰察是同门？"

"知道又何必问？"

"听说贵派掌门带人去台湾找海兰察的晦气，只是没得手，尊师又……"

"我们师门内事，不须外人过问。"

"哈哈哈，"鄂辉大笑道，"敝人想助你一臂之力，没想到大侠如此刚强，难道阁下一人能敌得过海兰察么？"

天虎停止咀嚼，瞪着眼睛琢磨了一会儿，说："在下学艺不精，确实远不是海兰察的对手，可也不会乞求外人，尤其是官府中人。"

"外人，谁不知阁下从台湾回来以后，遍邀武林异士，准备为师报仇。请问，你约的人中有哪一个是你们本门中人？"成德狞笑着问。

"那又怎样，既然落到了你们手中，唯死而已。"天虎怀疑是海兰察派人抓了自己。

"嘿嘿，像大侠这样武功绝伦的高手，在当今武林怕是没有几人了，就这样死去不是太可惜了么？"成德盯着挺着脖子、不惧生死的天龙，心里直叫好，口上却尖酸地说，"你大仇未报，师门耻辱未了，怎么可以轻言死呢。古人云：男子汉处身立世当以忠孝为本。你这样轻生可是不忠不孝呀！"

"在下怎么是不忠不孝？"天虎抬头问，眼神中满是惊讶之色。

"武林中有一句话，叫一日为师，终身为父。你师父惨遭毒手，你不为她报仇，替武林除害，就是不孝；迷幻派中，几名高手相继故去，现在能够传承师门武学、继承迷幻派衣钵的人只有大侠了。试问，你不思本门千秋大计，就此撒手西去，当然是不忠。怎么，敝人说的不对吗？"

"这……在下是有其志但无其才，只能愧对师祖，无颜再见同门。"天虎听了成德的一席话，想到自己势单力孤，大事没成就身陷囹圄，不觉悲从心起，落下几滴英雄泪。

"可有人愿意助大侠一臂之力，阁下当如何回报呢？"成德一看天虎恢复了人所共有的喜怒哀乐，趁热打铁，边说边得意地斜睨了鄂辉一眼。

"何人相助在下，如果真的那样，在下以死相报。"天虎不加思索地应承。

"就是敝人。"鄂辉接口道，"不瞒你说，我等与海兰察也有一段恩怨未了，只是……都有为难不便之处，所以也要借助阁下之力。"

"你们是——"天虎狐疑地打量着鄂辉。

"不必问得那么明白，江湖风险多，官场多荆棘，还不都是一样？"成德打断天虎的话，他不想过多地暴露身份，只是暗示出自己和鄂辉都是有势力的官场人物，增加对方的信心和勇气。

"在下虽然无能，但不想同官场中人联手，让江湖上的同道耻笑。"天虎犹豫了一下，吞吞吐吐道。

"哼，要报仇雪恨，就必须不择手段，到了这个时候阁下还羞着答答么？"鄂辉面色一寒，一脸不高兴，觉得天虎是打肿脸充胖子。

成德睬着眼轻轻拍了拍鄂辉，回头对天虎说："你们迷幻派要雪耻，却又斗不过海兰察，海兰察的武功到了什么程度你们心里清楚，他连'川中侠女'都杀了，还会怕你们吗？"成德胸有成竹，不紧不慢地继续说，"如今海兰察位高权重，身旁日夜都有侍卫护卫，你们连接近都困难，哪里还有机会下手。不如我们共同联手，也用不着你亲手杀他，只要你除掉一个人，自然有人拿下海兰察的人头！"

天虎听了浑身一震，立刻明白了对方的意思，这是叫自己取另一人的脑袋来换海兰察的人头。这样做倒是不错，把握性更大一些，因为凭自己的武功，就是加上几个约好的江湖高手，也未必是海兰察的对手，更不要说他身边兵将如云，想到这里，他开口问道："既然这样，也好，要在下杀谁，什么地方什么人？"

"哦，不忙不忙。"成德一见天虎同意合作，顿时大喜，与鄂辉嘟哝了几句，正色道，"此人的姓名，你无须打听了，到时候自然有人告诉你。只是做这件事情也不是那么容易，为了保险起见，我们也为你准备了帮手。"

天虎料定对方还不完全相信自己，说是帮手，大半是监视自己的。无奈之下点点头，不放心地说："那再好不过，事成之后，海兰察……"

"放心，实说了吧，我等与海兰察的仇恨不共戴天，恨不能将他五马分尸……"成德为了打消天虎的顾虑，咬牙切齿，指天发誓，唠叨个不停。鄂辉虽然厌烦成德的婆婆妈妈，但见天虎回心转意，只好耐着性子听着。

"就这样一言为定，在下要出去召集同门，多约几个高手。"天虎说着站起身。

"慢。"成德跨上一步，拦住天虎道，"此事机密，不宜叫更多的人知道，以免走露风声，给大家带来麻烦。以敝人之见，大侠还是不要回去，留在僻静之处好好歇息，也好和敝人请来的高手熟悉熟悉。"

"怎么，是信不过在下吧？"天虎脖子粗脸红地叫道。

"哪里哪里。"成德慌忙摇头道，"大侠是武林成名人物，向来一诺千金，谁人不知哪个不晓。要你留下来是为了行事方便，如果需要通知你的同门，自然会有人代劳。"

天虎眨眨眼，想想也有道理，既然有现成的好手相助，也省了自己费心劳力地去找帮手。至于这些人是出于什么目的帮助自己，此刻也顾不得了，只要能替师父报仇，他是什么都豁得出去的。

"海兰察一除掉，大侠就是迷幻派的第一高手，当之无愧的掌门人喽。"鄂辉怪笑着点出天虎的心思，看着天虎涨红的脸，他与成德哈哈大笑起来。

乾隆皇帝等阿桂及群臣一走，脸色又阴沉下来，闷闷不乐地想着心事，他在为福康安的事犯愁。

对福康安，他从骨子里有一种舐犊之情，这种感情多年来不仅没有因为皇子的增多而减少，反而因为自己年纪的加大而日益强烈起来。坦率地说，他对眼前排成队的皇子从来没有像对福康安的那种特殊的、微妙的感情，尽管现在年迈，但一见到福康安，每每都使他精神恍惚地回忆起当年的风流时光，重温旧梦令他万分眷恋那时光不再、倜傥不羁的岁月；珍惜起那一去不返却又沦肌浃髓的春宵……

每当此时，迷离之间，他更加觉得委屈了福康安，一种深深的疚愧感时时啃噬着那颗日渐衰老的心。他暗暗打定主意，要在迟暮之年想方设法为福康安加官进爵，然而，他又深知朝野上下非议的力量，怎样才能让福康安堂而皇之地坐上郡王之宝座，他着实费了一番心血，下了一些功夫。

在文才武略中，就算再给福康安安上一个脑袋，他也挤不进文才的行列。所以，只能在武略上下功夫，正因为这样，他才又派福康安誓师台湾，指望他建功后了结自己的心愿。

可惜的是福康安没有皇子的身份，却不失皇子的骨血与傲气，秉性狂妄，不把朝中大臣放在眼里。无论对上对下，树敌太多，招致太多的非议。就拿台

湾平乱的事说吧，办了确保胜利，让他带走了两万八旗精锐，加上闽浙的水师及绿营兵，完全可以唱着歌平息暴乱。可这位大将军偏偏不好好打仗，除了喝酒和睡女人之外，什么也不管，这且不说，还与众将领不合，惹得许多人上书联名弹劾。事情闹成这个样子，岂不是叫自己为难么？

他叹了口气，低头翻开福康安不久前呈上来的密折，仔细斟酌起下面的文字："……柴大纪自恃功高拜爵，跋扈诡诈，深染绿营习气，不可倚任。台湾民变，皆因柴大纪胡乱纵兵所为，其守诸罗，皆义民之力，出城屡次败敌之说纯属常青编造。诸罗城危之时，柴大纪意欲引兵以退，义民不令出城，乃罢。……"

他又拿过上次传下去的手谕，自己的朱批立即跃入眼帘："大纪驻守诸罗，贼百计攻围，督率兵民，力为抗卫。朕谕以力不能支，不妨全师而出。大纪坚持定见，竭力固守，不忍以数万生灵委之于贼。朕阅其疏，为之坠泪。卿乃不能以朕之心为心乎？大纪屡荷褒嘉，在卿前礼节或有不谨，为卿所憎，直揭其短。卿当体朕心，顾大局，略短取长，方得公忠体国之道。"

他看到这里，抬起头叹了口气，暗怪福康安只凭意气行事，没有体谅到自己的难处。当初常青的大军进展迟缓，柴大纪苦守诸罗城，何等的艰难？在闽浙的绿营兵中，柴大纪与蔡攀龙算得上勇将，在用人之际，怎么好为小过而斥贬战将呢。

第一百一十八章

  当他拿起理藩院侍郎德成巡视闽浙时呈上的折子时，不由想起了同协办大学士尚阿力的谈话。

  "尚阿力，德成上书，也讲柴大纪带兵骄纵，声名狼藉，卿以为如何呢？"乾隆皇帝问。

  "回皇上，臣也见到许多官吏弹劾柴大纪，依臣看来柴大纪触犯众怒，一定是居功自傲，侍郎德成奉旨出使闽浙，当然知道详情。"尚阿力明知德成是受福康安之托，有意为之，不肯挑明。皇上一向袒护福康安，柴大纪虽有战功，又有人替他说话，但作为一个绿营汉将，竟敢与福康安对抗，无疑是以卵击石。台湾战事一了，他的前程便岌岌可危，这是对抗权力的必然下场。另外，柴大纪的背后是鄂辉、成德在鼓动，而鄂辉和成德的背后是阿桂在指使，打击柴大纪就是在灭阿桂的气焰，所以，他既应承了皇上的本意，却也不把话说死，一股脑儿推到德成的身上。谁叫他讨好福康安，胡说八道！

  乾隆皇帝经过一番思考，提起笔沉思着。他又想着另外一个问题，那就是趁势为福康安树威的问题。通过柴大纪对福康安不恭不敬的事情，他联想到朝中以阿桂为首的一班人对福康安的态度，不由又焦躁起来。一个二品的绿营提督都敢蔑视福康安，那朝中的文武大臣不就更有恃无恐了吗？长此以往还了得？倘若自己不给福康安做主，又会有谁替他做主呢？尽管福康安才华并不出众，平日也常有失检点，可他是自己认定的人，一个帝王认定的人还要你们

这帮人说三道四吗？如果事事都由着这些人的性子来，这帝王还当个什么劲儿？！再说了，平定甘肃之乱，荡平台湾十几万叛军，不都是福康安的功劳么。刚刚传来的战报，捉到了天地会义军首领林爽文，这可都是常人所不能为的大功啊！对，趁着大军凯旋前夕，就着这股子热乎劲儿，再为福康安撑撑腰，也叫旁人看看，起到杀一儆百的作用。

他精神一振，朱笔一挥，龙飞凤舞地写道："……守诸罗一事，朕不忍以为大纪罪，至其他声名狼藉、纵兵激变诸状，自当按治。"

写完上谕，他长长吐了口气，闭目遐思，似笑非笑，似睡非睡，惬意中竟然习练起吐纳功夫来。

神思恍惚中，他仿佛看到柴大纪血淋淋的人头，看到福康安头戴红宝石顶，身着四团龙补褂，骑着御用鞍辔马，威风凛凛率领大军回京。朝中所有大臣纷纷迎候在城门外……

蓦然，冥冥中传来一声叹息："乾隆，这就是功臣的下场么？"他暗自吃了一惊，仰望天穹悠悠说道："历朝历代不都是如此么？朕也不能脱俗啊。"

在青海的草地上，新任四川总督的成德和四川将军的鄂辉，正兴致勃勃地带领人马跋涉在泥泞的路途中。

收到阿桂密信的驻藏大臣巴忠，匆忙放下后藏的军务，赶到前藏迎接鄂辉和成德。

不惯于高原气候的将士，到达前藏的路上就病倒了一半，朝廷规定的限期已过，大军仍在茫原中缓缓蠕动。当巴忠讲到廓尔喀人凶悍善战时，原本就没有战意的成德，竟然不敢再向前进军，主张驻扎在前藏。鄂辉看了看躺倒一半的将士，也无可奈何地摇了摇头。

"二位大人，廓尔喀人已经听说朝廷派大军入藏，想必会收敛许多。依敝人之见，既然阿大人要我等避战，那么不妨与廓尔喀人商谈一下。"巴忠心怀鬼胎，两眼乱转，说话躲躲闪闪。

"谈什么，有什么可谈的？让将士们休息几日，之后与廓尔喀人开战，弹丸小国敢与天朝对抗。"鄂辉恨恨叫嚷。

"巴大人刚才是说……"还是成德听出了巴忠的弦外之音。

"哦——是这样,"巴忠干咳了一声,说道,"敝人想出一计,一可以让福康安和海兰察从速进藏;二能使我等三人坐收功名,岂不是美事?"

"噢——"鄂辉和成德听了同时叫出声来,他俩都没有想到眼前这个又矮又黑的胖子有这样的鬼道道,不由得瞪起眼睛,打起精神,异口同声问,"乞道其详?"

巴忠挤了挤三角眼,扭怩道:"只是不知合不合二位大人的心思。"

"我等之间,但说无妨,说呀。"

两人同时催促,四只眼睛流露出既喜悦又猜疑的神色。

巴忠见两人这么着急,也来了劲儿,眉飞色舞地讲了起来:"藏区离中原遥远,这里现在又是我等三人主事,有道是将在外君命有所不受。所以不妨假传捷报,说大军几经惨烈厮杀,击退廓尔喀人。朝廷定然为我等加官进爵,而后,再报廓尔喀人卷土重来,声势浩大,我军将士不服高原气候,半数病倒,请增派援军。这样一来,功劳有了,又可以让福康安、海兰察带生力军入藏。"

鄂辉一听大失所望,大叫不妥:"不可不可,此事万万做不得。"

"为何?"巴忠问。

"巴大人难道忘了,此事一旦败露,可是欺君大罪呀,祸及九族呢。"

"可鄂大人也忘了,在这里是我等三人主事,别人远在数千里外,怎么会知道这里发生的事情?"巴忠一见鄂辉在犹豫,试图打消他的顾虑。

"可是福康安和海兰察大军一进藏,到头来还不是一切全都败露,那……"鄂辉还是不肯。

成德斜视着侃侃而谈的巴忠,不言不语。

"哈……"巴忠仰头大笑数声,正色说道,"有阿大人的精心安排,两位大人鼎力而行,福康安和海兰察能安生几日?他们一出了事,这大军还不是由二位大人统领。到那时我们就可以呼风唤雨,想怎样就怎样!"

鄂辉一听眨眨眼,再也说不出什么了,他虽然认为这样做不太地道,但功名利禄的诱惑力还是占了上风。抬头向成德瞅去,他需要成德在这种时刻把关。

"巴大人,刚才的说法不过是我等的一厢情愿,可廓尔喀人哪管许多,倘

若他们全力攻来或是声东击西，我们支撑不住，朝廷得到捷报不急于派援兵，那我等失地之后又怎么自圆其说呢？"成德一开口就留足了退路，提出了最关键的问题。

"这就要靠智谋。"

"什么智谋？"成德问。

"暗地调停，应付局面。"

"得胜的猫儿欢似虎，廓尔喀人肯么？"鄂辉咧咧嘴。

"不妨给他们一点好处。"

"议和？！"成德大惊失色。

"这岂不是丧权辱国？"鄂辉怒吼道，"堂堂天朝大军，就算病倒一半，廓尔喀人也未必奈何得敝人。再说，没有皇上的旨意，为臣的怎敢随意议和？"

"不不，鄂大人，不是议和，是暂时贿和。"巴忠纠正。

"以什么来贿和？达到什么样的目的？"成德很沉着。

"以假契券，只当权宜之计，只为不战而屈人之兵，拖到福康安大军进藏。到那时收拾这个弹丸小国，胜算在握。"

"这……"成德低头沉思起来。他是细心的人，在考虑任何事情的时候，总是反复地权衡利弊，两利面前取其重，两害面前取其轻。他当然知道事情败露的后果，不过，眼下在他脑子里，考虑的最多的还是侥幸的欲望。他计算着时间，编织着福康安、海兰察入藏后的不幸结局，憧憬着自己和鄂辉统帅大军的辉煌蓝图。渐渐，一个铤而走险的决定印在脑子里，并且越来越清晰。是的，这场纠纷最终要看谁是强者，强者为王。大军一到定会势如破竹，打败小小的廓尔喀人，就像把不听话的羊群赶进圈里一样。到那时谁敢再提什么契券之事，败军之将何以言勇？这个秘密只有自己和巴忠、鄂辉知道，三人守口如瓶，就像人们看不到埃佛勒斯峰顶一样，永远是个谜！此外，这个巴忠全然不是良善之辈，他会不会背着朝廷做了什么？他是驻藏大臣，自己和鄂辉只是领兵打仗，日后一旦有了不测，完全可以一推六二五，把责任推给去谈判的巴忠。

"两位大人意下如何？"巴忠急了，他一门心思在此事上立功，借以结束这倒霉的高原生活，调回京师或内地。

"也好。"成德终于点了头。

鄂辉一看成德赞同此事，也没多想就跟着同意了，在他看来，凡是成德点头的事不会有错，这个人小事上从来没吃过亏。

三人商量了一会儿谈判的条件，由谁出头露面与廓尔喀人谈议和条件的问题上，又相互推诿了一阵儿。

"巴大人身为驻藏大臣，深谙当地民情和廓尔喀人的秉性，理当出面调停，敝人与鄂大人只是带兵之人，是战是和全凭地方父母官之命。"成德半真半假地把责任推到巴忠身上。

"成大人过谦，敝人虽说对廓尔喀人的性情略知一二，无奈口笨舌拙，哪有成大人这般伶牙俐齿、处事周全。还是……"巴忠不尴不尬强装笑脸，非要把成德和鄂辉拉进去。

"怎么，既然巴大人萌生此意，想必安排好一切。到了此时又如此推托，难道其中别有隐情么？"成德说到这里故意停住，闪闪发亮的眸子，紧盯着发窘的巴忠。

"哦……既然两位大人信得过敝人，那么恭敬不如从命。不过，是福是祸，两位大人可要担待哟。"巴忠干笑几声，仍然拿话想套住鄂辉和成德。

从台湾凯旋而归的清军，慢慢行驶在闽浙大路上，所到之处，沿途的州府无不争先供张侍候，曲意奉承。

福康安当然十分高兴，与海兰察身着四团龙补褂，提紫缰，挂金黄辫珊瑚朝珠，八面威风地缓缓行进。

海兰察却是满腹心事，时喜时忧，顾虑重重地走着。

台湾平定，他与福康安将会再次图形紫光阁，皇上真的下旨为他雕像于台湾，并赐金百两，白银三千。照理说，这些已经够荣耀的了，可是他喜悦之余又觉得十分空虚。

三十年的征战，他身经百战，屡立战功，然而，皇上每每只给他一个虚职。多年来，他多么盼望独自领兵出征，扬威于天下，他自信比任何一个将军强十倍！不是么？随福康安出征的十年中，有哪一仗不是自己筹划，并且身先士卒

地打胜的呢？这位福大将军哪回不是坐阵后方，怀抱美女对酒当歌中静等取胜的捷报呢？可令人气愤的是前人种树、后人纳凉，真的是叫人心灰意懒、望月长叹。

皇上不公。这是他得出的结论，而为什么不公，他一直不明白。但是在回顾往事的时候，他又觉得在朝臣之中，皇上还是偏爱自己的，给了自己许多让其他文臣武将垂涎三尺的恩惠。恰恰又是这种恩惠与隐隐约约、让他困惑不解的不信任感交织在一起，一想到这些，他的心顿时被阴云笼罩，沮丧到极点。为了部族，为了大清江山社稷，当然也是为了自己，他舍弃的东西太多了。他忍痛拒绝了对自己一往情深的师妹，抛弃了师门情谊，与众多武林同道结为仇敌，为了取得皇上的信任，他狠心驱赶着索伦将士在血雨腥风中厮杀……

想起那丢弃在荒野上的堆堆白骨，他的心时时战栗，觉得有愧于部众，如同犯了罪似的，惶恐不安。他不知道日后回到索伦部时，如何面对那些孤儿寡母和老弱残丁。他时时扪心自问，我给索伦部究竟带来了什么？浩荡的皇恩给千里索伦草原带来了什么？！

皇上的猜疑给他以沉重的忧郁，同时皇上的恩宠又给他以无限的希冀。

苦闷彷徨之余，他最后还是坚信皇天不负有心人。

多年宦海生涯，他耳闻目睹了多少卑劣龌龊的事情，包括皇室中那令人难以启齿的勾当和叫人瞠目结舌的仇杀。他从厌恶、震惊和恐惧到习以为常，渐渐又悟出一个道理，那就是谋事在人。成大事者，不甘居于人下者，要成为人上人者，就必须奋力争斗，甚至不择手段。善者被欺，愚者被杀，只有智者才扶摇直上。

既然要与人斗，与群雄相争，那当然就要时时思谋，不停地筹划，人无远虑，必有近忧啊。这也是他刚刚得胜后却喜悦不起来的原因之一。

鄂辉和成德中途带兵回京，又听说他们二人率兵进藏，并分别擢升四川将军和总督，叫他百思不得其解。

开始，他怀疑是皇上为缓和矛盾而召回鄂辉和成德，但一听说二人领兵进藏抵御廓尔喀人，马上猜出是阿桂的主意。这明摆着是在遗漏补缺，让鄂辉和成德立些战功，与自己抗衡。不久，他又对自己的猜测产生了怀疑，不对呀，进藏打仗仅仅带去五千兵马,和藏区人马合起来不足一万,能与廓尔喀人对阵?廓尔喀虽为小邦,但两万兵马还是有的,况且高原人习惯于冰川雪山,不惧空气稀薄和山地作战。真的开仗,鄂辉和成德的人马怕是两个不顶一个廓尔喀人。

就算皇上不懂这些,可阿桂和兵部总不至于糊涂到这个地步,鄂辉和成德可是他的爱将啊。

第一百一十九章

阿桂打的是什么主意呢？

皇上到底是怎么考虑的？

"海大人，怎么凯旋途中还愁眉不展呢？"福康安注意到海兰察郁悒的神色，拍马靠前，好奇地问。

"敝人有一事不明，正在苦苦思索。"海兰察直言不讳。

福康安张大嘴贪婪地吸了口带有花草芬芳的空气，心中暗笑海兰察多愁善感，不经意地问："是什么事，可否说来听听？。

"鄂辉和成德进藏，实在是蹊跷得很。"

"哎——那是兵部的事，海大人何苦替他们担忧。"

"不对，此事不一般。"海兰察断然说道，"如果海某猜得不错的话，一定与阿桂大人有关。"

"就算那样，又与你我二人有什么相干？哼，阿桂的这两个得意门生在台湾没能捞到什么，现在只好去雪域高原补过，叫他们趴冰卧雪去吧。等到了京师，在紫光阁御宴上，敝人一定为阿桂大人的高风亮节美言几句。"福康安此时志得意满，轻蔑地一撇嘴讥讽道。

"福大人，鄂辉与成德都非帅才，而藏区地处数千里之遥，与廓尔喀人接仗不仅仅是行兵作战，更有同外邦划界谈判等诸多事情。按理说带兵之人必定是朝廷重臣，握有重兵并有权相宜行事的大权，皇上这次何以……"

"对呀。"福康安神色肃穆下来，心里怦然一动，皇上那意味深长、慈爱有加的目光立时闪现在眼前，他的另一根神经被心有灵犀一点通的灵性唤醒，大喝一声："传令，全军急速赶路，尽早回京。

福康安大军到京。

乾隆皇帝照例赐宴紫光阁，令各部院大臣作陪。

鼓乐声中，在老生长谈的阿谀奉承声里，偏偏前藏的信使到京，禀报鄂辉、成德率领清军在聂拉木山口一战告捷，廓尔喀军队惧怕清军，败退回境内请求谈判。

福康安一看群臣对台湾战事赞美一阵后，立马又对后藏的战事大吐誉美之词，仿佛是阿桂坐在京城就杀退廓尔喀人似的，满脸的不高兴。

"阿大人，常言道：强将手下无弱兵。鄂辉与成德一到西藏便有捷报传来，可见确是大将之才哟。——当然，这都是大人慧眼独具，知人善任，这二人虽然在台岛一筹莫展，在后藏却是一鸣惊人，大展奇才，可见我朝能人济济，只是伸展之机太少哇。"一个老臣斜睨着福康安，油腔滑调地说。

"是啊，这二人建功如此之快，就是老夫也始料不及。不过，他们的兵马太少，又是劳师远征，倘若廓尔喀人卷土重来，战局难料啊。"阿桂说得十分谨慎，也说了心里话。后藏的捷报太突然，鄂辉的密使还没到，他心里没底儿。不过，他估计这捷报十之八九是假的，这几个人要讨功。

"鄂辉和成德区区几千人马，廓尔喀人就怕了么，其中会不会有诈？"兵部侍郎表示疑虑。

"说得好，廓尔喀人只是暂时退到界外，此时言胜无疑是痴人说梦！"尚阿力冷言冷语道。

"或许是廓尔喀人惧怕我朝天威，改弦易辙了呢？"有人圆和。

"胡说，各位大人。"海兰察开了口，"廓尔喀人既然敢于犯我朝疆土，不仅作好了准备，并且一定有什么图谋，不到山穷水尽，哪里肯善罢甘休？我大军进藏不易，耗时旷久不说，费用也大，更不可能长驻藏内，因此廓尔喀人才有恃无恐，敢于寻衅。敝人以为，与廓尔喀人的纠葛不会很快了结，眼下只是刚刚开始。"

"言之有理！"福康安大声叫好，见众人的目光重新落到他身上时，又趾

高气扬地说道，"偶有小胜便沾沾自喜，未免自欺欺人了。要想让廓尔喀人彻底臣服，没有大军压境是不行的，阿大人说呢？"

福康安的用意举座皆知，无非是说真正的平定后藏，制服廓尔喀人，还得他亲自率大军出征。

"福大人说得是。"阿桂笑眯眯地点点头，望着这个自己往笼子里钻的傻小子，心里有说不出的得意，"鄂辉、成德一勇之夫，处置小乱尚可，但遇到这样的大变就手足无措喽，福大人乃我朝帅才，有福大人亲自督阵，后藏必定安然。"

"是呀，福大人数次出征，每每都是载誉而归。"

"有福大人在，我等可以高枕无忧喽。"

"……"

其他的大臣一见阿桂转变态度，虽然迷惑不解，但只好挤出笑脸，你一言他一语，吹捧起来。

阿桂转眼瞅了瞅若有所思的海兰察，堆出核桃皮般的笑脸，有意提高嗓音说道："其实，由海大人领兵出征也未尝不可，或许获胜得更快一些。诸位都清楚，海大人是我朝名将，足智多谋且勇猛善战，索伦兵吃苦耐劳，长胜不败。数十年来，有哪一场硬仗没有索伦兵参加呢？仅台岛之战、偷袭鹿耳门、夜奔云林、率先驰骋于诸罗城下、杀死庄大田、擒获林爽文，不都是索伦兵所为么？试问朝野上下，有谁不说海大人是当之无愧的将帅之才，挂帅出征有何不可呢？"

"好，阿大人所言真是绝妙之极。"

"海大人当然可以督师。"

"……"

就像事先约好的一样，阿桂的话音刚落，又有一帮大臣喝起彩来，其声之高，吐字之真，情貌之诚，反而压倒了对福康安的喝彩声。海兰察观望这场景，心里少有地暖乎乎的，但他的目光与福康安相撞时，几乎摩擦出火星，那分明是猜疑、震惊和嫉妒的火舌，让他完全感觉到了炙人的灼热。一惊之下，慌忙低下了头，额头上沁出了汗水。

他感到不妙，阿桂果然厉害，用意极其险恶，那些对自己的赞誉之言无疑是刺向福康安的宝剑，足以使福康安的虚荣心被嫉妒之火点燃，由此构筑起两人之间一道无形的鸿沟。他悄悄打了个冷战，觉出自己现在正处于一个十分危险的境地中，要设法摆脱，逃离眼下可怕的陷阱。他来不及多想，笑吟吟地开口道："阿大人的褒奖之词，敝人可是万万不敢当。海某与索伦将士奋勇杀敌乃是为臣和子民分内的事情，不值得炫耀。至于这多年来在沙场上偶得寸功，也是仰仗督师和大将军的指挥有方，海某乃一介武夫，善于沙场上争雄斗狠不假，只知唯君命是从，视将令为己任，不敢有半点疏忽。在福大人面前，阿大人如此之说怕是别有用意吧？"

"这……海大人怕是心口不一吧？哈……"阿桂干笑几声，再次领略了海兰察的精明。

"何以见得？"海兰察心里恨得鼓鼓的。

"海大人不是久居人下的人吧？"

"海某也绝非贪利忘义的小人！"

海兰察讲这话一是给福康安听，二是暗示阿桂不要太绝情，自己现在依靠福康安并非是执意和他作对。

福康安的气色渐缓，阿桂的表情不置可否，他心里却得意着呢。他满以为鄂辉等人只要完全按照自己的意思办，一切就会异常顺利，可他哪里会想到从巴忠开始，到鄂辉他们把事情弄得一塌糊涂。

后藏的局势急剧恶化。

廓尔喀的兵马从聂拉木长驱直入，攻占济隆、绒辖等地，鄂辉的兵马全线溃退，成德一看不妙，忙移班禅活佛于前藏，并紧急上折奏请移达赖活佛于西宁。

不久，廓兵再次击败清军和藏兵，杀进并掠劫了札什伦布寺，掠去寺中无数金银珠宝、金塔顶、金册印。全藏顿时大震，达赖、班禅两位活佛飞章告急。

鄂辉和成德的兵马加上藏兵也有万余人，青海与四川的土司也率领藏兵赴藏增援，遗憾的是作为主力的清军丧失了战斗力。大多数将士连喘气都困难，战马根本跑不过高原的马，要不是有几千本地的藏兵死顶，恐怕要丢掉全藏。

"我等出兵过于鲁莽，早知这样，不如抽调善于爬山的川兵和青海骑兵。"鄂辉懊悔道。

"巴忠小儿着实可恨，他竟然不说实话。"成德刚刚刑讯几个被俘的廓尔

喀兵，得知巴忠在谈判时曾许诺赔偿对方黄金五千两，现在时限已到，所以廓尔喀人怒极发兵。

鄂辉一听气得哇哇大叫："这奸贼不但骗了你我，连阿大人也蒙在鼓里，自己却去做了京官。不行，立即上书朝廷。"

"不急不急。"成德眼睛转了转，说，"可以给兵部行文，但不宜提起巴忠赂和之事，只能密报阿大人，请他拿主意。别忘了，巴忠知之甚多，别让他狗急跳墙，坏了大事。"

听成德这么一说，鄂辉想想也对。凡大事应由阿桂拿主意，此时巴忠就在京师，如何处置巴忠让他看着办吧。两人商量了半天，由成德写了两份折子，以八百里加紧的形式发出。

京师里，也急坏了阿桂。他前些日子才从御敌有功、调回京师任理藩院侍郎的巴忠详细讲过，与廓尔喀调停时，曾答应给廓尔喀人黄金五千两。但达赖、班禅两位活佛死活不肯，所以一拖再拖，终于惹怒了廓尔喀人，起兵伐之。

达赖飞章告急，那就是捅到了天上，皇上差不多知道了底细，如果真的动起怒来，自己保荐的巴忠竟惹出这样的事端……他急得两眼直冒金星，肝火上升，眼丝通红。怎么办，自己最少也有举贤不当、昏聩无能之罪呀！一阵抓耳挠腮之后，那对昏黄的眼珠停止了转动，盯着一个方向——热河。他咬了咬稀松的黄牙，对，只能这么办，狠狠心对家人喝道："笔墨伺候。"

他站在书案前，稍稍斟酌了一下，便行云流水般地奋笔疾书起来，给随同皇上护驾热河避暑山庄的巴忠写密信。他先是讲明西藏局势的严重，又说到巴忠私自同廓尔喀人议和是欺君大罪，更严重的是许诺五千两黄金有辱国体、人神共愤，两名活佛不依不饶，直接上书皇上。最后大骂他糊涂，如不以死谢罪，否则会祸连九族等等。

他决意来一个金蝉脱壳，逼死巴忠，保住自己和鄂辉、成德，现在只能舍卒保帅了。

事情确实像他估计的那样，在热河的巴忠，见了阿桂的密信之后，吓得肝胆欲裂。东窗事发，来得如此之快，连恩师都毫无办法，还有什么希望呢？思前想后，他喝了个酩酊大醉，破口大骂鄂辉、成德无能，连几十日都挺不住，如果能坚持到福康安大军进藏，还不是一了百了？

他鼻涕一把泪一把地折腾了半夜，听到侍卫的脚步时，把脚一跺，纵身跃入一口深井之中。

愤怒之极的乾隆皇帝，哪里还有心思游山玩水，怒气冲冲地启驾回京。

"阿桂。"乾隆皇帝看来是真的着了急，刚刚进入宫中，屁股还没坐稳，就派人召来一班重臣。

"臣——在。"阿桂尽管老练，可今日心中有鬼，不由得战战兢兢的。庆幸的是得到了密报，已知巴忠畏罪身亡，心里还是轻松不少，并且准备好了一套措辞。

"知道朕为什么召你吗？"乾隆皇帝口气异常凌厉，所有的大臣连大气都不敢出。

"臣想一定是后藏军务之事吧？"阿桂不愧为老臣，话语不多且谨慎，他不知道皇上都知道了些什么，知道了多少，在摸皇上的底儿。

"廓兵大举进犯，所为何故？"

一听这话，阿桂心知皇上对自己疑心颇重，小心翼翼地说："臣只听说廓尔喀人以商税增加，食盐掺土为词。"

乾隆皇帝诧异地瞟了瞟滴水不露的阿桂，心里嘀咕起来，看来这个老臣也被巴忠蒙在鼓里，岁月不饶人哪，这个一向精明过人的重臣也开始糊涂了。如果不是这样的话，那……此人的心机深得令人可怕了。"哼，那是不足为道的托辞，巴忠该死，胆敢背着朕与廓尔喀人讲和，还谎报战功。"

"皇上，臣——"阿桂刚要自责，就被皇上摆手止住。

"廓兵大举入境，就是为索贿而来，鄂辉、成德无能，一触即溃，丢了整个后藏，有辱天威。"乾隆皇帝越说越气，所有的大臣极少见过皇上发这么大的火，谁都不敢吭声，只管低头盯着地面。

福康安大概看出这是个攻击阿桂的好机会，晃了晃脑袋刚要开口，站在身旁的海兰察悄悄扯了下他的袍角，他才愣了一下安静下来。

"巴忠与廓尔喀人议和之事，鄂辉与成德为何不报？"乾隆皇帝责问阿桂。

"回皇上，与廓尔喀人议和，都是巴忠私下里一人操办的，鄂辉与成德只是料理军务，所以不知。"

"嗯。"乾隆皇帝一听，觉得也有道理，巴忠当时是驻藏大臣，鄂辉和成

德只是统兵将领，但他还是阴沉着脸问，"他们二人是统兵将领，御敌不利，难道没罪吗？"

　　"皇上，臣……也自知有罪。"阿桂深知不能事事辩解，引起皇上更大的猜疑。皇上不就是借此事找自己的毛病吗，干脆，自己主动领罪，不设防也许就是最好的防范。不就是错用了巴忠了吗，这有什么，皇上用错的人多去了，还差我这一个吗？至于鄂辉、成德打败了仗更没什么，在敌我力量悬殊的情况下，打败了还不是正常的吗？

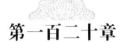

第一百二十章

"好了，"乾隆皇帝懊恼地挥了下手，说，"御敌要紧，当务之急就是派兵进藏，哼，小小的廓尔喀敢如此猖獗，不狠狠整治一下怎么行？要是属邦纷纷效仿，岂不天下大乱？"

"皇上圣明，臣以为必须痛击廓尔喀人，根除其贼心。"

"臣担心英人真的参战怎么办？"

"……"

群臣议论起来。

"海兰察。"乾隆皇帝看海兰察始终默默无言，开口点将。

"臣在。"海兰察蓦然一惊。

"依卿看英人挑唆可以，会真的参战吗？"

"回皇上，英夷只不过从印度向廓尔喀施加影响，挑唆他们与我大清的关系。虽有祸心却无实力，在遥远的高山之国，他们靠什么和我大军对抗？臣甚至怀疑如没有英夷的怂恿，小小的廓尔喀哪来胆子招惹天朝？因此臣以为眼下西藏局势十分微妙，廓尔喀人身后的海盗怕是我大清日后真正的对手！"

乾隆皇帝听了暗暗一惊，海兰察的话触动了他内心深处的忧虑。是呀，那个高原深处的蛮荒小邦以往一向温顺有加，朝贡示好都来不及，现在何以从一只羔羊变成呲牙的苍狼，敢于和老虎寻衅？作为天朝的帝王，他自认为自己当然是高瞻远瞩、能够举一反三的明主，哪里会像这帮就事论事、目光短浅的大臣们木讷呆滞。他诧异地盯着海兰察，猜测着这个平日不显山不露水的索伦将

领，那宽厚的胸膛里到底装了大清天下的多少事。

"皇上，老臣以为海大人的忧虑不无道理，真是一语惊醒梦中人。会不会是英夷对天朝疆土虎视眈眈？故以蛊惑廓尔喀人前来试探，看我朝是否鞭长莫及，以便从中渔利？"尚阿力猛然醒悟，到底是大清的老臣，深知个人的命运紧系于大清江山，暂时抛开了对海兰察的猜忌和不满，严肃地提出自己的忧虑。

众人得到了启发，顿时你一言他一语地议论起来，仿佛都早已为此担忧，今天一吐为快。文官献计，武官请战。

乾隆皇帝不动声色地看着看着群臣的表演，心中喟然长叹：此时众说纷纭，莫衷一是，到了真正用人之时，这帮人又有几人可用呢？他扭头望着点燃了大火，自己却站在远处看热闹的海兰察，叫道："海兰察，依卿之见，此仗该如何打？"

"回皇上，重兵压境，适时而定。恩威并举，重锤敲定。"海兰察随口而出，有如珠落玉盘。

"海大人，可否详细说说？"尚阿力看了皇上一眼，问。

"廓尔喀虽小，但胆量却不小，假如英夷真的给予支援，这仗还真的要打一阵儿。我大军入藏一定要兵精粮足，歼其主力，力争逼其订城下之盟，让廓尔喀人几十年无喘息之机。一是一劳永逸；二是给英夷和别的小邦看看，与天朝作对的下场。"海兰察说出自己的意思。

"不错，就是占其全境也不是不能。"福康安插了一句。

"是呀，既然英夷想以廓尔喀为依托窥视前后藏，其狼子野心不可小视，怕是迟早要惹出祸端。不如以此为口实，挥兵喜马拉雅山口，吞并整个廓尔喀……"

乾隆皇帝越听越气，这几个大臣开始说醉话，平时说来开开心也罢了，可现在谈的是十分严肃的军国大事，哪能容许他们这般唾沫横飞地胡说八道，脸色顿时阴沉下来。那几个大臣一向以察言观色而著称，一见皇上拉下了脸，情知不对路，立刻收住话题，沉寂下来。

阿桂斜视了那几个大臣一眼，说："军国大事，岂可儿戏？

"海兰察，征调何处兵马入藏为好？"乾隆皇帝绕过了兵部、军机处，直接问海兰察，众人知道皇上早有主意了。

"皇上,高原用兵当以川兵和青海骑兵为主,再从蒙古和索伦调集五千铁骑。"

"说得好,皇上,臣俯议。知兵者才会用兵,青藏高原之地,当然还是川兵和蒙古索伦兵为宜。"阿桂少有地为海兰察叫好。

"福康安。"乾隆皇帝开始点将。

"臣在。"

"朕命你为定远大将军,率五千川兵、四千青海骑兵、五千满蒙索伦兵进藏御敌,鄂辉、成德和藏兵全部归你节制。"

"臣遵旨。"

"海兰察。"乾隆关切地望着海兰察,道,"朕命你为参赞大臣,随军进藏。"

"臣定当尽心竭力。"海兰察心中一喜,侧头望了望福康安。

福康安立即会意,高声叫道:"皇上,海大人长子安禄现在京师健锐营任左翼尉,不但武功超群,并具卓识远见,臣以为是可造之材,理应随军出征,正好历练历练。"

"嗯,正所谓将门无犬子,好吧,挂三品衔,随军出征。"乾隆皇帝极为痛快地应承下来,他想了想又叫道,"阿勒泰。"

"臣在。"领侍卫内大臣阿勒泰应声站出。

"选派六名大内侍卫,随福康安和海兰察入藏。"

福康安、海兰察和阿桂三人都窃喜,不同的是只有阿桂的喜有些苦涩。

入夜,安禄见父亲久久坐在院中,知道父亲又有了心事,况且是在大军即将赴藏的前夕,他正要向父亲身边走去,猛然察觉一条人影倏忽飘至,他以为有人偷袭父亲,一声暴喝,推出一掌。

"哈哈哈,侄儿功力大进呀。"辛元龙身在空中一看安禄掌力浑厚,身形偏飞躲开掌力,恰到好处地落在海兰察的石桌旁。

"辛兄深夜造访,想来必有要事。"海兰察略感吃惊,辛元龙不着官服,一身的夜行衣。

第一百二十一章

"知我者，海兄也。"辛元龙大咧咧地坐在石凳上，自顾自地拿起酒杯自斟自饮，岁月在他的两颊上雕刻出深深的年轮。

安禄忙不迭为他和父亲倒上酒，然后知趣地告辞躲开。

"说吧，辛兄。"海兰察边问边揣摩着辛元龙的来意。

辛元龙却似乎不急于说正题，仰望着静谧的夜空感慨道："争斗无休止，不如做神仙。"

海兰察听着这没头没脑的话，先是一愣，随后又豁然开朗，笑道："难得辛兄有此心胸，你我都已过了知天命的年纪，悟到这一点还为时不晚。"

"哦？难道海兄也萌生退意？"辛元龙颇感意外。

海兰察深知辛元龙郁郁寡欢的原因，一个副统领竟然做了七八年，许多当年的伙伴和同僚快的官至从二品，最不济的也是个正三品。而他虽然战功不少，为人也谨慎小心，只因为得罪过阁部大员而遭人嫉恨，屡屡不得提拔，他渐渐心灰意冷。

"辛兄，此时此刻，记起我等当侍卫的时候么？"

"当然，想那时年少轻狂，血气方刚啊。"辛元龙叹道。

"何止血气方刚？都怀抱着在仕途上逐鹿之心呀，不是么？"

"海兄何意，敝人以为在当时有此抱负无可厚非，就是在今天失意者有之，得志者亦大有人在。"

海兰察喝下一口酒，道："得志者如何？失意者又如何？前者可算一览丛山小，却又高处不胜寒，而后者或许因祸得福，采菊东篱下，悠然见南山。"

"唉，春兰秋菊，各有所得。"辛元龙仰望深邃悠远的夜空，叹了口气，把话引到正题上，说，"此次出征西藏，还望大人奏请皇上，让愚弟随军出征，京师大营中的尔虞我诈实在是令人心烦，与其这样浑浑噩噩，莫不如躲到一处僻静之地，以享天年。"

海兰察立刻明白了他的意思，知道辛元龙早已寻好了退路，躲开这是非之地，郁郁说道："兄台既有此意，敝人明日就与福帅上书，待西藏战事一了，保荐辛兄一个从二品或正三品。不知辛兄看中何处，可说来听听，也好早作打算？"

"记得当年出征大小金川么？"辛元龙在海兰察面前毫无顾忌，直言不讳地说，"川北山清水秀、物产丰富，民风古朴，且属佛道兴盛之地。川北总兵一职虽为三品，可也算一路诸侯，敝人倒是愿意在那里终其一生。"

"这有何难，区区三品总兵官何劳辛兄远征西藏，凭往日的战功即可唾手可得，敝人明日便上折保荐。"

"海兄不可，敝人决意随同大军入藏，一是建功以堵人口舌，不使大人为难；二是与大人再次兵伐藏南，助大人一臂之力，日后与大人出征的时日怕是不多喽。"辛元龙说得情真意切，但也有些闪烁其词。

海兰察蓦然明白过来，也不说破，就坡下驴地说到："正巧让何人统率川兵敝人还在犹豫，辛兄就代劳吧。明日敝人便知会兵部，辛兄可先行入川检点兵马，三十日后与我大军在青海会合。"

辛元龙感激万分地点着头，他的本意也是率川兵一战获功，名正言顺地当上统辖一方的总兵官，胜似京师大营空无实权、憋气受累的副将。

两人又喝着酒闲聊了一会儿，辛元龙看着容颜憔悴、形单影只的海兰察问："海兄，故人已去，一味怀旧不是个办法呀？"

海兰察笑道："福大人也三番五次这样说，敝人倒是悠悠自得，逍遥得很。"他知道辛元龙想什么，像自己这样功成名就的高官不纳妾，不续弦的算得上凤毛麟角，但他考虑的是另一件大事。儿子安禄已经快到而立之年，跟随自己练功二十年，内外功均已达到一流高手的境地，倚仗自己的战功，被朝廷封为从三品衔的左翼尉。可话说回来，儿子和京师中那些王公的纨绔弟子毫无二致，

那些荣华富贵是封来的，虽然世袭罔替可以保证他们衣食无忧，甚至花天酒地。然而，他绝不容许儿子安禄由此颓废下去，索伦人的一切都在马上，近年来战事减少的闲暇之时，他开始着重考虑这个问题。

"辛兄，敝人有一事拜托。"海兰察心中突然一亮，辛元龙不仅武功高强，为人谨慎，并且江湖经验老到，是看着安禄长大的，视为己出。如果让安禄跟上他，儿子可学的东西就多去了，并且是自己教不了也无法教的东西，这对儿子的将来太重要了呀。

"海兄直言不妨。"

"此行去川调兵，带上犬子如何？"

"——哦？"辛元龙一愣。

"敝人是想让犬子历练一下，有道是自古英雄多磨难，从来纨绔少伟男啊。"

辛元龙点点头，完全明白了海兰察的用意，这是把儿子托付给自己呀。其用心之良苦，目光之长远，对自己之信任，使他大为感动，慷慨说道："愚弟不才，但自信能使侄儿于江湖经验、行兵作战之事大有长进。"

"好，要的就是这些。"海兰察精神大振，叫道，"安禄。"

安禄本来就在一旁偷听，心中窃喜，听到父亲传唤，飞身跃来，跪在辛元龙面前叫道："侄儿听候伯父大人吩咐。"

辛元龙弹指一挥，手中酒杯垂直飞上空中，嘴里喝道："酒来！"

安禄手执酒壶，身体保持跪态平地拔起，在半空一道酒线射入杯中，左掌凝力托出，酒杯缓缓自空中移向辛元龙嘴边。辛元龙哈哈大笑道："移力送物，虽说嫩了一些，可也算难得了。准备准备吧，过一日和我入川。"

京城西郊的残破大院内，天虎正与川陕"毒镖王"的大弟子震川陕交谈。静养数十日的天虎，面色红润，精神旺盛，震川陕是得到天虎的飞鸽传书赶来的。两人的师父都栽在海兰察手中，当天虎从台湾狼狈回到川中时，偶遇震川陕，天虎还领着师弟们与这个不正不邪的镖王后人大战一场。结果是天虎被震川陕的武功和镖技所折服，而震川陕对天龙诡秘神奇的剑法也惊叹不已，双方都有英雄惺惺相惜的感觉，想到各自的师父都伤在海兰察手上，一种同是天涯沦落人的凄凉感油然而生。想想单凭自己的力量根本无法寻仇，莫不如大敌面前暂且联起手来，两人又都清楚，要继任本派掌门，树立威望最好的办法就是为掌门报仇。

同样的心理和目的让他们一拍即合，接到天虎的传书，震川陕星夜马不停蹄，仅仅不到十天就赶到了京城。

"既然海兰察的爱子进川，那无疑是羊入虎口，那可是咱们的天下。"震川陕毕竟是纯绿林人物，哪里晓得这其中的许多缘由，一听安禄入川顿时眉开眼笑。一只独眼瞪得几乎要蹦出来，嘴角习惯地流出涎水。

天虎摇摇头说："哪有那么简单，兵部传来的消息是他们入川统兵，这就是说必须在他们没有执掌兵权时就拿下安禄，乱海兰察的心智，以便在前藏高原行事。"

震川陕急道："如此说来我二人要尽快动身，抢先赶回去，并飞鸽传书，让我们的人在指定地点等我们会合。"

"人员么，不宜过多，还是少而精为好。不知仁兄约了哪些高手？"天虎心知震川陕交的大多是狐朋狗友，他实在不希望有恶名昭彰的败类存在。

震川陕开始一个个点名，每当那独眼闭一下，嘴里便吐出一个人名。天虎一听全是黑道上的成名人物，一共有八九人，他毫不犹豫地剔除两个采花大盗。

第一百二十二章

天高云淡，风清气朗。

蜀道上走来一队人马，辛元龙望着四周秀丽的山水，恬静如诗的田园牧歌似的农家景象，深有感触地喃喃自语："这里小桥流水人家，那边却是古道西风瘦马，没想到在夕阳西下的光景中，终究还是品到了断肠人在天涯的滋味。真的是世事沧桑，诸事难料啊！"

安禄初次来到蜀地，一路上只是好奇地望着奇特的山水，险峻罕见的古道，脑子里满是师门在川蜀之地叱咤风云的岁月，也为盛极一时的迷幻剑派由盛而衰产生困惑。此时听了辛元龙的感叹，不由疑惑地瞥了他一眼，策马上前与辛元龙并肩而行，问："想必当年辛叔在川陕一带也是响当当的人物，怎么突然叹起气来，是叹运道不济还是不堪回首的如烟征战岁月？"

辛元龙看着涉世不深、纯真无华的安禄，摇头道："兼而有之。想当年你父亲雄起北方草原，我出道在川陕武林，都是抱着投身军旅、试图在官场仕途中争得一席之地的心情，能够光宗耀祖又忠孝两全。老实说，为了大清的天下，我们可谓转战四海，近在长城内外，远在帕米尔高原，试问，大清的疆土上，什么地方没有我们的马蹄印？"辛元龙说到这里有意停顿了片刻，仰望湛蓝的天宇，忧郁地又说，"可是事非如此，我们确实杀了众多叛乱顽劣之徒，造福苍生百姓，积了不少阴德。可是细细琢磨起来又不能不承认，也做了许多不该做的事呀。"

安禄听了吃了一惊，忙问："此话怎讲？侄儿不明白。"

辛元龙瞅着还不谙世事、混沌未开的安禄，心想到海兰察的吩咐，决意顺势为这个日后驰骋疆场、注定要扬名天下的索伦下一代名将启蒙，这也是自己这一代骁将应尽的责任。想到这儿，沉思片刻，开口道："兵从将令，将从君命，自古如此。圣人日君为天，天为大道，可圣人又说天道即从民意中见。回想当年师满出道，原意是惩恶扬善、报效国家社稷，从军征战几十年，我们杀的正义人士也不在少数。在王道的蛊惑之中，有多少孤魂冤鬼倒在了马蹄之下？而那些孤魂冤鬼却恰恰是脑满肠肥贪官污吏的对头和克星！以此看来，功过是非敦难预料，这也是我们十分忧虑的地方。"

"如此说来台岛平乱也有瑕疵？"安禄听过父亲与辛元龙的谈话，对父辈已取得今日的高官厚禄仍忧心忡忡感到大惑不解。

"何止有瑕疵？官逼民反用在台岛倒是恰如其分，只是像我辈中人只管行兵作战，对地方官吏的劣迹不知道罢了。记住，黎民百姓但凡有一点活路就断然不会以朝廷为敌呀。"辛元龙叹了口气，没有深说下去，他觉得困扰了自己和海兰察多年的难题，多少让安禄知道一些，以便日后让他有个心理准备。

安禄虽然涉世不深，但毕竟混迹军营，常听军中将领述说平乱杀戮的经过，久而久之，心中自然疑团莫释。天下暴乱不止，难道都是刁民作乱么？

一行人走入一条深涧小道，前面赫然站着七名黑巾掩面、手持兵器的彪形大汉，双目喷射精芒，盯着这一小队官兵怪笑。

辛元龙愣怔片刻，催马上前讥笑道："几位道上的朋友，劫道剪径也不把招子放亮点儿，识趣的赶快让开，本将军不想寻你们的晦气。"

"这位官爷，我们兄弟与各位往日无仇近日无怨，不想找各位的麻烦，只是与这个公子哥颇有渊源，留下他就行，你们只管走路。"天龙手指安禄，一副稳操胜券的模样儿。

安禄大怒，正要拔剑前冲上去，却被辛元龙按住，只得呼呼喘着粗气向亲兵一招手，几名亲兵拔出刀枪准备厮杀。

"几位朋友如果手头拮据，一切都好商量，何必为难这位兄弟，诸位也许不知，这位小兄弟是京师大营左翼尉安大人，奉旨进藏征剿廓尔喀人。"辛元龙出身于绿林，想出语点化几人，让他们知难而退，到别处发财去。

"嘿嘿，这位官爷很会说话，不过——我们兄弟今天就吃定了这个安大人，

识相的快走开。"震川陕早已不耐烦,瞅着这七八个官兵,索性扒下了面罩,一脸的横肉顿时横陈在阳光之下。

一名骁骑校争功心切,哪里把这几个强盗放在眼里,怒骂道:"鼠辈敢尔!"挥刀拍马冲上。震川陕大喝一声:"来得好!"右掌拍出,一股大力将冲上来的骁骑校横空击飞。那骁骑校显然也不是等闲之辈,人在空中连翻转几下身体,卸去了大部力道,但身体斜刺里摔向路边。就在他眼看着摔在乱石堆上时,猛然觉得一股温柔的力道托起自己的沉坠上身,使自己稳稳地站在乱石堆上。

"好,正宗的通玄内功。"一声悠长的赞叹声从远处传来,众人都大吃一惊,抬头一望,只见山涧石壁上站着两个苍老的喇嘛,僧衣的袍角在山风中猎猎作响。

双方都盯着头上两个高深莫测的喇嘛,不知是敌是友,可从对方的目力和御气传声的功力上看,在江湖上绝无仅有。

辛元龙皱了皱眉头,他虽然探出眼前的七人是冲着安禄来的,很可能是迷幻派人寻仇,并没有放在眼里,以自己和安禄的身手,就算是一等一的江湖高手,也奈何不了两人。但对这突然出现的两个老喇嘛,心中不由犯起嘀咕。依他的江湖经验绝非是巧遇,何况他们在安禄一出手之际,就能随口说出安禄的家传绝学,显然大有来历。想到这里,他也同样以内力传声,朗朗说道:"两位大师想必是从青海塔尔寺来,不知有何见教?"

两个站在巨石上的喇嘛听了不由得相互对视了一眼,为对方少见的功力略感诧异,他们两人是自上而下顺风传音,而对方则是自下而上,逆风送出,所耗费的功力要超过他们。

"指教谈不上,佛爷不过是来峨眉参加法事,刚才见那娃儿使出佛门通玄内功,颇感惊异,这门功夫与我密宗功夫大同小异,倒是让佛爷想起二十年前在卜奎城的一段往事。"

辛元龙听了暗暗心惊,他听过海兰察说过当年在北方卜奎城与金川两个大喇嘛比武,后来在金川平叛时又力战大喇嘛,大喇嘛在兵败逃往青海时留话后会有期之事。算起来这两个喇嘛一个八旬有余,一个也有七十多岁。

就在辛元龙与喇嘛短暂的对话中,天龙听出两个功力高强的喇嘛与对方毫无瓜葛,心中大慰,眼见机会难得,长啸一声,七人跳下马向安禄扑去。

早有戒备的安禄大喝一声，身体从马背上如箭羽般射出，长剑在阳光下闪出数朵剑花，竟然罩住七人，并痛下杀手。几名亲兵随之杀入战团，这些人在海兰察长年的指点下，都已步入二流高手之列，加之迷幻剑法的诡秘狠辣，弄得天龙和几个江湖杀手勉强自保。

"镖兄快上。"天龙一见安禄功力已近炉火纯青，自己竟然占不到半点便宜，而震川陕却站在原地一动未动，不由焦急起来，又气又急地催促。

震川陕此时虽然身形未动，可心里却紧张到了极点，他早已看出辛元龙是劲敌，之所以不敢贸然出手是因为不想让一个绝顶高手从后面盯着自己，这也是一个暗器高手最忌讳的。

辛元龙一直紧盯着这个背着若大镖囊的鹰鼻鼠目的杀手，直觉告诉他这是个危险的对手，他的神态和举止让人自然想到已经死去的"毒镖王"。天龙为报师仇，在迷幻南派能人寥寥的情况下，完全有可能不择手段邀请黑道人物，由此推算此人必定是等闲人物。另外，他又同时担心提防着石壁上那两个深不可测的老喇嘛，决定以静制动，因此一面关心着战局，更多的是注视着场外的变化。

安禄虽然是少经历练，但精妙的武功浑厚的内力在斗过三十招后，终于显现出博大精深的威力，见招拆招之中动作逐渐连贯起来，悟性的萌生与气力悠长的结合，威力猛增。剑锋所指，硬硬迫使出道多年的天龙处于下风，明眼人一看优劣立分、胜负已见分晓。天龙起初发现安禄虽说内力胜过自己，剑法也得真传，可明显有刻板呆滞的感觉，犹如一个掌握了精妙招数却不知如何运用的剑客一样。惊讶之余又深感恐惧，他清楚地知道假以时日，一旦让这小子融汇贯通之日，自己怕早已横尸在地。恨惧交加之下，他决定一战毁掉这个可怕的对手，在安禄还没有成熟前除去一个劲敌，左支右绌中大叫道："镖兄，此时不出手，悔之晚矣！"

震川陕也看出天龙渐渐不敌，而另五个弟兄居然被几名清军缠住，根本顾不上天虎，他伸手摸向镖囊，打算以暗器偷袭安禄，援助已呈危状的天龙。

辛元龙一见抢先向震川陕射出袖箭，身体从战马上腾空而起，右手长剑左手呈鹰爪，酷似大鹏自上而下向震川陕袭来。

震川陕是行家，自然知道对方的目的是想扰乱自己的心神，不让自己袭击

安禄，所以当手探向镖囊时身体移下马背，不仅躲开了辛元龙的袖箭，右手扬处，三枚飞锥电疾射出，在阳光下闪着蓝光向安禄飞去。

"侄儿小心！"辛元龙一见是剧毒暗器，顿时大惊失色，一面高声示警一面吼叫着杀向震川陕。

安禄百忙中一见暗器飞来，本想跃身飞起躲开暗器，可又怕侧面的亲兵着道，加上天龙不失时机地剑掌攻到，只好硬碰硬地接下一招，左掌凝聚浑厚的内力挥出，以掌风震落暗器。不想先机已失，天龙一下缓过手来，疾风暴雨般攻上，扭转了颓势。

"好不知耻，"毒镖王"的传人为人还是这么猥琐。"一声叹息传来，打斗的众人一惊，偷眼望去，只见一个尼姑与一个和尚立身于右侧的方石上。

"晦气，哪儿来的臭尼姑。"震川陕没好气地咒骂着。

"师妹，真是蛇鼠一窝啊——咦？师妹仔细看。"那和尚突然惊讶地盯着安禄。

尼姑秀眉一蹙，布满细细褶皱的脸异常肃穆地盯着安禄的剑势，同时也惊奇地注视着黑巾蒙面的天虎。

"师妹，是迷幻剑法啊，特别是那两个人的招式很纯正。贫僧有十几年没有见人使这剑法了，阿弥陀佛。"和尚满脸疑虑，却又小心翼翼地说。

说话间，场内局势突变，石壁上的两个老喇嘛猛地长啸一声，双双如同大鸟一般飞下，落在安禄和天龙面前，袍袖一扬，一股大力袭来，天龙向后踉跄数步，安禄身形摇了摇，勉强立稳身形。

第一百二十三章

一个瘦骨嶙峋、面如僵尸的红袍喇嘛大袖一收，望着没有被击倒的安禄和天虎颇为惊讶地一愣，怪声嘟哝道："娃儿不错嘛，当今世上能挡得下佛爷这一袖而不倒地的怕是寥若晨星，到底是清风道长的传人，不赖不赖……"

另一个身形高大、手持禅杖的红衣喇嘛不以为然叫道："也不尽然，既然碰到了迷幻派的徒子徒孙，也罢，就先让他尝尝佛爷的手段！"言毕，禅杖一横准备出手。

"阿弥陀佛，且慢。两位大师何以要和娃儿动手，出家人当以戒嗔，即便与他们师门有什么恩怨也犯不着和晚辈人计较。"那和尚立身巨石上，不见口动，话音却徐徐传出，乍听十分平和，但震人耳膜。所有打斗的人都满脸惊疑之声，停下手或以掌遮耳，或运功抵御。

两个红衣喇嘛侧目凝视巨石上的和尚，个头瘦小的开口道："嘿嘿，小和尚，你也配与佛爷讲佛法？"红衣瘦喇嘛目光如炬，相隔三十几丈一眼看出和尚也就五十几岁，比起自己整整晚了一辈。

没等和尚开口，那站在旁边的中年尼姑开口道："老东西，既然你不识抬举也就不必对你客套，以你这把年纪不好好等着兀鹰送你去极乐，反而到此寻衅，凭你的那点道行想在中原武林撒野，不觉得是秋萤凝月、俗僧见佛么？！"

所有的人刚刚为和尚骇人的内功惊得瞠目结舌，转而又为这中年尼姑的话目瞪口呆。这哪里像出家人——尤其是一个尼姑说的话，分明透出浓浓的杀气不算，而且仿佛又暗示出睥睨对方武功的意思，那……

高个子红衣喇嘛正要发怒，瘦小的红衣喇嘛摆手制止住他，沉吟了片刻，双手合十道："哼，两位想必都是练家子，中原武林藏龙卧虎不假，佛爷倒要见识见识，中原高人能把我们密宗这点道行怎么样？"

"听这话是冲着贫尼来喽？这位大师要年长贫尼半个甲子，到了风烛残年的年纪，恐怕——"中年尼姑冷冷说道，语气充满讥讽。

天龙一直注视着这气度不凡的中年尼姑，当连续听完尼姑与红衣喇嘛的对话后，不由惊喜地高声大叫："是慧瑛师姐吗？我是天龙。"

天龙的叫声惊动了所有的人，尤其是辛元龙，他万万没想到慧瑛失踪多年，今日突然在此地现身，惊愕之余又不无担心起来。他确认站在慧瑛旁边的一定就是慧能和尚，却又不明白他们为什么同时出现在这里，单凭慧能和尚刚才露出的那手功夫，看得出此人功力高绝，那种腹啸以音力伤人的功夫以前只是听说过，今日一见可算叹为观止，不要说自己，就是海兰察也远不及此人。

"贫尼是化外之人，施主还是不要俗称。"慧瑛对天龙只是眉眼一挑，两颊略微抽搐一下，淡然得很。

瘦小的红衣喇嘛漠然向粗壮高大的红衣喇嘛递了个眼色，那高大的红衣喇嘛转身对天龙叫道："娃儿，就算你临时抱佛脚也枉然，这样吧，你们两个一齐上，只要在佛爷的杖下走过二十招，随你们去，不然就得跟佛爷走，日后让海兰察来要人。"

"大师是要恃强么？这恐怕要先过本将军这一关。"辛元龙一见对方冲着安禄而来，哪肯示弱，他明知力敌一个喇嘛并无胜算，但只好豁出去了。好在料定有慧能在，两个喇嘛伤不了安禄，他对慧能与海兰察的情谊信心十足。

高个的红衣喇嘛扭头打量着辛元龙，尽管刚才领略了对方不凡的内功，仍然怪笑着说："这个将军的内功还说得过去，不介意的话可以一齐上，省得佛爷费事——不过，招数要加到五十招内。"

众人听了都浑身一震，纷纷揣测这喇嘛或许功力通玄，要么就是狂妄得不知天高地厚的武痴。辛元龙怒极反笑，道："老匹夫，本将军看你狂得没了边儿，还记得当年金川大战的百十回合么？"

高个喇嘛一愣，瞪圆两眼恶狠狠道："你就是那个与海兰察一起的——"

"不错，老东西，当时如果不是海大人动了恻隐之心，你还能在此大言不惭吗？"

众人听了两人的对话，有如坠入云雾里，只有慧瑛心如明镜。她始终盯着酷似海兰察的安禄，身形展动，运用绝顶轻功飘然落到巨石下，身法之轻灵美妙令众人心中一叹，比起两大喇嘛刚才的身法高明许多。

高个喇嘛暴喝一声，怒不可遏地挥杖攻上，霎时舞出漫天杖影，那镀金的杖柄在阳光下闪烁金灿灿的光芒。众人顿觉疾风刺面，沙石骤起，喇嘛身上的红袍被护身罡气鼓起，酷似一片红云随着身形飘逸。

辛元龙哪敢怠慢，弃剑取钩，使出看家本事，一对精钢制成的兵刃在阳光下发出乌蓝光泽，阵风飒然中传出阵阵腥气。众人一看一闻顿时悚然一惊，望着淬着剧毒的双钩脊背冒出冷气。

高个红衣喇嘛惊悸地叫道："原来阁下就是二十几年前川陕道上的追魂钩！"

"正是你爷爷，老杂毛，你如果横尸此地可就到不了极乐了！"辛元龙双钩闪开禅杖重兵器，专拣偏锋，只图欺身近战，以轻灵之巧求得一招得手，就算是一头耗牛中钩即刻毙命。这是他当年在川陕黑道上的成名之技，令黑白两道人闻风丧胆的绝技，虽然多年不用却常备于身，以备不时之需。今日形势垂危，遇到的又是黑道和奸邪之徒，正好旧艺重展，先解燃眉之急再说。

大个喇嘛知道厉害，哪肯贸然犯险，采取不求有功、但求无过的打法，仰仗浑厚的内力将禅杖舞得水泄不通，不留半点空门，护体罡风卷起落叶沉沙漫天飞扬。他意在先耗损对方的内力，伺机反扑，将对方毙于杖下。

震川陕和几个黑道同伙此时才如梦方醒，暗自庆幸两个老喇嘛及时搅局，都悄悄吸着凉气凑到一起，嘀咕着明取显然无望，只能侍机暗下黑手。又想拉天龙偷偷溜走，但对眼前这罕见的武林大战恋恋不舍，只好站在远处盯着这惊心动魄的厮杀。

五六十招一过，辛元龙气色异常凝重，额头见汗，内息开始不畅。他察觉到高个喇嘛人粗脑瓜极灵慧，内力仿佛取之不尽、用之不竭，禅杖上的黏力越来越强劲，自己的双钩往往不由自主地被禅影牵动，变得迟滞沉重。心知先机已失，红衣喇嘛以内力取巧，再斗几十招后便可反手攻来。正暗自思量之时，忽觉耳边传来细如蚁语之音："施主内力虽不及大喇嘛，但如果身处上风时以

内力催动钩毒，即便伤不了大喇嘛，也足可以挽回颓势。"

辛元龙蓦然一惊，飞眼瞥向巨石上的慧能，心中雪亮。是的，倘若抢到上风外以内力催发自己钩上的剧毒，只要让喇嘛吸到一点气息，轻则顿丧功力，重则……

慧能以高深的蚁语传声功夫警示辛龙龙，在场的只有寥寥几人听得到，瘦小的喇嘛目光如电闪了慧能一眼，单掌伸出，不见动作，只是辛元龙每每抢到上风处时，立刻被一股大力撞下来。

"大师使诈，晚辈失礼了！"安禄早看出辛元龙占不了上风，有心上去助阵，但想到辛叔叔自尊心极强，又碍于江湖规矩，一直在旁干着急。现在一见瘦小喇嘛出手援助同伴，哪肯放过这个机会，话音没落，长剑已经递出，一招古洞阴风，刺向大红衣喇嘛的檀中大穴。他天资聪颖，自小得父辈嫡传，自然耳濡目染，于武学一道知之颇深，尽管缺少历练，却看得出原委。他见辛元龙大敌面前钩走轻灵，所以剑中加以浑厚的内力，迫使高个喇嘛分神以两股不同的力道迎战，通玄内力果然了得，刺破红衣喇嘛的护身罡气，在嗤嗤作响中迫近红衣喇嘛的死穴。

"好！"巨石上传来慧瑛的喝彩声。

第一百二十四章

高个红衣喇嘛一见护体罡气被破，剑刃已然近身迫近檀中大穴，慌忙跃身闪避，辛元龙何等老到，丝毫不给对方一点空隙。一对毒钩有如蛇芯般尾随而进，配之安禄凶猛如涛的掌力和神鬼莫测的剑法，一时间竟然占了上风。

瘦小的红衣喇嘛一见情形不对，不敢托大，右袍袖倏然甩出，一股巨力席卷地上碗大的石块骤然向辛元龙和安禄击去。辛元龙不想硬接，腾空跃起，借助罡风之力在空中斜刺里向大个红衣喇嘛攻去，双钩从左右两个方向罩住红衣喇嘛。

安禄毕竟年轻气盛，仰仗自身已有小成的内功心法，并没把这行将就木的老喇嘛看在眼里，当对方突然发力时，大叫一声："来得好。"左掌使出十二分功力挥出，想以身体和年龄上的便宜与老喇嘛一比高低。

两股至刚至阳的佛门功力相遇，只听嘭的一声巨响，沙石翻卷，气浪冲天，一丈开外的亲兵立脚不稳，一个功力较差的已经震倒在地。远处的震川陕面容失色，心想就是自己也难抵这一击，这小个红衣喇嘛要高出大个喇嘛一大截，而安禄年纪轻轻何以有如此功夫，与已有一甲子功力的老喇嘛斗个旗鼓相当？

其实安禄此时有苦难言，小个喇嘛的铁袖功以密宗玄功为根基，力道源源不断，哪里是一击了事。法轮常转中，劲力仍然波涛汹涌，犹如长江后浪推前浪一般攻到。倘若以迷幻内功心法抵御，本可以轻描淡写地化解，毕竟两种佛门玄功虽然练法不同，到底还是殊途同归。只是安禄不过练了点儿入门功夫，如果不是仰仗功力的纯正和身体的根基，早就被震得五脏移位、口喷鲜血了。

辛元龙尽管急得火烧眉毛，可惜在大个红衣喇嘛的频频攻击中只能自保，对危机中的安禄实在是爱莫能助，心里叫苦不迭。

安禄拼尽全身功力硬撑，心中哀叹不听父亲的教诲，强敌面前逞强引来杀身之祸。他是名门之后，性情倔强，即便在这垂危之际依旧豪气不减，万般险峻之中，灵机一动，冒着五脏俱碎的危险，掌力稍缓，化对方大力于四肢百骸之中，瞬间以法轮倒转之功，集力于一线反攻过去。

小个红衣喇嘛自信以七成功力已经死死吸住安禄，要不是顾忌到巨石上的慧能和慧瑛，只要使出十成功力就可以置安禄于死地。稳操胜券中暗自凝聚功力提防着那两个功力高绝的和尚和尼姑。

正自得意时，蓦然察觉叫人匪夷所思的事情发生，令他肝胆欲裂。安禄的掌心仿佛射出一支极锐利的细小暗器，刺破自己铁袖功的劲力和护体罡气。这是十几年前在卜奎城与海兰察打斗中所遇到的情景一样，不同的是海兰察当年是以剑气破了自己的铁袖功，而今天这娃儿竟然是以掌力——尤其是借自己的掌力反击自己，法门一模一样。相比之下这小子似乎更高明些，这是什么旁门左道？他来不及细想，哪里肯冒着几十年功力被废的危险逞一时之能，忙撤力闪身，一股气浪击得身旁一棵大树枝析叶落……

"呵呵，娃儿小小年纪竟然将佛道两家的真力融汇贯通，练武奇才呀。倘若假以时日真是不可限量啊！"慧能早已看出安禄是铤而走险，不想歪打正着，吓退了小个红衣喇嘛，长吁了一口气，撤了凝聚全身的真气，似无意地对身边的慧瑛说道，本意却是说给全场人听。

俗话说得胜的猫儿欢似虎，安禄还是少不经事，一见辛元龙气喘吁吁、汗流浃背，在大个红衣喇嘛穷凶极恶的攻击下节节后退，长啸一声挺剑攻上。

大个红衣喇嘛显然没有小个红衣喇嘛那么多心计，不管三七二十一，一柄禅杖舞得呼呼生风，完全是仰仗神力和娴熟的杖法，独战两大高手依然是攻多守少。

小个红衣喇嘛阴沉着脸，细细看了安禄的招式，当安禄的长剑数次搭上禅杖又被弹开后，他僵尸般的脸上痉挛了一下，心里顿时雪亮，斜睨了慧能一眼，阴恻恻道："雕虫小技，差点骗过了佛爷，不过是借力打力嘛。"

"老东西，不服的话可以与贫尼过几招？！"慧瑛一直以十分复杂的目光望着打斗中的安禄,作好一旦安禄有危便立即出手的准备。刚才见到安禄巧胜红衣喇嘛,还宽慰地嫣然一笑,现在听了小个红衣喇嘛的话,怕他再次出手,所以用话激他。

"两位真的要插手这段恩怨么?"小个喇嘛冷然问。

"插手又怎样?!"慧瑛巴不得把事情闹大,这十几年来的空门生涯,了却世俗琐事后,她真正得以清心精研武学,以她的天资聪颖收获自然不小,有时与慧能印证时让慧能也赞叹不已,有如师祖在世。

"佛爷不想与不相关的人结怨,除非……"

"除非什么?"慧瑛口气咄咄逼人,眼眸里少有地透出多年前的杀气。

"除非你们同出一个师门。"

"老东西脑瓜倒是挺灵光,叫你猜对了。"

"还有这位——"小个红衣喇嘛眼皮一抬,盯向慧能。

"当然。"慧瑛毫不犹豫地点头,决意拉师兄下水,想看看这个武功深不可测的灵光寺住持到底有多么惊世骇俗。

慧能无奈地低下头口念佛号,喃喃道:"既是佛门中人,岂可为俗事轻言决斗,依贫僧看还是——"

"不行!"慧瑛打断慧能的话,冷冷说道,"这是藏域高僧来我中原切磋武学,师兄拒人千里之外可不是待客之道啊。"

小个红衣喇嘛见对方执意要插手,脸上掠过一丝阴影,森然说道:"说到贵派武学实在是不伦不类,然而还是以佛、道两派功夫为根基。刚才那娃儿就是使用了旁门左道的功夫,即便胜了也是胜之不武,何况是金玉其外、败絮其中,原来是徒有其表。"

"阿弥陀佛,大师此言差矣。佛门弟子最忌诳语,自闭悟性。众生万象,佛言普度,试问:度谁不度谁呢?大千世界,芸芸众生,寰宇之大无不在佛法无边之中。大师方才之言有悖我佛旨意啊。"慧能毕竟修为深湛,婉转指出红衣喇嘛的愚钝。

第一百二十五章

　　三人说话之间，厮杀的双方胜负已见分晓，大个红衣喇嘛在辛元龙和安禄的围攻下，呈左支右绌的狼狈之象。小个红衣喇嘛一见情形不妙想出手救援，突觉侧身微风飒然，只见慧瑛身形从巨石上弹射而来，右掌随意挥出，一股大力排山倒海般击来。小个红衣喇嘛哼了一声，右侧袍袖挥出。两股内力相撞，沙尘纷飞却毫无声息，但是慧瑛身形斜刺里飞去，嘴里闷哼一声。小个红衣喇嘛身体晃了晃，微觉气滞胸闷，这是他自恃身份不肯退后半步，这一招之下便试出这个女尼功力不及自己的七成功力。闪念之间本能地玄功默运，立时气血畅通，只见女尼翻转身体，手上不知何时多了把长剑，从空中挥舞而来，他望了一眼，面色顿时大变。只见剑光罩住自己所有能移动的方位，犹如许多剑尖同时向自己周身刺来，他失声大叫："好个清风道长，迷幻剑法的精髓原来在这儿！"

　　慧瑛原本被小个红衣喇嘛铁袖功击得中气絮乱，借着身体斜刺里滑去时卸去了一部分力道，心中暗叹老喇嘛一甲子功力果然了得，自己借着身体冲击的惯力已经占了不少便宜，却仍然占不到半点上风。她天资聪颖，刁钻的念头油然而生，这些年在研究本门剑法方面独有心得，不仅精进不少，而且触类旁通，悟到了很多连师祖也没有想到的刁钻招数，让慧能和尚都赞叹不已。在一招内力的较量中，她明白小个喇嘛功力远在自己之上，而自己真正的长处是在剑法上，因此身在空中抽出贴身软剑，向红衣喇嘛攻去。

　　尽管同样的迷幻剑法，但经她一使出威力与安禄大不相同，具备了迷幻派剑法中镜里藏花与掌法中佛光普照的两种威力，竟然让红衣喇嘛不知所措。百忙之间，红衣喇嘛只好身形硬生生向后飘移几尺，他想看清对方的招数再作打算。

此时在远处观战的震川陕一见安禄年纪轻轻就如此了得，立时恶从胆边生，悄声对天虎说："这个小子此时不除日后必成大害，不如趁有两个大喇嘛助阵，咱们做了这小子。"

"不行，敝人同门师兄师姐都在，你没看出来吗，他们明摆着在袒护安禄。"天虎深知慧瑛和慧能与海兰察的关系，知道此时对安禄出手，他们必然阻止。以慧瑛的性格，弄不好还会反目成仇，所以立刻制止震川陕。

可震川陕只当天虎当着同门不好对安禄下手，心想自己又不是同门，何惧之有？意念一动，右手已经挥出，几枚闪着乌蓝光泽的暗器破空飞去。

安禄刚刚出道，又面对强敌，正集中全力应对大个红衣喇嘛，哪里想到背后有人偷袭。而辛元龙是老江湖，虽然游身激斗之中，仍然目光如炬，留神场中所有的人，尤其是这个惯用歹毒暗器的震川陕。

他一见震川陕出手，手中双钩在空中一搅，击落暗器，口中骂道："真是'毒镖王'的传人，蛇鼠一窝的混账东西！"

震川陕恼羞成怒，飞身加入战团，协助大个红衣喇嘛攻向安禄和辛元龙。

大个红衣喇嘛在辛元龙和安禄两人的攻击中正岌岌可危，但死要面子不肯后退，他一看震川陕加入战团，缓解了自己的压力，心中自然大慰，嘴上却边打边说："嘿嘿，这个娃儿可真乖巧，你是怎么知道佛爷我受人米粒之恩，当以……大山一般回报。虽说用不着别人援手，但佛爷终究还是欠你个人情……"

众人一听大个红衣喇嘛那梦呓般喋喋不休的话语，心中纷纷暗笑这老东西入佛门六十几载，尽管武功造诣非浅，可心智与悟性却不及常人，此番话说得如同六岁顽童那样稚嫩可笑。明明自己不敌却又惺惺作态，卖弄愚不可及的小心眼儿，可笑之极。

震川陕在道上爬滚了多年，什么话听不出来，打斗中腾出手来一揖道："大师功力通玄，深谙佛法，实为得道的神僧，在下日后少不了讨教。"言下之意颇有改换门庭、带艺投师的意思。

"哈哈，娃儿是要与佛爷套近乎，可惜呀可惜。"

"大师的意思是——"

"佛度有缘人，以你的资质么……"

"如何，在下可是诚心诚意呀，还望大师——"震川陕为了学到绝世武功，哪还顾得上在道上的名声。

大个红衣喇嘛有了援手，挽回颓势后便轻松许多，回手一禅杖逼退辛元龙，鹰目电疾扫了震川陕一眼，竟然说道："嘿嘿，你这个贼娃心计倒不少，瞅你这副獐头鼠目的猥琐之相，是干偷鸡摸狗、往暗器上喂毒的宵小之辈。度你嘛，得用这伏魔神杖。"

震川陕听了面色大变，四周的人忍不住哈哈笑出声来，特别是安禄的两个亲兵，虽说身上带伤仍然笑得前仰后合。

辛元龙双钩一挑，以进为退，跳出丈外说道："大师泾渭分明，以在下看不必再斗，武学之道深无止境，即便是清风道长在世，也不会为一时之短长而耿耿于怀。两位大师堪称一代宗师，难道不能为往日的芥蒂一笑而释怀么？"

大个红衣喇喇愣了愣，哑哑嘴道："你这个军爷倒是会说轻巧话，倘若当年是清风道长或海兰察输给我们一招半式，他们会善罢甘休么？"

"阿弥陀佛，菩提本无树，明镜亦非台，本来无一物，何处惹尘埃。"远处巨石上传来慧能和尚的低吟声，字字震荡在场人的耳鼓，仿佛是说给众人听的。

正与慧瑛激斗的小个红衣喇嘛听了身体微微一颤，两眼如流星电闪般瞟了慧能一下，僵尸般的脸上竟然隐现一丝尴尬之色。他没想到自己在雪山修炼几十年的功力竟然奈何不了一个女尼，从她千奇万幻、霸气冲天的剑法上看，难道真的是江山代有人才出，各领风骚数百年？这个女尼的内力不及自己不足为怪，可她的剑招似乎已经到达无为而无不为的境界，让人无从猜测无法适应，假如不是仰仗一甲子的浑厚内力，自己恐怕早已落败了。

慧瑛此时早已香汗淋漓，这是她平生中最为凶险的拼斗，以她的功力在与红衣喇嘛的厮杀中，长剑处处受制，在对方凶悍护体罡气中，招数和劲力大打折扣，闪展腾挪十分吃力。她当然清楚红衣喇嘛忌惮自己鬼神莫测的剑法，意在耗损自己的内力，待到一定时机势必以内力相拼。虽然师兄慧能不能坐视自己落败，关键之时定会出手相助，但以她好胜的秉性，让师兄当众出手解困是无论如何也承受不了的，那比杀了她还要难受！

慧能和尚立身巨石上凝眸注视着场内的打斗，对慧瑛的心思了如指掌，他心中正盘算怎么才能体面地救师妹于危难之中，又不给对方以众凌弱的口实。他看出小个红衣喇嘛只使出六七成功力，天庭精光闪射，显然是在以天眼窥探自己的功力。对这个老喇嘛不由得肃然起敬，同时默运玄功扰乱气场，让对方探不到自己的底细，口中朗朗说道："师妹，大师既然显示了铁袖功夫，你何不在坎位上以铁袖功对峙，也算印证一下自己的功力呢？"

慧瑛一向冰雪聪颖，心中顿时雪亮，长剑划过半空，迫使小个红衣喇嘛守住空当之际，跃身背对师兄站的巨石弃剑运气。

小个红衣喇嘛啼笑皆非地瞪着她，一副茫然的模样儿，这女尼明明内力远逊于自己，只是倚仗精湛的剑法支撑到现在。此时弃长取短以铁袖功相搏，这……是武学大忌呀！他缓身移来，狐疑地望着巨石上垂目伫立的慧能和尚。

第一百二十六章

慧瑛方立定身形，蓦然觉得灵台大穴上有一股气息缓缓输入，在自己疏导下汇入丹田，渐渐内息极为充盈，四肢百骸舒适无比，体内旺盛的劲力随时可以喷薄欲出。她知道师兄正隔空输力，为了不让红衣喇嘛看出破绽，师兄只能用这种耗费内力的笨法子。

小个子红衣喇嘛岂是等闲之辈，他一发现慧瑛站到了背对和尚的坎位后，护体罡气猛增数倍，愕然之余也察觉到是慧能和尚使诈。转念一想就算隔空输力又能如何，和尚离她足有两丈之遥，内息怕有三分之二消耗于无形之中，何况临时抱佛脚。另外，他看出这个和尚才是真正的对手，既然他不肯直接出手，不妨装作什么也不知道，就让他暗中露出功夫，等击败了女尼后再开口点破，奚落他一下。

慧瑛在片刻中顿觉内息陡增数倍，心中暗道师兄可谓大象无形、大言唏声，这等功力早已超出大师伯和二师伯，就算师祖在世也会自叹不如！心念至此，她非但没有心生嫉妒，反而觉得心境空明舒畅无比，恍惚突然间悟到了非常重要的东西，先前那种争强好胜之心反倒淡化了许多，似乎胜负不是那么重要了。

"慧瑛师太，不要弃剑。"辛元龙哪里知道慧能和尚在暗助慧瑛，一见慧瑛舍弃精妙的剑法，顿时大惊失色，小个子红衣喇嘛的功力远超大个红衣喇嘛，慧瑛虽说静修多年功力大进，但与对方相比无异以卵击石，一急之下失声大叫起来。

安禄此时才明白这女尼是师门长辈，虽然说迷幻南派的人与自己有杀母之仇，让他恨之入骨，但此时这个女尼显然是帮助自己和辛元龙来的，一时困惑起来。

小个子红衣喇嘛深吸了一口气，知道有了和尚的帮助，不可小视女尼，袍袖甩出时使出了十成功力。慧瑛虽说有师兄的帮助仍不敢大意，神色肃穆地全力击出，双方的袍袖俨如利刃相撞，都是以硬碰硬，随着一声巨响，两股大力震得地面发颤，枯枝碎石四溅，沙尘弥漫。

在场的众人都惊愕地望着尘埃过后的交手双方，只见小个子红衣喇嘛那只大袖已化为许多碎片，纷纷扬扬从空中坠落。那支枯瘦如干枝的臂膀和双腿在阳光下颤抖，两脚深深陷入坚实的沙石地面中，一对惊愕不已的、万念俱灰的眼睛瞪着笑靥如花的女尼……

慧瑛万万没想到这一击竟有如此的威力，看着狼狈万状的小个红衣喇嘛，她露出多年没有的开心笑容，暗自调息运气，察觉自己周身无恙。正当窃喜之际，猛然意识到不妙，转身偷眼望去，只见师兄慧能面色苍白，身形微微颤抖。她是个大行家，心知师兄把红衣喇嘛的一击之力以导引功夫全部引到了自己身上，从红衣喇嘛惊愕失神的眼睛及双方发力的距离上，不仅高下立判，显然师兄要比红衣喇嘛耗力更多。

场上几个高手都看出了门道，大个红衣喇嘛身形犹如一团红云，瞬间飘移到小个红衣喇嘛身边，神色凝重地瞪着巨石上闭目调息的慧能。在他的眼里，当今世上竟然能有人伤他师兄，简直令人匪夷所思，近身后听到师兄气息并无大碍，正要发作，只见小个红衣喇嘛出手制止了他，两人嘀咕了几句藏语，突然起身向远处跃去。

慧瑛松了口气，跃身跳上巨石察看师兄的伤势。辛元龙回头一看，震川陕一伙不知何时溜走，天虎或许因为与江湖匪盗为伍而羞于见同门，加上一照面就遭到慧瑛的冷遇，自觉没趣，一溜了之。

慧能和尚闭目调息片刻，面色渐渐恢复红润，睁眼望着慧瑛淡然一笑道："早知那红衣大师无恙，贫僧倒是应该加上两成力。不过，即是如此，他也耗损二十年的功力，可惜一代高僧竟然为了面子不退半步。"

"可师兄你不是——"慧瑛诧异地问，她见师兄没退半步，怀疑也受了内伤。

慧能吐出一口长气,侧转身体,只见身后的石壁上粉尘碎石毕剥脱落。慧瑛大吃一惊,乾坤移力功夫以前只是听说过,如今见到师兄使出,才猛然醒悟到慧能早已练就金刚不坏之体。

强敌退去,辛元龙松了口气,拉着安禄边向巨石方向走去,边简单地向他述说迷幻剑派内部纷争及慧瑛对海兰察的一段感情纠葛。他的用意很清楚,想让安禄对"川中侠女"和慧瑛区别对待,这也是海兰察的本意,不想让上辈人的恩怨延续下去。借着这次慧瑛帮助解围的机会,也算让安禄见识一下迷幻剑派的两位高人,一是认祖归宗;更重要的是有慧瑛和慧能做主,那些迷幻派的徒子徒孙自然不敢再去找海兰察父子寻仇。

就在辛元龙与慧能和尚寒暄之时,慧瑛侧目仔细打量起安禄,或许在安禄身上找到太多海兰察当年的影子,她神情恍惚若有所失,仰望天空轻轻叹了口气,目光变得慈祥起来。而安禄此时想到当年母亲的惨死,本来对"川中侠女"为首的迷幻南派恨之入骨,虽然慧瑛并没有参加对父亲的追杀,并且多年来对父亲屡屡施以援手。可让他心里一时难以平衡,辛元龙虽然叮嘱了许多,可他依然不冷不热地微微一揖,叫了声:"参见师叔。"可对慧能却大拜在地,亲热地喊着师伯。

慧能目光向慧瑛瞟了一下,颇有歉意地苦笑了一下,似乎为了掩饰尴尬的场面,他对辛元龙道:"这孩子根骨奇正,是百年不遇的习武苗子,只是……"

慧瑛开始一看安禄对自己如此冷淡,对师兄却行大拜之礼,脸上露出一丝不悦的神情,只是十几年遁入佛门的清修使她的定力大进,况且安禄丧母之痛也在情理之中。想想如果不是母亲"川中侠女"逼人太甚,敏日娜也不会英年早逝,致使安禄兄弟俩儿少年丧母,想到这些心绪豁然开朗,面向慧能问:"只是什么?"

辛元龙与慧能相识二十几年,早在金川大战时就见识过他的功夫,知道这一代高僧功力超绝,言语绝不会空穴来风。一见他说了半截子话,忍不住追问:"是啊,还望慧能大师明示,海兰察如果在此想必也会有此一问。"

慧能沉吟片刻,喃喃道:"此子慧根不浅,但与佛无缘,既然命运天定,还是顺其自然的好。"

慧瑛听了面色大变,其中的禅机她十分了解,她又细细端详了安禄一眼,只见貌似开阔饱满的天庭上，那红润之中隐隐闪现一丝昏暗之色。这昏暗之色不是过早夭折之象，至少也是血光之灾的预兆，情急之下脱口问道："师兄念在同门的情分上，可否——"

慧能苦笑了笑道："师妹何出此言，天意使然，岂可任常人枉为，唉——就看此子日后的造化了。"

望着一脸茫然的安禄，慧瑛轻轻叹了口气，露出慈母般黯然神伤的表情。

"辛将军多年不见，神采大异，想必在征战的沙场上领悟到很多真谛？"慧能双目精光四射，笑吟吟地瞅着辛元龙问。

辛元龙暗自心惊，心想这和尚果然已成半仙之体，自己的心思竟然让他一眼就看出。

"将军神清气朗，气定神闲，眉宇之间褪去了昔日的戾气，目光清澈而祥和，这是看开六界遁入化外之兆，阿弥陀佛，可喜可贺啊。"慧能和尚不住地感叹。

"慧能大师，以大师的功力当以伏住两个红衣喇嘛，可为何……"

"这个么——"慧能略一思忖，淡然道，"红衣大师显然精通瑜伽之术，并未伤及五脏六腑，倘若纠缠下去必然有场恶战。而安禄与红衣大师对仗，表面上看无恙，其实已经伤及七经八脉，贫僧急于为他调理，以免日后酿成大害。"

慧能的话点醒了慧瑛和辛元龙，两人转身看安禄，这才发觉安禄面色越来越差，额头沁出汗珠，气息粗重而时序不定。

辛元龙功力超群，见识颇广，知道这是真气逆乱之象。

当清军大队人马还行进在青海的昆仑山口时，一队行踪诡秘的快骑已经接近唐古拉山口。

天虎催马立在高处，回头向远方眺望着，数十日的静养和习练，使他面色红润、精神旺盛。此时山风吹在脸上，让他感到十分舒适和惬意。是的，他盼望的一天就要到了，要不了二十天，海兰察和福康安的大军就到前藏。到那时，就可以随心所欲，福康安一死，海兰察跳进黄河也洗不清。他亲耳听鄂辉不止一次说：皇上是喜欢海兰察，但更喜欢福康安。

"天虎大侠，我们何必非要等到定日才动手呢？就是在这里凭我们的身

手，也可以杀了福康安。"震川陕急于拿到百两酬金，迫不及待地问。

"老弟，福康安的人头，要是没落在定日，你那黄金从何而来？"天虎嘲讽道，心里却说：福康安在这里死掉，想嫁祸给海兰察太牵强。只有到了定日，在人烟稀少的后藏，清军的将士，才会怀疑唯一会使迷幻剑法的海兰察。

"天虎大侠，鄂大人真的会助我们一臂之力吗？"一个杀手心有余悸地问。

"当然，所以说我们一定要在定日动手，至于时辰和地点，鄂大人自有安排。"天虎无意和这帮图财害命的黑道人物多说，催促启程。在这些人的后面，几百里的地方，海兰察与福康安，也在督军急进，福康安阴沉着脸，令海兰察带队前行。从他那张疑虑变得冷漠的脸上，海兰察觉察出，从未有过的冷意，要不是还需要自己领兵作战，那张脸会不会更难看呢？是阿桂的挑唆起了作用还是自己有什么不检点，引起福康安的不满呢？

望着连绵起伏的高山，他蓦然觉得自己衰老了，那波浪般的山峦，正层出不穷地向眼帘压来，荒芜的原野是如此空旷、寂寥、悲凉。

眼前，将士们正踉跄而行，无数条腿在草丛乱石中沉重挪动，战马蹄声不再是那么急剧、悦耳、连贯，似乎每一声响之间都有一个停顿，犹如步履十分艰难的老马那样，无可奈何地衰竭下去。

以往，每当看到辽阔的草原或是巍峨的山峦，都情不自禁地心潮涌动、气势凛然，一股英气喷薄欲发，去争去斗，去砍去杀，无所畏惧，不知疲倦，不带牵挂。

可现在，他觉得一切的一切在眼中倏然混沌起来，许多景象正在消失，或在隐隐逝去，就像吸取他的骨髓似的，等他疲惫无力，精神颓废下来。

"海大人，为兄见你一直郁郁寡欢，不知……"辛元龙催马与海兰察并行，想与海兰察聊几句。他和安禄带领的川兵与大军汇合之后，一路上隐约察觉到福康安与海兰察二人之间微妙的情绪变化，有意探个口风，主帅与副手，一旦有了隔阂，毕竟不是好事。

"辛兄，你我都已过了知天命的年纪，想想几十年的戎马生涯，究竟如何呢？"海兰察神色凄凉，语气低沉，令辛元龙大吃一惊，多少年来历尽血雨腥风，从没见过海兰察情绪如此低沉，言语令人琢磨不定。

"海大人，此话何意？"

"有意无意都一样，天意既然如此，有意无意还不是枉然。"海兰察淡淡而答。

"海大人，为兄知你难处，在京师中有人传言，大人与福康安——"

"不必说了。"海兰察摇了摇头，叹道，"木秀于林，风必摧之。功高震主啊，想不到此言今日要应在敝人身上。"

辛元龙望着黯然神伤的海兰察，一时无言以对，只好掉转话头说起安禄，"大人的那个师妹，清修多年，似乎开朗了许多，安禄与红衣裳番僧剧斗后，五脏移位，多亏慧瑛不惜消耗真力施救。足见——"

"倒是慧能师兄一片苦心。"海兰察若有所思地点点头说，"比起师兄，敝人真的是汗颜，想那小个红衣番僧，得到师兄点化，必然能够立地成佛，他修行一甲子之多，到底是得道高僧。"

"既是高僧又何以计较得失？"辛元龙笑问。

"怕是一时性起，印证武功而已。听你所叙，他一直不想伤人，否则，辛兄何以安然无恙？"

两人叹息一会儿，辛元龙又问："大人这次出征回来后，有何打算？"

"解甲归田，隐遁莽原。"海兰察沉思良久，吐出八个字。

"也好，大人功成名就，能急流勇退，可谓明智之举，可惜愚兄……"辛元龙自知和海兰察无法比拟，有点自惭形秽。

"辛兄不必如此，人各有志，适意就好，至于什么明智之举，其实都是镜中之花啊。"

"大人何出此言？"辛元龙愕然。

"不瞒辛兄，敝人终年四处征战，寒暑艰辛中已经积劳成疾，下肢时常发滞，气血难通，这是不祥之兆啊！而我索伦整个部族何尝不是这样？"

"——啊？！"辛元龙大吃一惊，他知道以海兰察这样高深的内功也打通不了自己的经脉，那世人怕是没有几人能做到了。

"近日来，敝人十分疲乏，内力大减，不知何故？"海兰察悄悄吐露了自己的担忧，只是言犹未尽，尽管这样，像辛元龙这样的高手听过之后，心里顿时雪亮，这是多年来内功偏差即将走火入魔的征兆，如此推算起来，他断定海兰察至少半年没敢习练内功心法，怪不得……

十几天后，各路清军先后到达前藏，鄂辉和成德怀着惴惴不安的心情，迎接了定远大将军福康安。

福康安盯着阿桂的这两个门生，心想以阿桂的精明何以保荐这两个宝贝，就算从旗人中瞎摸出两人都比他们强。

"巴忠背着朝廷贿和之事，你二人真的不知道么？"福康安板着面孔，威严地问。

"回大人，卑职真的一点不知，全是巴忠一人所为，望大将军明察。"鄂辉嘴上这样说，心里却暗笑道：看你还能威风几日。

"今日战况如何？"

"廓兵大部退到界外。"鄂辉小心回答。

"那……还有一部分呢？"福康安追问。

"固守吉隆，辖绒一带。"鄂辉的声音越来越小。

"好吧，本将军令你为右翼领队大臣，攻占吉隆；岱森宝和普尔普从左翼越长楚河取聂拉木。中路军由本将军和海大人统领，务必一战全歼境内敌军。"福康安径自分派兵马，虽然没有和海兰察商议，但还是偷偷瞟了瞟身边的海兰察，见海兰察微微点头才放下心来。

海兰察等福康安分派好人马，一切布置停当，才开口问鄂辉："鄂大人，廓兵入侵日喀则并洗劫扎什伦布寺，大人是如何抵挡的呢？"

"敝人……率兵抵抗多日，才退到前藏。"鄂辉一看海兰察发问心里发虚，福康安问一百句他都有法对付，可海兰察问过几句之后，他就冒出汗水。

"鄂大人，就算廓兵倾举国之力，不过是两三万人马，就算他倾巢而来，你手中有精骑四千、藏兵三千、川兵五千，也该抵挡一阵呀，你看。"海兰察冷笑着手指地图说，"扎什伦布寺西南，左有曲多江巩，右有鼓错岭，峭壁连岗，都算得上咽喉天险，倘若你兵分两路，一路扼守曲多江巩遏其前，一路绕鼓错岭截其后，则敌必乱。即使无力歼敌，也该大败廓军，身为大将，连这点谋略也没有，可见上奏朝廷的捷报纯属痴人说梦！"

福康安听了海兰察的一番话，如梦方醒，暗叹海兰察实在是厉害，不愧大将之才，同时心里又有种酸溜溜的滋味。

"鄂辉、成德，你二人还有什么可说的，欺君大罪你们受得起吗？"福康安厉声喝问。

"福大人，此次兵败，固然是我等无能，但将士多病，藏兵少训练，不从调遣，也使我二人心有余而力不足。请大人准我等戴罪立功，万望将军大人法外施恩。"成德一看事情要糟，欺君大罪可不是闹着玩的，福康安圣眷得宠，一急眼可是什么事都干得出来，所以来个以退为进，争取时间。

"大将军，我等自知有罪，这次出兵定然冒死向前，将功补过。"鄂辉当然意识到事态严重，按照成德的意思，口气软了下来。

乾隆五十七年三月，清军分三路开始反击。经九日激战，左路统领普尔普和岱森宝率四千人马过长楚河猛攻聂拉木，歼廓军千余人，占领了这个贯通南北的要道，完成了对境内廓军的合围。

福康安和海兰察占定日、破辖绒后，听说鄂辉与成德在吉隆打得十分惨烈，急忙率兵赶来。

离吉隆二十里的两山之间，河水翻滚，流速湍急。一架铁索桥悬挂南北，鄂辉与成德领兵久攻不克，正气急败坏地令将士强攻。

"海大人，这天险之地当真是一夫当关万夫莫敌呀，这样猛攻猛打怕是徒损将士性命啊！"福康安望着两岸的悬崖峭壁，摇头道。

海兰察环视四周良久开口道："一味强攻枉送将士性命，敝人带一队人马到河上游，总可以找到一处渡河之处。最迟明日清晨从廓兵身后展开攻击，福大人可在此牵制敌兵，如何？"

"海大人请便。"福康安虽然怀疑上游是否有渡口，可又没有别的办法。

鄂辉一见福康安亲自来督阵，又急又气又羞，恼怒之下，喝令将士从铁索桥和河水中轮番抢攻。清兵在严令下，冒着密集的箭雨和炮火，在铁索上匍匐而行，不时有人中箭或中弹，惨叫着凌空摔下，跌入湍急的河水中。

河水中也同样，扎木排筏渡河的清军，一不明水势，二不会技巧，每每到河心便被漩涡卷走，或卷进水下，或撞向石壁。步军统领，猛将珠尔抗阿就在水中送了命。

福康安怒火冲天，严令清军轮番猛攻，直到后半夜，只见对岸火光冲天、杀声震耳，他顿时大喜，让将士齐声呐喊："海大人率索伦营攻上岸喽！"全军信心大增，趁着廓兵大乱，一部分清兵终于抢滩登岸。

清军渡河后哪肯给敌军喘息之机，当夜推进几十里，廓兵大败溃逃。

夜色凄迷，朔风送寒。

一座破旧的帐篷里，天虎和震川陕喝着闷酒。一阵马蹄声传来，他们忙起身，望向帐外。

几个杀手跳下马背连连说道："天虎大侠，真想不到清军一夜间连克辖绒和吉隆，我们的打算又落空了。"

"那么，鄂大人怎么说？"天虎冷冷问。

"鄂大人当然很急，可又有什么办法？"一个杀手闷声闷气地嘟哝。

"哦，对了。"另一个杀手接过来说，"鄂大人的意思是在定日动手不成，到了廓尔喀境内更容易下手。清军连日大战，疲惫不堪，在大举进攻之前，必定休息几日，到时自然传信给我们。"

"嗯，也只能如此了。"天虎叹了口气，想了想又问，"福康安身边的那几个大内高手怎么样？"

"成大人说除了辛元龙之外，那几个大内高手也就是二流货色，不足为惧。"

天虎"嗯"了一声，对几个杀手说："诸位，动手的时候只要诸位拖住大内高手片刻，我就可以杀掉福康安。大功告成之后，诸位就可以拿到黄金走人，从此咱们互不相识。"

"当然，收人钱财，替人消灾。"

"谨遵大侠吩咐，一切按照江湖规矩办。"

"……"

几个杀手眼见黄金到手，乐得手舞足蹈，急盼回中原享乐，忙不迭点头应承。

乾隆五十七年五月，清军肃清境内的廓兵，紧接着大举进攻，杀进廓尔喀境内，克协布鲁，抢渡横河天险，六月九日攻占雍雅山。六战六捷，即将兵围加德满都，廓尔喀震动，遣使者乞降。

福康安一口回绝，继续挥师前进，歼廓尔喀军五千，大军深入廓境七百里，离廓尔喀都城只有一天的路程。

清军从几千里外劳师远征，耗资巨大，哪肯轻易罢兵，想再一次尽情地打

702

一阵，为与对手签订城下之盟打下基础。

廓尔喀一见乞降不准，忙以通商作为条件请求英兵参战，一面征调所有兵力，固守都城以西的夹河要隘。

清军攻占夹河北岸山后，又击溃桥北廓兵，不由得轻敌起来。

"海大人，夹河两翼尽为我军所得，明日本将军亲率中军杀过大桥，直奔敌都如何？"

福康安见时机已到，打算在三军面前露一手，不仅让全体将士看一看，更重要的是让京师中的王公大臣们看看，为今后的封王打下基础。

海兰察眉头一皱，劝道："福大人，此桥是通往加德满都的咽喉要道，敌军必倾举国之力死守。以敝人之见，不如稍等数日，令全军将士赶制木筏，然后水陆多头并进，一举奏功。"

"海大人过虑了，廓军已成惊弓之鸟，军心涣散，斗志全无。只要我大军全力猛攻，敌军必然溃退。"

"福大人，如此说来，过桥也可以，不过大人身为主帅，不能涉险。领兵过桥就由敝人代劳吧。"海兰察只好让步。

"嗯？"福康安一听，脸色变得十分难看，认为海兰察是在与自己抢功，或是看不起自己，不由得想起京师中的一些传言，冷冷说道，"本将军不才，不敢以诸葛武侯自居，不过，对区区廓尔喀还是胜算在握的。海大人既然如此小心，那就有劳大人领兵在后压阵，本将军如果败退，烦劳大人接应，一旦获胜，大人当督军赶上。"

"这……"海兰察一听面色灰白，心如刀绞，他知道福康安听信流言，对自己的成见越来越深，此时不宜多说，所以只好忍气吞声道，"敝人敢不从命，盼大人马到功成。"

黎明时分，在晨光雨雾中，清军几千精锐在福康安带领下，怀着最后一战的狂热，在震天动地的呐喊声中，潮水般冲上大桥。

廓尔喀军在对岸以箭羽火铳反击，清军一见主帅临阵，士气大增，不顾死活狂呼冒进。倒下一批又冲上一批，前队终于冲过桥头。

福康安一见前队得手，立即亲率卫队和几个大内高手冲上桥，河面上吹来的风掀起他的斗篷，显得威风凛凛，好不显眼。

　　廓尔喀军在对岸桥头埋伏四营精锐，此时一见三千清军和一名大员过桥，顿时战鼓敲起，号角长鸣。七千多如狼似虎的廓兵从两面夹击过来，正面败退兵马又回头掩杀过来。

　　清军晕头转向地混战一会儿，终于不敌人数众多的敌军，一步步向桥上退来。

　　正在过桥的清军一看前面乱了套，急于过桥助战，败退的清军又急于退回北岸，顿时拥堵在桥面上，后面的上不去，前面的退不下来，堆在桥头惨遭杀戮。

　　海兰察一见前军大败，又被后队堵在桥面上，福康安的帅旗在桥中央，心中又气又急，提气纵跃到桥上，用足内力大喝："后队将士速速退下，违令者斩！"声若洪钟，在几千人的喧嚣之中，竟然震荡河谷，有如炸雷惊醒了惊慌失措的清兵。

　　不一会儿，桥上的后队清兵潮水般撤了下来，为前队死伤惨重的同伴腾开了道路。

　　福康安和卫队被乱兵裹挟在桥中央进退维谷。一群护卫死死顶住涌上来的廓兵，想退又被混乱的士兵挡住退路，寸步难行。一名侍卫大怒，接连砍杀三个清兵，企图为福康安开道。

　　"住手！"福康安见溃兵如潮，不忍心看侍卫打死打伤将士，他惨然环顾了一下整个战场，仰天长叹一声，此时，他才明白当年金川战场上，温福何以宁死不退的心境。

　　两军激战，哪一方都投鼠忌器，怕伤自己人，都不敢放箭和火铳。这样才使福康安占了便宜，辛元龙和安禄及几个大内高手充分发挥了威力。多数廓尔喀兵将一照面就非死即伤，弄得他们敢围不敢上，只是嗷嗷叫喊，使海兰察得以督兵接应。

　　一个时辰后，清军付出了惨重的代价后，才全部撤到桥北，战场又恢复了宁静。

　　傍晚，惊魂未定的鄂辉和成德，偷偷纵马向北驰去。

　　"鄂大人，大军取胜在即，我等不可再坐失良机呀。"成德也急了，他怕福康安不除，这征讨廓尔喀的大功不属于自己和鄂辉。

　　"唉——敌人比你还急，福康安和海兰察不除，巴忠与廓尔喀贿和之罪怕是要牵连你我。"鄂辉挥鞭催打坐骑，气急败坏地说。

"今夜务必动手，正巧海兰察的营帐在河边，他到时难以救援。"

"不错，成败在此一举，倘若有必要，你我也得相机出手。"

"——啊？"成德一愣。

"嘿嘿，项庄舞剑，意在沛公嘛——啊？"

"哈哈……"两人同时大笑。

入夜，阵雨如霰。

天虎和镇川陕领着七个杀手，戴着面罩，摸进福康安大营。

激战一天的清军早已酣然入睡，就是巡夜的将士也受白日惨败的影响，脚步沉重，有气无力。有谁能想到在这藏区高原，渺无人烟的异域的阴雨暗夜，竟会有数名中原武林高手，追踪几千里，要在今夜下手杀死清军统帅！

福康安今夜不知为什么偏偏无法入睡，或许白天的惨败令他心有余悸，独自坐在大帐中自斟自饮。回想与海兰察的争执，以致不听劝告，招致大败的经过，他当然怕受到将士们的嘲笑，更怕遭到鄂辉等人的奚落和朝中的诽谤，甚至害怕海兰察就此离他而去，从此失去加官进爵的依托……

他心里比谁都清楚，论行军打仗、排兵布阵，满朝有几人能与海兰察比，而他的为人更是叫人叹服，不是么？今日桥南大战，海兰察父子不计恩怨，舍命相救。而鄂辉与成德也随自己过河，可激战之时，怎么不见这二人呢？

正凝神思索之间，突然听到帐外传来侍卫的吆喝声："来者何人，敢深夜擅闯将军大帐，不要命——"喝声又戛然而止，继之而来的是一阵兵刃交鸣的声音。

福康安大惊，情知军中有变，慌忙一掌击翻油灯，贴着帐篷朝外望去。漆黑之中，两名值夜的大内高手和几名亲兵正与几个黑影交手，不过几个回合，几名亲兵便横尸在地。

福康安见大势不妙，知道刺客是冲着自己来的，又怕侍卫们顶不住，哪敢在帐中坐以待毙，愣怔间，忽然心生一计，他取过自己的朝服一卷，扔到了帐外，几乎同时，两个黑影踢门而入，长剑一阵乱砍，吓得他趴在地上一动不敢动。

"咦，怪了，不在帐中。"一个刺客大叫。

"朝服在这里，想必是逃了。"外面的刺客喊道。

急乱中，冲进大帐的两个刺客又蹿了出去。

"刺客休走，留下人头！"辛元龙大叫一声，带领安禄和二十几个亲兵围了上来。

天虎身着夜行衣，头戴面罩也不答话，一招风掠水面向辛元龙下盘攻击。没等辛元龙招架，长剑中途一晃倏地变招为古洞阴风，刺向辛元龙身边安禄的腰间三大要穴，他一招两式，快似闪电，眨眼之间分袭两大高手。

辛元龙和安禄大惊，他们做梦也想不到在这异国他乡，竟然出现这么厉害的高手，更令人震惊的是使用的也是迷幻剑法。惊异之余，稳定心神，展开师门绝技，与其对峙。

天虎的杀招被对方轻易化解，心中大奇，知道碰上了一等一的高手，他急忙长啸一声，呼来震川陕。

按照和鄂辉的计划，镇川陕和几个杀手负责抵挡清军，天虎主要是毙杀福康安。

震川陕一到就甩出数枚毒镖，辛元龙和安禄见识过，知道厉害，但清兵哪里知道此人是黑道上的毒王，转眼间几人中镖惨叫，天虎趁机横剑纵横众人中，寻找福康安。

"这贼子交给小侄，辛叔拦住那个使迷幻剑法的！"安禄虽然年少，但刚才一照面就看出天虎极难对付，大叫着让辛元龙去战天虎，自己领一队亲兵围住了震川陕。

安禄的一声迷幻剑法，震惊场内所有的大内高手，就是趴在大帐中的福康安也目瞪口呆。人人脑子里都闪过一个念头，全军上下，除了海兰察父子，有谁还能会此剑法？儿子在此，那么使迷幻剑法横冲直撞的人是谁？难道……

福康安躲在帐中，不敢相信也根本料想不到海兰察会暗害自己，可又亲耳听到安禄的叫声。他彻底糊涂了，眼前一片迷茫，脑子里乱成一团乱麻。猛地，他忘记了自己身处险境，狂喊："捉拿海兰察……"

所有的侍卫听了都一愣，将士们更是呆若木鸡。天虎听到福康安的声音，不觉大喜过望，凌空而下，一剑刺伤福康安的右臂。两名大内高手一见事情不妙，唯恐福康安出事谁也活不了，不顾死活，几丈外身体拔地而起，腾空翻落在福康安身边。脚跟还没站稳，就被天虎占了便宜，一掌一剑，尽数带伤。

此时，安禄被震川陕缠住，辛元龙与两个杀手也打得难解难分，几个侍卫不过是二流高手，拼死拼活地护住福康安。

天虎眼见得手，领着三个杀手冲到了福康安身边。清兵团团护住主帅，尽管武功低微，被打得东倒西歪，但护主心切，就是不退。

混战中，只听炸雷般怒吼："众将士退后！"吆喝声刚落，只见一人影酷似兀鹰，凌空而落。

海兰察到了。

"天虎，本将军原本看在同门的分上，在台岛放你一条生路。不想你不但不知恩图报，仍然在江湖行骗，诬陷是本将军杀了'川中侠女'，今夜你又齐装敝人行刺大将军，狼子野心何其毒也。好，现在你我的恩怨一并了结吧！"海兰察悲怆已极，杀气腾腾。

天虎一见海兰察赶到，知道大事难成，索性也豁出性命。他一把撕下面罩，也不搭话，挺剑便刺，其余的杀手也和侍卫亲兵混战。

海兰察恨天虎手段毒辣，一交手就毫不客气，招招下杀手，为尽快得手不惜冒险，暗运迷幻内功心法。

天虎勉力挡住海兰察的连环三剑，没等招式变老，又见海兰察击来一掌，掌风凌厉至极，并且有一股巨大的粘力。他自知海兰察内力胜过自己，本不想与其对掌，消耗内力。然而，在一股巨大的粘力之下，他全身发滞，犹如顽童学步那么摇摇晃晃，身不由己。惊骇之下，心中虽然害怕，却又躲不开，万般无奈之时只好仰仗吃过强功猛药，冒险对了一掌。

双掌相碰，一声巨响，气浪弥漫。天虎向后跟跄数步，胸中翻江倒海，腥气冲鼻，顿时大恶，哇哇吐出两口鲜血，海兰察也被对方掌力震得摇晃身体，心中暗暗惊异。天虎怎么会有如此功力？难道这一年多的时间里吃了什么仙丹妙药？转念一想不对，刚才对掌时，他察觉对方的掌力尽管强劲，但十分燥热，分明是内息不正，肯定是吃了什么药物，强求暂时功力大增。

又斗过几招，天虎开始剑势飘浮，步履不稳，海兰察心中雪亮。一招银蛇乱舞，剑尖直奔对方前胸三大穴，天虎习惯性地以镜里藏花一招拆解时，哪料到海兰察剑走偏锋，以金针渡叶一招刺向自己的华盖穴。天虎眼见躲不开这致

命一击时，却是福康安一声叫喊救了他。

"海大人，拿下刺客，本将军自会上奏朝廷……"福康安为刚才的冒失感到不好意思，此刻夹在一群兵将之中为海兰察叫好打气。

海兰察不听犹可，听了福康安大叫，不觉心酸气馁，分神之际，天虎躲过了致命一击。

"海大人，敝人助你。"鄂辉不知从哪钻了出来，大叫着加入战团，先是一剑刺伤围攻辛元龙的一个刺客，又返身向天虎杀来。

天虎一见鄂辉帮倒忙，迟疑了一下，当见到鄂辉的剑尖向东凭空刺出时，知道对方指点自己逃走。他又偷眼四下一看，随同的伙伴已经伤亡过半，继续打下去不是死就是被擒，只有逃走才是唯一的路。他挡过辛元龙的几剑后，发出撤退的暗号，剩下的杀手一块向东面的坐骑靠去。

"众将士，不得放走刺客，抓到活口有重赏！"海兰察发现鄂辉和成德行踪诡秘，偏偏在这个时候出现，而且出手无章，心中大白，知道今夜的刺客大有来历，于是下令抓活口。

清军得令，团团围住了剩下的杀手，索伦兵已取来弓箭和绊马索，鄂辉和成德慌了，心知要坏事，假如这几人被擒后熬不住酷刑或是经不住重利诱惑，一切就完了。成德看着鄂辉，手掌向下一挥，鄂辉咬牙领着几个心腹飞身扑去。

震川陕功力果然不凡，几个大内高手惧他一手连环毒镖，不敢欺身太近，致使他连杀七八个清军佐领。海兰察一见只好扔下天虎，扑向震川陕。几招一过，震川陕自知远非海兰察对手，纵身跃起，空中连发毒镖。

"雕虫小技，不过尔尔。"海兰察听风辨器，一转眼用剑击飞七八枚暗器。正在这时，天虎又寻找到海兰察，咬牙狂吼扑来。

海兰察独战两大高手，仍然气定神闲，酣战之中，还大呼别的侍卫赶快制伏另几个杀手。

鄂辉冲进战团，一照面就是几剑，刺得天虎不知是真是假，海兰察灵机一动，叫了声："鄂大人，天虎是贼首，剑下留情，要活口。"

鄂辉最怕这句话，海兰察一叫，他的剑更凶猛了，招招下杀手，恨不能立毙天虎。

海兰察趁天虎出剑抵挡的空隙，闪电般起身而近，右指轻轻点了天虎的软麻穴，就在天虎中指一颤之际，鄂辉的长剑削去他的一条腿。

"鄂大人，你……"天虎剧痛之下，猛然醒悟，是要杀自己灭口。气愤之下破口大骂，只是悲愤疼痛中语不连贯，吐字不清。

鄂辉哪容他继续骂下去，一见别的杀手都已毙命，急于杀死天虎，一个箭步扑来，剑尖直指天虎的咽喉。

海兰察黑暗中看得清楚，悄然弹出一石子，击中鄂辉的委中穴上，鄂辉顿时瘫倒在天虎身边。天虎拼尽全力，一剑砍下他的右臂，鄂辉惨叫一声，晕了过去。

海兰察正要叫来亲兵拿住天虎，谁知成德不知从何处蹿出，快速绝伦地一剑刺入天虎心窝。

强敌尽灭，清军大营逐渐安静下来。

海兰察冷眼看着护卫拉走天虎的尸体，不无讥讽地说："成大人好剑法，一招毙命。可惜没能留下一个活口，敝人蒙冤事小，倒是何人这样处心积虑，想置大将军于死地而后快，从此就难以澄清了。"

福康安一听此话，才猛然想起，这些刺客来得的确蹊跷，偏偏在这万人大军中，准确找到了自己的中军。另外，听话音装束和武功分明都是中原人士，看来跟踪了几千里才下手，想到自己身在危险之中却全然不知，不觉感到阵阵后怕，出了一身虚汗。

"嘿嘿，惭愧惭愧。"成德听出海兰察的话外之音，不过人证都已死掉，他开始有恃无恐，"凭敝人的功夫，哪是此人的对手，只是一见鄂大人惨遭毒手，敝人气愤不过呀——也好，此人一死，迷幻派中从此无人敢和海大人作对，虽然失之东隅，可总还是收之桑榆，不能说劳而无功吧。"

成德的话一是搪塞海兰察，二是说给福康安听，无非是说杀天虎是出于义愤，担心海兰察顾忌同门手足情，不好下手而由他代劳。

福康安听了成德的话，似乎有些道理，但一想他与鄂辉每每在危急之时迟迟不露面，到了取胜之际又不失时机地现身，感到十分厌恶。他的性子向来直率，开口讥讽道："成德，好意本将心领了，回京之后自有分辨，海大人请到帐中一叙。"

乾隆五十七年八月，清军分两路猛攻，击溃廓军主力，包围廓尔喀都城。

廓尔喀举国大乱，主战派一面加固城防，一面提出优惠条件，请英军参战。而英兵一见清军强大，还不到与清朝匹敌的时候，自然不肯卷入这场赢不了的战争之中。

廓尔喀彻底绝望，再次低声下气乞降。

"不准乞降，本将军定要拿下加德满都，扫平廓尔喀。"福康安决意灭掉廓尔喀，将其变为大清版图。

"不可，福大人，不可呀。"海兰察忙阻止。

"有何不可？"福康安诧异地问。

"大人想过没有，廓尔喀既然俯首称臣，五年朝贡一次，甘为我大清的属邦，那么我朝就该分其土地，设诸土司，驻兵后藏监护，此为上策。倘若一味穷追猛打，势必引起平民义愤、外夷干涉。廓境远离中原，就是与后藏也有雪山峻峰相隔，我朝不能常年用兵。"海兰察苦口婆心劝道，"此外，如果继续力战，拿下都城可以，占其全境并非易事，眼下八月已过，天气渐寒，在这高原之地，九月之后便寒气袭人，一旦风雪截途，我大军的退路被堵，必然困在此地，近两万人马饥寒之下，斗志丧失，到那时——"

"别说了。"福康安觉得一股凉气从脊梁骨上升，意识到自己只凭意气行事，要不是海兰察提醒，几乎铸成大错。

"传廓尔喀使臣。"福康安大喝。

"罪臣参见天朝大将军。"廓尔喀使臣跪拜。

"开战数十日，敝邦以为如何？"福康安得意地问。

"回大将军，大清兵勇震喜马拉雅山，小邦臣服大清，请将军罢战。"

"哼，本将军原本打算荡平廓尔喀，不过，大清历来是礼仪之邦，八旗兵更是仁义之师。因此既然敝邦认罪乞降，也就罢了。好吧，敝邦的条件呢？"福康安装腔作势一番后，才谈到正题。

"小邦从此臣服大清，每五年朝贡一次，归还扎什伦布寺中的金银珠宝、金塔顶、金册印。还有……"使臣低头一一说着条件，福康安慢慢点头，一副志得意满的样子。

"巴忠与你们的合约呢？"海兰察问。

"——啊，对对对，也原本奉还。"使臣身体一颤，有些发抖，却偏头斜视了海兰察一眼。

九月，凯旋的清军迈着轻松的步伐，走在冈底斯山与喜马拉雅山中间的谷底。

海兰察数日前在强渡横河时，浑身的汗水经冰凉的山泉一激，一直感到身体不适。当时战事紧张，也没来得及看重此事，直到后来下体的麻滞感突然上移，阵阵腹痛时，才运功疗治。哪料到运功之后，丹田忽冷忽热，时时绞痛，内息无法集聚，有时竟像脱缰的野马，在经络中胡冲乱撞，向心脉扩展。一惊之下，他猜到自己终年风餐露宿，久病成疾，体内淤积的阴毒与练功落下的偏差汇集到一起，加上年纪的增大，功力反而下降，不可能以功力抵御病魔了。

想到自己转战一生，今日反倒病入膏肓，他的眼前一片混沌，就像傍晚原野上冉冉浮动的氤氲一样。他的心境一下黯淡下来，就连听到皇上已经封自己为一等超勇公时也没有一点喜悦，对一切都漠然视之。

他从来没有这样疲乏过，闭目打坐之际，他回顾着如烟的往事，仿佛在云腾雾海中，又置身于索伦草原上，然而在他眼中的索伦草原，竟然空空荡荡，暮气沉沉，人烟寥寥，没有了以往的喧闹，听不到马蹄的奔腾和叩击声。蓦地，在萋萋蔓草中，传出几声妇孺老弱的呻吟，他浑身一震，只听其中一个声音叹道：“失去了喧闹的草原，还会振兴么？公侯之位固然可为世人垂涎，但它给索伦带来了什么呢？海兰察，看那边！”他一惊，忙向远方看去，只见公侯府的地下，堆着片片骷髅。他大叫一声，睁开两眼，满头的汗水，惶然四顾，只见除了几个亲兵之外，福康安和辛元龙正忧郁地瞅着自己。

“海公，感觉如何？”福康安关切地问。

“福王，海大人积劳成疾，外表虽然与一般人无常，可体内凶险无比。”辛元龙向已经封为郡王的福康安解释。

福康安不大懂武功，对医理更是一窍不通，但一见辛元龙面色沉重，顿时着了急，向亲兵吩咐道：“备轿，传令大军连夜疾行。”

“不必了。”海兰察低声道，“晚了，大限已到。”

“何至如此，海公，且忍耐几日，到了西宁再调治。”福康安还抱着一线希望。

“福王，”海兰察惨然一笑，说，“天意如此，何必强求呢。正巧福王在

此，敝人有几句肺腑之言不吐不快。"

"海公，言重了吧，怎么……"福康安一听这是诀别的话，脸色大变，"如有什么话，但说无妨。"

"敝人生平为人耿直，常言道：人能遇一知己，则足哉。敝人能遇福王，也是一大乐事，福王待我索伦一向不薄，礼仪甚周，使人乐于效力。日后，还望福王多多扶持索伦部啊。"海兰察微弱地说。

"海公太客气了，本王一定办到。"福康安也动了真情，想想自己曾怀疑海兰察别有他心，不由惭愧起来。

"垂暮之人当吐真言，在朝中，唯阿大人最知兵，为敝人所仰慕。"

"不错，皇上也是这样说。"福康安点头道，他当了郡王，与阿桂没什么可争执的了，"海公，对家眷……"

海兰察苦笑了一下，望望外面晨曦微露的清晨，说道："敝人要上山岗，也算眷顾一下山川原野的风光吧。"

大轿缓缓而行，福康安和辛元龙带领一群满蒙索伦将领骑马随行。

一行人登上高耸的岗巴拉山，这是前后藏的必经之路，山势笔直陡峭，终年云遮雾盖，拐过山口，碧蓝清澈、绚丽多姿的羊卓雍湖一下跃入眼帘。它的三面都是喜马拉雅山的雪峰，白盔银甲，威风凛凛。白光耀眼的羊卓雍湖，宛如纯洁的少女，蜷曲而卧，连绵的雪峰有如倥偬巨汉，凝视着怀中的少女。

"海公，如此壮观景色，令人乐不思蜀啊！"福康安赞叹不已地说。

"福王，海大人已经……"辛元龙哽咽着说道。

"海公，你……不能，不能啊！"福康安看着坐而不倒的海兰察惊呼。

"海大人，海大人！"众将领一阵哀叫。

福康安哀痛异常，走到轿旁，扶着早已硬挺的海兰察，泣不成声。

初冬的紫禁城，飞雪扬扬。

乾清宫中，福康安正向乾隆皇帝跪奏："臣以为海兰察为大清朝转战数十年，战功累累，其忠贞惊天地、泣鬼神。请皇上厚葬。"

乾隆皇帝低头沉思了一会儿，开口道："海兰察数十年躬谨职守，忠贞无二，照我大清戒律，病卒不应入昭忠祠。但念其在军奋勉，尝受多伤，当可破例，加恩入祠。"顿了顿，又道，"可在呼伦贝尔为其立碑雕像，其子安禄可世袭公爵，擢升京师虎抢营左翼尉。"

"臣遵旨。"福康安大喜。

乾隆皇帝处理完一切，吐出一口轻松的长气，下殿欣赏初冬的头场雪去了。

洁白的雪花，纷纷扬扬落在紫禁城的殿宇之上，遮住了红砖黄瓦，把紫禁城装扮得晶莹洁白。然而，它无法掩饰城垣角落的残破衰败，在北风的吹拂下，微微作响，像是发出无可奈何的叹息。